CW01375812

Patrick Besson est né à Paris le 1ᵉʳ juin 1956. Auteur de nombreux romans, il a reçu le Grand Prix de l'Académie française en 1985 pour *Dara* et le prix Renaudot en 1995 pour *Les Braban*. Il est également chroniqueur au *Point*. Il a été élu au jury Renaudot en 2003.

Patrick Besson

MAIS LE FLEUVE TUERA L'HOMME BLANC

ROMAN

Fayard

TEXTE INTÉGRAL

ISBN 978-2-7578-1744-5
(ISBN 978-2-213-62966-7, 1re publication)

© Librairie Arthème Fayard, 2009

Le Code de la propriété intellectuelle interdit les copies ou reproductions destinées à une utilisation collective. Toute représentation ou reproduction intégrale ou partielle faite par quelque procédé que ce soit, sans le consentement de l'auteur ou de ses ayants cause, est illicite et constitue une contrefaçon sanctionnée par les articles L. 335-2 et suivants du Code de la propriété intellectuelle.

À Gisela

Mais le soleil tuera l'homme blanc,
Mais la lune tuera l'homme blanc,
Mais le sorcier tuera l'homme blanc,
Mais le tigre tuera l'homme blanc,
Mais le crocodile tuera l'homme blanc,
Mais l'éléphant tuera l'homme blanc,
Mais le fleuve tuera l'homme blanc.

Chanson populaire congolaise,
fin du XIXe siècle.

Je la reconnus dans la file d'attente du contrôle des passeports, bien que l'unique photo d'elle jamais parue dans la presse datât de 1985. Elle était habillée en homme comme lors de son arrestation au siècle dernier. Ses cheveux courts étaient désormais gris. Derrière les lunettes rondes à monture d'acier de Trotsky que portaient toutes les filles myopes de sa génération – elles avaient arrêté, pourquoi pas elle ? –, on trouvait les mêmes grands yeux vides, apeurés, actifs. Sa file avançait plus vite que la mienne. Elle avait dû décrypter les vêtements, le comportement, les bagages à main et le visage de chaque personne attendant de passer la douane. Évaluer les chances que chacun avait, ou non, de retenir l'attention du douanier. Puis faire un rapide calcul mental et choisir la bonne file. Ce petit travail lui avait permis de gagner quelques minutes sur moi. Ces minutes qui vous sauvent parfois la vie. Je la perdis de vue, la retrouvai dans le lounge. Elle voyageait en classe affaires, comme moi. Moi, j'étais dans le pétrole. Dans quoi était-elle à présent ?

Quand je compris que nous prenions le même avion, je me dis que nous serions peut-être assis côte à côte. Elle aurait alors le regard vague et plaintif de toute personne célèbre se demandant si on sait qui elle est. Dans le cas d'une gloire négative due à un fait divers infect, à un acte politique odieux ou à une opération militaire catastrophique, cette question muette se teinte de honte, de crainte. Le personnel de bord nous indiqua, hélas ! deux travées différentes. Pourquoi hélas ? Ça valait mieux. Installé près d'elle pendant plusieurs heures, j'aurais fini par lui poser des questions auxquelles elle n'aurait pas répondu. Si c'était encore la Blandine de Kergalec qui avait fait autrefois les gros titres des journaux. Dure comme le granit breton, avaient écrit à son sujet les éditorialistes dans leur style caractéristique. Elle était installée de l'autre côté de l'appareil, à deux rangs derrière moi. Elle occupait la place près du hublot. Elle garda son sac sur les genoux pendant plusieurs minutes, semblant douter de vouloir se rendre à destination, puis le glissa sous son siège. Elle n'avait pris ni livre, ni iPod, ni lecteur DVD. Elle passerait les six heures de vol à penser, comme tous les gens en proie à une obsession. Avait-elle remarqué que je la regardais ? Sa façon de ne pas me voir m'inclinait à croire que oui.

Passa devant mes genoux une silhouette fluette, puis il y eut un souffle léger à ma droite : la créature infime s'asseyait. Une veste fluide flottait autour de son absence d'épaules. L'homme se présenta. Entre passagers de la classe affaires, on se présente. Pour faire des affaires. C'était un conseiller de présidents africains. Les conseillers de présidents africains sont intéressés par les hommes du pétrole et les hommes du pétrole par les conseillers de présidents africains. Ils exercent, en Afrique, la même profession : pomper. Il regarda alentour, vérifiant qu'il n'avait plus personne à saluer. Partiellement chauve, il avait choisi, comme nombre de footballeurs et de chanteurs hip-hop, de l'être en entier, et son petit crâne rasé luisait comme une pomme au-dessus des fauteuils. Il se rassit, ouvrit son ordinateur et se mit à écrire, sans doute à l'usage du président du pays où nous nous rendions, une note facturée 50 000 euros. 75 000 ? Il refusa le verre de champagne que lui proposait l'hôtesse. Je regardai, de l'autre côté de l'avion, si Blandine de Kergalec avait accepté le sien. Non plus. On se préparait pourtant à un long voyage et les longs voyages se passent mieux avec du champagne. Dans le pétrole, on comprend ces choses. On est de gros agriculteurs dont le but est la destruction de la planète. Ça nous donne le recul nécessaire pour ne pas dire non à un verre de champagne offert par une jolie femme en chignon et uniforme.

La nuit, en Afrique équatoriale, manque de délicatesse. Elle s'affale sur les habitants comme un cheval, avec le pet de la coupure d'électricité. Je sortis de l'Airbus pour entrer dans un encrier en ébullition. Le chauffeur de la compagnie me conduisit au Laico où je devais rester une nuit avant de me rendre à la SNPC, puis sur une plate-forme. Je me demandai si Kergalec logerait au même endroit que moi en ville. J'étais presque sûr que oui. C'est la plaque tournante des informations échangées entre reporters, diplomates et banquiers. À l'arrivée, elle n'avait pas pris le chemin du salon d'honneur, mais celui de la douane. Par discrétion ? Dans ce cas, elle aurait dû voyager en éco. Elle vieillissait. Craignait l'inconfort qui, après soixante ans, fait trop penser à celui du cercueil où on sera serré, de la tombe où nos os auront froid. Le conseiller s'était engouffré dans une voiture officielle qui l'attendait sur le tarmac.

La salle d'étude en plein air des boulevards. Sous les réverbères, les garçons révisent leurs cours. Ils referment le livre et récitent leur leçon à voix basse en regardant passer les Mercedes et les 4 × 4 de leur avenir au sommet de l'État corrompu. L'air sent l'eucalyptus, la transpiration, les poubelles. L'hôtel est au sommet d'une colline et ma chambre au sommet de l'hôtel. Quand je redescendis pour prendre un verre au bar, je vis Kergalec à la réception, en train de rédiger une fiche de renseignements. Qu'avait-elle encore inventé ? Elle avait mis une heure et demie de plus que moi à s'extraire de l'aéroport et à atteindre l'hôtel. Avait-elle, cette fois-ci, choisi la mauvaise file ? Elle n'avait plus le même visage ni le même corps qu'à Charles-de-Gaulle. Souvent le cas des Européens quand ils atterrissent en Afrique. De blancs, ils deviennent blafards. Ils ont les yeux perdus. Leurs cheveux pointent comme des cornes de diable. Leur dos se courbe sous le poids de la misère environnante que les politiques internationales successives de développement n'ont fait que développer. La chemise bleu marine de Blandine sortait de son pantalon marron foncé. La réception d'hôtel est le lieu d'exposition idéal pour les derrières des clientes penchées vers le réceptionniste. Celui de l'ancienne espionne avait une largeur triste, un volume découragé. C'était la croupe d'une femme ne croyant plus ni à l'amour ni au sport et restant sur terre pour des motifs inavouables.

Ici, les montres se détraquent à cause de l'humidité. D'où la disparition du temps qui passe. Il ne passe plus. Le bar du Laico est décoré de peintures naïves. Il y a des fauteuils dans lesquels on regarde les gens. La plupart des consommateurs, y compris les Européens, ne consomment pas. Pris d'une paralysie bizarre de la bouche. Elle ne s'ouvre plus et on se contente de regarder notre verre plein ou vide. Ainsi que les silhouettes insolites qui dansent autour de lui. Féminines dans des couleurs éclatantes, masculines dans des étoffes rares. Le luxe est synonyme de fraîcheur et de silence, par opposition aux quartiers où il fait chaud et où tout le monde crie. On n'échappe pas à l'inconfort mais à la torture, d'où ce sentiment d'euphorie et de plénitude qu'on trouve dans les yeux des personnes ayant eu la chance, comme nous, de fuir le monde extérieur. Les portes de l'ascenseur, en s'ouvrant, montrèrent Blandine de Kergalec. Elle sortit de l'hôtel. Je la suivis dans la nuit par envie de savoir où elle allait.

On ne devrait engager dans les services secrets que des femmes sexagénaires. Quel chef de station se méfierait d'une retraitée ? Le pire qu'on puisse penser d'elle quand elle marche dans une rue africaine, c'est qu'elle dirige une antenne de la Croix-Rouge. À une réception de son ambassade, du gouvernement local ou de l'OMS, la sexagénaire peut surveiller les hommes importants. Ne la voyant pas, ils ne se soucient pas d'elle et continuent de parler du coup d'État en préparation ou de la guerre en finition. Excellentes tueuses. On n'a pas peur de quelqu'un de l'âge de notre mère ou de notre grand-mère. Elles peuvent s'approcher tout près, là d'où il est impossible de rater sa cible, même les parkinsoniennes. Dans l'avenue cabossée comme un nez de boxeur, Blandine de Kergalec ne provoquait aucune réaction des passants. Elle ne subissait pas, au contraire de moi, les regards vipérins des hommes et les sourires hospitaliers des femmes. Elle entrait à pas rapides dans une mer d'indifférence qui protégeait son anonymat et facilitait son action. Je me dis que pour la première fois de mon existence je suivais dans la rue une femme de cinquante-huit ans. Née le 19 octobre 1948 à Brest

(Finistère). Ma seule excuse : ce n'était pas sexuel, bien que je fusse plus excité que si ça l'avait été.

    Kergalec semblait découvrir les lieux. La preuve : un plan gardé dans la poche revolver de son jean. Qu'elle déplia sous un réverbère. Le centre-ville était droit devant nous. Allait-elle ailleurs ? J'avais envie de m'approcher d'elle pour, en la renseignant sur son itinéraire, découvrir sa destination. Le plan des métropoles africaines ne sert pas à grand-chose. On l'achète comme un souvenir avant de rentrer en Europe. La plupart des rues ne sont pas indiquées et le nom des avenues et boulevards change d'une décennie à l'autre selon qu'il faut honorer ou déshonorer un héros national.

    Blandine leva la main. Un taxi stoppa à côté d'elle. À Brazzaville, il y a autant de taxis qu'à New York. Ils sont verts. La journée, ils forment un fleuve, surtout pendant la saison des pluies. Un fleuve immobile à cause des embouteillages. Je trouvai un véhicule aussitôt après Blandine et demandai au chauffeur de suivre la voiture qui nous précédait. J'expliquai que ma mère, atteinte de la maladie d'Alzheimer, avait quitté l'hôtel sans me prévenir et que j'étais sur le point de la rattraper quand elle était montée dans un taxi. Le chauffeur demeura silencieux. Le Congolais s'intéresse peu à ce que le Blanc, le *moundélé*, raconte. Il ne pose jamais de questions mais répond avec abondance aux siennes. Sa politesse consiste à ne parler que de lui. Cent ans de colonialisme et quarante ans de post-colonialisme ont été pour les Africains une sévère leçon de discrétion. Ils ont appris à écouter les confidences du moundélé sans lui demander de détails car l'autre y verrait la manifestation d'une curiosité outrecuidante, même si ce n'est plus le cas aujourd'hui pour les Blancs de mon espèce, nés en France pendant les événements de Mai 68.

On pénétra dans le fouillis tonitruant de la nuit africaine. Une rue sur deux était plongée dans l'obscurité. Des lampes à pétrole éclairaient avec peine des *ngandas* déserts. Quelques individus, assis au bord de la chaussée sur des chaises de jardin, buvaient une Primus ou une Ngok au goulot. La Primus, bière du Sud ; la Ngok, du Nord. Le Nord et le Sud sont des acteurs majeurs dans ce pays où l'Est et l'Ouest ne font que de la figuration. Je concentrai mon attention sur l'auto où se trouvait l'ex-espionne. Peut-être en était-elle toujours une. Moi, j'étais en train d'en devenir un. Au profit de quel État ? Le mien. Mon état mental. On dépassa le lycée Lumumba. Ou ce qu'il en reste. Je n'aimerais pas que mon nom figure un jour au fronton d'un établissement aussi décrépit. Il est vrai que je n'ai pas de nom. Je veux dire : par rapport à Lumumba. Ou à Kergalec. On fila vers Bacongo. Le Centre culturel français : bureau d'enregistrement des passagers intellectuels pour Paris. Brillaient, sur sa façade blanche, les espoirs des étudiants mbochis, laris, vilis ou d'autres ethnies qui déposent chaque jour, à l'ambassade de France, des demandes de visas. Le taxi de Blandine s'engagea dans l'avenue Schœlcher. Un rendez-vous à la Case de Gaulle ? Nocturne, donc secret. Avec l'ambassadeur, le premier secrétaire, un des conseillers ? J'avais été moi-même invité plusieurs fois à la résidence pour parler d'hydrocarbures. Pendant la saison sèche, c'est un repaire de moustiques. Pendant la saison des pluies aussi. Le plus dangereux d'entre eux, pour nous Européens, est l'anophèle, puissant vecteur de paludisme. Aimant la propreté et la lumière, il agit en priorité dans les palaces, les villas grand luxe et les ambassades. À cause de lui, nous sommes obligés de prendre la quinine qui rend sourd, impuissant et dépressif.

Convaincu que le but de la sortie de Kergalec était de prendre contact avec les diplomates français en poste à Brazza, et n'ayant pas l'intention de poireauter une heure sur la banquette de la Mercedes, je proposai à mon chauffeur de faire demi-tour, quand la voiture que nous suivions, au lieu d'obliquer à droite dans l'avenue de Brazza qui mène à la Case de Gaulle, poursuivit son chemin dans l'avenue de l'OUA. Je donnai ordre au conducteur de faire de même. Je me demandai si cette nuit aurait une fin. Si elle n'était pas ma fin. Peut-être l'ex-espionne avait-elle repéré mon manège et m'entraînait-elle dans une ruelle déserte de Makélékélé, de Mpissa, de Ntanaf ou de Yamamba pour me régler mon compte afin d'avoir le champ libre ? À l'EIPMF de Caen, elle avait appris à tirer au fusil et au pistolet. Plus tard, à Grenoble, des instructeurs de la DGSE lui avaient enseigné l'art de tuer avec un couteau ou à mains nues. Était-il temps d'arrêter cette parodie de course-poursuite avant qu'elle ne tourne pour moi à la tragédie ? Bien que je connusse sur le bout des doigts le passé sulfureux de Kergalec dans les services secrets français, je me refusais à voir dans cette sexagénaire, qui ne devait plus courir bien vite, rapport à son lourd derrière blanc, un danger pour mon athlétique personne, entretenue par plusieurs heures de squash et de musculation chaque semaine. On descendit la rue du Djoué. J'avais compris : Blandine se rendait aux Rapides, restaurant-dancing en plein air au bord du fleuve. Je connaissais l'endroit pour y être allé à plusieurs reprises avec des collègues pétroliers. Je trouvais ses filles encore plus agaçantes que ses moustiques, leur préférant les courtisanes flemmardes et silencieuses posées dans les grands hôtels de la ville comme des pots de fleurs malades. Celles qui appelaient le sida « Syndrome imaginaire pour décourager les amoureux ». Qu'est-ce que Kergalec allait faire aux Rapides ? Draguer ? Elle descendit du taxi, ne demanda pas au chauffeur de l'attendre. J'en conclus qu'elle en avait pour un bon moment. Plusieurs jeunes femmes noires bavardaient à l'entrée de l'établissement. Je décidai de choisir celle qui me plaisait le moins afin de ne pas être dérangé dans ma surveillance de Blandine, mais celle qui me plaisait le plus me plaisait trop pour l'abandonner à un autre moundélé. Je lui donnai 10 000 francs CFA, lui expliquai en quoi consisterait son travail. L'Afrique, c'est payer. La fille sourit sans comprendre ou sans croire ce que je disais, c'était l'un des deux à en juger par son regard ironique. Quand nous pénétrâmes dans les Rapides, elle me prit la taille et je posai une main sur son épaule. Nous nous assîmes à une table non loin de Kergalec et commençâmes, comme convenu, à nous embrasser sur les lèvres.

Plusieurs années ont passé depuis les derniers massacres de population civile dans le sud de Brazza. Le fleuve Congo a englouti de nombreux corps, les restituant sous la forme de poissons dégustés par les expats et les businessmen blancs ou noirs dans les bons restaurants de la ville. Il est silencieux comme un cimetière, surtout la nuit. Au loin, les lumières de Kinshasa ressemblent à celles d'une raffinerie. La capitale de la RDC tourne le dos à Brazza comme si elle refusait de voir ce qui fut longtemps pour elle une menace communiste. La Congolaise que j'avais embauchée pour la soirée s'appelait Tessy. Il s'agissait pour nous, ainsi que je le lui avais expliqué à l'entrée des Rapides, d'avoir un comportement d'amoureux normaux. Je lui demandai comment allait sa mère. Elle parut surprise. Étais-je tombé sur une prostituée, personne répugnant à répondre aux questions personnelles ? Tessy n'avait pas l'air d'en être une. Elle portait un ensemble rouge, veste et pantalon, décent. N'avait pas de mèches blondes. Ni châtain. Juste un élégant brushing. Je me demandai même si, pendant la journée, elle n'était pas affublée de lunettes comme Blandine de Kergalec, car elle avait dans ses grands yeux noirs aux longs cils cette interrogation tendre et sans fin, particulière aux femmes myopes. Et puis, elle m'avait tout de suite donné sa bouche. En public. Preuve de son amateurisme. Sa mère avait été tuée à Bacongo en décembre 1998 par un obus français que les Cobras de Sassou Nguesso, allié de notre président Jacques Chirac, avaient envoyé sur le marché Total. Je dis qu'on avait un nouveau président. Elle n'avait pas de nouvelle mère, dit-elle. Je lui demandai si elle travaillait dans l'administration. Non. Étudiait la philosophie à l'université Marien-Ngouabi. Son ambition ? Devenir présidente du Congo, poste qui avait été, selon elle, confisqué trop longtemps par les hommes, notamment mbochis. Une femme vili aux commandes du pays, on verrait la différence. Elle rit. Kergalec tourna pour la première fois la tête vers nous. Les amoureuses congolaises rient. Mon plan fonctionnait. Je dis à la Vili que je voulais l'embrasser une seconde fois afin de pouvoir déclarer, le jour de son élection, qu'autrefois j'avais roulé deux pelles à la présidente du Congo. Elle dit que 10 000 francs étaient le prix d'une pelle, pas de deux. Je compris que j'avais affaire à une non-professionnelle car aucune prostituée n'a le sens de l'humour. Peut-être même Tessy était-elle, comme elle le prétendait, étudiante en philosophie. Et deviendrait-elle un jour présidente du Congo.

Personne ne s'était présenté à la table de Kergalec. Je me demandai si la Bretonne devait voir un homme ou une femme. Peut-être n'avait-elle aucun rendez-vous. Quelqu'un, en France ou à la réception du Laico, lui avait indiqué les Rapides et elle avait décidé d'aller y boire un verre avant de retourner se coucher. Tessy me demanda si j'aimais la danse. Oui. Dans le pétrole, on est obligé de danser : on passe sa vie en Afrique où il n'y a ni théâtres ni cinémas. Les pétroliers ne sont pas des hommes à rester le soir dans leur chambre d'hôtel avec un roman. Connaissais-je les sept différentes sortes de rumbas ? Il y a autant de rumbas que de péchés capitaux. Boucher, Soukouss, Ngouabin, Kwasa-kwasa, Ciao, Jobs, danse Ninja. Laquelle voulais-je ? Je demandai à Tessy de me répéter la liste et choisis, après réflexion, la Soukouss. En langue kongo, m'expliqua l'étudiante, *soukouss* désigne les fesses. On imagine le genre de rumba que c'est. Elle la dansa devant moi. Qui a écrit que la philosophie est de la danse ? Nietzsche, si j'en crois mes lointains souvenirs de classe terminale à Louis-le-Grand. Ma note en philo au bac n'avait pas été terrible : 9/20. Je n'avais nulle intention de me lancer dans une conversation philosophique avec Tessy, fût-ce pour tester ses connaissances et donc vérifier sa biographie. Peu m'importait qu'elle m'eût baratiné sur ses études, si études il y avait. La voir s'agiter devant moi suffisait à me convaincre que j'avais eu raison de la recruter.

Avant de rencontrer la Congolaise il y avait pour moi une seule rumba qu'une Zaïroise m'avait apprise à Poto-Poto : le Boucher. Ainsi nommée car elle a été imaginée par un vendeur de viande du marché Total. Il exécutait des pas de deux pour attirer les clients. Il levait les bras, un couteau dans chaque main, en avançant et en reculant devant des ménagères laris ou vilis écroulées de rire. C'était en 1965, avant la naissance de Tessy et la mienne. Au début du Congo socialiste, appelé République populaire du Congo (RPC). Mais, vu l'endroit où la maman de ma partenaire avait perdu la vie, je n'eus pas le courage de danser la rumba du Boucher du marché Total et proposai à Tessy de retourner à notre table. Elle me suivit avec une docilité souveraine.

Blandine de Kergalec avait disparu. Improbable qu'elle fût allée danser. Je jetai un coup d'œil sur les trois pistes du dancing. Gros Blancs, minces Noires. Gros Noirs, blondes Blanches. Nulle sexagénaire à lunettes en chemise bleu marine et pantalon marron. Je m'étais fait avoir comme un bizut que j'étais. Que je n'étais même pas, n'ayant jamais mis les pieds à la caserne des Tourelles, au fort de Noisy ou sur la base d'Aspretto. L'ex-espionne m'avait repéré depuis la première minute à Roissy. Ma consolation était qu'elle m'eût pris pour un type de la DGSE, mais j'en doutais : elle avait vu en moi ce que je suis dans l'espionnage, un non-professionnel. S'était amusée ensuite à me balader dans Brazza. Son rendez-vous devait être à l'autre bout de la ville. À Talangaï (« regarde-moi » en lingala) ou à Maya-Maya. Peut-être en RDC. J'étais sûr de ne plus la voir, comme les inspecteurs de police du *Cave se rebiffe* (Gilles Grangier, 1961) ne retrouveront pas le Dabe, joué par Jean Gabin, après l'avoir perdu à l'hippodrome de Vincennes. Dans ces moments, on est content de ne pas appartenir aux services secrets, car du coup on n'a pas besoin de rendre compte de la foirade de sa mission à son supérieur hiérarchique.

Il me restait à payer les Coca de Tessy (deux bouteilles de 60 cl) et ma Primus (une bouteille de 50 cl), à ramener l'étudiante en taxi à Moukondo où elle m'avait dit habiter – ça lui faisait une trotte, chaque matin de l'année universitaire, jusqu'à Marien-Ngouabi –, puis à rentrer me coucher. Mon avion pour Pointe-Noire partait le lendemain midi, et le vendredi je remonterais dans l'A-320 pour Paris. Terminée, pensais-je, ma petite récréation. Le pétrole, c'est sérieux. Avec quoi fabriquerait-on des cosmétiques ? On s'assoirait encore, dans nos jardins, sur des chaises en bois. On ne pourrait plus polluer la planète avec nos avions et nos automobiles. Du coup, celle-ci cesserait de réchauffer et les générations futures perdraient l'espoir d'assister à la fin du monde dans un four.

Kergalec revint des cabinets où elle était, comme n'importe quel agent normalement constitué et formé l'aurait compris, allée se refaire une beauté impossible. Elle avait sorti la chemise de son pantalon. Coquetterie de sexagénaire ? Tessy commanda un autre Coca-Cola. Combien de litres de Coca était-elle capable d'ingurgiter en une soirée ? Pourtant elle était mince. Ne devait rien avaler d'autre. Un homme noir s'assit à côté de l'ex-espionne. Il était long et fin comme un Tutsi dont il avait aussi le visage : traits élégants autour de deux yeux noirs de desseins. Je dis à Tessy qu'on devait s'embrasser de nouveau car un couple qui s'embrasse n'est pas soupçonné d'écouter la conversation de ses voisins de table. Elle répéta, la paille entre les dents, que les 10 000 francs CFA valaient pour un baiser et que si j'en voulais un autre, je devais lui en redonner 10 000. Je marchandai, sinon elle aurait pensé qu'elle ne m'avait pas demandé assez et ç'aurait gâché sa soirée. Je commençais à trouver l'addition chargée. Ça coûte cher, l'espionnage. Je comprends où vont nos impôts. J'obtins un baiser à 7 000 francs. Ayant l'intention de le faire durer pendant toute la conversation entre la Française et le Tutsi, et donc de le détailler en plusieurs, j'estimai que c'était un prix raisonnable et me mis à l'œuvre. Il me parut que Tessy abandonnait sa paille avec regret, mais c'était le cadet de mes soucis. Je m'appropriai sans scrupule cette marchandise tiède et molle entre mes bras. Blandine et son interlocuteur s'exprimaient en anglais. Ce qui me confirma l'origine ethnique du Noir. Je n'entendais pas tout ce qu'ils disaient, l'orchestre et le chanteur s'étant lancés dans une interprétation trépidante de *Sey Sey* de Chantal Kazad, mais je compris qu'un rendez-vous était pris pour le lendemain après-midi à trois heures. Il fut question d'un camp au nord de Brazza.

Kergalec et le Tutsi, qu'elle avait appelé Joshua pendant la conversation, se levèrent et quittèrent les Rapides. Je jugeai inutile de les suivre : je savais ce que je voulais savoir. Ou ce que je ne voulais pas savoir. J'avais un renseignement dont je ne pouvais rien faire. Et une Congolaise sur les bras. Tessy paraissait heureuse qu'on eût fini de s'embrasser : elle se consacra de nouveau à son Coca. Demain à quinze heures, je serais dans le Kouilou. Mon enquête tombait à l'eau de l'océan Atlantique. Je pouvais ramener Tessy chez elle et rentrer à l'hôtel. Dans le taxi, Tessy me prit la main. Je demandai combien ça coûtait. Elle la retira aussitôt. Je pensai au proverbe congolais : « Si tu frappes un enfant, il te faudra le consoler. » Je laissai la jeune fille devant la poste de Moukondo. Avions eu le temps de nous réconcilier, d'échanger nos numéros de portable et de promettre de nous revoir mercredi, à mon retour de Pointe-Noire.

Un couvent où on ne prie pas. Une île qui penche. Une caserne sans âme. FPSO : Floating Production Storage and Offloading. Dans le pétrole, il faut être anglophone. La plate-forme a été fabriquée en Corée du Sud. Dix-sept hectares reliés à soixante et onze puits enfouis à huit cents mètres sous terre. C'est grand comme un stade de foot où on ne joue pas au foot mais qui rapporte plusieurs dizaines de millions de dollars par jour. Sur cette somme, la compagnie doit payer la cantine des employés ainsi que leurs gros salaires. *Souls on board* : cent quatre-vingts. Des Anglais, des Angolais, des Australiens, des Congolais, des Français, des Indiens. C'est une usine où les ouvriers restent la nuit. La semaine. Le mois. Puis ils rentrent chez eux à l'étranger ou sur la côte. Ils y demeurent trente jours et reviennent. Les Anglo-Saxons ont placé leur argent, les Français l'ont mis de côté, les Indiens l'ont donné à leur famille et les Africains l'ont claqué. Dans tous les cas, ils ne l'ont plus.

Après l'inspection du pompage dans la salle des machines et la visite de la salle de contrôle, je me dirigeai vers le *living quarter*, immeuble blanc de six étages. Le mess : longue pièce équipée d'un bar, de canapés, de tables et d'un ordinateur. L'alcool est interdit sur les installations *off shore*. Autorisation, en revanche, de fumer. Certes, pas durant le forage. Un local est prévu pour les fumeurs au repos, c'est désormais l'avantage des FPSO sur les cafés et les restaurants européens. Je m'entretins avec le responsable de la plate-forme devant un Fanta, puis rentrai à Pointe-Noire en hélicoptère. L'hélico me fait toujours penser au général de Gaulle. Mai 68, Massu. L'année de ma naissance. La grande France sur le point de disparaître n'avait déjà plus besoin de mes services secrets.

Dans ma chambre à l'hôtel Mbou-Mvoumvou L, avenue Charles-de-Gaulle, j'appelai Tessy. Elle se trouvait dans un maquis de Poto-Poto, dépensant avec ses copines les francs CFA que je lui avais donnés la veille, puisqu'elle savait qu'elle en aurait d'autres. Elle me dit qu'elle m'aimait, phrase aussitôt contredite par de proches hurlements de rire qui ne me parurent pas tous féminins. Elle m'appelait moundélé, ce qui a une connotation désagréable, sauf quand des enfants vous crient le mot dans la rue. Je le lui reprochai et elle répliqua qu'elle ne connaissait pas mon prénom. Je promis de le lui apprendre le jour où elle me dirait combien elle avait d'enfants et elle répondit aussitôt : « Deux. » Un garçon et une fille. Et moi ? « Deux aussi. » Deux filles. Et mon prénom ? Dangereux de dévoiler son identité à une Africaine. Plus elle en sait sur vous, plus vite elle vous mange. J'avais déjà menti sur le nombre de mes enfants – je n'en ai pas –, je pouvais aussi déformer mon prénom. Comment se prénommaient les hommes blancs de mon âge ? J'avais, dans mon adolescence, rêvé de m'appeler Adrien. Je dis que je m'appelais Adrien et Tessy dit que je n'avais pas une tête d'Adrien. J'avais une tête de quoi ? « De Christophe. » Avait-elle connu un moundélé nommé Christophe ? Non. Le nganga de son village de la Bouenza lui avait dit un jour qu'elle connaîtrait le bonheur avec un Christophe. « Ce n'est pas moi, alors. » On ferait, dit-elle, comme si c'était moi. Car elle n'était pas que sorcière, ajouta-t-elle avec mystère, elle était aussi philosophe. Notre conversation commençait à m'angoisser trop, mon vrai prénom étant Christophe, et je raccrochai.

Charles de Gaulle aurait-il aimé l'avenue Charles-de-Gaulle de Pointe-Noire ? Il y a des boutiques de luxe où il n'allait jamais. L'hôtel de ville a été repeint aux couleurs de la Grèce moderne : bleu et blanc. Le palace construit par l'une des filles du président n'est pas terminé. Pénurie de tuiles rouges ? Manque de colombages ? Elle aurait dû le faire dans le style chinois, elle disposerait de tous les matériaux nécessaires. Devant la gare centrale trouvilloise tout s'achète et se vend sur le trottoir, à n'importe quelle heure. Pointe-Noire : le Marseille de Pagnol au Congo normand. Avez-vous vu une gare sans train ? C'est peut-être la mort. Dans ce cas, les Ponténégrins y seront habitués. On attend sans attendre, agréable méthode pour faire quelque chose en ne faisant rien. Au Centre culturel français, il y avait une exposition de photographies, mais il était fermé. Je pris une eau minérale pétillante au bar du Palmbeach.

J'envoyai un texto à Tessy : « Dois-je ou non te tromper ? » La réponse arriva une heure et demie plus tard : « *Te.* » Non, en lingala. Une Vili écrivant en lingala à un Français. Elle devait être fort soûle. Une taupe mbochi de Sassou dans la minorité vili de Moukondo ? Le bobard que je lui avais raconté la veille était peut-être en train de me retomber dessus. Dans une dictature, qu'elle soit ou non tropicale, on se méfie de tout le monde, ça fait travailler l'imagination. Je découvris le message de la jeune femme le lendemain matin, m'étant endormi tout de suite après mon retour à l'hôtel. Seul. Il n'était pas question que je trompe Tessy, n'ayant pas encore couché avec elle. Je pris mon petit déjeuner dans la chambre. La pluie ne tombait toujours pas. Ce n'était pourtant pas l'envie qui lui manquait. On avait l'impression qu'elle hennissait au-dessus des nuages comme un pur-sang dans son paddock de Saint-Gatien.

En décembre 2006 fut inauguré le nouvel aéroport Antonio-Agostinho-Neto de Pointe-Noire, construit par les Chinois. Les Chinois sont partout en Afrique avec leur travailleuse mélancolie. Quand, à leurs rares moments de repos, ils regardent l'océan ou le fleuve Congo, on se demande ce qu'ils voient à travers leurs paupières mi-closes. Bientôt les Mbochis et les Vilis mangeront à l'aide de baguettes le même riz asiatique payé avec l'argent du pétrole. Je reconnus, descendant du DC-10 de la TAC en provenance de Brazza, Blandine de Kergalec. Elle ne portait plus son jean marron foncé, mais un pantalon de toile noire. La chemise bleu marine, elle, était la même que l'autre soir. Blandine avait dû la donner à laver au Laico. Ou l'avait lavée elle-même. Les agents secrets ont appris à se débrouiller seuls pour les plus petites choses. Le visage de Kergalec me parut plus reposé qu'à Brazza et il y avait dans sa démarche une souplesse, une élégance et un accomplissement qu'elle ne montrait pas l'avant-veille. La Française avait-elle trouvé un amant ? Le Tutsi qu'elle appelait Joshua ? Ou, au contraire, un des Hutus réfugiés au Congo-Brazzaville à la fin du siècle dernier après avoir traversé la RDC à pied ? La vraie question était : qu'est-ce que Kergalec venait faire – commencer ? terminer ? – à Pointe-Noire, et je n'avais qu'un moyen d'y répondre : renoncer à mon vol pour Brazza et prendre de nouveau l'ex-espionne en filature. Je ne l'ai pas fait. Ce n'était pas professionnel. Je ne suis pas un professionnel. J'étais entré dans cette histoire par hasard et le hasard faisait mal les choses. Je vérifiai quand même que Kergalec ne se postait pas à l'arrivée des bagages. Elle fila vers la sortie de l'aéroport, munie de son petit sac à dos. Ça signifiait qu'elle avait laissé le reste de ses affaires à Brazza. Où ailleurs qu'au Laico ? Elle avait sans doute gardé sa chambre. Que je trouverais le moyen de visiter au cours de la journée. Ou dans la nuit, si Blandine passait celle-ci à Pointe-Noire.

L'avion Pointe-Noire-Brazzaville survole le massif du Mayombé. Au milieu coule une rivière – la Kouilou – qui donne son nom à la région administrative. Dans le Mayombé, on récolte du manioc, des bananes, des papayes, des mangues. L'arbre le plus haut est le limba et le sommet le plus élevé le mont Mbamba : 910 mètres. Ça laisse une marge à un pilote même inexpérimenté. N'ai du reste aucun reproche à faire à l'aviation civile congolaise. En sept ans d'allers-retours Brazza-la côte, je n'ai pas eu un seul accident. En revanche, une amie de ma sœur aînée, hôtesse de l'air comme elle, est morte dans l'explosion du DC-10 d'UTA, au-dessus du désert du Ténéré, le 19 septembre 1989. L'appareil avait décollé de Brazzaville mais le pilote n'était pas congolais et le commanditaire de l'attentat non plus puisqu'il s'agit du colonel Kadhafi, chef de l'État libyen.

Quand le temps est clair, on distingue par le hublot les forêts de bambous géants, cette chose qui tient si peu de place dans notre bol de bouffe chinoise, mais les nuages masquaient le Mayombé ; du coup je reportai mon attention sur mon voisin, un pétrolier de quarante ans, comme moi. Mon double ? Sans mes doutes, mes obsessions, mes regrets. Lisse comme un galet de la côte Sauvage. Après avoir chantonné notre air habituel sur le laisser-aller des Africains au travail, nous en vînmes au sujet le plus souvent abordé ces temps-ci par les gens de notre engeance : les couilles en or qu'on se faisait avec le cours du brut. On touche en fin d'année d'énormes primes à l'indifférence. Le paradoxe du pétrole : plus il augmente sur les places boursières, plus le niveau de vie des populations des pays producteurs plonge. Dans dividendes, il y a vide, comme le ventre des Africains qui ne sont pas actionnaires de Total Gabon, de la Sonangol, de la Nigerian National Petroleum Corporation, de la SNPC. Quand le pétrole est haut, l'essence augmente aussi en Afrique, où les salaires restent bas. Du coup, les gens ont encore plus de mal à se nourrir. Mon voisin avait effectué des missions au Nigeria, premier producteur africain et onzième mondial, où il y a pénurie de carburant. Chaque soir, les taxis de Lagos font le siège des stations-service pour tenter d'obtenir quelques litres d'essence grâce auxquels ils pourront travailler le lendemain. « Le pays est obligé d'importer le pétrole raffiné dont il ne produit que 66 000 barils par jour, alors que la consommation nationale quotidienne est de 200 000 barils, dit mon voisin. Pétrole raffiné que le Nigeria achète au prix fort comme celui auquel il a vendu le brut. Il perd d'un côté plus que ce qu'il avait gagné de l'autre. » L'homme m'expliqua qu'à cause des violences et du désordre provoqués par les milices du Delta, la production avait chuté de 700 000 barils/jour. Manque à gagner qui n'arrangeait pas les conditions d'existence de la population : 70 % des Nigérians vivent au-dessous du seuil de pauvreté. J'enchaînai avec ma connaissance du Gabon.

Les finances publiques gabonaises ont été assainies par la flambée des cours : supplément de 300 milliards de francs CFA sur le budget 2006. Mais, dans le panier de la ménagère, tout est plus cher du fait de la hausse du carburant et donc des transports : la viande, le poisson, la farine, le sucre, le lait et même le pétrole lampant, indispensable dans des pays où l'électricité est souvent coupée. De ma dernière visite à Libreville, j'avais retiré une impression déplorable : égouts débordés, immeubles à l'abandon, chaussées trouées comme de vieilles semelles. Encore plus de Chinois qu'à Brazzaville, fourguant au peuple leur glutamate à des prix imbattables. De la zone industrielle et portuaire au sud de Libreville partent pour Shanghai et Pékin le pétrole, le bois, le manganèse et le minerai de fer d'Omar Bongo Odimba. En échange de quoi les Chinois construisent au chef de l'État une cité de l'Information. Après avoir bâti l'Assemblée nationale, le Sénat, et rénové l'hôtel du Premier ministre. Mon voisin me trouva injuste envers Libreville. Et les Chinois. Pékin ne venait-il pas de débloquer 3 milliards de dollars de crédits pour l'exploitation d'une mine de fer à Belinga ? Dont la Chine possède 85 %, dis-je. Oui, dit-il, mais que seuls les Gabonais savent exploiter. Il appréciait aussi la capitale, surtout la plage et l'hôtel Atlantic. Ses week-ends karaoké, ses tournois de beach-volley. C'était plus gai, selon lui, que la baie de Pointe-Noire.

En voyage, l'endroit où l'on dort, ne serait-ce que deux soirs de suite, devient son foyer. C'est parce qu'on y retourne comme chez soi. On se l'approprie, bien qu'on n'en soit que locataire. La ville, la station balnéaire, la brousse ou le désert, tout s'organise autour de l'hôtel. Je retrouvai le Laico comme si c'était le vestibule de mon appartement. Ma chambre avait été fouillée. Non sans délicatesse : chemises, pantalons et affaires de bain avaient été repliés et rangés. L'ordre de ma pile de livres sur la table de nuit avait été modifié. On ne pouvait imputer ce bouleversement aux femmes de ménage : en Afrique comme en France, elles ne touchent pas aux livres. Rien n'avait disparu, car tout ce qui aurait pu intéresser le visiteur – ou la visiteuse – m'avait accompagné à Pointe-Noire : ordinateur, téléphone, cartes de crédit. Je ne comprenais pas cette intrusion. Les services de sécurité du pays avaient-ils fini par me prendre pour l'agent de la DGSE dont j'avais, l'avant-veille, adopté le comportement ? Avais-je moi-même, lors de mon périple nocturne de la Plaine à Bacongo derrière Blandine de Kergalec, été suivi ? Dans ce cas, il me fallait vite détromper l'État congolais. Comment m'y prendre ? Téléphoner au chef de la DGST (Direction générale de la surveillance du territoire) et lui dire que je n'étais pas un agent français ? Il penserait aussitôt que j'en étais un. Et si la personne qui avait fouillé ma chambre n'appartenait pas aux services de sécurité congolais, mais à un autre service ? Ou à aucun service ? Si c'était Blandine de Kergalec ? M'ayant repéré l'autre soir, elle aurait fait la première, chez moi, ce que j'envisageais de faire chez elle, afin de savoir qui j'étais et ce que je voulais. Raison pour laquelle je comptais m'introduire le jour même dans sa propre chambre. Il pouvait s'agir d'autre part d'un simple cambriolage, mais dans les palaces d'Afrique les cambrioleurs ne sont pas simples. Ni aussi soigneux. Je m'assis pour réfléchir. C'est la chose la plus importante à faire, en mission : s'asseoir pour réfléchir. Qu'on soit dans le pétrole ou dans l'espionnage.

Descendrais-je déjeuner avec mon ordinateur ? J'avais une excuse : l'espace wi-fi du rez-de-chaussée. Un homme de mon importance pétrolifère a toujours un mail à lire ou à envoyer. Dans le restaurant le Flamboyant, j'aperçus le conseiller en compagnie d'une quinqua blonde. Je pensais qu'il m'avait oublié depuis l'avion, mais il me fit un grand signe de la main. Ces types n'oublient personne. Je crus poli de venir échanger quelques mots avec lui, comme il sied à deux Européens se retrouvant loin de leur patrie en milieu hostile quoique lucratif. Je ne me souvenais pas de son nom qu'il eut le tact de me rappeler : Bernard Lemaire. Il me présenta à sa convive : Elena Petrova. Elle avait de petites rides autour de grands yeux bleus dont on aurait aimé savoir tout ce qu'ils avaient vu, tant ils semblaient lourds de cauchemars. J'eus aussitôt la réponse par Lemaire : « Elena est arrivée au Congo en 1986 et n'en est plus repartie. Elle y est restée pendant les guerres, celle de 92, celle de 97 et celle de 98. – Tu oublies 99, 2000 et 2002 », dit la Russe. Le crâne du conseiller s'agitait comme une boule de flipper tandis que la tête d'Elena Petrova restait d'une rigidité cadavérique. La Russe ajouta qu'elle ne supportait pas ces expats qui, lors des conflits locaux, se précipitent dans les avions de l'ONU alors que leurs amis et collègues africains sont obligés de rester, au risque de leur vie, sur le théâtre des opérations. Elle avait une petite voix semblable à un pépiement d'oiseau. Les Russes donnent l'impression de chuchoter même quand ils hurlent sur un peuple de l'ancienne URSS. Sa poitrine abondante avait déjà fait céder le troisième bouton de son chemisier jaune sous lequel se dessinaient les bretelles et les balconnets d'un soutien-gorge jaune lui aussi. Un collier de perles noires tahitiennes pendait à son cou épais, sans paraître craindre d'être arraché par un voleur à la tire brazzavillois. « C'est moi qui les vends dans toute l'Afrique », dit Elena Petrova, ayant surpris mon regard intrigué. Le goût des femmes pour les pierres précieuses : hantise d'être chassées d'une seconde à l'autre de la maison de leur mari pour adultère ou infertilité, comme ça leur est arrivé tant de fois dans l'Histoire, et de devoir boucler une valise en cinq minutes, juste le temps d'emporter leurs diamants et petites culottes ? J'exposai vite cette théorie, pressé de déjeuner seul avec l'ours wi-fi, mais Elena Petrova et Bernard Lemaire insistèrent pour que je m'installe à leur table. L'un et l'autre devaient avoir quelque chose à me vendre ou à me prendre. M'assiérais-je en face de la Russe pour la voir, ou à côté d'elle pour la sentir ? J'optai pour la sensation. Si Elena avait eu vingt ans de moins, j'aurais fait l'inverse. Dès que je pris place à sa gauche, le désir monta en moi comme dans un *SAS*, ma série de chevet de la neuvième à la quinzième année, âge auquel je suis passé à John Le Carré et Ian Fleming.

Je commandai une soupe à la tortue et un steak d'antilope, puis interrogeai Lemaire sur l'état de santé du président. « Ne suis pas son médecin », dit le conseiller. Il était venu à Brazza pour se faire payer des conseils dispensés lors des dernières élections législatives gagnées par Sassou. La Russe eut un soupir nasal de réprobation. « Combien de fois t'ai-je dit, Bernard, qu'ici il faut se faire payer *avant* ? – C'est plus facile pour une pute que pour un conseiller. – Quelle différence entre une pute et un conseiller ? – Celle-là. » Nous rîmes tous trois. « Je ris mais ce n'est pas drôle, reprit Lemaire. Cette comédie dure depuis des mois. J'ai envoyé je ne sais combien de courriels. Hier, j'ai poireauté plusieurs heures à Mpila. Pour finir, on m'a fait dire que Nguesso ne pouvait pas me voir parce qu'il recevait le ministre des Affaires étrangères de Namibie.

Qu'est-ce que j'ai à foutre de la Namibie ? Je veux mon pognon. En plus, je ne comprends pas les Congolais : ils me paient l'avion en business, le Laico. Ils mettent une voiture et un chauffeur à ma disposition. Ça leur reviendrait moins cher de me verser mon dû. Non : ils préfèrent m'offrir des vacances. Pour les vacances, j'aime choisir ma destination. Brazza est sympa mais on se lasse. On se lasse d'attendre. Quel démon m'a poussé en Afrique ? comme disait Gide. Dans son *Voyage au Congo*. Qui se passe plus au Tchad et en Oubangui-Chari, l'actuelle Centrafrique, qu'au Congo. Gide devait trouver le mot joli. Pourtant, dans Congolais, il y a con, gol et laid. – Pauvre Gogol ! dit Elena dans un sourire. Son nom devenu, dans toute la francophonie, synonyme de débile. »

La soupe de tortue avait peut-être goût de tortue, mais qui connaît le goût de la tortue ? Le fantôme de Gogol avait refroidi l'atmosphère. L'air conditionné semblait de lui. Elena me regardait comme une menace agréable et le conseiller ne me regardait plus. Il s'éclipsa sous prétexte d'une visio-conférence avec Ndjamena. Là-bas non plus, il n'arrivait pas à se faire payer. On finissait par se demander de quoi il vivait. Il devait avoir des réserves. « Vous connaissez Bernard depuis longtemps ? demanda la Russe. – On s'est rencontrés avant-hier dans l'avion. – Un type formidable, d'une immense culture. À Paris, on l'a cassé. Il voyait trop large pour la France. – Que voyait-il de trop large pour la France ? – Tout. La géopolitique, le commerce extérieur. En Afrique, il a trouvé à qui parler. » Je regrettai d'avoir pris de l'antilope. Comme pour la tortue, je ne connaissais pas son goût et ne pouvais par conséquent pas décider si le plat était bon ou mauvais. J'aurais dû m'en tenir au sempiternel poulet dévoré chaque jour sur tout le continent. Je m'étonne qu'aucun pays africain ne l'ait choisi comme emblème national. Pour ne pas concurrencer la France et son coq ? « Quelle est votre histoire ? » demandai-je à Elena. Elle sourit. J'eus l'impression de voir sa vie se plisser devant moi. « Trop longue pour une fin de déjeuner. » Mon téléphone portable sonna une fois. « Une Congolaise qui vous bipe. Ça lui économise du crédit. Il faut la rappeler. » Elena se leva et me conseilla l'ananas comme dessert : « Ça aide à digérer la tortue et l'antilope. » Je souris. Eut-elle l'impression, elle aussi, de voir ma vie se plisser devant elle ? Elle traversa le restaurant comme un cargo russe trop chargé, elle naguère fine goélette soviétique. Son gros derrière se balançait sur des cuisses massives qui n'en restaient pas moins élégantes. La Russe devait peser le même poids que Blandine de Kergalec, mais l'effet qu'elle produisait sur le sexe de l'homme était différent. On avait l'impression que sa démarche soulevait son corps, le maintenait à quelques centimètres au-dessus du sol. Elena avait en outre une dizaine d'années de moins que l'ex-espionne. Que faisait une Russe à Brazzaville en 1986 ? Sous Sassou I. Le socialisme scientifique règne sur le Congo. Elena donne-t-elle des leçons de marxisme-léninisme à l'université Marien-Ngouabi ? À moins qu'elle n'appartienne à la cellule spéciale de l'ambassade d'URSS chargée d'aider le président à mettre le pays au pas de l'oie soviétique ? « L'action créatrice des masses et le rôle déterminant des cadres », ainsi que le déclara Ngouabi dans son célèbre discours de décembre 1972 : *Rectifions notre style de travail*.

Je rappelai Tessy comme Elena me l'avait recommandé. Je connaissais la mode congolaise du bipage, répandue dans toute l'Afrique. Le téléphone portable a donné aux Africains le sentiment de sortir du trou dans lequel l'état déplorable de leurs moyens de communication les avait enfermés, mais Celtel leur a fait payer cette libération au prix fort. Du coup, seuls les riches ont les moyens d'appeler, les pauvres se contentent de pouvoir répondre. L'étudiante voulait que je l'emmène au cimetière d'Itatolo avec son fils et sa fille afin qu'ils se recueillent sur la tombe de Mme Estio, leur mère et grand-mère. Tombe dans laquelle reposait également le père de Tessy, décédé en 1995 des suites d'une crise de paludisme. « Le palu tue chez nous plus de gens que le sida, mais on ne le sait pas en Europe, car vos médias s'intéressent davantage aux risques de l'amour qu'aux piqûres de moustiques. » Je devais louer un véhicule à quatre roues motrices et rappeler Tessy ensuite. Elle se rendrait en bus dans le centre-ville et m'attendrait devant le monument de Savorgnan de Brazza, puis elle me guiderait jusqu'au cimetière, à quelques kilomètres au nord de la ville. La solution la plus rationnelle aurait été de retrouver l'étudiante et ses enfants quelque part à Moukondo, devant la poste par exemple, mais il y avait neuf chances sur dix pour que, seul à bord du véhicule, je me perde dans les avenues identiques de Poto-Poto, Ouenzé et Talangaï. Je me dis surpris de sa proposition et des termes dans lesquels elle m'était faite, dont on sentait qu'ils ne toléreraient pas de refus. « Tu rechignerais à emmener la femme que tu aimes et ses enfants que tu ne pourras pas t'empêcher d'aimer aussi, tant ils sont beaux et intelligents, sur la sépulture de celle qui aurait été ta belle-mère si un obus français ne lui était pas tombé dessus, tiré sur les ordres d'un ami de ton président Chirac ? » Une phrase lui avait suffi pour me transformer en caricature de Blanc coupable de tous les crimes de la Françafrique. Elle était douée pour la politique, qui consiste à culpabiliser l'adversaire et ceux qui votent pour lui. Je protestai que je n'avais jamais dit à Tessy que je l'aimais. Elle dit qu'elle pouvait citer au moins une personne nous ayant vus nous embrasser sur la bouche aux Rapides : Victoire Kouvouama, esthéticienne à Manssimou, près de l'OMS. Déclaration ressemblant à un début de chantage mais où je ne perçus ni hostilité ni froideur.

Le mausolée de Savorgnan de Brazza se trouve au bord du fleuve, non loin du quartier général des forces armées congolaises. Il a été inauguré le 2 novembre 2006. J'ai assisté à la cérémonie en tant que représentant de mon entreprise. Attente et discours en plein soleil, mauvais repas froid pas exprès. À l'intérieur du bâtiment, Savorgnan entouré de ses proches, morts. Attention à ne pas avoir d'explorateur dans sa famille, on se retrouve enterré avec lui dans une contrée lointaine. Le soir, dîner sous des tentes où manquaient deux cent cinquante convives, sans doute décédés d'une insolation ou d'un empoisonnement. Je n'écoutai pas, le lendemain, le concert du rappeur français Passi, profitant de ce voyage protocolaire pour me rendre à Pointe-Noire inspecter les installations de notre société.

« Pourquoi as-tu appelé ta fille Scholastique ? demandai-je à Tessy. – C'était le prénom de ma mère. » Scholastique était une longue petite fille de six ans. Ces Vilis avaient dû être croisés, lors d'une précédente guerre ethnique, avec des Tutsis ou des Peuls. Le garçon, âgé de quatre ans, s'appelait Patrice. « Comme ton père ? demandai-je à la Vili. – Comme le sien. » Le père de Patrice était-il le même que celui de Scholastique ? « Non. » Donc, le prénom du père de Scholastique n'était pas Patrice. Je fis monter les enfants à l'arrière où ils se figèrent comme des statues de sel.

Pendant le trajet, ils ne dirent pas un mot, ne firent pas un mouvement. Juste avant d'arriver à Itatolo, je remarquai dans le rétroviseur un froncement de nez chez Patrice, doublé d'un soupir à peine audible. Je lui demandai ce qui n'allait pas, sachant que c'étaient deux infractions graves au code de politesse des petits Africains quand ils montent dans une auto. Il ne répondit pas. Ma question n'était pas assez précise. Peut-être que beaucoup de choses n'allaient pas et que le petit garçon n'arrivait pas à en choisir une parmi elles. « Envie de faire pipi ? » Il hocha la tête sans sourire. Un enfant européen aurait souri pour s'excuser. Patrice savait qu'il n'avait pas d'excuse. J'arrêtai la voiture. Tessy me demanda pourquoi. Je ne lui donnai pas de réponse. Patrice descendit et pissa sur le bord de la route. Tessy restait silencieuse, mais je compris qu'elle me reprochait *in petto* d'être faible avec les enfants. Je découvris à cette occasion – mais il me semble que je le savais dès la première minute de notre rencontre – que ce qu'elle pensait de moi, en bien ou en mal, m'était indifférent.

Le cimetière d'Itatolo s'étend, à la sortie nord de la ville, sur des dizaines d'hectares. Au loin les collines de Loumou et de Kikoumba figées sous le ciel gris étaient comme des falaises de la mort. Tessy prit la main de sa fille. Je pris celle de son fils et nous commençâmes notre long chemin jusqu'à la tombe, en carreaux de cuisine, de Scholastique Estio (7 juillet 1969-18 décembre 1998) et de son mari Benjamin (1er juin 1963-5 août 1995).

Quand Patrice me lâcha la main, je compris qu'après dix minutes de marche nous étions arrivés à la sépulture des Estio. La petite Scholastique s'agenouilla sur la terre noire, imitée par son frère. Ils semblaient avoir plus de deux années de différence. Leur mère, à l'aide d'une balayette de fabrication chinoise sortie d'un sac en osier sans doute acheté lui aussi au supermarché Asia de l'avenue d'Ornano, nettoya les abords de la tombe. Je remarquai que les fleurs étaient fraîches. J'en conclus que la Vili avait récemment rendu visite aux défunts. Pourquoi avait-elle tenu, quelques jours plus tard, à renouveler l'opération avec moi ? En m'approchant, je vis que c'étaient des fleurs artificielles. Elles pouvaient se trouver là depuis des années. Quand l'étudiante était-elle venue à Itatolo pour la dernière fois ? « Au début de la saison sèche. » C'était une longue période et Tessy priait chaque jour, avant la fac, pour que les mânes de sa mère lui pardonnent un tel manquement au culte des ancêtres, ce que je jugeai peu philosophique. Il n'était pas commode de se rendre à Itatolo sans voiture, expliqua l'étudiante. Il fallait qu'elle demande à des copains de la conduire et ils avaient souvent autre chose à faire. Ou le prix de la course lui semblait trop élevé : coucher avec eux. Son dernier chauffeur était-il un moundélé ? « Oui. » En 4 × 4 aussi ? Non, il avait loué un taxi. Ce n'était pas aussi bien. Ça faisait moins famille, moins installé. Je venais, dit-elle, de l'aider à exaucer un de ses rêves : se rendre sur la tombe de sa mère avec ses enfants dans un landcruiser conduit par un Blanc. Ça comptait pour elle, que le conducteur soit blanc ? Oui, parce qu'un moundélé au volant d'une grosse auto faisait moins corrompu, moins « boukouteur », qu'un Noir dans la même situation. Un bon mari, dit-elle, est un mari propre. Je protestai que je n'étais pas son mari. Et que ce n'était pas ma voiture. Qu'est-ce que j'en savais, si je n'étais pas son mari et si ce n'était pas ma voiture ? Je me demandai quel genre de philosophie on enseignait à Marien-Ngouabi. Plus la philosophie marxiste, à l'évidence.

Tessy se plaça entre les enfants et pria avec eux. Scholastique, la vivante, avait baissé les paupières et récitait je ne sais quelle prière, peut-être un simple « Je vous salue Marie ». Patrice regardait autour de lui avec une terreur que je comprenais d'autant mieux que je la partageais : toutes ces tombes dans un grand terrain vague presque désert. Tapie en lisière de ciel trop pâle, la nuit guettait le jour pour le dévorer. Tessy et ses enfants s'étaient enfoncés dans la prière comme s'ils avaient bu une mixture hypnotique. Je ne savais combien de temps durent les prières mortuaires, chez les Vili. Peut-être plusieurs heures. Je n'avais nulle envie de conduire dans Brazza la nuit, le faire pendant le jour étant déjà une épreuve. Au risque de passer pour le Blanc de base obsédé des horaires et coupeur de parole, je dis à Tessy de se dépêcher. Elle dit qu'elle ne quittait jamais Itatolo sans réciter un poème de Birago Diop : *Souffles*, best-seller des enterrements subsahariens francophones. « *Ceux qui sont morts ne sont jamais partis,*

/ils sont dans le sein de la femme, /ils sont dans l'enfant qui vagit/et dans le tison qui s'enflamme. /Les morts ne sont pas sous la terre, /ils sont dans le feu qui s'éteint, /ils sont dans les herbes qui pleurent, /ils sont dans le rocher qui geint, /ils sont dans la forêt, /ils sont dans la demeure : les morts ne sont pas morts. »

Le 14 décembre 1998 à neuf heures du matin, Scholastique Estio, jeune veuve mère d'une fillette de treize ans, avait entendu des détonations d'armes lourdes à l'ouest de la ville. Dans le marché Total, les magasins des Ouest-Africains restèrent fermés. Au contraire des autres lundis, on ne ramassa pas les ordures. L'avenue de l'OUA était déserte. Les tirs cessèrent en fin de matinée et la situation parut revenue à la normale. Peu après midi, Scholastique déballa sa marchandise de poissons séchés et salés. Les clients ne se bousculaient pas et elle se demandait ce qu'elle donnerait ce jour-là à Tessy pour dîner quand retentirent des rafales de kalachnikov. La panique balaya le marché comme une averse renforcée d'un vent puissant. Scholastique eut le temps de rassembler ses affaires avant que les désœuvrés de RDC, les *chégués*, ne se mettent à piller les étals. La jeune femme se dirigea à pas rapides vers la paroisse Notre-Dame de Bacongo près de laquelle se trouvait la parcelle où la poissonnière occupait deux petites pièces avec sa fille. Tessy était en train de lire un livre emprunté à la bibliothèque du CCF. Scholastique craignait qu'à force de lectures la vue de sa fille ne baissât : elle n'aurait pas assez d'argent pour lui payer des lunettes. Le dîner se composa d'un pain de manioc trempé dans du pili-pili. Scholastique décapsula une Primus, disant qu'elle avait eu une journée difficile et qu'après une journée difficile elle aimait boire une bière. « Je sais », dit Tessy qui, après s'être rincé et essuyé les mains, rouvrit son roman. La mère demanda à voix haute si elles auraient la guerre, comme l'an passé. La question ne semblait pas trop tourmenter l'adolescente. Les gens qui lisent, pensa Scholastique, sont agaçants : rien ne semble avoir prise sur eux. Ils vivent devant nous une vie dont nous sommes absents. Comme s'ils mangeaient leur repas sans le partager avec nous. Ou faisaient l'amour avec quelqu'un d'autre sous nos yeux. Scholastique et Tessy dormaient dans le même lit car elles n'en avaient qu'un. Et se sentaient davantage en sécurité l'une contre l'autre depuis que Benjamin Estio, mécanicien dans un garage de Mpissa, ne veillait plus sur leur sommeil.

Le mardi, Scholastique se rendit tôt au marché tandis que Tessy prenait le chemin du lycée Savorgnan. La poissonnière devait rattraper son manque à gagner de la veille. On n'entendait aucun coup de feu mais planait dans l'air une lourdeur qui ne devait pas tout à la température (28°). Les gens se précipitaient dans la boulangerie de la gare routière pour acheter le pain dont ils avaient été privés le jour précédent, et ceux qui disposaient des moyens en prenaient un pour le lendemain. En fin d'après-midi, une rafale d'AK-47 sema la même panique générale que la veille. On ferma les portes du marché. De retour à son domicile, Scholastique trouva sa fille assise avec un livre près de la lampe à huile, comme la veille. Sauf que ce n'était pas le même livre, Tessy ayant terminé l'autre dans la journée et en ayant pris un nouveau au Centre culturel français. Le mercredi fut calme mais, dans la nuit du mercredi à jeudi, une succession de tirs à l'arme lourde tint les deux femmes, ainsi que leurs voisins de parcelle, éveillées.

Quand elle se présenta au Total, le jeudi matin, Scholastique remarqua la nervosité de nouvelles recrues en faction devant Baxo-Viande. Un 4 × 4 rempli de miliciens de Sassou – les Cobras – traversa l'avenue de Matsoua. André Matsoua : mort en 1942, les Kongo-Lari continuèrent de voter pour lui jusqu'en 1958. Le bruit courut que les Ninjas du pasteur Ntumi avaient atteint le dernier barrage gouvernemental sur le pont du Djoué. Les habitants de Bacongo risquaient d'être pris en tenailles entre les coalisés qui affluaient et ceux qui refluaient. La seule solution était, tant qu'on pouvait encore traverser la ville et rejoindre l'aéroport Maya-Maya, de prendre l'avion pour Pointe-Noire. Scholastique était loin de disposer de l'argent nécessaire pour acheter des billets et ne voyait, dans son entourage, que sa sœur Élisabeth pour lui venir en aide. Celle-ci avait épousé un fonctionnaire bagangoulou et habitait une maisonnette en dur à Moukondo, là où logent aujourd'hui Tessy et ses enfants.

Le vendredi 18 décembre 1998 commença par la nuit : destruction de la centrale électrique du Djoué. Scholastique Estio se dit qu'en partant tôt à Moukondo elle pourrait être de retour à Bacongo dans la mi-journée et aurait ainsi le temps de vendre quelques poissons. Les tirs de PMAK la surprirent sur l'avenue de l'OUA. Un collègue lui dit que les Ninjas occupaient le pont du Djoué et avaient investi la caserne de gendarmerie de Makélékélé. Scholastique frémit de joie : était-il possible que les soldats du Sud les délivrent des occupants du Nord ? Elle en aperçut quelques-uns : ils avaient à peine vingt ans, étaient torse nu, portaient un short usé, des cartouchières croisées sur le torse, et n'avaient pas de chaussures. Elle allait se précipiter sur l'un d'eux pour l'embrasser en sa qualité de libérateur quand un obus lui arracha la tête. Nous étions maintenant tous recueillis devant ce corps sans tête, car celle-ci n'avait pas été retrouvée après le carnage. On se demandait ce qui tomberait en premier, la nuit ou la pluie. Ces couleurs de Toussaint par une température caniculaire : mélange angoissant. La source de l'angoisse, comme le lac Victoria celle du Nil ? On commençait à ne plus distinguer les traits des gens. Les enfants se confondaient avec les tombes. Même Scholastique, en dépit de ses longues jambes.

Un cortège funèbre fit au loin son apparition : un prêtre, un enfant de chœur, un cercueil, une vingtaine de personnes. Tous noirs, même le cercueil. Tessy finissait de réciter le poème-prière de Diop : « *Écoute plus souvent/les choses que les êtres./La voix du feu s'entend,/écoute la voix de l'eau, écoute dans le vent/le buisson en sanglots./C'est le souffle des ancêtres.* » Le cercueil et ses accompagnateurs se dirigeaient droit sur nous. Le prêtre avait une grosse tête vindicative. « Des Hutus rwandais qui enterrent l'un des leurs, dit Tessy. Leur camp se trouve près de Kintélé. C'est à quelques kilomètres au nord. » Un mécanisme se mit en marche dans mon cerveau : Kergalec et son Tutsi n'avaient-ils pas mentionné, aux Rapides, un camp situé au nord de Brazzaville ? « Combien de temps dure une veillée funèbre au Congo ? – Trois, quatre, voire cinq jours. – Malgré la chaleur ? – On se fiche de la chaleur. Il faut que les proches du mort soient là et certains doivent traverser tout le pays. À pied. Ou en train, ce qui va encore moins vite. » Elle rit. J'aime les filles qui rient dans les cimetières. Trois ou quatre jours plus tôt, Blandine de Kergalec était à Paris comme moi, puisque nous n'avions pas encore pris le même avion pour le Congo. Ce mort hutu n'avait donc rien à voir avec l'ex-espionne. Je demandai néanmoins à Tessy de se renseigner sur l'identité du défunt. « Je ne parle pas le kinyarwanda, dit-elle. – Moi non plus, dis-je. – Depuis le temps qu'ils sont ici, ils doivent connaître le lingala. – Je ne parle pas davantage le lingala. – Ne t'inquiète pas : ils sont francophones. Ceux qui sont restés au Rwanda, Kagamé les a mis à l'anglais et à l'informatique. Sous Habyarimana, ils en étaient encore au français et à la machine à écrire. – Même en français, ils se confieront plus facilement à une Congolaise qu'à un moundélé. – Sauf s'ils se rendent compte que je suis une Vili. En 98, ils étaient avec les Cobras de Sassou. Si ça se trouve, c'est l'un d'eux qui a tué ma mère. On pourrait aussi tomber sur le père de Scholastique. – C'est un Hutu ? – Je ne sais pas. Ils se sont mis à treize pour me violer. C'était l'âge que j'avais : treize ans. Joyeux anniversaire. » Pourquoi me racontait-elle ça maintenant ? Dans un cimetière, en plus. Je fis celui qui n'avait rien entendu, rien compris. Prenant un air impassible d'enseignant de mathématiques : « Alors, ta fille n'a pas six ans, elle en a huit. – Pour les gens d'ici, elle a six ans, parce que je ne veux pas qu'ils sachent qu'elle a eu treize pères, tous du Nord. – Qui l'a reconnue ? – Personne. Moi. Moi, ce n'est personne. Une fille violée n'existe pas, surtout si elle n'est pas morte. » Je ne savais plus où me mettre. Comme si c'était moi qui avais violé, treize fois de suite, Tessy. Pourquoi un homme se sent-il complice d'un viol dès qu'on le lui raconte ? Je pensai que je n'oserais plus embrasser la jeune femme, même sur la joue. Elle avait rejoint le cortège de Hutus. Leur culpabilité semblait peinte sur leurs visages plâtreux, décomposés. Une couche d'enduit leur avait été collée sur la face, treize ans plus tôt, et ne voulait plus s'en décoller. Ils avaient de grands yeux sombres comme la mort ou la peur, dans lesquels un affolement ridé et impatient était installé pour le restant de leurs jours. Ils étaient robustes et lents. Habillés comme un orchestre de jazz en tournée européenne. L'enterrement est, avec le mariage, le seul moment social où les hommes africains non évolués quittent blue-jean et tee-shirt. Tessy s'approcha des femmes avec la souplesse, l'élégance et la discrétion des top-models éduquées pour plaire aux hommes et enchanter leurs épouses. Elle n'avait pas l'air d'une fille violée mais d'une divorcée de bonne famille à qui un moundélé avait promis le mariage, sinon pourquoi se recueillerait-il dans un cimetière avec elle et ses enfants ? Elle était de petite taille, avec de jeunes seins en pointe et des fesses rondes sans ostentation. Son visage était un concentré d'intelligence. J'aimais ses cheveux lisses pas naturels, qui exprimaient son désir de voyager, son amour de l'Europe et son attirance pour moi. Feinte ou réelle ? Je préférais qu'elle fût feinte : ça me semblait plus réel.

Tessy évoluait d'une Hutu à l'autre tandis que ses enfants se serraient contre moi pour trouver un refuge sûr au cas où leur mère finirait dévorée par la troupe des génocidaires. Il y avait là quelques moins de treize ans qui ne pouvaient être coupables de rien mais dont le dos semblait chargé du crime des parents qui les entouraient. Peu avant l'inhumation, Tessy revint vers nous. Je sentis que pour Scholastique et Patrice, son absence n'avait que trop duré et ils se précipitèrent vers elle comme si elle ressuscitait d'entre les morts en profusion autour de nous. Elle me dit qu'elle avait mon renseignement, sans me le donner. Je l'aurais au moment de son choix. Elle dit juste qu'il y avait un moundélé parmi eux. Pour me faire lanterner autant de temps qu'il lui plairait, elle pariait sur le fait que je ne m'abaisserais pas à le lui demander. Après un dernier adieu à Benjamin et Scholastique, nous retournâmes vers le 4 × 4. Les enfants s'installèrent à l'arrière du véhicule et attachèrent chacun leur ceinture de sécurité à la demande de leur mère qui me donna alors le nom du défunt hutu : Charles Rwabango. Avait-il été assassiné ? Non, mort dans un accident de voiture. Quand ? Le lundi précédent. Double confirmation que Kergalec n'y était pour rien.

    Bercés par le puissant ronronnement du moteur et la fraîcheur de l'habitacle, Patrice et Scholastique s'endormirent. Je fus tenté d'interroger Tessy sur son viol de 1998, mais ne trouvai pas comment formuler la question. Savais-je même quelles précisions j'attendais de la jeune femme ? Elle semblait béante de douleur à côté de moi, bien qu'elle n'eût plus eu mal depuis 98. Sauf pendant ses accouchements, la péridurale n'étant pas une spécialité médicale bantoue. Tessy me demanda si je voulais prendre un verre chez son oncle et sa tante à Moukondo avant de rentrer au Laico. On ne passerait donc pas la soirée ensemble ? Non, elle était désolée. Elle avait une obligation. Une fête. Prévue depuis longtemps. Avec des copains de fac. Ils allaient *loyenguer* dans l'appartement de l'un d'eux, près du CHU : Pouchkine Gao. Mère russe représentante en bijoux pour toute l'Afrique centrale, basée à Brazzaville depuis Sassou I. « Elena Petrova ? – Tu la connais ? – J'ai déjeuné avec elle aujourd'hui. Tu sors avec son fils ? – Pouchkine est un copain. Je n'ai pas le temps de sortir avec des garçons. Je m'occupe de mes enfants et de mes études. » Je dis que je rentrais après-demain en France et que ça m'attristait de ne pas rester avec elle ce soir. « Qu'est-ce qui t'oblige à rentrer après-demain en France ? – Mon cabinet. » Aux Rapides je lui avais raconté que j'étais un avocat travaillant pour l'État congolais dans l'affaire des fonds-vautours, enquêtant à Brazza pour tenter de découvrir d'où, à la SNPC, provenaient les fuites qui permettaient aux fonds de faire saisir les cargaisons de brut du pays. « Tu racontes à ton patron que tu es sur une nouvelle piste et que tu as besoin d'une semaine de plus à Brazza. » Le problème était que je n'étais pas avocat mais pétrolier, et qu'une nouvelle piste n'intéressait pas mon employeur : il voulait un nouveau gisement. J'étais loin d'en avoir trouvé un. « On a encore toute la journée de demain, dit Tessy, et celle de vendredi, ton avion ne partant que le soir. » Elle avait l'habitude des moundélés.

Sortir, pour les Brazzavillois, c'est sortir du travail. Ou des cours. Au Congo il y a plus de cours que de travail. De dix-huit à vingt heures, tout le monde est dehors afin d'acheter son dîner, le charbon pour le cuire, le pétrole lampant pour l'éclairer. Chacun danse sur la musique des klaxons. Et chante le marchandage. Nous nous trouvions sur la longue descente de Talangaï. Retour à la vie noire de l'avenue Jacques-Opangault après la mort blanchâtre d'Itatolo. Tessy se rêvait-elle en bourgeoise française de couleur, revenue, l'espace d'un aller-retour en classe affaires, dans sa ville natale avec son moundélé au volant du 4 × 4 ? Elle regardait par la vitre les trottoirs encombrés, défoncés, étouffés. Des grappes de longues et minces jeunes filles en pagne ou blue-jean passaient, méprisantes, devant les étalages examinés avec soin par leurs mères ou leurs tantes courtes et lourdes. Un fromager dressait au milieu d'une parcelle sa beauté pâle et mélancolique. Les commerces se trouvaient si près les uns des autres qu'on se demandait si un garage ne vendait pas des conserves de raviolis ou de cassoulet, et si une épicerie ne proposait pas des pièces détachée de VW ou de BMW. Les enfants couraient dans les jambes de tout le monde. Se vendaient chemisettes amidonnées de Kinshasa, oranges épluchées, pains de fufu, ailes de poulet grillées, CD de rumba ou d'African soul, médicaments périmés. Il y avait des marchands de chaussures d'occasion et de postes de télé en noir et blanc. Les ngandas étaient pleins de travailleurs ou de chômeurs. Difficiles à reconnaître : aussi pétés les uns que les autres. Dès qu'un petit espace était dégagé, des adolescents y jouaient au football. Les chauffeurs de taxi me klaxonnaient trois fois : moun-dé-lé. Le taxi est le mode de transport le plus répandu dans les pays misérables. Bientôt la nuit donnerait un coup de boule sur Brazza et à part quelques quartiers privilégiés – la Plaine, le Plateau, certaines rues de Poto-Poto, le Tchad et bien sûr Mpila où réside le président –, la ville serait plongée dans l'obscurité. En attendant la construction d'un barrage sur la Lamboulou par les Chinois, le Congo achète son électricité à la RDC et donc en prélève le moins possible. D'où les délestages. Les Brazzavillois rentrent tôt chez eux pour ne pas être dans le noir et se couchent sitôt après dîner afin d'économiser le pétrole lampant. Brazza est ensuite livrée aux officiels, aux enfants des officiels, aux mafieux, aux expats, aux conseillers, aux pétroliers. Et aux filles que ça ne dégoûte pas de gémir de plaisir sous eux.

À Moukondo Tessy me guida jusqu'à la parcelle de son oncle et de sa tante. La lumière commençait à baisser. On avait l'impression que le diable secouait audessus de nos têtes les ténèbres dont il est le maître, attendant le moment où nous serions le plus faibles et le plus apeurés pour nous en recouvrir. Nous pénétrâmes dans une cour de trente mètres carrés environ, cuisine-salon en plein air de deux familles : les Bwanza et les

Bitzimou. Une grande et belle femme, penchée vers une marmite de riz chauffant sur une cuisinière à charbon, se redressa : c'était Élisabeth Bwanza, la tante de Tessy. Elle était vêtue d'un pagne multicolore qui moulait son corps droit et musclé de quadragénaire souvent allée chercher l'eau au puits et ayant porté beaucoup de choses sur la tête. Elle n'avait jamais eu d'enfant car un de ses ancêtres, qu'elle avait oublié d'honorer lors d'une cérémonie familiale, lui avait depuis sa tombe mangé les ovaires. Son mari Maurice avait récemment fait un enfant à ce qu'on appelle ici un *bureau* : maîtresse officielle avec laquelle l'homme se montre dans les ngandas et les restaurants et dont il assure l'entretien, surtout si elle lui a donné une progéniture.

Élisabeth me dit que sa nièce lui avait parlé de moi. Elle savait, précisa-t-elle, que j'exerçais en France la profession d'avocat et que j'étais en mission à Brazza pour le compte de l'État congolais. Obligé d'acquiescer de la tête. Le moindre de nos mensonges nous lie. Nous fait perdre notre liberté. De parole, d'abord. De mouvement, peu à peu. Se faire passer pour ce qu'on n'est pas est aussi dangereux que se faire passer pour ce qu'on est. Ce qu'il faut, c'est ne pas se faire passer, mais passer. Élisabeth Bwanza avait un visage grave et harmonieux, plus clair que celui de sa nièce. Les Africains ne pâlissent pas en cas de grande émotion, mais leur teint, quand ils vieillissent, devient moins sombre. Comme s'ils retournaient à leur blancheur intérieure cachée depuis leur naissance sous leur peau. Ils pénètrent blancs au paradis qui s'ouvre jusqu'aux plus mauvais d'entre eux, eu égard aux souffrances accumulées par tous au long de leur vie. La tante ne me fit pas entrer dans la maisonnette, la cour étant la pièce de réception. Elle pria Tessy de sortir une chaise pour moi. Me demanda où j'habitais, si j'étais marié, avais des enfants. Les Congolaises posent toutes les questions que les Congolais ne posent pas, surtout celles qui ont par miracle dépassé la quarantaine. Je renouvelai mes mensonges des Rapides : habitant Colombes, marié à une prof de lettres, père de deux filles. Alors que j'aurais préféré dire la vérité : que j'étais un célibataire sans enfant après une vie sexuelle vagabonde jusqu'à un bref mariage terminé en 2003 par un divorce. Toute la famille m'aurait sauté dessus. Le plus dur était de me souvenir de mon faux prénom quand Tessy m'appelait par mon vrai prénom qu'elle croyait faux : Christophe. « Pourquoi ne portez-vous pas votre alliance ? » demanda Élisabeth Bwanza. Je faillis répondre : pour faire croire que je suis marié. Évidemment, je ne le pouvais pas. J'ai d'abord pensé prétendre l'avoir perdue, mais j'ai trouvé mieux : « Je ne porte aucun bijou, car tous me semblent maléfiques. – Ça dépend de qui les a achetés et de qui les porte, dit Tessy. J'ai ce petit collier en argent que m'a offert un moundélé. Je ne connais pas sa valeur exacte – pas plus de 100 000 francs CFA, à mon avis – mais, depuis qu'il est à mon cou, il ne m'arrive que des choses heureuses. » Posant sa main noire sur ma patte blanche : « Te rencontrer. J'ai eu aussi 11 à mon devoir sur Kant. La meilleure note de la classe. » Elle me demanda si je voulais du thé, une bière ou du vin de palme. Une Primus à la température ambiante ne me disait rien. Une Ngok non plus. Le thé me paraissait le plus raisonnable. Sans le riz et le thé, la moitié des Terriens mourraient de faim et de soif. Le riz et le thé sont plus que des aliments : des sacrements. Quand on les a dans la bouche, on dirait des hosties. On ne peut s'empêcher d'émettre une petite prière sans mot, chantonnement de louange à leur Créateur qui est aussi le nôtre.

Le samedi 19 décembre 1998, ayant traversé Brazza du sud-ouest au nord-est pendant les rares moments où les Ninjas de Ntumi et les Cobras de Sassou ne se tiraient pas dessus, Tessy atteignit Moukondo. Elle poussait devant elle une brouette dans laquelle se trouvait le cadavre de sa mère, moins la tête. Les Ninjas et les Cobras encore vivants, aujourd'hui militaires réguliers ou employés d'administrations en sureffectifs, se souviennent de cette adolescente qui, lorsqu'on lui demandait quelque chose, se contentait de soulever la couverture qui recouvrait le corps incomplet de Scholastique Estio. Et de dire : « *Mama na ngaï.* » Ma mère. Littéralement : la mère à moi. On la laissait passer. Tata-mwassi Élisabeth me décrivit alors Tessy telle qu'elle la vit ce jour-là : durcie par son malheur, on l'eût dite de pierre. Du sang avait séché sur ses cuisses. Ses cheveux trempés de sueur étaient aplatis sur son crâne. Sa robe était déchirée en plusieurs endroits. Elle était pieds nus. Elle s'assit par terre. Après avoir examiné avec horreur le corps de Scholastique, Élisabeth ne demanda pas ce qui s'était passé. Elle dit à Tessy qu'on allait veiller puis enterrer Scholastique qui était d'ores et déjà au paradis. Avec sa tête. Tessy resterait à Moukondo. Élisabeth l'inscrirait sans peine à Lumumba, vu les relations de son mari avec le nouveau pouvoir. De Moukondo, un *fula-fula* (minibus Toyota pouvant transporter une dizaine de personnes) direct la déposerait devant le lycée. Tessy réclama un livre, n'importe lequel. C'était toujours ce qu'elle faisait quand elle rendait visite à sa tante avec sa mère. Il y avait plus de livres chez les Bwanza à Moukondo que chez les Estio à Bacongo, parce que Maurice Bwanza, le mari d'Élisabeth, aimait lire, tandis que Benjamin Estio, le père de Tessy, ne s'intéressait qu'à la mécanique auto. Scholastique, elle, était analphabète. Sa sœur Élisabeth avait appris à lire quand elle était enfant, mais n'avait plus essayé depuis lors et doutait d'en être encore capable.

Au moment où tata-mwassi finissait de me raconter ses retrouvailles à la fois tragiques (sa sœur était morte) et heureuses (sa nièce était en vie) avec Tessy en décembre 1998, nous vîmes l'étudiante sortir de la maison, une tasse de thé dans une main, un bouquin dans l'autre. Elle me tendit la tasse et ouvrit le livre. « Je me demande si la lecture ne lui a pas sauvé la vie », dit Élisabeth Bwanza. Ce qui avait sauvé la vie de Tessy, selon moi, c'était la brillante idée qu'elle avait eue de transporter sa mère décapitée dans une brouette. Pour franchir les barrages de Cobras, c'était mieux qu'un laissez-passer signé Sassou. Avait-elle réfléchi à ce qu'elle faisait, ou l'avait-elle fait sans réfléchir ? Il lui avait fallu trouver le corps, une brouette, une couverture. Sous les tirs croisés des belligérants. Le fait est qu'elle avait été violée treize fois avant de transporter le cadavre mutilé de sa mère, et plus une seule fois après. « Je me dis souvent, poursuivit Élisabeth Bwanza, qu'elle est un être magique. Que beaucoup d'ancêtres ont élu domicile en elle. Pas seulement les siens. Des ancêtres plus attirés par sa lumière que par celle de leurs descendants naturels. – À notre première rencontre, elle m'a dit qu'elle serait présidente du Congo. – Une femme du Sud : ce serait extraordinaire. – Vous y croyez ? – Après ce que Tessy a fait pendant la dernière guerre, elle me semble capable d'atteindre n'importe quel sommet. » Me regardant avec cette gravité qui est africaine comme la peur, la patience et la

séparation : « Ou de tomber dans n'importe quel gouffre.
– C'est moi, le gouffre ? Trop d'honneur. Ne suis qu'un moundélé de passage. »

À quelques mètres de nous, Tessy était plongée dans son livre, mais, si passionnée qu'elle fût par les aventures de Jacques et Antoine Thibault (elle lisait le tome II de la saga de Roger Martin du Gard dans une vieille édition de poche), elle ne pouvait pas ne pas entendre notre conversation. Parfois, un sourire se dessinait sur ses lèvres et je doutais qu'il eût pour origine un trait d'esprit du prix Nobel de littérature. Elle devait plutôt se moquer de nous. « Un moundélé de passage, dit Élisabeth, est ce que j'appelle un gouffre. Que faites-vous avec ma nièce, si vous ne voulez pas l'épouser ? – J'ai dit que je ne voulais pas l'épouser ? – Vous l'avez demandée en mariage ? – Déjà marié. – Le divorce est interdit en France ? – Au-delà d'un certain niveau de fortune, oui. » Tessy couina. La tante se rembrunit. En même temps : alléchée par le mot « fortune ». « Tessy m'a juste demandé de la conduire en voiture à Itatolo. – Aux Rapides, avant-hier soir, vous vous êtes embrassés. – C'est elle qui vous l'a dit ? – Non. Une amie de Makélékélé vous a vus. » La même Victoire Kouvouama, l'esthéticienne déjà citée par Tessy ?

Il voulut montrer sa collection de peintures congolaises. La plus belle de Brazza, dit-il. Et sans doute du pays. Un jour, il aurait son musée. À son nom. Si le pouvoir changeait. Passait aux hommes politiques du Sud, plus raffinés que ceux du Nord. Davantage concernés par ce que nous, Européens, appelons la « culture ». Maurice Bwanza disait qu'il était le Bagangoulou le plus cultivé de Brazza depuis le départ en France de l'écrivain et ancien Premier ministre Henri Lopes, en 1984. J'avais eu affaire à Lopes, ambassadeur du Congo en France. L'avais côtoyé à des réceptions d'Elf, aujourd'hui Total. Son Excellence semblait plus intéressée par l'art et la poésie que par les hydrocarbures. Bwanza était un homme de taille moyenne, au visage noueux et aux larges épaules. Toujours pressé depuis qu'il avait une seconde famille. Une fine couche de sueur brillait sur son front noir parce que le fonctionnaire passait son temps à courir de la SNPC à Moungali où logeait son bureau, maman de son bébé de sexe masculin, de Moungali à Moukondo où l'attendaient son épouse, sa nièce et ses petits-neveux, de Moukondo à Poto-Poto où il rencontrait des peintres. Le tout sous une veste de cuir, sa matière vestimentaire favorite, peu adaptée aux températures subtropicales.

Il choisit de me présenter les œuvres dans l'ordre chronologique de leurs créateurs, en commençant par Eugène Malonga (né en 1930). Le tableau était une huile sur papier intitulée *La Femme aux jumeaux*. Je comptai trois petites têtes noires, celle de la mère non comprise. Dis qu'à la place de l'artiste j'aurais appelé la toile « la femme aux triplés ». Bwanza, dont le bout du nez épaté tremblota d'agacement, dit que l'un des enfants, celui de gauche, avait une tête plus grosse que celle des deux autres. Ça signifiait qu'il n'avait pas leur âge et ne pouvait donc pas être né le même jour qu'eux. Il y avait sur le visage de la mère la détermination des femmes africaines à ne pas mourir. Dans ses yeux, la mélancolie de la gêne financière. Dans le dessin et les couleurs, une douceur d'enfance.

Après que je l'eus amadoué avec ces compliments sur *La Femme aux jumeaux*, Bwanza consentit à me raconter la vie du peintre alors que je ne le lui demandais pas. Initié au dessin par Roger Erell, l'architecte français de la basilique Sainte-Anne, Malonga fait sa première exposition à vingt-trois ans. Il étudia en 1960 aux Arts déco de Paris. Il a beaucoup voyagé en Afrique (Cameroun, Tchad, Centrafrique), ce qui a nourri son inspiration. Après Eugène Malonga naquit en 1939 Marcel Gotène. Qui suivit les cours de Pierre Lods à l'école de Poto-Poto, et les cours d'on ne sait pas qui à l'École nationale des arts décoratifs d'Aubusson. Tessy s'occupait, telle l'assistant d'un commissaire-priseur, à me présenter les tableaux. Elle agrémentait chacun d'eux de ce sourire dont je ne savais pas s'il était moqueur, affectueux, méprisant, indifférent, réfléchi. Ou irréfléchi. Peut-être Bwanza était-il en train d'essayer de me vendre une de ces œuvres afin de pouvoir en acheter d'autres ? Se servait-il, dans ce but, du charme de sa nièce auquel il devinait que je ne résistais pas, sinon je n'aurais pas passé des heures avec elle dans un cimetière, puis dans un quartier ? Le tableau de Gotène s'intitulait *Danses traditionnelles*. Il datait de 2002. Sur fond gris, deux femmes noires s'affrontent dans une joyeuse explosion de mouvements gracieux. Marcel Gotène est moins tendu, moins dramatique et plus enchanteur que Malonga. Tentative de peindre le folklore et sa musique. « Gotène, dit l'oncle, prête aux hommes et aux animaux une force symbolique onirique. » L'homme de Yaba a exposé au Cercle de la France d'outre-mer pendant la colonisation, puis, pendant la décolonisation, au Grand Palais. Tessy pencha la tête d'un côté puis de l'autre comme pour me demander si j'allais acquérir *Danseuses traditionnelles*. Je voulais, avant de me décider pour une œuvre ou une autre, voir le reste de l'exposition, mais je sentais que je serais obligé d'en acheter une ou deux afin de ne pas froisser mon hôte. À qui le bureau devait causer bien des soucis financiers.

Quand naquit Michel Hengo, le 12 février 1942, Brazzaville était la capitale de la France Libre. Le père de Hengo était camerounais, sa mère congolaise. Il a perdu l'un à huit ans, l'autre à onze. L'Afrique est orpheline. Michel vint à Brazzaville en 1961 pour vendre du poisson fumé, comme Scholastique Estio. Il apprit la peinture dans l'atelier de Michel Ngango et dans celui de Gilberte Word, épouse d'un diplomate américain. Après la révolution, il devint révolutionnaire. Il avait l'âge : vingt et un ans. Puis peintre officiel du PCT. C'est un Georges Matthieu nguessoïste, terme qui n'existe pas, ce qui plaide en faveur du Mbochi. Tessy me mit sous le nez, avec ses coquetteries et gesticulations habituelles, le grand *Univers* (2003) : 120 × 75 cm. Fus tenté de l'acheter. Dans le pétrole, on a un faible pour ce qui est officiel, y compris la peinture. Parce que nous sommes des voleurs officiels ? On aurait dit une affiche pour la regrettée Air Afrique.

Je tardai trop à prendre parti pour Hengo, aussi l'oncle et la nièce passèrent-ils à l'artiste suivant : Franciss Tondo-Ngoma. Le peuple dans sa douleur hurlée en silence. Les masses accumulées sans rassemblement. La solitude à tous. C'étaient deux petits tableaux en largeur, intitulés *Diptyque*. « Tondo-Ngoma, dit Maurice Bwanza, est né en août 1955 à Dolisie. » Ce type pourrait me parler peinture congolaise jusqu'à la fin de la nuit. Tondo-Ngoma est du Pool. Toujours le Pool. Qui souffre, s'offre. Au sud de nulle part. De la taule. De la tôle. Sur laquelle tape le marteau du soleil fou. Tondo-Ngoma a étudié la musique, peint donc des chœurs. Son premier acheteur fut l'écrivain Sony Labou Tansi, au début des années 90. À Mfilou, où le peintre avait un atelier précaire. C'est le chouchou des services culturels de l'ambassade de France. « On peut voir, à Libreville, son *Marché en bordure de rivière*. À Douala, sa *Femme pensive*. » On en arriva aux artistes de mon âge : Jonas Boboma-Mionzo (43 ans), Bill Kouelany (42 ans), Guy Anicet Malonga (39 ans). Je reconnaissais en eux le sentimentalisme douillet (Boboma-Mionzo), le vide historique (Kouelany) et le réalisme désenchanté (Malonga) de ma génération. Accentués par la chaleur. La misère. Boboma-Mionzo a étudié le dessin et la peinture à l'Académie des beaux-arts de Kinshasa, ce qui donne à son trait et à ses couleurs quelque chose de plus rumba. Kouelany me paraît inspirée par le peintre haïtien Jean-Michel Basquiat, bien qu'elle n'ait écrit que son nom sur *Sans titre*. Malonga est un figuratif sans états d'âme et peut-être sans âme. Le figuration permit longtemps aux peintres de se cacher derrière nos paysages, nos visages. Jusqu'à ce qu'on les démasque grâce à l'abstraction. Elle les a obligés à n'être qu'eux-mêmes. Pour la plupart d'entre eux : personne.

Je sus tout de suite que j'achèterais la dernière toile exhibée par Tessy, bien que ses dimensions (2 × 1,50 m) la rendissent difficile à transporter jusqu'en France. Il faudrait la déclouer de son cadre et la rouler comme un parchemin. C'était une fresque sans personnages. On devinait la présence, dans une nuit peinte à grands coups de lune, d'hommes et de femmes désemparés. Il y avait dans cette œuvre un double sentiment d'enfermement et de perdition. Je me reconnus dans cette clameur sans bouche, toute en fureur et en ironie. *Azzarb*, tel était le nom de l'œuvre. Brazza à l'envers. Qui peut aussi s'écrire hasard. N'était-ce pas par hasard – par *azzarb* – que Pouchkine s'était trouvé naître au Congo ? Pouchkine Gao était l'auteur d'*Azzarb*. Nganga était son nom de peintre. Le guérisseur, en lingala, me précisa Tessy. « Nganga doit encore beaucoup travailler, dit Bwanza. Vous feriez mieux d'opter pour l'œuvre d'un artiste plus accompli. » Me disait-il ça parce que le prix d'*Azzarb* était trop bas ou, au contraire, parce qu'il attachait de l'importance à sa toile ? Celle-ci me faisait penser à ma récente visite d'Itatolo, comme si, entre le moment où Tessy, ses enfants et moi avions quitté le cimetière et celui où je m'étais garé à Moukondo, Pouchkine avait eu le temps de restituer sur une toile ce qui m'avait étreint, bouleversé, abattu au cours des dernières heures. Il y avait de la magie chez Nganga – qui signifie aussi le virtuose, le surdoué, le styliste, le génie, le *magicien* : elle le fit soudain apparaître plus Pouchkine que le vrai, avec les yeux bleus de sa mère et les cheveux noirs crépus de son père. Il avait le nez fin, presque pointu. Le grand front et les oreilles petites des aristocrates mbochis. Son père devait être un homme important au Congo pour qu'une jeune Soviétique blonde ait voulu – ou obtempéré à l'ordre de – faire un enfant avec lui. Bwanza lui annonça d'emblée : « Je suis en train de vendre *Azzarb*. » Le garçon ne parut pas surpris. Il me dévisagea avec une amabilité lointaine, soupçonneuse. Le genre à détester qu'on l'aime et à ne pas supporter qu'on ne l'aime pas. Il eut soudain dans les jambes Patrice et Scholastique, sous le regard attendri de leur mère. Il les prit dans ses bras chacun son tour. Il était petit et mince, et semblait vigoureux comme sont les génies petits et minces : Wagner, Hugo, Eminem. Mais il était déjà, avec Tessy, de la génération qui ne pense plus qu'Eminem est un génie. Au contraire des quadras comme moi et de mes copains pétroliers qui ont donné leurs dernières fêtes juvéniles, enterré leurs trente-cinq ans sur l'air de : « *America ! We love you ! How many people are proud to be citizens of this beautiful country of us ?* »

Depuis que Pouchkine Gao était apparu dans la pièce, Tessy avait changé de visage et de silhouette, illuminée par la voix et les gestes du peintre. J'en conclus qu'elle était amoureuse de lui. Cela me procura un soulagement amer, comme lorsqu'on termine la lecture d'un livre après avoir craint de mourir enfermé dedans. Soucieuse de ne pas me laisser de côté dans une situation où elle devinait que j'avais découvert ce qu'elle aurait préféré me cacher, elle m'expliqua que Gao et elle étudiaient la philosophie ensemble à Ngouabi. Tous deux étaient en troisième année, bien qu'elle fût plus âgée que lui. « Il est doué. Il écrit une étude sur Schopenhauer. » Pouchkine me lança un regard menaçant, soucieux de m'ôter toute velléité d'ironie. Loin de moi l'idée de faire une remarque narquoise sur Schopenhauer ou quelque autre philosophe dépressif et cyclothymique. Je m'enfonçais dans mon admiration pour l'artiste dont je venais d'acquérir une œuvre. Nous n'avions pas encore discuté du prix d'*Azzarb*. Bwanza proposa 300 000 francs CFA. Pouchkine me demanda si je les avais sur moi. Le moundélé a tout sur lui, en sorte de pouvoir le donner. Pouchkine prit les billets et me tendit la toile qui n'était donc pas la propriété de Bwanza mais en dépôt chez lui. Comme les autres ? Je serrai l'œuvre contre moi tandis qu'avec mon argent Pouchkine aurait bientôt Tessy tout contre lui.

Pouchkine était venu du CHU en fula-fula car sa mobylette était au garage pour plusieurs jours. Tessy me demanda si je pouvais les descendre dans le centre. « Ça t'évitera de te perdre. » Je me demandai qui prendrait place à côté de moi dans le 4 × 4. L'étudiante souhaiterait-elle continuer la fiction de son mariage avec un moundélé ou préférerait-elle passer pour la sœur ou la copine d'un Congolais travaillant avec un Européen ? Pouchkine s'installa de lui-même à l'arrière. Pour recompter son argent ? C'était comme s'il m'abandonnait Tessy. Parce que, ainsi que la jeune fille me l'avait dit, ils n'étaient que des camarades et qu'en tant que camarade elle lui avait déjà fait des confidences amoureuses à mon sujet ? Au volant de mon monstre automobile de location, j'étais conscient de retrouver le prestige que j'avais perdu dans la parcelle des Bwanza, gogo blanc obligé d'acheter une croûte dix ou vingt fois plus cher que son prix de revient. Même si c'était un chef-d'œuvre.

Retraverser la nuit de Brazzaville. Si noire qu'on en oubliait sa touffeur. Tessy m'indiquait le chemin, Antigone guidant Œdipe après que le fils et amant de Jocaste se fut crevé les yeux. N'avait-elle pas l'âge d'être ma fille maudite ? Les rues noires pleines de Blacks. La banlieue parisienne sans Paris au milieu. La tour Namemba à la place de la tour Eiffel, avec son air de château d'eau croupie. Un GPS à brushing parfait me donnait les indications nécessaires d'une voix intime d'infirmière s'adressant à son infirme. L'habitude des Blancs perdus. Je pris son genou nu dans ma main libre. « Mariage *first* », dit Tessy en dérobant sa jambe. Avec une fille violée treize fois à treize ans par treize hommes en uniforme, insister eût été indélicat. « Je suis marié. – Qu'est-ce qui me le prouve ? – Je ne porte pas d'alliance. » Dans mon dos, j'entendis le rire de Pouchkine. D'après ce que je sais de l'histoire littéraire russe, le poète romantique, auteur du *Prisonnier du Caucase* (1821) et de *Poltava* (1828), avait le même. Une réincarnation ? « Ce n'est pas dur, pour un Russe, de se prénommer Pouchkine ? – Merci de me poser la question. » Nulle autre réponse. On croyait entendre l'écrivain mort en duel, jusque dans ses silences. Tel que personne ne l'a jamais enregistré. Nous étions arrivés au CHU. « Maintenant, me dit Tessy, c'est simple. Tu descends l'avenue et tu prends la quatrième à gauche. Ton hôtel est au bout. – Tu ne proposes pas à mon acheteur de venir boire et danser chez moi avec nous ? demanda Pouchkine. – Il n'y aura que des jeunes. » L'étudiante craignait-elle que je fisse une rencontre qui m'éloignerait d'elle, ou de ne pas pouvoir, du fait de ma présence, s'amuser autant qu'elle l'avait prévu ? « Ça a l'air de lui plaire, les jeunes. Non, moundélé ? » Pouchkine oubliait qu'il était à moitié autant moundélé que moi. Comme l'autre. Lire à ce sujet *Le Nègre de Pierre le Grand* (1827).

Surtout curieux de visiter le domicile d'une Russe à Brazzaville. Et intéressé de voir d'autres toiles de son fils. Je m'attendais à tomber dans la pénombre surchauffée d'une boum adolescente, mais toutes les lampes étaient allumées et on avait poussé la clim à fond comme dans un bureau de la direction de la SNPC. Les invités de Pouchkine étaient venus chercher à Moungali II le luxe de la lumière et de la fraîcheur. Ils ne me prêtèrent aucune attention, au contraire de ce que j'avais craint. Le plus dur en Afrique, c'est d'être blanc. Pouchkine, plein de sa grâce acide de maître de maison, fit quelques politesses tandis que je dévorais des yeux les murs, les meubles, les livres et, bien sûr, les tableaux d'Elena Petrova, tous de Nganga. Les murs étaient-ils blancs pour rappeler la couleur de peau de la propriétaire ? Le mobilier comprenait deux poufs en cuir marron, un tapis marocain, des étagères Ikea, un écran plat Pioneer, un canapé recouvert de plusieurs couches de plaids écossais, un petit banc de jardin peint en vert (par Nganga, imaginais-je). De l'ensemble se dégageait une absence ex-soviétique de goût. Beaucoup de livres russes. En français des classiques de la collection Folio et *Georges Marchais, l'inconnu du Parti communiste français* (Thomas Hofnung, 2001), *Vers la construction d'une société socialiste en Afrique* (Marien Ngouabi, 1975) et *Histoire du Parti communiste de l'Union soviétique* (B. Ponomarev, 1960). Dans la cuisine, un énorme frigo colonial.

Pas de rumba : R & B et soul. Les filles étaient plus grandes, plus belles et plus élégantes que Tessy. Du coup, celle-ci prit le parti de disparaître. Je n'avais plus personne à qui parler, Pouchkine s'étant enfoncé dans le canapé pour fumer du chanvre en compagnie de ses copains descendants de sapeurs. La bière était de la Ngok. C'était une soirée mbochi. Entre fils et filles à papa haut fonctionnaire, voire ministre. Abordé pour finir par un long type nerveux qui avait entendu dire que j'étais avocat. Lui aussi. Zut, aurais préféré qu'il soit dans les pétroles. Plus facile d'avoir l'air de ne pas connaître ce qu'on connaît que d'avoir l'air de connaître ce qu'on ne connaît pas. Il me dit qu'on ne pouvait rien faire au Congo. Tout était bloqué. Après son diplôme d'avocat, il avait décidé de rentrer à Brazza pour monter une boîte de télécom, mais il n'y avait pas moyen. Les fonds manquaient. Freins administratifs. Il hésitait à revenir en France où les perspectives ne lui paraissaient pas meilleures. C'était le râleur africain type et je le trouvais sympathique pour l'unique raison qu'il semblait avoir plus de trente ans, ce qui me faisait paraître moins vieux, donc moins blanc. Il s'appelait Robert. Demanda si j'aimais la musique africaine. À peine avais-je hoché la tête qu'il se lançait dans un vaste dégagement sur le sujet. Bien sûr, dit-il, ma connaissance et mon amour de la musique africaine se limitaient au Sénégalais Youssou N'dour et à la Capverdienne Cesaria Evora, comme tous les moundélés de mon âge, ces deux interprètes ayant connu le succès à Paris dans les années 80 et 90, époque de l'apothéose de la *World Music*. J'admis que j'appréciais la *morna* d'Evora. Elle transporte dans sa voix, et sur les pieds nus portant son énorme silhouette, pleine du contentement de manger enfin à son insatiable faim, tous les bars de Praïa où elle a chanté durant trois décennies. Me plaît, chez N'Dour, sa langueur à la Oum Kalsoum, idole de son enfance musulmane. Je n'en revenais pas d'avoir pu dire deux phrases à la file, et Robert me considérait avec une stupéfaction hargneuse, comme s'il s'en voulait de m'avoir laissé outrepasser mes droits. Tombèrent alors sur moi des noms soupirés, beuglés, assenés ou crachés : Bonga, Sangaré, Thomas Mapfumo, Geraldo Pino, Nyota Ndogo, Mamar Kassy. Connaissais-je le rap africain ? Oui : la conversation des chauffeurs de taxi. Le festival Ouaga hip-hop ? « Non : il n'y a pas de pétrole au Burkina-Faso. » Qu'est-ce que le pétrole venait faire là-dedans ? Rien. Je m'étais coupé. Quand un menteur se coupe, il se mord la lèvre. Pour illustrer la chose. « Nos deux vedettes du rap sont Positif Black Soul et Daara J. » J'aime les noms des chanteurs africains. Les derniers connus : DJ Arafat, Bill Clinton, Lino Versace. Ou Mopao Sarkozy (le pape Sarkozy), appellation actuelle de Koffi Olomidé, l'un des tenants du coupé-décalé qui consiste à mimer en rythme l'agonie d'un poulet. Tous ces poulets qu'on mange en Afrique, il faut bien les tuer avant, sous le regard fasciné de petits garçons qui deviendront des danseurs. Ce soir-là, chez Elena Petrova, personne n'avait encore fait un coupé-décalé, danse surtout populaire en Côte-d'Ivoire. « Les grands spécialistes du rap africain sont français, vous devriez en avoir entendu parler : le collectif Staycalm. Ils organisent des soirées et des concerts de rap à Paris et à Lille. » À Paris j'avais autre chose à faire que d'écouter du rap. Et je ne vais jamais à Lille. « Le rap africain rappelle l'esprit originel du hip-hop américain. Il revendique dans l'urgence. En Afrique, le chanteur, c'est la parole. Un président et un rappeur, leur but reste le même : monopoliser les mots. »

Peu à peu, les Congolaises présentes m'apparaissaient. Malgré la forte lumière, elles semblaient être jusque-là restées dans une pénombre légère, illusion d'optique due à la climatisation excessive. Le froid masque, quand la chaleur déshabille. Il y avait une blonde. Toutes avaient les cheveux lisses des pubs L'Oréal qu'elles regardent sur Fashion TV ou TV5. Ceinture d'argent autour de leur taille noire nue. Hanches étroites imitées des séries américaines. Elles se rassemblaient autour de moi. J'étais admis, devenu le centre d'intérêt de ces provinciales du monde. Elles avaient dû demander à Pouchkine qui j'étais et j'imaginais qu'il leur avait répondu : « Mon premier collectionneur moundélé. » Avocat français : s'y connaissait en visas. Marié ? Marié. À ce qu'il disait. Ça ne les décourageait pas. Aucune ne comptait m'épouser. Les femmes africaines ne comptent pas, elles espèrent. Tout.

Sans doute en hommage au touriste blanc quadra que j'étais, les différents DJ qui se partageaient, non sans palabres, l'animation musicale de la soirée, et parmi lesquels il y avait une bonne moitié de filles, passèrent le nouveau CD des « Bantous de la capitale », vieux groupe brazzavillois célèbre dont Robert se crut obligé de me faire l'historique. Les « Bantous » avaient débuté un an avant l'indépendance : le 15 août 1959. Sans que ni eux ni leur public ne devinent que le 15 août deviendrait, quelques années plus tard, le jour de la fête nationale congolaise, suite aux « Trois Glorieuses » des 13, 14 et 15 août 1963 : renversement de l'abbé pornographique Fulbert Youlou, surnommé *Foolbert* Youlou dans les rapports de l'agent local de la CIA basé à Kinshasa, au profit d'Alphonse Massamba-Débat. Les membres des « Bantous » s'appellent Nino, Edo, Celio, etc. Après les premiers succès, ils passèrent de l'autre côté du fleuve Congo, faux océan Atlantique proposé chaque matin aux habitants de Brazza comme de Kin, rêve d'Amérique dont chacun peut être revenu le soir même. Au Congo plus belge mais pas encore Zaïre se créèrent à leur image l'African Jazz et l'OK Jazz. Quarante-cinq ans après leur formation, les « Bantous », au complet moins un, Daniel Loukalo, s'étaient retrouvés pour enregistrer le CD qu'on entendait.

Sur *Betsicle*, je ne pus m'empêcher de me lever et de sortir l'arme secrète des pétroliers : la danse. C'est un air langoureux, quoique rythmé, sur lequel on s'amuse davantage à deux, aussi pris-je une des mains jeunes, noires et aux ongles parfaits qui se trouvaient à portée. Propriété d'une longue figurante d'un clip sexy de hip-hop, pas encore tourné à Los Angeles car attendant l'avis de la censure. On entrait dans la fête. J'avais doublement l'impression de trahir Tessy en ayant choisi une danseuse de 20 centimètres plus grande qu'elle. N'en concevais aucun remords. Conséquence de l'abus de Ngok ? Ç'aurait été pareil avec la Primus. Un sexe d'homme ne distingue pas le nord du sud. *Idem* pour son estomac. J'entendis la porte d'entrée claquer. « Tessy vient de partir, me dit Pouchkine à l'oreille alors que je ne l'avais pas vu se lever. Tu dois lui plaire, car une Vili ne fait jamais ça. Normalement, elle vous aurait séparés et aurait insulté et battu sa rivale. » Je sortis à mon tour sous prétexte de dire au revoir à l'étudiante. Ma partenaire semblait s'amuser de ce qu'elle prenait pour une querelle d'amoureux alors qu'il s'agissait d'un différend professionnel : Tessy était, moyennant une rémunération confortable, à mon service. La chaleur, dès que je fus dehors, me sauta à la figure. Toute la bière que j'avais bue chez Elena Petrova ressortit par mon front sous forme de flots de sueur. Et la danse que je venais d'exécuter me tomba sur le dos telle une plaque de tôle brûlante qui se transforma en eau. J'étais désormais trempé des pieds à la tête. Impossible de reparaître dans cet état à la fête de Pouchkine. Il fallait que je me rafraîchisse avant, mais ne pouvais le faire que dans un endroit : celui dont je venais de sortir. Situation grotesque, typique de moundélé.

À Brazza il y a des taxis jour et nuit. Pendant la saison sèche comme lors des pluies. Une femme fâchée disparaît en une minute dans l'un d'eux pour peu qu'elle ait 1 500 francs CFA sur elle, alors qu'à Paris on a de fortes chances de la retrouver perchée au bord d'un trottoir, la main en l'air dans l'espoir d'attirer l'attention d'un chauffeur de taxi libre par miracle. Il est alors simple de la prendre par le cou comme un chat, pinçant sa peau douce, et de lui parler avec gentillesse. Lui dire qu'il n'y a pas de taxi, mais qu'il y a un automobiliste : soi. Et qu'on la ramènera volontiers chez elle à condition de faire d'abord la paix. Après quoi elle ne voudra plus qu'on la ramène chez elle, mais chez soi. Toutes choses impossibles à faire avec une Brazzavilloise embarquée par un taxi véloce et ayant déjà bipé un génitos disponible dans un quartier ou un grotos barricadé dans sa chambre d'hôtel cinq étoiles. Je regardai en vain autour de moi. Plus envie de retourner chez la mère de Pouchkine. Surtout avec mon nouveau physique de Blanc blafard tombé tout habillé dans une piscine. Tessy avait fait un trou dans la nuit, où il ne me restait plus qu'à tomber. Je rentrai au Laico. Je m'étais garé et me dirigeais à pied vers le perron quand je me souvins du tableau de Nganga, *Azzarb*. Je retournai au 4 × 4 et le sortis du coffre sous les yeux bleus étonnés d'une passante européenne – moroupéenne, comme on dit ici : la mère de l'artiste.

« Le conseiller m'avait invitée à dîner. On en était aux hors-d'œuvre quand il a été appelé à la présidence. Tout Denis : convoquer les gens à l'heure des repas. Où avez-vous trouvé ce tableau ? – Chez un collectionneur bagangoulou de Moukondo. – Ah oui : Bwanza. Vous savez que c'est une œuvre de mon fils ? – Oui. – Pour ça que vous l'avez achetée ? – Non. Elle me plaît. – Vous l'avez payée combien ? – 300 000 CFA. – Vous n'avez pas honte ? Elle vaut dix fois plus. – Je n'ai pas l'intention de la revendre. – Le véritable amateur d'art, intéressé par l'émotion, pas par le profit. » Dans la lumière vague des réverbères, Elena Petrova révélait son ancienne beauté, celle avec laquelle elle était naguère venue d'URSS. Une chance sur deux pour qu'elle fût une ex-espionne, comme Blandine de Kergalec. Ou toujours en exercice. Ainsi que Kergalec ? Je proposai à la Russe, une fois que j'aurais remisé *Azzarb* dans ma chambre, de l'emmener dîner. « J'accepte volontiers, d'autant que mon fils organise une boum chez moi. – J'en viens. Tessy Estio m'y avait amené. – Ah oui, sa petite amie. Enfin, une de ses. Avec les filles, Pouchkine est comme son père et son homonyme : insatiable. – Qui est son père ? – Je croyais que vous alliez me demander qui est son homonyme. – Je travaille dans le pétrole, mais tout de même. » Elle sourit, alluma une cigarette. Cette nostalgie énigmatique chez les femmes de cinquante ans. Vous croyez qu'elles vous regardent, mais elles ne voient que leur demi-siècle.

Cette fois, ma chambre n'avait pas été fouillée. Quand j'en ressortis, je me trouvai devant Blandine de Kergalec. S'apprêtait-elle à forcer ma porte ? Ça me fit une impression bizarre, à la fois douce et pénible, d'être si près d'elle. Elle avait de larges yeux marron clair, bovins. La photo que j'avais d'elle – l'unique photo jamais prise de l'espionne, du moins la seule qu'on avait pu voir dans la presse, et j'avais vérifié qu'il n'y en avait pas d'autre sur le Net – était en noir et blanc. J'ignorais, avant ce soir, la couleur de ses yeux. Ça me parut un progrès important dans la connaissance pourtant exhaustive que j'avais d'elle. Je découvrais aussi une odeur : musquée, lourde, triste. De remords et de vague à l'âme. Encore une journée où Blandine avait beaucoup marché. Pris l'avion. Tué ? J'étais sur le point de lui dire que je l'avais suivie, avant-hier, aux Rapides par goût du mystère, que je n'étais pas un agent secret, mais un passionné d'espionnage, qu'elle ne risquait rien de moi qui n'avais jamais tenu une arme, que je rentrais le lendemain soir à Paris où j'oublierais son existence, mais il y avait sur son long visage blanc une telle absence d'intérêt pour ma personne, un tel refus de me considérer comme un être humain, que les mots restèrent dans ma gorge sèche. Je n'étais pas certain que Kergalec n'allait pas me tirer deux balles de revolver dans la poitrine. Et la Russe qui m'attendait devant le Laico pour aller dîner. Elle devait être en train de réserver une table chez Mami Wata. Aurait-elle, le même soir, deux défections d'affilée ?

Un client africain sortit d'une chambre. M'a-t-il sauvé la vie ? Je souris à Kergalec et m'engouffrai derrière l'homme dans l'ascenseur où elle ne nous suivit pas. Elle pouvait de nouveau fouiller ma chambre de fond en comble si ça lui chantait. Et empocher *Azzarb* pour le prix de sa peine.

Un couple de moundélés sous un toit de paille, entouré de ministres et de moustiques. Entre les poulets qui se repaissent des déchets et les poissons qui se nourrissent de cadavres, que choisir ? J'optai pour un steak d'importation, Elena se décida pour une salade de crevettes étrangères. Elle ne voulait pas d'alcool. Au régime, comme toutes les grosses. Je commandai une Primus. Je savais que si je demandais à la Russe de me raconter sa vie, elle se méfierait de moi, aussi commençai-je à lui raconter la mienne, ce qui l'ennuya et la poussa à me raconter la sienne sans que je le lui eusse demandé. « J'ai pris la décision de quitter l'URSS après l'accident de la centrale de Tchernobyl. Je me suis dit que si je voulais faire un enfant, mieux valait le concevoir dans un autre pays. Je travaillais au ministère des Affaires étrangères comme traductrice de français. On m'a proposé le Congo-Brazza. J'ai alors pensé que je mettrais un petit Africain au monde, et ça n'a pas loupé. Du coup, toute ma famille s'est fâchée contre moi. Enfin, surtout ma mère. Mais je n'ai qu'elle. Ça ne m'a pas encouragée à rentrer au pays avec Pouchkine quand l'URSS, devenue la CEI, n'a pas pu me garder à l'ambassade, faute de moyens. Pourtant, je ne coûtais pas cher. C'était encore trop pour l'administration Eltsine. Je suis restée à Brazza où j'ai essayé de gagner ma vie. – D'après ce que j'ai vu, ça n'a pas mal marché. – La maison ? Un cadeau du père de Pouchkine. Il adore son fils. C'est, de ses enfants, celui qui lui ressemble le plus, bien que ce soit le seul métis. Il souffre de ne pas pouvoir vivre avec lui. – C'est un homme marié ? – Plutôt trois fois qu'une. – La polygamie est interdite au Congo. – On le dit. » Elle regarda avec hargne la bouteille d'eau minérale qu'on venait de poser devant elle. Je lui proposai un verre de ma Primus. « Si on prenait plutôt du vin ? Ils ont un excellent blanc d'Afrique du Sud. Ce soir, c'est fête. – Fête de quoi ? – Notre premier dîner en tête à tête. Et dernier, puisque vous partez après-demain. – Qui vous l'a dit ? – Vous. La plupart des choses que les gens savent sur nous, c'est nous qui les leur avons dites. » J'avais lu cette phrase dans un manuel d'espionnage. Une jolie trentenaire venue au Congo en 1986 ne s'occupait pas, à mon avis, que de traduction. Ses supérieurs de l'ambassade avaient dû lui confier d'autres missions, comme par exemple recueillir des informations sensibles sur l'oreiller de hauts dignitaires congolais. Après une bouteille de vin blanc d'Afrique du Sud, Elena Petrova aborderait sans doute plus franchement la question avec moi.

Mami Wata se trouve au bord du fleuve, comme les Rapides, mais ici il est moins rapide. Il ne secouait pas la nuit, immobile autour de nous comme un rempart. « Et vous, quels sont vos projets pour vos vieux jours ? » Une serveuse apporta une bouteille dans un seau à glace, ce qui me dispensa de répondre à la question d'Elena. La Russe se porta volontaire pour goûter le breuvage. Elle avait été, avant de s'occuper de perles, importatrice de vins français pour le Gabon, le Congo, la RDC et l'Angola. Je voyais souvent, dans les épiceries de Talangaï ou de Makélékélé, des bouteilles de bordeaux ou de côtes-du-rhône chauffer au soleil. Je me demandais qui les achetait et quel goût elles avaient au bout d'une semaine, d'un mois, d'une année de cuisson brazzavilloise. Le vin sud-africain parut convenir à la Russe. « La fin de l'apartheid a réjoui les ivrognes bantous », dit-elle après avoir reposé son verre. La serveuse remplit le mien avec le mépris que mérite ici tout homme ayant abandonné une partie de ses prérogatives masculines au profit d'une femme, comme goûter le vin au restaurant. Les premières mesures de la cinquième symphonie de Beethoven retentirent, faisant sursauter nos voisins de table. La sonnerie du téléphone d'Elena. « Vous permettez ? » Elle décrocha. « C'est Pouchkine », me dit-elle. Elle parla en russe. Il faut être attaché à sa mère pour, à vingt ans, l'appeler alors qu'on est en pleine boum. Elena : « Pouchkine me demande pourquoi vous êtes parti. – Je ne me sentais pas bien. » À son fils : « Il ne se sentait pas bien. » Puis à moi : « Vous n'avez pas dit au revoir. Au Congo, il faut dire au revoir. Sinon, les gens sont fâchés pendant une centaine de générations. Je vous passe Pouchkine afin que vous répariez votre faute. » Elle me tendit l'appareil. « Tu aurais pu nous prévenir que tu bougeais. Toutes les barricades qui étaient là te voulaient. Ça caillait bien. » En langue brazzavilloise, *bouger* signifie sortir, *barricade* postérieur, et *cailler* chauffer. « Au lieu de quoi tu dînes avec ma vieille Russe de mère. Pédé ou quoi ? – Votre mère est une femme exceptionnelle, au physique plus que plaisant. » Sourire d'Elena Petrova. Dû à mon compliment ou à l'arrivée de nos plats sur la table ? Les gros sont contents quand on leur apporte de la nourriture, d'où le plaisir de manger avec eux, chez soi ou au restaurant. « Ce ne serait pas mal que tu te fasses ma mère. Pratique d'avoir son collectionneur comme beau-père. Besoin d'argent de poche ? On lui torche une toile. – Je n'ai pas parlé mariage, pour la raison que je suis déjà marié. – Avoir une femme en

Europe, ça ne compte pas. Ce n'est pas avoir une femme, c'est avoir des ennuis. Si tu veux avoir une femme, prends une Africaine, même blanche. Elles sont de la glace. Qui brûle contre ta joue, puis fond sur ta bite. » Je sentais, dans la voix et le discours du peintre philosophe, de forts relents de Ngok et de chanvre. « Alors elles deviennent de l'eau que tu bois. Une fois que tu les as bues, elles te mangent. De l'intérieur. – Tu parles de Tessy ? – Tessy est folle de toi, Adrien. Elle te dévorera, te digérera et te chiera : ainsi tu deviendras de la merde. Comme moi. » Pourquoi m'avait-il appelé Adrien ? Ah oui : c'était le prénom de moi que j'avais donné à la Vili. « Ne rate pas ton avion vendredi. Après, il n'y en aura pas d'autre. – Il y en aura un autre lundi prochain à la même heure. Au pire, je traverserai le Stanley Pool et prendrai le bac de Kin. – Je me comprends et tu me comprends aussi. » Pouchkine raccrocha. Encore un qui se croyait sorcier. Ou féticheur. En Afrique, tout le monde imagine avoir des pouvoirs et pense que tout le monde en a. Passent leur temps à se bénir ou à se maudire alors qu'il leur suffirait de se comprendre et de s'aider pour moins mourir.

« Pas trop tôt », dit la Russe quand je lui rendis l'appareil. Je lui fis remarquer qu'elle savait mieux que moi à quel point son fils était bavard. « En effet, dit Elena. Ai passé la plus grande partie de son enfance à lui dire de se taire. » Elle avait terminé ses crevettes. J'entamai mon steak froid. Elle alluma une cigarette, nous servit du vin blanc, puis regarda le fleuve qu'on ne voyait pas. Il y avait un rideau gris sur la nuit noire, posé par la chaleur. « Ainsi, vous êtes amoureux de la petite Tessy ? – Non. – Intéressé ? – Très. » Elena rejeta la fumée par les narines, ce que je n'avais pas vu faire depuis Louis-le-Grand, en 1986. 86 : l'année de l'arrivée de la Russe, alors soviétique, à Brazza. « Elle me fait penser à moi quand j'avais son âge, en moins jolie. J'étudiais la philo. » Tombé à Brazza sur un nid de philosophes alors que c'était loin, à Louis-le-Grand, d'être ma matière de prédilection. « Dans les années 70, pour une Soviétique, le seul moyen de voyager était d'entrer dans la diplomatie. J'ai abandonné la philosophie pour les langues étrangères. Quand je suis arrivée ici, c'était le règne du socialisme scientifique. Personne ne voyait la contradiction entre les deux termes. On se contentait de la subir, comme en URSS. » Une déçue du communisme. Chacun sans cesse déçu de quelque chose. C'est parce qu'on espère. Espérance : arme du diable, désespoir : sourire de Dieu. Avec l'ironie léniniste. Voilà que je me mets à la philosophie, moi aussi. Philosophie religieuse, par surcroît. « On m'a envoyée à Brazza parce que je parlais français et parce que je suis née et ai été élevée en Guinée où mon père avait été en poste. – Diplomate ? – Chargé de surveiller Ahmed Sékou Touré, qui disait et faisait alors un tas de bêtises aux yeux de Moscou. Papa ne me donnait aucun conseil – j'ai pu, à l'âge de dix-huit ans, me faire sauter par qui je voulais, Noirs et Arabes compris, et même des juifs –, sauf celui de ne pas entrer dans les services secrets. – Il avait quelque chose contre le KGB ? – Il ne l'aimait pas. – C'était pourtant un bon service, qui a donné d'excellents dirigeants à la Russie, après la chute du mur de Berlin. – Vous êtes sérieux, Christophe ? » Elle m'appelait Christophe alors qu'elle m'avait tendu le téléphone après que son fils lui eut demandé de lui passer Adrien. Elle savait donc que je me faisais appeler de deux prénoms différents. Que je changeais d'identité au gré de mes interlocuteurs. Fréquenter la mère et le fils brûlait ma couverture, mais en avais-je encore besoin ? Je partirais après-demain soir, laissant ces philosophes tropicaux baigner dans leur verbeux jus congolais.

« Poutine est un tyran, reprit la Russe. Dès qu'un milliardaire lui résiste, il le met en prison. – C'est un tyran pour les milliardaires. J'aime ce genre de tyrans. – Vous êtes communiste ? – Dans le pétrole, c'est interdit. – Êtes-vous dans le pétrole ? » J'avais entrepris de la soûler, c'était elle qui le faisait. Quelle version de ma vie allais-je privilégier : la vraie ou la fausse ? La fausse. Pour le peu de temps qu'il me restait à passer au Congo. Je dépliai la couverture imaginée l'avant-veille à l'entrée des Rapides : avocat chargé de traquer, pour le compte de l'État congolais, les informateurs des fonds-vautours au sein de la SNPC. Je faisais ainsi passer ma vie réelle pour une fiction et une fiction pour ma vie réelle. Enfantin. Puis enchaînai, professionnel, avec la première question qui me vint à l'esprit : « C'était comment, la Guinée de Sékou Touré ? – J'en suis partie à l'âge de cinq ans. Direction la Sibérie. Papa avait fait une bêtise mais je n'ai jamais su laquelle. Il n'était pas en prison, mais avait une drôle de tête. Moi, sa bêtise m'était égale. Ma mère était ravie : elle est née à Irkoutsk. Après le suicide de papa, elle s'est remariée avec un copain d'enfance. – Elle vit toujours ? – Non. – Pourquoi votre père s'est-il tué ? – Je l'ignore. Peut-être avait-il laissé en Guinée quelqu'un qu'il aimait et sans qui il ne pouvait pas vivre. – Lui-même ? – Vous avez raison, Christophe : lui-même. À propos, c'est Christophe ou Adrien ? » Je dis que c'était les deux. Ce qu'elle voulait. On n'en était plus là. On en était où ? On se demandait qui allait conduire, pour rentrer. Je n'en avais plus la force. Elena me dit qu'en URSS elle avait conduit plus soûle que ça. Et en Afrique, pire.

Libreville, Kinshasa, Bangui : elle avait grillé, ivre morte, un tas de feux rouges dans plein de capitales subsahariennes. Les nuits où il y avait de l'électricité. Pas nombreuses. Savait-elle piloter un 4 × 4 ? Un char, si j'en avais un sous la main.

« Avez-vous découvert qui, à la SNPC, renseignait les fonds-vautours ? » La soudaine dureté de cette voix chantante. Elena restait lucide. Elle tenait l'alcool mieux que moi. Ce n'était pas normal que je m'effondre de cette façon après quelques décilitres de vin blanc, même sud-africain. La Russe avait-elle mis une drogue dans mon verre ? Je n'avais pas quitté ma chaise. Maintenant j'avais envie d'aller pisser. Je me promis, à mon retour, de ne plus rien toucher à ce qu'il y avait sur la table : fruits, pain, eau, vin. Même pas ma serviette. Le polonium ! Bien sûr, dès que je revins des WC, je m'empressai de vider mon verre qu'Elena avait rempli en mon absence. J'avais compris que ma faible résistance à l'alcool venait de ce qu'au cours des trois dernières journées j'avais peu dormi, peu mangé et beaucoup pris l'avion. « Vous ne m'avez pas répondu, Christophe ou Adrien, sur les fonds-vautours. – Parce que vous êtes peut-être un de leurs agents. Ils cherchent en Afrique des personnes comme vous : renseignées et bien introduites. – Excellente remarque. » La Russe leva son verre, je levai le mien. Nous avions terminé la seconde bouteille. « Mon régime », soupira Elena. Son seul souci de la soirée ?

Un plaisir étrange, nouveau, m'envahit quand apparurent, sur cette piste de danse de Mami Wata transformée en zone de mangerie (Littré : *Mangerie, action de manger beaucoup, et aussi action de se nuire les uns les autres*), Pouchkine et Tessy. Je me demandai ce qui me contentait (*rendre content*, *ibid.*) le plus : voir

Pouchkine, voir Tessy, ou les voir tous les deux. Quand ils se trouvaient côte à côte, il devenait évident qu'ils avaient été ensemble. L'étaient encore. Le seraient toujours. Même s'ils se mariaient chacun de son côté. Tessy avec moi ? Pouchkine avec une galeriste new-yorkaise heureuse de mettre la main sur le nouveau Basquiat ? J'avais, pour ma part, renoncé à la Vili. Après la boum de Moungali II et les révélations d'Elena Petrova sur les relations amoureuses de la jeune fille avec le peintre, je l'avais chassée de mes rêves comme de mes projets. Elle était une figure poétique dans la fiction de ce séjour, et je la regardais comme on regarde l'illustration d'un conte dans un livre pour enfants. L'enfant, c'est moi.

Elena semblait à la fois heureuse et contrariée de voir son fils et l'amie de celui-ci. Heureuse parce qu'elle adorait Pouchkine. Comme tous les Russes. Contrariée parce que l'irruption des jeunes gens gênait son plan, si elle en avait un. Ça pouvait être coucher avec moi. Ou me tuer. Ou un autre truc. « Lâcheur ! » commença Tessy. Je dis que c'était elle qui, à Moungali II, m'avait faussé compagnie. « J'étais sortie pour acheter des brochettes. Avec ton argent. Du reste, je n'en ai plus. Il faudra que tu m'en redonnes. – Tu n'as pas touché de commission sur la vente d'*Azzarb* ? – L'argent que je gagne, c'est pour ma poche. L'argent que tu gagnes, c'est pour ma poche aussi. » L'outrance de ces propos m'interdisait de les prendre au sérieux, bien qu'ils eussent un fond de vérité. « Arrête d'embêter mon acheteur, dit Pouchkine à Tessy. Sans lui, on n'aurait pas pu prendre un taxi pour venir jusqu'ici. – Tu n'as plus d'argent ? demanda Elena. – J'ai celui du moundélé, dit Pouchkine en sortant mes billets de ses poches. – Lui, il a ton tableau. Tu es comme ces rois nègres qui ont cédé leurs précieuses matières premières en échange de verroterie. – J'adore quand tu dis que je suis un roi nègre. » Il bondit au cou de sa mère qui fit mine de le repousser, mais je vis que c'était pour mieux l'entourer, l'engloutir. Elle ne lui demanda pas pourquoi il nous avait rejoints chez Mami Wata avec Tessy : elle le savait. Et je le savais aussi. Pouchkine voulait nous surveiller. Était OK pour me céder sa petite amie mais, en dépit de ses propos désinvoltes au téléphone une heure plus tôt, ne se résignait pas à me laisser sa mère. Les yeux vifs de Tessy suivaient, avec une lassitude dégoûtée encore qu'attendrie, la scène de passion filiale et d'amour maternel. Je comprenais le problème qu'elle avait eu avec Pouchkine, ou plutôt avec Elena Petrova : le même qu'avaient eu et qu'auraient toutes les fiancées du peintre. Aucune d'entre elles n'avait pu ni ne pourrait le décoller de la Russe. Les vrais artistes vivent avec leur œuvre, sortent avec leurs copains, font l'amour avec n'importe qui et dorment chez leur mère. Les vacances ? Ils n'en prennent pas. Comme les curés. Dans ces conditions, difficile d'envisager une vie de famille avec eux. Et c'était ce que la Vili voulait : une vie de famille. Elle avait déjà deux enfants à mettre dedans. Ça me fit penser que je ne savais toujours pas qui était le père de Patrice. Pouchkine ?

« On vous emmène danser, dit le jeune homme. On en a marre, du racisme antivieux. – Qu'as-tu fait de tes invités ? demanda sa mère. – Je les ai fichus dehors, ils m'ennuyaient. On doit les retrouver quelque part au milieu de la nuit, mais j'ai oublié où. – Au Château-Rouge, dit Tessy. – Qu'est-ce que c'est ? demanda Elena. – Une boîte qui a ouvert en juin. – Je vieillis. Avant, je ne ratais aucune ouverture de boîte à Brazza. – Si tu ne vieillissais pas, maman, comment pourrais-je grandir ? – Tu aurais dû t'arranger pour grandir sans que je vieillisse. – Comment ? » Nouveaux baisers. Elena et son fils devenaient agaçants, même pour moi. Je demandai l'addition qu'on me donna tout de suite. La seule chose, en Afrique, qu'on vous apporte sans tarder. Dans le 4 × 4, je m'assis au volant sans hésiter. L'arrivée de Pouchkine et de Tessy m'avait dessoûlé. Je me sentais lucide comme un condamné à mort après son dernier repas. Ou avant. « Où est le Château-Rouge ? demandai-je. – Emmenons Christophe au Ramdam, dit Elena. C'est plein de barricades qui cherchent un manageur moundélé. » *Manageur* : amant capable d'entretenir une femme. « En fait, tu t'appelles Christophe ? » me demanda Tessy. Je réagis à l'africaine : pas de réponse. Le nuit était assez épaisse pour que je m'enfonce dans sa contemplation muette. Le portable d'Elena émit de nouveau sa sonnerie beethovenienne. C'était Bernard Lemaire. Il venait de sortir de Mpila. « Vous pouvez me déposer au Laico ? me demanda la Russe après avoir raccroché. – Dans ce cas, dis-je, j'emmène les jeunes où ils veulent, et on rentre ensemble à l'hôtel. Je suis crevé. – Pas question ! dit Pouchkine. Tu ne nous laisseras pas tomber deux fois dans la même soirée. Tessy serait trop triste. » Je vis, dans le rétroviseur, la jeune femme hocher la tête en me lançant un regard d'envoûtement dans lequel je cherchai en vain une trace d'ironie. Croyait-elle que j'avais adopté le prénom qu'elle m'avait donné ou que je lui avais caché que je m'appelais comme l'homme dont un nganga de la Bouenza lui avait dit naguère qu'il ferait son bonheur ?

J'avais dansé à côté de Pouchkine, puis étais revenu à notre table où Tessy semblait absorbée dans des pensées d'une grande précision. Quelques minutes plus tôt, on avait déposé Elena devant le Laico. Elle avait traversé le perron au pas de course, pressée de retrouver le conseiller. Je demandai à Pouchkine si Bernard et sa mère couchaient ensemble. « Elena te plaît ? » Tessy était venue s'installer à côté de moi, telle une épouse légitime, tandis que Pouchkine s'allongeait sur la banquette arrière. Avait ingurgité trop de Ngok et fumé trop de chanvre. J'eus même l'impression, pendant le trajet, qu'il ronflait. Puis il avait recouvré toute son énergie sur la piste du Vice-Versa. Tessy et lui n'avaient pas voulu m'emmener au Ramdam qu'ils jugeaient ringard. Limite françafrique. « À quoi penses-tu, Tessy ? » Elle leva vers moi ses longs yeux de femme mystérieuse. Je brûlais d'envie de lui demander si, depuis son viol collectif de décembre 1998, elle trouvait encore du plaisir à faire l'amour avec un homme. « Ça m'embête que tu t'en ailles vendredi, dit-elle. On s'amusait bien ensemble. – Ensemble tous les deux ou ensemble avec Pouchkine ? – Il n'y a plus rien entre lui et moi. – Tu m'avais dit qu'il n'y a jamais rien eu entre lui et toi. – On a flirté à la dernière fête nationale. – C'était il y a quinze jours. – L'avant-dernière. La dernière, je n'y suis pas allée : j'avais une crise de palu. J'ai failli mourir. C'était moins une : il n'y avait plus de Maloxine au CHU. Heureusement que mon oncle connaît du monde : il s'est procuré le médicament à l'hôpital militaire. » Elle me demanda si je voulais qu'on s'embrasse. Je dis que je n'avais presque plus d'argent liquide sur moi, juste de quoi régler mes Primus et ses Coca. « Il y a un distributeur au Crédit lyonnais, dit-elle. C'est à cinq minutes en voiture. » Je me levai et dis que j'y allais. Elle me prit le bras et me força à me rasseoir, puis nous commençâmes à nous embrasser. Nous ne l'avions pas fait depuis l'avant-veille, aux Rapides, et je mesurai combien ça me manquerait quand je serais rentré à Paris. La langue de la Vili était une petite boule chaude qui se baladait dans toute votre bouche comme un chaton cherchant un endroit où dormir. J'étais si ému de pouvoir toucher Tessy et la serrer contre moi sans être obligé de lui donner 5 000, 7 500 ou 10 000 francs CFA que je faillis lui avouer la vérité : je ne m'appelais pas Adrien mais Christophe comme le nganga de la Bouenza le lui avait un jour annoncé, je n'étais pas marié et père de deux enfants, mais divorcé sans enfant, je n'habitais pas Colombes mais Paris, n'étais pas avocat mais cadre supérieur dans le pétrole. M'en empêcha l'arrivée intempestive de Pouchkine qui, scintillant de sueur après ses bonds sur la piste, me fit la leçon : « Tessy est comme ma sœur et tu auras affaire à moi si tu lui fais de la peine. – Comment pourrais-je lui faire de la peine puisque je rentre après-demain en France ? – Reste. Le Congo a besoin d'avocats, ses crimes étant nombreux. – Ma femme et mes enfants ? – Des Blancs. Les Blancs ne comptent pas. Ce sont nos ombres. »

À force d'aller et de venir entre nous, les danseuses, le bar et les WC, il finit par disparaître, avalé – mangé, comme on dit en Afrique – par une de ces trois dernières entités. Il était congolais et russe : deux raisons de prendre chaque nuit comme l'occasion de faire n'importe quoi de lui-même avec les autres. Je me souciai de savoir qui le ramènerait à Moungali II, mais Tessy me dit qu'il trouverait quelqu'un chez qui dormir ou pour dormir avec lui chez sa mère, qui resterait au Laico. La Russe et Bernard Lemaire étaient donc ensemble. Depuis quand ? « Ils se sont connus sous Sassou I. Pendant la guerre, il lui a proposé de les accueillir, Pouchkine et elle, en France. Elle a refusé.

Elle dit que c'est parce qu'elle voulait partager les souffrances du peuple congolais, mais je crois qu'elle voyait dans la guerre, étant donné les contacts qu'elle avait en Europe et surtout en Russie, une opportunité de gagner de l'argent. Bernard et elle sont en business, aussi. – Les perles ? – Pas seulement. – Les armes ? – Non. Des vélomoteurs. Ils ont eu un problème, il y a trois ans : quelques-uns étaient des vélomoteurs volés sur la Côte d'Azur. Pouchkine les appelait des volémoteurs. » Pourquoi le peintre et elle, Tessy, ne se mettaient-ils pas ensemble ? « Je crois plus à mes chances de bonheur avec un avocat qu'avec un artiste. Un avocat, il défend. Un artiste, il attaque. Tout, tout le monde, tout le temps. Les plus grands, du moins. Mais comment vivre avec un petit artiste ? Tu me ramènes à ton hôtel ? – Pourquoi ? – C'est cette nuit qu'on fait l'amour ensemble pour la première fois. – Ça me coûtera combien ? – Sur le moment, rien. Après, il faudra compter le divorce, la pension alimentaire que tu verseras à ton ex-femme, nos noces, l'achat d'une maison à Brazza, l'éducation et les études de nos trois ou quatre enfants, la prise en charge complète de Patrice et de Scholastique, les vacances en France, mon entretien pendant une cinquantaine d'années : on ne devrait pas arriver loin du million d'euros. Peut-être deux. Disons deux, c'est plus honnête. – Si c'est un coup à deux millions d'euros, il a intérêt à être bon. – Ne t'inquiète pas pour ça. Paie les consommations et emmène-moi dans ta chambre. » Elle m'embrassa de nouveau comme pour emporter ma décision, mais celle-ci volait déjà vers le Laico tel un coursier affamé d'amour, assoiffé de caresses. Ma conclusion aujourd'hui est que, cette nuit-là, je n'avais peut-être pas autant dessoûlé que je le croyais en sortant de Mami Wata.

Sur ma porte, au Laico, je trouvai l'écriteau « Ne pas déranger » que je n'y avais pas mis. Négligence fantasque de la femme de chambre congolaise ? J'eus aussi l'impression que ma chambre avait été de nouveau visitée. Mais pas par un amateur – ou une amatrice – d'art africain : *Azzarb* était toujours là.

Première fois que je couchais avec une fille violée. Si j'y allais trop en douceur, ça semblerait en mémoire de son viol. Si j'y allais trop fort, ça semblerait son viol. La première chose qu'elle fit en entrant dans la chambre fut de mettre la climatisation. « Tu préfères l'amour sous les couvertures ? – Tu ne sais pas ce que c'est d'avoir trop chaud toute ta vie. Les seuls moments où on a froid, c'est pendant les crises de palu. Et dans la chambre des moundélés. – Il y a aussi la clim chez la mère de Pouchkine. – Comme tu le sais, Pouchkine et moi, nous ne sommes pas ensemble. Ça t'embête si je prends un bain ? » Sans attendre la réponse, elle entra dans la salle de bains. Je me déshabillai et m'étendis sur le lit où je m'endormis. Quand je me réveillai, Tessy était allongée à côté de moi, mais sur le drap, les yeux fermés. Elle n'avait pas voulu perdre une miette de fraîcheur, jusque dans son sommeil. Avant de se coucher, elle avait baissé le thermostat qui indiquait maintenant 15. Des frissons parcouraient sa peau noire. Je me dis qu'il me serait impossible, sachant ce qui lui était arrivé, de pénétrer en elle. J'aurais l'impression de participer au crime de 98. Elle rouvrit les yeux : « J'ai froid, Christophe. C'est bon. » Elle me tendit les bras entre lesquels j'avançai ma tête qui tomba guillotinée sur ses seins. Où elle resta un long moment tandis que la jeune femme me caressait la nuque d'une main somnolente et légère. Suis-je obligé de vous raconter la suite, monsieur l'inspecteur ?

Jusqu'au milieu de la nuit, elle ne savait si elle aurait le courage de se lever pour aller prendre son avion à Roissy. Les Français disent Roissy, les étrangers Charles-de-Gaulle. Elle se demandait si c'était pareil aux USA avec Kennedy, en Grèce avec Venizélos. Sait-on, à Paris, que la place du Théâtre-Français se nomme André-Malraux ? Et la place Saint-Germain-des-Prés Sartre-et-Beauvoir ? Qu'il y a un quai François-Mitterrand ? Pompidou reste Beaubourg. Seuls quelques bourgeois amateurs d'art contemporain disent Pompidou en hommage au président collectionneur. Les lieux se rebiffent quand on leur accole un nom de personne, car ils savent qu'ils seront encore là quand tous les humains seront partis. Ils se cabrent, faisant tomber dans l'oubli leurs cavaliers à la gloire passagère. Si elle n'avait pas déjà touché un tiers de la somme – elle avait demandé la moitié, mais s'était rendu compte que ses partenaires étaient plus forts qu'elle dans les discussions d'argent et n'avait pas insisté –, Blandine serait restée au fond de son lit. Au-delà d'un certain âge, on dirait que les draps sont plus lourds et les matelas plus mous. Nous prennent chaque matin en sandwich.

Ce chocolat chaud du petit déjeuner auquel, depuis son enfance, elle n'avait pu renoncer, même quand elle était en mission au bout du monde. Le jour de son arrestation, elle n'avait pas eu le temps de le préparer et n'avait pensé qu'à ça pendant les premiers interrogatoires. De plus, c'était en Suisse. Elle fit chauffer le lait bio. Elle mangeait et buvait bio depuis que Cordélia avait succombé à un cancer. C'était en contradiction avec son envie permanente de mourir. Elle ne voulait pas non plus disparaître sans laisser un gros paquet d'argent à son petit-fils Lionel. La vie est plus facile quand on la commence avec un gros paquet d'argent, surtout pour les garçons, par nature dépensiers et paresseux.

Le jour de l'accouchement, elle avait appelé un taxi. Du coup, à chaque fois qu'elle appelait un taxi, elle pensait à sa fille. Ça durait depuis vingt-trois ans et, la dernière année, c'était devenu si douloureux que la plupart du temps elle préférait prendre le métro. L'opératrice lui avait, le 19 novembre 1984, répondu : « Une japonaise bleue dans cinq minutes. » Maintenant, ce sont des voix enregistrées et elles donnent la marque de la voiture. Les cinq minutes sont devenues sept ou huit minutes parce qu'on roule moins vite dans Paris.

La radio, dans l'auto, hurlait les mauvaises nouvelles nationales et internationales. La Grèce était en feu. Bilan : soixante-trois morts. Enfant, Blandine croyait que Bilan était le nom d'une ville où il y avait chaque jour des morts. Disparition de Pierre Messmer. Un militaire comme elle. Mais qui avait bien tourné académicien français alors qu'elle avait passé la fin de sa carrière dans un placard de l'armée. Avant de se retrouver lieutenant-colonel à la retraite sans goût pour le tricot, le jardinage et moins encore la télévision. Après ce qu'elle lui avait fait. Dévoiler sa vraie identité, ce qui revient à casser un agent, puisque c'est ruiner sa carrière où il ne gagne pourtant pas grand-chose. Décès de l'écrivain et acteur José Luis de Villalonga. Elle avait vu Villalonga dans *Les Amants* de Louis Malle, au ciné-club de Brest, l'année du bac. Ce long train de nuit dans lequel nous sommes enfermés et dont la mort avale les wagons les uns après les autres avec indifférence comme un tunnel.

Au passage de la douane, à l'aérogare E, Blandine se sentit épiée. Qui pourrait épier une femme près de la soixantaine qui est restée deux décennies dans l'anonymat d'un bureau ? Une seule photo d'elle avait paru dans les journaux. En 1985. Elle avait changé, depuis. Le manque d'exercice. Pourquoi faire de l'exercice quand on ne va plus sur le terrain ? Il y avait aussi les soirées arrosées. D'abord avec des copains, puis avec des copines. Elle prit au hasard l'une des deux files d'attente, se fiant à sa chance, comme elle avait l'habitude de faire quand elle était officier de renseignement. Dans le lounge, elle regretta d'avoir demandé à ses employeurs des billets en classe affaires. Elle se serait moins fait remarquer en éco. Elle sentait qu'elle commettait des erreurs, la première d'entre elles étant d'avoir accepté cette mission. Quelles autres fautes ferait-elle au Congo ? Elles seraient plus graves qu'ici, auraient davantage de conséquences. Elle gardait son sac sur les genoux. Elle n'avait pas d'autre bagage. Il lui suffirait de se lever et de quitter l'avion pour retourner à sa vie d'avant, moins les 50 000 euros qu'elle avait déjà encaissés. Le *hic*. Elle refusa la coupe de champagne proposée par l'hôtesse. Il était tôt. Étonnée de voir les hommes de la cabine se jeter dessus. Peur de l'avion ? De l'Afrique ?

Une Asiatique d'une vingtaine d'années, en pantalon et chemisier bleus, apparut à l'entrée de la cabine. La

Japonaise bleue. D'une démarche élégante et discrète, elle traversa la classe affaires pour s'installer en éco. Blandine comprit que pendant le voyage et sans doute son séjour à Brazzaville elle aurait l'esprit occupé par cette personne, incarnation tardive d'une voiture et d'un bébé qui lui avaient tenu à cœur.

Elle avait appris, pendant ses classes à l'EIPMF de Caen, à regarder les gens en ayant l'air de ne pas les voir. Sa première impression était que personne, dans la *business class*, n'appartenait à la DGSE. Ou à un autre service secret européen ou africain. Sauf peut-être ce grand type à deux sièges devant elle, sur la droite de l'avion. Trop athlétique pour un diplomate, trop contracté pour un coopérant, pas assez élégant pour un businessman. Elle lui trouvait un air innocent et rond en contradiction avec le métier des armes. Peut-être quelqu'un dans la culture ? Ou les médias. Un journaliste. Radio. Ou télé, puisqu'elle ne la regardait pas. Il aurait fallu qu'elle voie ses chaussures. Une paire de chaussures nous dit tout sur un homme, lui avait-on appris à l'EIPMF. Ils avaient passé une matinée là-dessus. C'était quelques jours après la mort de Pompidou. On ne devrait pas calculer notre âge en années, mais en nombre de présidents, pensa Blandine. Pour elle Auriol, Coty, de Gaulle, Pompidou, Giscard d'Estaing, Mitterrand, Chirac, Sarkozy. La prochaine fois qu'on lui demanderait son âge, elle dirait : « J'ai huit présidents. » Mais on ne lui demandait plus son âge depuis qu'il se voyait.

Elle attendit, une heure après le décollage, que les deux WC de la classe affaires soient occupés pour partir faire pipi, sous le regard désolé de l'hôtesse, en éco. Elle voulait voir où était assise la Japonaise bleue qui n'était peut-être pas japonaise. Le Congo est surtout fréquenté par des Chinois. Accompagnés de leurs traductrices qui parlent français et parfois lingala, mbochi, kikongo ou munukutuba. Les passagers de la classe économique étaient en majorité noirs, mais il y avait aussi des Blancs. Tous avaient dix à vingt ans de moins que les occupants du devant de l'avion. Blandine marchait avec lenteur, balayant chaque rangée d'un regard invisible. Elle découvrit la jeune Asiatique coincée entre un gros Blanc et un Noir mince. Les Noirs gros voyageaient de l'autre côté. En Europe, les riches sont maigres et les pauvres gros ; en Afrique où manger reste un privilège, c'est l'inverse. Blandine aurait voulu pouvoir installer la Japonaise bleue à côté d'elle en *business*, d'autant plus que le siège voisin du sien était libre. Elle lui ferait servir du champagne, un repas copieux. Elle avait tellement ralenti l'allure qu'elle n'avançait plus, fascinée par l'élégant visage ovale de la jeune femme. Était-elle plus jeune ou plus âgée que Cordélia ? Ça devait se valoir. Ces filles nées au milieu des années 80 : les bébés Mitterrand. Il y avait qui, au pouvoir, à Tokyo, en 1985 ? L'empereur, comme d'habitude. Nous, c'était Dieu. Quand elle pensait qu'en France des journalistes, des intellectuels avaient osé surnommer le président de la République Dieu. Aucun catho pour protester. Même le pape l'avait fermée. Pourtant, c'était Jean-Paul II. On lui tapota l'épaule. Une hôtesse. En éco, les hôtesses sont plus jolies qu'en *business* car elles sont plus jeunes. Comme les passagères. Après avoir regagné sa place sans être allée aux toilettes, car elle n'en avait aucune envie, Blandine songea à sa dernière année au service de l'État français : 1985. Au cours de laquelle elle n'avait eu que le mot démission en tête. Qui est le contraire de mission. Sans se douter que les services de sécurité suisses se chargeraient de lui faire quitter, en novembre, le monde de l'espionnage. La DST, fin janvier 85, avait demandé l'aide de la DGSE après l'assassinat, à Ajaccio, de Jean Dupuis, hôtelier et membre du comité directeur de la CFR (association pour la Corse française et républicaine). Comme si la Corse était déjà un pays étranger. Pendant ses planques, Blandine ne pouvait s'empêcher de penser à son bébé de six mois, resté à Paris chez sa mère, car l'espionne n'avait pas de mari. Elle avait fait un bébé toute seule, comme dans la chanson de Jean-Jacques Goldman. Ce n'était pas facile d'être une femme libérée, comme le chantait aussi à l'époque Cookie Dingler.

Mort, le 24 mars de la même année, d'un officier de la mission américaine, le commandant Arthur Nicholson, abattu en RDA par un garde soviétique alors qu'il photographiait une installation militaire. Ça parut à Blandine de Kergalec le signe qu'elle devait quitter le Renseignement. Elle en parla à ses supérieurs. Ceux-ci, avant d'accéder à son vœu de mutation, lui confièrent une dernière mission à Genève. Blandine devait surveiller une call-girl métisse guinéenne fréquentant des acteurs, des chanteurs, des banquiers, des hommes politiques et surtout les dirigeants d'une grande compagnie pétrolière française. La DGSE craignait que ces gens de diverses nationalités ne livrent des informations à la jeune femme, ensuite revendues par elle au plus offrant, toujours dans le même cercle. En cas de besoin, Blandine devait liquider ladite personne. Ça ne l'enthousiasmait pas. Elle en avait assez de tuer des gens, bien qu'elle fît ça bien. Comme la plupart des femmes des services, à l'Ouest comme à l'Est. Il y avait, à l'époque, un Ouest et un Est. Maintenant il n'y a plus qu'un Nord et un Sud. Comme au Congo. Les femmes tirent mieux que les hommes, surtout quand la cible est humaine. Elles sont à la fois plus calmes et plus haineuses. La call-girl, Samantha Guimard, fut retrouvée assassinée à son domicile, le 2 avril 1985. Blandine n'était pas la meurtrière, sinon elle aurait quitté tout de suite le pays comme elle en avait l'habitude après une opération *homo*. Pour homicide. Ayant fait la connaissance de la Guinéenne dans un club de gym où elle s'était présentée comme une riche divorcée belge, elle passait parfois la voir chez elle pour papoter et boire du thé, ainsi que poser des micros et prendre des photos quand Samantha allait répondre au téléphone à un de ses clients empressés ou même en recevait un dans la chambre voisine. Le 2 avril, Blandine avait été l'avant-dernière visiteuse de la prostituée. Piégée par les caméras de surveillance de l'immeuble auxquelles l'assassin avait échappé en portant une casquette. Blandine avait été arrêtée par la police suisse, celle-ci la soupçonnant de complicité. Sa légende de riche divorcée belge n'avait pas tenu vingt-quatre heures. La DGSE avait tenté de négocier, mais quelqu'un dans la police suisse devait avoir une bonne raison d'en vouloir à la France, et bientôt la véritable identité de Blandine avait circulé dans les médias d'Europe et d'Afrique à cause de la nationalité de la victime. Qui était passé avant la DGSE ? Il n'y avait pas alors de mafia russe, le mur de Berlin et le socialisme tenant encore debout à l'Est. Les Américains ? Ils n'auraient pas fait ça dans le dos des Français, bien qu'ils n'aimassent guère le gouvernement socialiste de Laurent Fabius. Au domicile de Mlle Guimard, la police trouva les micros de Blandine avec ses empreintes dessus. Et dans le studio loué par l'agent dans le centre-ville, tout le dossier Samantha : photos, bandes vidéo, enregistrements de conversations téléphoniques, notes. Il fallut plusieurs mois aux deux pays pour étouffer l'affaire, ce qui tint Blandine éloignée de Cordélia pendant la moitié d'une année. On ne retrouva pas le coupable. « J'avais pourtant dit aux Suisses que ce n'était pas la peine de chercher », dit Blandine de Kergalec à ses supérieurs, quand elle fut de retour en France. Ça lui faisait deux crimes non élucidés de suite. Elle était officier traitant, pas policier. Les agents n'ont pas à résoudre les affaires criminelles, mais à les embrouiller ou à les débrouiller selon la demande de leur gouvernement. Après de courtes vacances à Saint-Malo avec sa fille, Blandine avait repris du service dans la bureaucratie militaire.

Sur la ligne aérienne Paris-Brazza, on passe sans transition du matin à la nuit. Le midi et l'après-midi disparaissent dans le brouhaha du déjeuner et le demi-sommeil de la digestion. L'Afrique se présente dans le noir, couchée. Si Blandine utilisait le salon d'honneur de Maya-Maya, elle perdrait la trace de la jeune fille asiatique. Elle décida que pendant le débarquement elle se mêlerait aux passagers lambda et resterait avec eux pour les formalités de douane. Ça lui laisserait le temps de lier connaissance avec la jeune fille. Dans son métier, elle avait appris à se rendre sympathique auprès de n'importe qui. Elle remarqua, sur le tarmac, une voiture officielle dans laquelle s'engouffra le petit homme chauve qui, dans l'avion, était assis à côté du grand type appartenant peut-être à la DGSE. Qui avait déjà, lui, disparu.

Le français de la Japonaise bleue était inexistant et l'anglais de l'employé des douanes un vieux rêve dissipé par les deux guerres civiles du siècle dernier et les six années – que les Congolais appellent les « années blanches » – écoulées dans l'intervalle. Peu de Congolais sont allés à l'école, au lycée ou à l'université de 1992 à 1998, et ceux qui y sont allés n'y ont pas fait leurs devoirs, qui n'auraient pas été corrigés. Il y a une génération inculte succédant à celles, hyperéduquées, des années 60 et 70. Les jeunes ont honte de leur ignorance, les vieux de leurs actes. Favorisée par son âge et par sa couleur, Blandine vint en aide à la Japonaise. Elle était une vieille Blanche, personnage de poids à un guichet africain. La Japonaise la remercia. Blandine en profita pour lui proposer de partager un taxi. L'autre accepta : son guide, en effet, lui déconseillait d'en prendre un seule. « En Afrique, dit Blandine, tout est déconseillé. Un bon guide de l'Afrique déconseille l'Afrique. » La Japonaise rit, à la fois amusée et ravie de comprendre une plaisanterie dans une langue étrangère, en l'occurrence l'anglais. La Japonaise – Blandine ne saisit que son prénom : Mariko, le nom était un truc en shi comme une fois sur deux avec les natifs de l'empire du Soleil levant – logeait à l'hôtel Olympic où la retrouverait, le lendemain matin, son fiancé, consul du Japon à Libreville, qui avait aussi la responsabilité des rares citoyens nippons installés au Congo. Ils iraient à Pointe-Noire avant de rentrer au Gabon où ils se marieraient à l'ambassade, le 12 octobre. Blandine se demanda où elle se trouverait à cette date. Devant un coffre de sa banque rempli de cash ou sous quelques pelletées de terre dans les environs de Kintélé ?

Elle, demanda Mariko, que venait-elle faire au Congo ? C'était la première fois que Blandine allait tester sa couverture, et la première couverture qu'elle testait depuis vingt-deux ans, d'où l'émotion qui la saisit dans le taxi où régnait une chaleur humide et lourde. Elle sentit qu'elle transpirait outre mesure, ce qui n'était pas encourageant pour la suite, quand elle devrait affronter des interlocuteurs plus coriaces que la Japonaise bleue. Elle dit qu'elle était avocate et travaillait pour l'État congolais dans la lutte qui opposait celui-ci aux fonds-vautours *(vulture funds)*. Elle venait à Brazzaville pour rencontrer les dirigeants de la SNPC afin de définir avec eux une stratégie permettant au Congo d'échapper à ce qu'il convenait d'appeler un racket international, ou plutôt anglo-saxon, la majorité des fonds étant américains, quoique basés dans des paradis fiscaux tels que les îles Caïmans. Mariko écoutait Blandine avec cette attention passionnée qui masque souvent une inattention profonde. Profitant d'une pause dans le récit de la Française, elle demanda qui étaient les jeunes gens debout sur les trottoirs avec un livre. Blandine dit que c'étaient des lycéens et des étudiants qui révisaient leurs leçons sous les réverbères, parce qu'il n'y avait pas de lumière électrique dans leur parcelle. « Chaque nuit, conclut Blandine, l'Afrique est dans le noir. » Mariko hocha la tête alors qu'elle était censée rire. Blandine en conclut que la jeune fille ne comprenait que 50 % de ce qu'elle lui disait, peut-être moins. L'affaire des fonds-vautours lui était sans doute passée au-dessus de la tête.

Arrivée à l'Olympic, Mariko demanda à Blandine la même aide que l'autre lui avait offerte à Maya-Maya. L'ex-espionne eut un doute : la Japonaise n'était-elle pas un agent du camp opposé au sien, placée dans l'avion afin de capter son attention – mais comment des Hutus auraient-ils pu connaître l'anecdote de la *japonaise bleue* ? –, l'attendrir, l'apitoyer, puis la neutraliser ? Persuadée de commettre une nouvelle erreur, mais incapable de trouver une solution de rechange, elle suivit la jeune fille dans le hall du palace. Deux canapés se faisaient face, sur lesquels des adolescentes, dans des robes identiques, étaient vautrées. Ou perchées, pour celles qui avaient dû se contenter d'un accoudoir. Elles ne regardèrent pas Blandine. L'ex-espionne avait pris l'habitude de ne pas être regardée, que ce fût par les hommes ou par les femmes. Le mieux qu'elle pouvait espérer maintenant dans la vie était d'être aperçue afin de ne pas être bousculée.

Depuis la descente de l'avion, la Japonaise avait changé. Elle semblait s'être remplie d'une malice sensuelle. Le regard était plus intense, plus direct. Comme si, profitant d'un moment d'inattention de Blandine, Mariko s'était fait débrider les yeux à la sauvette dans le taxi. Il y avait, dans ses cheveux noirs, un nouvel éclat mat. Le corps paraissait avoir pris quelques centimètres et s'être offert une taille mince et de jolis seins ronds. Mariko s'était détendue sur le tarmac, déployée à la douane, et, dans le hall de l'hôtel Olympic, arborait un air conquérant. On avait l'impression que, dans l'avion, elle avait tenu son intelligence et sa beauté enfermées dans son bagage à main pour qu'on ne lui pose pas de questions, qu'on ne lui demande pas un rendez-vous. Sous la protection de Blandine, elle donnait libre cours à son charme, convaincue que non seulement elle ne risquait rien de la Française, mais aussi que la présence rébarbative de celle-ci à ses côtés éloignerait d'elle les importuns.

Blandine tombait d'autant mieux que le personnel de l'Olympic étant accaparé par un mariage, il ne restait qu'elle pour aider la Japonaise à porter ses trois valises. Ça lui paraissait un lourd bagage pour une fille si jeune. « Qu'est-ce qu'il y a là-dedans ? – Mes habits pour l'année que je passerai au Gabon. » Blandine demanda ensuite à la réceptionniste qui se mariait. « Un fils de ministre avec une fille de député. » La Française oublia aussitôt leurs noms. Il y avait une époque où elle était capable d'apprendre en vingt minutes une dizaine de noms étrangers et de les réciter un mois plus tard à son instructeur. À Caen, on s'entraînait avec des patronymes polonais recelant parfois trois ou quatre consonnes à la suite. En sortant de l'ascenseur, les deux femmes pénétrèrent dans un long couloir blanc. « Dans les restaurants, dit Blandine, le coin des mauvaises tables s'appelle la Sibérie. Vous croyez que c'est le même nom pour l'emplacement des mauvaises chambres dans un hôtel ? » La Japonaise rit. Ce qui chez elle signifiait qu'elle avait compris. Le mot Sibérie convenait d'autant mieux qu'il faisait froid dans le couloir. Ce n'était plus de la climatisation, mais de la réfrigération. Ce luxe d'avoir froid, pour les Africains : équivalent, chez les Esquimaux, à celui d'avoir chaud ? Blandine se demanda si les riches Esquimaux poussaient le chauffage au maximum, comme les riches Africains le faisaient avec la clim. Mais y a-t-il de riches Esquimaux ?

Dans la pièce, Blandine fut aussitôt gênée par le lit gigantesque qui semblait vous appeler afin que vous montiez dessus. Mariko éteignit la climatisation, disant qu'elle n'était pas venue en Afrique pour se « geler les couilles » *(freezing my balls off)*. Blandine posa les valises sur ce meuble dont elle n'a jamais su comment il s'appelle. Un pose-valise ? Mariko ouvrit le minibar : « Champagne ? Scotch ? – Scotch, dit l'ex-espionne. – Moi aussi. Après la journée qu'on a eue, le champagne ne serait pas assez fort. » Elles se retrouvèrent assises côte à côte sur le lit auquel elles avaient fini par céder, chacune avec une mignonnette de Chivas dans la main. « Je vais vous dire un secret, Blandine. » Pourvu, pensa la Française, qu'elle ne m'avoue pas son penchant pour les femmes ayant le triple de son âge. « On ne confie pas ses secrets à quelqu'un qu'on ne connaît pas. – Je vous connais. » Son affaire genevoise avait-elle eu tant d'écho dans le monde pour qu'une Japonaise encore bébé au moment des faits, et peut-être même pas née, eût été mise au courant ? « D'où me connaissez-vous ? – Vous m'avez sauvée deux fois, aujourd'hui : à la douane de Maya-Maya et à la réception de l'Olympic. Trois, si on compte les valises que je n'aurais pas pu porter seule. J'ai confiance en vous. » Blandine termina son whisky. La chaleur avait reflué dans la chambre et l'ex-espionne se retrouvait en train de transpirer trop, même pour une sexagénaire. « Vous voulez prendre un bain ? » proposa Mariko. Blandine pensa qu'elle était tombée sur la petite gouine asiatique type. Elle était déçue. Elle avait espéré autre chose. Quoi ? Retrouver Cordélia en Mariko, parce que celle-ci était une Japonaise bleue comme la voiture qui avait emmené Blandine à la maternité Saint-Vincent-de-Paul, le 19 novembre 1984 ? Elle se demanda si elle n'était pas en train de devenir folle. Il y a bien un moment où on passe de la raison à la démence, sinon jamais personne ne perdrait la tête.

Elle regarda sa montre et constata qu'il lui restait une heure pour se rendre à son hôtel, prendre possession de sa chambre et aller dans un restaurant-dancing de Bacongo où elle avait rendez-vous avec son supérieur rwandais. Qu'avait-elle à traîner dans la chambre d'une Japonaise équivoque, imprévisible, peut-être déséquilibrée ? Toutes ces erreurs en permanence. Ça ne pouvait que finir par une catastrophe. Elle se leva. « Je dois partir, Mariko. Je suis en retard. – On ne dîne pas ensemble ? – Non. Je vous appellerai demain matin. – Demain matin je serai dans l'avion pour Pointe-Noire. Téléphonez-moi cette nuit. Je voudrais vous dire mon secret, avant de revoir mon fiancé. »

La distance est courte entre l'hôtel Olympic et l'ancien hôtel Méridien qui s'appelle désormais Laico après avoir été repris par un consortium libyen (Libyan Arab African Investment Company). Du coup, les équipages d'Air France ont émigré à l'Olympic. Rancuniers : l'attentat de septembre 89. La première chose que Blandine remarqua dans le lobby fut la haute silhouette athlétique du type de l'avion. Elle se demanda s'il était en train de l'attendre, auquel cas son appartenance à la DGSE ne ferait plus de doute. Elle devrait rendre compte de ce fait nouveau à ses employeurs pour décider avec eux de la conduite à tenir. Les Rwandais sont protocolaires et organisés. Tiennent ça de leur passé germano-belge. S'ils enjoignaient à Blandine d'éliminer l'agent français, le ferait-elle ? Elle se le demandait avec une curiosité morbide. Elle tendit de faux papiers au réceptionniste : Françoise Duverger, avocate au barreau de Paris. Elle sentait peser sur son dos le regard du Français. Elle n'aimait pas les réceptions d'hôtels où on est obligé de se pencher, surtout dans les pays du Tiers-Monde où les gens ne comprennent pas ce que vous leur dites et où vous ne comprenez pas ce qu'ils vous répondent.

Elle trouva sa chambre petite, comparée à celle de Mariko. Il n'y avait pas de pose-valises. Elle laissa son sac sur le carrelage verdâtre. Appela Joshua. Qui confirma leur rendez-vous pour dans une heure, aux Rapides. Blandine se demanda si elle allait prendre un bain et se laver les dents. Non. Ce soir, elle ne comptait danser avec personne, embrasser personne. Elle préféra s'étendre sur un lit plus bas et plus étroit que celui de Mariko à l'Olympic, prévu pour les familles nombreuses ou les couples qui se détestent. Contrairement à la Japonaise, elle n'eut pas le courage d'éteindre la clim. Ses kilos superflus lui tenaient chaud et, dans les pays chauds, trop chaud. Elle s'endormit aussitôt, comme si quelqu'un lui renversait la tête en arrière au risque de lui briser le cou. Ce qui la réveilla. Elle se rendormit et, quand elle rouvrit les yeux, après un rêve qui lui parut avoir duré une minute, une demi-heure s'était écoulée.

Il traînait au bar avec son scotch sans glace de Blanc. Les moundélés n'avalent pas d'eau du robinet, même sous forme de glaçons. Elle ne tourna pas la tête vers lui mais comprit qu'il sortait sur ses pas du Laico. Maintenant elle en était sûre : quelqu'un, dans les services, avait été averti de sa mission. Paris avait expédié des agents à Brazza pour la surveiller, ou l'empêcher d'agir, ou l'éliminer. Ils étaient deux. Les missions importantes se font en doublette. Qui était l'autre ? Le type chauve à côté duquel le bonhomme du Laico était assis dans l'avion ? Le chef d'équipe, puisqu'on était venu le chercher en voiture officielle sur le tarmac de Maya-Maya ? Sa couverture devait être conseiller de quelque chose : d'un organisme financier ou industriel, d'un ministre, du président. Cette nouvelle profession : le conseil. Avant, les gens n'avaient pas besoin de tant de conseils. Ils se débrouillaient seuls.

Blandine était impatiente de retrouver le Rwandais aux Rapides où il devait lui remettre une arme. Sans revolver, elle se sentait nue et seule dans la nuit. L'homme qui la suivait pouvait lui tirer dessus à tout moment. Elle le haïssait d'avoir peur de lui. Elle lui ferait payer ce sentiment qu'elle n'avait plus connu une seule fois en vingt-deux ans : la crainte que du métal vous traverse le corps en touchant des organes vitaux. En même temps, Blandine éprouvait un plaisir sombre et ironique à entraîner un homme jeune dans son sillage. Pour qu'il ne croie pas qu'elle s'était rendu compte de sa présence, elle utilisa le truc consistant à déplier un plan. Elle appela un taxi sans regarder s'il y en avait un car elle savait que dans une ville d'Afrique subsaharienne il y en a toujours un. Elle vit que l'homme faisait de même. Elle le trouva grossier dans sa pratique de la filature. La DGSE ne lui avait pas envoyé un de ses meilleurs éléments. Ça signifiait peut-être qu'en France on voulait juste être au courant de ses allées et venues, qu'il ne s'agissait pas d'une opération homo.

Elle appela Joshua et le mit au courant de la situation. Ils décidèrent d'entrer séparément aux Rapides et de se retrouver aux toilettes du dancing-restaurant après que le Rwandais aurait pris le temps d'observer l'inconnu et de le photographier. *« Facilities for men or women ? »* demanda Blandine. Autrefois aussi, elle aimait plaisanter sur le terrain quand les choses se compliquaient. Cela exaspérait ses équipiers et parut agacer Joshua, car il raccrocha sans dire au revoir. Mais il raccrochait toujours sans lui dire au revoir. Comme s'il n'était pas sûr de la revoir.

Ainsi que Blandine l'avait prévu, le Blanc entra quelques minutes après elle aux Rapides. Une petite Africaine en tailleur-pantalon rouge le tenait par la taille, ce qui étonna l'ex-espionne. Avait-il rendez-vous avec cette fille ? Auquel cas il n'aurait pas filé Blandine, mais se serait trouvé par hasard sur le même trajet qu'elle. À moins qu'il n'eût rencontré l'Africaine à la porte de l'établissement ? Quand ils s'embrassèrent sur la bouche, elle dut convenir que ce n'était pas elle que l'homme avait suivie, mais l'autre qu'il avait retrouvée. Dans son soulagement, elle sentit une pointe de déception : elle avait aimé intéresser assez quelqu'un pour qu'il partît à sa poursuite. Elle s'était trompée à cent pour cent sur le bonhomme. Jamais un gars de la DGSE ne l'aurait ainsi fixée des yeux comme le type l'avait fait dans l'Airbus d'Air France ou le lobby du Laico. Ni ne l'aurait suivie sur un trottoir quasi désert de façon aussi voyante. L'Africaine dansa une rumba sous le regard du Blanc. Celui-ci était un bizarre mélange de grotos et de génitos : assez vieux pour être l'oncle de la gamine, assez viril pour la faire jouir. Blandine était obligée de reconnaître qu'il lui plaisait, surtout depuis qu'elle pensait qu'il n'était pas à Brazza pour la tuer. Il y avait une douceur étrange dans ses épaules carrées, quelque chose de féminin dans son menton pointu. De grosses lèvres d'enfant boudeur. Le genre de type que Blandine, naguère, aimait ramasser dans les bars ou les boîtes pour se détendre. L'un d'eux avait été le père de Cordélia, mais elle n'avait jamais su lequel et donc sa fille non plus.

Elle se leva et rejoignit Joshua aux WC. Il lui remit l'arme qu'elle glissa sous sa ceinture et recouvrit de sa chemise bleu marine, sortie pour l'occasion du jean marron foncé. La Française dit au Rwandais qu'elle avait fait erreur sur le Blanc de l'avion. Il s'agissait d'un pétrolier inoffensif ou d'un technicien en électricité, agriculture, produits pharmaceutiques. « Je vous rejoins plus tard à la table, dit Joshua. – Pourquoi ? » Il dit qu'elle n'avait pas à le savoir. Elle en conclut qu'il avait envie de pisser. Les Tutsis qu'elle avait connus ne répondaient pas aux questions, préférant entretenir le mystère plutôt que donner un renseignement, même anodin. Voire faux. Joshua s'assit auprès d'elle une ou deux minutes plus tard. Il sentait le mauvais savon fourni par l'OMS qu'on trouve dans les toilettes des restaurants africains. Il a pissé, pensa Blandine. Les Tutsis se lavent les mains après avoir uriné. Ils sont bien éduqués. La plupart d'entre eux vouvoient leurs parents, comme Blandine de Kergalec le faisait jusqu'à ce qu'elle cesse, à trente ans, de leur parler. Le nombre de gens à qui elle ne parlait plus. Plus facile de compter ceux à qui elle parlait encore. Son petit-fils de trois ans, Lionel. Sa femme de ménage. Et Joshua. Elle n'en trouvait pas d'autre, même en se creusant la cervelle. Ah si, la Japonaise bleue. Lui téléphoner à l'Olympic avant de rentrer au Laico. Quel était ce secret ?

À la table voisine, le Blanc et l'Africaine étaient de nouveau lèvres contre lèvres. « Ils en font trop », dit Joshua à voix basse. Il ouvrit son téléphone et envoya un SMS à Blandine. « Donnons-nous rendez-vous demain après-midi. S'il y va, nous l'éliminons. » Nous, ça voulait dire, elle, lui, ou les deux ensemble ? Elle se contenta d'acquiescer de la tête, gardant pour elle des questions auxquelles, à son habitude, le Rwandais n'aurait pas répondu. « Demain trois heures devant le camp de Kintélé », dit Joshua dans un anglais plus clair et distinct que celui qu'il utilisait avec elle, appris en Ouganda dans l'armée d'Idi Amin Dada, puis d'Obote. La phrase ne parut pas éveiller le moindre intérêt chez le jeune couple mixte qui resta enlacé. « Maintenant, partons », dit Joshua. Il se leva, laissant Blandine régler la note.

« Jean-Pierre Rwabango se trouve en ce moment dans l'avion Bruxelles-Kinshasa. Vous l'attendrez demain matin en RDC. Vous ne le perdrez pas de vue jusqu'à ce qu'il rejoigne sa famille à Kintélé. Où je vous retrouverai à trois heures, pour attraper votre Européen, s'il est là. L'enterrement aura lieu après-demain au cimetière d'Itatolo. Nous opérerons dans la nuit. Vous devrez vous trouver à la villa vers neuf heures du soir. » Le Tutsi conseilla à Blandine de se coucher tôt car elle aurait, le lendemain, une journée chargée. Le bac de Kin, ce n'était pas de la tarte. « Sous les Belges, il y avait un bateau tous les quarts d'heure, le *Congolia*. – Vous regrettez la colonisation ? – Non, la discipline. Quand il n'y en a pas, la vie devient un enfer. – Quand il y en a trop, c'est pareil. – Vous songez au Rwanda ? Nous avons remis les Hutus au travail pour mille ans. Dès qu'il y en a un qui se plaint, on le traite de génocidaire, du coup il retourne à son poste. Ceux qui continuent de râler, on les emprisonne. Et s'ils ne se calment pas, on les assassine, car la peine de mort a été supprimée au Rwanda, mais pas l'assassinat. – C'est ce que vous appelez la démocratie ? – Non : la croissance à deux chiffres. » Blandine se rendit compte que Joshua venait de répondre à ses questions. Elle se demanda pourquoi. Avait-il pris la décision de l'éliminer, elle aussi, une fois le travail effectué ? Ou au beau milieu de l'opération, quand il n'aurait plus besoin d'elle ? Elle se souvint du proverbe rwandais : « La douleur d'autrui est supportable. » Hutu ou tutsi ? Et aussi : « Ce qu'il y a dans le ventre du Tutsi, le Hutu ne le connaît pas. » Pour ça que les Hutus le leur avaient ouvert en 94 ? Joshua était-il fâché de ce qu'elle eût peut-être été suivie aux Rapides ? Ou qu'à l'aéroport elle eût pris le même taxi qu'une femme inconnue d'elle, ce qu'un agent en mission ne doit jamais faire ? Depuis quand était-elle surveillée par les Rwandais ? Maya-Maya ? Charles-de-Gaulle ? Ils marchaient le long du fleuve comme deux vieux amis ou deux vieux ennemis qui finissent tous par éprouver les uns envers les autres les mêmes sentiments mêlés.

Ils revinrent vers les Rapides. Le Blanc et la Congolaise étaient en train de sortir de l'établissement sans se parler. S'ils montent dans deux voitures différentes, pensa Blandine, ça signifie qu'ils jouaient la comédie. Les Tutsis lui demanderaient alors de tuer le garçon. Demain après-midi, vers trois heures. Avec l'arme qu'elle venait de recevoir. *Toucher*, disent les militaires. Par tendresse. Volupté. Elle glissa la main sous sa chemise pour caresser la crosse. Tuer un homme de quarante ans quand on est une femme de soixante, quoi de plus tentant ? Et de plus dégoûtant ? Blandine se sentit rassurée quand le couple monta dans le même taxi mais, s'approchant du véhicule, elle constata que la Congolaise prenait la main du Blanc et que celui-ci la retirait. Il avait dû dire quelque chose de désagréable, car la jeune fille détourna la tête. La voiture démarra. Blandine avait de nouveau un doute avec lequel elle passerait la nuit et la matinée du lendemain.

Elle venait de déposer Joshua à Poto-Poto quand son téléphone sonna : la Japonaise. Elle se sentit soulagée que le Tutsi eût quitté le véhicule, ça lui éviterait d'avoir à lui expliquer pourquoi elle continuait d'entretenir une relation amicale avec sa compagne de voyage inconnue alors que la mission, pour laquelle on la payait 150 000 euros, avait déjà commencé. Elle se surprit à dire qu'elle arrivait tout de suite et demanda au chauffeur de la déposer non au Laico, mais à l'Olympic. Elle n'avait pas sommeil. Il n'y a pas de décalage horaire entre Paris et Brazzaville, mais un décalage climatique qui tient réveillé pendant la première nuit qu'on passe au Congo. Et historique. Ce n'est plus le psychodrame français, mais le drame subsaharien : davantage de morts. Ils rôdent autour de leurs principaux assassins : les Blancs. Ceux du pétrole, du FMI.

Dans la chambre de Mariko, à l'Olympic, il faisait une épaisse chaleur de plein été tokyoïte. La Japonaise bleue était maintenant blanche, dans une nuisette en satin. Souvenir de Paris ? Sur la table de nuit, plusieurs bouteilles de Primus vides. « Ma soirée », dit-elle. Elle raconta qu'à chaque fois qu'elle voulait coucher avec un Congolais elle demandait au room-service qu'on lui apporte une bière. Ce n'était jamais le même serveur. Ils avaient dû se donner le mot. Quand ils avaient fait l'amour, Mariko et le génitos se partageaient la Primus. Elle s'était arrêtée à quatre coups, car elle n'avait plus de préservatifs. Blandine en avait-elle sur elle ? L'ex-espionne fit non de la tête. L'avantage d'avoir soixante ans : on ne se pose plus le problème du sida. Nosexagénaire. Pas grave, dit Mariko. Détendue, car baisée quatre fois. Elle était fatiguée, dit-elle avec une moue. Elle avait eu sa dose. « La plus grosse difficulté fut, avant et après, de les empêcher de rallumer la clim. » Depuis son adolescence, elle était fascinée par les Noirs. À Tokyo elle n'en connaissait qu'un : le vendeur de chemises américaines du quartier Shibuya. Un Ghanéen. Elle s'était donnée à lui plusieurs fois dans le fond de sa boutique mais la peau et le sexe des hommes noirs l'obsédaient au point qu'elle ne pouvait se contenter d'une seule expérience. Jamais ses parents ne l'auraient laissée partir en Afrique non accompagnée, raison pour laquelle elle s'était fiancée au printemps dernier avec un diplomate nippon en poste à Libreville. L'aimait-elle ? « Les gens habités par une obsession sont incapables d'amour. » Puisque Mariko lui avait confié son secret, la Française pouvait-elle rentrer au Laico ? La Japonaise la supplia de rester dormir avec elle. Elle avait peur d'être prise, au milieu de la nuit, d'une nouvelle envie de bière et de faire alors l'amour avec un Africain sans capote, ce qui mettrait en danger sa vie et celle de ses futurs partenaires, dont son fiancé. Blandine s'allongea sur le lit tout habillée. Mariko se serra contre elle. Jusqu'à douze ou treize ans, Cordélia aimait dormir avec sa mère. Blandine s'en voulait aujourd'hui de le lui avoir reproché, car, quand l'adolescente avait cessé de réclamer de passer la nuit avec elle, elle s'était sentie délaissée, quittée. Souffrant de la chaleur, elle ôta sa chemise, puis son pantalon, et plaça le revolver dans le tiroir de la table de nuit. « Ton soutien-gorge te serre, dit la Japonaise dans un demi-sommeil pâteux. Tourne-toi, je vais te le dégrafer. » La Française se mit de côté et aussitôt l'accessoire glissa de ses épaules, libérant une poitrine qui avait forci avec l'âge. Blandine eut l'impression vague que la Japonaise déposait un baiser sur son omoplate. Elle se recoucha sur le dos. Mariko vint franchement sur elle et s'endormit. Blandine crut à une feinte, jusqu'à ce que l'autre se mît à ronfler comme une femme soûle ou un homme obèse. Blandine ôta son slip. Elle détestait dormir en slip. Elle était maintenant nue avec une Japonaise de vingt-deux ans en nuisette couchée sur elle, et se demanda combien de temps ça durerait, et ce qui se passerait ensuite. Au bout d'un moment, Mariko roula de l'autre côté du lit, ce qui mit un terme à son ronflement. Blandine écarta les jambes et ferma les yeux.

Quand elle les rouvrit, un jour vitreux s'insinuait par la fente des rideaux. L'ex-espionne se trouvait dans la même position que lorsqu'elle s'était endormie. Par grande chaleur ou par grand froid, nous ne bougeons pas dans notre sommeil.

La première idée de Blandine fut de rentrer au Laico où elle se ferait couler un bain avant de prendre un petit déjeuner au bord de la piscine dans laquelle elle piquerait une tête en attendant le rendez-vous de quinze heures à Kintélé, puis elle se souvint que Joshua lui avait donné l'ordre de se rendre à Kinshasa pour prendre le père Rwabango en filature dès sa descente d'avion, pour le cas où le Hutu préparerait un coup tordu. Blandine ne voyait pas quel coup tordu les Hutus pouvaient préparer. Jean-Pierre Rwabango avait perdu son frère Charles dans un prétendu accident de la circulation à Brazzaville et venait célébrer lui-même l'enterrement du défunt à Itatolo. Pourquoi et à qui voudrait-il fausser compagnie entre l'aéroport N'Djili et le camp de Kintélé ? N'empêche, Blandine ne se sentait pas de taille à désobéir au Tutsi. Si elle voulait être à temps en RDC, elle devait sauter tout de suite dans ses affaires de la veille et filer au Beach sans prendre le temps de se laver, encore moins de boire un chocolat chaud.

Joshua ne lui avait pas menti : le bac Brazza-Kin, ça n'était pas de la tarte. Moite et sale dans son jean gras et sa chemise puante, Blandine se présenta à un guichetier patibulaire qui lui réclama de l'argent pour un laissez-passer, un certificat de vaccination contre la fièvre jaune, un billet aller-retour (obligatoire) et le droit d'accès au Beach. Au moment où elle se demandait comment franchir la douane Congo-RDC avec un revolver, elle se rendit compte qu'elle avait oublié son arme dans la chambre de Mariko, à l'Olympic. Elle fut aussitôt couverte de sueur. C'était, après de menues négligences et maladresses, la première vraie bourde de sa mission à Brazza. Le signe qu'elle n'était pas à la hauteur de ce qu'elle avait eu tort d'accepter de faire. Elle n'était plus la Blandine de Kergalec des années 80. Avait perdu concentration et décontraction. Comment les Tutsis ne s'en étaient-ils pas rendu compte ? Pourquoi n'avaient-ils pas engagé quelqu'un de plus jeune, de mieux entraîné, au lieu de cette dondon qui ferait n'importe quoi par étourderie et fatigue ? Avaient-ils voulu la piéger ? Dans quel but ? Se venger de l'armée française à laquelle elle n'appartenait plus ? Si au moins elle avait su quoi faire, maintenant. Elle demeurait muette et pétrifiée devant cette faute béante d'où sa honte et son chagrin coulaient à gros bouillons inutiles. Ce qu'il fallait, c'était une solution, et il la lui fallait tout de suite. Appeler Joshua et lui demander son aide ? C'était à elle de lui fournir de l'aide : il la payait pour ça. Elle composa le numéro du téléphone de Mariko sans savoir encore comment elle allait lui présenter la chose. Par pure panique. C'était ce qu'elle devait éviter : les réactions vives et irréfléchies. Il y eut, dans le début cauchemardesque de ce qui s'annonçait comme une mauvaise journée, un miracle : la Japonaise décrocha. Elle avait entendu la sonnerie dans son sommeil et lu le numéro de Blandine. Heureux âge où on reconnaît sans lunettes un numéro sur un écran de portable, pensa la Française. Si ç'avait été celui de son fiancé, précisa Mariko, elle n'aurait pas répondu. Elle rit. Le rire de l'insouciance asiatique, uniquement soumise à ses besoins. Blandine dit qu'elle avait oublié son revolver dans le tiroir de la table de nuit. Mariko pouvait-elle le déposer dans un emballage discret à la réception du Laico ? « Je le ferai pour toi », dit la Japonaise sans poser de questions. Blandine pensa qu'elle pouvait avoir confiance en elle. Pour ça ou n'importe quoi d'autre. Son vieil instinct, qu'elle croyait désactivé depuis deux décennies, l'avait de nouveau servie. Elle était tombée sur la bonne personne. Grâce à laquelle elle échapperait, comme d'habitude, à la mort. Elle sentait au fond d'elle-même que, désormais, elle ne menait plus cette opération seule, mais à deux : avec la Japonaise. En doublette, comme les pros.

L'Afrique noire est grise. Kin n'est pas une ville, c'est un cancer. Qui progresse. Prolifère. La ville en éperon telle une commanderie. Le ciel est blanc comme un linge : seule chose propre dans le paysage. Marchés populeux aux mille couleurs qui ne sont pas mille. Viandes fendues à la hache d'où décollent des mouches repues. Blandine se souvenait de la moue de Mobutu. Mouebutu. Le principal relais de la CIA sur le continent. Voitures blanches badgées UN. Pourquoi accentuer encore la couleur dominante de l'ONU ? Boulangers avec leur marchandise sur la tête dans un panier. À chaque feu rouge défectueux, les enfants sorciers de la capitale : les Chégués (contraction de Che Guevara, héros congolais). Salisseurs de pare-brise sous prétexte de les nettoyer. Cireurs de chaussures, voleurs de lacets. Enfants perdus du sida de leur maman morte, chassés de la parcelle par leur marâtre.

Blandine avait pris un taxi à la journée pour 50 euros. En sortant de l'aéroport de N'djili sur les pas de Jean-Pierre Rwabango, elle ne voulait pas se trouver à la merci d'une absence de véhicule. Le chauffeur parlait le français avec l'accent belge que lui avaient communiqué ses parents nés sous Baudouin. Il s'engagea sur la chaussée Pierre-Mulele, puis bifurqua à gauche dans le boulevard Lumumba en direction de l'aéroport. L'ex-espionne se demandait si Mobutu aurait un jour son boulevard à Kin. Vivre craint, mourir haï et laisser dans l'Histoire une trace infecte : ça faisait de gros obstacles. Mobutu Sese Seko Ngbendu Kuku Wa Za Banga (traduction : Je suis l'enculé qui baise tout le monde) avait pourtant protégé son peuple, pendant trois décennies, du socialisme scientifique sévissant de l'autre côté du fleuve. Il y avait un temps où Blandine s'intéressait à ces salades. Elle se contentait maintenant d'avoir peur de la solitude, de la maladie, de la misère et de la mort.

Les gros yeux du père Rwabango étaient enfoncés dans ses orbites sous de charbonneux sourcils poivre et sel. Il avait une bouche large et mince sur laquelle nul sourire ne semblait jamais avoir été dessiné. Il pouvait avoir entre quarante et soixante ans, mais Blandine savait, ayant étudié son dossier, qu'il était né le 24 avril 1954. Comme elle l'avait prévu – et Joshua sans doute aussi –, il ne la regarda pas. Son *taxi à loyer* attendait la Française dehors. Elle se dépêcha de monter dedans car le Hutu avait déjà emprunté un des véhicules, au douteux statut de taxi, qui attendaient devant le N'djili. « Suivez cette voiture, dit-elle au chauffeur. – Mari infidèle ? demanda celui-ci. – Vous voyez bien que c'est un prêtre. – Vous êtes belge ? – Pourquoi ? J'en ai l'air ? » Le chauffeur la regarda dans le rétroviseur et parut penser qu'elle n'avait l'air de rien.

Ils revinrent vers le centre-ville. Quand ils dépassèrent le Beach, Blandine comprit qu'elle allait avoir un nouveau problème. Jean-Pierre Rwabango fit arrêter son taxi devant le Grand Hôtel Kinshasa. Elle suivit le prêtre dans le lobby, attendit qu'il prît une chambre, tout en ayant soin de retenir le numéro de celle-ci, puis elle appela Joshua, lui résuma la situation et demanda des instructions. Elle reçut l'ordre de ne pas quitter

Rwabango d'une semelle, quoi qu'il fît. Elle objecta qu'il était impossible d'assurer une filature seul, surtout dans une ville qu'on ne connaît pas. « Si Rwabango dort à l'hôtel, dit Joshua, il finira par rentrer dans sa chambre. La chose la plus importante que vous avez à faire, c'est de repartir en même temps que lui demain matin. – Et s'il ne repart pas ? – Il n'enterre pas son frère à Kin, mais à Brazza. – Dans ce cas, pourquoi est-ce que je ne rentre pas dès maintenant à Brazzaville ? Tout ce que je risque en restant ici, c'est de me faire repérer par lui. – Il ne vous repérera pas, madame de Kergalec. Vous êtes irrepérable. »

À la réception, l'ex-espionne dit qu'elle venait autrefois à Kin avec son mari aujourd'hui décédé et qu'ils avaient l'habitude de descendre dans la même chambre du Grand Hôtel Kinshasa, alors Intercontinental : elle donna le numéro de celle du prêtre. Laquelle n'était pas libre. Elle aurait la chambre voisine. Elle n'en espérait pas tant. Le concierge lui demanda où étaient ses bagages. Ils avaient, dit-elle, disparu à l'aéroport. Mais ce n'étaient pas les fringues qui manquaient à Kinshasa. Elle se ferait conduire dans un magasin de la Gombe ou de Binza dans l'après-midi. Elle se jugea de trop bonne humeur pour une veuve venant de perdre ses bagages, mais la perspective de pouvoir se laver et se reposer l'emplissait d'un bonheur immédiat et brutal qu'elle était incapable de dissimuler.

Elle s'endormit dans le bain, bercée par le ronron asthmatique du climatiseur. La sonnerie de son téléphone la réveilla. Elle n'avait pas ses lunettes et crut que Joshua l'appelait pour lui fournir un nouveau renseignement sur Rwabango ou lui dire qu'elle était en danger à l'Inter, et qu'elle devait quitter sa chambre sur-le-champ. C'était la Japonaise bleue. La jeune femme se trouvait dans le salon de Maya-Maya avec son fiancé. Ils attendaient de s'envoler pour Pointe-Noire. Elle voulait savoir pourquoi Blandine se baladait avec un revolver dans les rues de Brazza. « Parce qu'elles ne sont pas sûres », dit la Française. L'arme avait été déposée au Laico à son nom. Si les types de la DGSE avaient un complice à l'hôtel, il leur permettrait d'ouvrir le paquet et alors le compte de Blandine serait bon. Elle avait l'impression de passer d'une erreur à l'autre comme une skieuse entre les portes d'un slalom. « Je te remercie, Mariko. – On se reverra ? – Pas si tu vas directement de Pointe-Noire à Libreville. – Pourquoi ne me rejoindrais-tu pas à Pointe-Noire ? C'est la capitale économique. Si les taupes des fonds-vautours sont quelque part au Congo, c'est là-bas. » Elle avait raison, mais Blandine se fichait des taupes des fonds-vautours. « Viens demain, on passera la journée ensemble. On fera du shopping. Tu as besoin de t'habiller. – Tu ne me trouves pas élégante ? – Tu as presque soixante ans et tu t'habilles comme si tu en avais encore vingt. Vingt à ton époque. Bien fringuée, tu trouverais sans problème un amant africain. De toute façon, ces types-là bandent rien qu'en regardant une Primus. – Je ne cherche pas un amant africain. – Tu en as déjà un ? – Non : ma fille unique vient de mourir d'un cancer et je n'ai pas envie de baiser. » Ç'aurait été mieux si elle n'avait pas répondu à l'appel de Mariko : elle ne serait pas en train de fondre en larmes. « Pardon, Blandine ! Pardon ! Quelle faute ! Pourquoi ne m'en as-tu pas parlé cette nuit ? Nous nous serions recueillies ensemble, peut-être nous serait-elle apparue d'une façon ou d'une autre, en rêve ou dans la réalité, parce que la réalité est aussi un rêve. Comment s'appelait-elle ? – Cordélia. » Il fallait qu'elle arrête cette conversation insupportable, mais elle ne savait comment. « Cordélia. Bien. Je vais penser à Cordélia pendant tout le vol, et aussi quand j'arriverai à Pointe-Noire. » Blandine se demanda entre deux sanglots si Mariko penserait à Cordélia la prochaine fois qu'elle aurait une bite noire dans l'anus ou dans la bouche. Elle ne voyait pas quoi dire de plus à la Japonaise, pas même au revoir, aussi raccrocha-t-elle le téléphone en le repliant trop vite. L'objet lui échappa et tomba dans l'eau. L'ex-espionne regarda se noyer sa mission, son proche avenir, ses espoirs de fortune. Elle était si hébétée qu'elle mit plusieurs secondes à comprendre que les coups frappés contre une porte l'étaient à celle de sa chambre. Pourtant elle n'avait rien commandé au room-service.

Rwabango. En soutane, c'est-à-dire en robe. Blandine de Kergalec ne se rappelait plus la dernière fois qu'elle en avait porté une. À quel mariage ou à quel enterrement. « J'ai été averti par la réception que vous aviez perdu votre époux et que vous aviez l'habitude, à Kinshasa, de descendre avec lui dans la chambre que j'occupe aujourd'hui. Je viens moi-même de perdre un être cher et serais heureux de pouvoir vous rendre service en procédant à l'échange des chambres : vous prendrez la mienne et je m'installerai dans la vôtre. » Elle connaissait tout de lui – sa taille, son poids, ses diplômes, son taux de cholestérol, son adresse et son numéro de téléphone –, mais n'avait jamais entendu le son de sa voix, d'une lenteur et d'une douceur ecclésiastiques chargées de colère et de remords. « Il paraît qu'on a volé vos bagages à N'djili. Si je pouvais vous être utile, j'en serais ravi. J'ai fait une partie de mes études à Kin et connais la ville comme ma poche. Je pourrais vous conduire dans les meilleurs magasins de la Gombe. Il y a aussi d'excellents tailleurs dans certaines cités : ils vous confectionnent un vêtement en deux heures. Avant de consacrer mon existence à notre Seigneur Jésus-Christ, j'ai été un sapeur. Je pense que vous savez ce que c'est ? » Blandine ne répondit pas, occupée à réfléchir. Pourquoi le Hutu se donnait-il tant de peine pour elle ? Avait-il deviné qu'elle le surveillait et voulait-il subvertir la filature ? Il n'y avait aucune raison logique pour qu'un prêtre africain prît soudain en charge une dame européenne qui ne lui demandait rien. À moins que la mort de son frère n'eût fait perdre la boule au prêtre ? « La Sape : Société des ambianceurs et des personnes élégantes. C'est la société africaine la plus célèbre, avec la franc-maçonnerie qui n'est pas africaine. Il s'agit d'un engagement total en faveur de l'apparence physique et vestimentaire, réponse narquoise et distante à l'engagement dans un parti unique de part et d'autre du fleuve : le PCT communiste de Nguesso, le MPR anticommuniste de Mobutu. Des sapeurs qui ne voulaient pas dire leur nom, tous deux ayant débuté en treillis et fini en Saint Laurent. » Blandine ne sut quoi répondre. Elle montra son Nokia mouillé : « J'ai laissé tomber mon portable dans le bain. – Sortez la puce. Vous la placerez dans votre nouvel appareil. Vous sauvegarderez sa mémoire, ne perdant que celle de votre ancien mobile. » Elle était nue sous le peignoir de l'hôtel. Même devant un prêtre, elle s'en trouvait gênée. « J'ai peu d'affaires et vous n'avez pas les vôtres, dit Rwabango. L'échange peut se faire en une minute. – Je me suis allongée sur le lit et j'ai utilisé la baignoire. Je préfère qu'on ne change rien. En revanche, je suis d'accord pour que vous m'aidiez, au sujet des courses. Première fois que je ferai du shopping avec un prêtre. – Dans une demi-heure à la réception ? » Elle sourit en signe d'acquiescement et le petit homme disparut. Elle referma la porte. Rendre compte à Joshua ? Elle en avait marre de rendre des comptes.

Dans les rues de Kin, elle se sentit deux fois protégée par Rwabango : parce qu'il était africain et parce qu'il était prêtre. Il trottinait à son côté comme un gros chien noir affectueux. On commença par le plus important : le mobile. Blandine en choisit un. Jean-Pierre discuta le prix, la Française paya en liquide, le prêtre le configura. Elle retrouva tous ses numéros sur l'écran, notamment ceux qui aideraient à l'assassinat du curé. Celui-ci décida qu'avant d'acheter des vêtements ils devraient déjeuner. Ils entrèrent au 3615, boulevard du 30-Juin. Spécialités de cuisine liégeoise et de pizzas. « La Belgique me manque, expliqua Rwabango. – Vous ne l'avez quittée qu'hier. – Comment le savez-vous ? » Trop sotte, pensa Blandine. Elle regarda le ciel blanc, espérant qu'un hélico la sortirait de cette ville, de cette vie. « Je vous ai vu dans l'avion. – Vous étiez en *business* ? – Non : en éco. Ma pension de veuve ne m'autorise pas la classe affaires. – Moi aussi, j'étais en éco : je ne vous ai pas vue. – Personne ne me voit. » Ils s'installèrent sur la terrasse donnant sur le boulevard. Il commanda des saucisses et des frites. Elle choisit une pizza. « Que faites-vous à Kinshasa ? demanda le prêtre après avoir refermé le menu. – Je recherche des souvenirs. – Votre mari était colon ? – Coopérant. Je ne suis pas si âgée. » Pourquoi n'avait-elle pas débité sa légende officielle à l'ecclésiastique africain ? Oubli. La folie commence par la mémoire et finit par l'oubli. Elle but une gorgée de la bière qu'ils avaient commandée en même temps que leurs plats. « Vous, pourquoi êtes-vous au Congo ? – Afin de célébrer la messe d'enterrement de mon frère, demain après-midi, à Brazzaville, au cimetière d'Itatolo. – Pourquoi avoir atterri à Kinshasa ? – Le billet Bruxelles-Kin est moins cher que celui Paris-Brazza et j'avais des amis à voir ici. – Des prêtres comme vous ? – Non : des amis hutus. Des gens victimes d'une des plus grosses injustices de l'Histoire.

– Je croyais que dans cette histoire c'étaient les Tutsis les victimes. – Tout le monde pense comme vous, mais ce n'est pas une preuve. Les hommes ont longtemps cru que la Terre était ronde alors qu'elle est plate. Comme l'écran plat d'un téléviseur. – Vous êtes de ces Hutus qui prétendent avoir été massacrés par les Tutsis qu'ils ont massacrés ? – Qui vous a dit que j'étais hutu ? – Je l'ai déduit de votre discours. – Non : de mon physique. En 1994, il y eut deux génocides, et chacun d'eux fit *grosso modo* le même nombre de victimes. – C'est du négationnisme. – Non : de l'arithmétique. » Il découpa ses saucisses et Blandine pensa aux machettes qui, en avril 94, découpaient les Tutsis en rondelles. Le prêtre s'était mis à transpirer en abondance. Blandine savait trop que c'est un signe d'émotion et de nervosité, même par grande chaleur.

« 1,1 million de personnes sont mortes lors du génocide de 1994, dit Rwabango. Il y avait 7 millions de Rwandais, dont 800 000 Tutsis. 70 à 75 % des Tutsis du Rwanda ont été tués. Cela fait de 500 000 à 600 000 personnes. Un enfant d'une école primaire – même une école primaire d'Afrique – n'aurait aucune peine à calculer qu'en 94 la moitié des victimes étaient des Hutus. Tués par les soldats et les agents du FPR de Paul Kagamé, présents dans le pays depuis le début des hostilités. Puisque ce sont eux qui le 6 avril de la même année, à l'aide de deux Sam-16 pris dans le lot de quarante missiles fournis par l'URSS à l'armée ougandaise quelques années auparavant, ont abattu l'avion de Juvénal Habyarimana. Outre celle du président rwandais ils causèrent la mort du président du Burundi, Cyprien Ntaryamira, hutu lui aussi, et de deux de ses ministres. La France a perdu trois hommes, tous civils : l'équipage. Vos compatriotes. Connaissez-vous leurs noms ?

– Vous les connaissez, vous ? – Comment les oublier ? Ce sont des martyrs de la barbarie tutsi qui s'exerce dans la région des Grands Lacs depuis des centaines d'années : Jacky Héraud, Jean-Pierre Minaberry et Jean-Michel Perrine. Je prie souvent pour eux. »

Toutes les saucisses de l'ecclésiastique avaient été exécutées. Les dernières pommes de terre, dispersées aux quatre coins de l'assiette désolée comme un champ de bataille wallon, furent englouties à leur tour dans le gosier de Rwabango. Qui but une longue rasade de Mort subite, sa bière belge préférée depuis ses études de théologie à Louvain au milieu des années 70, avait-il expliqué à Blandine en début de repas. Cela avait amusé l'ex-espionne, sachant quelle mort subite Joshua et ses Tutsis réservaient au prêtre génocidaire. Elle-même avait choisi une Krick.

« Que savez-vous de l'histoire du Rwanda ? reprit Rwabango. Les rois tutsis – les *bami* – ont régenté le pays à partir du XIVe siècle : c'est la dynastie des Nyiginya. Le premier d'entre eux s'appelait Ruganzu Ier Bwimba. Le *mwami* – mwami, en kinyarwanda, est le singulier de *bami* – régnait sans partage sur les terres et les populations hutus, entouré d'une aristocratie et d'une armée tutsis. La grâce et la beauté des Tutsis, tant appréciées par les envoyés spéciaux des grands médias européens et américains avant et après avril 94, viennent de leur longue paresse. Ils nous ont regardé travailler la terre, activité qu'ils méprisent le plus, pendant six cents ans. D'où le petit sourire de mépris avéré et de légère pitié qui flotte sur leurs lèvres quand on prononce devant eux le mot "hutu". Même quand, à la proclamation de la République, le 28 janvier 1961, les Hutus ont pris démocratiquement le pouvoir, les Tutsis n'ont jamais cessé de nous regarder avec hauteur, voire

répulsion. Il a fallu avril 94 pour qu'ils baissent enfin les yeux devant nous. C'est parce que beaucoup d'entre eux n'en avaient plus. » Un prêtre se vantant d'avoir énucléé ou fait énucléer un homme, une femme ou un enfant : elle était bien dans l'Afrique du XXIe siècle. Elle surmonta son dégoût et fit l'intéressée. C'était son job : faire l'intéressée quand ça ne l'intéressait pas, faire la pas intéressée quand ça l'intéressait. « Nous n'avons pas chassé les Tutsis du Rwanda en 1961. La plupart sont partis d'eux-mêmes, refusant de se plier aux règles démocratiques. Leur mépris, leur haine, leur dégoût pour les Hutus leur interdisaient d'être gouvernés par nous. Depuis six cents ans, ils étaient les maîtres et nous étions les esclaves. Après 1994, cette situation a été rétablie : ils sont redevenus les maîtres et nous sommes à nouveau les esclaves. Les Hutus auront connu trente-trois ans de liberté en six siècles. » Il choisit comme dessert une crème brûlée. On eût dit qu'il le faisait exprès. Combien de corps tutsis avait-il brûlés en 94 ? « Ce n'est pas belge, mais c'est mon dessert préféré. Je me demande de quelle nationalité il est.
– Rwandais ? » Le prêtre eut un rire féminin, tel un roucoulement de pigeon. C'était ce qu'il était : un pigeon. « Tutsi, alors. Savez-vous combien d'actions terroristes les Tutsis de l'étranger, les *iyenzi*, aidés par les Tutsis de l'intérieur, ont commises de 1961 à 1994 ? Des milliers. En juin 61, attaque de la maison du bourgmestre-député et celle du conseiller communal à Muhura : un gardien tué. Quelques mois plus tard, vingt-sept personnes abattues – dont trois brûlées, ce qui nous ramène à notre crème – dans l'attaque de Kiburara par deux cents guerriers tutsis. En avril 62, un Belge, M. Geens, et son épouse, une Rwandaise, sont assassinés dans leur maison par des terroristes tutsis. À la fin du même

mois, un vieillard et deux enfants sont abattus par des Tutsis armés de calibres 45 mm et 9 mm. En 63, un douanier et deux gardiens sont attaqués à Bugarama par une bande de terroristes venus du Burundi. Ils sont torturés et mis à mort, ainsi qu'une trentaine d'autres personnes (hommes, femmes et enfants) dont les biens sont pillés et emportés au Burundi. Et ainsi de suite, avec de rares interruptions jusqu'en 1994. »

Le prêtre laissa Blandine demander et régler l'addition. Il y avait un point sur lequel Hutus et Tutsis se retrouvaient : le Blanc devait payer pour eux, même si c'était une Blanche. La chaleur, sur le boulevard du 30-Juin, était insoutenable. Elle avait pris une forme physique, gigantesque créature aux mains de feu et aux nichons de braise. On avait si chaud qu'on en grelottait. Le prêtre se hâta jusqu'au taxi climatisé de Blandine qui les conduisit au magasin Bi Omba. *Faculté de la sape*, lisait-on au-dessus de la devanture. Blandine ne trouva rien à son goût dans cette boutique pour chanteuses et danseuses de R & B, et acheta à un marchand ambulant une chemise blanche et un pantalon noir. D'une pharmacie voisine Rwabango rapporta un tube de dentifrice et une brosse à dents. « Si vous aviez été un homme, j'aurais dû prendre aussi un rasoir et de la mousse à raser : ç'aurait été plus cher. » Blandine comprit qu'elle devait le rembourser, mais il fit non de la main : on invite un Africain, on ne le rembourse pas. Rwabango dit qu'il avait à faire dans une cité où elle proposa à contrecœur de l'emmener. Il déclina et dit qu'il s'y rendrait par ses propres moyens. Il n'avait que trop abusé de son temps et de son taxi. Elle n'insista pas, ce qui parut le décevoir. Quand il s'éloigna de sa démarche mollassonne et baguenaudeuse, Blandine sentit qu'il allait lui manquer. La présence des petits gros modestes est plus agréable que celle des grands maigres arrogants : c'est pourquoi le monde est dirigé par des petits gros modestes. L'ex-espionne aurait voulu passer l'après-midi et la soirée avec le prêtre, se fichant de ce qu'il pourrait lui raconter contre les Tutsis.

La large entrée blanche du Grand Hôtel Kinshasa – elle se demanda s'il y avait une différence psychologique entre les gens qui mettent deux *s* à Kinshasa et ceux qui n'en mettent qu'un, la même question pouvant se poser pour les gens qui écrivent Kosovo, Kossovo, et ceux qui l'écrivent Kosovo – la rassura comme l'entrée d'une clinique, d'un supermarché ou d'un cinéma parisiens. Dans l'atrium, un froid civilisé lui caressa le cou et les épaules. Les employés étaient en rouge et noir : pantalon noir et chemise rouge pour les hommes, jupe noire et chemise rouge pour les femmes. Par les baies vitrées, on apercevait une piscine plus vaste que celle du Laico. À Kin, tout est plus grand qu'à Brazza : les avenues, les immeubles, les marchés. Au Congo, les Belges ont vu plus grand que les Français. Parmi les fleurs, les arbustes et les arbres tropicaux du jardin, Blandine repéra des frangipaniers, du lilas des Indes, des cœurs de Marie, des hibiscus, des ipomées, des lauriers-roses. Un petit pont franchissait une rivière artificielle. Vingt ans plus tôt, l'ex-espionne aurait fait un saut à la salle de muscu. Elle contourna la pyramide de malachite et se dirigea vers les ascenseurs. Elle était comme envoûtée par la fraîcheur de l'endroit. Pourtant, elle sentait monter en elle l'envie de ressortir dans la touffeur des rues, de retrouver Rwabango dans une cité, d'errer avec lui parmi les quartiers. Dès qu'on croit échapper à l'Afrique, elle vous rattrape par la nostalgie de son amertume.

Dans la chambre, la Française se mit nue et, attendant que son bain se remplisse, se masturba. Elle se voyait en train de prendre Mariko avec un godemiché ceinture, ou bien se faire mettre par elle avec le même instrument. Après avoir joui, elle rit d'elle-même, sexagénaire fantasmant sur une Japonaise postadolescente fantasmant elle-même sur les hommes noirs. Puis elle se demanda à quoi ça servait d'avoir un pantalon de rechange alors qu'on devait garder le même slip sale. Il y a vingt ans, elle aurait eu la présence d'esprit d'acheter, en plus d'un pantalon et d'une chemise, un slip. Mais il y a vingt ans elle aurait refusé cette mission-là. Elle s'endormit dans son bain, se réveilla alors qu'elle était sur le point de se noyer, se coucha nue sur le lit en se comparant à une baleine échouée sur la baie de Loango, se rendormit et fut réveillée par le téléphone. Mariko, en larmes, suppliait Blandine de la rejoindre à Pointe-Noire. Son fiancé l'avait surprise dans leur chambre avec un serveur du Mbou-Mvoumvou L. Il l'avait battue et menaçait à présent de la renvoyer au Japon. Elle voulait rester en Afrique où il y avait la chose nécessaire à son plaisir : des hommes noirs. Elle avait besoin d'aide et de conseils. Blandine était la seule personne qu'elle connût sur le continent : logique qu'elle l'appelât au secours. « Il n'y a pas de vol régulier entre Kinshasa et Pointe-Noire », dit la Française. La Japonaise supplia : « Viens aussi vite que tu peux. Je suis perdue. » Elles étaient, pensa l'ex-espionne, toutes deux perdues.

Mariko avait raccroché. Blandine se leva. Elle remit son slip sale. Enfila son nouveau pantalon, sa nouvelle chemise. Celle-ci, trop amidonnée, lui écrasait les seins, lui tailladait le cou. Elle reprit sa chemise bleu marine. Tant pis pour l'odeur. Qui se souciait, ici, des odeurs ? Elle plaça dans son sac à dos ado son jean sale, la chemise blanche immettable, la brosse à dents et le tube de dentifrice. Pour la première fois depuis son arrivée en Afrique, elle ressentit l'allégresse d'un départ au combat. Ses vieux automatismes se réveillaient : attention, recueillement, agressivité. Elle se préparait à faire la seule chose importante : sauver un être humain. Alors qu'elle était payée pour une tâche inverse. Donc elle volait. Dérobait. Quelqu'un – elle – à quelque chose : le FPR.

Au Beach, la dernière vedette Trans-Vip étant partie pour Brazza à quinze heures, Blandine dut de nouveau emprunter le ferry. Pendant la traversée, le vieux bateau blanc qui n'avait plus rien de blanc grinça, souffla, grogna. En cas de panne de moteur, il dériverait vers les chutes du Djoué et coulerait. Peut-être en face des Rapides. Un passager noir à lunettes expliqua à l'ex-espionne : « La Copesco (Commission spéciale de coopération) est chargée d'améliorer la circulation entre les deux rives du fleuve. Elle dispose d'un budget de 93 millions de francs CFA, soit treize ou quatorze mille de vos euros, à moins que vous ne soyez suisse. – Non. – Chaque jour, cinq cents personnes circulent sur le fleuve. Du temps de la colonisation, c'était dix, cent fois plus. Ceux qui traversent, d'un côté comme de l'autre, sont souvent les mêmes. Ils apportent des produits alimentaires à Brazza dont ils repartent avec des textiles. Ils sont rackettés des deux côtés. La Copesco a pour projets d'instaurer un guichet unique pour les passagers, de limiter le nombre des services habilités à opérer dans les installations portuaires, de dissocier le transport des personnes de celui des marchandises, de supprimer les taxes illégales et surtout d'humaniser le trafic fluvial. » Blandine s'éclipsa à l'intérieur du navire qui accosta bientôt à Brazza. Après les formalités de débarquement, la Française sauta dans un taxi et se fit conduire à Maya-Maya.

Elle mit un certain temps à se rendre compte que la nuit était tombée. Pourtant, il faisait encore jour lorsqu'elle était sur le bateau. Quand elle se trouva face à la foule et au désordre de l'aéroport, elle renonça à se rendre dans le Kouilou, remettant son départ au lendemain. Le concierge du Laico s'occuperait de lui réserver une place sur le premier vol du matin à destination de Pointe-Noire. Elle appela Mariko, obtint le répondeur. Sans doute le diplomate nippon avait-il confisqué son portable à la jeune femme de peur qu'elle ne contactât d'autres partenaires locaux. Blandine passa la soirée dans sa chambre. Elle lava sa chemise bleu marine et son slip, puis les suspendit à un cintre au-dessous de la clim. Elle fit tremper la chemise blanche dans le lavabo pour tenter, sans grand espoir, d'en enlever l'amidon. Puis elle se masturba pour la seconde fois de la journée. Elle faisait une fellation à un adolescent noir tandis qu'un autre adolescent noir la sodomisait. Se branler à Kin, se branler à Brazza : presque le début d'une chanson. D'une rumba. Elle s'endormit. La pensée qu'elle n'était pas en sécurité la réveilla une heure plus tard. Elle se rendit compte qu'elle n'avait pas récupéré son revolver. Elle s'habilla et descendit à la réception où on lui tendit une boîte à chaussures avec son faux nom écrit en majuscules sur le couvercle à l'aide d'un gros stylo feutre noir : *Françoise Duverger.* Improbable que personne n'eût regardé ce qui se trouvait dedans. Ne fût-ce que la sécurité civile. La DGST. On ne lui fit pourtant aucune remarque.

Elle décida d'aller manger quelque chose au restaurant de l'hôtel. La salle du Flamboyant était vide, à l'exception d'un couple de Blancs. Blandine reconnut l'homme qui se trouvait dans l'avion Paris-Brazza la veille, et qu'une voiture de la présidence était venue chercher sur le tarmac de Maya-Maya, lui épargnant les tracasseries douanières et le souci de trouver un véhicule. Auprès de lui était assise une femme d'une cinquantaine d'années avec sur son visage délicat et empâté la nostalgie d'une grande beauté perdue. Blandine était contente d'avoir à nouveau son revolver sur elle. Elle se sentait moins seule, moins vulnérable. Elle hésita entre manger français et manger africain. Le souvenir des saucisses belges de Rwabango, le bâfreur épurateur ethnique, la fit pencher pour la cuisine du continent. Elle commanda un Capitaine avec des bananes plantains et de la chikwangue, qui est un chamallow sans sucre ni colorant. Et une Primus, ce qui la fit aussitôt songer à Mariko. L'homme blanc se tourna vers Blandine : « Vous appréciez la compagnie des paires de chaussures ? » L'ex-espionne riposta : « Ce sont les cendres de mon mari. Je vais les disperser demain matin à Pointe-Noire. » Du Kergalec ancienne manière. La killeuse des années 80. Première Française à être devenue officier de renseignement. La préférée du patron pour les opérations homo. « Je suis désolé », dit l'homme. Il se leva et se présenta : « Bernard Lemaire, conseiller. » Bernard Lemaire : ça sonnait aussi faux que Françoise Duverger. Blandine dit qu'elle n'avait pas besoin de conseils. Il prit un air compréhensif et, d'un signe de tête, indiqua à sa compagne de le suivre. Ils sortirent.

Blandine était désormais seule dans la salle. Avec son verre. Elle but une gorgée de Primus, souleva le couvercle, aperçut ce qui lui parut être un appareil photo jetable entouré de produits de beauté. Elle fourra la main dans la boîte. Pas de revolver. Elle s'étonna de ne pas être davantage émue par ce nouveau contretemps et comprit qu'elle était en train de retrouver l'habitude du terrain où tout est en permanence bouleversé, interrompu, remis en question. Deux personnes pouvaient avoir pris son revolver : Mariko et le grand type de la DGSE qui l'avait suivie, la veille, aux Rapides. Elle finit de dîner, puis se rendit à la réception. « Le grand Français arrivé hier soir, j'ai besoin de l'appeler. Quel est son numéro de chambre ? » Ses joues la brûlaient : trop de piment avec la chikwangue, trop de bière après le piment. « Le Français arrivé hier soir…, fit le concierge. Vous parlez de M. Parmentier ? Sa chambre est la 501, mais il n'y dormira pas ce soir : il passe la nuit à Pointe-Noire. Vous pouvez l'appeler à son hôtel : il loge au Mbou-Mvoumvou L. » Comme Mariko, pensa aussitôt Blandine. Ces deux-là étaient-ils de mèche ? Pour faire exploser quoi ? Avec quelle bombe ? Mariko avait-elle pour mission d'attirer Blandine à Pointe-Noire ? Où M. Parmentier tuerait la Française, sachant qu'elle n'avait plus d'arme ?

Elle prit l'ascenseur jusqu'au troisième étage où se trouvait sa chambre, puis monta au cinquième par l'escalier. Il lui fallut une demi-minute environ pour crocheter, à l'aide d'une épingle à cheveux, la serrure de la chambre 501. Ç'avait été l'une de ses premières leçons, à l'EIPMF. Le personnel des services : voyous qui n'ont pas voulu aller en prison. Tout ce qu'ils font ou presque – filmer et enregistrer les gens à leur insu, s'introduire chez eux par effraction en leur absence, voler leurs objets personnels, les kidnapper, les assassiner – est criminel, ce qui ne les empêchera pas de cumuler leurs points retraite. Sans parler des décorations. Blandine referma avec douceur la porte derrière elle. Elle n'alluma pas la lumière de peur d'être repérée par un agent congolais rôdant à tout hasard dans les jardins du Laico. Elle retrouvait l'excitation de pénétrer dans l'univers d'un inconnu. Elle remarqua que M. Parmentier – c'était à présent le nom que portait pour elle ce grand quadra aux épaules de nageur et au visage mince de héros de série télé des années 60 – avait emporté son ordinateur à Pointe-Noire. Les chambres du Laico n'ont pas de coffre. Le revolver n'était pas parmi les vêtements. Blandine replia ceux-ci avec soin comme s'ils appartenaient à son fils. Ou plutôt à sa fille. Par curiosité, elle inspecta les livres : romans et documents sur l'espionnage. Ça l'étonna. Les espions ne lisent pas d'histoires d'espions. Ils préfèrent lire les histoires de non-espions – ou dormir. Dans la salle de bains, rien. Le Français avait emporté sa trousse de toilette à Pointe-Noire. Normal. Blandine fouilla toutes les caches possibles, mais ne trouva pas son arme. Le Français l'avait emportée dans le Kouilou ? Ou bien Mariko ne l'avait jamais déposée dans la boîte à chaussures ? Ou encore quelqu'un du Laico s'était emparé du revolver et l'avait remplacé, pour faire bon poids, par cet appareil photo et ces produits de beauté ?

Blandine regagna sa chambre pour inspecter et analyser le contenu de la boîte à chaussures. L'appareil jetable n'avait pas encore servi et les produits de beauté étaient de qualité. Impossible que le voleur fût africain : il aurait gardé ces objets précieux pour lui. On en revenait aux deux premières hypothèses : Mariko et M. Parmentier. L'ex-espionne en saurait plus long le lendemain à Pointe-Noire. Elle tenta une nouvelle fois d'appeler Mariko : répondeur. Elle ne laissa pas de message.

Le lendemain matin, à l'aéroport Antonio-Agostinho-Neto, la première personne aperçue par Blandine de Kergalec fut M. Parmentier. En costume-cravate sombre, l'uniforme inusable des mangeurs blancs d'Afrique. Elle se persuada qu'il l'attendait pour la tuer. Elle était curieuse de savoir comment il ferait avec deux ou trois cents personnes autour de lui. Elle connaissait les gars de la DGSE : pas tous dégourdis, même au service Action. Si au moins la République pouvait se fournir de temps en temps dans la Mafia. Comme pendant la Résistance ou la guerre d'Algérie. Les mafieux sont des gens bien formés, bien équipés, mus par le plus puissant des idéaux : l'argent. Autre chose que les trucs en isme qui ont fait leur temps. Blandine passa devant le Français la tête haute, sans le regarder. Alors que, s'étant déjà croisés au Laico, ils auraient dû échanger un salut. Le premier sentiment que vous portez à quelqu'un qui veut vous supprimer est le mépris. La peur vient après. À un ultraléger déplacement de l'air, Blandine comprit que l'agent la suivait. Il voulait faire ça en ville. Mariko et lui bossaient sans doute en doublette depuis l'avion Paris-Brazza. Elle se demandait quel grade avait la Japonaise dans le service. Lieutenant ? Capitaine ? Elle n'était plus japonaise depuis longtemps, peut-être même ne l'avait-elle jamais été. Et parlait probablement un français parfait, comme beaucoup de nos militaires. Était-ce une spécialiste, comme Blandine l'avait elle-même été, des opérations homo ? En l'occurrence, il aurait fallu parler de femmicide. Son téléphone sonna. Le Tutsi. Blandine décrocha. Elle dit qu'elle venait de monter, à la suite de Rwabango, dans une vedette Trans-Vip. C'était mieux que le bac normal. Il y avait un lounge au départ et à l'arrivée. Le personnel se chargeait des formalités harassantes. « Je vous rappelle dès que nous arrivons au Beach de Brazza. » Elle raccrocha, pensant qu'elle ne rappellerait plus Joshua. Parce qu'elle en avait assez de lui et de son anglais ougandais, son *ouganglais* où perçait toujours une menace de punition. Et parce qu'elle serait morte. Elle se retourna. L'agent avait disparu. À Pointe-Noire, il est plus facile pour un Blanc de se cacher dans une foule parce qu'il y a une foule de Blancs.

Elle donna au chauffeur de taxi l'adresse du Mbou-Mvoumvou L : avenue du Général-de-Gaulle. Il rit : « Tout le monde sait où est le Mbou-là. » Sous le soleil, la ville avait un air de vacances. Blandine se retourna à plusieurs reprises : beaucoup de voitures la suivaient, mais il ne lui semblait pas que M. Parmentier fût dans l'une d'elles. Elle le sentait disparu. Effacé. Envolé. Peut-être était-il juste chargé de vérifier qu'elle se trouvait à la descente de l'avion ? Le reste de la mission, la partie délicate, était confié à quelqu'un d'autre. Bernard Lemaire ? Ou peut-être avait-on chargé Mariko de tuer Kergalec ? Cette fable sur son obsession des pénis noirs, quelle preuve Blandine en avait-elle ? Elle avait vu, dans la chambre de la Japonaise à l'Olympic, quatre bouteilles de Primus vides, mais peut-être l'autre les avait-elle vidées dans le lavabo, ou même les avait bues pour avoir le courage de passer toute une nuit couchée en nuisette à côté d'elle ?

Blandine roulait vers sa mort mais aussi vers la mer. Cet été, elle n'était pas partie en vacances. Son dernier séjour balnéaire remontait à l'an passé. Cordélia était encore si peu vivante. La mer, à Saint-Jean-de-Luz, avait été pour l'ex-espionne synonyme de mort. Et aujourd'hui ça continuait, sauf que ce n'était pas la mort de son enfant, mais la sienne : moins dramatique. Il y avait trop longtemps que Blandine n'avait pas vu le bleu de la mer, plus profond que celui du ciel. Il lui dirait quelque chose qu'elle comprendrait. Et qui l'aiderait à mourir. Ou à vivre. C'est pareil. « Passez par la côte. – Ce n'est pas le chemin, maman. » Pourquoi l'appelait-on maman à l'instant où elle pensait à sa fille ? Elle n'était pas la mère du chauffeur, et en même temps si. Les mères sont les mères de tout le monde, même des autres mères. Les pères sont les pères de tout le monde, même des autres pères. Du coup, personne ne perd ses parents : telle est la première leçon africaine. « Je ne suis pas pressée », dit Blandine. Elle faillit ajouter : de mourir. Au lieu de continuer par le boulevard Bitelika-Dombi qui les aurait amenés droit sur l'avenue de Gaulle, le chauffeur prit, à gauche, l'avenue Linguissi-Tchikaya avant de suivre le boulevard Marien-Ngouabi en direction de l'Atlantique.

Trois bouteilles vides de Primus sur la table de nuit. « Non ? » Mariko fit oui de la tête. « Tu as commencé quand ? – Hier après-midi. Le dernier vient de sortir. » Blandine comprenait pourquoi la Japonaise n'avait pas répondu au téléphone. « Et ton fiancé ? » Le consul était rentré la veille à Libreville. Il avait annulé le mariage. Il ne voulait plus revoir la jeune femme qui se retrouvait de ce fait seule au Congo, sans ressources. Sa carte de crédit ? Elle n'avait presque rien sur son compte au Japon. Le fiancé était censé, en Afrique, raquer pour elle en permanence. Elle devait, dit Blandine, se faire rapatrier par son ambassade. « Nous n'avons pas d'ambassade au Congo. » Par celle du pays le plus proche. « Elle se trouve au Gabon », ricana Mariko. Alors, dit la Française, il fallait qu'elle appelle ses parents et leur demande de lui envoyer de l'argent par Western Union. Non, dit la Japonaise. Elle ne voulait pas perdre la face. « Je croyais que c'étaient les Chinois qui refusaient de perdre la face, et les Japonais qui ne perdaient pas le nord. » Mariko dit que c'était le contraire.

Par la fenêtre de la chambre, on apercevait le rectangle bleu de la piscine autour de laquelle il n'y avait personne. Autour de la piscine d'un grand hôtel africain, il n'y a personne. Les Africains n'aiment ni le soleil ni la natation. Ils sont déjà bronzés et l'eau, ils préfèrent la boire. Les Blancs ont autre chose à faire que trempette : de l'argent. « On se baigne ? proposa Blandine. – Tu as apporté un maillot ? » Oui, elle en avait apporté un. Ça lui avait pris, la veille au soir, en remplissant son petit sac à dos. Elle s'était dit : à Pointe-Noire, je serai contente d'avoir un maillot. Elle en avait emporté un de Paris. Un maillot dans un sac de voyage, ça rassure les douaniers, surtout les HC (honorables correspondants) des services secrets. Les aviseurs, comme on les appelle à la DGSE. « Ce sera mon premier bain africain », dit la Japonaise.

Blandine avait abandonné l'idée que l'autre était une tueuse et succombait de nouveau à son enthousiasme, à son insouciance et à son espièglerie regroupés sur son petit visage en traits d'une beauté et d'une douceur totales. Quand elle se retrouva allongée sur l'herbe à côté de Mariko, elle se dit que c'était dommage de n'avoir que deux ou trois heures à passer en sa compagnie. Dans l'eau avec elle, elle pensa qu'elle ne rentrerait jamais à Brazza. Mariko se pendit à son cou et lui dit qu'elle l'aimait parce que, à chaque fois qu'elle apparaissait, c'était pour la sauver. Elle était comme une créature magique. Une divinité africaine. Une coursière de Nzambé. Blandine eut l'impression de serrer Cordélia contre elle et comprit dans quel but elle se donnait du mal pour la Japonaise depuis leur descente de l'avion à Maya-Maya, l'avant-veille : retrouver le sentiment d'avoir une fille. Sa fille. Du coup, ça la gênait moins d'être elle-même, puisqu'elle était aussi quelqu'un d'autre. Quand elle vit sortir du bain sa propre silhouette penaude et embarrassée, elle se dit que ce n'était pas celle d'une femme, mais celle d'une mère, la mère d'une fille en âge de se marier. Ce qu'elle était fière d'être. Nos enfants nous permettent de jouer à être leurs parents quand nous n'avons plus l'âge d'être des enfants.

Le revolver ne se trouvait pas sur Mariko car elle s'en serait servie, ni sur l'agent de la DGSE car il s'en serait servi lui aussi. L'arme était restée à Brazza. Sonnerie du téléphone. Joshua. « Rwabango est à Kintélé. – Et vous ? – Au supermarché Asia, improvisa Blandine. – Ça m'étonnerait : j'y suis aussi. – Je ne vous vois pas. À quel rayon ? » Le piège était trop gros pour qu'elle y tombât et, si ce n'était pas un piège, tout était perdu, elle avait le droit de s'amuser avant d'être punie par le FPR. « L'enterrement est à quatre heures, dit Joshua. – Vous y serez ? – Je ne rate jamais un enterrement de Hutu génocidaire. Ça fait partie des plaisirs de mon existence depuis que dix-sept membres de ma famille ont été exterminés au printemps 1994, dont mon père, ma mère et deux de mes trois sœurs. Nous opérerons pendant la nuit. Nous voulons que tout le monde soit endormi, à cause du bébé. – Vous ne m'aviez pas dit qu'il y avait un bébé. – Ne vous inquiétez pas, Blandine. Ça ne vous fera pas une grosse différence. Nous serons à la villa entre deux et six heures du matin. Vous avez les clés ? – Bien sûr. » Bien sûr, elle ne les avait pas. Pas eu le temps, avec ce pataquès, de les prendre à l'agence. Mais elle les aurait. Savoir mentir, surtout à ses supérieurs. Par surcroît, elle n'était plus dans l'armée. Elle raccrocha. « C'était qui ? demanda Mariko. – Le ministre des Hydrocarbures : l'écrivain et poète Tati Loutard. » Savoir mentir, surtout à ses enfants. « J'ai mal à la chatte et au cul, dit la Japonaise. Je vais ralentir mon rythme. – Une Primus par soir, c'est assez. – Alors une autre le matin. – On ne boit pas de bière le matin. – Au Japon, on en boit à toute heure. »

Il y eut ensuite la cérémonie de la crème. Quand Blandine était jeune, les gens se mettaient de la crème à bronzer. Maintenant, celle-ci était antisolaire. Alors pourquoi s'exposer au soleil ? Quand ce fut au tour de la Japonaise d'étaler sur son large dos la lotion antibronzante, Blandine comprit qu'elle vivait ses derniers moments de bonheur terrestre. Il lui restait cinq heures jusqu'à son départ pour Brazza où l'attendaient un tueur français, un kidnappeur tutsi, un prêtre génocidaire. Et un bébé. Que venait faire le bébé là-dedans ? Elle se demandait si c'était un garçon ou une fille. S'il était blanc ou noir. Serait-il la réincarnation de Cordélia bébé, comme Mariko était celle de Cordélia jeune fille ? On eût dit que le Congo avait reçu de Jésus-Christ ou de Nzambé, mission de présenter à Blandine, pour la consoler, tous les âges de son enfant disparue.

« Je vous laisserai de l'argent pour que vous puissiez rester à l'hôtel le temps d'organiser votre rapatriement au Japon. – Je ne veux pas être rapatriée au Japon. J'ai envie de rester au Congo. Avec vous. – Je ne reste pas au Congo. Je vais rentrer en France. – Il y a beaucoup d'hommes noirs à Paris. Je serai heureuse. – Comment gagnerez-vous votre vie ? » Mariko lui prit la main. « Je travaillerai dans un bar ou dans un restaurant. Ainsi je pourrai vous rembourser l'argent. » Blandine tenta de retirer sa main. « Non, dit Mariko. Je vous la rendrai quand vous me l'aurez donnée. » L'ex-espionne se souvint d'une prise de close-combat, et la Japonaise se retrouva à plat ventre sur l'herbe, bras et jambes immobilisés. Gloussa : « C'est sportif, les avocats en France. » Blandine la relâcha. « On ne va pas vivre ensemble, Mariko. – Vous avez déjà une amie ? – Non.

Je ne suis pas gay. – J'étais persuadée que vous étiez gay. Je me disais que c'était la raison pour laquelle vous étiez gentille avec moi. Je comprends pourquoi, l'autre nuit, à l'Olympic, vous ne m'avez pas baisée. C'est parce que vous n'en aviez pas envie. Vous êtes gentille avec moi parce que je vous rappelle votre fille. C'est drôle, car vous me rappelez ma mère. Elle aussi est morte. D'un cancer, comme Cordélia. » Une harmonie bizarre s'établissait entre elles deux. D'outre-tombe. Elles retournèrent à l'eau, nagèrent côte à côte en silence. « Je ne veux pas voir un défilé incessant de grands Noirs dans mon appartement », dit Blandine, ce que Mariko prit pour une acceptation. Elle battit des mains, éclaboussant la Française.

Elles déjeunèrent au restaurant de l'hôtel Palm Beach, devant l'océan. Il y avait beaucoup de Blancs, ce qui leur donnait l'impression d'être rentrées en France. Mariko dit qu'elle ne savait rien de Blandine, à part qu'elle était une avocate hétéro. L'ex-espionne dit qu'il n'y avait rien de plus à savoir. Elle savourait au fond d'elle-même chaque seconde de cet après-midi parfait. Elle dit qu'elle avait une chose à faire à Brazza et qu'une fois qu'elle l'aurait faite, ni Mariko ni elle n'auraient plus de soucis. « Ça a un rapport avec le revolver ? – Vous l'avez vraiment mis dans la boîte à chaussures ? – Oui. Pourquoi ? – Il n'y était pas. – Il y avait quoi à la place ? – Un appareil photo jetable et des produits de beauté. – A) Une Japonaise n'achète pas d'appareils photo jetables. B) Elle ne se débarrasserait jamais d'un produit de beauté. – Si ce n'est pas vous qui l'avez pris, c'est quelqu'un de l'hôtel. – Peut-être un homme de la sécurité. Ça ne se fait pas trop, dans les dictatures africaines, de se balader avec un revolver. – Le Congo n'est pas une dictature. Il y a plus de cent partis politiques pour 3,2 millions de Congolais. – Ils ont presque tous appelé à voter Nguesso aux dernières législatives. – Comment le savez-vous ? – Internet », dit la Japonaise. L'information devenue mondiale. La désinformation aussi, du coup. Outil d'abord réservé à la paranoïa militaire, Internet aujourd'hui instrument de la mégalomanie civile. « Pourquoi ne m'a-t-on pas interrogée quand j'ai récupéré la boîte à chaussures ? Surtout, pourquoi ne m'a-t-on pas rendu le revolver ? C'est le mien. – Vous êtes vraiment avocate ? Que je sache, l'unique arme des avocats est la parole. – Vous ne connaissez pas les fonds-vautours. »

Blandine avait étudié la question pour le cas où elle se trouverait, à Brazza, en face d'un Congolais ou d'un Européen dont ce serait la spécialité. Ou d'un agent qui aurait pris la même couverture qu'elle. « Certains fonds de gestion d'actifs rachètent à bas prix les dettes publiques des pays pauvres, puis tentent de forcer ces pays débiteurs à régler leurs dettes multipliées par 50 ou 100, à cause des intérêts qui ont entre-temps couru. Ils savent que l'initiative de la Banque mondiale en faveur des PPTE (pays pauvres très endettés) met ces pays en position de payer. Je vous donne un exemple : dans les années 70, le Congo achète pour un million de dollars de tracteurs à la Roumanie. Le million de dollars n'est pas réglé. Entre pays socialistes, ce genre d'oubli était fréquent. L'une des raisons pour lesquelles ils ont fait faillite. – Ils n'ont pas fait que faillite : ils ont fait des horreurs. – Vous êtes anticommuniste, Mariko ? – Comme tout le monde. Pas vous ? » Quand il y avait encore des communistes en Europe, Blandine en avait tué quelques-uns. Maintenant que le mur de Berlin était tombé et qu'elle n'était plus en service, elle se demandait si elle n'aurait pas mieux fait de ne tuer personne. « Trente ans passent : le Congo oublie sa dette et la Roumanie renonce à sa créance. Jusqu'à ce qu'un fonds de pension – par exemple celui que dirige l'Américain Paul Singer, principal bailleur de fonds du Parti républicain à New York – propose aux Roumains de reprendre la dette des tracteurs pour mettons 200 ou 300 000 dollars. Les autres acceptent. Le quart ou le tiers d'un remboursement, c'est mieux que pas de remboursement. Singer va devant la justice américaine ou britannique, fait porter sa créance à 20 millions de dollars qu'il réclame ensuite au Congo. Ça fait cher le tracteur. Le Congo refusant à juste titre de payer cette somme, Singer s'emploie à faire saisir les biens du pays, notamment les cargaisons de pétrole. Il lui faut savoir quels navires quittent Pointe-Noire, dans quels ports ils se rendent, avec quel type de chargement, et surtout si celui-ci est ou non déjà payé par le pays importateur. S'il ne l'est pas, et appartient donc toujours au Congo, le fonds a une chance de pouvoir s'en emparer. Pour obtenir ces renseignements, il doit corrompre des gens à Pointe-Noire et à Brazza : fonctionnaires, secrétaires, dockers, politiciens, journalistes. Mon rôle consiste à repérer ces sources et à les désigner aux autorités compétentes. – C'est un travail de détective, pas d'avocat. – Disons que je suis un avocat-détective. Vous comprenez maintenant pourquoi j'ai besoin d'un revolver ? – Le problème, c'est que vous n'en avez plus. Il faut en acheter un autre. Ça ne doit pas être difficile à trouver. Le pays sort de dix ans de guerre civile. » Internet, pensa de nouveau Blandine.

Vers quatre heures et demie, le soleil disparut derrière une chevauchée de gros nuages bleus. Kergalec eut le sentiment qu'elle ne le reverrait jamais, que ses projets parisiens avec Mariko s'enfuyaient en même temps que lui. La chaleur faisait grise mine. Dans sa couleur d'automne, elle paraissait en contradiction avec la réalité, la vie, le sens. On avait l'impression qu'elle attendait la crucifixion de quelqu'un. Blandine se souvint qu'on était en train d'enterrer, au cimetière d'Itatolo, Charles Rwabango, le frère du prêtre génocidaire. Dieu était-il hutu ? Il fallait maintenant à l'ex-espionne s'acheminer vers Antonio-Agostinho-Neto. Dans la chambre du Mbou, elle donna de l'argent à la Japonaise qui l'enfourna sans un mot dans son sac kaki US Army comme si c'était le don ronchon et fatigué d'une mère déçue par l'absence d'esprit d'indépendance de sa fille. Blandine voulait prendre son avion seule. Elle ne savait qui elle verrait à l'aéroport. Peut-être M. Parmentier, enfin décidé à lui tirer dessus. Et qui blesserait, par accident, la Japonaise ? Ou pire. « Je t'accompagne, dit Mariko. Sinon, je déprimerai dans la chambre et me ferai du coup trois ou quatre bières, alors que j'ai désormais droit à une seule. »

Dans le taxi, elle lui prit la main. Blandine insista, comme elle l'avait fait dans la matinée, pour que le chauffeur passe par le bord de mer. Les deux femmes regardèrent l'horizon sans parler. Blandine ressentait en même temps un bien-être complet et une folle angoisse. Elle tentait de fixer dans sa mémoire tous les gris du ciel et de la mer, persuadée que, désormais, elle ne verrait plus que de la terre. Celle dans laquelle on l'ensevelirait, à Brazza. La lâcheté, c'est penser qu'on va mourir. Le courage : se dire que l'adversaire ne survivra pas. Un ancien chef des services lui avait dit ça, un jour. Un aristocrate comme elle : Alexandre de Marenches. L'homme qui réforma le SDECE, au début des années 70. Remplaça les barbouzes par de jeunes et honnêtes officiers, parmi lesquels beaucoup de nobles comme lui et Blandine. Par exemple le colonel de M., qui supervisa l'opération Barracuda au terme de laquelle l'empereur centrafricain Bokassa fut dépossédé de sa couronne au profit de David Dacko, le 20 septembre 1979. Pour faire un travail sale, il faut des mains propres et soignées. « L'arme sans laquelle le mineur du Nord ou de l'Est n'aurait pas survécu n'est pas la pioche, mais le savon », disait aussi Marenches. 1,86 mètre pour 104 kilos : le gars ne parlait pas à la légère.

« Tu es sûre que tu ne veux pas que je vienne avec toi à Brazza ? Je n'ai peur de personne. Une nana capable de se faire sauter le même soir par quatre nègres ne craint pas un homme d'affaires anglo-saxon immoral et sadique. – Ils ne sont ni immoraux, ni sadiques. Ils veulent leur argent. – Tant pis si, avec cet argent, des milliers de familles congolaises auraient pu se nourrir pendant plusieurs années ? – Leur idée est que cet argent permettra surtout à la famille du président Nguesso de prendre du surpoids. D'où le soutien que leur apportent certaines ONG anglo-saxonnes. Tout est anglo-saxon : le Bien comme le Mal. Le Bien fait au nom du Mal, le Mal fait au nom du Bien. Les autres nationalités n'ont que le droit de souffrir, comme les spectateurs de Roland-Garros. On a même inventé un Tribunal pénal international pour les voleurs de balles et de raquettes. » Mariko ne rit pas. Elle n'avait pas compris la métaphore. La métaphore n'est pas japonaise.

Pas de M. Parmentier en vue. Heureusement, car avec le temps qu'avait duré cette petite diatribe antimondialiste il aurait eu la possibilité de bien ajuster l'ex-espionne dans son viseur. Les deux femmes se serrèrent l'une contre l'autre devant le guichet d'enregistrement comme une mère et une fille asiatique adoptée.

« J'ai l'impression que tu rentres à Brazza pour mourir », dit Mariko. Non, pensa Blandine : pour tuer. C'était presque la même chose. « Je n'ai plus que toi au monde, reprit la Japonaise. – Moi, c'est pareil. En plus, je ne bois pas de bière. – Je t'en ferai goûter. – J'ai passé l'âge. – Tu n'as jamais couché avec un… ? – Si. Aux États-Unis. – Un Noir américain, je connais. C'est la classe. Tu m'emmèneras en Amérique ? – On ira où tu voudras. » Elles n'osèrent pas s'embrasser sur la bouche, ne voulant pas donner de fausses idées sur leurs relations aux gens qui les entouraient, mais leurs lèvres se frôlèrent quand elles échangèrent un dernier baiser.

Quelques secondes plus tard, Joshua téléphona. Les agents secrets avaient plus de liberté quand il n'y avait pas de téléphone portable, pensa l'ex-espionne. « Où êtes-vous ? demanda le Tutsi. – Au supermarché Asia. – Encore ! – J'avais oublié quelque chose. – Quoi ? – Des bougies. – Il n'y a pas de coupure d'électricité à la Plaine. – Ce n'est pas ce que m'a dit la directrice de l'agence immobilière. » Blandine retrouvait, à mentir, un plaisir oublié depuis qu'elle avait quitté le service Action : celui de se souvenir de tout ce qu'elle disait. Marenches citait souvent la phrase de Guitry : « Ne mentez jamais, il faut trop de mémoire. » Blandine s'était appliquée, depuis 1985, à occulter son passé et à effacer le présent au fur et à mesure qu'il se déroulait. Ses amis restaient des silhouettes, ses amants des ombres. Elle n'était qu'un appétit en mouvement. Elle mangeait trop afin de se remplir de quelque chose qu'elle oublierait tout de suite. Elle retrouvait maintenant la joie maigre, économe et sensible d'emmagasiner, de ranger et d'étiqueter dans sa tête toutes les choses qu'elle disait et qu'on lui disait, qu'elle faisait et qu'on lui faisait.

« On a un problème, Blandine : l'homme que nous avons vu aux Rapides se trouvait au cimetière d'Itatolo pendant l'enterrement de Charles Rwabango. » La Française s'étonnait que le Rwandais parlât à chaque fois de choses confidentielles sur son portable alors qu'il savait, en tant que spécialiste de la sécurité, que ceux-ci étaient écoutés par l'armée française à partir de ses différentes bases au Tchad et au Gabon. Aujourd'hui ça l'arrangeait, car elle était trop loin de Brazza pour demander un rendez-vous à Joshua et priait le ciel que le Tutsi n'eût pas l'idée de la rencontrer. Mais elle se demandait de quel calcul participait cette imprudence qui ne pouvait pas ne pas être feinte. « C'est peut-être un hasard, dit-elle. – Un Blanc au cimetière ? – Il était seul ? – En plus, non. Une Congolaise l'accompagnait : celle qu'il embrassait aux Rapides, avant-hier soir. Et deux enfants noirs. Sans doute ceux de la fille. – Elle lui montrait la tombe de ses parents. – Alors pourquoi est-elle allée interroger la famille Rwabango sur l'identité de l'homme qu'on enterrait ? La seule explication plausible est que les Hutus génocidaires ont demandé la protection des services français dont l'homme des Rapides fait partie. – Je ne vois pas ce qu'on peut faire. – Moi, si : on le liquide dès ce soir. – Qui : on ? – Vous. Vous voyez quelqu'un d'autre ? – Oui : vous. – Ce soir, j'ai trop de boulot. »

Blandine n'arrêtait pas de se retenir de dire qu'ils ne devraient pas parler de ces choses-là au téléphone, puisqu'il lui était pour l'instant physiquement impossible d'en parler face à face avec Rwabango, se trouvant à cinq cents kilomètres de lui. Par surcroît, si cette conversation se prolongeait, elle allait rater son avion. Elle préférait attendre d'être à Brazza pour annoncer à Joshua qu'elle avait perdu son revolver, au cas où il aurait voulu lui en donner immédiatement un autre. Elle raccrocha et fit enregistrer son billet.

Dans l'avion, elle se demanda comment convaincre le Tutsi de ne pas éliminer l'homme de la DGSE. Elle n'était pas chaude pour assassiner un militaire français. Les Rwandais n'avaient qu'à s'en charger. Elle ne savait pas combien ils étaient, dans le groupe de Joshua, en ce moment à Brazzaville, mais il devait y en avoir au moins un, parmi eux, capable de se charger de ce type de travail. Le mieux était de prendre toutes les précautions pour que les services français ne remontent pas jusqu'à la villa, et les laisser mariner dans Brazza pendant la durée de l'opération. Si on abattait le gars du Laico, tous les agents français disponibles dans la région rappliqueraient à Brazza pour venger leur copain.

Dès son arrivée à Maya-Maya, elle se rendit dans le quartier du Plateau où se trouvait l'agence immobilière qui avait loué pour six mois une villa de la Plaine à Justine Cordelier, propriétaire de boutiques de prêt-à-porter dans le sud-ouest de la France. Blandine avait insisté, au téléphone, sur les dimensions de la cave où elle comptait entreposer quelques bonnes bouteilles afin de régaler ses hôtes congolais : ministres, chefs d'entreprise, journalistes de radio et de télévision. Ce fut la première chose qu'elle inspecta. Elle lui parut spacieuse et répondre à toutes les exigences de sécurité. Elle avait insisté sur la solidité de la porte et de la serrure. Elle ne voulait pas, avait-elle expliqué à la directrice d'agence, se faire chiper des bouteilles dont certaines pouvaient valoir jusqu'à 100 000 francs CFA. Cela lui prit une demi-heure, de faire un trou dans la porte et d'y placer un œilleton. Joshua voulait surveiller son prisonnier vingt-quatre heures sur vingt-quatre. Le Tutsi lui avait en outre indiqué de ne pas descendre de pot de chambre dans la cave : Rwabango ferait ses besoins sous lui. Ça accélérerait sa détérioration morale. Joshua avait vu ça des dizaines de fois à Kampala jusqu'en 1994, et ensuite au Rwanda. Quand on voulait un renseignement, il ne fallait pas lésiner sur les gros moyens, mais les petits comptaient aussi.

Blandine remonta au rez-de-chaussée. La cuisine avait été équipée et garnie comme l'ex-espionne l'avait, de Paris, exigé. Elle était une femme débordée et n'aurait pas le temps, en arrivant au Congo, de s'occuper de détails comme l'achat de provisions. Elle voulait aussi que le ménage fût fait, car elle comptait organiser un dîner dès le premier soir. L'agence, dirigée par une riche famille libanaise vivant à Brazzaville depuis plusieurs décennies, s'était pliée à ses desiderata moyennant une augmentation substantielle du premier mois de loyer. Blandine fouilla toutes les pièces pour s'assurer qu'aucun micro ni aucune caméra n'y avaient été dissimulés.

La nuit tomba et il y eut aussitôt une panne d'électricité. « Les bougies », pensa Blandine. Bien sûr, elle n'en avait pas. On frappa à la porte. Deux coups secs, un long. Le code. Joshua. Parmi l'équipe, elle ne connaissait personne d'autre. Y avait-il une équipe ? Y aurait-il un enlèvement ? Blandine se demandait si l'opération n'avait pas qu'un but : la déshonorer et, du coup, déshonorer l'armée française. Les Rwandais avaient une dent contre Paris. Surtout Paul Kagamé, leur président, depuis que des mandats d'arrêt internationaux avaient été lancés contre neuf responsables rwandais par le juge Jean-Louis Bruguière. Lequel aurait en outre demandé à Kofi Annan, secrétaire général de l'ONU, la traduction de Kagamé devant le TPIR. Le juge accusait les dirigeants rwandais d'avoir participé à l'attentat contre le Falcon 50 du président Habyarimana, le 6 avril 1994. Extrait de l'ordonnance (67 pages) : « *Les investigations entreprises ont clairement démontré que, pour le FPR, l'élimination physique du président Habyarimana était la condition nécessaire et préalable à une prise de pouvoir par la force.* » Peu après, Kagamé avait renvoyé l'ambassadeur de France au Rwanda et rompu les relations diplomatiques de son pays avec Paris. Blandine admirait, chez les chefs tutsis, cette agressivité froide qui leur permettait de sortir vainqueurs de toute négociation ou absence de négociation, quelles que fussent leurs pertes. Ainsi de ce génocide de 94 qui avait, pour des siècles, transformé, dans l'imaginaire mondial, à l'unique exception près de la mémoire hutu, ce peuple de lions sanguinaires en troupeau de moutons égorgés.

Blandine ouvrit la porte. Joshua : « Vous aviez raison d'acheter des bougies : elles vont nous servir. » Il entra dans la maison comme s'il y avait de la lumière ou comme si ses propres yeux étaient des ampoules électriques. « On me les a volées dans un fula-fula, dit Blandine. Avec mon revolver. – Que faisiez-vous dans un fula-fula ? – Je me déplaçais. Je commence à trouver les taxis trop voyants. Vous auriez dû me louer une voiture. – C'est voyant aussi. Maintenant, vous n'aurez plus à vous déplacer, sauf pour rentrer en France et aller en Suisse. » Le Rwandais sortit une arme de sa poche et Blandine pensa qu'il allait la tuer, sauf qu'elle ne voyait pas où il cacherait son corps. Pas dans la cave, puisque celle-ci était destinée à recevoir Rwabango. Vivant, car on voulait le faire parler. « Prenez, dit Joshua. C'est pour vous. J'en ai plein d'autres. – Il est chargé ? – Oui. Sinon ça s'appellerait un gourdin. » Elle prit l'arme. « Il ne vous reste plus qu'à filer au Laico et à abattre le

Français. – Nous ne sommes pas sûrs qu'il s'agisse d'un DGSE. Il pouvait se trouver aux Rapides, à Agostinho-Neto et à Itatolo par hasard. – Trois fois par hasard ? Ce n'est plus du hasard, c'est de la malchance. Ce type ne doit pas rester dans nos pattes. – Il y a d'autres moyens que le meurtre pour nous en débarrasser. – Pas le temps de les chercher. L'opération a commencé et elle est, pour le Rwanda, de la plus haute importance. Je dois rentrer à Kigali avec des résultats. Kagamé, comme votre nouveau président, Sarkozy, a la culture du résultat. C'est moins décontracté que la culture. Ne faites pas cette tête. – Je ne sais pas si je peux tuer un Français. – Vous l'avez déjà fait : le logisticien de Milk for Children, à Luanda. – C'était une Bulgare naturalisée française qui travaillait pour le KGB. Là, c'est un officier français en mission. Je n'ai jamais tué un officier français en mission, parce que j'étais moi-même un officier français en mission. – C'est un ordre, Blandine. Dans mon pays, on ne discute pas les ordres. – Nous ne sommes pas dans votre pays. – Si. Vous ne vous rendez pas compte de qui est Kagamé, et qu'il est en train de bâtir un empire. On a déjà pris une partie de la RDC, le Burundi. On aura bientôt l'Ouganda. Suivront le Congo, le Gabon, peut-être l'Angola. On reconstituera le royaume Kongo, démembré autrefois par les Portugais, les Français, les Belges, les Allemands. Dans chaque région il y aura un gouverneur tutsi. Nous sommes destinés de toute éternité à gouverner. Ce que nous faisons en ce moment, vous et moi, ce sont des pas parmi des millions d'autres pas que font des millions d'autres gens, sous les ordres du président Kagamé, vers l'empire tutsi, le Grand Empire tutsi. »

La capitale du royaume Kongo se trouvait, dans ce qui est aujourd'hui l'Angola, à Mbanza Kongo. À sept cents mètres de hauteur, entourée de collines verdoyantes, elle vivait dans l'opulence. À la fin du XVe siècle, une caravane de Portugais y entra pacifiquement afin de proposer aux Kongolais le christianisme comme fétiche supplémentaire. Le souverain du Kongo était alors maître de Loango, de Kakongo, de Ngoyo, d'Angola, d'Aquisima, de Musuku, de Matamba, de Mulilu. Le premier d'entre eux à recevoir le baptême fut le roi Nzinga qui prit, en mai 1491, le nom de João (Jean). Auquel succéda le célèbre Afonso Ier, le premier étudiant africain à lunettes, car il passait son temps à lire. Il croyait qu'en important les techniques et la philosophie des Européens il ferait vivre un royaume alors qu'il le fit mourir. Afonso est le cadavre du continent qui se retourne le plus dans sa tombe, avec peut-être Brazza qui le fait en outre dans sa propre ville. Le nombre de fois où chaque jour, sur terre, les gens disent « Brazza ». De tous les hommes publics de tous les temps et de tous les continents, Savorgnan doit être celui dont on prononce le plus souvent le nom. Après George Washington et avant qu'on ne rebaptise Johannesburg Mandela City.

Elle avait décidé de se rendre au Laico à pied par de petites rues. Elle pensa d'abord que c'était pour retarder le moment où elle devrait assassiner un officier français, puis comprit, quand elle fut suivie par deux Congolais, qu'elle avait besoin, avant de s'en prendre à quelqu'un de sa race et de sa nationalité, de tuer quelqu'un d'une autre race et d'une autre nationalité. « Moundélé mwassi !... Madame-là ! » Elle se retourna et demanda aux garçons ce qu'ils voulaient. Ils avaient environ dix-huit ans. Blandine se sentit gagnée par l'hostilité que suscitaient naguère en elle les enfants et adolescents qui n'étaient pas Cordélia. Elle avait l'impression que tous gênaient, embarrassaient, effrayaient et opprimaient sa fille. Elle se demanda si ces jeunes gens étaient frères ou cousins. Laris ou Mbochis. Séropositifs ou tuberculeux. « Donne-nous de l'argent. – Combien voulez-vous ? – Tout ce que tu as sur toi. – Il ne va rien me rester. Comment ferai-je pour vivre ? – On s'en fout. » Un seul des deux parlait : celui qui avait l'air d'être le plus jeune, parce qu'il était le plus petit. Il avait un accent belge. Sans doute un des chégués qui faisaient chaque semaine l'aller-retour Kin-Brazza. L'autre suivait la scène avec un sourire gentil. Blandine pensa que c'était le plus dangereux des deux. « Si je refuse ? – On te battra, toi. – Vous n'allez pas battre une vieille femme. – Pour de l'argent, on peut battre tout le monde. » Celui qui ne disait rien sortit un couteau de sa poche revolver. La mauvaise chose à l'endroit contre-indiqué, se dit Blandine. « C'est pour quoi faire, ce couteau ? – L'argent ! – J'en ai besoin pour acheter des médicaments à ma fille qui est malade. » Le jeune homme au couteau ouvrit enfin la bouche pour dire qu'il se moquait de la fille de la moundélé-mwassi, puis fit un pas vers Blandine et reçut une balle au milieu du front. L'autre garçon tenta de s'enfuir, mais à peine avait-il fait quelques pas dans la nuit que l'ex-espionne lui avait déjà tiré dans le dos. Elle s'assura que ses agresseurs étaient décédés avant de quitter la scène de crime. Une professionnelle, voilà ce qu'elle était. Était restée.

Elle marchait sans hâter le pas comme on lui avait appris à le faire. Elle eut peur du bien-être qui l'envahissait. Elle avait l'impression qu'une fenêtre venait de s'ouvrir après être restée fermée pendant les années où elle n'avait tué personne. Ça lui avait donc tant manqué de ne plus avoir la possibilité, le droit, le devoir d'éliminer les gens ? De ne plus être Dieu ? Oui, forcément. Ça manquerait à tout le monde. À Dieu, d'abord. Elle se sentait flattée, honorée et soulagée de recouvrer son siège sur cet Olympe, parmi cette élite qui, au-dessus des humains, dispose des armes, des faux papiers et de l'argent nécessaires pour aller à sa guise, de par le monde, distribuer la mort comme un bonbon empoisonné. Elle qui croyait être dégoûtée de ce métier : peut-être était-ce ce métier qui était dégoûté d'elle. Maintenant elle était impatiente de rejoindre le Laico, de trouver l'agent français et de le tuer. Elle regrettait de ne pas avoir pris un taxi, elle serait allée plus vite. Mais si elle n'avait pas marché dans les rues de Brazza, elle n'aurait pas découvert cette vérité sur elle-même : au contraire de ce qu'elle avait imaginé, tuer lui était encore bon. Doux, comme aurait dit Verlaine, son poète favori. Ça la libérait de sa colère contre l'humanité et la hissait, à ses propres yeux, au-dessus des autres mortels. La véritable raison, pensa-t-elle, pour laquelle tant de gens tuent tant d'autres gens tous les jours et partout dans le monde.

En arrivant à proximité de l'hôtel, elle reconnut le type de la DGSE debout devant un 4 × 4 noir. Il avait loué un véhicule capable de transporter des choses encombrantes, comme par exemple un cadavre. Une large tache de sueur s'épanouissait sur sa chemise claire. À la lueur d'un réverbère, il examinait ce qui parut d'abord à l'ex-espionne une carte d'état-major, puis elle vit que c'était un tableau abstrait. Une femme blonde se tenait à côté de lui. Blandine reconnut la personne qui dînait, la veille au soir, en compagnie du chauve bizarre de l'avion Paris-Brazza. Bernard Lemaire. La DGSE n'avait pas envoyé deux officiers, contrairement à ce qu'elle imaginait depuis qu'elle les avait repérés, mais trois. Le troisième était une femme, bien sûr. Dans une opération homo, cherchez la femme : elle appuiera sur la détente. Pour que le complot tutsi échappe à la surveillance des services français, Kergalec aurait donc trois compatriotes à tuer.

Elle ralentit le pas et entendit la femme dire avec un accent russe : « Le père de Pouchkine… » Quel Pouchkine ? Pas l'écrivain. Était-ce le nom de code de Bernard Lemaire ? Ou d'un quatrième bonhomme ? Et pourquoi la femme avait-elle l'accent russe ? Une Russe passée à l'Ouest ? Il n'y avait aucune raison de passer à l'Ouest depuis la fin du communisme. À moins que cette Russe-là ne fût passée à l'Ouest avant la fin du communisme ? Ça cadrait avec son âge.

Blandine entra dans l'hôtel, prit sa clé et se précipita vers les ascenseurs. Quand elle fut dans sa chambre et regarda par la fenêtre, elle vit la Russe, adossée au 4 × 4 noir, en train de fumer une cigarette. L'homme et le tableau avaient disparu. Blandine devait monter au cinquième étage, cogner à la porte de la chambre 501, et, quand le Français lui ouvrirait, l'abattre. Elle se débarrasserait ensuite du revolver, puis retournerait dans sa chambre. Peut-être appellerait-elle Mariko pour lui dire qu'elle ne devait pas s'inquiéter, que tout allait bien, qu'elles seraient bientôt ensemble, assises à une terrasse des Champs-Élysées ou de Montmartre, en train de boire autant de bières qu'elles en auraient envie. Puis l'ex-espionne irait, propre et vêtue d'habits frais, participer à la séquestration, à la torture et à l'assassinat de Jean-Pierre Rwabango, prêtre hutu génocidaire. Il y avait encore cette question du bébé qui la turlupinait.

Elle monta les étages à pied. Pas le moment de rester coincée dans un ascenseur. Les agents en mission prennent l'escalier, sauf ceux qui se trouvent à Hong Kong, New York et Shanghai où il y a les plus hauts gratte-ciel du monde. Il lui semblait que son revolver, à chaque marche qu'elle gravissait, pesait plus lourd dans la poche de son pantalon. Le palier du cinquième étage du Laico eut tout de suite l'air d'une scène de crime. La seconde de la soirée. Elle se trouvait devant la porte, sans oser cogner contre. *« Tchan tenterait-il de lever la moustiquaire ? Frapperait-il au travers ? »* Malraux, le héros gaulliste des jeunes qui n'étaient pas de gauche en mai 68. Avec Gary. Kessel allait aussi, mais n'était pas assez intello pour qu'on puisse l'opposer aux Sartre, Beauvoir, Genet, Aragon. Blandine avait les portraits de Malraux et de Gary dans sa chambre d'étudiante, à Rennes. Malraux en aviateur à cigarette, Gary en écrivain à cigare (dans sa maison de Puerto Andratx, à Majorque). Du coup, Blandine fumait également. La cigarette au café avec ses copains, le cigare dans sa chambre avec ses copines. Elle avait arrêté peu après son incorporation dans l'armée et se demandait si elle n'allait pas recommencer, maintenant qu'elle n'était plus dans l'armée. Au Congo, on pouvait fumer au café, dans les restaurants, les boîtes de nuit, à l'hosto, chez les gens. Il fallait en profiter. Au moment où elle se promettait d'acheter un paquet de Marlboro au bureau de tabac du Laico avant de se rendre à la villa de la Plaine, la porte de la chambre 501 s'ouvrit. Blandine n'avait pas encore empoigné son arme. Le temps qu'elle dégaine, elle aurait déjà pris un coup de boule du Français. Ou pire. Elle se demandait si elle avait peur de lui parce qu'elle le trouvait beau, ou si elle le trouvait beau parce qu'elle avait peur de lui. Il avait de longs yeux verts. Le peu qu'elle les regarda, elle vit qu'en cas de duel elle n'avait aucune chance de s'en tirer contre ce jeune tireur d'élite. Elle était déjà résignée à mourir quand une porte s'ouvrit sur sa droite : un Africain sortait d'une chambre. Sauvée. Le Français sourit avec cynisme, l'air de penser : la prochaine fois sera la bonne. Puis il entra dans l'ascenseur derrière le Noir. Blandine se retrouva seule dans le couloir. Le plafond blanc était si bas qu'elle se rendit compte qu'elle avait tout le temps craint pour le Français, pendant leur brève et silencieuse confrontation, qu'il ne se cognât la tête. À aucun moment elle n'avait imaginé qu'il pouvait vouloir autre chose que la tuer. Peut-être avait-il envie de discuter avec elle ? De la convaincre de quelque chose ? De négocier un deal ? C'était un professionnel, lui aussi. Entre professionnels, on trouve toujours un terrain d'entente. Peut-être était-ce sa beauté qui l'avait convaincue qu'il tenterait de la supprimer. La beauté, quand on la possède, procure une ivresse telle qu'on en vient à haïr ce qui n'est pas elle. Dès qu'ils avaient échangé un regard, Blandine avait pensé que l'agent voulait la tuer, non parce qu'il en avait reçu l'ordre de Paris, mais parce qu'il la trouvait moche. Trop moche pour vivre dans un monde où il y avait des gens aussi beaux que lui.

Elle crocheta la porte de la chambre 501, prit à l'intérieur l'écriteau *Ne pas déranger*, l'accrocha à l'extérieur et descendit au troisième étage par l'escalier. Elle appela Joshua et dit que le travail avait été fait. Il voulut des détails. Elle dit avoir allongé l'agent sur le lit et refermé la porte en prenant soin de suspendre l'écriteau *Ne pas déranger*, ce qui leur donnait une vingtaine d'heures de battement. Le temps pour elle d'effacer toutes traces de la présence de Françoise Duverger au Laico. Ne resterait plus à Brazza, où Blandine de Kergalec n'avait jamais mis les pieds, que Justine Cordelier. Blandine avait eu l'idée de cette double couverture pour disposer d'une marge de manœuvre plus grande en cas de pépin. Et pépin il y avait eu.

Après avoir raccroché, elle rassembla ses affaires. Encore une chambre d'hôtel quittée. Cet endroit devient notre foyer en une seconde et en une autre seconde cesse de l'être. Impossible de penser qu'il a été occupé par quelqu'un d'autre avant nous et qu'il le sera par quelqu'un d'autre après. Lieu suspendu dans l'espace et le temps, qui n'existe que pour nous et par nous. Il apparaît quand on nous en donne la clé et disparaît dès que nous la rendons. « Vous nous quittez, madame Duverger ? demanda le concierge. – Oui. Une urgence. – Rien de grave ? – Une saloperie de la Banque mondiale. » Pourquoi avait-elle dit ça ? L'inspiration. À mesure que la mission se déroulait, elle se fiait de plus en plus souvent à son inspiration, se demandant si c'était bon ou mauvais signe. Elle paya sa note en liquide et le concierge détruisit l'empreinte de sa carte bleue volée.

Un taxi la déposa, une quinzaine de minutes plus tard, non loin de la villa. Elle ne croisa personne dans la rue. À cette heure-là, la Plaine dort. En Afrique, on se couche tôt. Comme en prison. Ou à l'hôpital. Se coucher tard est un privilège, se lever tard une marque de distinction. Les aristocrates et les bourgeois aiment la nuit parce qu'elle les rassemble. C'est leur huis clos dans lequel ils baisent entre eux après s'être enrichis sur le dos des prolétaires pendant le jour. Après le coucher du soleil qui coïncide avec celui des pauvres, les chefs d'État africains, en compagnie de leurs conseillers blancs et de leurs putes noires, dévorent l'âme du peuple. Les fêtes nocturnes sont des sabbats animés par ces sorciers qu'on appelle fêtards.

Blandine se confectionna, à la cuisine, un chocolat chaud. Elle avait mis la clim à fond, comme une bourgeoise congolaise. Du coup, elle avait froid et le chocolat était le bienvenu. Minuit. Elle composa le numéro de Mariko. Répondeur. La Japonaise devait être en train de prendre sa bière du soir dans le derrière. Minuit et demi. L'ex-espionne avait beau savoir que l'enlèvement ne se produirait pas avant deux ou trois heures du matin, et donc que Joshua et son équipe se présenteraient à la villa vers la fin de la nuit, elle ne pouvait s'empêcher de penser qu'elle avait donné tête baissée dans le piège tendu à la France par le pouvoir tutsi de Kigali, qu'elle était victime d'une manipulation, devrait quitter tout de suite la villa et rejoindre Mariko à Pointe-Noire, puis, de là, rentrer en France *via* le Gabon. Mais on était en Afrique centrale. Pas de train ni de bateau de nuit. Même un véhicule tout terrain, sur une route fermée, ne passe pas. Et la route entre Brazza et Pointe-Noire était fermée pour travaux chinois. On ne pouvait se rendre en auto que dans le Nord, à Oyo, où il y a un aéroport dont les avions viennent de Brazza et y retournent. Blandine ne pouvait aller nulle part. Pour ça qu'on – le pouvoir congolais ? la DGSE ? les Rwandais ? – allait la cueillir ici comme une fleur et lui faire porter elle ne savait encore quel immonde chapeau qui souillerait et déshonorerait son pays aux yeux des Africains. La seule chose qui lui donnait confiance, c'était de ne pas avoir tué l'officier français, malgré les demandes pressantes du FPR.

Le téléphone sonna. Elle espéra que c'était Mariko qui avait terminé sa bière, ce fut Joshua qui n'avait pas commencé son enlèvement. « J'ai envoyé un de mes hommes au Laico, dit-il. La chambre du Français était vide. Il n'y avait pas de corps sur le lit, Blandine. – Je vous ai déjà dit de ne pas prononcer mon prénom quand nous sommes au téléphone. » Elle n'en revenait pas que Joshua eût aussitôt fait vérifier son récit. Un Hutu ne se serait pas donné ce mal. Il aurait cru Kergalec sur parole. « Je ne vois qu'une explication : la DGSE a fait disparaître le corps pour éviter des complications avec le pouvoir congolais. Ou au pouvoir congolais. – J'ai une autre explication : vous n'avez pas tué cet homme et il est en train de se balader dans Brazza pour faire capoter notre mission. – Il est mort. – Il n'y avait aucune trace de sang dans le lit ou autour du lit. – Ils ont changé les draps, les oreillers, le matelas. Nettoyé la pièce de fond en comble. C'est le *b a ba*. – J'espère pour vous que vous dites vrai, Blandine. – La prochaine fois que vous m'appelez par mon prénom dans une conversation téléphonique, je raccroche. » Elle raccrocha. Il rappela aussitôt. « Vous n'avez pas un enlèvement en cours ? demanda-t-elle. – Ces cons de Hutus sont encore en train de bâfrer et de picoler, le curé autant que les autres, peut-être plus. Quand je pense que notre président se contente d'un bol de riz et de quelques verres de thé par jour. – Vous comptez mettre les Hutus au régime après les avoir mis au travail ? » Il raccrocha à son tour, sans donner de réponse.

Blandine dormait sur le canapé du salon quand on frappa à la porte de la villa. Elle consulta sa montre : trois heures moins dix. Elle courut ouvrir. « Ne refermez pas la porte », dit Joshua. Derrière lui deux grands Africains soutenaient un prêtre qui avait une cagoule sur la tête : Rwabango. L'homme semblait endormi. « La cave ? demanda Joshua. – Au grenier », dit Blandine. Il la regarda avec haine. Il ne supportait toujours pas ses blagues à froid sur le terrain brûlant. « Au sous-sol », reprit l'ex-espionne, pensant que, malgré la décolonisation, les Rwandais étaient restés belges. Peut-être les Tutsis avaient-ils de l'humour avant le génocide de 94 ? Elle en doutait. Les Hutus lui paraissaient plus drôles. Parce qu'ils avaient été, comme tous les peuples humoristiques (Juifs, Kabyles, Tchèques, Serbes, Irlandais), opprimés pendant des siècles ? « Je vous montre. » Elle le conduisit jusqu'à la porte derrière laquelle on descendait à la cave. Elle espérait qu'il la féliciterait pour l'œilleton – plus on vieillit, plus on aime les compliments et moins on vous en adresse – mais il se contenta de faire un signe à ses deux sbires pour qu'ils l'accompagnent au sous-sol avec le curé. Venait ensuite une grosse dame au front bas et aux joues tombantes : le contraire de la Tutsi pour magazines de mode. Elle tenait dans les bras un paquet qui devait être le bébé. Blandine s'approcha d'elle. « On ne m'a pas demandé d'acheter de quoi nourrir, nettoyer et changer cet enfant. – Voyez ça avec Joshua. Mon rôle à moi est terminé. » Elle tendit le paquet à Blandine qui chercha un moyen de ne pas le prendre et n'en trouva pas, alors elle le prit. « Je vous ai remis l'enfant, dit la Rwandaise. Maintenant il est sous votre responsabilité. » Elle s'exprimait en français. Ça devait être une Tutsi de l'intérieur, ou une Hutu modérée comme en emploie parfois Kagamé pour échapper à l'accusation de divisionnisme inventée par lui. Elle tourna les talons et sortit, suivie par les deux hommes qui avaient porté le prêtre à la cave. Aucun des trois ne dit au revoir à Blandine. Elle se demanda si c'était parce qu'elle était française ou parce qu'on avait l'habitude, dans les services rwandais, de ne pas saluer ses coéquipiers. « Amenez l'enfant, Blandine ! » Joshua voulait installer le bébé à la cave avec le prêtre. Pour que celui-ci donnât l'extrême-onction à celui-là ?

L'enfant était plongé dans le sommeil. Il avait une tête grosse comme un poing de femme noire. Blandine se demanda si c'était un garçon ou une fille. Il fallait qu'elle vérifie. Elle commença à le démailloter. « Blandine ! – Je regarde quelque chose. – Descendez le paquet, c'est un ordre. – Je suis lieutenant-colonel en retraite de l'armée française, vous n'avez pas à me donner d'ordre. » Des pas dans l'escalier. Le Tutsi remontait au rez-de-chaussée. Il va me buter, pensa Blandine. Puis elle se dit que c'était impossible, car il ne s'en sortirait pas seul avec un prêtre et un bébé, quoi qu'il désirât faire avec eux. « Ça ne va pas ? Vous êtes payée pour effectuer un travail et celui-ci consiste à m'obéir. – On n'avait pas parlé d'un enfant. – Vous voulez plus d'argent ? – Je préférerais une explication. – Tant mieux, le Rwanda n'est pas riche. Nous n'avons pas le pétrole congolais, les diamants sud-africains, le cobalt et le coltan de la RDC. La moitié de notre modeste budget est financé par la communauté internationale : 500 millions de dollars. Une poussière dans l'œil de Bill Gates.

Un grand ami de notre courageuse petite nation qui a tant souffert. » Était-ce le moment pour un cours d'économie africaine ? Le Tutsi voulait se donner du temps pour trouver un bobard acceptable, décent, et le sortir à la Française avec son air le plus sensible, convaincu, blessé. « Que vient faire ce bébé ici ? – Ce n'est pas n'importe quel bébé, dit Joshua. Il s'agit du neveu de notre prisonnier. » Blandine avait eu le temps de voir que l'enfant était un garçon. Ça l'avait d'abord rassurée, puis elle pensa à son petit-fils pour qui elle faisait cela : séquestrer le petit-fils de quelqu'un d'autre, une grand-mère comme elle. Si celle-là était encore de ce monde. On meurt si vite en Afrique que les parents n'ont pas le temps de devenir grands. « Le fils de Charles Rwabango, précisa le Tutsi. – À quoi nous servira-t-il ? – Quand le prêtre se réveillera, il verra son neveu et comprendra qu'il doit parler. – En quelle langue aura lieu l'interrogatoire ? – En kinyarwanda. Le curé ne parle pas l'anglais et je ne comprends pas le français. – Je ne pourrai pas savoir de quoi il sera question. – Je croyais qu'en France vous aviez eu votre dose de récits du génocide. Tout le monde, dans les médias et sur les étagères des libraires, y est allé de sa larmichette sur les malheureux Tutsis. Ça a dû pas mal énerver votre gouvernement. Nous, on en a rajouté une couche. Ces militaires français qui espéraient nous empêcher de récupérer notre pays, nos vaches, nos pâturages, notre pouvoir. Ils avaient compris la manœuvre. On n'est pas si bête, à Saint-Cyr et à Coëtquidan. Moins bête qu'au *Figaro* ou à France 2. Mais après ce qu'on leur a balancé dans les gencives, *via* nos agents d'influence dans l'Union europénne et aux États-Unis, vos rampouilles se tiennent tranquilles, de peur de finir eux aussi à Arusha où les juges du Tribunal pénal international pour le Rwanda sont acquis à notre cause et font nos quatre volontés. » Le bébé avait ouvert les yeux : deux billes noires et tendres qui percèrent aussitôt le cœur de Blandine. « Merde, dit Joshua. Après tout, ce n'est pas plus mal. Il pleurera et réveillera l'autre affreux, ça ira plus vite. – Il ne pleurera peut-être pas. – Quand il aura faim et soif, il pleurera, faute de savoir parler. – Vous connaissez bien les bébés ? – J'ai eu neuf enfants. Après le génocide, il m'en est resté un. Qui s'est tué le mois dernier dans un accident d'automobile au Canada. » Blandine se demandait si c'était vrai. Sans doute que non. Joshua pouvait être stérile ou homosexuel. Ou avoir une fille de vingt-cinq ans qui terminait ses études de physique nucléaire à UCLA. L'ex-espionne mourrait avant de découvrir sur lui le moindre fait vérifiable. « Comment s'appelle-t-il ? demanda-t-elle. – Rwabango. – Le prénom. – Je ne sais pas. – Vous êtes sûr que c'est le neveu ? – Ne vous inquiétez pas, Blandine. Passez-le-moi. » L'ex-espionne ne se résolut pas à laisser l'enfant aux grands bras troubles et incertains du militaire rwandais. « Je l'installerai moi-même, dit-elle. – Découverte, sur le tard, d'une vocation de nounou pour orphelins africains ? Le syndrome Madonna ? Angelina Jolie ? Deux grandes amies du nouveau Rwanda, comme d'autres Américains célèbres et fortunés. – Preuve de la qualité de votre régime ? – De notre communication. Ce qui, de nos jours, revient au même. » Seuls les plus de quarante ans emploient l'expression *de nos jours*, pensa Blandine. Avant cet âge, il n'y a pas de passé, tous les jours sont nos jours. « Votre poète Rimbaud n'a-t-il pas écrit : *"Il faut être absolument moderne"* ? »

Elle descendit l'escalier, le bébé dans les bras. La présence du prisonnier transformait la cave en cellule.

Les murs semblaient plus gris, le plafond plus bas, le sol plus sale que tout à l'heure. Il devenait soudain inimaginable à Blandine qu'on pût entasser là-dedans des bouteilles de vin. Qu'elle n'avait jamais possédées. Elle se demanda si elle allait poser le nourrisson à l'écart ou à côté du prêtre. Dans quelle configuration le petit Rwabango se sentirait-il le plus rassuré ? Il la fixait maintenant d'un long regard étrange et silencieux. Sentant peut-être que son avenir dépendait de cette grosse dame blanche qui n'était ni sa mère, ni une de ses tantes, ni sa grand-mère, puisque celles-là étaient noires. « Vous m'auriez prévenue, j'aurais acheté un berceau. – Pourquoi pas un parc à jouer ? Vous avez déjà perdu un revolver. Je vous l'ai dit : les finances de mon pays sont limitées. – Elles ne l'ont pas été pour moi. – Nous avons payé pour vos services un prix que nous croyions juste, mais qui se révèle exorbitant, eu égard aux fautes que vous accumulez, notamment celle de discuter mes ordres. » Elle posa l'enfant par terre. Il se mit à pleurer. « Parfait, dit Joshua. On n'aura pas à attendre longtemps que son oncle se réveille. Après, l'interrogatoire pourra commencer. Allons-y, Blandine. »

Pourquoi le Tutsi l'appelait-il sans arrêt par son prénom ? Ils n'étaient pas au téléphone. Le bébé agitait ses petits bras vers la Française. Il serrait les doigts de colère, poussait des cris et le Hutu commençait à remuer dans son sommeil. « On remonte et vous me ferez un thé, dit Joshua. Il serait dommage que je m'endorme pendant les aveux de cette ordure. » Blandine n'arrivait plus à bouger les jambes. Son regard était aimanté par le petit Hutu qui luttait de toutes ses forces contre un monstre cent ou mille fois plus grand et plus fort que lui : son destin. Ses yeux remplis de larmes rougissaient de panique, de détresse. Il avait compris une chose qui échappait encore à Blandine et elle se demanda si cette chose-là n'était pas la certitude qu'il ne sortirait pas vivant du sous-sol où elle l'abandonnait. « Vous n'avez pas pitié de lui ? fit-elle vers Joshua. – Il me suffit de me rappeler que ses pères, ses oncles et ses grands frères ont exterminé plusieurs centaines de Tutsis, dont une bonne partie de nourrissons, pour que toute pitié soit chassée de moi. – Ce ne serait pas du divisionnisme ? Selon la loi rwandaise, c'est un délit. – Pas si on appartient aux services secrets et qu'on s'exprime loin des micros et des caméras de l'Occident. »

Les hurlements du petit Rwabango emplissaient l'espace qui paraissait de plus en plus clos, rétréci, irrespirable. C'était comme s'il y avait déjà du sang sur le plafond, des bouts de cervelle humaine sur les murs, des excréments sur le sol. L'agitation frénétique de l'enfant effrayait davantage Blandine qu'elle ne la peinait. Elle la dégoûtait aussi. « Il a peur de cet homme. – Il y a de quoi. S'il savait ce que l'autre est capable de faire quand on le laisse seul avec un bébé. Un bébé tutsi, je précise. Les bébés hutus, pour lui, c'est sacré. Surtout ceux de sa propre famille. De plus, le père de l'enfant étant décédé, celui-ci devient le sien. Quel homme, à plus forte raison si c'est un prêtre, liquiderait-il son fils ? »

Au printemps 1987, je voyageais sur cette ligne en éco avec un représentant de la cellule internationale du PCF. Mon petit essai contre les nouveaux philosophes réactionnaires avait fait du bruit à Paris, ainsi que mes tribunes progressistes dans *L'Humanité*. J'avais envisagé de les conclure par une spectaculaire adhésion au PCF. Lors d'un mémorable déjeuner à Fabien sous la présidence souriante et crispée du secrétaire général Georges Marchais, les dirigeants du Parti m'en dissuadèrent. Je leur étais plus utile, expliquèrent-ils, en restant à l'extérieur. Si bien resté à l'extérieur que j'ai fini dans le camp adverse.

Je me revois à trente ans, le nez contre ce même hublot, prêt à toutes les aventures intellectuelles, politiques ou militaires sur le large front de l'anticolonialisme et de l'anticapitalisme. C'était mon premier voyage en Afrique, à l'exception de quelques semaines passées au Club Med de Djerba avec mes parents et ma petite sœur, entre ma douzième et ma dix-septième année. Le président Giscard d'Estaing m'ayant octroyé la majorité en 1974, je m'empressai d'en faire usage, dès l'été de mes dix-huit ans, par un périple sac à dos-autostop dans la plupart des capitales d'Europe en compagnie de mon cousin. Je me sentais, dans le DC-10 d'UTA, peut-être celui qu'abattirent les Libyens en 89, comme William Irrugal, héros des *Flamboyants* de Patrick Grainville, roman qui obtint le prix Goncourt en 1976, l'année de mon agrégation d'histoire. « *Son visage était intact, blanc et pur comme celui de quelque statue dont un Phidias eût idéalisé les traits jusqu'à l'invraisemblance. Cette blancheur révélait un composé subtil de noblesse virile et de charme féminin.* » L'arrivée en Afrique, pour un jeune Blanc, est une perte de pucelage qui ferait mal, comme si on était une fille. L'Afrique transforme les Européens en femmes. Le colon ménagère acariâtre criant sur ses bien-nommés *boys*, le coopérant présentant son savoir telle une croupe. Le pétrolier est une voleuse, l'humanitaire une gourde. Ces femelles n'osent même pas marcher dans les rues de peur d'être volées ou violées, elles restent dans leurs 4 × 4 aux vitres assombries pour que le quidam black ne puisse pas voir leurs tentantes rondeurs blanches.

Accueillis à Maya-Maya par le président de l'UNEAC (Union nationale des écrivains et artistes congolais). Le Congo était une URSS en petit et en noir, constituant la frontière australe du socialisme. Le fleuve en mur de Berlin poreux, vu le nombre de gens qui, menacés sur une rive, se réfugiaient sur l'autre. Au contraire de l'Europe, le capitalisme se trouvait à l'est et le communisme à l'ouest. Les Congolais de l'Ouest – les *Cocongolais*, les appelaient les gars de la Polex – enviaient-ils les Congolais de l'Est – surnommés, à la même Polex, les *Congolestes* – comme les Allemands de RDA ceux de RFA ? Un jour il faudra que les deux Congos se réunissent comme firent les deux Allemagnes pour reformer Germania. On nous convoya à l'hôtel Mbamou, qui n'existe plus. Qui existe encore, mais plus. Grande et belle femme noire dont ne resterait debout que le squelette, pourtant je me souviens comme si c'était hier de sa réception ronde comme un sein, de ses chambres vaginales. Il se dresse aujourd'hui en face de l'île dont il portait le nom. Orbites vides des fenêtres sans vitres qui ne regardent plus le fleuve. Il y a une grue à côté du bâtiment en ruine, mais elle ne bouge guère. La grue immobile, spécialité de l'Afrique subsaharienne avec le fufu et le *pilipili*.

La séance inaugurale du Congrès eut lieu le lendemain matin dans le palais du Parlement construit par les Chinois sur le boulevard des Armées. Le bâtiment, contrairement à l'hôtel Mbamou, a été épargné en 1997. Il se dresse solitaire et glacé sur les Champs-Élysées de Brazza qui n'ont ni boutiques, ni cinémas, ni restaurants – rien que des réverbères sous lesquels les jeunes Congolais se retrouvent le soir pour réviser leurs leçons. Nous étions un faible nombre d'Européens blancs, parmi lesquels un délégué suisse qui, au deuxième jour du Congrès, se cassa une dent de devant en mangeant un sandwich. Se déroula un spectacle de pionniers contre l'apartheid. Pendant les moments les plus tragiques, les gosses dans la salle rigolaient parce qu'ils reconnaissaient leurs copains sur la scène. Je me trouvais assis derrière les délégués d'Afrique du Sud, vedettes incontestées de la manifestation, parmi lesquels le poète Keorapetse Kgositsile, petit comme Pouchkine. Le poète, pas le fils d'Elena. Qui est petit, lui aussi. À quelques rangées de moi, de l'autre côté de la salle, je remarquai une femme blonde mâchant un chewing-gum. Mince visage dur sous une coupe au carré. Elle avait un teint d'une blancheur insolente au milieu de ces visages noirs, comme la vigoureuse affirmation du racisme latent des Slaves. Elle suivait la pièce avec une ostensible indifférence qu'accentuait son mâchonnement. Les Soviétiques fabriquaient-ils du chewing-gum ou devaient-ils en importer des États-Unis ? On était en pleine Perestroïka. Des groupes de RFA donnaient des concerts de hard rock à Moscou où jeans et vestes « gonflées » faisaient, comme à l'Ouest, fureur. L'URSS n'en avait plus pour longtemps à être, en Europe, une exception cultivée. Elena avait le front haut, le nez droit et le cou raide de Greta Garbo dans le film de Lubitsch, *Ninotchka* (1939). Je voyais beaucoup d'enfance dans ses cheveux blonds, une enfance au nord du monde ressemblant à un long soleil de minuit. Je me demandai quel genre d'écrivain russe non dissident c'était, ignorant qu'elle n'avait jamais écrit une ligne et se trouvait là en qualité de garde-chiourme pour les deux mastodontes blafards assis de chaque côté de ses fragiles épaules du KGB.

Le président Sassou était resté sur la scène pour assister au spectacle, comme s'il en faisait partie. Peut-être pensait-il qu'il en était le clou. Les chefs d'État passent plus souvent dans les médias que les vedettes de la chanson ou du cinéma, surtout en Afrique. Ça les grise. Le plaisir de se voir partout soulage de la peine d'être quelque part. C'est une anesthésie dont il devient impossible à ces malades de se priver. D'où les combats de chiens que sont les élections dans une démocratie. Et les coups d'État dans le Tiers-Monde.

Sassou portait sa tenue kaki de colonel des parachutistes afin d'affirmer son rôle de guerrier combattant l'apartheid. Il jetait de temps en temps un coup d'œil vers le public. Je remarquai que son regard s'attardait à chaque fois sur la Soviétique blonde qui mâchait un chewing-gum. Jugeait-il cette activité incompatible avec la grand-messe anti-Botha qu'on était en train de célébrer et dont j'étais partie prenante, le président de l'Afrique du Sud retenant en prison depuis octobre 1986 un coopérant français à l'université de Fort-Hara, dans le bantoustan du Ciskei : Pierre-André Albertini ? Ou Sassou pensait-il à passer quelques heures en compagnie de la Russe dans un endroit discret de Brazza ? Je me dis que la Soviétique et lui avaient peut-être déjà une liaison. Je sais aujourd'hui que le président, alors âgé de quarante-quatre ans, avait l'esprit occupé par le complot qui se tramait contre lui et dont ce spécialiste des services secrets suivait l'évolution à travers les rapports de ses agents infiltrés dans le groupe Yhombi-Opango. La tentative de coup d'État eut lieu en juillet de la même année. Elle échoua, grâce à l'aide de Jacques Chirac qui mit un Transal à la disposition de Sassou pour que ce dernier puisse expédier des troupes à Owando.

Il y a un art du colloque comme il y en a un du roman. J'ai tout de suite su faire une communication alors que je continue à sécher ma première œuvre de fiction : trente-deux pages en dix-neuf ans. Malgré les encouragements d'Elena. Dès ce Congrès des écrivains contre l'apartheid, j'ai senti que la communication était ma veine. Mon domaine. Ce mélange adroit d'esprit scientifique et de codes langagiers. La touche d'humour ne déborde pas. La conclusion mi-figue, mi-raison. Le happy-end obligatoire avec mariage des contraires, réconciliation des adversaires, résolution des contradictions. La communication doit envoûter par son ronron astucieux et solaire. C'est un coup à prendre, qui rapporte davantage que les articles ou les livres. Il y a peu de journaux et la littérature se vend mal, alors qu'il y a des colloques, des symposiums et des congrès en permanence aux quatre coins de la Terre. Tous avides de communications, quelles que soient les langues dans lesquelles elles sont prononcées. Il y a, dans ces manifestations, une armée de traducteurs surpayés. Comme le sera l'auteur de la communication.

Dans l'avion qui me ramenait lundi au Congo, à côté d'un quadragénaire qui s'était présenté comme un cadre supérieur de Total, je terminai ma nouvelle communication : les conséquences du réchauffement climatique sur l'agriculture vivrière subsaharienne. À Normale sup, je m'intéressais déjà à ces questions. J'ai été l'un des premiers écologistes français : en sixième au lycée Chaptal, je lisais René Dumont alors que mes condisciples étaient à 90 % dans Marx et à 10 % dans Maurras. Raison pour laquelle, pendant le vol de lundi, je n'ai guère sympathisé avec mon voisin pollueur ?

Elena Petrova prit contact avec moi dans un couloir du palais des Congrès, le lendemain matin. Elle s'exprimait dans ce français guilleret, rapide et chuintant des femmes russes qui ont étudié notre langue à l'université en espérant épouser par la suite un Français, persuadées qu'il les traiterait comme une princesse de Clèves. Les Soviétiques étaient impatients de savoir qui j'étais. Dans l'intimité. Peut-être les communistes français leur avaient-ils demandé de leur rendre le service de se renseigner sur moi à leur profit, mais j'en doute et aujourd'hui encore n'en ai pas la preuve. Les Russes étaient curieux par eux-mêmes de savoir ce qu'il y avait dans la tête d'un jeune intellectuel français d'une certaine notoriété qui se rapprochait alors du PCF, donc de l'URSS. Je le leur aurais dit s'ils me l'avaient demandé. Ils préféraient l'apprendre à leur façon. Leur façon, c'était Elena.

Elle m'interrogea sur le jour et l'heure de ma communication. Elle tenait à y assister. Elle avait lu mon essai et suivait, avec l'habituel retard du courrier Paris-Brazza, bien que *L'Humanité* fût servie avec plus de régularité au Congo que les autres journaux français, ma chronique dans le quotidien communiste. Les communistes ont été les derniers Français à disposer d'un empire – URSS, RDA, Hongrie, Pologne, Roumanie, Yougoslavie, Congo, Vietnam… –, qu'ils ont fini par perdre, eux aussi. J'étais, à la connaissance d'Elena, l'un des rares intellectuels de mon pays à posséder le sens de l'humour. Était-elle, demandai-je, en train de me dire que mon engagement avec les communistes de mon pays – j'insistai sur les mots « de mon pays » afin de mettre toute la distance nécessaire entre le KGB et moi – relevait de la blague ? « Je suis une diplomate et emploie un langage diplomatique. » Elle ne répondait pas à ma question. C'était l'époque où les femmes russes ne répondaient pas aux questions, surtout les jolies employées d'ambassade stationnées en Afrique.

Elena me raconta plus tard qu'elle avait éclaté de rire en me voyant pour la première fois sur les marches du palais des Congrès, tellement elle me trouvait moche, et sachant ce qu'elle devait faire avec moi. C'était ce qu'elle avait d'abord aimé dans ma personne : l'absence d'attrait. Si une ou deux choses l'avaient attendrie, excitée, dans mon physique, elle se serait sentie souillée en couchant sur ordre avec moi. Ça lui aurait gâché son plaisir. Alors que là, elle n'en espérait aucun. Donc elle en eut.

Quand nous passons aujourd'hui en voiture sur le boulevard des Armées pour aller chez Elena, au CHU, nous nous rappelons tous deux ce premier dialogue dans un couloir du palais du Parlement. J'étais aveuglé par la beauté, presque floue tant elle était brillante, de la jeune Russe. Je n'en revenais pas d'être si vite passé avec elle du stade de voyeur à celui de vu. Regardé. Presque courtisé. La douceur de la minute où l'on découvre qu'on plaît à quelqu'un qui nous plaît. Celle d'enfiler un pull-over quand il commence à faire froid en automne à la campagne. Car j'ignorais, moi, que je déplaisais à Elena, celle-ci me faisant croire le contraire. Elle avait craché son chewing-gum avant de m'aborder, montrant que ma personne la concernait davantage que l'apartheid. Elle me regardait avec une fascination qui aurait trompé plus rusé que moi. Même ses cheveux blonds semblaient épris de ma personne. Ils bougeaient et brillaient à mon intention. J'invitai la Russe à dîner. Je lui demandai de choisir le restaurant car je n'en connaissais aucun à Brazzaville. Elle m'emmena au Mistral, le rendez-vous des bourgeois locaux, des businessmen et des hommes politiques blancs de passage, des ministres de Sassou. Il se trouvait non loin de l'ancienne maison de la Radio qui a logé, de décembre 1940 à juin 1943, le service de l'Information de la France Libre. Avant d'être une capitale bougonne et désorganisée, enclavée du fait de l'absence de routes et de chemins de fer dans le pays, Brazzaville a été le centre de l'Afrique francophone. De Gaulle fut l'homme de Brazzaville avant d'être celui de Colombey. Il y arriva le 24 octobre 1940 et passa aussitôt les troupes en revue au camp du Capitaine-Gaulard. Le lendemain, il rassembla les représentants des corps administratifs, civils, militaires et religieux. Forma le Conseil de l'Empire. Créa l'ordre de la Libération. Brazza est autant que Londres le berceau de la Résistance et du gaullisme.

À table – cuisine française de Mme Mahé, surnommée la Reine mère et rentrée depuis en métropole pour se remarier avec l'homme dont elle avait naguère divorcé – je racontai ma vie *in extenso* à Elena, voulant lui épargner de coucher avec moi pour obtenir des renseignements que je lui avais déjà donnés pendant le repas. Sur la naissance, l'organisation et le développement de mes idées politiques je fus intarissable, de sorte que la Reine mère en personne, qui deviendrait par la suite une de mes plus chères amies brazzavilloises, dut nous chasser de son restaurant. À l'époque, tout fermait à une heure du matin, les ngandas des quartiers comme les night-clubs des palaces. Le socialisme scientifique se levait tôt. De surcroît, Sassou n'est pas un couche-tard, ce que furent la plupart des dictateurs insomniaques (Caligula, Staline, Hitler, Idi Amin Dada). Ça montre qu'il n'en est pas un. Contrairement à une légende que je qualifierais de raciste si ce mot n'avait été galvaudé depuis la fin du siècle dernier, les Africains ne sont pas des noctambules. Ils considèrent la nuit comme une menace. Au village : celle d'être attaqué par un buffle ou un léopard. En ville : de se casser la jambe dans une rue sans électricité après avoir glissé sur une merde d'homme.

« Je vous ramène à votre hôtel, dit Elena. – Je peux y aller seul. – Ça m'étonnerait. – J'y suis arrivé, tout à l'heure. – Il faisait jour. » Essaierais-je d'embrasser la Russe avant de monter dans l'auto, une fois assis dans l'auto ou bien en sortant de l'auto ? J'étais partagé entre l'excitation de savoir qu'elle ne pourrait pas me refuser un baiser et la volonté de ne pas coucher avec elle tant qu'elle n'en aurait pas manifesté l'envie. Elena ouvrit la portière d'une R-21 blanche neuve puisque le modèle était sorti en France au début de l'année. « Les diplomates soviétiques roulent dans des voitures françaises ? demandai-je. – Ils roulent dans ce qu'ils peuvent. Cette voiture-là est le cadeau d'un ami congolais. » Je pensai au président, mais la R-21, même neuve, me semblait un véhicule trop modeste pour sa bourse gonflée de pétrole. Un ministre ? Un dirigeant d'Hydro-Congo, société nationale de recherche et d'exploitation pétrolière créée par Marien Ngouabi en 73 ? Alors que je montais dans la Renault, Elena en ressortit. Elle courut sur une vingtaine de mètres, se pencha et vomit. Nous avions pourtant mangé la même chose et je me sentais bien comme à chaque fois que, les années suivantes, je déjeunerais ou dînerais au Mistral. « Excusez-moi, dit Elena en se réinstallant au volant de la R-21, quand ça me prend, je n'y peux rien. C'est affreux. – La blanquette était pourtant délicieuse. – Ce n'est pas la blanquette, c'est moi. J'attends un enfant. » Pendant le dîner, je n'avais parlé que de moi alors qu'Elena devait être un sujet plus intéressant : une Russe à Brazzaville. Enceinte. Je ne savais rien d'autre d'elle. Ni les musiques qui la faisaient rêver, ni les films qui l'avaient émue, ni les romans qu'elle préférait. « Félicitations. J'aurais un tas de questions à vous poser, mais je me demande si c'est le bon moment. – Non : le mauvais. Le récit de cette histoire risque de me faire vomir une seconde fois. » J'aurais aimé savoir si le père était russe ou africain. Si c'était un Blanc ou un Noir.

Coucher avec une femme enceinte, soit. Avec une femme enceinte qui vient de vomir ? Non. « Je vous ai tout dit sur moi au restaurant, ça vous permettra de faire votre rapport sans avoir besoin de passer la nuit dans ma chambre. » Nous étions devant le Mbamou. La Russe avait coupé le contact. Elle le remit. « Ouf », dit-elle. Puis m'embrassa sur les lèvres et me traita de mégalo. Elle ajouta que dans la situation difficile où l'URSS se trouvait, le pays n'avait ni le temps de faire un rapport sur un intellectuel français ni celui de le lire.

« J'ai eu envie d'oublier mes soucis pendant une soirée et j'ai pensé que vous étiez la bonne personne pour m'aider à le faire. Je ne me suis pas trompée. Je vous trouve distrayant et j'ai passé un bon moment avec vous. – On se revoit ? – Non. J'aurai trop de travail jusqu'à la fin du Congrès. – Après le Congrès ? – Vous rentrerez en France. – Si je restais ? – Pour quoi faire ? Assister à l'accouchement ? » Je descendis du véhicule qui démarra sur les chapeaux de roue. Les femmes russes, au volant d'une voiture, se croient aux Vingt-Quatre Heures du Mans. Pourquoi Elena m'avait-elle embrassé sur les lèvres ? Tous les Russes s'embrassent sur les lèvres. Même Staline et Molotov quand ils se saluaient, les lendemains de purges.

Ma communication se déroula dans l'indifférence, ce qui était bon signe. Une communication qui remue le public, provoque rires et applaudissements, cesse d'en être une pour devenir un discours, une harangue. Du coup, l'auteur perd son aura d'ennui universitaire. On l'assimile à un fantaisiste. Je regagnai ma place dans un silence froid, en harmonie avec l'air climatisé. J'étais conscient d'avoir marqué un point dans la nouvelle carrière de communicateur qui s'ouvrait à moi. Je ne m'étais pas fait remarquer : c'est la meilleure méthode pour être repéré par les organisateurs de symposiums, de colloques et de congrès. Je devinai qu'entre eux ils vantaient déjà ma neutralité, ma grisaille. Je jetai un coup d'œil vers Elena. Elle ne donnait pas l'impression de mâcher un chewing-gum, mais deux. Elle me fit un sourire indifférent qui me parut marquer la fin de nos relations. J'eus un picotement désagréable au cœur et me sentis en même temps soulagé de ne pas avoir à aimer une femme aussi opaque. La Russe s'éclipsa avant la fin de la séance et le chagrin que j'en eus me révéla que j'avais espéré en secret lui dire quelques mots dans un couloir du palais et peut-être obtenir un nouveau rendez-vous avec elle. Dans le minibus qui me ramenait au Mbamou avec d'autres délégués – notamment ce Suisse qui s'était cassé une dent en mangeant un sandwich et prenait la chose avec bonne humeur, alors que ça me paraissait le comble de la misère humaine –, il me sembla toucher le fond du malheur. La dent du Suisse me consola. J'aurais pu en perdre une, moi aussi. Alors que mes dents se trouvaient toutes bien rangées dans ma bouche. Intactes. Passai plusieurs fois la langue dessus.

Dans ma chambre, le téléphone sonna quelques minutes après mon arrivée. Je décrochai tout de suite, pensant que c'était Elena. J'avais sans cesse devant les yeux son petit visage lumineux. Venir au Congo pour tomber amoureux d'une fille si blanche. Le délégué français communiste m'appelait pour me dire que nous étions invités à dîner chez un conseiller du président. Avant, il nous faudrait passer à la Case de Gaulle où l'ambassadeur organisait une sauterie pour les participants francophones européens au Congrès. J'y retrouverais mon pauvre Suisse. Je me demandai comment il arrangerait le coup, avec sa dent.

L'invitation chez le conseiller du président : premier bénéfice que je touchais de ma communication discrète, morne, rasoir. Je pris un bain et me changeai. Je ne voulais pas paraître trop décontracté chez l'ambassadeur ni trop guindé chez le conseiller. Un abacost aurait été l'idéal, mais je n'en possédais pas. Ce qui s'en rapprochait le plus était une saharienne blanche. Je mis dessous une chemise rouge, hommage discret à la couleur politique du pays.

La meilleure façon de ne pas voir une ville, c'est de la traverser en voiture ou en bus, surtout si ce sont des véhicules officiels. Je ne garde aucun souvenir de la façon dont les quartiers que nous traversâmes ce soir-là – la Plaine, le Tchad, le Plateau et Saint-François – avant d'arriver à la commune de Bacongo se présentèrent à moi. Je ne revois que les figures luisantes, vagues et enfantines de l'ambassadeur et des coopérants présents à la garden-party. Ils bourdonnaient autour de nous. Se déplaçaient par essaims, fonçant sur un délégué, puis sur l'autre. Le fait que notre délégation, le Suisse édenté inclus, fût composée de communistes et de sympathisants communistes ne les décourageait pas. Nous étions des Européens éduqués, race qui franchit rarement l'Équateur, sauf en uniforme : le casque bleu de l'ONU ou le costume-cravate du FMI. Je dus donner des nouvelles de la vie culturelle parisienne, de l'actualité politique française, et de ce qu'on n'appelait pas encore les *people*. Mais les stars. Étoiles devenues peuple : progrès souterrain de l'idéologie marxiste ? La cérémonie des Molières qui récompensa, cette année-là, Antoine Vitez, Suzanne Flon, Philippe Caubère. L'affaire Gary Hart-Donna Rice semblait remuer ces fonctionnaires et commerçants partouzards comme le sont tous les Français expatriés depuis les débuts de la colonisation, sauf les missionnaires. Sur le suicide de Dalida, je ne pus donner aucun détail qu'ils ne connussent déjà. Walesa était passé à *Apostrophes*. En vedette, comme naguère Yourcenar, Duras et Soljénitsyne. Ce que je trouvai exagéré. L'œuvre littéraire du leader syndical polonais me paraissait trop mince, surtout par rapport à celle de ses prédécesseurs, pour mériter un pareil honneur. « C'est politique », dit un coopérant. Si on avait appelé la collaboration la coopération, comment aurait-on appelé la coopération ? La collaboration ? Bien sûr, dis-je, que c'était politique. J'enfourchai mon dada de l'époque : l'anticommunisme dans les médias. Je renvoyai mes interlocuteurs à mon étude, parue dans *Le Monde diplomatique* de février 1984, sur la censure et la désinformation dont le PCF était victime à la radio et à la télévision françaises. Quelques-uns d'entre eux l'avaient déjà lue. Ils ne firent aucun commentaire. Il était clair que je n'étais pas tombé sur un nid d'électeurs cocos. Tout juste supportaient-ils d'avoir un ambassadeur de gauche nommé en 1986 par le président Mitterrand : Delos Santos. Ne pas confondre avec Dos Santos, actuel acheteur angolais d'armes à l'État français.

La Case de Gaulle est un hôtel particulier modern-style planté au milieu d'un bidonville. La commune de Bacongo n'est plus une ville : trop de bidons dedans. Où on coupe des cheveux, vend du vin, boit de la bière. Les rues sont tracées à l'équerre comme à New York. Le gouverneur général Félix Éboué avait fait construire la Case pour assurer une résidence au général de Gaulle, chef de la France Libre dont la capitale était Brazzaville. Et aurait dû le rester. On aurait déplacé l'administration et la population françaises au bord du fleuve Congo. Le pays n'aurait pas quatre millions d'habitants, mais soixante. Les terres seraient cultivées, comme les gens. Chaque vendredi soir, les Brazzavillois prendraient le TGV Congo-Océan pour Pointe-Noire qu'ils atteindraient en une heure quarante-cinq. Les Français libres – en opposition avec les Français pas libres, demeurés au froid en Europe – vivraient toute leur vie en short et sans chaussettes. La construction de la Case de Gaulle avait été confiée en 1941 au jeune architecte Roger Lelièvre, qu'on appelait Erell, comme ses initiales. Sans doute à sa demande, excédé par son nom qui avait dû le faire beaucoup souffrir à l'école et en archi. La parcelle choisie pour la construction se trouve à l'extrémité de l'avenue Savorgnan-de-Brazza, à l'angle sud-est de Bacongo. Là où le fleuve apporte le plus de fraîcheur et les palmiers le plus d'ombre. Erell orienta le hall circulaire vers l'avenue, et les salons d'apparat vers le fleuve. Les appartements se trouvent dans l'aile ouest. De Gaulle passa en tout dix jours dans cette résidence qu'il offrit à la France afin qu'elle devienne celle de notre ambassadeur. J'y ai, depuis ce soir de printemps du siècle précédent, passé de nombreuses journées. Je crois me souvenir de toutes, grâce notamment aux comptes rendus que j'en faisais, le soir, dans mon journal intime. Dont l'intégralité a été saisie par une de mes secrétaires parisiennes et se trouve aujourd'hui dans mes archives informatiques dissimulées quelque part en Europe chez des amis sûrs. Pour le cas où je serais de nouveau mis en examen dans une affaire de commissions occultes ou de délit d'initié, comme cela m'est arrivé plusieurs fois au cours de ma triple carrière de communicateur, d'intermédiaire et de consultant.

Les invités étaient dispersés dans le grand parc déclive où bruissaient des insectes de nuit. « Ceux qui n'ont pas pensé à mettre de la lotion antimoustiques, dit l'ambassadeur, il leur suffit de s'adresser à un membre du personnel qui leur en fournira. » Je retrouvai le Suisse. À l'écart des autres convives, il regardait le fleuve en buvant une orangeade. « Ça va, la dent ? » Il dit que l'absence de cette dent le gênait de moins en moins. Il se demandait si, de retour à Fribourg, il la ferait remplacer. « L'esthétique, est-ce si important ? » Je ne sais pas ce qu'il est devenu. Parfois, de passage en

Suisse, j'allume la télévision et me dis que je le verrai dans un débat sur le développement durable ou les biocarburants. Je le reconnaîtrai à sa dent manquante, s'il ne l'a pas remplacée. Il ne doit plus avoir de cheveux, comme moi. La calvitie a été difficile à supporter pour notre génération de chevelus. S'est-il rasé la tête, comme Zidane et moi, ou s'est-il fait faire des implants comme mon cousin ? Peut-être aussi est-il mort. Il n'avait pas l'air en bonne santé. Sinon, sa dent ne se serait pas cassée aussi facilement.

Mon camarade du Parti me tira par la manche : on avait assez saucissonné chez les richards. On allait passer maintenant aux choses sérieuses. La lutte contre l'apartheid était une guerre. On avait même un gars sur le carreau : Albertini. Il s'agissait de le sortir de là, avec notamment le soutien de DSN. Sassou et ses initiales de voiture Citroën. Je pris congé de l'ambassadeur, pensant que je lui disais adieu alors que, dans les prochaines années, il serait l'un des Blancs que je verrais le plus au Congo. Aussi ai-je bien fait de ne pas lui cracher au visage mon mépris pour sa classe, ses bonnes manières et le système socio-économique qu'il représentait.

Est-ce au Congo, en 87, que j'ai pris mon goût pour le moelleux des voitures officielles, la tendresse de la surveillance rapprochée, l'intimité des grands restaurants sécurisés ? Ce qu'Elena appelle mon amour du luxe politique. Si nos dirigeants devaient payer de leur poche le luxe dont ils s'entourent, il leur faudrait être riches : millionnaires pour les ministres, milliardaires pour les présidents. À force de ne pas sortir leur fric perso, ils deviennent avares comme des filles entretenues. Dans un jet de l'État, on a l'impression de voyager dans le cœur du peuple. Ou dans son cul. On le met, puisqu'on l'aime. Le peuple est un enculé. Tous les peuples. Ils croient avoir une âme, n'ont qu'un anus. L'enculeur à sec s'appelle le dictateur. Certains mettent de la vaseline : ce sont les démocrates. Les démocrates de gauche iront jusqu'à enfiler une capote, mais pas plus loin : il faut quand même qu'ils jouissent. Vingt ans que je me prélasse dans ce bordel. D'abord en France, puis en Afrique. Quand les Français ne veulent plus se faire baiser, restent les Africains. La voiture que le conseiller nous avait envoyée à la Case de Gaulle glissait dans la ville incompréhensible. Maintenant je connais chaque rue de Brazza, y compris celles qui n'ont pas de nom. Sans le savoir, je roulais dans mes futurs souvenirs. Ce qui me paraissait une dérive vacancière à l'aspect de courte corvée politique deviendrait mon destin. Je resterais, jusqu'à aujourd'hui, collé à ces rues sans début ni fin. Ni asphalte. À ces maisons sans fenêtres ni portes, à ces bars flous, à ces filles insolites. J'étais en train de tomber dans ma vie comme une météorite dans le désert.

Je m'attendais chez le conseiller à une nombreuse et solennelle compagnie noire marxiste mais l'homme était seul. Il avait renvoyé son domestique, celui-ci ayant laissé sur la table de la salle à manger une collation de mets congolais froids, ainsi que des carottes râpées et du céleri-rémoulade préparés sans doute en mon honneur. Je me dis que le conseiller voulait m'entretenir de choses confidentielles et aussitôt le nom d'Elena se déploya dans mon esprit. Sassou avait eu vent de ma sortie avec ce qui était peut-être sa maîtresse ou allait le devenir, voire la femme qui portait son enfant. Le président avait pris ombrage de cette relation pourtant tout ce qu'il y avait de platonique. Les Congolais ne croient pas aux relations platoniques, surtout les présidents. Le conseiller allait m'annoncer mon expulsion du pays. Ou m'apprendre mon arrestation pour trafic de drogue, car on avait trouvé des kilos de chanvre dans ma chambre au Mbamou. On était en Afrique : tout était possible. Croyais-je alors, quand c'est loin d'être le cas.

Le conseiller était un homme de ma taille. Il y a une solidarité automatique entre petits comme entre roux, bègues, métis, gays. Il me prit le bras et me récita une partie de mon dernier assaut dans *L'Huma*. Je me sentis soulagé : il ne s'agissait pas d'une embrouille de gonzesses. Le conseiller nous servit un whisky bien tassé. Je ne comprends pas cette expression : l'alcool ne se tasse pas, au contraire des vieux, par exemple. Voilà pourquoi, dès que je peux, je m'allonge. Pour écrire, dicter du courrier, lire des journaux ou des rapports, plus rarement un livre. Ainsi je passe peu de temps debout et me tasse moins. Dans une vie, on perd entre cinq et dix centimètres. Pour ceux qui en ont beaucoup, tel le pétrolier du Paris-Brazza retrouvé ce midi au Flamboyant, ce n'est pas grave. Pour ceux qui comme moi n'en ont que cent soixante ou cent soixante-cinq, c'est dramatique. Cependant j'aime l'expression « whisky bien tassé ». Ça me donne envie d'en boire. Il me semble qu'il n'y a qu'en Afrique qu'on le serve bien tassé. À chacun de mes départs vers Brazza, Bangui ou N'Djamena, j'ai une pensée gourmande pour les whiskies bien tassés que je boirai dès que j'aurai posé les pieds sur le sol africain.

Le conseiller mit plusieurs heures à entrer dans le vif du sujet. Tout autre jeune intellectuel français en vue se serait impatienté, agité, aurait posé des questions, tenu des discours. Puis vidé les lieux. Tandis que je ne montrai aucune humeur, n'émis que peu de sons. L'homme qui se tait est, en Afrique, quelqu'un qui vous laisse parler, donc un ami. On le méprise, certes, car l'homme qui ne parle pas n'existe pas, c'est comme l'homme qui n'a pas d'argent, mais on le chérit, car il est rare. Plus rare que l'homme qui n'a pas d'argent. Tandis que le conseiller me racontait sa brillante carrière d'étudiant à l'université Lumumba de Moscou, de prof de fac au Mali, d'agent électoral au Burkina et de sherpa nguessoïste, j'avalai sans broncher la chikwangue. Le poisson salé se révéla trop salé. Dessert : salade de fruits exotiques. Donc fraîche, puisqu'on se trouvait dans un pays exotique.

Il y avait un canapé en L, sans doute importé d'URSS. Le conseiller glissa une cassette dans le magnétoscope et nous nous installâmes pour regarder un film sur l'apartheid qui me parut aussi long que l'apartheid. Il était une heure du matin quand, après que le principal protagoniste de l'histoire se fut réfugié au Mozambique pour continuer la lutte qui ne manquerait pas d'être victorieuse et le serait en effet trois ans plus tard avec la libération de Nelson Mandela, le conseiller me dit : « J'ai pensé que vous pourriez écrire une biographie du président de la République. Pas le vôtre, le nôtre : Sassou. » J'avais une légitimité : mon agrégation d'histoire. Idéologiquement proche du régime congolais actuel. Étais-je au Parti ? Non. Lui aussi, comme Marchais, préférait. Il ne souhaitait pas que l'ouvrage eût l'air politiquement orienté. Je ne connaissais rien à l'Afrique. « Vous apprendrez vite. » C'était, me dit-il, le continent le plus simple du monde. Sur la carte : un pénis tombant avec lourdeur sur une grosse couille. Dans l'Histoire : des monarchies subtiles et heureuses, détruites par l'esclavage arabe et anglo-saxon, puis par les colonisateurs, qui prétendirent s'en prendre à la traite et ne firent que l'organiser à leur profit, puis par des leaders africains éduqués chez les colonisateurs, qui s'approprièrent les dernières richesses du continent et les transportèrent en Suisse où elles meurent étouffées dans les coffres des banques. Le socialisme scientifique était en train de guérir ces douleurs, de panser ces plaies. C'était en gros ce que le conseiller voulait que j'écrive dans ma biographie de DSN. Je sentais mon agrégation d'histoire battre dans ma poitrine comme un cœur apeuré. Elle émettait une faible protestation qui, de semaine en semaine, deviendrait assourdissante. Je ne dis pas non. Les Africains ne disent jamais non. Ils disent oui et ne font pas ce qu'ils disent. Ou font le contraire. J'étais en train de devenir africain. « L'idée me plaît. Combien ai-je de jours pour vous donner ma réponse définitive ? – Nous organiserons un rendez-vous avec le président dans quelques semaines, à Brazza ou à Paris. D'ici là, faites une recherche sur le Congo. Vous êtes un universitaire, ça ne devrait pas vous poser de difficultés. » Je dis qu'il était tard et que je souhaitais aller dormir, car il y avait demain, au palais du Parlement, une intervention que je ne voulais pas rater : celle de mon ami le délégué suisse.

Retour au Mbamou avec le camarade. Ce personnage oublié du XXe siècle : le camarade. Peu importaient son prénom, son nom. Son âge. Qu'il fût blond ou brun, grand ou petit. Noir ou pas, juif ou non. C'était le camarade. Là quand on avait besoin de lui, s'éclipsant dès qu'il nous fallait de l'intimité. Le camarade nous aidait à déménager, surtout si c'était à la cloche de bois. Il écoutait nos ados en crise, consolait notre épouse trompée. Il a été remplacé, après la chute du mur de Berlin et la disparition de l'URSS, par le copain faux cul, susceptible, intéressé, narcissique et con. Qui nique votre nana dès que vous avez le dos tourné pour aller niquer la sienne. Aux yeux du camarade, tous les bourgeois étaient des salauds. Pour le copain salaud, tous les bourgeois sont des camarades. Depuis la fin du communisme, on ne peut plus avoir confiance en personne, puisqu'on n'a plus de camarades. Le mien, ce soir-là à Brazza, changea le cours de ma vie en me conseillant, avant de me coucher, une visite au night-club de l'hôtel. Quand je passe aujourd'hui devant les ruines du Mbamou, que ce soit à pied ou dans un véhicule officiel, je lève les yeux vers ce grand trou dans la façade, défunt lieu de plaisir où je vis Gertrude Gobomi pour la première fois. Au Congo, en 1987, une jolie fille pouvait s'appeler Gertrude. Encore aujourd'hui. La Gertrude congolaise – dont une majorité se trouve en RDC, Gertrude étant une sainte belge (626-659) – ne change de prénom que si elle fait carrière dans les médias – disons le média : la radio-télévision d'État – ou dans la musique. De cinéma il n'y en a pas. De vie littéraire, pas davantage. La littérature subsaharienne est faite dans les universités américaines par des surdoués qui ont lu en entier, de sept à dix-sept ans, la bibliothèque du Centre culturel français.

Je remarquai d'abord sa robe noire. Noir sur noir dans un endroit obscur : une femme à deviner. Toutes les filles du night-club se prétendaient couturières et on aurait pu les croire, tant leurs tenues étaient élégantes. N'était l'éclat de rire du barman quand je lui demandai si ces demoiselles exerçaient, comme elles l'assuraient, la profession de petite main. Elles se déplaçaient sur la piste par bancs de poissons. L'un d'eux me happa et je me retrouvai assis à une table au milieu de quatre « couturières » se disputant l'honneur de me payer à boire. Le socialisme africain : unique système politique où les putains réglaient les consommations de leurs clients. Ou alors quelque chose m'échappait. Étaient-elles de vraies couturières ? Elles l'étaient dans une certaine mesure, ayant confectionné leur robe elles-mêmes.

Entrée d'un délégué africain sexagénaire. Cheveux blancs sur longue tête chevaline et pensive. Je me souviens de son nez candide, de ses yeux fureteurs. L'ado perçait encore sous l'intello. J'avais l'impression que les filles avaient plus peur de lui que de moi. J'étais blanc mais j'étais jeune, donc sans importance, comme elles. Il était noir mais il était vieux, donc menaçant comme leur père ou leur président. Il parla à Gertrude.

Elle était à une table éloignée de la mienne avec deux autres filles. Des sœurs, ainsi qu'elle les appela au milieu de la nuit. L'Afrique est une grande et diversiforme famille où il n'y a que des papas, des mamans, des frères et des sœurs. On vit l'un sur l'autre, l'un pour l'autre, l'un par l'autre. Tous reliés par le même besoin d'argent. Raison pour laquelle la familiarité, au sens propre du terme, s'installe si vite avec un Africain ou une Africaine : vous lui appartenez dès que vous lui adressez un mot. Vous faites partie non seulement de sa vie, mais de votre commun passé, qui a commencé la première fois que vous vous êtes parlé.

J'avais repéré Gertrude dès mon entrée au Kébé Kébé. Son visage mi-asiatique, mi-inca était une réplique, en sombre, de celui d'Elena. Elles avaient la même taille : 1,74 mètre. Je les regardais toutes deux en contre-plongée, ce qui n'enlevait rien à leur perfection physique. Elles se tenaient droit et avaient des muscles qu'elles devaient à leur commune éducation sportive socialiste. Ça me parut une des innombrables ironies du Destin, d'être confronté à une Elena africaine. Persuadé d'échouer avec la Congolaise comme j'avais échoué auprès de la Russe, même si la Noire était une prostituée, je demeurai sur mon quant-à-soi jusqu'à la fermeture du night-club. Je me retrouvai alors dans l'ascenseur avec Gertrude et une dizaine d'autres personnes. À mon étage, je regardai la jeune femme et m'entendis lui demander de me suivre sur le palier, ce qu'elle fit sans une hésitation, au vif amusement des autres occupants de la cabine, notamment ses deux amies. Le délégué de soixante ans s'était retiré dans ses quartiers depuis un bon moment. L'ascenseur disparut comme la dernière chaloupe du *Titanic*, embarcation n° 4 à tribord, presque à la même heure, le 15 avril 1912 : une heure cinquante-cinq.

Je me retrouvai seul avec cette porteuse du virus HIV qu'est toute Africaine pour les médias occidentaux depuis trente ans. Donc en danger de mort, moi aussi. Il me restait à périr noyé dans cette mer noire. J'étais sûr, en emmenant Gertrude dans ma chambre, de pouvoir l'embrasser. Je voulais aussi caresser sa robe, toucher son corps parfait à travers le tissu doux et brillant. Après, on verrait. Ça dépendrait de l'argent qu'elle me demanderait, mais je savais déjà que je lui donnerais tout ce que j'avais : la seule excuse, à mes yeux de gauche, quand on paie une femme. D'un point de vue marxiste, j'étais contre la prostitution, et le suis resté. *« Autrefois, l'ouvrier vendait sa propre force de travail dont il pouvait, en tant que personne libre, disposer librement. Aujourd'hui, il vend sa femme et ses enfants ; il devient marchand d'esclaves »* (*Le Capital*, chapitre 10). J'ouvris ma porte. Gertrude entra et trouva la pièce petite. Était-ce un signe qu'elle voyait une chambre du Mbamou pour la première fois, et donc n'était pas la putain que je croyais et en même temps ne voulais pas croire qu'elle était ? À moins que ce ne fût une ruse lari, ethnie à laquelle elle appartenait ? Je lui servis un Schweppes et demandai ce qu'elle faisait dans la vie. « Couturière. » Sa beauté occupait toute la chambre qui du coup me paraissait minuscule, à moi aussi. La jeune femme s'assit au bord du lit et je pris place en face d'elle, sur une chaise. « Qu'est-ce qu'on fait ? » Je dis qu'on pouvait parler. Elle me regarda avec stupeur. Avais-je des préservatifs ? Non. « Ce n'est pas grave. Moi j'en ai. » Mon regard se régalait, se repaissait d'elle pendant que je pensais : sont-ils sûrs, les préservatifs congolais ? Pas s'ils étaient de fabrication soviétique. Je me rendais compte que, depuis mon arrivée à Brazza, je commettais de nombreuses infractions à la foi et au comportement communistes. Gagné par la torpeur idéologique tropicale ? « On n'est pas obligés de faire l'amour, dis-je. D'abord, j'aimerais connaître ton prénom. – Gertrude. » Elle tourna la tête vers la baie vitrée derrière laquelle, dans l'obscurité profonde, le fleuve charriait ses assassinés de la semaine. Je demandai à Gertrude la permission de la caresser. Elle sourit, ce qui voulait dire oui. Et qu'elle me prenait pour un demeuré. Nous n'avions pas encore parlé argent, ce qui me parut un nouvel indice de son amateurisme. Peut-être étais-je son premier client ? Elle commença à enlever sa robe alors que c'était dans ce paquet moiré, cet emballage crissant que je voulais la toucher, l'ouvrir. « Tu la gardes », dis-je. Je m'installai à côté d'elle et pris avec lenteur possession de sa personne, d'abord avec mes mains et ma bouche, puis avec mon sexe. Elle m'avait glissé un préservatif avec une dextérité charmante. Il est connu que les couturières sont adroites de leurs mains, les putains se servant surtout de leurs fesses.

« Tu restes dormir avec moi ? – Je n'ai pas le droit. Déjà je suis en infraction. J'aurais dû quitter l'hôtel à une heure, avec les autres filles. – Tu as tous les droits : je suis le nouveau biographe du président. » Est-ce cette phrase qui me fit accepter l'offre du conseiller de Sassou ? Rédiger la biographie officielle d'un président africain, c'était renoncer à ce qui avait fait ma vie depuis que j'étais en âge d'ouvrir un livre et de déchiffrer les caractères imprimés dessus : l'Histoire. Faut-il rester fidèle à sa jeunesse au risque de gâcher sa vieillesse ? Il y aurait des contreparties. Nombreuses. Gertrude insista pour enlever sa robe avant de dormir, mais je la suppliai de la garder car je voulais continuer de la caresser pendant son sommeil, et peut-être me masturber une ou deux fois sur elle. Elle m'obéit, sans doute dans l'espoir que sa complaisance doublerait la somme que je lui donnerais pour ses services et qui fut en effet conséquente : l'équivalent de 300 euros. Cinq à six mois de revenu d'une couturière congolaise.

Le lendemain matin, je laissai Gertrude sortir la première de l'hôtel. Elle devait récupérer ses papiers au bureau de sécurité. Le policier, avant de lui rendre sa carte d'identité, l'injuria en lingala. Je me demandai si je devais intervenir. En tant que délégué du Congrès des écrivains contre l'apartheid, intellectuel blanc et futur biographe de Sassou, je n'aurais eu aucune peine à clouer le bec du sous-fifre. Me porter au secours de la Lari me paraissait néanmoins une faute dans la mesure où cela figerait Gertrude dans son rôle de prostituée ayant vendu pendant toute une nuit ses charmes à un client moundélé de l'hôtel. Je préférai laisser planer un doute. Quel doute ? Que la Lari s'était endormie dans un couloir ? L'escalier de service ? Était restée bloquée toute la nuit dans l'ascenseur ? Avoir laissé une des plus belles jeunes femmes du monde se faire insulter par un fonctionnaire de police parce qu'elle avait passé la nuit avec moi reste, à ce jour, ma plus lourde faute terrestre. Elle n'a cessé, depuis vingt ans, de peser sur ma conscience. Alors que l'abandon de mes idéaux, voire de mes principes, au profit de mon confort, de mon insouciance, de mon plaisir, ne m'a jamais causé de remords. Je m'en suis, au contraire, souvent félicité. La tache de ma vie, c'est cette jeune femme en robe du soir, stoïque sous un flot d'insultes, par une belle matinée de la saison sèche, en 1987. Et moi qui ne bouge pas, ne dis rien. Par un absurde et répugnant mélange de pudeur, de calcul et de lâcheté.

Le policier finit par rendre sa carte à Gertrude qui, avant de sortir, me lança un regard de mépris et de dégoût, empreint d'une tendresse si profondément blessée qu'elle était devenue de la haine. Je me dis, pour me dédouaner, que la Lari rentrait chez elle à Bacongo avec un bon paquet de blé. J'avoue que, le premier moment de honte passé, je me sentis guilleret et me dirigeai d'un pas léger vers la navette qui nous conduisait chaque matin au palais du Parlement. Il m'était arrivé quelque chose : j'avais tiré un coup en Afrique avec une Noire sublime. Je pourrais soupirer, moi aussi, maintenant : « Ah ! les Africaines... » Le Suisse était dans le véhicule avec son trou noir dans la bouche. Il relisait sa communication. Je m'assis à côté de lui avec l'impression de revenir chez moi, sur mon continent, dans ma couleur. Sans me douter que j'avais désormais le virus, que j'étais contaminé. Pas par le VIH : par l'Afrique. Contre laquelle n'existe aucune trithérapie.

La première personne que je vis en arrivant au palais fut Elena, tout en blanc : souliers, minijupe, chemise. Je lui demandai à quelle heure était son mariage et qui elle épousait. Ignorais-je que le blanc était sa couleur préférée ? Oui, puisque je ne savais rien d'elle. Assisterait-elle à la communication du Suisse qui me promettait de si grandes joies ? Non. Elle était venue pour escorter ses deux ostrogoths d'écrivains soviétiques officiels anti-apartheid au Congrès. Puis elle retournerait à l'ambassade où elle avait du travail. Étais-je libre à déjeuner ? « On vous a demandé des renseignements supplémentaires sur moi ? – Oui : Moscou veut savoir comment vous faites l'amour. – Pour m'attribuer l'ordre de Lénine ? – On réserve l'ordre de Lénine aux gens qui ne font pas l'amour. Treize heures au restaurant du Méridien ? » Elle avait commencé, sans attendre ma réponse, à descendre les marches au bas desquelles attendait sa voiture. Blanche. Peut-être Elena avait-elle choisi l'Afrique pour avoir l'air encore plus blanche, dans ses vêtements et sa voiture, qu'ailleurs ? Peut-être aussi n'avait-elle pas choisi l'Afrique.

Il y eut, dans la communication du Suisse, tout ce qu'il n'y avait pas dans la mienne : du lyrisme, de l'esprit, de la poésie, de la générosité. Presque le speech de Lumumba devant Baudouin, à Léopoldville, le 30 juin 1960. Dubath déclencha l'enthousiasme chez les jeunes, à quoi je compris qu'il déplairait aux vieux. Ce sont les vieux qui organisent les congrès. Paient le billet d'avion, louent la chambre d'hôtel, garnissent de biffetons l'enveloppe du communicateur. Dubath était en train de mettre en l'air cette carrière juteuse qu'est la mienne et me nourrit en partie depuis 87. Il revint à sa place sous de nombreux applaudissements. Il y eut une tentative de *standing ovation*, vite découragée par les organisateurs. Le Suisse avait attaqué l'Europe, ce que les Africains éduqués apprécient peu. Ils savent ce qu'ils doivent aux Blancs, et surtout veulent garder pour eux le plaisir de les brutaliser par le verbe. Ou physiquement, quand un coup d'État ou une émeute leur en fournissent l'occasion. Ils méprisent quiconque se désolidarise de sa tribu, de son ethnie. L'homme africain seul n'existe pas. Il appartient à une chaîne, c'est pourquoi on a pu l'enchaîner : il avait l'habitude. « Je me sens mieux sans ma dent, dit le Suisse. Je me demande si elle ne me portait pas tort. » Il m'invita à déjeuner pour fêter son succès. « Quel succès ? » J'exposai mon point de vue sur sa prestation et il me traita de cynique. L'avenir a pourtant montré que j'avais raison :

dans la petite centaine de congrès internationaux auxquels j'ai participé, je n'ai plus croisé une seule fois Pascal. La preuve que sa communication brazzavilloise avait été, au contraire de ce qu'il croyait, désastreuse. Et pour le déjeuner, j'étais pris. « Ladite Gertrude ? » J'avais conté au Suisse, dans le minibus, mon aventure nocturne du Mbamou. En oubliant sa conclusion piteuse. « Non : la Russe qui accompagne les écrivains soviétiques. – Tu as une façon bizarre de concevoir la lutte contre l'apartheid. – Il ne va rien se passer. Elle est enceinte. – Fais gaffe, ça pue le KGB. – En quoi pourrais-je intéresser le KGB ? Je ne suis ni politicien, ni directeur de journal, ni scientifique. Elena me l'a dit : son pays a d'autres soucis qu'un petit intello franchouillard. Peut-être que je lui plais. Ou alors elle cherche un père pour son enfant. – Le gosse sera blanc, au moins ? » Lui aussi, le Suisse, avait une façon bizarre de concevoir la lutte contre l'apartheid. « Qu'est-ce que ça peut faire, puisque ce ne sera pas le mien ? » Il rougit derrière sa dent manquante. Je m'amusais à lui faire honte avec une question que je m'étais moi-même, l'avant-veille, posée. Amusement pervers, j'en conviens. « *Ma bouche/Comme une fontaine/Délivre un chant pervers* » (Sony Labou Tansi, 1947-1995).

Le Flamboyant est devenu, pour Elena et moi, un lieu mythique : celui où nous avons déjeuné avant de faire l'amour ensemble pour la première fois dans le studio que la Russe louait alors au Plateau. Je commence chacun de mes séjours à Brazza par m'y recueillir. Seul ou avec Elena. Ou seul avec Elena dans une salle vide, comme hier soir. Nous continuons cette conversation commencée en 87, quand la moitié du monde était communiste et moi aussi. Hier soir, une grosse dame blanche s'est présentée avec une boîte à chaussures. Elle semblait perdue, exhalant de forts relents de rancune. Une femme mal vieillie comme un vin dans une bouteille restée ouverte pendant cinquante ans. Je me suis demandé ce qu'il y avait dans sa boîte à chaussures. J'ai posé la question. C'est mon défaut. Je m'intéresse à tout et à tout le monde, car la vie et l'Histoire m'ont appris qu'il y a du profit à prendre à tout et de tout le monde. Profit affectif, intellectuel, psychologique, philosophique. Et, bien sûr, financier. Réponse : dans la boîte à chaussures, il y avait les cendres de son mari. La femme allait le lendemain à Pointe-Noire pour les disperser sur la plage. J'aurais juré que la réponse était fausse, mais, vraie ou fausse, elle dégageait le même parfum de malheur, de malchance. Il fallait qu'Elena et moi nous éloignions au plus vite de cette Française grise, moite, ébouriffée, qui tentait de nous communiquer sa malchance, son dérèglement, son désespoir. J'ai emmené la Russe ailleurs.

Aujourd'hui, c'est un autre Français qui a interrompu notre tête-à-tête. Le type assis à côté de moi dans l'avion Paris-Brazza. Un pétrolier. Je l'ai attiré à ma table. J'aime attirer les gens à ma table, surtout en Afrique où les restaurants des palaces sont des oasis pour Blancs. Nous nous y retrouvons pour boire. Et comparer nos prises : qui un contrat de communication, tel autre la construction d'une cimenterie. Le pétrolier n'eut pas l'air de se souvenir de mon nom, alors je le lui rappelai : Bernard Lemaire. C'est un nom passe-partout et c'est ce qu'il fait : passer partout. Partout en Afrique. Je présentai Christophe à Elena, qui me parut émue par sa beauté car elle prit l'air renfrogné et polaire qu'elle affiche quand elle se sent menacée dans sa souveraineté, son indifférence, son indignation. J'étais tendu, car j'attendais un coup de fil de la présidence. Je profitai de ce que nous étions seuls dans la salle pour me plaindre de Sassou. Mauvais payeur, une fois le service rendu. Je le sais, mais n'arrive pas à me faire payer d'avance. Puis je laissai Elena au pétrolier, ou le pétrolier à Elena : l'avenir le dirait – ou pas. Christophe ne porte pas d'alliance mais ne semble pas profiter de cet avantage auprès des femmes, qu'il regarde de loin comme s'il en avait déjà trop vu ou comme si celles qu'il avait eues lui avaient déjà trop pris.

Ce premier déjeuner entre Elena et moi au Flamboyant, prélude à tant d'autres beaucoup plus longs, ne dura guère. La Russe semblait pressée d'aller au lit. Je croyais que c'était par désir alors que c'était pour se débarrasser d'une corvée, ainsi qu'elle me l'avoua quelques heures plus tard lors de notre promenade au bord du fleuve Congo, loin des micros disposés dans le studio du Plateau et dans la R-21. Avons-nous été filmés au lit ? Elena m'assure que non. Dommage. On aurait le film. Il faudra un jour qu'on exhume les pornos tournés au XXe siècle par le KGB avec pour protagonistes des chefs d'État et des ministres du monde entier. Il doit y avoir de tout : pédophilie, zoophilie, lesbianisme, SM. Sur les draps, Elena occupait le même espace que Gertrude. Couchées, toutes les jolies filles forment une étoile. Première fois de ma vie que je faisais l'amour avec deux femmes différentes, dont l'une attendait un bébé, en l'espace de vingt-quatre heures.

Dans le lit, Elena avait les étranges pudeurs et les audaces incongrues de Gertrude, mais je ne demandai pas à la Blanche de garder ses vêtements. Dans les deux regards, une absence semblable. Due à ce qu'Elena et Gertrude avaient la tête ailleurs : la Noire dans l'argent qu'elle devait rapporter dans sa parcelle de Bacongo, la Blanche dans le rapport qu'elle aurait à rédiger sur sa nouvelle intimité avec le futur biographe, donc futur intime du président Nguesso. J'étais ébloui d'avoir tenu deux femmes pareilles dans mes bras en un laps de temps si court et attribuai leur raideur et leur distance à des soucis professionnels. Ce qui n'était pas loin de la réalité. L'Afrique me faisait trop de cadeaux. Avais-je été si bon avec elle ? Méritais-je tant de reconnaissance ? Je crois avoir passé le reste de ma vie dans l'éclairage miraculeux de cette nuit au Mbamou avec Gertrude, puis de cet après-midi au Plateau avec Elena. Année après année, je suis revenu aux mêmes endroits, j'ai redit les mêmes phrases et ai répété les mêmes gestes afin de revivre les mêmes instants, parfois en mieux.

Une fois montés dans la Renault, je crus qu'Elena voulait me ramener au palais du Parlement et m'apprêtais à protester : j'en avais ma claque de l'apartheid. Poètes et romanciers africains se gargarisaient du mot comme si c'était un médicament miracle contre le sida. Selon une étude récente, une altération génétique fréquente chez les Africains et quasi absente chez les autres améliorerait la protection contre le paludisme mais accroîtrait la vulnérabilité au VIH. Les trois syllabes « man-de-la » agissaient sur l'assemblée à l'instar d'un chant rituel. Elles éclosaient à chaque minute dans la bouche des intervenants. C'était devenu un mode de ponctuation : virgules ou points de suspension. Quand on voit comment a tourné l'idole africaine des années 80 : prenant la pose devant les cameramen et les photographes du monde entier, avec chanteurs, top models, princes et princesses, comme un chef zoulou emplumé. Il a su éviter la guerre civile à l'Afrique du Sud, pas la ruine. Ni une violence quotidienne aux proportions hallucinantes. Son souci majeur : ne pas dire ou faire le moindre truc, par exemple condamner avec force la politique démente de son voisin Mugabe, qui lui enlèverait son auréole de père de l'Afrique avec laquelle il aspire à être enterré. Les milliers, les milliards de petits

Africains qui, dans les siècles à venir, devront se farcir la légende dorée de Nelson dont tous les côtés médiocres, bas, ineptes auront été effacés. L'Histoire n'est pas le domaine de la nuance, trop liée qu'elle est à la politique. Ne l'enseigne-t-on pas dans les écoles où on vote ?

« On va se promener au bord du fleuve », dit Elena. Personne ne marche le long du Congo. Ce n'est pas un lieu de flânerie, mais de tuerie. Parfois on vient s'y recueillir, mais on ne s'approche pas trop près du bord, des fois que Mami Wata aurait une petite fringale de chair humaine fraîche. Je pense qu'Elena avait soudain besoin de faire quelque chose d'européen. Voulait qu'on se croie tous les deux au bord de la Moskva. Ou de la Seine. Des fleuves où les corps qui se jettent le font de leur propre volonté, du moins depuis la fin de la guerre d'Algérie et le début de la Perestroïka. Elle gara la voiture devant le buffet de l'hôtel de ville et me fit traverser, sous le grand soleil de l'après-midi équatorial, cette avenue appelée la Corniche. Je compris qu'elle avait organisé une mise en scène afin de pouvoir me parler loin des oreilles indiscrètes soviétiques ou congolaises qui traînaient dans Brazza. Entre le bruit des voitures et celui des Rapides du Djoué, avec une configuration topographique interdisant à quiconque de s'approcher de nous sans que nous le repérions aussitôt, Elena pouvait m'ouvrir son cœur sans crainte d'être trahie, sauf par moi. Elle avait décidé de prendre le risque. Elle ne me jugeait pas fiable à cent pour cent, mais n'avait pas trouvé, dans le groupe des écrivains en lutte contre l'apartheid, mieux que moi. Je crus d'abord qu'elle avait besoin d'une oreille à qui confier ses soucis, ses problèmes et ses chagrins de Sibérienne en exil, et qu'elle m'avait élu à cause de ma petite taille qui ne lui faisait pas peur et de mes yeux de cocker qui l'attendrissaient. Les Russes n'aiment pas les bêtes, sauf quand ce sont des humains. Elena cherchait plutôt un partenaire, un associé. Avec qui monter des business. Tout ce qu'elle trouverait ou qu'il trouverait pour elle. Elle voulait, comme elle disait dans son français démodé appris en Sibérie chez Balzac et Zola, « faire sa pelote ».

« Il faut que tu saches qui est le père de mon enfant. » Nous nous tutoyions parce que nous étions amants et que nous étions communistes. Enfin, communistes : surtout moi. Plus pour longtemps. Environ trois quarts d'heure. « Pourquoi ? » Je ne tenais pas à découvrir l'identité du monsieur. Je me sentais entraîné, par le fin et beau visage à double fond d'Elena, dans un imbroglio politico-vaudevillesque où je ne voulais pas mettre les pieds et où j'ai pourtant fini par passer la tête, puis le reste. « Parce que tu le connais. – C'est un Africain ? – Oui. – Je croyais que les Russes étaient racistes. – Nous avons une université Patrice-Lumumba. – Réservée aux étudiants noirs. – Tu ne me demandes pas si je l'ai fait exprès ou si j'ai agi sur ordre ? – Tu l'as fait exprès ? – Non : sur ordre. » Elle rectifia : « J'ai couché sur ordre, mais fait l'enfant par accident. » Soupir : « Les préservatifs soviétiques. » Zut, c'étaient ceux que j'avais utilisés avec Gertrude. Et avec Elena. « Pourquoi gardes-tu l'enfant ? – J'ai envie d'en avoir un. – Le père est d'accord ? – Il est fou de joie. » Elle me dit qui c'était. « Pourquoi l'as-tu trompé avec moi ? demandai-je d'une voix qui tremblait à la fois de peur, de colère et de chagrin. – Sur ordre. – Le sien ? – Mon ambassade. – L'URSS a fini par s'intéresser à moi. – Depuis que tu es le biographe officiel du président, oui. – Tu es censée me dire ça ?

– Qu'est-ce que tu en penses ? – Je n'en pense rien. Je ne te comprends pas. – C'est le but : que tu ne me comprennes pas. La première chose que tu dois faire, Bernard, c'est ne plus être communiste. – Pourquoi ? – Pour que je puisse t'aimer. – Tu n'aimes plus le père de ton enfant ? – Je viens de te dire que j'ai couché avec lui parce qu'on m'avait ordonné de le faire. – Avec moi c'est pareil : tu as agi sur ordre. – La preuve que ce n'est pas pareil, c'est que je te dis ce que je te dis. – Comment savoir qu'on ne t'a pas dit de me dire ce que tu me dis ? – Parce que ce que je te dis va à l'encontre des intérêts de mon pays. – Tu trahis l'URSS pour moi ? – Non : pour moi. Les Soviétiques me font chier depuis que je suis petite, et avant moi ils ont fait chier mon père. À mort : il s'est pendu. Je les hais tous. Mon pays, c'est mon cerveau, mon portefeuille et ma chatte. Et l'enfant noir que je porte dans mon ventre. Et puis toi, si tu veux. – Si je veux quoi ? – Faire une association avec moi. J'ai besoin d'un homme intelligent à mes côtés. Quelqu'un en qui je pourrai avoir confiance. – Un Blanc ? – Oui. Un Blanc. Avec qui j'aurai du plaisir au lit. – Tu n'auras pas souvent de plaisir avec moi parce que je n'habiterai pas Brazzaville. – Je n'ai pas besoin d'avoir du plaisir souvent. Le simple fait de ne plus avoir froid est pour moi une victoire sur le destin. » Je mesurai, dans l'attente éperdue de ses grands yeux bleus, le risque qu'elle prenait en me parlant de la sorte. J'avais l'impression de voir quelqu'un sauter à l'élastique sans élastique. Ou un élastique de fabrication soviétique, comme les capotes défectueuses. « Si je t'embrasse, ça fera quoi ? demandai-je. – Plaisir à l'agent du KGB qui nous surveille, et de la peine aux Congolais qui nous regardent. – Le père du petit ne se sentirait pas concerné ? – Il a déjà trois femmes. Tout juste te considérera-t-il comme un renfort bienvenu. » Ainsi j'embrassai Elena Petrova au bord du fleuve Congo, en mai 1987, afin de sceller notre union. En conclure que les unions scellées par un baiser au bord du fleuve Congo durent longtemps.

« Je te ramène au palais ou à l'hôtel ? me demanda la Russe quand nous fûmes devant la R-21. – Je vais me promener à pied dans la ville. – Pour quoi faire ? – Voir les gens. – Quels gens ? – Les gens des rues. – Ils vont t'appeler M'délé et te demander des francs CFA. – Je leur donnerai tous ceux que j'ai. – Je te l'interdis. Désormais, nous sommes associés. Ton argent est le mien. » Elle rit mais je vis, à sa bouche pincée et au bout de son nez pointu, qu'elle ne plaisantait pas. Quelle importance, puisque je n'avais pas un sou ? Nous nous embrassâmes de nouveau. Je lui fis un signe de la main quand la voiture quitta le parking, et m'aventurai dans Brazza où l'explorateur italien et sa famille n'avaient pas encore leur mausolée. J'ai assisté, le 3 octobre dernier, à l'arrivée des six dépouilles dans la capitale congolaise. Un détachement de la Marine nationale les escortait. Philippe Douste-Blazy représentait le président Chirac. Il y avait le roi des Batékés, Auguste Nguembo, et la reine Ngatsibi. Omar Bongo Odimba, président du Gabon, et François Bozizé, président de la Centrafrique. Ainsi qu'Elena et son fils Pouchkine.

Je vis plusieurs jeunes femmes qui me firent repenser à Gertrude. Il fallait que je répare mes torts envers celle-ci. Comme si, en me rapprochant de l'hôtel, j'avais le pouvoir de remonter le temps et donc de modifier la scène du bureau de sécurité qui me fait encore honte aujourd'hui, je me retrouvai à la réception du Mbamou. Ce n'était plus le même garde. Je me dirigeai vers le bar où je trouvai le camarade. Il me demanda si j'avais réfléchi à la proposition du conseiller. Je dis que oui et que j'avais décidé de l'accepter. « Je te le déconseille, dit le camarade. Avec les Africains, surtout les Bantous, on ne sait pas où on va. – Ce sont des marxistes. – Le marxisme africain… Tu as déjà lu du Ngouabi ? – Non. – À Paris, je te prêterai *Vers la construction d'une société socialiste en Afrique*. – C'est toi qui m'as emmené chez le conseiller de Sassou. – Il voulait te voir. – Savais-tu qu'il me ferait cette proposition ? – Non. Avec les Africains, on ne sait rien. Parce qu'eux non plus ne savent pas. C'est au gré de l'inspiration. Selon l'humeur. Nous, on doit gérer ça. Toi, tu n'es pas obligé. Tu es libre. » C'était un petit homme pâle aux cheveux châtains taillés en brosse et aux lunettes Sécurité sociale, comme on disait à l'époque. Plus personne n'utilise cette expression. Ce doit être à cause des mutuelles, grâce auxquelles tout un chacun peut acheter des lunettes Afflelou dont la deuxième paire ne coûte qu'un euro. Depuis ma mère, quand je partais en colonie de vacances avec la mairie de Sarcelles, personne ne m'avait plus regardé avec autant de crainte attendrie. Le camarade avait vu qu'en me rapprochant du PCF j'avais renoncé à une brillante carrière universitaire, et il craignait à présent pour ma vie. « À la direction, dit-il, ils ne vont pas apprécier. – Qu'est-ce que ça peut me faire ? Je ne suis pas au Parti. – Moi, j'y suis. – Quitte-le. – Tu n'es pas fou ? C'est toute ma vie. Je suis entré aux JC en 1954, à quatorze ans. J'ai collé tant d'affiches que je pourrais me recycler comme colleur d'affiches de pubs si j'arrêtais d'être permanent. N'empêche, fais gaffe. Je connais les Bantous : ils vont te bouffer tout cru. Chez eux, ça s'appelle *faim de viande*. – On est venus à Brazza pour lutter contre l'apartheid, pas pour tenir des propos racistes ou en écouter. – Tu ne veux pas comprendre, Bernard. En faisant cette biographie de Sassou, tu vas perdre ta crédibilité. Nous, ta crédibilité, on en a besoin. – Qui : nous ? – Le Parti. Il n'y a pas d'autre nous. En dehors du Parti, c'est je. Ou moi je. Ou moimoi jeje. – Il y a aussi : elle et moi. – Ne me dis pas que tu as craqué pour une Congolaise ! » J'osai d'autant moins le lui avouer que j'avais aussi craqué pour une Russe, ce qui aurait à ses yeux aggravé mon cas. On répugne à l'idée que les gens aient connaissance de nos bévues, de nos erreurs, raison pour laquelle tant de ruines restent cachées. Du coup, on a l'impression que tout le monde réussit dans la vie, sauf nous. « Qu'est-ce que tu crois ? La négresse, ils te l'ont mise dans les pattes. – J'ai une bonne raison de croire que c'est impossible. – Laquelle ? » Non sans réticence, je racontai la scène du bureau de sécurité. C'était ça, un camarade : quelqu'un à qui vous pouviez avouer vos fautes. Comme à un prêtre. Sauf qu'après on ne récitait pas le *Notre Père*. Et que le paradis était sur la terre socialiste. « Tu es naïf. Ils t'ont joué la comédie pour que tu te sentes coupable. Ils ont un dossier sur toi, ils savent que tu es juif. Avec les juifs, la culpabilité, ça marche à tous les coups. – Pourquoi ? – La crucifixion du Christ, Israël. » Raciste et antisémite : en quelques minutes, le camarade m'avait donné deux bonnes raisons de m'éloigner du communisme. Je le regardai avec la reconnaissance qu'on réserve aux gens qu'on aimait et qu'on n'aime plus, l'amour étant une fatigue et une souffrance dont on est toujours heureux d'être délivré.

Je passai la fin de l'après-midi allongé dans ma chambre, la tête tournée vers la proche mélancolie du fleuve et la désolation lointaine de Kinshasa. Puis la nuit, à son habitude, s'écroula sur la ville. Il n'y avait pas encore de téléphones portables, sinon j'aurais essémessé à Elena que je l'aimais. Et essayé de joindre Gertrude afin qu'elle me pardonne. Je renonçai au dîner. Je ne voulais pas tomber sur le camarade, et la dent du Suisse ne m'amusait plus. L'avantage d'avoir un petit appétit : les repas ne sont pas les étapes obligées où les gros mangeurs s'enlisent, mais des haies qu'on franchit avec légèreté, gagnant à chaque fois une heure ou deux sur les autres. Je me présentai au Kébé Kébé vers dix heures, espérant y trouver la Lari. Je reconnus quelques couturières de la veille qui me firent grise mine. Sans doute diverses versions de l'esclandre du bureau de sécurité avaient-elles circulé dans Bacongo et Makélékélé. Peut-être même avait-on créé une nouvelle rumba baptisée Moundélé, où un homme avance et recule sans fin devant un fonctionnaire de police. Je demandai à l'une des couturières où était Gertrude. Elle me dit que celle-ci, à cause de moi, s'était vue interdite de Mbamou pour une semaine. Ça lui ferait un gros manque à gagner et les couturières du Kébé Kébé espéraient que je dédommagerais leur collègue. Celle-ci, faute de pouvoir accompagner ses pareilles au Mbamou, passait la soirée dans un nganda de l'avenue de l'OUA. On ne pouvait me dire lequel. Je n'avais qu'à les visiter tous, ce qu'une fois revenu dans ma chambre je me résolus à faire. J'aurais dû, en bonne logique, laisser tomber cette histoire. Dans une semaine, je serais revenu à Paris et aurais oublié le Mbamou, le Kébé Kébé, Gertrude. Le camarade avait raison : pourquoi perdre ma crédibilité de jeune historien à la mode de Saint-Germain-des-Prés en rédigeant la biographie d'un leader africain contestable ? Sans Gertrude, pas de bio de Sassou, puisque c'était à elle que j'avais annoncé que je la ferais. Sans bio de Sassou, pourquoi revenir à Brazza, et sans revenir à Brazza, comment revoir Elena ? C'était là que le bât blessait, ainsi que l'avaient sans doute prévu les services secrets russes et congolais. Suis-je allé chercher la Congolaise dans la nuit de Brazza pour ne pas perdre la Soviétique ? La complexité juive, aurait dit le camarade.

Un taxi me fit traverser la ville aussi humide qu'une pile de draps mouillés et me déposa, à ma demande, avenue de l'OUA, devant le square de Gaulle. Il y avait des bars de chaque côté de la chaussée, jusqu'à Kingouari. J'hésitai entre explorer l'un après l'autre les deux trottoirs ou les visiter simultanément, au risque d'être renversé par un automobiliste à chacun de mes passages sur l'asphalte. Je choisis la seconde solution. Elle me paraissait plus efficace que la première et elle le fut, car je trouvai Gertrude dans le deuxième bar du trottoir de gauche après dix minutes de recherche. La Lari trônait à une table en plastique blanc, au milieu d'une hécatombe de bouteilles de Primus représentant la moitié ou les deux tiers de la somme que je lui avais remise le matin dans ma chambre du Mbamou. Il y avait une dizaine de personnes autour d'elle, parmi lesquelles trois ou quatre filles. Le reste, c'étaient des hommes maigres, en chemisette, dont la plupart ne devaient pas avoir plus de vingt-cinq ans. Gertrude portait un blue-jean et un tee-shirt blanc : sa tenue de vacances. Qui mettait en valeur, tout autant que sa robe professionnelle de la veille, son corps sublime aux formes parfaites. Je me rendis compte que je n'avais pas seulement couru après le pardon de la Congolaise, mais derrière sa beauté. J'en avais besoin. Il ne fut pas difficile à Gertrude de me reconnaître, malgré son état d'ivresse avancé : j'étais le seul Blanc du bar. Du trottoir. De l'avenue. De Bacongo. Ça me faisait la même impression que si j'avais marché nu sur les Champs-Élysées. C'est ainsi que j'aurais voulu appeler mon premier roman si, en vingt ans, j'avais trouvé le temps et le courage de le finir : *Le Seul Blanc*. En bandeau : *Le Blanc seul*.

« Moundélé ! Mon amour ! » Gertrude se leva et zigzagua dans le nganda pour se pendre à mon cou et me serrer contre elle, ce qui officialisait notre union. Elle me présenta à ses amis. Ou me présenta ses amis. Qui est le plus important socialement, la nuit, dans un quartier africain : une bande de Noirs ou un Blanc seul, un seul Blanc ? Je me rendais compte que je m'étais fait du souci pour rien : non seulement la Lari ne m'en voulait pas pour ma conduite du matin, mais elle ne paraissait pas même s'en souvenir. L'oubli est bantou. Seuls les morts sont pris en considération dans cette société livrée aux fantômes. On ne se donne pas la peine d'être à l'heure avec les vivants, ni de les écouter. Le Bantou est distrait en permanence par des puissances silencieuses et néfastes. Je m'assis et on me tendit une Primus. Je bus à la bouteille, comme les autres. Il y eut des essais de conversation en français, mais tout le monde passa bientôt à une langue africaine. Ils commencèrent par le lingala, puis enchaînèrent sur le munukutuba, dialecte du Sud. C'étaient des Laris ou des Vilis, sinon ils auraient stationné dans un nganda de Poto-Poto. En Afrique, on est d'une région avant d'être d'un pays, d'un village avant d'être d'une région, d'une tribu avant d'être d'un village, d'une famille avant d'être d'une tribu. On appartient aux siens parce qu'on en a. J'étais l'étranger révolté de Camus, doublé du cas de Kafka. Poisson blanc pris dans le filet d'une famille nombreuse, on pourrait dire innombrable. Condamné à la nourrir et à l'habiller jusqu'à la fin de mes jours.

Gertrude me dit à l'oreille : « Ça tombe bien que tu sois venu : je n'ai plus un sou. – Qu'as-tu fait de l'argent que je t'ai donné ce matin ? – J'ai remboursé des dettes et acheté des médicaments. – C'est tout ? – Plus quatre blue-jeans. – Tu avais besoin de quatre blue-jeans ? – Je ne vais pas mettre le même tous les jours. » On se parlait comme un vieux couple alors que nous n'avions passé qu'une nuit ensemble. À cela, j'imagine, on reconnaît l'amour véritable, celui qui ne meurt pas quand il n'y a plus de désir, rien qu'une intimité acrimonieuse. Je venais de comprendre que j'allais payer toutes les consommations de la soirée, ce dont les regards ironiques des amis de Gertrude auraient déjà dû m'avertir. « On dort ensemble cette nuit ? demandai-je à la jeune femme, soucieux d'obtenir une contrepartie pour ma générosité forcée. – Je ne retourne plus au Mbamou. Ils m'ont trop humiliée. » Elle n'avait rien oublié, juste fait semblant. Cette lueur de haine dans les yeux : pour le garde ou pour moi ? « En plus, ils ne me laisseraient pas entrer. – Avec moi ils te laisseront. – Je ne veux pas. – Chez toi, alors ? – Chez moi ? – Il y a ton mari ? – Non : mes parents, mes deux sœurs et mes trois frères. Je n'ai pas de mari. – Ils me feront une place. Maintenant, c'est ma famille. – Tu veux dormir chez moi ? – Oui : chez toi, avec toi, en toi. Tout ce que j'ai est à toi et tout ce que tu as est à moi. C'est notre contrat. – Je n'ai pas signé de contrat. – Signe-le maintenant. – Je n'ai pas de stylo. Où il est, ton contrat ? » Il était dans ma tête en feu penchée sur ses seins triomphants sans soutien-gorge sous le tee-shirt.

Je me rendis compte que l'homme assis à côté de moi, plus âgé que les autres convives, dormait sur sa chaise. Pourquoi n'en ferais-je pas autant ? J'avais eu une nuit et une journée épuisantes. Mon voisin ouvrit de gros yeux noirs et mélancoliques. Il dit en me voyant : « Un mouroupéen. » Me demanda si j'étais perdu. Je dis que oui. Lui aussi était perdu, dit-il, ajoutant que c'était plus grave d'être perdu chez soi que chez les autres. Referma les yeux. Je ne me doutais pas que ce grand homme maigre et ensommeillé deviendrait, jusqu'à sa mort, le 14 juin 1995, l'un de mes meilleurs amis congolais. C'était Sony Labou Tansi, l'écrivain. Ma biographie de Sassou, parue en 1990 chez un éditeur parisien d'importance moyenne, serait, dans les années à venir, un de nos principaux sujets d'amusement ou de fâcherie selon l'état de son humeur et de la mienne.

Gertrude dit : « Je veux bien passer la nuit avec toi dans un hôtel à condition que ce ne soit pas le Mbamou. Le Méridien, pourquoi pas ? Je danse souvent dans leur boîte. – Comment sont les chambres ? – Je ne sais pas. C'est rare quand je rentre dans une chambre. Il faut que l'homme soit gentil. Je ne suis pas une prostituée. Au Congo, la prostitution est interdite. Je suis couturière. Je couds des robes. » Son long corps palpitait contre le mien. Je cherchai ses lèvres, insensible à tout ce qui n'était pas sa présence chaude et tranquille. Nous nous embrassâmes en vitesse et elle dit : « Allons-y ! » Traduction : paie. J'obéis, en profitai pour aller pisser. Je pisse beaucoup parce que je bois beaucoup. De l'alcool, du vin, de la bière, du thé, du café, de l'eau. Des hectolitres d'oranges et de citrons pressés. Je suis un être liquide, d'où ma nature ondoyante.

Dans la rue, avec Gertrude à mon bras, je me sentais moins nu. La Congolaise m'habillait. De noir. Les gens me regardaient avec haine alors qu'avant c'était par haine qu'ils ne me regardaient pas. Gertrude voulut arrêter un taxi mais j'insistai pour que nous fassions une partie du trajet à pied. Cette marche avec elle dans la nuit de Brazza me paraissait importante pour la suite de ma nouvelle vie. C'était le pendant de ma promenade diurne au bord du fleuve avec Elena. J'avais trouvé, dans la capitale de la République populaire du Congo, les deux femmes dont un homme a besoin pour vivre comme il a besoin de deux jambes, deux bras, deux yeux. Je ne pourrais pas les confondre puisqu'elles étaient de couleurs différentes. Nous longeâmes l'avenue Schœlcher. Le CCF, dans l'obscurité, brillait de toute sa blancheur intellectuelle endormie. Gertrude se félicita de ne pas porter, contrairement à la veille, de hauts talons. Je la trouvais en effet moins grande qu'au Kébé Kébé. Ses tennis paraissaient neuves. Sans doute un autre achat de la journée. C'était ma première enfant, que je nourrissais, abreuvais, habillais. Devant le Méridien, sa main se durcit dans la mienne. Comme si nous nous approchions d'une école. Ou d'un cabinet de dentiste. « Je préfère aller danser au Ramdam avant », dit la jeune femme. Je dis que je la rejoindrais après m'être occupé de la chambre, et elle s'éloigna.

J'entrai au Méridien à l'instant où Elena Petrova en sortait. À peine avais-je eu le temps de me demander comment elle aurait réagi si elle m'avait vu avec Gertrude que Sédou Gao, le conseiller, parut à ses côtés. Comme moi, il était plus petit qu'elle. Certaines femmes ont du goût pour les hommes de petite taille. Celles qui ont une vocation de marin ou d'alpiniste : ça dégage leur horizon. Je me réjouis d'avoir pris Elena en faute alors que c'était moi qui aurais dû l'être par elle. Le conseiller me donna la longue et molle poignée de main congolaise, presque enfantine. L'indolence au bout des phalanges. « Tu as pris une décision, Bernard ? » Je voulais dire que oui et que c'était non, je dis que non mais que ce serait oui. Parfois notre bouche parle à la place de notre cerveau. Quand celui-ci a du retard sur elle. Ou lui délègue, occupé ailleurs, ses responsabilités. J'admets qu'à ce moment mon cerveau était envahi par une question que je n'aurais pas dû me poser : que faisait Elena avec le conseiller à minuit sur le perron de l'hôtel Méridien ? La réponse me paraissait évidente : ils sortaient d'un dîner en tête à tête, ou avec d'autres gens déjà rentrés chez eux, dîner au cours duquel il lui avait dispensé des conseils. Les conseillers n'arrêtent jamais de conseiller. Je sais : j'en suis devenu un.

« Je suis content, Bernard. Je sais que tu rentres en France après-demain matin. Sassou assistera à la cérémonie de clôture du Congrès et j'essaierai d'organiser une rencontre avec lui mais je ne te garantis rien. » Je n'étais guère pressé de me retrouver en face de mon sujet et hochai la tête avec indifférence, d'un air entendu qui n'entendait rien. Elena me regardait avec une attention triste, comme si elle souhaitait me donner l'impression qu'elle n'avait rien à se reprocher, mais constatait que je n'en croyais rien. Elle eut l'audace de me faire remarquer avec ironie que je me trompais d'hôtel : j'avais une chambre au Mbamou, pas au Méridien. Il me fallait mentir vite. Mon cerveau étant retenu par d'infructueuses tentatives pour démêler les fils de la situation, je fis appel à ma bouche qui balbutia : « J'ai rendez-vous avec le délégué suisse Pascal Dubath. Il a perdu une dent en mangeant un sandwich. – Un sandwich d'avant l'indépendance ? » fit le conseiller. Une main se posa sur mon épaule et j'entendis une voix féminine me dire : « On va se coucher, mon bébé ? C'est nul, le Ramdam. » Ni le conseiller ni la Russe n'émirent de remarque sur la belle couleur noire et les formes généreuses du délégué suisse. « Nul ? s'insurgea Sédou dont le regard de prédateur ouest-africain sur la Lari n'échappa ni à Elena, ni à moi. Non : j'ai vu plusieurs poètes et romanciers francophones y entrer. Si on allait y prendre un verre ? – J'ai sommeil, dit Elena. – As-tu plus sommeil que je n'ai soif ? demanda le conseiller. – Ça m'étonnerait. – Alors, tu vas me suivre. – Je préfère rentrer au Plateau en taxi. – La boîte ferme dans une demi-heure, dit le conseiller. Tu peux consacrer une demi-heure de ta vie au biographe du président et à sa compagne. Le KGB t'en sera reconnaissant. – Le KGB et la reconnaissance, ça fait deux. » Elle nous suivit au Ramdam d'un pas traînant. Elle fermait la marche, juste derrière moi. J'espérais qu'elle me toucherait le coude ou le bas du dos pour me montrer qu'elle m'aimait encore. Rien.

Gertrude et le conseiller bondirent sur la piste, laissant la sombre Russe et le Français lent devant des consommations postcoloniales : double et triple scotch. Après un long silence, Elena finit par tourner vers moi son visage éblouissant de perfection et déclara : « Ne crois pas que ce que j'ai vu ce soir retire quoi que ce soit à ce que je t'ai dit cet après-midi. Au contraire. Tu n'as plus une bonne raison pour revenir à Brazza, mais deux. Ce sera excellent pour nos affaires. – Et moi, ce que j'ai vu ce soir ? – Qu'est-ce que tu as vu ? C'était un rendez-vous de travail. Enfin, si on veut : on cherchait un prénom pour mon fils. On a trouvé : Pouchkine. Un métis, lui aussi. – Un métis de la quatrième génération. Et si c'est une fille ? – Pouchkina. » Nous finîmes par céder aux appels répétés de Gertrude et de Sédou. Elena avait dix ans de dancings soviétiques derrière elle : pas la meilleure formation pour la rumba.

Quant à moi, je n'étais sorti de mes bouquins d'histoire que pour errer dans les couloirs du journal *L'Humanité*, rue du Faubourg empoisonné. Nous faisions tous deux pauvre figure aux côtés de Gertrude, professionnelle de la nuit congolaise, et du conseiller, ancien dandy malien venu au pouvoir afin de continuer à danser fringué par les plus grands couturiers parisiens. Les deux Noirs nous avaient attirés vers eux pour nous montrer à quel point leur danse, c'est-à-dire leur âme, était supérieure à la nôtre. Libre, sensuelle, gaie, heureuse. Le bonheur est la forme la plus aboutie de l'intelligence. Le losange que nous formions désormais frappa mon imagination, avec ses deux pointes blanches et ses deux pointes noires.

Que voit-on d'une femme de cinquante ans qui en avait trente quand on l'a connue ? Les rides qu'elle a, celles qu'elle n'avait pas ? Nous apparaît-elle plus âgée qu'elle n'est, puisque nous l'avons connue jeune ? Ou plus fraîche pour la même raison ? Qu'est-ce qui agit le plus sur notre perception du monde : le passé ou le présent ? Je me posais ces questions, installé au Flamboyant en face d'Elena. Les choses qui avaient changé en elle depuis 87 : elle parlait plus, plus vite et plus fort ; ses yeux bleus avaient diminué de volume afin de céder de la place à la graisse qui les entourait, du coup ils avaient redoublé d'éclat : le blond de ses cheveux se teintait de marron. On sentait que la dégradation progressive de son apparence physique était son principal souci, sauf quand on abordait deux sujets : Pouchkine et l'argent. Dans cet ordre. Son fils était tout pour elle et il lui fallait de l'argent pour l'élever. Beaucoup d'argent. J'en envoyais de Paris, le conseiller en donnait à Brazza, la Russe en gagnait dans toute l'Afrique équatoriale, mais ça ne suffisait pas. Elena avait sans cesse du retard dans ses paiements. L'Afrique, disait-elle, coûte cher. Il fallait, pour ouvrir le plus modeste commerce, graisser la patte d'une demi-douzaine de personnes. Il y avait toujours un papier qui manquait, détenu par un fonctionnaire qui manquait aussi. Les perles noires se vendaient mal chez les Noires : elles préféraient les blanches. La Russe regrettait l'époque où elle commercialisait du vin français. Autre chose avait changé chez elle depuis notre première rencontre : la manie qu'elle avait de se plaindre. Certes, elle se plaignait aussi pas mal à l'époque. Mais comme elle se plaignait du communisme, on y prêtait moins attention. Tout le monde se plaignait du communisme.

Son téléphone sonna. La cinquième symphonie de Beethoven. Combien de fois lui avais-je demandé de changer ça. Si au moins elle avait pris un autre compositeur. Ou une autre symphonie. Son fils : il faisait une fête à leur domicile du CHU. Ça me gênait si elle dormait avec moi cette nuit au Laico ? Non. C'était pour ça que j'étais venu à Brazza. Elle sourit avec coquetterie. Les adolescents et les quinquagénaires ont en commun de n'être pas sûrs de leur charme, d'où leur charmante coquetterie.

La présidence, en Afrique, ne vous appelle pas sur votre portable, mais à l'endroit où elle vous a demandé d'attendre son coup de téléphone. La façon qu'a le pouvoir d'immobiliser les gens à son service. De les bloquer. De les dominer. De les humilier ? Il faut considérer les gouvernements des cinquante-trois pays africains, toutes tendances politiques confondues, comme des machines froides et calculatrices à venger les Noirs de l'esclavage et de la colonisation. Inutile de protester, ça ne ferait que rallonger l'attente. Ou faire capoter votre affaire. Il faut accepter d'être puni pour les fautes de vos grands-parents (les miens étaient au surplus polonais) et les endurer sans un gémissement. Le maître d'hôtel m'apporta le téléphone avec un air de grand brûlé de la main. Une des secrétaires du président m'annonça que je devais être à Mpila dans quinze minutes. Sassou m'avait envoyé sa voiture qui m'attendait devant l'hôtel.

En tant que son biographe – mon livre parut en septembre 1990, juste après le sommet franco-africain de La Baule, ce qui me valut des critiques acerbes dans les journaux et les médias français proches du Parti socialiste –, je connaissais la provenance et l'histoire de chaque objet figurant dans le bureau de DSN : lances, boucliers, masques, boubous. « Cette cravate et ce costume, ça ne va pas ensemble, Bernard. – Vous trouvez, président ? – Oui. Vous n'avez jamais su vous habiller. Quand vous étiez jeune, vous ne faisiez aucun effort. Maintenant, vous faites des efforts, mais le résultat est le même. Sur vous des Berluti ont l'air d'avoir été achetées chez André. – Nous n'avions pas ce genre de conversation quand vous étiez tous les jours en treillis. – Je n'ai jamais été tous les jours en treillis, même aux pires moments du socialisme scientifique. – C'était quoi, les pires moments du socialisme scientifique ? – Ceux où je n'étais pas président. Attention : ce que je vous dis là n'est pas fait pour finir dans vos Mémoires. » Raté, pensai-je. La vengeance du biographe, c'est sa mémoire, à laquelle succèdent ses Mémoires s'il vit assez longtemps. Vivrai-je assez longtemps ? Je me demande si ça changerait quelque chose à notre comportement dans l'existence, de connaître la date et le lieu de notre mort. Si, comme Idi Amin Dada, nous les avions vus en rêve. Après la solide et froide poignée de main des adeptes de la Grande Loge nationale de France, celle des affiliés du Grand Orient étant plus molle et plus tiède, Sassou Nguesso s'assit derrière son bureau et me demanda : « Comment va votre famille ? – Je n'en ai pas. – Ce n'est pas bien. – Vous me le dites à chaque fois. Et la vôtre ? – Elle me cause du souci et des dépenses. – C'est le seul avantage que j'aie sur vous. – Il y en a sans doute d'autres. » Notre différend financier fut réglé en une minute par un coup de fil au trésorier de la présidence. L'argent m'attendrait dans la voiture qui me ramènerait au Laico après le dîner. « Nous dînons ensemble, président ? – Oui. Vous avez quelque chose contre ? » Je fis non de la tête, me disant qu'en ne me voyant pas revenir Elena comprendrait que j'étais retenu à Mpila. C'est à chaque fois la même chose avec Sassou : on attend des jours avant de le voir et quand on le voit, on a l'impression qu'il a tout son temps à nous consacrer. Alors, pourquoi ne nous a-t-il pas vu plus tôt ? « Je dois vous parler de deux ou trois choses qui me causent du tracas, dit le président. En ce moment, il y a à Brazza une bande de Rwandais qui ne me plaisent pas. Ils préparent quelque chose. L'accident du Hutu Charles Rwabango à Talangaï, vous y croyez ? Ça m'a l'air d'un crime déguisé. Pourquoi lui ? Pourquoi maintenant ? » Le président m'entraîna dans le parc. Nous longeâmes la piscine. « Celle de votre nouveau président Nicolas Sarkozy, à la Lanterne, est plus grande. – Au départ, c'était celle de François Fillon. Le premier type de l'histoire de France à s'être fait voler sa piscine par un président de la République. – Fouquet n'avait pas de piscine à Vaux-le-Vicomte ? – Louis XIV n'était pas président de la République. » Dans la salle d'honneur ronde en verre à l'intérieur de laquelle la climatisation maintenait en permanence la température à 24°, il y avait une vingtaine de Chinois. « On va manger chinois ? – Non : des Chinois. » Nous entrâmes dans l'antisauna du président Sassou. Je me demandai pourquoi celui-ci m'avait convié à ce dîner, car il me plaça en bout de table, loin de lui. Il y avait une femme interprète pour cinq hommes d'affaires. L'une des interprètes était une quadragénaire africaine. Avait-elle appris le chinois à Pékin vers la fin des années 80, pendant l'agonie du socialisme congolais ? Les autres étaient des Chinoises sèches et menues, dont aucune n'attirait le regard du président. Je me retrouvai entre deux businessmen. Sans doute avaient-ils besoin d'un conseiller pour l'Afrique. Tout le monde a besoin d'un conseiller pour l'Afrique.

Les Chinois ont, en 2006, annulé la dette africaine à hauteur de 10 milliards de yuans (1,3 milliard de dollars). Ça vaut un dîner à Mpila avec le plus grand sapeur congolais. Au Congo, ils s'intéressent au bois. La Chine achète 60 % de l'okoumé congolais. Et du pétrole qu'elle paie chaque jour plus cher, comme tous les pays qui n'en ont pas. Il y a aussi le poisson : elle a mis au point quelques chalutiers de petite taille écumant les côtes avec des filets dérivants qui emportent les petits filets des pêcheurs congolais. Je conseillai – gratuitement, pour commencer – à mes voisins de se pencher sur le problème de l'agriculture africaine. En progrès, au contraire de ce qu'imagine l'Occidental borné par son écran de télévision préférant lui montrer, de l'Afrique, quelques camps de réfugiés misérables plutôt que les nombreux villages prospères. Il y a dans le bassin du Congo des millions d'hectares de terres cultivables non cultivées. La Chine devrait y exporter les agriculteurs qu'elle a en trop : ils s'enrichiraient en enrichissant le Congo. Je songeai avec mélancolie à la facture faramineuse que j'aurais présentée à mes Chinois pour ce speech s'ils m'avaient auparavant engagé. Me consolai à la pensée de la mallette remplie d'euros qui m'attendait sur la banquette arrière de la Jaguar de Sassou.

Sassou de qui se présenta devant nous la silhouette stricte aux vêtements de luxe. Il avait quitté sa place à table avec son habituelle discrétion de cobra – nom de ses anciennes milices, composées de têtes brûlées mbochis et de fêlés rwandais ; serpents qui se révélèrent, pendant la guerre civile de l'été 1997, plus efficaces que les tortues Ninja de Kolélas, réac bakongo aux fétiches ringards ; et que les Zoulous de Pascal Lissouba, l'ancien président aujourd'hui atteint de la maladie d'Alzheimer. La maladie est une humiliation plus grande à mesure qu'on grimpe dans l'échelle sociale ou politique. Mobutu vexé par sa prostate, Louis XVIII piétiné par la goutte. « Prenez garde aux conseils de M. Lemaire, dit Sassou aux Chinois. Ils coûtent une fortune. » Il s'était exprimé dans un anglais aussi médiocre que le mien et le leur, du coup on se comprenait tous. Les Chinois ne rirent pas, devinant que ce n'était pas une plaisanterie. Sassou m'entraîna dans la chaleur du dehors qui ne faiblissait pas durant la nuit malgré la saison sèche. « À propos de ce que je vous disais tout à l'heure… » L'affaire des Rwandais semblait le préoccuper. Nous marchions autour de la piscine et je sentais la sueur inonder ma chemise, sous la veste, tandis que Sassou restait sec comme un bout de l'okoumé qu'il livre aux Chinois par centaines de tonnes, prenant le risque qu'en 2050, selon les experts, les deux tiers de la forêt congolaise aient disparu. « D'après mes renseignements, le règlement de comptes entre Rwandais cacherait quelque chose de plus important. – En quoi cela me concerne-t-il, président ? – L'opération serait dirigée contre la France. Votre pays. » Pourquoi cette précision ? Je savais que la France est mon pays. Même si mes intérêts, y compris mes intérêts sentimentaux, se trouvent en Afrique depuis deux décennies. En partie à cause de lui, Sassou. Qui me lançait un regard de reproche. Celui d'un sous-officier formé à Saint-Maixent sur un exempté du service militaire pour troubles psychologiques simulés. « Les Rwandais ont engagé un officier traitant français qu'ils ont l'intention de piéger. Ou un ancien officier traitant. On ne sait pas non plus si c'est un homme ou une femme. À travers lui ou elle, Kagamé veut atteindre la France. Dans un but que j'ignore. Pour être en position de force afin de négocier l'annulation des neuf mandats d'arrêt internationaux lancés par le juge Bruguière contre des responsables rwandais, dont Kagamé lui-même ? L'affaire est sérieuse. Je connais les Tutsis. Ils ne lâcheront sur rien. » Avait-il prévenu l'ambassadeur de France et son attaché militaire ? « Nos services sont en contact permanent avec eux, mais vous êtes sur le théâtre des opérations, vous connaissez Brazza. Si vous voyez ou entendez quelque chose d'inhabituel, faites-le savoir à vos compatriotes. La France vous en saura gré, un jour ou l'autre. À la prochaine guerre civile, par exemple, vous aurez une place de choix dans les Transall d'évacuation. – Il n'y a aucune place de choix dans les Transall d'évacuation. – Vous en avez pris beaucoup ? – De Brazza : deux. Un en 97 et un autre en 98, pendant les atrocités. » J'avais prononcé le mot « atrocités » pour manifester mon indépendance d'esprit, y compris dans les moments où j'attendais une faveur du président. Celui-ci ne tiqua pas. Il reprit : « Ce sont les inconvénients du métier de conseiller en Afrique. Comment s'arrangent vos affaires avec Déby ? – Compliqué. – Pauvre Bernard, toujours dans les complications. Votre vie aurait pu être si simple. – Oui : il m'aurait suffi de ne jamais venir au Congo. – La curiosité est un vilain défaut, surtout au-dessous de l'Équateur. Je retourne voir mes Chinois. Il y a plein de trucs à signer. Je préférais la Françafrique à la Chinafrique. Déjà, je parlais la langue. Mais avec les Chinois, il y a des routes et des logements. » Pas la moindre allusion à mon argent. J'étais persuadé qu'en montant dans la Jaguar, à côté du chauffeur, selon ma vieille habitude de gauche, je ne verrais nulle mallette dans le véhicule. J'en avais presque pris mon parti. Et c'est résigné que je m'éloignai de la salle d'honneur, passai la sécurité et fis un signe au chauffeur. Je considérai comme une chance de le trouver encore debout. Je m'étais plutôt vu en train de chercher un taxi dans les environs du Mbamou. Ayant aperçu dans la voiture, à ma grande surprise, la mallette promise, je m'installai, contre mes principes, sur la banquette arrière. Regard étonné du chauffeur dans le rétroviseur. Auquel je ne pris pas le temps de répondre d'un mot ou d'un sourire, obsédé que j'étais par mon pognon. J'ouvris la mallette. Il était là, avec ses belles couleurs. 50 000 euros en liasses de 100, 200 et 500. J'eus envie de les renifler pour m'assurer qu'ils ne sentaient pas le pétrole d'où ils venaient. J'appelai Elena, lui décrivis le charmant spectacle que j'avais sous les yeux et lui dis de se trouver au Laico dans un quart d'heure. La nuit, à Brazza, n'importe quel endroit est atteignable en un quart d'heure, ce qui facilite la vie des espions, des assassins et des amoureux.

La fascination pour l'argent liquide vient de l'enfance, comme le reste. Les truands appellent les billets des images : celles qu'ils n'ont pas eues à l'école où ils n'étaient pas sages. La carte de crédit à côté du biffeton : petite languette de plastique qui ne bruisse pas, ne se palpe pas, ne se froisse pas. On ne peut même pas la déchirer en signe de mépris, il faut trouver une paire de ciseaux. Le billet est une jupe, on le soulève et on trouve l'accès à la chose qu'on aime, quelle qu'elle soit. Bagnole ou gonzesse. Boustifaille ou bouquins. Le billet a été dessiné, comme une robe. Imprimé. Comme une robe aussi. Empilé dans un sac, une sacoche ou une mallette, l'argent liquide donne l'impression d'être un concentré de Coca-Cola. Il suffira de le diluer dans la vie pour qu'il se transforme en une succession béate de moments de grâce et de beauté. Dans la chambre du Laico, j'alignai les billets sur le lit par une offrande païenne aux dieux de la dépense et de la consommation qui sont désormais les miens tout comme ils sont ceux de l'humanité entière, bientôt maudite de ce fait. À gauche, cinq liasses de dix billets de 500 : 25 000 euros ; au milieu, dix liasses de dix billets de 200 euros : 20 000 euros ; à droite, cinq liasses de dix billets de 100 euros : 5 000 euros. 50 000 euros : le compte y était. Se faire payer par les Européens est un plaisir, mais se faire payer par les Africains est une joie : celle de l'exploit. On se sent vainqueur d'un sommet himalayen. Constructeur automobile gagnant d'un grand prix de formule 1 contre Ferrari. Comme moi Elena n'en croyait pas ses petits yeux naguère plus grands. Je dis : « En 1987, on aurait eu honte. En 1997, on aurait fait l'amour dessus. En 2007, je parie qu'on va les cacher. – Pas tout de suite. Laisse-moi regarder : c'est beau. » Ce soir-là, nous fîmes l'amour. Pas sur les billets mais à côté : la mallette trônait sur la table de nuit. Le lendemain matin, je donnerais l'argent à Elena. Elle le garderait à Brazza où elle s'emploierait à le faire fructifier dans son intérêt, celui de Pouchkine et le mien. À Paris je n'avais nul besoin de 50 000 euros en cash. Il m'avait suffi de les voir, de les toucher. D'imaginer ce que – plus jeune, plus insouciant, plus gourmand, plus dragueur, plus orgueilleux – j'aurais fait avec. Maintenant ils ne m'intéressaient plus. Je pouvais les donner à la première venue, la seule femme que j'aimais sur terre, Gertrude Gobomi étant morte le 31 août 1997. J'attends désormais de l'aimer sous terre. On fête cette année le dixième anniversaire de son assassinat par les militants de Kolélas qui l'avaient prise pour une Mbochi parce qu'elle parlait au téléphone en lingala qu'ils avaient confondu avec le mbochi. Méchant aléa de guerre civile en pays multilingue.

Le téléphone sonna à sept heures du matin. C'était la présidence. L'espace d'un instant, je me dis que Sassou avait changé d'avis, qu'il voulait reprendre ses 50 000 euros. La mallette avait déjà un air chagrin, dépité. J'eus un responsable de la sécurité du territoire. Il m'annonça l'enlèvement à Kintélé, pendant la nuit, du prêtre rwandais Jean-Pierre Rwabango et de son neveu Innocent, un bébé de sept mois. Le nombre d'enfants hutus qui s'appellent Innocent depuis la fin du génocide. Dont ils furent en effet innocents. On avait d'autre part retrouvé, dans une rue du Plateau, le corps de deux jeunes Congolais tués par balles. Des complices de l'enlèvement ? Ou des gens qui avaient tenté de s'y opposer ? À la requête pressante du président, le responsable me priait de recueillir des informations sur cette affaire, ainsi que de prendre contact avec les services concernés de l'ambassade. M. Nguesso craignait en effet que cette sombre histoire ne finisse par faire du tort à la France. Mon pays.

Réveillée en sursaut par la sonnerie du téléphone, comme toute personne élevée en Union soviétique,

Elena ne me quittait pas des yeux. Après avoir raccroché, je lui expliquai cette situation qui ne la concernait pas, puisque la France n'est pas son pays. Ni le Rwanda. Quand elle ressortit de la salle de bains, je lui tendis la mallette. Aimer quelqu'un, c'est lui donner tout son argent, ce que nos pères faisaient avec nos mères quand ils leur apportaient, le samedi, leur paie de la semaine. En liquide. Sauf que 50 000 euros n'étaient pas tout mon argent. Mais c'était tout mon argent au Congo. Ne formais-je pas, avec la Russe, un couple congolais ? Nous n'avons jamais vécu ensemble hors de Brazza. Quelques vacances chaotiques en Afrique du Sud, à Madagascar et en Sierra Leone, ainsi qu'un séjour à Paris pour faire l'éducation artistique de Pouchkine, nous ont fait comprendre que notre amour est une pure création congolaise. Loin du Stanley Pool et du massif du Mayombé, il s'effrite, se vide, s'aigrit. Il y eut aussi cet affreux week-end à Londres, en juin 1991, où nous crûmes nous séparer. Le choc de ne plus être les seuls Blancs et de nous retrouver pauvres, alors qu'à Brazza nous étions riches. Pour le prix d'une chambre dans un palace du Plateau, un cagibi dans un gourbi de Chelsea. Les rues nous narguaient, les magasins nous rejetaient, les bars nous vomissaient. Comédiens de province montés à la capitale pour s'y faire descendre. « En quel honneur ? me demanda Elena. – Je n'ai que toi à qui confier ma vie. » Pourquoi n'avais-je pas d'épouse en Europe, ce qui avait désespéré ma famille ? Pour désespérer ma famille. Son goût vil du bonheur, autrement dit du rangement. Son putain d'ordre, son ordre de putain. Aucune place réservée au malheur : criminel manque de finesse.

Je proposai à Elena de prendre le petit déjeuner avec moi au bord de la piscine du Laico, mais elle était pressée de partir avec mon argent qui était désormais le sien et donc le nôtre, de le mettre en lieu sûr, de le recompter, d'appeler la banque pour obtenir un entretien avec son conseiller financier, de commander un container rempli de marchandise qu'elle revendrait ensuite dans les pays d'Afrique équatoriale à des sous-traitants qui la paieraient en retard, à moitié ou pas du tout. Je la regardai sortir avec, sur les épaules, son sempiternel espoir russe de fortune. Après ma toilette, je descendis à la piscine. Où apparut bientôt le cadre de Total dans sa superbe taille mannequin que je lui avais enviée dès son apparition à bord de l'avion Paris-Brazza. Il était accompagné de Tessy Estio, l'ex de Pouchkine. J'invitai les jeunes gens à ma table, ne pensant pas qu'ils accepteraient de s'y asseoir. Après une nuit d'amour, on a envie de rester en tête à tête. Mais un témoin attentif et bienveillant, surtout s'il est plus âgé, est parfois un agréable dérivatif à la gêne qu'un couple peut ressentir après s'être tripoté, léché et pénétré pendant une dizaine d'heures. Dans un premier temps, l'homme parut accepter ma proposition, mais quelque chose, dans le regard que lui lança Tessy, ou, plus étrangement, dans celui qu'il lança à la jeune femme, le fit se raviser et, avec un sourire d'excuse, il entraîna la Congolaise à une autre table.

Après notre seconde nuit d'amour, au printemps 1987, Gertrude et moi avions pris nous aussi notre petit déjeuner autour de la piscine de ce qui était encore le Méridien. La Lari fit entre les tables, à mon bras, une entrée royale que le personnel de l'hôtel se garda d'interrompre. Avait-on eu des renseignements sur moi au cours de la nuit ? Le biographe du président. Reçu des instructions ? Respecter chacun de mes désirs, desiderata, délires. Le fait est que personne ne se mit entre la Congolaise et moi. Elle avait une démarche nuptiale. Lionne à qui le roi de la forêt avait passé la bague au doigt après leur dernier coït dans la savane climatisée du palace. Je frémis quand elle appela, pour lui réclamer de la confiture de mangue, le serveur « chéri ». Il n'y avait pas de confiture de mangue. C'était fraise ou orange. Gertrude me demanda pourquoi la confiture d'orange était amère alors que l'orange est sucrée. Je dis que je donnais ma langue à sa chatte, mais elle ne comprit pas le jeu de mots. Cette seconde nuit, nous avions baisé avec une frénésie plus grande, étant moins intimidés, moi par sa beauté noire, elle par mon argent blanc. Nous commencions à prendre, dans l'obscurité, la même couleur de l'amour et le même pouvoir d'achat de bonheur. « Je préfère le Méridien au Mbamou », me dit Gertrude. Malédiction kongo à la suite de laquelle le Mbamou fut détruit alors que le Méridien dut seulement changer de nom ? Je revois ses seins magnifiques pointer sous son tee-shirt blanc comme un père blanc. Sa taille mince semblait avoir été taillée à la machette par un dieu génocidaire. « Pourquoi me regardes-tu tout le temps ? » Parce que je n'avais jamais rien vu de pareil. Sauf la veille : Elena habillée, puis nue. Ce que je m'abstins de dire, mais, au Ramdam, Gertrude l'avait compris, ainsi qu'elle me l'apprit quelques mois plus tard. Elle ne pouvait pas être jalouse d'une Blanche, comme Elena ne pouvait pas l'être d'une Noire. C'était la subtilité du système que je venais d'inventer à mon usage. Combien de temps, demanda ensuite Gertrude, resterais-je à Brazza ? « Je repars demain. – Je ne veux pas, chéri. » Elle appelait tout le monde chéri, même l'homme avec qui elle couchait. Pendant la nuit, j'avais aussi eu droit à plusieurs « papa ». Cru à une tentation de l'inceste, peut-être accomplie. Ignorais qu'en Afrique « papa » ne signifie pas père, mais monsieur, camarade, mon cher ou cher ami. Mon bienfaiteur. « Qu'est-ce que tu veux ? demandai-je. – Que tu restes à Brazza ou que tu m'emmènes à Paris. – Tu n'as pas de visa. – Procure-m'en un, chéri. – Comment ? – Claque des doigts. » Au moment où vous croyez qu'une Africaine est la plus amoureuse, vous découvrez que c'est celui où elle est la plus moqueuse. La plus méprisante. Gertrude regarda l'heure à ma montre et dit qu'elle était en retard. En retard pour quoi ? On était dimanche. « Le marché Total. Donne-moi de l'argent. Je vais acheter une nouvelle robe pour te plaire. » Je lui donnai tout ce que j'avais sur moi. Elle m'a peu à peu appris à ne pas avoir trop d'argent sur moi car elle finissait toujours par le récupérer intégralement.

Tessy se leva et quitta la piscine du même pas élastique et enchanté avec lequel Gertrude, vingt ans plus tôt, s'était éclipsée. Sans doute lestée d'une bonne quantité de francs CFA. Pour acheter un body. Des cartes téléphoniques Celtel. Des comprimés de Quinimax. Les Subsahariens sont paludéens dès l'âge de quatre ou cinq ans. Peut-être le Français me parlerait-il, maintenant qu'il était seul ? Je me levai et me dirigeai vers lui. « Vous permettez ? » Il acquiesça de la tête avec une réserve bizarre, presque intéressée. Sa personne souple et bien charpentée donnait un sentiment de plénitude, de réussite solide et discrète. Si c'était un militaire, il devait être d'un grade élevé. Commandant, ou colonel. Je m'assis et lui exposai la situation telle que la présidence me l'avait expliquée ce matin au téléphone. Avec les deux Congolais assassinés et l'enlèvement de Rwabango et de son neveu, on n'avait plus le temps de finasser. Il fallait aller droit au but. Le visage de Christophe Parmentier devint blanc. Je compris mon erreur : cet homme n'avait rien d'un soldat, sinon il ne se serait pas décomposé aussi vite devant l'exposé des faits. D'une voix étranglée qui sentait l'amateur piégé dans une situation politico-militaire trop complexe pour lui, il me demanda quel était mon rôle dans cette affaire. « J'aide mon pays », dis-je. Il me regarda, à travers sa panique ou peut-être à cause d'elle, avec une attention dévorante. « Vous savez quelque chose ? » demandai-je. Après une hésitation qui me parut trop cinématographique pour ne pas être inspirée des nombreux films d'espionnage vus pendant toute sa jeunesse par ce garçon impressionnable, il finit par hocher la tête et me raconter ce qu'il savait sur Blandine de Kergalec. Ce fut à mon tour de pâlir et de suer. Kergalec : la scandaleuse de Genève. À Brazza. La cible des Tutsis ne pouvait être qu'elle. Créature idéale pour ridiculiser la DGSE. Décrédibiliser la France. Mettre du plomb dans l'aile de Total. Faire ravaler ses mandats d'amener au juge Bruguière.

« Il faut que j'aille vérifier quelque chose, dis-je. – Je peux venir avec vous ? – Si vous voulez. » Nous nous levâmes. La grosse dame avec une boîte à chaussures, c'était donc Kergalec. Les cendres de son mari. Elle m'avait bien eu. N'avait pas perdu la main, ou plutôt la langue. Je me souvenais du nom qu'elle m'avait donné quand nous nous étions présentés : Françoise Duverger. « Mme Duverger se trouve-t-elle dans sa chambre ? » demandai-je au réceptionniste. Il connecta l'écran de son ordinateur. « Elle a quitté l'hôtel hier dans la soirée. » Évidemment. Une professionnelle. Toujours partie avant l'arrivée de l'ennemi. Sauf une fois. Ça lui avait coûté trop cher pour qu'elle s'amuse à recommencer. Surtout en Afrique où chaque ennemi est mortel.

« Je peux voir sa chambre ? – Pourquoi ? – J'ai oublié quelque chose dedans. – C'était sa chambre, pas la vôtre. » Je poussai un soupir accompagné d'un billet de 10 000 francs CFA. Le réceptionniste ne pouvait croire à une liaison ancillaire entre moi et une femme pesant le double de mon poids. Il me tendit néanmoins la clé. Je me tournai vers Christophe : « Vous venez avec moi ? » À la peur semblait s'être ajoutée en lui l'excitation. Nous échangeâmes un long regard. Qui était ce pétrolier paniquard ? D'après Elena, il se faisait appeler Christophe ou Adrien, selon qu'il se trouvait avec une amie ou une petite amie. Dès qu'on franchit l'Équateur, tout le monde devient un mystère, même les gens les plus limpides. C'est peut-être parce qu'on marche au plafond. Le sang nous descend à la tête, qui se brouille. Christophe me demanda si je travaillais pour les services secrets français. Je dis que c'était la question la plus bête du monde, car on ne pouvait croire à la sincérité d'aucune des réponses qu'on obtenait. L'ascenseur, lieu anodin, se transforma en scène de théâtre, disons de café-théâtre, vu la superficie, sur laquelle deux acteurs essayaient de cacher leurs rôles l'un à l'autre. Ainsi que leurs personnalités réelles.

Je trouvai le revolver de Blandine : il était caché dans le réservoir d'eau des WC. *Le Parrain*, 1972. Kergalec avait alors vingt-cinq ans. Il y a des modes chez les agents secrets comme chez les coiffeurs ; elles proviennent souvent du cinéma. J'appelai la présidence et eus le responsable à la sécurité intérieure du pays. Je dis que j'avais découvert l'identité de l'agent embauché par les Tutsis : Blandine de Kergalec. Elle logeait jusqu'à la veille au soir dans une chambre de l'hôtel Laico où je venais de mettre la main sur son arme. Je raccrochai. « C'est fini, dis-je. – On n'a plus rien à faire ? – À part prendre notre avion demain soir pour Paris, je ne vois pas. Déjeuner ensemble, peut-être. Je connais un bon chinois, près de l'hôtel Léon : l'Hippocampe. Treize heures ? »

Jusqu'à la parution de ma biographie de son président, notre amitié fut sans nuages. Puis il y en eut un. Gros. Noir. Sous lequel, lors de mes trois ou quatre passages annuels au Congo, Sony ironisait à loisir. Il en avait pourtant peu, de loisirs. Toujours avec un Bic et un cahier à la main. Lisant, dans sa petite maison de Makélékélé, 1281, rue Mbesala-Hippolyte, trois ou quatre livres à la fois. Les répétitions du Rocado Zulu Théâtre. Il occupait un poste au ministère de la Culture, fourni par son président abhorré. L'ennemi des Kongos, sa nationalité – religion fantasmatique. Labou Tansi regrettait de ne pas avoir plusieurs cerveaux et, bien sûr, plusieurs sexes. « L'homme est une limite orange », disait-il. Pourquoi orange ? Comme la terre bleue d'Éluard ? Mon amour de la poésie, art que je suis incapable de comprendre et d'exercer. « La poésie, c'est perdre et ce que tu veux, Bernard, c'est gagner. Ta vie, des cœurs, le respect. » J'étais abasourdi – abattu et assourdi – par ce qu'écrivait Sony. Il me tapait, avec le marteau de son génie verbal, sur la tête. J'ouvre au hasard un de ses romans : *Les Yeux du volcan*, qu'il rédigeait quand je l'ai rencontré, en 1987. « *Pour embêter sa femme, ce soir-là, Benoît Goldman lisait la Genèse à haute voix.* » Les titres de ses pièces : *Conscience de tracteur, Sa Majesté le ventre, Je soussigné cardiaque, Antoine m'a vendu son destin.* Sa poésie toujours inédite douze ans après sa mort, sauf un volume paru à Revue Noire Éditions, en 2005 : *L'Acte de respirer*, suivi de *930 Mots dans un aquarium.* « Je respire/ comme on joue du saxophone. » Ou : « L'eau charrie la respiration/mûre de ceux qui sont morts. »

Il naît le 5 juin 1947 au Congo belge, dans la ville de Kimpwanza. Son nom est Marcel Ntsoni. Quelques mois avant l'indépendance, il franchit le fleuve pour aller vivre au Congo français, chez son oncle. Il a douze ans et ne parle et n'écrit que le kikongo. Les Belges n'apprennent pas le français aux Congolais, car ils le parlent peu eux-mêmes, étant surtout de pauvres Flamands partis faire fortune outre-mer, les débouchés dans leur minuscule métropole étant rares. Tout cela est bien raconté dans les romans africains de Georges Simenon, Belge d'origine flamande : *45° à l'ombre, Quartier nègre, Le Blanc à lunettes*. Scolarité au collège de Boko, puis au lycée et à l'École normale supérieure de l'Afrique centrale, à Brazzaville. Sony, qui s'appelait encore Marcel, enseigne l'anglais. Comme Marcel Pagnol. À Boko, Mindouli, Pointe-Noire. Avec ses élèves il organise des parties de football, des représentations théâtrales. Formation parfaite de prof écrivain, personnage apprécié sur le plateau des émissions culturelles françaises de l'époque. Blanc, Sony aurait eu chez nous une carrière médiatique à la Grainville, Pennac, Picouly. Il rencontre Pierrette Kinkela dont il aura trois filles : Yavelda (1976), Darmalla (1979) et Gracia-Andra (1983). Il envoie des poèmes à Senghor. En visite à Brazza, le président sénégalais cherche à rencontrer le jeune homme, mais à cause du pseudonyme utilisé par celui-ci, les services de Ngouabi, pourtant organisés par Sassou, n'arrivent pas à mettre la main dessus. En 1970, à l'incitation de deux producteurs de l'ORTF, Françoise Ligier et José Pivin, Sony se rend en France pour la première fois. « *Avec mon petit besoin d'encaisser la France comme un coup de pied dans le cul* » (lettre à José Pivin, 31 juillet 1976). Il sera l'un des lauréats du concours théâtral interafricain de Radio France en 1976 pour *Le Malentendu*. Avant d'être publié, Sony a été un auteur primé. Mais les grands jurys littéraires français de 1979 *(La Vie et demie)* à 1988 *(Les Yeux du volcan)* ignoreront ses romans. *Le Commencement des douleurs* a paru en octobre 1995, sept mois après sa mort.

Comme Henri Thomas allant rendre visite à Gide oublia son premier roman dans le métro et fut obligé de le réécrire (*Le Seau à charbon*, 1940), Sony perdit le manuscrit de *La Vie et demie*, qu'il refit en entier avant de le donner aux Éditions du Seuil qui en ont refait une bonne partie. Il y a deux œuvres de Sony Labou Tansi : celle qui arrive chez l'éditeur et celle qui en ressort. Ce sera peut-être l'un des plus grands scandales intellectuels du XXe siècle, quand l'Afrique et sa littérature seront à leur place et compteront leurs mots : comment les romans de Sony furent revus, corrigés, nettoyés et retaillés par le personnel littéraire français. Nommé à Brazzaville, l'écrivain y fonde le Rocado Zulu Théâtre qui représentera des pièces de Sylvain Bemba ou d'Aimé Césaire avant de devenir un lieu à l'usage exclusif de Sony. On y verra *La Coutume d'être fou* (retenue par le concours théâtral de RFI en 1980) et *La Peau cassée*. En 1983, l'auteur reçoit le Grand Prix littéraire de l'Afrique noire pour son roman *L'Antépeuple*, dont la rédaction est antérieure à celle de *La Vie et demie*, ce qui se voit. On y trouve néanmoins ces phrases qui me ravissent : « *L'Afrique, cette grosse merde où tout le monde refuse sa place* », « *Vous avez la gueule de quelqu'un qui regarde dans le suicide* », « *Gamine, gamine, se mitrailla Dadou* », « *On demandait à Dieu de faire le boulot des hommes, comme si les hommes avaient jamais essayé de faire celui de Dieu* ». Le sujet de *L'Anté-peuple* est la mutuelle obsession érotique dont sont victimes les jeunes profs et leurs plus jolies élèves, et les conséquences catastrophiques, surtout en régime totalitaire, qu'elle entraîne.

Sony pompe Márquez, qui a pompé Faulkner, qui a pompé Joyce, qui a pompé Homère. Mais Homère n'a pompé personne et personne ne pompe Sony. Ils sont le début et la fin de la chaîne du génie littéraire. Quand je le rencontre en 1987, Labou Tansi est devenu pour moitié limougeot, passant chaque automne au Festival des francophonies de Limoges où il a présenté *L'Arc en terre* et *La Rue des mouches*. Trois de ses pièces ont en outre été jouées à Paris : au siège de l'UNESCO, au Théâtre national de Chaillot et à l'Espace Kiron. On a également vu *Conscience de tracteur* à Dakar et *La Parenthèse de sang* à New York. Il est alors en train d'écrire *Les Yeux du volcan* qui seront, avec *Le Coup de vieux*, chez Présence africaine, en 1988, le dernier roman qui paraîtra de son vivant. A-t-il déjà le sida ? Il se consacrera désormais au théâtre, où l'écrivain est aidé par les acteurs et le public, et à la politique, où les masses le soulèvent. De plus en plus anticommuniste, nationaliste et mystique, Sony décourage ses bienfaiteurs français de la gauche maçonne, humanitaire, antifasciste. Ma biographie de Sassou paraît l'année où Labou Tansi devient député anti-Sassou de Makélékélé. Quittant Limoges, il réside en 1992 à Sienne où il donne *Une chouette petite vie bien osée*. C'est l'année où Nguesso quitte le pouvoir après son échec aux élections présidentielles, cas presque unique de respect des règles démocratiques dans toute l'Afrique subsaharienne depuis les indépendances. Pendant cinq ans je me ferai rare au Congo où Sony dépérit, puis agonise. Il mourra trois jours après sa femme, elle aussi atteinte du sida, le 14 juin 1995.

En avons-nous reproché des choses aux romans de Sony, nous, africanistes et africanophiles, blancs et noirs, tous un peu africanophobes, pendant nos dîners dans les restaurants camerounais de Paris. Les Bantous n'aiment pas faire la cuisine, surtout pour des Blancs. Ni du commerce, confié aux Ouest-Africains. Ni se pencher sur l'agriculture, laissée aux femmes qui ont l'habitude de se baisser. Ni exploiter le pétrole, abandonné à Elf, aujourd'hui Total. Les Bantous n'aiment rien faire, comme les artistes. D'où leur misère artistique. Les histoires de Sony, ânonnions-nous, ne tenaient pas debout. Leur structure était improbable, les rebondissements introuvables. L'auteur faisait de la couleur locale afin de plaire aux éditeurs, critiques, libraires et lecteurs de gauche racistes, leur passion pour l'Afrique n'étant qu'une nostalgie travestie des colonies. Romans où tous les Noirs et surtout leurs dirigeants sont des fous sanguinaires anthropophages et violeurs. Sa pensée ? Bougies et ancêtres. Soigné par un féticheur alors qu'avec la trithérapie il serait, avec sa femme, encore vivant. Qui sait ? Ministre. Ou ambassadeur. Avec Sassou, tout est possible. Acheter ses ennemis coûte moins cher que les combattre. L'argent reste en Afrique, ne va pas dans les poches des marchands d'armes ukrainiens comme ce Viktor Bout que les États-Unis ont laissé travailler et même encouragé jusqu'à ce qu'il entre en contact avec des groupes opposés aux intérêts vitaux de

Washington. Maintenant emprisonné en Asie pour un long moment. Traître à l'art du roman, à la dignité des Congolais et à la modernité scientifique, Sony était le parfait sujet de conversation aigre et avinée pour les écrivains ratés que nous étions. Mais, chacun rentré chez soi, qui dans son penthouse de l'avenue Victor-Hugo payé par le président, qui dans son studio de Gennevilliers payé aussi par le président, tel autre squattant chez une grosse Blanche du Marais, ou moi dans mon cinq-pièces de Rueil-Malmaison rempli de fiches sur les personnalités africaines censées m'être toujours utiles, c'était une page de Sony que nous relisions avant de nous endormir, prose ou poésie : l'écrivain bakongo ne faisait plus la différence et ses lecteurs continuent.

« Quel étrange homme tu es, me disait Sony. Tu vois aussi nettement le Bien que tu as en toi et le Mal que tu fais autour de toi sans que ça provoque en ta personne le chaud ou le froid. Peut-être es-tu mort et ne le sais-tu pas ? Ou le sais-tu. Vivrais-tu pour le seul plaisir intellectuel de nier ta disparition ? » Dire à quelqu'un qu'il est mort est une injure en Afrique, mais pas en Pologne où tous les juifs sont morts. Quel Bien avais-je en moi et quel Mal faisais-je autour de moi ? C'était le contraire. Je me sentais vide et médiocre, alors que j'avais dédié ma vie, c'est-à-dire mon travail, à la sécurité et au bien-être d'Elena et de Pouchkine, ainsi qu'à ceux de Gertrude qui faisait un enfant par an. Si elle n'était pas morte en 97, aujourd'hui elle en aurait vingt. « Il n'y a pas que les choses matérielles. Il n'y a aucune chose matérielle. » Il pouvait parler, lui qui passait son temps pas libre à courir derrière subventions d'État, aides de l'ambassade de France, bourses d'Elf, prêts de la BNP. J'exagère : il passait aussi beaucoup de temps à causer avec ses amis. Mais préférait parler à ses ennemis, parmi lesquels il me rangeait malgré l'amitié que nous avions l'un pour l'autre. Je serais tenté de dire : la tendresse. Sony pouvait avoir de la tendresse pour ses ennemis. C'est conseillé par l'Évangile. Un de ses livres fétiches. Un de ses fétiches. Mais tous les livres étaient ses livres préférés. On avait l'impression qu'au lieu de vous regarder et de vous écouter, il vous lisait. Il tournait vos phrases comme des pages.

Il était au courant de notre ménage à quatre – Elena, Gertrude, le conseiller et moi – comme tout le monde à Brazza. Tout le monde cultivé. Deux Noirs, deux Blancs : la partie de dames, ou d'échecs, était égale. Mais on était peu souvent quatre, le conseiller voyageant beaucoup et moi de même. Une couleur était donc à chaque fois en état d'infériorité : deux Blancs contre une Noire, deux Noirs contre une Blanche. Il y avait une race qui jouissait, l'autre qui souffrait. Je soupçonne Gertrude d'avoir mis tous ces enfants au monde pour apporter du renfort au camp noir que, dans son esprit, elle formait avec le conseiller contre le camp blanc composé d'Elena et moi. Notre jalousie collective était non seulement amoureuse, mais aussi ethnique. C'était le christianisme contre l'animisme, l'Europe contre l'Afrique, l'action contre la parole. Les relations transversales – Gertrude avec moi, Elena avec le conseiller, et même Elena avec Gertrude en plusieurs occasions incongrues ou tragiques, dont la mort d'un enfant de la Lari en décembre 1995 – ont fini par être autant de missions de reconnaissance, de renseignement. Dont Elena et moi revenions, sans doute comme nos homologues, fourbus, épuisés. Mais fascinés et gavés de plaisir, raison pour laquelle ce jeu dura si longtemps et durerait peut-être encore s'il n'avait été interrompu par la mort de Gertrude. Et la mise à l'écart, par Sassou, du conseiller. Il ne vient plus à Brazza qu'en errant noir aux cheveux blancs, ayant enfin réalisé la synthèse des deux couleurs qui l'ont, qui m'ont toujours obsédés. Sony nous appelait le quatuor de Brazzaville, par référence à la tétralogie de Lawrence Durrell qu'il avait trouvée, dans la première édition groupée Buchet-Chastel de 1963, au CCF. Sans décider si Elena était Justine et Gertrude Melissa, ou l'inverse. Étais-je Darley ? Ou Justine, puisque c'était moi le juif de l'histoire, donc la juive. Il est connu que mon peuple subvertit tout, y compris les sexes. En conséquence, on nous a imposé des règles strictes que les plus intelligents d'entre nous, j'ai le bonheur de ne pas en faire partie, respectent à la lettre. Le conseiller, Nessim ? Et Sony Balthazar ? Ou lui, Darley, auquel cas il aurait couché avec Elena et Gertrude. Qui seraient alors mortes du sida, et moi aussi. Ainsi que le conseiller. *« La ville, à demi rêvée (combien réelle cependant), commence et s'achève en nous, prend racine dans les recoins de notre mémoire. »* García Márquez n'aurait pas écrit une phrase aussi sotte, voilà pourquoi Sony l'a pompé.

Quand, ce matin de mai 1987, Gertrude partit d'un pas léger vers le marché Total de Bacongo – plus on alourdit le portefeuille des Africaines de francs CFA, plus légers sont leurs pas quand elles nous quittent pour retrouver les Africains qu'elles aiment –, je ne me doutais pas que c'était pour acheter des habits qui finiraient de séduire, réduire, envoûter Sédou. Elle pensait à lui depuis leurs danses au Ramdam. Il avait l'âge d'être son père mais ne l'était pas. Il était le pouvoir dont elle souffrait, la culture qu'elle enviait. Il ne partirait pas le lendemain soir pour la France après avoir lutté verbalement pendant cinq jours contre l'apartheid. Il était l'homme dont elle avait besoin, et le besoin est plus fort que l'amour. Assuré des sentiments de Gertrude pour moi par le plaisir qu'elle m'avait dispensé, j'appelai Elena. Je lui demandai si elle était seule. Elle dit que oui, sinon elle aurait laissé branché le répondeur. Qui était, comme la R-21, un cadeau du père de Pouchkine. Sa nuit s'était-elle bien passée ? Et la mienne ? Chacun de nous évita de répondre à la question de l'autre. « Secret professionnel », ironisa la Russe. À quoi je rétorquai pour l'énerver, car elle m'énervait : « Pudeur socialiste. » On décida de se retrouver à la cérémonie de clôture du Congrès. À laquelle ne se montrèrent ni Gertrude, ni le conseiller. Ils avaient, dans une petite auberge non climatisée des bords du Djoué, mieux à faire : leur premier enfant.

Je revins à Brazza pour la naissance de Pouchkine, bien que ce ne fût pas mon fils, ainsi que le constata la sage-femme de Blanche-Gomez. Pouchkine était un bébé ravissant aux yeux sévères de génie mauvais. J'aurais préféré qu'il fût moins noir. Il avait échappé à l'absence de couleur de sa mère, n'ayant gardé que le bleu de ses yeux, comme s'il fût sorti du ventre de son père, pourtant absent de Brazzaville ce jour-là. On se demandait en conséquence ce qu'une Russe faisait étendue dans cette maternité. Elena avait pris beaucoup de poids pendant sa grossesse – le stress, pour une Blanche, d'être enceinte, en Afrique équatoriale, d'un Malien déjà marié trois fois ? – et ne parvint à s'en débarrasser qu'après de grands efforts. Qu'elle a récemment arrêtés, jugeant qu'à son âge ce n'était plus la peine de se priver de nourriture pour garder une silhouette d'adolescente alors qu'on a une tronche de vieille peau. « On ne peut pas, a-t-elle l'habitude de dire, arriver tout le temps de dos dans les salons et les restaurants. » Elle me mit son bébé presque de force dans les bras. Même après avoir accouché, elle était plus robuste que moi. L'enfant me glissa un regard d'étonnement poli. Pourtant, il ne savait pas encore qu'il était noir et donc que j'étais blanc. « Bernard est l'associé de maman », expliqua Elena. L'associé ? J'espérais mieux. Mais qu'y a-t-il de mieux ? On a un complice quand il y a un crime, un amant quand il y a un mari, un ami quand il y a de l'amitié. Entre Elena et moi il y a une association. Et la Russe ne pouvait pas dire à son fils qu'elle m'aimait, puisque je n'étais pas son père à lui. « Tu crois qu'il comprend ce que tu lui dis ? demandai-je. – Peut-être le comprend-il mieux maintenant qu'il ne le comprendra plus tard. » Elle eut pitié de moi, ou peur pour l'enfant, et me le reprit afin de le plaquer contre sa poitrine où il devait rester si longtemps. « C'est la première fois que tu approches un bébé d'aussi près ? – Un bébé d'une femme que j'aime, oui. – Maintenant, il faudra nous aimer tous les deux, Pouchkine et moi, car nous ne sommes plus séparables. » Je jugeai le moment venu d'embrasser Elena sur les lèvres. Pouchkine eut un court gémissement de reproche, de mécontentement, peut-être de colère. « Je me demande comment il réagira quand il verra son père, dis-je. – Réagira à quoi ? – Au baiser que celui-ci te donnera. – Il n'y a plus rien entre son père et moi, que cet enfant. » Ai-je cru pendant tant d'années à cette version ? Le fait est qu'Elena n'a pas eu d'autre enfant noir. Ni blanc, puisque je ne peux pas en faire. Ce que les Congolais qualifient d'impuissance, n'imaginant pas qu'un homme pourrait ne pas bander.

En retrouvant, au café la Mandarine, haut lieu de la mondanité diurne brazzavilloise, une Gertrude Gobomi enceinte d'environ six mois, je ricanai. Depuis mon départ de Brazza, elle ne m'avait rien dit de cette grossesse. Craignait-elle de ne plus recevoir la modeste mensualité que je lui faisais verser par le Crédit agricole puisque, ainsi que je le lui avais expliqué lors de nos deux nuits d'amour du printemps précédent, j'étais sûr de ne jamais pouvoir avoir d'enfant ? « Sédou ou quelqu'un d'autre ? demandai-je. – Sédou. Pour qui me prends-tu ? – Il est au courant ? – Oui. Ça ne lui pose aucun problème. Et toi, ça t'en pose un ? – Non, sauf si ça nous empêche de coucher ensemble. – Au contraire. J'ai hyperenvie. » L'État congolais, qui avait payé le voyage dans le cadre de mon projet de biographie de Sassou Nguesso, m'avait installé à l'Olympic Palace. Je regrettais le Mbamou et sa vue sur le Congo. À l'Olympic, on se sent loin de tout. Déjà qu'à Brazza on ne se sent proche de rien. L'arrivée de Gertrude dans ce cinq étoiles fut le contraire de son départ, six mois plus tôt, du Mbamou. Enceinte elle ne pouvait l'être que de moi, puisqu'elle me suivait dans ma chambre. On la traita en conséquence avec le respect dû à la concubine, voire la fiancée ou peut-être même l'épouse d'un Blanc invité par la présidence. Sourires, courbettes. Honneurs dont elle me paya, au lit, avec largesse. J'avais fait ce qu'on peut faire de mieux pour une Lari, après l'entretenir : la venger. Deuxième fois de ma vie que j'introduisais mon sexe dans une femme attendant un bébé. La première, ç'avait déjà été à Brazza. Brazzaville des femmes enceintes, baisées par moi et m'enculant pour finir. Gertrude avait un ventre plus gros que, sept mois plus tôt, Elena. Impression bizarre d'être observé alors que les fœtus ont les yeux fermés. Je me demandais si la Lari ne s'adressait pas à son enfant, lui conseillant de ne pas s'inquiéter, de se rendormir : ce n'était rien. Je ne suis rien. Gertrude faisait montre d'une douceur inhabituelle. Quelque chose de laiteux, de crémeux. Néanmoins, je n'arrivai pas à jouir. La peur d'éclabousser quelqu'un ? Je l'avouai à la future maman, ce qui parut la soulager. Elle me prit dans sa bouche. La fellation : pénétration de qualité supérieure car notre sexe entre dans l'endroit d'où émerge la pensée, alors que du vagin et de l'anus ne sortent que la pisse et la merde.

J'avais croisé Sassou au mois de septembre précédent dans les salons de l'hôtel Meurice, son lieu de résidence quand il descend à Paris. À ce détail et à quelques autres, je comprenais que le socialisme ne ferait pas de vieux os au Congo. J'étais maintenant en face de DSN dans sa résidence de Mpila. Il me demanda pourquoi, en cette période de fête, je ne me trouvais pas auprès de ma famille. « Parce que je suis auprès de vous, président. » Il sourit dans le vague. On n'en était pas encore aux tonitruants éclats de rire qu'il laisse échapper maintenant à chacune de mes saillies estampillées dans les bons jours Woody Allen et dans les mauvais Boujenah ou Popeck. Il me fit l'éloge de la famille. Ça non plus, ce n'était pas trop socialiste. Je lui répondis en citant saint Luc. Ma vieille passion pour les écrivains juifs : « *Si quelqu'un vient à moi sans haïr son père et sa mère et sa femme et ses enfants et ses frères et ses sœurs, jusqu'à sa propre vie, il ne peut être mon disciple.* » Sassou dit qu'il n'était pas Jésus. Et ne voulait pas de disciple. Juste un biographe. Il parut d'abord inquiet, mais cette inquiétude s'évanouit sur le masque de fer de ses traits parfaits. Nous évoquâmes différents sujets de politique internationale. L'accord Est-Ouest sur les missiles intermédiaires, signé le 8 décembre à Washington par Ronald Reagan et Mikhaïl Gorbatchev, passionnait le président. « C'est le début de la fin de la guerre froide », commenta-t-il. Au total, 1 119 fusées devaient être mises hors service. Je demandai si quelques-unes prendraient, *via* les marchands d'armes israéliens, le chemin de l'Afrique. « On n'aurait personne pour les faire décoller. Regardez ce qui est arrivé à mon voisin Mobutu, avec ses ambitions spatiales. On a le droit d'être pauvre, mais pas d'être ridicule. » Nous en vînmes au motif de ma visite chez lui : lui. Les biographies commencent par l'enfance. Ou par la mort. Pour Sassou, ce serait l'enfance, car il n'était pas encore mort. Et ce n'était pas moi qui le tuerais. Son premier souvenir ? Au moment où je posai la question, je me rendis compte de son absurdité. Avais-je moi-même un premier souvenir ? Je me revoyais pleurer dans la neige à Courchevel, mais il me semblait que j'avais déjà six ou sept ans. Il y a eu aussi le jour où la télévision est arrivée chez mes parents. On a plusieurs premiers souvenirs. Reformulai ma phrase : « Quels sont vos premiers souvenirs ? – Je marchais sur une piste. Il faisait chaud et je venais de quitter ma mère pour aller à l'école. Le chemin était difficile et la distance à parcourir très longue : cent kilomètres à pied. Tel était le prix à payer, alors, pour continuer d'étudier. » Commentaire de Pouchkine quand on évoque cette histoire : « Comment avoir confiance en un type qui, à dix ans, fait cent kilomètres à pied pour aller à l'école ? » Le véritable premier souvenir de Sassou doit être son initiation, mais il ne me le révéla pas, ni ce jour-là ni un autre, ne voulant pas se fâcher à mort avec son petit millier d'ancêtres. Pour écrire ce chapitre de mon livre, j'ai dû enquêter de droite et de gauche, notamment auprès des ennemis politiques du président résidant en Europe. Et de certains membres de sa famille, trouvés dans les beaux quartiers de Brazza ou de Paris. La cérémonie était intervenue après la mort d'un notable d'Edou, village natal de mon personnage, situé au nord du Congo. Selon la tradition mbochi, le mort doit aussitôt être remplacé par un vivant. Les anciens choisissent le petit Denis, alors âgé de dix ans. C'est quelques semaines avant son départ pour Owando. On n'a jamais, dans la confrérie, initié un enfant si jeune, mais Denis impressionne tout le monde à Edou par sa maturité, son calme, sa patience, son courage. Sa douceur : première qualité demandée aux chevaliers chrétiens sous la féodalité. Je suis un spécialiste de la féodalité. Ce qui me prédisposait à devenir africaniste ? L'initiation se déroule en forêt, de nuit. Denis est conduit au sanctuaire secret des *mwenés*, ou anciens. Il doit rester à l'extérieur des cercles tracés sur le sol. Il ne franchira le premier d'entre eux, lui dit-on, qu'après avoir été initié. On le déshabille, lui ceint les reins d'un pagne de raphia. Sur ses joues, son front et ses mains, on trace des marques avec de l'argile rouge. Les pieds et les jambes sont frottés avec de l'argile blanche. On lui fait manger une noix de cola pour qu'il prenne des forces. Le détail des épreuves, je l'ignore. Le seul aveu que j'ai pu arracher au président, c'est que l'initiation lui a révélé la dimension cachée du monde. Qu'est-ce que ça pouvait être, la dimension cachée du monde, pour un petit paysan congolais de 1953 ? Sassou m'a aussi révélé le nom d'initié qu'il reçut cette nuit-là : Lékufé. En mbochi, ça signifie « arête de poisson ». Restée en travers de la gorge de bien des hommes politiques africains et européens du début des années 60, quand Sassou fut nommé adjoint de Barthélemy Kikadi à la Sécurité d'État par le président Massamba-Débat, jusqu'à aujourd'hui. Le maître remit ensuite à Denis – Lékufé – les insignes de son nouveau statut : l'*épumbu* (queue de buffle) et l'*ombmba ma obela* (la sagaie).

Qui continuent de veiller sur lui, quarante-cinq ans plus tard, dans son bureau de Mpila.

Entre la naissance de Pouchkine et la chute de Sassou en 1992, cinq ans s'écoulèrent pendant lesquels, lors de mes nombreux séjours à Brazza, je surveillai la croissance et l'éducation du fils d'Elena et des enfants de Gertrude. Je pris l'habitude de faire l'amour avec une femme enceinte, car la Congolaise l'était en permanence. Parfois d'un mois, un mois et demi. C'étaient mes séjours préférés. N'était un petit renflement du ventre, je retrouvais la magnifique athlète noire de notre première nuit au Mbamou et de notre deuxième nuit au Méridien : seins hauts comme des nuages, hanches étroites comme des rivières, fesses rondes comme des ballons. J'avais pris néanmoins l'habitude de décharger dans sa bouche, de sorte que lors de nos conversations, mon sexe me semblait présent au milieu de sa figure. Parfois aussi, j'arrivais au sixième ou septième mois. Le 1er août 1991, alors que Brazza bourdonnait des échos de la Conférence nationale, j'assistai, dans une chambre stérilisée de Blanche-Gomez, à la naissance d'Anne-Lise, la deuxième fille de Gertrude et de Sédou. Celui-ci était une fois de plus absent du Congo. La Conférence nationale ne lui inspirait guère confiance en son avenir politique. Il savait que dans les périodes troublées les conseillers sont les payeurs, même quand ils n'ont rien vendu. On avait l'impression qu'il se présentait à Brazza dans le seul but de mettre Gertrude enceinte. Dès que la grossesse était déclarée, il s'envolait vers Libreville ou Ouagadougou dans des coucous peu sûrs, mais moins dangereux pour lui que les officines brazzavilloises et leurs prolongements dans les rues des quartiers sud, les plus hostiles à Sassou. Au courant de mon amour pour Gertrude, ne fût-ce que par l'argent envoyé chaque mois à la Lari, on eût dit que, sous couvert d'une feinte tolérance à laquelle l'obligeaient ses trois mariages, il s'amusait à encombrer notre relation d'arrivages de bébés tapageurs. J'étais obligé de participer à l'entretien de sa progéniture, lui-même n'augmentant pas ses mensualités alors que les charges pesant sur la Lari étaient de plus en plus lourdes. À chaque fois qu'il couchait avec Gertrude, il tapait dans ma caisse. Celle-ci, par bonheur, prenait des proportions considérables, qu'il ne soupçonnait pas. Le conseiller croyait m'atteindre au portefeuille alors qu'il prenait de la petite monnaie dans la poche arrière de mon blue-jean, me grattant agréablement le cul au passage. Le gros de ma fortune se partageait entre une banque suisse et les investissements bizarres et hasardeux qu'Elena, en dépit de la situation troublée dans la région (Sierra Leone, Angola, Zaïre, Rwanda et donc Congo), continuait de faire avec mon argent qui était le sien, comme mon sang.

Être une Tutsi, rêve de mon enfance. Être avec un Tutsi : fantasme de mon adolescence. Les Tutsis étaient au-dessus de nous par la taille et mon père nous disait – à mon frère Charles, décédé il y a cinq jours dans un accident de la circulation à Ouenzé, à mon autre frère Jean-Pierre, enlevé cette nuit dans le camp de Kintélé avec mon neveu Innocent, et à moi, Angèle Rwabango – qu'il ne servait à rien de vivre si ce n'était pas pour s'élever. Les vaches des Tutsis me paraissaient plus désirables que nos machettes. Elles ne coupaient pas et posaient sur nous leurs longs yeux d'épouses orientales. Rwanda : seul pays francophone où « peau de vache » n'est pas une insulte, même pour les femmes. Surtout pour elles. Le mot tendre n'est pas « mon amour » mais « ma génisse ». Ou « mon amour de génisse ». Un sorcier de Gisenyi racontait que les pasteurs tutsis non seulement copulaient avec leurs vaches préférées, mais les mettaient enceintes, d'où l'air humain de certains des animaux qu'ils promènent avec une grâce insupportable qui donne autant envie de les embrasser que de les tuer. À moins que les bergers eux-mêmes ne soient nés d'une vache ayant eu un commerce nocturne et contre nature avec un Tutsi. Ce qui expliquerait la rage qu'au printemps 1994 mirent mes frères, avec des centaines de milliers de Hutus, à les découper comme des rôtis. S'il n'y avait pas eu toutes ces vaches à manger en si peu de temps, sans doute beaucoup de Tutsis seraient-ils passés à la broche. Les plus jeunes, les femmes, les bébés. Le Hutu est énervé, car depuis sept cents ans il monte et descend à pied les mille collines du Rwanda, qui sont en fait dix mille, mais « le pays aux dix mille collines », c'était trop long à dire pour les Européens impatients, sous le regard lointain et amusé du Tutsi qui va de crête en crête sur ses longues jambes infatigables, attendant le jour où le Hutu penché sur la terre lui versera l'impôt avec lequel il achètera d'autres vaches amoureuses. Le Tutsi se cache pour manger car il ne veut pas qu'on le voie la bouche ouverte, ça donnerait à penser qu'il est humain et pourrait avoir dans l'idée de dire quelque chose à cet animal de Hutu. Les filles aiment les Tutsis car ce sont des filles aussi viriles qu'elles. Minces comme ces anorexiques, les top models, vues sur Fashion par toutes les petites, moyennes et grandes bourgeoises africaines équipées d'une antenne parabolique. Ils ont la cruauté suave et pointue des jolies nanas qui ne voient que leur intérêt, leurs sentiments étant recouverts par les sentiments qu'on a pour elles. Appelait-on les filles légères des nanas, avant le roman de Zola (1880) interdit au Rwanda par le clergé belge ? Chouchous des Allemands, puis des Flallemands, les Tutsis d'extrême droite envers l'occupant blanc vécurent mal de se retrouver la bête noire des démocrates européens. Leur dernier roi, Kigeri V, fut arrêté et expulsé du Rwanda en septembre 1961. L'année suivante (1er juillet 1962), on proclama l'indépendance du Rwanda, ce qui signifiait l'émancipation des Hutus. Ceux-ci cessèrent d'être des esclaves pour devenir des élus, les Hutus étant majoritaires dans le pays depuis toujours. Maires, députés, ministres, présidents : la belle vie des privilèges commençait, qui dura trente-trois ans (1961-1994). Les Tutsis purgeaient leur peine à l'intérieur comme à l'extérieur du pays. Leur fierté devint muette, ce qui la décupla. En 94, ils se laissèrent massacrer sans une larme ni un cri, même les enfants, comme s'ils ne voyaient pas, n'entendaient pas, ne sentaient pas leurs assassins. Ils continuaient, au bord de la mort, à nier les Hutus, habitude ancestrale. Maintenant leur politique de réconciliation : encore le mépris. Comme si les Hutus n'auraient pas été capables de tuer des Tutsis et qu'on pouvait donc les relâcher sans souci dans les villes et villages rwandais après un emprisonnement aussi incongru qu'incompréhensible. Les Tutsis au pouvoir à Kigali ont pris des conseillers israéliens pour qu'ils leur enseignent la technique de la conservation de la mémoire, mais ils vont vite se disputer avec eux car ils ne supporteront pas d'entretenir le souvenir d'une époque où ils ont été insultés, battus, tués par une ethnie inférieure. Le Hutu a été obligé de faire la preuve de sa réalité envers le Tutsi en fomentant un génocide que celui-ci finira par nier afin d'effacer de l'Histoire une époque où, sur ses collines, il n'eut pas l'avantage.

Je suis née le 13 juin 1943 à Gisenyi. Entre le mont Muhungwe (2 920 mètres) et le lac Kivu. Quelle petite fille ai-je été ? Laide et intelligente. Comme aucun garçon ne m'invitait à jouer dans sa parcelle, j'ai réussi mes examens, au contraire de la plupart des rares filles hutus scolarisées. Première au catéchisme. Du fait de mon physique ingrat, les pères blancs me proposèrent d'entrer dans les ordres. J'ai préféré faire médecine. Ils se sont rattrapés avec mon frère Jean-Pierre, né huit ans après moi, mais pas de la même mère, car la mienne était morte entre-temps. Mon père travaillait comme serveur dans un des grands hôtels pour Blancs au bord du lac. Les cinq kilomètres de plage attiraient les colons, coopérants et militaires alentour. Du Rwanda, mais aussi du Congo belge, du Burundi, de l'Ouganda. Ils buvaient comme des trous qu'ils avaient à la place du cœur. Venus en Afrique pour se sentir plus européens. Et se soûler à volonté avec comme excellent prétexte la lutte contre la malaria, ancien nom du paludisme. Il y avait de nombreux Anglais parmi eux, ces grands Anglais secs comme les coups de trique qu'ils assenaient à leur *boy* quand le *five o'clock tea* était trop ou pas assez infusé. Un Américain, propriétaire d'une plantation de pyrèthres, se prit d'amitié pour papa, puis pour notre famille. Il vitupérait le semi-esclavage dans lequel, depuis plusieurs siècles, nous faisaient vivre les Tutsis, alors les plus fidèles alliés, j'allais dire complices, de nos maîtres belges. Le spectacle des femmes tutsis portées dans des *tipoys* par leurs domestiques hutus le révoltait. Ces bons sentiments envers notre ethnie martyrisée ne l'empêchèrent pas de violer mon frère Jean-Pierre, comme il l'avait sans doute fait avec les garçonnets et les fillettes qui, traditionnellement, sont affectés à la cueillette du pyrèthre. C'est un travail délicat qui demande de petites mains agiles. Les enfants ne prennent que la fleur, ayant soin de ne pas briser la tige. Autour de la taille, ils ont de petits paniers. Après les avoir remplis, ils les vident dans des paniers plus grands. Jean-Pierre avait alors sept ans. L'Américain, pour s'excuser, s'engagea à payer ses études. Mon père marchanda : le *bazungu* – à Brazza, ils disent *moundélé* pour le Blanc – fut obligé de payer aussi les miennes, qui viendraient en premier puisque j'étais l'aînée. Bien sûr, il ne fut pas inquiété par la justice coloniale qui portait si bien son adjectif et si mal son substantif.

Le lac Kivu est une mer intérieure posée comme un plateau d'argent entre les arbres du Congo belge, aujourd'hui RDC, et ceux du Rwanda. Long de cent kilomètres, il se trouve à une altitude de mille quatre cents mètres. On peut se baigner dedans parce qu'il n'y a ni crocodiles, ni hippopotames. Il occupe le centre de mes souvenirs d'enfance et d'adolescence, scintillant et calme. Je revois mon petit frère Jean-Pierre s'y baigner, avant et après le viol. Et mon frère encore plus petit, Charles, batailler entre mes jambes, son crâne noir diapré de gouttelettes. Malgré leur taille, Jean-Pierre et Charles étaient mes deux plus grands amours, incapables de me trouver laide. Ils l'apprendraient plus tard, quand je ne trouverais pas de mari. J'ai quand même fini par avoir un époux. Un Blanc. En 2003. Pour mon soixantième anniversaire. On s'est connus à la fac de médecine de Bruxelles en 1962. Le Rwanda venait d'être indépendant, et moi de même. À l'époque, Philippe me trouvait moche, comme tout le monde. Lui-même n'était pas terrible. Maintenant il est encore plus moche que moi. Nous sommes heureux de nous endormir et de nous réveiller ensemble. Nous nous prenons souvent la main pendant la nuit. Quand nous avons appris le décès de Charles, Philippe a tenu à m'accompagner au Congo pour les funérailles. Pendant l'enterrement au cimetière d'Itatolo, une jeune Congolaise vint me demander qui était le défunt. Trop égarée par la douleur et trop étonnée par la question, je n'eus pas la présence d'esprit de l'insulter pour son insolence et dis : « Charles Rwabango, de Gisenyi, Rwanda. » M'ayant à peine remerciée, la jeune femme partit communiquer ce renseignement à un grand Blanc qui tenait deux enfants noirs par la main. Sans doute les bâtards qu'il a eus de la Congolaise. Je me demande à présent si ces deux personnages insolites n'ont pas à voir avec l'enlèvement de Jean-Pierre et d'Innocent qui eut lieu dans le courant de la nuit suivante.

Deux frères, l'un pour l'autre, restent des enfants toute leur vie. C'est parce qu'ils se sont connus et ont vécu ensemble à un âge où tout marque. Je ne suis pas psychiatre mais j'ai lu Freud peu après le génocide de 94. Psychologues, psychanalystes et psychiatres se sont peu penchés sur cet événement qui les concernait pourtant au premier chef. En vain on a cherché une explication alors qu'elle se trouve dans l'inconscient dont ils prétendent, comme nos sorciers, posséder la clé. À Itatolo, un petit garçon travesti en prêtre conduisait au tombeau un petit garçon déguisé en mort. On avait l'impression que leur jeu macabre s'arrêterait quand la nuit finirait de tomber et qu'ils devraient alors retourner dans la parcelle familiale pour prendre leur manioc du soir. Les Tutsis n'aiment pas le manioc, mais les Hutus si. Les familles vous enterrent, c'est pourquoi les gens qui rêvent d'immortalité, comme les artistes, les fuient. Leur cadavre reste exposé dans leur œuvre qui entre bientôt en putréfaction.

Le Kivu est quatre fois plus grand que le Léman mais dix fois plus petit que le Tanganyika et vingt fois plus petit que le Victoria. Il se trouve dans la Grande Faille d'Afrique. Je suis née dans ce fossé de plusieurs milliers de kilomètres. Après la victoire de Bunyalungo, en 1865, le roi Kigeri Rwabugiri annexa l'île d'Ijwi, qui repassa à la Belgique en 1885. Et resta au Congo après l'indépendance Cha Cha, chanson célèbre dont le titre véritable est *Indépendance Cha Cha Cha*. L'auteur, Joseph Kabasele, était connu sous le nom de Grand Kalle. Ce mot, « indépendance », qui a résonné dix fois, cent fois par jour à mes oreilles de jeune fille :

j'ai fini par le prendre pour moi. Il fallait que je sois, comme le Congo et le Rwanda, indépendante.

Le peuple a peur quand un monarque meurt, même si celui-ci a été mauvais. Il se dit que le prochain sera pire. J'avais aperçu une fois Rudahigwa Mutara III, en 1956, à Nyanza, pour la projection en plein air – il n'y a jamais eu de salle de cinéma au Rwanda – des *Mines du roi Salomon* (Compton Bennett et Andrew Marton, 1950). M'y avaient conviée, avec d'autres petites filles sages et méritantes parmi lesquelles j'étais l'unique Hutu, les pères blancs de Gisenyi. Nous fîmes le trajet dans une camionnette Renault offerte à la mission par une bourgeoise catholique belge. Le film raconte la fin du règne de Rutalindwa Mibambwe IV et le début de celui de Musinga Yuhi V. On y voit des Tutsis de 1895 tels qu'ils étaient en 1956 : vêtus de robes et emperruqués. Ainsi se présenta, sur la large piste où l'écran de cinéma avait été dressé par un technicien de la Metro Goldwin Mayer engagé par le consulat américain de Léopoldville, Rudahigwa. La reine Rosalie portait une tenue rose pâle tout en voiles. L'un et l'autre mesuraient plus de deux mètres. On a du mal à reconnaître, dans *Les Mines du roi Salomon*, les hommes tutsis des femmes tutsis : même tenue, même coiffure, même morphologie. La scène qui me marqua le plus dans le film de Bennett et Marton dure quelques secondes : un noble tutsi tire une bouffée de sa pipe avant de tendre cette dernière à son serviteur hutu qui la gardera avec respect entre ses deux paumes jusqu'à ce que le Tutsi ait envie d'une autre bouffée et fasse signe au Hutu de la lui rendre. Le clou de l'œuvre reste une danse *intore* – *intore* : « élu » en kinyarwanda – qui était, avant la colonisation, une danse de guerriers pour devenir, après la colonisation, un simulacre de danse de guerriers. Je reconnus, parmi les invités officiels, Rosamond Halsey Carr, la bonne dame américaine de Mugongo. Elle raconte la scène dans son livre *Land of a Thousand Hills. My Life in Rwanda* : « *D'un côté, on avait disposé des sièges pour les invités. De l'autre côté, une foule de Rwandais assis, le visage attentif, attendait que le film commence.* » J'étais assise parmi une foule de Rwandais. Attendant que commence et aussi se termine le film de notre humiliation, de notre servitude. L'insurrection de 1959, au succès inespéré, mettrait un terme à sept siècles de domination tutsi. Pendant les trente-cinq années qui suivirent, les Hutus purent aller à l'école, devenir médecins, ministres, prêtres. Tandis qu'à nos frontières les Tutsis, furieux, fourbissaient leurs armes pas encore médiatiques. Multipliant les incursions nocturnes, d'où leur surnom d'*iyenzi* : les cafards, alors qu'eux-mêmes s'appelaient les *inkotanyi* : les indomptables, en territoire rwandais. Les actions terroristes. De pasteurs devenus moustiques piquant sans répit la grosse vache hutu qui ne voulait plus être menée à leur baguette.

Depuis le XIIIe siècle, les Tutsis s'étaient installés dans une lente majesté que favorisait leur oisiveté aristocratique. Ils avaient pris leurs aises sur le dos large des Hutus au travail. La nouvelle situation politique au Rwanda – fondation du Parmehutu (Parti du mouvement de l'émancipation hutu), proclamation de la République, arrestation et expulsion du nouveau Mwami Kigeri V, indépendance – plongea ceux qui n'avaient pas émigré dans la stupeur. Contraction de « stupide peur » ? Ils connaissaient leur crime et redoutaient leur châtiment. Il ne tarda pas. Les premiers coups de machette tombèrent. Ce que la presse internationale appelle « les prémices du génocide ». Les Tutsis les subirent avec ce mépris mou qu'il y a dans chacun de leurs regards, chacune de leurs paroles destinés à un ou plusieurs Hutus. J'avais dix-huit ans et pensais qu'à cause de leur nouvelle situation les hommes tutsis se montreraient moins farouches envers les femmes hutus, même les pas terribles. Je rêvais toujours de glisser dans mon lit un de ces longs bergers aux yeux d'antilope et aux manières de fille. Je déchantai : même privé de son troupeau et descendu de ses collines, le Tutsi restait inaccessible à mon manque de charme.

Je partis faire mes études à Bruxelles où je n'eus pas davantage de succès avec les hommes, blancs ou noirs. Les Belges venaient d'être chassés d'un Congo qui avait aussitôt sombré dans le chaos et la division avant de rencontrer la ruine où il marine encore aujourd'hui. Même les comptes suisses du défunt Mobutu se sont révélés vides. Raison pour laquelle, à chacune des interventions publiques ayant précédé sa chute, il avait les larmes aux yeux ? Je passais pour une Congolaise, car peu de gens, même à la fac, savaient au juste où se trouve le Rwanda. Mes relations avec la population locale s'en trouvèrent réduites au minimum, ce qui favorisa, comme au Rwanda, ma réussite aux examens. Jean-Pierre me rejoignit en Belgique quelques mois avant mon retour au Rwanda. Après un passage à Léopoldville, il entamait des études de théologie à Louvain. C'était désormais un gros garçon de dix-neuf ans qui réfléchissait beaucoup avant de parler ou plutôt de se taire, car il parlait peu. Nous étions conscients, lui et moi, de profiter de son viol de 1958, ce qui nous unissait dans une culpabilité douceureuse, agréable. Nous nous retrouvâmes dans une brasserie pour touristes de la place centrale où nous attendîmes longtemps qu'un serveur raciste nous apportât nos moules et nos frites.

Sans broncher. Les Tutsis nous ont appris à ne pas broncher.

Nous étions en 1967. Six ans plus tôt, Grégoire Kayibanda avait été élu premier président du Rwanda. Aux élections législatives, son parti, le Parmehutu, avait obtenu trente-cinq sièges sur quarante-quatre. Nyanza, où j'avais assisté à la projection des *Mines du roi Salomon*, n'était plus la capitale : à présent c'était Kigali, lieu de résidence du gouverneur allemand à partir de 1907. On y mourait beaucoup de la malaria à cause de l'humidité entretenue par les nombreux cours d'eau qui sillonnent les collines alentour et où prospère l'anophèle. De ce point de vue, Nyanza était mieux. À tous points de vue, les Tutsis sont mieux. Éduqués, installés, entraînés, entretenus. C'est le peuple ennemi que j'admire et que j'aime. Sous couvert de lutte contre le terrorisme tutsi qui faisait rage à toutes les frontières du pays, en particulier celles du Burundi et de l'Ouganda, Kayibanda interdit l'Unar et le Rader, les deux partis d'opposition, en majorité tutsis. On assassina une vingtaine de leurs dirigeants dans la nuit du 21 au 22 décembre 1963. En janvier 1964, des groupes d'autodéfense furent organisés par les préfets et les bourgmestres. Ils étaient censés lutter contre le terrorisme tutsi, mais leur but était de terroriser les Tutsis. Plusieurs dizaines de milliers de personnes furent massacrées au début du printemps de la même année et de deux à trois cent mille Tutsis quittèrent le pays.

Sur ce premier génocide rwandais, la presse mondiale resta muette. Il ne fallait pas mettre en doute le bien-fondé des indépendances et des démocraties africaines qu'on venait, non sans mal, de porter sur les fonts baptismaux de l'ONU. Je me souviens qu'avant on disait ohainu, aujourd'hui c'est onu. Parce que tout le monde est pressé d'arriver au bout de sa phrase pour en commencer une autre, surtout les fonctionnaires internationaux. Un tel silence des médias, qu'on appelait alors les mass medias, bouleversa les Tutsis qui avaient survécu. Ils se rendirent compte qu'ils étaient seuls au monde et ne pouvaient tabler que sur leurs propres forces pour s'en sortir. Le drame des pauvres, quand ils accèdent au pouvoir, a deux noms : corruption et inefficacité. Ne sachant pas gérer les affaires, ils en font. De mauvaises, mais meilleures que celles qu'ils ne faisaient pas auparavant. En dix ans de gestion ethnique hasardeuse, Kayibanda ruina ce pays pauvre. Il mit tout sur le dos des Tutsis qui n'avaient pas approché une administration ou un ministère depuis dix ans, même de dos. Les élèves et les professeurs tutsis des écoles et des universités furent renvoyés et exclus. À l'hôpital de Kigali où j'avais trouvé une place de choix, dès mon retour de Belgique, grâce à mon appartenance ethnique, on maltraita les infirmières et médecins tutsis, tous de premier ordre. Quand je tentai de m'interposer, je fus menacée à mon tour. Les Tutsis furent chassés des entreprises privées. Dans les campagnes, incendies de bananeraies et de cases, meurtres, viols. Exactions qui donnèrent lieu au troisième exode des Tutsis, après ceux de 1959 et de 1964. Je commençais à trouver que la vengeance hutu, dont j'avais été une *aficionada*, avait un drôle de goût. Un goût de mort. C'est pourquoi j'accueillis avec enthousiasme, comme la plupart de mes compatriotes, le coup d'État de Juvénal Habyarimana, le 6 juillet 1973.

Les années 70 et 80 furent, au Rwanda, de belles années. On allait au travail, puis au restaurant. Je me faisais un Blanc de temps en temps : routard esseulé, expat bancal. On un gros Noir bourré de Primus qui me sautait dans son coin de parcelle tandis que j'ameutais de mes cris, pour lui faire plaisir, le voisinage. J'avais renoncé à être aimée, sauf de mes malades. Le drame recommença en octobre 1990 avec l'offensive du FPR de Paul Kagamé depuis l'Ouganda. L'intervention militaire française sauva le régime. Comme la plupart des chefs d'État africains réunis à La Baule en juin 1990, Habyarimana se crut obligé d'obéir aux injonctions feutrées de Mitterrand dans son célèbre discours du 20 : « *Il nous faut parler de démocratie. C'est un principe universel.* » Le président français proposa le fameux échange qui allait faire plusieurs millions de morts (en RDC, au Congo-Brazza, au Rwanda, au Burundi) pendant les années 90 : aide contre élections. Les bulletins de vote se transformèrent en billets pour le paradis de Nzambé où il n'y a ni coupure d'eau ni délestages d'électricité et où on mange à sa faim puisqu'on n'a plus faim. La Baule est une jolie petite ville de Loire-Atlantique qui restera dans l'histoire de l'Afrique comme le berceau de l'une des plus grandes catastrophes politiques et humaines que l'Afrique ait connues, après l'esclavage et la colonisation. J'ai passé quelques jours à La Baule l'été dernier avec Philippe. Je voulais voir où notre malheur avait commencé son petit bonhomme de chemin. Villas pour bourgeois nantais et Parisiens nantis. Filles plates comme des planches à voile. Nous avons marché sur le remblai en regardant la plage et la mer, puis devant nous. Même spectacle : des Blancs. Les Noirs n'iront plus à La Baule. Y sont-ils jamais allés ? On a découpé l'Afrique à Berlin en 1885 et les Africains à La Baule en 1990, deux villes qui ne les connaissaient pas et qu'ils ne connaissaient pas non plus.

De 1990 à 1994, le Rwanda est censé avoir mené une vie normale et donc heureuse, du moins est-ce ce que dans leurs œuvrettes cinématographiques (Terry George avec *Hôtel Rwanda* en 2004, Michael Caton-Jones avec *Shooting Dogs* en 2006, Robert Favreau avec *Dimanche à Kigali*, en 2006 aussi) les fonctionnaires hollywoodiens ont alors tenté de faire croire aux spectateurs. Le génocide se serait déclaré sans cause ni raison, par magie. Noire. Le 5 avril 94, l'hôtel des Mille Collines aurait été un havre de politesse et de volupté, Gisenyi et Kibuye deux stations balnéaires de rêve, idéales pour le volley-ball et le pédalo, Kigali une bourgade paisible où il faisait bon boire de la bière de banane et du vin de palme, toutes ethnies confondues. Cet univers idyllique aurait, le 6, été détruit, gens et matériels, lors d'une crise de démence ayant frappé plusieurs millions de Hutus. George, Caton-Jones et Favreau oublient de signaler que le 1er octobre 1990, soit trois mois après La Baule, les Inkotanyi, une milice tutsi, l'équivalent des Interahamwe pour les Hutus, branche armée du FPR, envahit le Rwanda avec l'appui de l'armée ougandaise. Ce fut le début d'une guerre de harcèlement doublée d'innombrables actions terroristes, dont l'acmé fut l'attentat contre le Falcon 50 du président Habyarimana. Pendant ces quatre années, les Tutsis et leurs alliés ougandais, aidés par les services secrets britanniques et américains désireux de récupérer à leur profit l'influence que la France et la Belgique étaient en train de perdre dans la région, ne cessèrent d'attaquer le Rwanda, de jour comme de nuit, d'où leur surnom de « cafards » que les protagonistes tutsis, spécialistes de la désinformation, brandissent comme preuve du racisme hutu. S'il y a un racisme au Rwanda, c'est bien celui des Tutsis à l'égard des Hutus, sous-race traitée comme telle pendant sept siècles jusqu'à ce que l'indépendance et les élections les mettent au pouvoir. Aujourd'hui, malgré qu'ils continuent d'être majoritaires au Rwanda, les Hutus sont retombés dans l'esclavage, un esclavage subtil, masqué, non dit, si bien dissimulé par les stratèges tutsis qu'il échappe à l'attention des observateurs internationaux et des ONG qui, en compagnie de stars du cinoche et autres golfeurs, se sont précipités dans le pays depuis que les Tutsis l'ont libéré, c'est-à-dire emprisonné. Kagamé est trop intelligent et fin politique pour rétablir la royauté et se faire sacrer Mwami (Kigeri VI ? Mutara IV ? Yuhi VI ? Mibambwe V ?), mais c'est ce qu'il est : un monarque. Absolu. Avec droit de vie ou de mort sur tous les membres de la majorité hutu, n'ayant besoin que d'un mot pour supprimer son adversaire racial : « génocidaire ».

En 1993, les Tutsis s'emparèrent du nord du pays et chassèrent de leurs terres des centaines de milliers d'agriculteurs. Qui se concentrèrent à douze kilomètres de Kigali, dans un immense camp de réfugiés qui puait le désespoir et la mort. J'y suis allée pour soigner des femmes, des enfants, des vieillards. Les Hutus crurent alors voir ce qui les attendait, en cas de retour des Tutsis aux affaires rwandaises. L'extrémisme naît dans la boue, les excréments. Fruit empoisonné de l'arbre de la misère. En quatre ans, Kagamé et ses alliés ougandais pourrirent la vie politique et le climat social rwandais. Chaque Tutsi devint, pour chaque Hutu, un allié possible du FPR : terroriste, agent de renseignement, messager. Même les gens de leur voisinage. Ou de leur famille quand, à la faveur du climat intellectuel progressiste des années 60 et 70 en Afrique et ailleurs, une Tutsi s'était hasardée à épouser un Hutu, ou l'inverse. La haine s'installa entre les deux communautés, que ne parvint pas à dissiper le développement de la démocratie à la serpe voulue par Mitterrand. Il y avait quinze partis au Rwanda, du MRNDD (Mouvement républicain national pour la démocratie et le développement) à l'UPR (Union du peuple rwandais). Aucun d'eux ne put empêcher le massacre final qui coûta la vie à un million de Tutsis et à plusieurs centaines de milliers de Hutus. Et se poursuit jusqu'à nos jours, puisque j'ai enterré mon frère Charles hier, et enterrerai bientôt mon frère Jean-Pierre dans le cas improbable où on retrouverait son corps.

En 94, Charles s'occupait d'un débit de boissons à Gisenyi. Il avait trente-quatre ans. De nous trois il était le seul à n'avoir pas fait d'études, ce qui ne nous avait pas empêchés, Jean-Pierre et moi, de constater qu'il était plus intelligent que nous. Et aussi le plus engagé politiquement. Jean-Pierre restait sur sa réserve. C'est souvent le cas des garçons et des filles violés dans leur enfance. Ils ont peur de ce qui leur est arrivé. Je demeurais, moi, dans ma colère. J'avais appris à soigner les gens et les soignais, bien que j'eusse parfois envie de les tuer. Les accords d'Arusha, signés en Tanzanie le 4 août 1993, révoltèrent Charles. Il nous réunit dans son officine après la fermeture et, entre deux longues gorgées de Chivas – Jean-Pierre, déçu que son frère n'eût plus de Mort subite dans sa réserve, sirotait avec tristesse une Primus, tristesse qui ne dura pas, car c'est la bière de l'insouciance et de la désinvolture, tandis que je buvais ce Fanta orange dont la couleur et le goût me fascinent depuis l'enfance, le Fanta orange ayant même été, à certains moments de ma difficile formation, mon unique raison de vivre –, nous expliqua pourquoi ils ne fonctionneraient pas. Les deux armées, l'APR tutsi et les FAR hutus, devaient fusionner après s'être combattues et surtout haïes pendant quatre ans. Les FAR fourniraient 60 % des effectifs, l'APR 40 %. Mais il y aurait autant de cadres tutsis que hutus. Chef d'état-major hutu, chef d'état-major de la gendarmerie tutsi. Comme si le président français confiait la direction de sa police à un membre de l'ETA ou du FNLC. Les Tutsis n'étaient, au Rwanda, que des terroristes ayant réussi leur coup, d'où le nouveau nom qu'on leur donnait dans la presse internationale : des résistants. Après avoir reçu l'aide d'une armée étrangère qui se retrouvait, du coup, armée d'occupation. Les accords d'Arusha prévoyaient l'installation de six cents militaires tutsis au centre de Kigali, dans les bâtiments du Parlement. Kagamé en envoya un millier. Ils étaient chargés de protéger les officiels du FPR dans le gouvernement de transition qui ne fut jamais formé. Ainsi que l'avaient prévu Charles et ses amis Interahamwe, les militaires se firent aussitôt livrer des armes par divers moyens. Notamment les deux missiles sol-air qui abattraient le Falcon 50 à bord duquel, le 6 avril 1994, se trouvait notre président hutu, Juvénal Habyarimana.

Il apparaissait et disparaissait au milieu de la nuit, tel un esprit de la forêt. Vêtu comme un riche commerçant. Ou un vendeur de bière de banane. Il n'utilisait jamais le même nom, le même prénom. Il réveillait Tendresse d'un baiser, comme ses autres frères et sœurs. Disait qu'un jour ils seraient tous réunis, sans savoir que ce serait dans la mort, sauf elle et lui, les uniques survivants, dans leur famille, du génocide de 94. Lui, parce qu'il avait passé la guerre à Mulindi, dans l'état-major de l'actuel président de la République, Paul Kagamé. Elle, parce qu'elle s'était sauvée de Kigali, de Gisenyi, était passée au Zaïre, puis du Zaïre au Canada.

Selon leurs parents, la famille avait des liens avec le Mwami Kigeri V, déposé en septembre 1961 par les autorités belges. Pourtant, leur père n'avait pas voulu émigrer en Europe ou aux États-Unis, au contraire des Tutsis de leur caste, de leur région. Les moins aisés s'étaient réfugiés en Ouganda, en Tanzanie, au Congo. Christian Unuzara, le père de Tendresse et de Joshua, était un Rwandais de gauche. Il avait fait, au début des années 60, ses études d'histoire en France où il avait rencontré de nombreux communistes. Ils étaient alors, avec les fanatiques du jazz et quelques amateurs de boxe, les seuls Français non racistes. Christian avait lu

Marx et Lénine. Son préféré parmi les auteurs d'extrême gauche était l'Italien Gramsci. Il ne voulait plus croire aux classes sociales et moins encore aux races. Pour lui, tous les hommes étaient pareils, en dehors de leurs qualités physiques et intellectuelles. « Donc, ils ne sont pas pareils », lui rétorquait Joshua. Le père et le fils n'étaient pas d'accord sur la politique ni sur grand-chose d'autre. Joshua avait été le premier enfant du couple Unuzara. Il avait vu le jour à la fin de mai 1957. En 1973, quand la plupart des Tutsis furent chassés de leur emploi, il demanda à son père pourquoi celui-ci gardait le sien. Christian dit qu'il ne se sentait ni tutsi, ni hutu, ni même twa (pygmée), mais rwandais, et que le Rwanda avait besoin de professeurs d'histoire. Pour ne pas rééditer les erreurs du passé. « Quelles erreurs ? tempêta Joshua de cette voix rêche et tremblante dont usent les ados en révolte politique contre leurs géniteurs intellectuels. – La façon dont nous avons traité les Hutus. – Comment les a-t-on traités ? – En esclaves. – Eux, ils nous traitent comment maintenant ? – En esclaves. Ils ont le pouvoir, alors ils se vengent. Ils se trompent. La vengeance : l'erreur la plus grossière qu'un peuple, comme un individu, puisse commettre. – Elle est dans notre culture. – Pas dans la mienne. – Qui est ? – Les Évangiles, Marx et San Antonio. » Le grand truc de Christian, comme père et comme prof, était la dédramatisation. Ça marchait mieux avec ses élèves qu'avec son fils aîné qui grogna : « Tout ça, c'est du blabla. On vous garde parce que vous êtes un collabo. » Les enfants Unuzara vouvoyaient leurs parents, même quand ils se disputaient avec eux. Christian pâlit. Il regarda le ciel. Chez les Unuzara, on déjeunait et dînait à l'extérieur. En Afrique, les maisons sont petites, mais la terre est grande. Christian sentit monter en lui une colère ancestrale qui voulait du sang et qu'il combattit à l'aide de ses auteurs calmants préférés : Rousseau, Lacan, Bettelheim. « Je ne t'ai jamais frappé et je n'ai pas l'intention de commencer aujourd'hui, dit-il à son fils. Je te demande de disparaître pour un moment, puis nous reprendrons cette discussion. » Joshua obéit. Il marcha. Il marcha jusqu'en Ouganda. Il s'engagea dans l'armée d'Idi Amin Dada où de nombreux Tutsis, dont Kagamé, préparaient le coup d'État qui mettrait bientôt le demi-Tutsi Museveni au pouvoir. En échange de quoi l'autre, de 1990 à 1994, leur prêterait main-forte pour chasser Juvénal Habyarimana du pouvoir.

De son enfance, Tendresse aime surtout se rappeler les vacances. À Kigali, il y avait l'école où les petits cancres hutus, fils de ministres ou de concessionnaires Volkswagen, se moquaient d'elle parce qu'elle était grande et première de la classe. Chez sa grand-mère Unuzara, elle retrouvait la paix chaude des journées où elle était trop jeune pour aller en classe. Le matin, pêche et jardinage. Le midi, cuisine. On pêchait, jardinait et cuisinait entre Tutsis, mais parfois quelques enfants hutus se mêlaient à eux. Ils nourrissaient à la fois, disait la grand-mère de Tendresse, un complexe d'infériorité et de supériorité, ce qui compliquait leur vie. Et celle des Tutsis. Ils parlaient aux Tutsis sur un ton vague qui trahissait leur fascination pour eux. La vérité, expliquait Maryvonne Unuzara à ses petits-enfants pendant les veillées devant la maison, était que les Hutus, dès qu'ils avaient vu arriver les Tutsis sur leurs terres à cette époque que les Européens appellent le Moyen Âge, étaient tombés amoureux d'eux. Cet amour était resté à sens unique, aucun Tutsi ne pouvant sans déchoir s'amouracher de ces cultivateurs et cultivatrices. Non seulement les Tutsis ne répondirent pas aux sentiments passionnés des Hutus pour leur corps aussi délié que leur esprit, mais ils s'en servirent pour les dominer. Quelqu'un qui vous aime vous obéit, surtout si vous ne l'aimez pas. De Gihanga (1124) à Kigeri V (1959), les Hutus subirent vingt-neuf rois tutsis et leurs cours insolentes et cruelles. Ils le firent avec un empressement désespéré qui devint, au fil des temps, une colère vile et blanche. Celle-ci explosait lors de révoltes que les Tutsis réprimèrent avec leur brutalité lente, fade et réfléchie. Les rois tutsis n'avaient pas de couronne, impossible à placer sur leur coiffure psychédélique, mais le *kalinga*, tambour royal, symbole de leur pouvoir, fabriqué avec les testicules de leurs ennemis. De leurs ennemis hutus. Les Hutus pouvaient admirer, lors des cérémonies officielles, les couilles de leurs ancêtres sur lesquelles tapait, impassible, un noble tutsi. Cette virilité hutu sur laquelle la royauté tutsi cogna de bon cœur pendant presque mille ans se réveilla en plusieurs étapes, la première en 1959 et la dernière en 1994. Qu'est-elle devenue ? Quand se manifestera-t-elle de nouveau ? Tendresse a quitté le Rwanda et vit aujourd'hui au Québec avec son mari informaticien. Ils ont trois enfants que Tendresse n'emmène pas au Rwanda car son père, sa mère, ses frères et sœurs et sa grand-mère sont morts pendant le génocide. Elle n'a plus de famille dans le pays. La seule personne de sa parenté rwandaise encore vivante est Joshua. Il voyage beaucoup pour son travail et elle le voit plusieurs fois par an à Québec, mais aussi à Montréal, Boston ou New York. Il a dix-neuf ans de plus qu'elle et lui parle comme un papa, ce qui n'empêche pas Tendresse de s'adresser à lui comme une maman.

Maryvonne Unuzara possédait, sur les hauteurs de Gisenyi, une jolie maison à présent disparue. Tendresse revoit l'épaisse silhouette menaçante du volcan Nyiragongo. Réveillé le 17 janvier 2002 : des millions de tonnes de lave ravagèrent la région, dont Goma, en RDC, ex-Zaïre, la ville jumelle de Gisenyi – celle-ci, par miracle, n'étant pas touchée. Villes qui ont une sœur jumelle : Brazza et Kinshasa, Belgrade et Zemun, Tel-Aviv et Saint-Jean-d'Acre, Gisenyi et Goma. Tendresse se rappelle la brume bleue montant du lac mort. Elle se promenait avec ses cousins et quelques petits Hutus ombrageux et dévoués le long de la corniche. Bougainvillées, cactus-candélabres, hibiscus et sapins se succédaient dans un ordre surnaturel, une indicible harmonie. On allait jusqu'à la brasserie Bratirwa. Il y a une douceur particulière dans la bière africaine. On la boit au goulot comme pour l'embrasser. Elle aide à attendre ce qui n'arrivera pas : la sécurité, la santé, le confort. Elle est toute l'Afrique dans la bouche, le temps d'une gorgée : l'illusion de la gaieté et du bonheur. Sans elle on n'a pas encore atterri à Brazza, Libreville, Kin ou Kigali. C'est la bière qui vous dépose sur le sol africain, pas comme un avion, plutôt comme un tapis volant. Les Africains n'ont pas l'eau courante, mais leur bière est disponible vingt-quatre heures sur vingt-quatre à condition de se procurer, honnêtement ou malhonnêtement, les billets de banque qui ouvriront le robinet. Source fraîche de musique et de poésie. De mort, en cas de guerre civile. La bière aide à tuer et à oublier qui on a tué. La plus forte trace laissée par la Belgique dans les jungles et les villes d'Afrique équatoriale. Ces Flamands alors pauvres qu'on envoyait agoniser sous les Tropiques, aujourd'hui bourgeois aisés désireux de se débarrasser des anciens maîtres wallons prétentieux et fainéants : leurs Tutsis.

Les deux Hutus importants de Gisenyi étaient les frères Rwabango : l'aîné, Jean-Pierre, qui officiait comme prêtre à la paroisse, et le cadet, Charles, qui tenait l'auberge du Lac, le débit de boissons le mieux fréquenté de la ville. Tendresse se rendait à la messe tous les dimanches dans des habits trop courts car, sitôt que ses parents les lui avaient achetés, elle s'empressait de grandir de cinq à dix centimètres. Le regard bienveillant, mais dans lequel scintillait une lueur de cruauté, du père Jean-Pierre se posait sur elle tandis qu'elle priait pour toute sa famille, ce qui lui prenait un temps considérable. Maintenant ce serait plus rapide : elle n'a plus que son frère. Mais elle ne prie plus. Elle se souvient de Jean-Pierre Rwabango dans sa soutane impeccable. Le prêtre catholique le plus propre du Kivu, disait-on. Il luttait, en chaire comme au presbytère, contre les débordements sexuels des Rwandais, ignorant que c'était aussi un des grands thèmes de son ennemi tutsi, Kagamé. Au FPR comme à l'APR, il était interdit d'avoir des relations sexuelles en dehors du mariage. Quand on n'était pas marié, il était interdit d'avoir des relations sexuelles. Le père Rwabango mettait en avant les dangers du sida, air lugubre sur lequel les jeunes gens du monde entier, à la fin du XXe siècle, ont fait leurs premiers pas dans le sexe. Il refusait néanmoins de participer aux distributions de préservatifs organisées par les ONG. La chasteté lui paraissait la meilleure prévention contre le virus. Il l'avait lui-même expérimentée, disait-il à ses fidèles qui éclataient de rire. Surtout les Hutus. Les Tutsis ne rient pas des choses du sexe. Ils ne rient de rien. Le rire leur semble une manifestation de faiblesse. Ils ne voient pas ce qu'il y a de drôle dans la vie, cérémonie dont ils sont les demi-dieux.

Charles Rwabango était connu à Gisenyi pour son tempérament emporté, excentrique. Il semblait attaché avec passion à son frère prêtre pour qui il faisait livrer de Belgique des caisses de Mort subite, bière forte à l'arrière-goût de cerise. Leur sœur Angèle venait parfois passer quelques jours avec eux. Tendresse se souvient de les avoir vus installés tous trois à la meilleure table de l'auberge du Lac : Jean-Pierre devant sa Mort subite, Charles avec son Chivas, et Angèle dans le Fanta de son adolescence prolongée par le célibat. Ils arrivaient presque, par leur gaieté rayonnante, à faire oublier leur laideur. Le père Rwabango avait réussi le prodige de mettre au monde trois enfants vilains alors qu'aucun n'était de la même mère. Chacun avait son physique ingrat à lui : Jean-Pierre lourd et rond comme un gorille des monts Virunga ; Charles et son épaisseur de guingois ; Angèle dans la désolation de ses formes épouvantées. Ils semblaient célébrer, assis côte à côte devant le lac, une victoire sur leur naissance, leur hérédité. Du temps de leurs parents, avant 59, il leur aurait fallu prendre place au fond de la salle, laissant le devant de la terrasse à de grands Tutsis qui auraient bu leur lait de vache dans le silence dont ils ont le culte, et seraient partis sans payer non parce qu'ils étaient pauvres, car ils étaient riches, mais par mépris pour les propriétaires hutus du nganda.

La vie amoureuse de Charles était l'un des sujets de conversation préférés des habitants de Gisenyi. Le frère du prêtre était, en cette matière, tout le contraire d'un prêtre. Comme si, disaient les gens, il lui avait fallu baiser et pour lui et pour le curé qui ne le faisait pas. Sa proie préférée – sa pièce de choix, disait-il – était la femme mariée dont l'époux n'assurait pas l'entretien comme elle l'eût souhaité. Rwabango venait en complément, offrant bas et chaussures, cheveux du Brésil et perles d'Asie, billets de loterie et billets tout court. Il était connu pour être large avec les femmes, ne comptant pas ses francs rwandais à qui lui avait offert une bonne prestation. Il semblait heureux et fier de pouvoir s'offrir avec son argent des créatures que son seul physique lui aurait refusées. Avec les jeunes filles, Charles se contentait de badiner. Il leur offrait des boissons gazeuses non alcoolisées, s'amusant à les conseiller pour le mariage qu'elles ne feraient pas avec lui, promettant de les conquérir dès qu'un benêt rwandais leur aurait passé la bague au doigt. Elles rigolaient mais la plupart du temps c'était ce qui arrivait. Charles disait que s'il ne se mariait pas, c'était pour ne pas avoir un enfant aussi laid que lui. L'autre raison était qu'il voulait garder tout son argent et toute sa liberté pour lui, et qu'une épouse lui aurait trop pris de l'un comme de l'autre.

Tendresse se rendit compte que l'aubergiste lui accordait une attention plus soutenue que celle dont il honorait d'habitude les filles de son âge. C'était à l'été 88. Joshua était rentré triomphant de Kampala où venait d'être fondé le FPR qui avait à sa tête la plupart des officiers subalternes et officiers supérieurs tutsis de l'armée ougandaise. Les clandestins tutsis fêtèrent l'événement en assassinant un policier de Kidaho et cinq postiers de Rugendabare, tous Hutus, avant de repasser en Ouganda. S'il n'y avait pas eu ces événements, suivis aussitôt de représailles des FAR sur une dizaine de familles tutsis, Tendresse ne pourrait pas resituer l'événement. Les vacances chez sa grand-mère au bord du lac Kivu se ressemblaient tellement qu'elle avait du mal à mettre une date dessus. Elle avait l'habitude qu'on soit gentil avec elle, car tout le monde est gentil avec les petites filles, surtout quand elles sont jolies et serviables comme elle l'était. Aussi commença-t-elle par ne pas s'étonner des attentions, paroles aimables, petits présents de Charles Rwabango. Elle rapporta à sa grand-mère, pour leur amusement mutuel, la façon dont le petit frère du curé, coq de village rwandais, la chouchoutait. Maryvonne conseilla de ne pas décourager l'olibrius. En ces temps troublés, il était bon d'avoir un Hutu considérable dans ses petits papiers. Tendresse s'amusa donc à ne pas détourner les yeux quand Charles la dévorait des siens. De retour chez ses parents à Kigali, elle oublia ces langoureux ballets de regards. Ils ne lui revinrent à l'esprit qu'un an plus tard, quand elle se retrouva nez à nez avec Rwabango, le premier jour de ses vacances à Gisenyi, devant l'auberge du Lac. Elle avait encore grandi et il avait encore grossi. Mais il l'avait reconnue, tandis qu'elle non. Elle avait quatorze ans et lui vingt-neuf. Elle faisait plus que son âge et lui aussi, mais pour elle c'était avantageux, et pour lui non. Il dit qu'il avait attendu ce jour depuis l'année passée. « Quel jour ? – Celui où je te reverrais. » Aujourd'hui elle dit qu'en une seconde tous les massacres à venir au Rwanda lui sont apparus à travers la figure grossière de Charles Rwabango, au sourire plein d'une violence apeurée. La menace qui pesait sur elle, celle d'être obligée d'avoir un jour ou l'autre une quelconque relation avec ce personnage écœurant, n'était que le reflet, l'écho de la menace beaucoup plus grave qui pesait sur tous les Tutsis du Rwanda : leur extermination.

Il était difficile d'échapper à l'auberge du Lac, point de rencontre des jeunes de Gisenyi, hutus comme tutsis, qu'ils fussent ou non gnôleurs. Comme pour mieux embarrasser Tendresse – mais c'était sans doute aussi pour la séduire –, Charles avait équipé son établissement d'un juke-box, d'une télé avec antenne parabolique, de jeux électroniques et même d'un antique baby-foot sur lequel le personnel européen des ONG locales s'acharnait tous les soirs. Quand, ayant pris soin d'être accompagnée par cinq ou six camarades garçons et filles de son âge, en sus de quelques supplétifs hutus, Tendresse se hasardait jusqu'au bord du lac et s'installait avec eux sur la terrasse de l'auberge, il semblait qu'un soudain silence montait en Charles. D'abord il disparaissait au fond du bâtiment. Certains de ses anciens clients hutus – car ses anciens clients tutsis sont décédés en 94 – prétendent qu'il se lavait alors le visage et les dents. Une fois il changea de chemise, ôtant une fausse Lacoste de Kampala pour une fausse Ralph Lauren de Kinshasa. Il apportait lui-même les consommations aux ados. Il oubliait un Fanta ou un Coca pour avoir une bonne raison de revenir. Puis il s'installait seul à une table avec une Primus, unique remède aux démangeaisons des piqûres de moustiques ou de femmes. Il passait le reste de l'après-midi à se reposer de Tendresse en ne la regardant pas, puisqu'il la savait là. Il avait réduit de moitié sa consommation de femmes mariées, à la satisfaction de son frère Jean-Pierre, qui trouvait ces pratiques immorales, et de sa sœur Angèle, qui les trouvait onéreuses. Les deux jugeaient qu'il était temps pour Charles de se marier. Avec une Hutu, vu la tournure que prenaient les événements. Quand Tendresse quittait l'auberge pour aller se baigner dans le lac ou jouer au volley-ball sur la plage avec ses amis à lui, les Hutus désœuvrés disaient à Charles de ne pas s'inquiéter : dans quelques mois on aurait réduit les cafards à l'obéissance, et la petite Unuzara ne ferait plus la maligne sur ses longues jambes, on l'attacherait sur un lit où Charles la violerait dans les règles de l'art avant d'en faire profiter, en bon Hutu, ses camarades Interahamwe, *ceux qui travaillent ensemble.* L'aubergiste les regardait avec des yeux vides comme s'il ne les voyait pas, et ne répondait rien.

Tendresse se souvient qu'elle sentait la mort des Tutsis monter à l'horizon tel un soleil de sang qui mettrait cinq ans pour parvenir à son zénith. Elle avait la même impression à Kigali pendant l'année scolaire qu'à Gisenyi lors des vacances. C'était dans les regards troubles, les voix hésitantes des Hutus. Ils avaient de nouveau peur des Tutsis et c'était une peur de trop, celle qu'après des années de relative détente ils ne supporteraient pas. Rien n'est pire que retomber dans un piège ou de subir un châtiment auxquels on avait cru échapper : s'ensuit une colère inhumaine qui se transforme en crime de masse si les masses ont les moyens politiques et matériels de le perpétrer. Au Moyen Âge, les Européens brûlaient les sorcières. Les Hutus avaient un million et demi de sorcières chez eux et plusieurs centaines de milliers d'autres à leurs frontières. Les amis hutus de Tendresse, ou les Hutus avec lesquels elle avait commerce pour des raisons pratiques, semblaient imprégnés d'étoupe comme des torches prêtes à s'enflammer. Ils en avaient l'odeur grasse. Leur futur crime suintait d'eux comme une transpiration animale. Cette angoisse, cette rage et cette violence, Tendresse les voyait aussi grandir en Charles Rwabango qui, après son aveu, aussitôt balayé par l'effroi muet de la jeune fille, s'était muré dans une raideur assassine à son endroit. Pour les autres habitants et vacanciers du lac Kivu, il demeurait le bon vivant chez qui on aimait sécher sa bière, mais, dès qu'apparaissait Mlle Unuzara, il se renfrognait, filait à Goma sous prétexte de rapporter les Mort subite de son frère et d'autres marchandises belges, ou même montait à Kigali pour une réunion, réelle ou imaginaire, de la CDR (Coalition pour la défense de la République) dont il était le dirigeant local. Tendresse tentait de se rabibocher avec lui, mais il fallait en même temps ne lui donner aucun espoir sur l'évolution de leurs rapports, puisqu'ils n'évolueraient pas. Il suffisait, hélas, qu'elle lui dise un mot aimable ou lui lance un regard poli pour qu'elle le sentît ému jusque dans le tréfonds de son être délirant, prêt à envisager pour eux deux les scénarios les plus échevelés : leur mariage religieux dans la cathédrale de Kigali sous la protection de l'*akazu*, leur départ pour la France où il ouvrirait un hôtel-restaurant et elle une librairie, les six ou sept enfants qu'elle lui ferait et qui deviendraient patrons de banque aux États-Unis et en Europe. Tendresse se sentait obligée d'étouffer l'incendie par une phrase sèche ou un haussement d'épaules qui faisaient au bistrotier hutu l'effet d'une douche glacée sous laquelle il restait prostré jusqu'au prochain encouragement gêné et craintif de la jeune fille.

Un été, deux ans avant le génocide, Jean-Pierre Rwabango se présenta chez Maryvonne Unuzara à cette heure du milieu de l'après-midi où on est sûr de trouver les gens dans leur parcelle, car il fait trop chaud pour qu'ils en sortent, surtout les personnes ayant passé l'âge de se baigner dans un lac. Le prêtre venait parler, au sujet de Tendresse, en faveur de son frère Charles. Celui-ci, plaida-t-il, éprouvait un solide sentiment pour la jeune fille. Un sentiment, pour les Hutus, doit être solide comme une charrue ou comme la porte d'une grange. Cet attachement, dont le curé ne précisa pas qu'il n'était pas réciproque – mais cela ne faisait aucun doute pour Mme Unuzara – durait depuis trois ans. Sans que rien ne l'eût découragé, précisa le prêtre avec un sourire crémeux importé des séminaires belges. Il avait même, ce sentiment, résisté aux tensions qui s'aggravaient entre les deux communautés. Le curé hutu ne cachait pas à la grand-mère tutsi que le moment lui paraissait peu adéquat pour un mariage entre une Tutsi et un Hutu, et que cette union serait un frein dans la carrière politique de Charles à la CDR, fer de lance du combat contre le terrorisme tutsi. Son frère, avec courage, était cependant prêt à faire ce sacrifice. Les sentiments passaient, pour cet homme de cœur, avant les idées et les intérêts. Ce sentimentalisme hutu, dit le père Rwabango avec un hochement de tête patriotique, s'était forgé pendant des siècles comme une résistance passive, quasi poétique, à la sécheresse et à la dureté pragmatique du pouvoir dictatorial tutsi. Maryvonne Unuzara n'émit aucun commentaire. Les Tutsis n'ajoutent aucun commentaire au bien comme au mal qu'on pense d'eux. Ils ne s'intéressent pas à ce qu'on pense d'eux. Seul les intéresse ce qu'ils pensent, eux. Et Maryvonne pensait que ce mariage absurde, infâme, présentait deux avantages : assurer une protection à la cinquantaine d'Unuzara du Kivu et de Kigali contre les brutalités incessantes du pouvoir d'Habyarimana, et donner une bonne leçon à son fils de gauche, Christian, qui prônait, depuis sa jeunesse communiste en France, l'abolition des races, des religions et des classes sociales au profit d'un socialisme auquel il était l'un des derniers à croire sur le continent africain, ainsi que partout ailleurs dans le monde. On verrait sa tête quand il devrait donner son consentement à l'union de sa fille adorée avec un patron de bar hutu, dirigeant de la CDR et vilain à faire tourner le lait des vaches hypersensibles du Rwanda. « Je ne sais quoi vous dire, mon père. Tendresse ne m'a pas fait de confidences et j'ignore si elle est disposée à épouser quelqu'un. Le mieux serait que vous lui posiez la question, mais je doute qu'elle vous réponde. – C'est pourquoi je suis venu vous voir, ma fille. » Ce gros garçon de quarante ans qui l'appelait sa fille alors qu'elle aurait pu être sa mère. C'est l'un des charmes de la religion catholique : le changement d'âge permanent selon qu'on se trouve avec un père qui n'est pas votre père, une sœur alors que la vôtre est morte, et une mère qui n'a jamais eu d'enfant. « Je vous remercie de votre visite. C'est un plaisir de discuter avec vous. » Elle ne lui avait pas donné à boire tellement il la dégoûtait. Il se leva et elle lut dans ses yeux qu'un jour on lui ferait payer cher son impolitesse. À son retour de la plage, Tendresse eut le compte rendu de l'entretien de sa grand-mère avec le prêtre et les deux femmes décidèrent qu'elle rentrerait le lendemain à Kigali par le premier autobus. Elle avait encore quinze jours de vacances, mais elle préférait les passer en ville chez ses parents plutôt que de rester à la merci des frères Rwabango au bord du lac Kivu.

Tendresse se souvient de son dernier été chez sa grand-mère. La jeune fille avait alors dix-huit ans. Quand elle sortit de l'autobus dont Gisenyi était le terminus, elle s'admira d'être admirée par les consommateurs de l'auberge du Lac, parmi lesquels elle ne parvint pas à distinguer Charles Rwabango. Son corps avait atteint une perfection presque insoutenable pour les autres comme pour elle-même : à chaque instant, elle avait l'impression de présenter au monde extérieur un objet d'autant plus précieux qu'il n'était pas un objet mais une femme. Tous ces yeux écarquillés dans son sillage l'empêchaient de regarder autour d'elle et donc de discerner ce qui l'entourait. Ceux qui l'entouraient. Elle traversait un désert dont les seules présences humaines étaient ses amis proches et sa famille, d'où l'attachement qu'elle leur portait. Elle avait un visage moins rond et plus poétique que l'année précédente, où la dureté des yeux était chassée par la douceur des lèvres. Ses joues semblaient caressées en permanence par un vent amoureux. Son front haut était hanté de pensées et de calculs. Tendresse se demandait combien de temps il faudrait à Charles Rwabango pour réitérer sa demande en mariage. Elle ne le vit pas à l'auberge du Lac ni sur le chemin qui menait à la parcelle de Maryvonne Unuzara. Cette dernière lui fournit l'explication de l'absence du bistrotier. Rwabango se trouvait en Chine où il accomplissait une mission pour le compte des Interahamwe, donc de la CDR, donc de l'Akazu, donc de la présidence. On parlait, dans les milieux hutus de Gisenyi, d'un important achat de matériel agricole. Des machettes – *pangar*, en kinyarwanda – par milliers.

Ils attaquaient nos frontières, avaient assassiné notre président. Ils avaient un millier de soldats au cœur de Kigali. Ils disposaient de centaines d'agents tutsis mais aussi hutus sur le sol rwandais dont l'APR contrôlait le nord-est, soit environ un tiers du territoire. Ils se proposaient de massacrer les Hutus qui les massacraient depuis trente-cinq ans, puis d'envoyer les survivants dans des camps de concentration comme celui du nord de Kigali. « La seule solution, m'avait dit Charles au téléphone, le soir du 6 avril, est de les exterminer avant qu'ils ne nous exterminent. » Il avait ajouté avec un rire froid : « Heureusement, on s'est préparés. Le travail sera accompli dans l'ordre et l'efficacité, avec l'armement adéquat. » D'abord j'avais été soulagée d'entendre sa voix grave, son ton assuré, alors qu'il me semblait être entourée, encerclée par la terrible menace tutsi dont notre président Juvénal Habyarimana venait d'être la nouvelle victime. Mais peu à peu, au lieu de me rassurer, ce que disait mon frère multipliait mon angoisse par cent. Par sang. « C'est moi qui ai été chargé d'acheter des armes en Chine. – Quelles armes ? – Blanches. Pourquoi dit-on des haches, couteaux, machettes que ce sont des armes blanches ? Il faudra désormais les appeler des armes noires. Je n'ai lésiné ni sur la qualité, ni sur la quantité. Les Chinois fabriquent vite et bien. Ils ne sont pas chers. Quand nos dirigeants ont vu la marchandise et ce qu'elle leur avait coûté, ils m'ont félicité. Ils m'ont juste reproché deux ou trois notes de frais astronomiques dans les boîtes de Shanghai. Leur ai expliqué que j'avais eu besoin de me détendre. » Suivit un exposé fastidieux sur la femme chinoise dont il ressortait qu'elle aimait autant le pénis de l'homme noir que la femme européenne. Je me demandais si Charles tenait ce genre de discours à son frère prêtre. Sans doute que non. Alors ça me tombait dessus.

L'inoubliable nuit du 6 au 7 à Kigali. La peur devenue une chose. Une personne. Plantée dans toutes les pièces de toutes les maisons, à tous les coins de toutes les rues. La peur tutsi des Hutus, la peur hutu des Tutsis : deux peurs qui avaient la même figure blafarde, les mêmes yeux exorbités, la même silhouette lourde et malheureuse, les mêmes sons moites. Le début d'une guerre ressemble à une fête, avec ces bruits de pétards. Ces hurlements qui ont l'air d'être des rires. On ne croit pas qu'une chose arrive, surtout quand c'est une chose horrible : l'ordre naturel de la vie est une agréable immobilité conclue par l'incident de la mort, brusque et anodin comme une coupure de courant. Le drame, quand il montre sa face ahurie et lugubre, commence par passer pour incongru. J'entendais, derrière mes volets fermés, les voitures rouler plus vite que d'habitude. Chaque virage qu'elles prenaient semblait en épingle à cheveux. Les pneus criaient comme si quelqu'un leur roulait dessus.

Après mon coup de téléphone à Charles, je finis par m'endormir. Sans doute serais-je restée éveillée si j'avais été tutsi. La station des Mille Collines, seule radio libre à avoir laissé une trace dans l'histoire de la bande FM, était déchaînée ce soir-là, comme elle le serait pendant les trois mois suivants et même après, quand elle émettrait du Zaïre. Elle indiquait avec force quelle partie de la population était le plus en danger. Les Hutus avaient peur du chaos, les Tutsis des Hutus. L'angoisse pesait sur nous, mais sur eux était brandie une menace simple et précise : la mort par découpage. Coupez les grands arbres.

Le lendemain je pris ma voiture pour me rendre à l'hôpital. Des cadavres jonchaient le sol et la première chose qui me choqua, avant le fait qu'on eût tué des gens, c'est que personne ne les avait ramassés. Quand mes supérieurs me firent comprendre qu'il était plus juste, plus patriotique de soigner les Hutus avant les Tutsis, c'est-à-dire de sauver les nôtres et de laisser crever les autres, je compris qu'il me serait difficile de continuer d'exercer mes fonctions sans trahir le seul serment que j'eusse jamais prêté : celui d'Hippocrate. Puisque je ne m'étais pas mariée. Mon départ de Kigali pour une direction qui ne pouvait être que le lac Kivu, où vivaient mes frères, était une question de jours, d'heures.

Ils étaient tous fous, tous soûls. Ils avaient eu trop chaud, trop soif, trop faim, trop peur, trop longtemps. Ils avaient manqué de tout depuis leur enfance chez leurs parents qui avaient manqué de tout depuis leur enfance. Ils n'avaient pas assez mangé de viande et les Tutsis en étaient, puisqu'on les coupait en morceaux. La bière leur avait été comptée comme le lait, le riz, le manioc. Maintenant ils ne comptaient plus. Le meurtre, c'est l'abondance. Avec le sang de l'ennemi millénaire coulaient son argent, ses réserves de nourriture, ses beaux vêtements. C'était la furie occidentale des soldes, sauf que les acheteurs hutus assassinaient les vendeurs tutsis pour ne rien payer. Aux réductions proposées s'opposait la réduction totale par décapitation. Les Interahamwe se ruèrent sur les Tutsis – fugitifs, passants, voisins – comme si c'étaient des frigos, des coffres. Ils les ouvraient pour prendre ce qu'il y avait dedans, ne sachant pas encore mais devinant dans les ténèbres de leur conscience que tout ce qu'ils trouvaient à l'intérieur des Tutsis, c'était leur propre malheur, leur malédiction, leur mort. Je hais les carnavals et le génocide en fut un : l'obscénité du crime égale celle du simulacre du crime. Les Interahamwe se déguisaient avec ce qui tombait sous leurs mains ensanglantées dans les maisons tutsis jonchées de cadavres de femmes et d'enfants. Ils avaient trouvé un stock de perruques jaunes, vertes, bleues et rouges qu'ils arboraient afin de montrer à leurs ennemis et aux derniers Blancs restés au Rwanda que les Hutus ne craignaient plus d'avoir l'air d'être pris pour des femmes, puisqu'ils étaient devenus des hommes.

Peu de jours après le début des massacres, le directeur de l'hôpital convia quelques-uns de ses subordonnés, dont moi, à prendre un verre avec lui à l'hôtel des Mille Collines. Autour de la piscine, au bar et dans le lobby, il y avait un hétéroclite conglomérat de réfugiés tutsis, de Blancs encore plus blancs que d'habitude par peur de rater le dernier avion-chaloupe pour l'Europe en paix depuis 1945, et de hauts dignitaires hutus venus se détendre après une journée de massacres. C'était étrange de voir les bourreaux boire du whisky à quelques mètres de leurs victimes qui en buvaient aussi, mais plus et plus vite. Ça rappelait les documentaires animaliers où une gazelle dandine son derrière blanc sur ses pattes graciles non loin d'un lion qui ne lui sautera pas dessus pour la manger, la lionne lui ayant déjà fourni sa ration quotidienne de viande. L'une des raisons pour lesquelles l'hôtel des Mille Collines n'a pas été investi et saccagé par les milices Interahamwe pendant plus de deux mois et demi après le début du génocide, c'est que l'élite politique et militaire hutu voulait garder à Kigali un endroit pratique et agréable où passer ses soirées libres. Un bar où personne n'avait découpé personne ni été découpé. Tout le Rwanda ayant été transformé en boucherie, ministres et officiers supérieurs voulaient continuer de pouvoir rêvasser dans une boulangerie-pâtisserie. Où ils s'amusaient presque innocemment à faire peur aux Tutsis qui leur avaient fait peur durant sept siècles. Mais sans les toucher, car il était dix-huit heures. Au Rwanda, tout s'arrête après dix-huit heures, sauf la bière et le whisky de couler dans les gosiers.

On vit ainsi, pendant de longues semaines, génocideurs et génocidés se côtoyer dans l'établissement de Paul Rusesabagina dont le dévouement et le désintéressement sont désormais contestés par de nombreux Tutsis. Parce qu'il a traité dans la presse l'actuel régime rwandais de dictature ? Et qu'il projette de créer un parti d'opposition, mot incongru dans le vocabulaire de Paul Kagamé ? Dans un ouvrage trouvé par moi à la librairie de L'Harmattan lors d'un de nos nombreux voyages en vieux amoureux à Paris avec mon époux, les universitaires tutsis Alfred Ndahiro et Privat Rutazibwa lui reprochent d'avoir fait payer aux réfugiés des notes d'hôtel alors qu'il avait reçu de Cornelius Bik, directeur en titre rentré en Belgique au début des troubles, consigne de les laisser occuper les Mille Collines gratuitement. Rusesabagina, selon eux, faisait par surcroît payer aux résidents les repas confectionnés avec des produits fournis par l'aide humanitaire (CICR,

UNICEF, PAM). Ces auteurs assurent que Rusesabagina avait coupé toutes les lignes téléphoniques extérieures, exigeant que les communications passent par son bureau. Sans doute pensait-il, en bon Hutu économe et scrupuleux, à la note faramineuse qu'il récolterait s'il laissait les Tutsis s'épancher dans l'oreille de leurs amis du monde entier. Les génocides passent, les factures restent à régler. Le 21 mai, le Comité de crise des réfugiés écrit à la Croix-Rouge pour se plaindre que le gérant de l'hôtel menace d'expulser les réfugiés qui ne seraient plus en mesure de payer leur chambre. Les auteurs ne précisent pas à quoi cette protestation aboutit. Le fait est qu'aucun Tutsi n'a été chassé des Mille Collines avant le 17 juin, date à laquelle les Interahamwe ont fermé l'établissement. Le rôle de Bernard Kouchner, écrivent Ndahiro et Rutazibwa, est effacé du film de Terry George, alors que la demande d'épargner les Mille Collines qu'il fit auprès du général Augustin Bizimungu et du colonel Bagosora contribua au maintien de la sécurité des réfugiés, les militaires hutus respectant la France.

Je revois Rusesabagina venir à notre table, ce soir de la mi-avril où on en était déjà à plusieurs milliers de découpés tutsis. Il avait un visage rond, avec un gros nez au milieu et une petite moustache dessous. Le regard brillant et fatigué des agents doubles ou triples obligés de garder en permanence à l'esprit les choses contradictoires qu'ils ont dites aux nombreuses personnes avec lesquelles ils traitent. Rusesabagina négociait avec tout le monde (Casques bleus, gendarmerie locale, FAR, et même le FPR dont les agents pullulaient aux Mille Collines, collectant des renseignements pour leur chef Kagamé). Malgré les rafales de kalachnikov et les parcelles en feu sur les collines environnantes, on sentait chez lui la satisfaction du type qui a bonne conscience de faire d'excellentes affaires. L'hôtel n'avait jamais aussi bien tourné. Paul était l'homme du jour, de la situation. La vedette que tout le monde cherche à être au moins une fois dans sa vie. Il nous souhaita une bonne soirée, s'assura que nous ne manquions de rien. On est gentil avec les médecins, car ils peuvent servir, comme les garagistes et les plombiers. Surtout pendant des tueries. Au cours de cette soirée, je sus que je ne resterais pas un jour de plus à Kigali. Dès le lendemain matin, je quitterais la ville et me réfugierais à Gisenyi.

Lors d'un génocide, on ne sort pas dans une rue, on y entre. C'est une chambre froide, même par grandes chaleurs. Au lieu d'être suspendue à des crocs de boucher, la viande gît à terre. J'ai dit qu'à Kigali on ne ramassait pas les cadavres, la population étant trop occupée à en faire. À pied on passait son temps à les éviter en se bouchant le nez. En voiture on roulait dessus. C'était mauvais pour le cœur et les amortisseurs. En sortant des Mille Collines par l'avenue de la République, je m'engageai dans l'avenue du Rusumo. À un coin de rue, j'aperçus une longue jeune fille qui marchait en titubant. Elle avait les caractéristiques physiques des femmes tutsis et, si elle continuait d'aller seule par la ville, je lui donnais entre trois et cinq minutes d'espérance de vie. Le risque était que si je m'approchais d'elle en voiture, elle me prît pour un – ou une – Interahamwe motorisé et ne s'enfuît en courant dans la nuit où elle ne ferait pas de vieux os. J'arrêtai, non sans hésitation, mon véhicule. Je sortis, les jambes tremblantes, et dis : « Mademoiselle, je suis médecin. Je peux vous aider ? » Elle paraissait ne pas m'entendre. J'appelai de nouveau : « Mademoiselle ! »

Elle tourna enfin la tête vers moi et je reconnus Tendresse Unuzara, que j'avais souvent croisée à Gisenyi où elle passait l'été chez sa grand-mère. La plus belle, la plus désirable des Tutsis. Dont mon frère Charles était amoureux depuis plusieurs années. Et peut-être aussi mon frère prêtre. Quelles passions profanes se cachent sous une soutane ? « Je suis Angèle Rwabango, de Gisenyi. Vous me reconnaissez ? » Elle avait du sang sur le visage, mais ça ne semblait pas le sien, car je ne distinguais aucune blessure. Du regard, je fis un rapide diagnostic pour ce qui était du reste du corps et constatai avec soulagement qu'il était intact. En apparence. J'attendrais le moment propice pour demander à Tendresse si elle avait été violée. Quel est le moment propice pour demander à une jeune fille si elle a été violée ?

« Montez dans ma voiture, c'est dangereux de marcher dans les rues à cette heure-là, surtout pour une Tutsi. » Elle ne bougeait toujours pas. Ma première occasion de sauver quelqu'un que j'aurais voulu être. Tendresse prit ma main sans enthousiasme. Comme pour prendre quelque chose. Toucher un être qui ne coupait pas. Je l'entraînai dans l'auto et la conduisis à mon domicile de l'avenue Paul-VI, non loin de l'ambassade de France. Elle me dit que ses parents étaient morts. Je ne demandai pas comment : je le savais. Sur terre, ajouta-t-elle, elle n'avait plus que sa grand-mère Maryvonne. Nous ne savions pas encore, ni elle ni moi, que celle-ci était également morte. Victime d'une machette, comme le père, la mère, les frères et les sœurs de Tendresse. Sauf son frère Joshua, dont ce n'était un mystère pour personne qu'il était un officier de l'APR. D'où les représailles immédiates contre les Unuzara ? « Je t'emmène demain à Gisenyi, dis-je. – Merci. Pourquoi faites-vous ça pour moi ? Vous êtes hutu. – Je suis d'abord médecin. – Si les Interahamwe apprennent que vous m'avez aidée, ils vous découperont. – Je serai protégée par mes frères. Et toi aussi. »

Par miracle, avenue Paul-VI il y avait de l'eau. Je me dépêchai de remplir la baignoire dans laquelle j'invitai Tendresse à se glisser la première. N'était-elle pas, au fin fond de mon esprit, la maîtresse – et n'étais-je pas, au fin fond du sien, l'esclave ? « Vous d'abord. Je suis trop sale. » Cette adolescente défaite et persécutée, désormais orpheline, me donnait une leçon de délicatesse. Je me demandai pourquoi Tendresse ne quittait pas la salle de bains pour s'installer dans le studio, puis compris qu'elle ne voulait pas rester seule. Elle me tournait son dos parfait et examinait les produits de beauté dans mon armoire à pharmacie. « Prends ce dont tu as envie », dis-je. Son silence m'indiqua qu'elle n'avait envie d'aucun produit de beauté. Elle était la Beauté. Jusque dans son malheur, elle écrasait le monde, représenté par le miroir dressé devant elle et par mon regard posé derrière elle, de sa perfection physique.

Quand je me levai, elle ne me tendit pas une serviette pour m'essuyer, ce que j'eusse fait à sa place. Elle avait oublié de rendre ce petit service à la Hutu qui venait de lui sauver la vie, parce que ce n'était pas à elle d'être serviable envers une Hutu. Je me dis que j'avais tort de ne pas m'en offusquer, mais c'était plus fort que moi : Tendresse avait tous les droits sur ma personne secondaire, la seule chose que je pouvais faire était de l'aider à continuer à me dominer. Nous serions toujours, elle et moi, dans deux mondes superposés, elle dans celui du dessus, moi dans celui du dessous. Même pendant cette nuit que nous passerions ensemble dans mon lit à une place, blotties, nues l'une contre l'autre, pour oublier la chaleur et la mort. Je rêvai d'elle : elle sortait d'un ascenseur parisien et m'embrassait sur les lèvres. C'était tellement invraisemblable que je me dis aussitôt que je dormais. Ce qui me réveilla.

Tôt le lendemain matin, j'appelai Charles à Gisenyi pour l'avertir de mon arrivée. Je dis que j'avais Tendresse Unuzara avec moi, ce qui compliquerait mon voyage. Entre Kigali et Gisenyi, il y avait de nombreux barrages. « Je vais tout arranger », dit mon frère. J'entendis un tremblement dans sa voix rauque d'avoir trop crié, au cours des dernières semaines, d'appels au meurtre. Une demi-heure plus tard, deux membres des FAR, un sergent et un première classe, se présentèrent à mon domicile. Ils nous serviraient d'escorte jusqu'au Kivu. Pendant le trajet, ils restèrent silencieux, sauf lorsque des Interahamwe arrêtaient notre voiture. Ceux-ci voyaient bien que notre passagère était tutsi, mais les remontrances des militaires hutus les dissuadaient de l'entraîner sous les arbres pour la violer et la découper. Il y a une centaine de kilomètres entre Kigali et Gisenyi, que nous franchîmes en quelques heures. Aux barrages : voitures éventrées, cadavres d'hommes, de femmes et d'enfants jetés sur la chaussée. Je disais à Tendresse de ne pas regarder. Elle me demandait : « Que voulez-vous que je regarde d'autre ? »

Nous arrivâmes à Gisenyi au milieu de l'après-midi, à l'heure où la chaleur et les massacres étaient à leur comble. Je me demandais dans quel état nous trouverions notre charmante station balnéaire. Les tueries se reconnaissent à un certain silence. Les victimes se cachent et les bourreaux se taisent. Les Tutsis ne suppliaient pas leurs assassins. Une fois découverts, ils penchaient la tête vers le sol avec une timidité froide qui ne signifiait rien. Faisaient encore moins de bruit que les moutons et les bœufs à l'abattoir. Dans l'autre monde, ils emportaient intacte leur fierté ancestrale. Mes frères nous attendaient à la terrasse de l'auberge du Lac comme s'il s'agissait de vacances de Pâques normales. Autour d'eux, de jeunes Hutus que je connaissais, avec qui je m'étais baignée, en compagnie de qui j'avais chanté et dansé. Posées contre leurs chaises ou même sur les tables, entre les bouteilles vides et les bouteilles presque vides, leurs pangars. Les fameuses machettes entrées dans l'imaginaire mondial comme l'arme emblématique de la sauvagerie hutu. Il n'y avait pas de sang dessus. Charles avait demandé à ses sbires, par égard pour ma passagère, de les nettoyer après le travail. Ils appelaient ce génocide un travail. Certains disaient le *boulot*. Charles se leva avec une lenteur que je jugeai suspecte. Il marchait au hasard, la chemisette sortie du pantalon. Un de ses lacets était défait. Je compris qu'il était soûl et priai pour que Jean-Pierre fût resté sobre. Mais quand mon second petit frère se leva, il se prit les pieds dans sa soutane et s'écroula sur le sol, provoquant l'hilarité des meurtriers qui nous entouraient. La Mort subite est plus forte que la Primus. À quantité absorbée égale, on est deux fois plus ivre. D'habitude, Jean-Pierre ne buvait pas de boisson alcoolisée en public. Il n'était donc pas comme d'habitude. Qu'avait-il fait depuis le 6 avril ? Ce que Charles faisait ou ce que le Christ aurait fait ? Je me rendis compte, à ma propre stupeur, que je craignais que Charles et Jean-Pierre n'eussent produit une mauvaise impression sur Tendresse Unuzara, alors qu'il était impossible qu'un seul Hutu, pendant les trente ou quarante prochaines années, produisît une bonne impression sur elle. J'assistai alors à un spectacle ahurissant par son incongruité, bouleversant dans sa charité. Tendresse descendit de l'auto comme une reine de la mode ou de la publicité, déployant sa merveilleuse silhouette languide sous le regard béat des assassins de son peuple, et se dirigea vers Jean-Pierre à qui elle tendit la main pour l'aider à se relever comme, la veille, j'avais tendu la main à la jeune fille pour lui sauver la vie. Elle accompagna le prêtre, lui tenant le bras, jusqu'à une chaise où mon frère déposa comme un sac de patates son gros derrière plein de manioc et de houblon, puis Tendresse se dirigea vers Charles au moment où celui-ci faisait une tentative hasardeuse pour renfermer les pans de sa chemise à l'intérieur de son pantalon. Elle lui prit la main, la porta à ses lèvres et l'embrassa. Puis elle vint contre lui et demeura immobile. C'était un acte de soumission comme aucune Tutsi n'en avait jamais accompli devant aucun Hutu, même pendant les trente-cinq années où les Hutus avaient exercé sur le Rwanda un pouvoir correspondant à leur supériorité numérique. Je vis alors une chose que je n'avais jamais vue et que je ne reverrais plus, puisqu'on a enterré Charles hier au cimetière d'Itatolo, à Brazzaville : le bonheur peint sur le visage de mon frère. Je crois même n'avoir jamais été de toute ma vie en présence d'un homme aussi heureux que l'était Charles ce soir-là. Ni aucun homme aussi malheureux que lui, le lendemain matin.

Ils partirent sans un mot vers l'intérieur de l'auberge. J'eus l'impression que Tendresse marchait d'un pas plus ferme que Charles, mais il est vrai qu'elle n'avait pas bu. Les Interahamwe locaux se dispersèrent. Leurs épouses étaient déjà en train de préparer la viande et le riz qu'ils avaient volés dans les boutiques et les maisons tutsis vidées de leurs occupants. Le génocide fut une succession de longues soûleries et de bons repas gratuits tels que les Hutus en rêvaient à l'époque où ils avaient peine à payer le peu qu'ils buvaient et le peu qu'ils mangeaient, c'est-à-dire toute leur vie. Cette abondance soudaine de boisson et de nourriture décuplait leur énergie. Ils se sentaient récompensés le soir par leur estomac des atrocités commises dans la journée. Du coup ils baisaient bien et dormaient mieux, et, le lendemain, retrouvaient leur machette avec reconnaissance. Et repartaient au *boulot*.

Je servis quelques bières pour les deux FAR qui nous avaient escortées, Tendresse et moi, jusqu'à Gisenyi, et que Charles n'avait pas eu la présence d'esprit de remercier, trop bouleversé qu'il était par l'apparition féerique de ce qui resterait, jusqu'à sa mort, son unique amour. Je m'installai à côté de Jean-Pierre que la gentillesse de Tendresse – même si elle était feinte, ce dont je me doutais et dont nous aurions la certitude quelques heures après – semblait avoir touché au point qu'il en venait peut-être à regretter des choses qu'il avait faites au cours des derniers jours. « On est dans la merde, dit-il. – Autant que les Tutsis ? » demandai-je. Il me jeta un regard mauvais, comme s'il n'était plus prêtre. C'est vrai qu'il ne l'était plus, dans une certaine mesure. La mesure chrétienne. « Les Tutsis ont ce qu'ils méritent. Ils nous ont terrorisés et battus pendant des générations : c'est maintenant leur tour d'avoir peur et d'avoir mal. – Jésus ne conseille-t-il pas de ne pas se venger de ses ennemis ? – Il n'a jamais vécu au Rwanda. Les Tutsis ne sont pas des ennemis, mais des sauvages. Ils n'ont pas d'âme, sinon ils ne nous auraient pas traités comme des animaux. *"Délivre-moi de l'homme pervers"*, dit la Bible. – C'est un Américain qui t'a violé quand tu étais enfant, pas un Tutsi. – Les Américains sont les alliés des Tutsis, et mon viol n'a rien à voir là-dedans. Il a été une bonne chose. Sans lui, tu ne serais pas médecin et je ne serais pas prêtre. Tu serais agricultrice ou putain, et moi agriculteur et client de putains. » Je posai une main sur son bras et il leva vers moi un regard gris, sablonneux, plus vague que toutes les vagues que je vois de ma fenêtre d'Ostende, chaque matin encore créé par Dieu malgré Son découragement. « On a coupé la grand-mère de Tendresse hier. Ce n'est pas de chance. Vous seriez arrivées un jour plus tôt, la vieille serait encore vivante. Je ne sais pas comment Tendresse va réagir. – Elle sera folle de chagrin et quand elle saura que c'est vous, folle de rage. – Ce n'est pas nous. Je ne sais pas qui c'est. Un des types qui étaient là tout à l'heure. – Tu faisais quoi pendant ce temps-là ? – On fait quoi dans une église, d'après toi ? Je priais. Je faisais du nettoyage. – Qu'est-ce que tu appelles du nettoyage ? – Angèle, ne t'inquiète pas : je n'ai tué aucun Tutsi depuis le 6 avril. – Tu laisses Charles le faire. – Il est l'un des dirigeants de la CDR, le responsable des Interahamwe pour le Kivu. Comment veux-tu qu'il ne prenne pas part au *boulot* ? Il passerait pour un traître, et c'est lui qu'on massacrerait. – Il pourrait quitter le pays. Toi aussi. – Laisser le Rwanda aux terroristes tutsis ? Déserter en pleine guerre ? Car c'est une guerre. Si nous la perdons, nous retomberons dans l'esclavage. – Si Tendresse lui demande de partir, il partira, mais quand elle saura qu'il a tué sa grand-mère, elle n'aura plus envie de vivre avec lui à l'étranger. – Ce n'est pas lui qui l'a tuée. Quelle connerie ! Si on avait su. Je sentais que c'était une mauvaise idée. – La tienne, ou celle de Charles ? – La mienne, en plus. Tu ne sais pas comment elle m'a traité quand je suis allé lui demander la main de sa petite-fille pour Charles, l'été dernier. J'avais l'impression de me retrouver au XVe siècle, sous Ruganzu Ier ou Cyirima Ier. Elle regardait ma soutane comme si je l'avais volée. Tu me donnes une bière ? – Tu as trop bu. – Donne-moi une bière et fais pas chier. – Maryvonne Unuzara avait peut-être raison de penser que tu avais volé ta soutane. » Je sentis mon frère se durcir. Même ses yeux devinrent de marbre sous ses sourcils encore noirs. « On ne tue pas que des Tutsis, Angèle. Les Hutus qui nous enquiquinent, on les tue aussi. – Tu me menaces de mort parce que je ne t'apporte pas de bière ? – Tu dois obéir. Nous devons tous obéir. » J'allai lui chercher sa bière, me rendant compte que je venais de perdre mes deux frères. Quand il eut sa Mort subite entre les mains, Jean-Pierre se radoucit, mais mon cœur ne battait plus pour lui et je répondis avec dégoût à ses questions sur la façon dont, à Kigali, se déroulait le *boulot*. La nuit, implorée par mon âme défaite, recouvrit de sa moite stupeur notre mésentente.

Pendant le génocide les Hutus tenaient table ouverte, ce qui les changeait d'avant le génocide où ils la gardaient fermée, même à eux, faute de vivres. Dans certaines familles nombreuses, un jour c'étaient les parents qui mangeaient, un autre jour les enfants. Les Hutus avaient enfin de quoi cuisiner pour eux et leurs amis, de sorte que les soirées étaient devenues une ronde d'invitations à se régaler. Ils étaient même obligés de faire plusieurs dîners par soir : un chez eux, où ils avaient des invités, d'autres chez les autres, où ils étaient invités. Les braseros s'allumaient dans Gisenyi pour les brochettes de chèvre et de vache. Les Hutus tuaient les chèvres et les vaches parce qu'elles ne donnent pas de bière. L'odeur de viande grillée montait dans l'air, accompagnée de chants. Parfois un hurlement de femme : une Tutsi qu'on avait gardée vivante pour la violer à plusieurs. L'embrocher comme un morceau de barbaque. Mais c'était dans l'ensemble une atmosphère de fête, sauf ce soir-là, à l'auberge du Lac, qui s'engloutissait dans un silence morbide. L'amour fait moins de bruit que la mort, même quand c'est de la haine.

Jean-Pierre était monté se coucher. Il m'avait dit bonne nuit et je ne lui avais pas répondu. Il m'avait demandé pourquoi et je ne lui avais pas répondu non plus. Il était trop soûl pour s'en inquiéter ou chercher à comprendre. Je regardai s'éloigner dans la nuit cette silhouette de grosse femme aux jambes courtaudes dans sa robe noire volée. Mon petit frère adoré devenu le Mal en personne. Qu'ils soient en prison ou en liberté, tous les assassins ont une grande sœur qui pleure sur eux. Je restai longtemps seule sur la terrasse, paralysée par l'horreur environnante, comme lorsque je découvre qu'un de mes patients est atteint d'un cancer incurable. *« L'homme a été créé pour inventer l'enfer. »* Cette phrase de Labou Tansi, écrivain congolais, tournait dans ma tête. Je me trouvais dans l'obscurité totale quand je vis une longue silhouette gracile, reconnaissable même pour une Hutu non génocidaire, se glisser hors de l'auberge et s'élancer sur le chemin de terre menant à la parcelle de Maryvonne Unuzara. Il était hors de question que je réveille mon frère pour l'avertir que sa fiancée venait de filer. Peut-être Tendresse, avant de s'enfuir, l'avait-elle assassiné ? Je préférais attendre le lendemain matin pour avoir la réponse à cette question. J'émis le vœu que la jeune fille eût assez de jugeote pour trouver, au cours de la nuit, le moyen de passer au Zaïre, de l'autre côté du lac. Et de ne jamais revenir au sein de ce trio maudit dont je sentais que je devais, moi aussi, me détacher si je ne voulais pas perdre l'esprit.

Par un élan de charité dû à un de ses anciens élèves présent ce soir-là avec d'autres génocidaires, Christian Unuzara fut le premier à être découpé. Ainsi, il ne verrait ni son épouse ni ses enfants subir le même sort que lui. Pourquoi le commando interahamwe viola-t-il d'abord Mme Unuzara, et non Tendresse ? Cette manie de pauvre, chez les Hutus, de garder le meilleur pour la fin. La vieille se défendit au point d'accaparer l'attention des violeurs, de sorte que Tendresse eut la possibilité de sauter par la fenêtre et de s'enfuir dans la nuit. Les autres tentèrent de la poursuivre mais les Tutsis courent plus vite que les Hutus, c'est pourquoi ils les ont rattrapés. Tendresse abandonnait à son sort funeste non seulement sa mère, mais ses cinq frères et sœurs. Elle se console aujourd'hui en se disant qu'elle n'aurait pas pu les sauver, qu'elle serait morte avec eux. Mais elle ne saurait plus qu'elle est morte, puisqu'elle ne saurait plus rien. Le monde et ses horreurs auraient disparu d'une mémoire qu'elle n'aurait plus, alors qu'aujourd'hui ils pèsent sur sa nuque, son cou, ses épaules. Elle se tient voûtée. Son mari québécois le lui reproche. « J'avais épousé une Tutsi droite, je me retrouve avec une Rwandaise courbée. » Elle le regarde et il lui demande pardon. Parfois à genoux.

Tendresse ne mit pas longtemps à comprendre qu'elle n'avait nulle part où aller dans Kigali à feu hutu et à sang tutsi, et elle était sur le point de revenir sur ses pas pour quitter ce monde au même endroit et en même temps que les autres membres de sa famille quand elle entendit une voix l'appeler. Elle se retourna. Une femme trapue marchait vers elle. La jeune fille se sentit comme soulevée de terre par son regard et son sourire amicaux et faillit sauter de joie quand elle reconnut Angèle de Gisenyi, médecin-chef à l'hôpital de Kigali et sœur du dirigeant CDR Rwabango. Pas un instant elle ne craignit que le docteur Rwabango ne la dénonçât comme tutsi. Au contraire, l'autre la sauverait des Interahamwe pour la livrer à son frère. Qui resterait la protection de Tendresse pour toute la durée que celle-ci souhaiterait. Le moins longtemps possible, espérait-elle. Il fallait décider Angèle à les emmener dans le Kivu. Tendresse était presque sûre que Maryvonne Unuzara était déjà morte. Elle était l'une des Tutsis les plus riches, les plus représentatives de Gisenyi. Les Interahamwe n'avaient pas pu laisser vivant ce symbole de la supériorité d'une caste honnie. Plus vite Tendresse arriverait jusqu'à Charles, moins elle risquerait de perdre la vie. « Je n'ai plus que ma grand-mère au monde, dit-elle. Je voudrais me réfugier dans sa maison. » Angèle l'invita à passer la nuit chez elle et lui promit de la conduire dès le lendemain matin dans le Kivu. Quand elle se mit au lit avec la Hutu, Tendresse se demanda si celle-ci partageait le sentiment que lui portait son frère. La Tutsi était prête à se laisser aimer par n'importe qui, du moment qu'on l'arrachât au cauchemar du génocide, mais Angèle n'eut aucun geste déplacé envers elle pendant la nuit.

Quand elle se trouva devant Charles Rwabango, Tendresse se dit qu'elle devait faire ce qui la dégoûterait le plus : lui donner une preuve publique de soumission. Elle pensait que les choses seraient ensuite moins difficiles pour elle, avec ce monstre. Elle aurait dépassé la honte pour arriver au dégoût, sentiment facile à mépriser, surtout pour les Tutsis que tout dégoûte à part eux-mêmes. Tendresse s'approcha du corps lourd et incertain de Charles. Il avait une trogne à peine humaine. C'était Angèle en homme, donc en pire. Derrière son cadet, le père Rwabango se prit les pieds dans sa soutane. Cette chute, par son caractère grotesque, allégea le cœur de Tendresse et elle en fut reconnaissante au curé qu'elle aida à se relever. Il empestait la sueur et l'alcool. Il y avait dans son regard une ombre qu'on n'y trouvait pas l'été précédent. Une ombre non religieuse. Ses mains glissaient comme des poissons sortis du lac. Quand il eut recouvré un vague équilibre sur ses jambes flasques, le père Rwabango toussota au lieu de dire merci. Ce n'était pas le moment, au Rwanda, de dire merci à une Tutsi. Sans se formaliser d'une impolitesse motivée par des sentiments patriotiques, Tendresse guida le curé jusqu'à une chaise où elle l'abandonna avec des précautions d'infirmière. Elle lut dans les yeux d'Angèle une approbation muette. En s'absentant alors de son corps et de la plus grande partie de son esprit, la Tutsi marcha vers le patron du bar. Elle se demanda ce qu'elle embrasserait en premier : sa bouche baveuse ou sa main velue. La bouche qui dit de tuer, la main qui le fait. Elle choisit la main, car faire, dans la philosophie non écrite tutsi, est moins grave que dire. Il n'y a pas de bave sur une main. Mais il y avait du sang séché entre les doigts de Rwabango. Tendresse se demanda si c'était celui de sa grand-mère. Elle n'osa poser la question de peur d'entendre la réponse. Elle appuya sa joue sur la paume de Charles. Elle eut envie de pleurer et, peu après, de dormir. Rwabango la regardait avec une béatitude molle comme les pans de sa chemise qui pendaient de chaque côté de son pantalon. Ce fut elle qui l'entraîna à l'intérieur de l'auberge. Elle était pressée d'en finir. Elle se dit que c'était une façon bizarre de perdre sa virginité, mais que ç'avait dû paraître plus bizarre aux petites filles de douze ou treize ans à qui c'était arrivé depuis le 6 avril. Ainsi qu'à ses sœurs, sans doute. Devant l'escalier, Rwabango parut marquer une hésitation. Tendresse se dit qu'il doutait avec raison qu'elle eût pour lui un sentiment et cherchait une question à lui poser pour la confondre, la piéger. Elle se colla aussitôt contre lui, pensant que c'était le meilleur moyen de le rassurer. Elle n'était pas sûre de pouvoir mentir avec des mots. Avec son corps, bien que celui-ci fût inexpérimenté, ça lui paraissait plus facile. « Tu n'as pas faim ? » demanda le Hutu. Elle se souvint que pendant la dernière partie du trajet dans l'automobile d'Angèle elle avait eu l'estomac dans les talons mais, depuis qu'elle s'était retrouvée en présence des frères Rwabango et de leurs acolytes patibulaires, le cœur lui était monté aux lèvres. « On a fait des brochettes de chèvre », dit Charles Rwabango. Maryvonne Unuzara avait une chèvre : Simone. Tendresse avait joué avec Simone l'été précédent et celui d'avant. Était-ce elle ? « On ne les a pas finies. Ça te tente ? – Non, merci. » Elle perçut une menace dans le regard sombre et flou du Hutu. Que cherchait-il à lui faire avouer ? Que ça l'ulcérait que des Hutus se régalent de chèvres tutsis ? « Ma sœur t'a donné à manger dans la voiture ? – Non, mais je n'ai pas faim. – Moi, j'ai un petit creux. Ça t'embête si j'avale quelque chose ? – Non. – Tu peux monter dans la chambre. Je n'en aurai pas pour longtemps. » Elle ne savait pas quelle était, au premier étage, la chambre de

Charles Rwabango. Elle posa la question. « Celle où il n'y a pas de crucifix. » Le Hutu fila à la cuisine, laissant Tendresse monter seule l'escalier. Si elle couchait dans la chambre où il y avait un crucifix, quelle serait la réaction de Charles ? Du prêtre ? Elle préféra s'en tenir à la conduite qu'elle avait définie la nuit passée : s'attacher Charles pour le temps des troubles. Elle trouverait ensuite le moyen de s'en débarrasser.

Une chambre de célibataire rwandais dont les parents sont morts, dont la sœur vit à cent cinquante kilomètres de là, dont le frère est prêtre et dont les amis sont des voleurs ou des assassins : chaussettes sales, bouteilles vides, transistor et caisse à moitié remplie de machettes neuves au pied du lit défait. L'odeur était celle du Mal. Tendresse se glissa sous la moustiquaire crasseuse, se recroquevilla sur les draps et s'endormit, assommée de répulsion et de chagrin. Quand elle se réveilla, elle constata qu'elle était seule dans le lit. Elle se dit que Charles n'avait pas terminé ses brochettes de chèvre. Était-il allé dormir dans la chambre de son frère ? Sous le crucifix ? N'ayant pas de montre, elle ignorait l'heure qu'il était. Elle se leva et descendit l'escalier. Charles se trouvait dans la cuisine de l'auberge, mais ne mangeait pas, il fumait. « Vous ne montez pas vous coucher ? » Elle posa une main sur la tête du Hutu comme un prêtre qui baptise un nourrisson. Elle se sentait prêtresse : celle du Bien pervers face au Mal borné. « Tu es si impatiente que je te viole ? » Elle espéra que la semi-obscurité où ils se trouvaient cacherait le rouge qui lui monta aux joues. « Vous n'allez pas me violer, puisque je suis d'accord pour coucher avec vous. » C'était une phrase inouïe à prononcer pour une Tutsi. Tendresse se demanda dans quel recoin délabré de sa conscience honteuse elle avait trouvé l'impudence de la proférer.

« Tu es vierge ? » Elle hocha la tête. « Ils ne t'ont pas violée à Kigali ? – Non. Ils ont tué Père et je me suis enfuie quand ils forçaient Mère. » Tendresse se rendit compte que ce bref récit des événements de la veille pouvait passer, par son aspect dru et intraitable, pour une condamnation des Interahamwe. Le Hutu poussa un soupir en écrasant sa cigarette dans un vieux cendrier Ricard, vestige de la colonisation. « Ce qu'on fait, on est obligés de le faire, sinon c'est à nous que vous le ferez. Tu en sais quelque chose : ton frère est dans l'APR, non ? » Elle ne répondit pas et sut que son visage n'exprimait rien, parce que c'était son expression préférée et qu'elle l'utilisait souvent en présence de ses professeurs ou de ses parents. Inutile de dire quelque chose, de manifester un sentiment. Si Charles avait décidé de la tuer, il pouvait le faire à tout moment. Pas la peine de chercher à l'en dissuader. Ce qu'il fallait, c'était lui plaire. Elle s'installa sur ses genoux. Charles appuya son gros visage contre la poitrine discrète de la Tutsi. Elle sentit qu'il pleurait. De courts sanglots d'enfant. Le Hutu se plaignit : « Pourquoi nous avez-vous poussés au meurtre ? Si vous nous aviez manifesté de la considération, du respect et de l'amitié, nous n'en serions pas là aujourd'hui. Nous vivrions ensemble dans la paix et l'harmonie. » Tendresse sourit, effarée par tant de mauvaise foi et d'arrogance. Si les Tutsis et les Hutus vivaient aujourd'hui dans la paix et l'harmonie, elle n'aurait pas été assise sur les genoux de Charles Rwabango, mais couchée, fière et intouchable, dans son lit de jeune fille, attendant d'épouser un médecin, un ingénieur, un professeur ou un homme politique tutsi. Charles, consolé, lui tapota les fesses. « On y va, ma putain tutsi ? – Je ne suis pas putain, je suis vierge. – Quand tu ne seras plus ma vierge, tu seras putain. » Elle ressentit un puissant mélange, qui la fit presque s'évanouir, de dégoût et de soulagement. Dégoût pour ce que l'homme allait lui faire, soulagement qu'il allât le lui faire. Après il la considérerait comme sa propriété, d'autant qu'il aurait été son premier amant, et aucun Interahamwe ou FAR ne pourrait plus la toucher ni même lui parler sans politesse. Il tituba dans l'escalier. Allait-il tomber sur le sol, comme son frère Jean-Pierre quelques heures plus tôt ? Tendresse se demanda si, pendant la coupe, il avait arboré une de ces perruques multicolores avec lesquelles les Interahamwe de Kigali aimaient à s'exhiber devant leurs futures victimes.

La chambre se mit, quand il y entra, à ressembler encore plus au Hutu : elle prenait ses traits ingrats et fatigués, le désordre de ses idées, la banalité fourbe de son regard. En tombant sur le lit, Charles déchira la moustiquaire et Tendresse pensa qu'après son dépucelage elle passerait la nuit à gratter ses piqûres de moustique. Un bruit de ventilateur emballé s'éleva dans la pièce : Rwabango ronflait. Tendresse regarda avec stupeur cette masse informe, doutant que dans cette confusion abjecte de chairs et de vêtements elle pût reconnaître un pénis, alors qu'elle n'en avait jamais vu. Elle attendit que l'homme se réveillât, sachant qu'il est mauvais de tirer quelqu'un du sommeil où il s'entretient avec ses ancêtres. Rwabango était d'une immobilité cadavérique et, n'eût été le bruit de forge qui sortait de son gosier, on aurait pu croire qu'il était mort. Tendresse comprit qu'il lui serait impossible d'offrir sa virginité à cette outre pleine d'alcool, si tant est que le Hutu eût été capable de la prendre. Elle devait modifier son plan. Le temps qu'elle aurait dû occuper à donner du plaisir au Hutu, elle le passa à envisager des solutions propres à assurer sa survie.

Au bout d'une demi-heure de réflexion, alors que Rwabango restait les jambes écartées et le nez enfoncé dans les draps, elle se leva et quitta la pièce. Dans le couloir, elle se trouva nez à nez avec Jean-Pierre Rwabango. « Tendresse... », dit-il. Elle ne parvint pas à deviner s'il marmottait son nom ou celui de la chose dont il avait besoin. « Mon père », dit-elle. Sans point d'interrogation. Ni de suspension. Ne sachant pas si elle parlait du curé ou lui reprochait la mort de son père, la veille à Kigali. Le prêtre esquissa le geste de lui caresser les cheveux, sans les toucher, ce qui était moins religieux et plus érotique que s'il avait posé la main dessus. « Je suis désolé, Tendresse. Nous vivons une époque horrible, mais nous allons te protéger, mon frère, ma sœur et moi. Avec nous tu ne risques rien. – Merci, mon père. – Charles et toi, il faudra vous marier. Je sais qu'il y tient. On devra peut-être attendre quelques semaines, quelques mois. Compte tenu de la situation politique, en ce moment, la meilleure chose à faire pour Charles n'est pas d'épouser une Tutsi. Plus tard. Ce dont je suis sûr, c'est que son bonheur en dépend. Toi, Tendresse, est-ce que tu l'aimes ? » Comment pouvait-elle aimer le dirigeant d'une milice qui venait de trucider ses parents et ses frères et sœurs ? La question de Jean-Pierre Rwabango était si incongrue, absurde et insultante que Tendresse se trouva dans l'incapacité d'y répondre. « Toi et lui, vous avez...? Enfin, je veux dire : c'est arrivé ? – Quoi ? – L'affaire. – Oui, dit la jeune fille sans l'ombre d'une hésitation. – Tu n'as pas saigné ? – Un peu. J'allais aux toilettes, justement. – J'en viens. Elles sont extras. Toutes nouvelles. Charles les a fait installer juste avant le coup d'État. C'est quelqu'un de valeur, mon frère. Quelqu'un de sérieux. Prévoyant, organisé. Il s'occupera de toi. Il s'occupe bien des gens. » Il plaqua sur sa trogne un sourire dont Tendresse devina qu'il se voulait élégant, aérien, juvénile. Espérait-il lui plaire ? Il fit un laborieux demi-tour et se dirigea vers sa chambre, celle au crucifix. Le Christ, pensa la jeune fille, savait-il au-dessus de qui il n'arrivait pas à dormir ? Malgré la crainte que Charles se réveillât avant qu'elle ne fût loin de l'auberge du Lac, elle ne put s'empêcher de faire un détour par les nouvelles toilettes vantées par le curé. Elle ne savait pas quand elle pourrait à nouveau se savonner le visage et faire ses besoins dans un endroit propre et commode. Le prêtre avait oublié de tirer la chasse d'eau après avoir vomi dans le trou des WC, ce qui gâta à Tendresse la bonne impression que lui fit l'ensemble du dispositif. Elle faillit tirer elle-même la chasse, puis se dit que le bruit sortirait peut-être Charles de son sommeil d'ivrogne. Décida de laisser les Rwabango dans le vomi du religieux. Et dans sa merde à elle.

Elle eut un nouveau coup au cœur quand, traversant la terrasse de l'établissement, elle aperçut Angèle affalée sur une chaise. Elle craignit que l'autre ne l'appelât ou n'alertât ses frères, mais le silence de la nuit, après la cacophonie du soir, demeura compact, imprenable. L'aînée des Rwabango avait dû s'assoupir. Ce n'était pas prudent de s'endormir dehors par les temps qui couraient, même si tous les Tutsis le faisaient. Mais eux étaient bien obligés. Tendresse longea la corniche. De l'autre côté du lac brillaient les lumières de Goma. La jeune fille grimpa sur la colline où se trouvait l'habitation de sa grand-mère. C'était la première partie de son plan. Si Maryvonne vivait encore, Tendresse s'enfuirait en barque avec elle au Zaïre cette nuit même. Si l'autre avait déjà été découpée, la jeune fille chercherait l'argent dans la cachette que Maryvonne lui avait indiquée. Il y en avait deux : une destinée aux éventuels pillards, où ils trouveraient une somme assez rondelette pour les dissuader de chercher ailleurs, l'autre recelant un montant beaucoup plus important. Tendresse découvrit le cadavre de sa grand-mère dans la pièce principale, couché devant la télévision allumée. Le décès était récent. Elle éteignit le poste et s'agenouilla auprès de Maryvonne. Celle-ci portait des traces de coups de machette sur toutes les parties visibles du corps. Le crâne avait été fendu en deux. Il sembla à Tendresse que, malgré tout, son visage gardait une expression paisible. Les morts ont l'air soulagé de ne plus avoir à vivre, surtout ceux qui ont été assassinés. La jeune fille récita le *Notre Père* et le *Je vous salue Marie*. Elle demanda pardon à sa grand-mère de ne pas avoir le temps de l'enterrer convenablement. Elle n'avait aucune idée de ce que deviendrait le corps dans le chaos en cours. Dévoré par les chiens ? Pendant le génocide, les chiens rwandais ont mangé beaucoup de chair tutsi, les Interahamwe laissant les victimes à l'abandon.

Tendresse se dirigea vers la seconde cachette de Maryvonne, convaincue que sous la torture sa grand-mère avait révélé aux Interahamwe l'emplacement de la première. La planque la plus importante était en effet plus facile à découvrir que la cachette secondaire, puisque les intrus ne la rechercheraient pas. Au fond d'un coffre à jouets perdu dans le désordre volontaire de la chambre des petits-enfants, à l'intérieur du ventre d'un ours en peluche énucléé, Tendresse trouva, enveloppés dans un sachet en plastique, 2 000 dollars en billets de 100. Elle sentit aussitôt le danger que cette somme représentait pour elle. Un danger aussi grand que celui qu'elle courait du fait de sa beauté. Elle aurait désormais deux choses à protéger, et son protecteur ne pouvait plus être Charles Rwabango. Elle devait en trouver un autre. Un Blanc serait l'idéal. Un bazungu. La première chose qu'elle ferait en arrivant ce matin-là au Zaïre : se donner à un bazungu pour qu'il devienne son protecteur. Pas un de ces salauds de Français qui avaient toujours préféré les Hutus : un Anglais ou un Américain. Par acquit de conscience, elle vérifia qu'au jardin la première cachette avait été découverte et son contenu emporté. Comme la vieille Unuzara l'avait prévu, les Interahamwe s'étaient emparés des 300 000 francs rwandais réunis en petites coupures afin qu'ils aient l'impression d'en avoir davantage. Le trou avait été creusé, la petite boîte en fer-blanc avait disparu. Tenant contre elle ses 2 000 dollars, Tendresse sourit et dédia ce sourire, au-delà du fleuve de la mort, à sa grand-mère rusée.

En redescendant vers le lac, la jeune fille vit des yeux bleus briller dans les fourrés, d'où sortit le chat de Rosamond Halsey Carr, celle-ci habitant pourtant à vingt kilomètres de Gisenyi. L'animal se glissa sur le chemin avec une élégance mêlée de désinvolture et d'ennui, Tendresse le trouva trop confiant pour un chat. Les Hutus tuaient aussi les chats. Elle se demanda ce qui était arrivé à Rosamond. La même chose qu'à Maryvonne Unuzara ? Peut-être pas, car c'était une Blanche. Et une Américaine. On avait pourtant assassiné une autre Américaine, Diane Fossey, le 27 décembre 1985, parce qu'elle tentait de s'opposer à la chasse aux gorilles, vieux sport d'Afrique centrale. Kim se frotta contre les jambes de Tendresse. Avait-il reconnu l'adolescente qui accompagnait Mme Unuzara quand la vieille dame tutsi rendait visite à son amie de Mugondo ? Sans doute n'avait-il pas reçu un seul câlin depuis le départ de sa maîtresse, ça lui manquait. Tendresse lui gratta le haut du crâne pendant cinq secondes, puis dit : « Pas le temps, mon vieux Kim », et poursuivit sa course vers le lac. L'animal ne chercha pas à la suivre. Les chats savent que lorsque ça pète, c'est chacun pour chat. Il avait l'expérience des choses de la vie et de la mort, après quatorze années sur terre africaine. À son retour dans sa maison du Kivu, au mois d'août suivant, Rosamond Halsey devait retrouver son *« chat siamois de quatorze ans, qui me réprimanda en grognant de l'avoir abandonné, et me fit savoir combien il avait souffert »*. Le récit de Rosamond s'arrête en août 1997 et l'auteur ne nous dit pas si Kim a survécu aux épreuves endurées pendant le printemps 94. Ni comment, dans l'hypothèse optimiste, il a pris l'arrivée, dans sa vieille demeure de Mugondo, de quarante et un orphelins envoyés à Rosamond par Save The Children et le CICR.

Plusieurs barques étaient amarrées à la corniche. Tendresse ne remarqua aucun garde Interahamwe ou des FAR dans les parages. Les Hutus continuaient d'avoir peur de la nuit qui rassure et même exalte les Tutsis. Tendresse sauta dans une embarcation où elle avait repéré deux rames. Elle avait fait beaucoup de barque sur le lac Kivu pendant tous les étés qu'elle avait passés chez sa grand-mère, et on la considérait comme une des meilleures rameuses de la station. Il lui semblait se mouvoir comme dans un rêve, impression accentuée par la nuit profonde. La distance était plus longue qu'elle ne l'avait imaginé : environ deux kilomètres. À la fin, elle avait les mains si meurtries qu'elle pouvait à peine tenir les rames. La pluie commença à tomber lorsqu'elle fut à mi-distance du Zaïre. Elle y vit un présage favorable, mais l'eau emplissait peu à peu la barque et elle se dit que le bon augure allait se transformer bientôt en naufrage. Ce qui la rassurait, c'était que les dollars de Maryvonne, dans la pochette en plastique, ne seraient pas mouillés. Grand-mère avait pensé à tout, même à la météo. Tendresse craignait que le bruit de l'averse de plus en plus violente ne réveillât Rwabango et qu'il ne donnât l'alerte à ses sbires pour que ceux-ci patrouillent sur le lac en canot à moteur. Elle parvint dans les environs de Goma peu avant l'aube. Elle se coucha sous un flamboyant et s'endormit aussitôt. Aujourd'hui, dans ces dîners québécois où elle est reçue en sa qualité de Tutsi avec des précautions et des égards qu'on réserve aux plus hauts personnages de l'État ou aux handicapés, elle aime à dire qu'on peut s'endormir de joie : c'est ce qui lui était arrivé au Zaïre. Le soleil brûlant de midi la réveilla. Elle avait mis son argent dans sa culotte, sans penser que c'était la première chose que des violeurs lui enlèveraient.

Marcher. Au milieu de tous ces gens cent fois, mille fois moins riches qu'elle. Une majorité d'entre eux n'ayant pas même 2 dollars par jour. 1 600 francs CFA, c'est une somme pour un piéton congolais. Toutes les filles de son âge déjà dépucelées, souvent lors d'un viol. Deux sur trois déjà mères. De deux ou trois enfants. Elle avait une obsession : arrêter le premier 4 × 4 qui passerait sur la route. Il y aurait forcément un bazungu dedans. Peut-être plusieurs, mais elle n'avait besoin que d'un. Elle regardait sans cesse derrière elle en avançant sur la route défoncée. Passaient toutes sortes de véhicules : camions, camionnettes, taxis, vélomoteurs, vélos. Mais pas de 4 × 4. Les courtes femmes congolaises et leurs noueux compagnons bantous commençaient à la regarder d'un œil torve. Son allure, sa taille tutsis faisaient de nouveau des leurs. Elle se trouva devant une bâtisse sur le portail de laquelle il y avait un autocollant MSF. C'était ce qu'il lui fallait : un médecin. Un médecin sans frontières. Un médecin blanc, car les médecins noirs ont des frontières. Elle préférait qu'il fût moche et vieux : il tomberait plus vite amoureux d'elle. S'inventerait une romance. Si tous ces hommes de science affluaient en Afrique, c'était afin d'être admirés et aimés comme ils ne l'étaient pas dans leur pays où ils n'étaient plus assez jeunes et pas assez riches pour plaire aux jolies jeunes filles comme Tendresse. Elle poussa le portail. Une jeune femme blanche sortit de la maisonnette. Elle avait de grosses fesses pleines de regrets et un visage élargi de dévouement pas assez payé de retour. « Ce n'est pas ouvert », dit-elle. Parlait-elle de son cœur ? Tendresse expliqua qu'elle était tutsi et venait du Rwanda, ayant traversé le lac Kivu au cours de la nuit. Ses parents et ses cinq frères et sœurs avaient été, ajouta-t-elle, massacrés l'avant-veille à Kigali. Dommage, pensa-t-elle, de ne pas être tombée sur un homme. Il l'aurait regardée d'une autre manière, et du coup elle aussi. « Que puis-je pour vous ? demanda la Blanche, lasse de tout ce malheur et en même temps intimidée par lui. – Je ne connais personne à Goma. Je voudrais être logée quelque part. – Nous ne sommes pas une agence immobilière. Nous soignons les gens. Êtes-vous malade ? Avez-vous été violée ? » Tendresse fut obligée de reconnaître que non, s'abstenant de préciser que ça n'avait pas été faute d'avoir essayé. « Je vous serais utile. Outre le français et l'anglais, je parle le kinyarwanda et le lingala. – On a déjà un interprète. Notre *log*, notre logisticien, est en déplacement à Bukavu. Aujourd'hui, il n'y a que des médecins. Si vous ne souffrez pas, ils ne peuvent rien pour vous. – Je souffre psychologiquement. – Je comprends, mais on n'a pas de psychologue. On en aurait pourtant besoin. »

Jean-Christian Beauregard était un Canadien de cinq ou six centimètres de moins que Tendresse et d'une vingtaine d'années plus âgé. La jeune fille contempla avec béatitude la réalisation de son rêve. Mal rasé faute de temps, les yeux rougis par le manque de sommeil : « Bonjour, mademoiselle. » Vers la Blanche : « C'est quoi le problème, Jacqueline ? – Elle s'est enfuie du Rwanda cette nuit. Toute sa famille décimée. Trouve-lui quelque chose, si tu peux. » Jacqueline rentra dans la maison d'où le médecin venait de sortir. Tendresse répéta son histoire en s'arrêtant entre chaque phrase pour entendre le bazungu la désirer bien.

Il se souvint qu'il n'avait pas tiré la chasse d'eau après avoir vomi dans le trou des WC neufs de son frère. Il eut envie de retourner en vitesse aux toilettes pour le faire avant que Tendresse Unuzara, la plus jolie créature africaine jamais déposée sur Terre par le Dieu Tout-Puissant, ne posât son délicat derrière tutsi sur la lunette des cabinets. Il était déjà couché sur son lit, sous le grand crucifix qu'il avait rapporté de Belgique. Trop fatigué pour se relever. La jeune fille flotta avec légèreté dans sa demi-conscience avant qu'il ne s'endormît. Quand il se réveilla, le soleil était haut dans le ciel et le *boulot* avait repris. Il entendait des cris lointains, des pas précipités devant l'auberge. Il descendit à la cuisine où il trouva son frère Charles assis en face de leur sœur Angèle. Le CDR chipotait dans une assiette de viande et de manioc en buvant de la bière. Les génocidaires s'étaient mis à boire de la bière dès le matin, par esprit d'abondance. Jean-Pierre demanda où était passée Tendresse. Angèle lui lança un regard froid qui pouvait signifier beaucoup de choses. Le prêtre se tourna vers son frère, toujours trahi par ses expressions. Charles Rwabango regardait dans le vide. Il avait son air penaud et furieux de Hutu cocu de l'Histoire et de la Communauté internationale. Jean-Pierre en conclut que

Tendresse avait pris la poudre d'escampette pendant la nuit. Sans doute après qu'il l'eut croisée dans l'escalier. Le prêtre s'assit. Il avait faim et mal à la tête. « Elle s'est enfuie pendant que je dormais, dit Charles. J'ai envoyé des hommes chez la vieille Unuzara. Tendresse n'y était pas. Depuis, on la cherche par toute la ville. – Il y a des chances qu'elle soit passée au Zaïre », dit Angèle. Au prêtre : « Tu te souviens du jour qu'on est ? – Non. – Dimanche. – Merde, ma messe. » Il faillit prendre un morceau de chikwangue pour la route, mais se rendit compte qu'il devait rester à jeun, puisqu'il allait communier.

À quoi ressemble une messe durant un génocide ? Devant une assemblée clairsemée, Jean-Pierre se demanda si, à Auschwitz ou à Birkenau, de 1942 à 1945, on avait célébré des offices religieux. Qui a le plus besoin de Dieu : qui tue ou qui est tué ? Sous la chasuble et l'aube consacrées, il se présenta au Seigneur, Lui demandant en lui-même de ne pas permettre aux Tutsis d'exterminer les Hutus, et donc de permettre aux Hutus d'exterminer les Tutsis. Il fit le signe de la croix, imité par les fidèles qui se trouvaient derrière lui. Pour la première fois depuis le début de sa carrière ecclésiastique il ressentait une gêne, une appréhension à tourner le dos au peuple des chrétiens. N'y aurait-il pas parmi eux un terroriste tutsi capable, pour se venger de Charles Rwabango, d'assassiner le frère de celui-ci dans l'église ? *« J'irai vers l'autel de Dieu/Vers Dieu qui réjouit ma jeunesse. »* Dieu avait-il réjoui la jeunesse de Jean-Pierre ? Sa plus grosse déception d'enfant n'avait pas été que l'Américain l'eût violé, mais d'avoir perdu un ami dont il était sûr qu'il le protégerait jusqu'à la fin de ses jours. Dans un sens, c'est ce qui était arrivé. Jean-Pierre aurait préféré autre chose. Études secondaires à

Kigali, fac d'informatique aux USA. Une épouse, deux ou trois bureaux, six enfants. Jean-Pierre les aurait emmenés dîner en groupe – moins les bureaux, réservés pour les endroits plus intimes et plus festifs comme les Caprices du palais ou le Sole Luna – au restaurant du quatrième étage de l'hôtel des Mille Collines. Il aurait fallu deux serveurs pour apporter les bouteilles de Coca pour les garçons et les bouteilles de Fanta pour les filles. Dimanche au golf avec Herbert. L'Américain était d'origine allemande, comme le Rwanda. Peut-être ça qui le rapprochait de ce pays et de son peuple. Jean-Pierre se demande ce qu'il est devenu. Retraite pédophile à Miami ou à Manille ? Ou décédé, avant le génocide, d'un cancer du côlon ? du pancréas ? Ces maladies que les Africains ne connaissent pas, étant morts avant du paludisme, de la tuberculose, du sida ou sous les coups de machette d'un voisin. Et lui, Jean-Pierre, qu'est-il devenu ? Un prêtre génocidaire enfermé dans une cave de Brazzaville en compagnie d'un bébé hurleur qui est son neveu et dont Jean-Pierre sait que, dans cinq, dix, trente minutes, il sera tué. Par lui.

Il monta à l'autel qu'il embrassa, celui-ci représentant l'Église. Il lut le chant de l'entrée. On aurait dit une supplique tutsi, en face d'un Hutu à machette : « *Seigneur, prends pitié,/Seigneur, prends pitié./Ô Christ, prends pitié,/Ô Christ, prends pitié...* » Mais rares étaient les Tutsis qui suppliaient. Et aucun d'entre eux n'avait jamais appelé Seigneur un Hutu. Après le chant de joie qui rendit un son funèbre dans l'église à moitié vide autour de laquelle on entendait courir des gens dont on se demandait si c'étaient des martyrs ou des bourreaux, Jean-Pierre se posta au milieu de l'autel, regarda son public terrorisé et ouvrit les bras pour l'inviter à la prière. Pour cette messe qu'il aurait oublié de célébrer si sa sœur ne lui avait rappelé qu'on était dimanche, il n'avait pas prévu d'épître à lire aux fidèles, alors il choisit une page au hasard et commença à déchiffrer une lettre de Paul aux Thessaloniciens sans trop comprendre le sens des mots qui sortaient de sa bouche : « *Frères, à tout instant nous devons rendre grâce à Dieu à cause de vous, et c'est bien juste, étant donné les grands progrès de votre foi, et la croissance de l'amour que chacun d'entre vous a pour tous les autres.* » Les curés étant comme les profs des bêtes de scène – des bêtes de cène, plaisantaient les étudiants belges en théologie, à Louvain –, il sentit que les fidèles présents jugeaient, vu les circonstances, le texte d'une ironie douteuse, mais Jean-Pierre n'allait pas, devant l'assemblée, feuilleter l'Évangile pour trouver un passage mieux adapté.

La porte de l'église fut soudain ouverte à grands coups de pied comme pour mieux souligner l'inanité de cette lettre de Paul, la deuxième, aux Grecs de Thessalonique. La frayeur des quelques Tutsis présents fit comme toujours plaisir au père Rwabango. Lui-même avait si longtemps eu peur des Tutsis. Il lisait maintenant dans leurs yeux affolés sa panique d'autrefois sous leur regard impérieux. Il ressentit néanmoins l'intrusion des Interahamwe dans son église, au milieu de l'office dominical, comme une insulte à sa parenté avec leur illustre chef, Charles Rwabango. « Qui vous a permis d'entrer ici ? » glapit-il d'une voix fausse. Il n'obtint aucune réponse, les Hutus étant occupés à massacrer les Tutsis aux quatre coins de la nef. Une femme tutsi, qui avait déjà reçu deux ou trois coups de machette, lui tendit un étrange paquet d'où sortait une balle de tennis noire avec deux yeux proéminents : « S'il vous plaît, sauvez mon fils ! » Il prit l'enfant d'un geste machinal, comme si ç'avait été un poulet offert par un fidèle. L'Interahamwe, après avoir achevé la mère de plusieurs entailles, se plaignit : « Rendez-le-moi, mon père. Je dois finir le *boulot*. Si on ne tue pas ce cafard maintenant, dans vingt ans il reviendra nous exterminer. On a des ordres. L'État est avec nous, l'armée aussi. La radio le dit tous les jours. Nous ne faisons que notre devoir. Donnez-moi ce Tutsi, monsieur le curé. Il faut que je le découpe. » Jean-Pierre dit qu'il n'en était pas question. L'autre lui demanda pourquoi. Rwabango dit qu'il n'avait pas à savoir pourquoi. Un fin sourire illumina le visage bestial du tueur. « Vous voulez le découper vous-même. – Vous êtes fou ? » Alors qu'il savait, au fond de son être meurtri, après tant d'années de mensonge et de solitude, que c'était lui-même le fou.

Il sortit de l'église et, en tenue de messe, courut jusqu'à l'auberge du Lac, le bébé tutsi dans les bras. C'était une boule tiède qui se tortillait en gémissant et en lui lançant des regards courroucés de petit vieillard tutsi sur un de ses esclaves hutus. S'inscrivait sur sa bouche pincée l'amertume vile d'une domination millénaire. Angèle n'était pas à la messe, car elle ne croyait plus en Dieu. Selon elle, Dieu était mort d'une attaque cérébrale après un voyage en Afrique, quelque part entre Moscou et Washington, autour de 1960. Angèle demanda à Jean-Pierre s'il avait sauvé cet enfant et il dit que oui, ajoutant que jamais les Interahamwe n'oseraient s'en prendre au bébé tant que celui-ci se trouverait dans la maison de Charles Rwabango, à Gisenyi. « Sauf Charles Rwabango », dit Angèle. Le CDR était parti dans les champs pour continuer le *boulot*. Il avait pensé un moment passer au Zaïre pour y chercher Tendresse, mais le Zaïre est grand et Charles ne voulait pas, précisa Angèle avec un sourire triste et ironique, forcer la jeune Tutsi à rester auprès de lui. « Crois-tu que nous devrions cacher ce bébé ? demanda le prêtre. – Il est impossible de cacher un bébé, dit Angèle. C'est le problème des mères tutsis depuis le début des massacres. » Ils se trouvaient dans la salle à manger de l'auberge. Angèle avait pris l'enfant dans ses bras et le berçait, ce qui n'empêchait pas celui-ci de rouler des regards furibonds. Il voyait que cette femme n'était pas sa maman, bien qu'elle fût noire et douce comme elle. Il avait envie de demander où se trouvait sa mère, mais n'avait pas de mots pour le faire, rien que des larmes et des cris. Il sentait que ce n'était pas le moment de les utiliser, sinon l'agitation de l'église recommencerait. Il se souvenait que sa mère avait disparu dans un hurlement, comme dans un trou.

Jean-Pierre attendait le moment où le bébé se mettrait à pleurer et à crier. Il avait prête, pour cet instant, une exaspération sombre. « Je vais l'installer dans ma chambre, dit Angèle comme si elle avait deviné les pensées de son frère. – Tu peux le mettre dans la mienne. – Non : il sera mieux chez moi. Ne suis-je pas médecin ? Nous n'avons pas de couches. – C'est le moment d'en piller : les magasins sont éventrés. – Tu as appris le cynisme au petit séminaire ? – Non : au grand. » La sœur aînée des frères Rwabango ne sourit pas. En présence d'un enfant, certaines femmes perdent leur sens de l'humour, surtout celles qui n'ont jamais eu ni l'un ni l'autre. « Je me suis occupée de toi quand tu avais cet âge-là, dit Angèle. Et de ton frère aussi. J'étais petite, mais vous étiez encore plus petits que moi. Ça me fait bizarre que vous ne soyez plus petits. Ni innocents. » Elle se leva. Jean-Pierre eut l'impression qu'on le privait de quelque chose. Son butin ? De quel combat ?

Pendant la journée, Angèle confectionna des couches à l'aide de vieux draps, puis, en compagnie de la cuisinière hutu, différentes bouillies qu'elle apporta au bébé. Celui-ci les mangea avec un appétit silencieux. Jean-Pierre était admis aux repas du miraculé. N'était-il pas, jusqu'à preuve du contraire, son sauveur ? Il regardait sa sœur glisser avec délicatesse une petite cuiller dans la bouche de l'enfant, puis celui-ci la sucer avec le sérieux et l'application tutsis. Jean-Pierre attendait le retour de Charles avec une impatience fébrile, comme si son frère allait faire ou dire la chose qui le délivrerait d'une obsession qui n'avait pas encore de nom ni de forme, mais dont le prêtre devinait qu'ils seraient affreux. Les brochettes de chèvre commençaient de griller sur le brasero de l'auberge du Lac quand Charles et ses hommes, machette ensanglantée à la main ou sous le bras, s'installèrent à la terrasse avec des rires qui ressemblaient à des grognements. Ils demeurèrent silencieux en buvant leur bière tandis que la nuit tombait sur eux. Jean-Pierre les rejoignit, laissant Angèle auprès de l'enfant. « Il paraît que tu as fait des tiennes pendant la messe », dit Charles. Il avait terminé sa première Primus et suçotait le goulot de la seconde encore pleine. « C'est toi qui as fait des tiennes, dit le prêtre. Tes hommes auraient pu attendre la fin de l'office. – Et que les cafards puissent se disperser dans la nature ? On voit que ce n'est pas toi qui leur cours après. Ils courent vite, ces salauds. Alors, quand on les trouve rassemblés quelque part, une église par exemple, on en profite. – Même si c'est l'église de ton frère ? – Considère la chose comme ta participation à l'effort de guerre, J.-P., et va te servir une Mort subite. Après, tu m'expliqueras pourquoi tu as sauvé ce bébé cafard. Il est pourtant écrit dans le manifeste des Bahutus que petit cafard deviendra grand. Ou grande, si c'est une fille. – C'est un garçon. – Dommage, on aurait pu l'appeler Tendresse. – Il a sans doute un nom, mais sa mère n'a pas eu le temps de me le dire. – Je bois à cette Tutsi de moins », dit Charles en levant sa bouteille. Les autres l'imitèrent, puis tous entamèrent les brochettes tandis que Jean-Pierre allait prendre une Mort subite dans le réfrigérateur de la cuisine. Il s'étonnait qu'il y en eût encore, vu le mal de tête qu'il s'était trimbalé toute la journée, notamment lors de cette messe fatidique dont chaque instant reste aujourd'hui gravé dans sa mémoire.

« Il faut nous débarrasser de l'enfant », dit Jean-Pierre après avoir avalé plusieurs brochettes. Certains génocidaires se lavaient avant le dîner, d'autres dînaient tels quels : Charles appartenait à la seconde catégorie. Le sang des victimes et la graisse des chèvres se disputaient ses doigts épais dont Jean-Pierre suivait des yeux, fasciné, les évolutions coupables dans le crépuscule. « De quoi ai-je l'air ? En gardant ce cafard à l'auberge, je perds ma crédibilité de chef hutu. – Parles-en à Angèle, mais tu auras du mal à la convaincre. – Je ne sais pas ce qui arrive à notre sœur. J'ai l'impression que, politiquement, elle devient floue. Pourquoi, par exemple, n'est-elle pas rentrée à Kigali ? On a besoin d'elle là-bas. Il y a une guerre, son devoir de Hutu est de soigner nos soldats, et non de perdre son temps à chouchouter un bébé tutsi. – Si tu allais le lui dire toi-même ? – Je le lui dirai quand elle descendra dîner. – Elle ne quittera pas l'enfant de la soirée ni sans doute de la nuit, de peur qu'on ne le lui tue. Elle se méfie de nous. – De moi, je comprends, mais de toi ? Tu as sorti l'enfant de l'église, oui ou non ? – Oui. Je ne sais pas pourquoi. J'aurais dû le laisser avec les autres. Quelle vie sera la sienne à présent ? – Tu as raison : c'est cruel de tuer les parents et de sauver les enfants. C'est ce que je dis à mes gars : le ménage doit être fait à fond. Et puis, Angèle m'emmerde. Qu'elle garde son cafard, on trouvera un autre moment pour le découper. »

Une sensation bizarre avait envahi Jean-Pierre : d'un côté Angèle voulait garder le bébé en vie, de l'autre Charles désirait le tuer, mais lui-même ne savait pas ce qu'il comptait en faire, à part l'arracher à sa sœur et à son frère. Et le garder. Pour lui. Un certain temps. Il posa sa bouteille de Mort subite à peine entamée sur la table, se leva et se dirigea vers l'intérieur de l'auberge. « Tu vas pisser ? lui demanda son frère. – Non : dormir. La nuit dernière, je n'ai presque pas fermé l'œil. – Alors, tu as vu Tendresse s'en aller. Pourquoi ne m'as-tu pas prévenu ? » Jean-Pierre vit s'approcher de lui, dans la pénombre, cette silhouette énorme, alourdie et aussi grandie de tous les crimes accomplis par ses larges mains. « J'étais là quand elle a descendu l'escalier, c'est tout. – Tu n'as pas demandé où elle allait ? – Excuse-moi, Charles : j'étais soûl et je ne me souviens pas de tout. – Il ne t'est pas venu à l'esprit que si elle quittait ma chambre, c'était pour me larguer ? – Elle t'avait baisé la main, s'était serrée contre toi. Elle m'a dit que vous aviez commencé votre union. Je pensais qu'elle t'aimait. – C'était une de ces ruses que les cafards utilisent contre nous depuis des siècles. Et toi, pauvre Hutu, tu t'es laissé berner. – Tu as raison : j'aurais dû me douter de quelque chose. Je te demande pardon. » Charles poussa un gros soupir de tendresse fraternelle blessée, secoua la tête à plusieurs reprises avec une lourde résignation, puis s'approcha de Jean-Pierre et le serra dans ses bras. Le prêtre sentit que son cadet s'était mis à pleurer. Essuyant ses larmes avec le dos de la main, il dit : « Excuse-moi, c'est nerveux. On a des journées, aussi. Couper, couper, couper. » Il fit un petit geste impérial vers son frère, comme quoi il autorisait celui-ci à regagner ses appartements, et retourna au milieu de ses derniers amis, ceux avec lesquels il était entré dans le Mal. Au nom du Bien. Faire le Mal au nom du Bien est la façon la plus agréable et donc la plus répandue de faire le Mal, pensa Jean-Pierre en grimpant l'escalier sur lequel, la veille, il avait croisé Tendresse. Bien sûr qu'il s'était douté de quelque chose. En des temps pareils, tout était perceptible. Chaque sentiment grossi par la loupe du drame. Par une roublardise ecclésiastique qui était dans sa vie comme un bouton trop longtemps gratté et en même temps pas assez, il avait évoqué le prochain mariage de Charles et de Tendresse, insisté sur les qualités morales de son frère. Elle avait pâli en souriant et il n'avait pas voulu comprendre qu'elle ne resterait pas à Gisenyi une minute de plus, tout en sentant qu'il ne voulait pas le comprendre, ce qui fit qu'il le comprit.

Il entra dans la chambre de sa sœur, si bien rangée et si propre qu'elle semblait une annexe de l'hôpital de Kigali. L'enfant tutsi était couché dans le lit et dormait. Il respirait fort et gémissait dans son sommeil. Parfois il clappait de la langue. Jean-Pierre éprouvait pour lui une haine et un dégoût voluptueux. « Descends prendre quelque chose », dit-il à sa sœur. Montrant le bébé d'un mouvement de tête qu'il souhaita le plus désinvolte, le plus indifférent possible : « Je le surveille. – Non. – Tu n'as pas arrêté de la journée. En plus, tu dois parler à Charles, parce qu'il veut couper l'enfant. – Que lui as-tu dit ? – Quoi qu'on puisse lui dire, il vaut mieux que ce soit toi qui le fasses. » Angèle poussa un soupir. « Je n'ai pas envie de lui parler. » Elle regardait Jean-Pierre avec méfiance, hostilité. « Angèle, j'ai sauvé cet enfant.

Quel mal veux-tu que je lui fasse ? – Qui t'a parlé de ça ? Je n'ai pas faim, voilà tout. Et si tu crois que c'est drôle de faire une bise à son petit frère après qu'il a tué dix ou vingt personnes dans la journée, tu te trompes. – Ce ne sont pas des personnes, ce sont nos ennemis. Charles est un patriote. – Ce bout de chou, un ennemi ? demanda Angèle en désignant le petit paquet de chair noire qui se tortillait dans les draps blancs. – Il le deviendra un jour ou l'autre, et alors ce sont nos enfants qu'il tuera. – Mes enfants ? J'ai cinquante et un ans, abruti. Les tiens, alors ? – Non : ceux de Charles. » Il n'en a eu qu'un, Charles, d'enfant : Innocent, dont les hurlements décuplent d'intensité dans cette cave où le prêtre ne sait plus depuis combien de temps il gît à même le sol de terre battue, blessé, inondé de sueur, tressaillant de terreur et de haine. Il doit se répéter qu'il aime Innocent, qu'il est désormais son père à double titre : spirituel et coutumier, pour ne pas s'approcher de lui et l'étrangler. S'il le prenait dans ses bras, le bébé arrêterait peut-être de pleurer et de crier, mais alors il serait impossible à Jean-Pierre de résister à la tentation de l'étouffer contre sa poitrine, de lui broyer le crâne à deux mains.

« Tu as raison : je dois parler à Charles avant qu'il ne soit trop tard. » Angèle se leva. Le prêtre la regarda avec stupeur et incrédulité. Elle jeta un coup d'œil au bébé, puis à son frère qui prit un air doux de premier communiant. « Je peux te le laisser, tu es sûr ? – Mais oui. Du reste, c'est sans doute moi qui l'ai baptisé. – Tu t'en souviendrais. – Je te signale que j'ai baptisé des centaines d'enfants hutus et tutsis. – Excuse-moi d'avoir douté de toi. Tout le monde ici est devenu fou. » Au moment où elle prétendait ne plus douter de lui, il comprit qu'elle doutait encore plus de lui qu'avant d'avoir prétendu le contraire. Mais ce doute-là lui pesait tellement sur la conscience et le cœur qu'elle aspirait à s'en débarrasser à tout prix. Jean-Pierre entendit les pas de sa sœur dans l'escalier : bruit anodin, familier, qui le vouait à la damnation. Il s'approcha du lit. Si l'enfant avait continué de dormir, peut-être rien ne serait-il arrivé. Mais il ouvrit de grands yeux stupides, pleins de haine impuissante et de colère affolée. Le prêtre n'eut qu'un désir : qu'ils se ferment, se referment pour toujours. Il approcha les mains du cou de l'enfant. Ce dernier jappait comme un chiot. Jean-Pierre posa une main sur sa bouche. La figure du bébé était si menue que la main du prêtre lui recouvrait aussi le nez, les yeux et la plus grande partie du front. L'enfant tutsi agita bras et jambes pendant une minute environ, puis demeura inerte. C'était fini. Ça n'avait pas été long. La prochaine fois, Jean-Pierre se débrouillerait mieux. Il n'avait pris, à ce premier meurtre, qu'une joie furtive, alors qu'il en avait attendu une impression immense, vertigineuse, à la hauteur de sa faute. Inouïe, comme elle. Il arrangea le drap autour de l'enfant. C'était dommage de ne pas connaître son nom. À l'avenir, il s'arrangerait pour savoir l'identité du bébé tutsi qu'il supprimerait. Il se demanda, en quittant la pièce, ce qui le rendait si léger et insouciant. Il en arriva à la conclusion que c'était d'avoir abandonné le Bien, Jésus et tout le tralala catho qui pesaient sur ses épaules depuis son viol par Herbert. Le crime avait fait de lui un homme libre. Un homme libre, se dit-il, connaît le plaisir, et le plaisir, c'est tuer. Au Rwanda, l'État et les milices avaient autorisé les Hutus à tuer, et ceux-ci le faisaient, car il n'y a rien de meilleur. Cette autorisation, il y avait des siècles que les hommes et les femmes du monde entier attendaient qu'on la leur donnât, mais seuls les

Hutus en bénéficiaient. Élus ? Avant de quitter la pièce, le prêtre jeta un dernier coup d'œil sur le cadavre de l'enfant. Cette paix, ce calme, ce silence : c'était son œuvre à lui, Jean-Pierre. Il n'y avait aucune trace de lutte, car il n'y avait pas eu lutte. C'est l'avantage, quand on supprime quelqu'un de plus faible que soi : il ne se débat pas, ne crée pas de désordre. Le bébé semblait avoir enfin trouvé le bon sommeil qu'il cherchait avec désespoir depuis la mort de sa mère.

Quand Jean-Pierre Rwabango sortit sur la terrasse de l'auberge, deux Mort subite à la main, sa sœur tourna aussitôt vers lui un visage inquiet. Il la rassura d'un sourire placide. « Il dort comme un ange, dit-il. – Vaudrait mieux que ça en soit déjà un, d'ange. » Cette remarque de Charles frappa Jean-Pierre par son aspect divinatoire. « Aucun peuple n'a réussi à éliminer aucun peuple, dit Angèle. Regarde les juifs : ils n'ont jamais été aussi puissants qu'aujourd'hui, et cinquante ans après la Shoah les Allemands leur versent encore des indemnités. – Les Turcs se sont débarrassés des Arméniens, et ça ne leur a pas coûté un sou. – Toi et tes amis, vous poursuivez un rêve absurde. – Tant qu'il y aura un Tutsi au Rwanda, aucun Hutu n'y sera en sécurité. Et pourquoi discutes-tu, grande sœur ? Nous obéissons aux ordres du gouvernement. Tu n'écoutes pas RMC ? – J'ai cessé. – Pourtant, leur musique est bonne. Te souviens-tu que le soir de l'attentat contre notre président, quelques minutes avant le début des massacres, ils diffusaient *Imagine*, de John Lennon ? » Il chantonna : « Imagine there is no more Tutsi. » Grimace d'Angèle. « Qu'est-ce que tu veux, grande sœur ? Te séparer de ta famille ? De ta communauté ? Pour devenir quoi ? Une Tutsi ? Une Blanche ? Les deux choses sont impossibles. » Dans la pénombre, Angèle eut pour Charles un regard si lumineux qu'il parut à Jean-Pierre comme une barre de néon, puis elle dit : « Je ne veux pas devenir un monstre. – On ne devient pas des monstres, puisqu'on en tue. » Jean-Pierre buvait sa Mort subite à toute vitesse, impatient de décapsuler la seconde. Il voulait être soûl au moment où Angèle découvrirait que le bébé tutsi était mort. Ça lui donnerait la force de nier en bloc les accusations de sa sœur. Ou de lui rire au nez au cas où il serait amené à reconnaître les faits. « Si on partait tous les trois au Zaïre, cette nuit, avec l'enfant ? proposa Angèle. Je travaillerai à l'hôpital de Goma, tu ouvriras un bar, Jean-Pierre trouvera une église. Nous échapperons à ce cauchemar. – C'est un cauchemar pour les Tutsis, pas pour nous. Parles-en à mes hommes, ils te riront au nez. Ils prennent leur pied. – Toi aussi ? – Moi aussi. Tuer son ennemi tutsi, violer sa femme, boire sa bière, manger sa vache : il n'y a pas de plus grand bonheur terrestre pour un Hutu. » Angèle se leva et dit qu'elle ne pouvait pas entendre ça. Jean-Pierre en était à la moitié de sa deuxième Mort subite et se demandait si ce n'était pas le moment d'aller en chercher une troisième dans le réfrigérateur. « Quoi, ça ? – Que le bonheur pour le Hutu est de tuer son ennemi tutsi, et ainsi de suite. – Tu as raison. Le bonheur d'un Hutu est de rester en vie malgré les persécutions de son maître sadique tutsi. Il s'en est contenté pendant sept siècles. Maintenant, il veut autre chose : la liberté. Qui passe par l'élimination des Tutsis. De tous les Tutsis : hommes, femmes, enfants. C'est pour ce combat-là que je vis. Et tu me proposes d'ouvrir un bar au Zaïre et d'élever un cafard jusqu'à ce qu'il vienne me poignarder un jour derrière mon comptoir ? J'ai une mission sacrée, et je la mènerai à son terme. – Si ça rate ? Le FPR est fort, l'APR aussi. – On verra. Ce que je sais, c'est que je ne veux pas quitter cette terre sans avoir tout fait, avant, pour sauver mon peuple de la barbarie tutsi. » Angèle regarda Charles avec attention comme si, en prévision d'une séparation définitive, elle voulait graver dans sa mémoire les traits pourtant ingrats du visage de son frère. Puis elle se pencha pour l'embraser avec une tendresse inhabituelle. Ému, Charles dit : « Crois-moi, sœurette, c'est le seul chemin. » Elle ne répondit pas.

Dans le hall de l'auberge, elle croisa Jean-Pierre qui sortait de la cuisine, une troisième bière à la main. « Tu ne crois pas que ça fait beaucoup de Mort subite pour une seule soirée ? » fit Angèle. Il y en a une autre que tu ne vas pas tarder à découvrir, pensa le prêtre en réprimant un sourire. Mort subite du nourrisson. Il s'assit à côté de son frère, rapprochant sa chaise pour lui dire à l'oreille : « J'ai tué le cafard. Je crois qu'Angèle va descendre pour m'engueuler. – Si elle fait ça, je la coupe moi-même. Une femme qui trahit la cause hutu ne peut plus être ta sœur ni la mienne. » Jean-Pierre but goulûment, attendant dans un calme presque olympien que le ciel lui tombât sur la tête sous la forme d'une Angèle folle de colère et du tombereau d'insultes qui se déverserait alors de sa bouche.

Le silence. Plus profond et impénétrable que tous les silences qu'il avait connus, y compris dans sa vie religieuse. Un silence cruel comme celui de Dieu. La lumière à la fenêtre de la chambre d'Angèle restait éteinte. La sœur de Charles et Jean-Pierre s'était-elle couchée à côté du bébé sans se rendre compte qu'il était mort ? Combien de temps peut-on rester allongé dans l'obscurité près d'un bébé sans s'apercevoir qu'il est mort ? Jean-Pierre vida sa troisième Mort subite et tituba jusqu'à l'escalier sans dire au revoir à son frère.

Celui-ci semblait endormi sur sa chaise. Le prêtre monta se coucher dans un agréable brouillard d'indifférence. Il ne pensait plus à sa sœur ni au bébé. Il éprouvait un vague malaise, mais recouvert d'une épaisse couche de morne amusement. Sa principale préoccupation était de parvenir le plus vite possible à la position allongée. La maison continuait d'afficher un silence insolent qui niait les drames de la journée. Jean-Pierre jeta un regard en biais à son crucifix belge. Ce soir, pas de prière. Avait passé sa vie à genoux. Aujourd'hui s'était redressé. Avait tué un enfant de Dieu, un frère en Christ, comme lui-même était celui de Charles. Devenu romain en un tournemain. Il fut réveillé au milieu de la nuit par le bruit d'un moteur. Il se posta à la fenêtre et vit la Fiat d'Angèle cahoter sur la route menant au Zaïre. Il se rendit dans la chambre de sa sœur et alluma, le temps de constater qu'Angèle leur avait laissé le cadavre, puis éteignit.

Elle me téléphona à minuit et demi. « Tu lis Schopenhauer ? – Oui. – J'ai un truc à te raconter. – Tu as un truc à me raconter tous les jours. » Alors que pendant notre liaison il fallait lui arracher les mots comme des dents. Comparaison de style bantou. Ou bantu. Moi, je mets le *o*. Pareil pour moundélé. Que les africanistes écrivent mundélé. Je ne suis pas africaniste, je suis noir. Pour moitié. Ce que je ne sais pas, c'est de qui est cette moitié. Ma mère m'avait promis de me le dire à ma majorité. Quand j'ai eu dix-huit ans, elle s'est expliquée : « Pour nous, les Russes, la majorité est à soixante-treize ans, le temps qu'il a fallu pour vaincre le communisme. » Ou une vanne du même genre. N'étais pas près de savoir qui était mon père. Ce que je prenais avec philosophie, puisque je l'étudie.

Tessy avait rencontré un moundélé, justement. Un Blanc. À l'entrée des Rapides. Que faisait-elle à l'entrée des Rapides ? « Ça ne te regarde plus. » Est-ce que je raccroche ? Oui. Non : elle va penser que je l'aime encore. Est-ce que je l'aime encore ? Oui. Non. « C'est un avocat français. Il m'a donné 17 500 francs pour que je l'embrasse. – Alors que tu l'aurais fait pour rien. – Ce n'était pas sexuel : il avait besoin de passer inaperçu. Il filait une salope des fonds-vautours. – C'est

SAS, ton manageur. – Il a quelque chose de Malko, au physique. » À Brazza, on a tous lu les « *SAS* » notamment ceux dont l'action se passe en Afrique (*Compte à rebours en Rhodésie*, *Putsch à Ouagadougou*, *Panique au Zaïre*, *Guêpier en Angola*). Ce qu'on sait du continent, on l'a appris dans Gérard de Villiers. Nos profs sont si nuls. Quand ils sont là. Pendant les guerres de 92, 97, 98, 99, 2000 et 2002, le nombre de Ninjas, de Zoulous, de Kokoyes et de Cobras qui se sont appelés Malko à cause de leur commandant, fan de *SAS*. J'imagine que ç'a été la même chose au Zaïre à la fin du siècle dernier, dans l'armée enfantine de l'ogre Kabila. « Et après ? – Il m'a ramenée à Moukondo en taxi. – Il t'a touchée pendant le trajet ? – Non. – Ça m'aurait vexé. – Je me suis sentie honorée, moi. Demain il est à Pointe-Noire : il me téléphonera. Il revient à Brazza après-demain matin. Je te le présenterai. – Pour quoi faire ? – Il pourrait t'acheter une toile. On mettra mon oncle dans le coup. Tu m'invites maintenant ? J'ai chaud à Moukondo. » Ce qui manque le plus à Tessy depuis notre séparation : la clim de ma mère.

Sa figure extatique dès que la jeune femme avance un pied dans la fraîcheur de notre villa. Elle finira par épouser un Scandinave en poste à Brazza dans une ONG ou à l'OMS. Et qu'elle forcera, de retour avec lui en Suède ou en Norvège, à fermer son sauna. Ainsi qu'à dormir les fenêtres ouvertes. « J'ai été bête de ne pas t'épouser, dit-elle. – Je ne te l'ai pas demandé. En plus, j'avais quinze ans. – Ça ne t'a pas empêché de me faire un fils. – Comment va-t-il ? – Il dormait quand je suis rentrée, et il dormait encore quand je suis ressortie. – Mère indigne. – Père absent. » Elle se déshabille en vitesse et prend dans mon armoire un de mes tee-shirts Diesel rapportés de Paris par Bernard Lemaire, l'amant blanc de maman qui n'est pas mon père, sinon je serais blanc comme eux deux. Nous nous couchons, nous éteignons. Mon sexe entre dans celui de Tessy sans demander sa permission ni la mienne. On jouit et on dort. Le matin, je demande à Tessy en quoi nous ne sommes plus ensemble, par rapport à l'époque où nous l'étions. Elle répond : « Maintenant, quand je couche avec quelqu'un d'autre, je peux t'en parler. Et toi, pareil. » Ne pas répondre à la provocation, comme dit notre président à vie, surnommé président à mort dans toutes les villes congolaises à l'exception d'Oyo, la sienne.

Le moundélé a téléphoné, puis essemessé. On était avec la bande dans un nganda de Poto-Poto. On buvait de la bière en mangeant des travers de porc aux oignons. Ça s'engueulait au coin de la rue. Un type disait qu'il avait l'argent, l'autre la force. Celui avec l'argent était en tenue de sapeur, celui avec la force en tenue d'Africain. Un idiot les a séparés, nous privant d'une belle bagarre. « Dois-je ou non te tromper ? » Tessy montra le texto à tout le monde. « Pourquoi m'envoie-t-il un truc pareil ? On n'a pas dragué. » En brazzavillois, *draguer* signifie coucher. Tessy a dit qu'elle ne répondrait pas à une question aussi bête, mais, plus tard dans la soirée, sur une banquette du Ramdam où les gosses de riches invitent les filles de pauvres, je l'ai vu tapoter sur le clavier de son portable. Deux lettres. En lingala, oui se dit *iyo*. Et non : *te*. Deux lettres. Question : pourquoi répondait-elle au Blanc en lingala ? Pour qu'il ne comprenne pas ? Pour qu'il comprenne ? Moi, j'avais compris. Cette affaire ne traînerait pas. Tessy n'en était pas à son premier Blanc. Ce qu'elle préfère, c'est se faire conduire par eux avec ses enfants sur la tombe de ses parents à Itatolo. Elle a l'impression que, dans la mort où se trouvent Scholastique et Benjamin, ça les rassure de voir leur fille avec un moundélé et son automobile. Après, mon ex passe à la casserole dans un palace réfrigéré de Brazza. Elle dit qu'une fille violée treize fois à treize ans ne se soucie plus de sa pudeur. Cette nuit-là, elle retourna dormir dans son étuve de Moukondo, auprès de mon fils et de sa fille. Bernard m'a raconté qu'en France, après un divorce, une femme n'a pas le droit de se marier tout de suite, elle doit respecter ce que les juges appellent un *délai de viduité*. Au Congo, ce vide dure vingt-quatre heures, ce qui facilite la coopération entre les pénis blancs et les vagins noirs qui sont roses comme les Blancs.

Je suis un demi-Blanc, je peux donc considérer Adrien comme mon demi-frère. Adrien ou Christophe. Il s'est présenté à Tessy comme Adrien et à ma mère comme Christophe. Du coup, on pense que c'est un agent des services français. On s'en fiche car on n'a rien à cacher. Mon travail consiste à me montrer nu sur les toiles quand je peins, et nu au lit quand je philosophe. Tessy lui a déjà raconté ses viols de 98, vieux tube congolais qu'elle joue à tous les moundélés mignons qui passent à Brazza. Quant à maman, ce n'est qu'une commerçante pas douée. Vouloir vendre des perles noires aux Noires sur lesquelles on ne les voit pas.

Hier soir, Tessy me téléphone et me demande de passer à Moukondo où son oncle Bwanza Maurice montre des toiles au moundélé. Elle fera tout pour que celui-ci achète *Azzarb*. Elle m'embête : j'ai ma fête à préparer. « Pense à ta carrière. » Quelle carrière ? Je suis un mauvais peintre. La chose pour laquelle je suis doué, c'est écrire. Mais avec ce prénom. « Ne te plains pas, j'aurais pu t'appeler Gogol », dit Elena quand je me plains. J'ai arrêté de me plaindre quand je suis devenu africain. Trois fois le verbe plaindre en deux phrases. Pardon, Alexandre Sergueiévitch. J'arrive dans la parcelle des Bwanza au meilleur moment, celui où l'argent de mon acheteur, réclamé par mon vendeur, va tomber dans ma poche, qui est mon cœur. Le cœur des Africains est leur poche, là où il y a l'argent avec lequel ils achèteront l'amour de leur famille nombreuse et de leurs petites amies. Où Adrien mettra-t-il sa 2 × 1,5 m ? Le moundelé à grand appart. Ou voulant faire croire que. On n'expose pas un cimetière dans un salon, même de larges dimensions. *Azzarb* représente le cimetière d'Itatolo. Personne ne s'en est rendu compte, car c'est un tableau abstrait. Même Tessy croit que c'est une histoire d'amour à problèmes entre le Ciel et la Terre. À chaque fois que quelqu'un propose d'acquérir une de mes œuvres, mon premier réflexe est de le décourager. Pour tester ses sentiments ? Ce besoin d'être aimé qu'ado je croyais avoir rayé en moi tel un mot de trop dans une phrase, voici qu'à l'âge adulte il me reprend comme un vieux palu. Mon vieux palu. J'ai arrêté la quinine quand j'ai compris que c'était un dépresseur. À cause d'elle que, sous les Tropiques, les Blancs ont un comportement fantasque, aberrant. Les crimes fous de la colonisation ? La quinine. Savorgnan de Brazza, qui n'en prenait pas, a été si gentil avec les Congolais que ceux-ci ont fini par lui ériger un mausolée. Cette rigolade, le jour de l'inauguration ratée. Parmi les invités français, il y avait une Française blonde pas mal, mais en blonde j'ai déjà ma mère. « N'oubliez jamais qu'en Afrique nous sommes des intrus », disait Brazza à ses compagnons qui ne l'ont pas écouté. Moi, un demi-intrus.

Énervants sont les gens qui ne marchandent pas : on a l'impression de perdre l'argent qu'on ne leur a pas demandé, ce qui gâte le goût de celui qu'ils nous ont donné. Marchander est une forme de politesse grâce à laquelle personne, dans une transaction, ne se sent volé. L'acheteur paie moins que ce qu'il croyait et le vendeur fait son bénéfice en concédant une faveur. Le Blanc raque et je l'entraîne à ma fête : n'allais pas le laisser rentrer bredouille au Laico avec *Azzarb* sous le bras avec sa bite. Dans son 4 × 4 de location, je recomptai son argent. Avec discrétion, pour ne pas le vexer. Le moundélé est susceptible, le Noir invexable. Le métis ? Soucieux, ne sachant jamais de quel côté le coup contre lui va partir, des Blancs ou des Noirs. Tessy ne semblait pas enthousiaste à l'idée qu'Adrien nous tape l'incruste à Moungali II. Voulait-elle garder pour elle ce coffre-fort blanc ? Elle savait qu'il y aurait chez moi des filles mieux qu'elle. En vieillissant, moins partageuse. Vingt-trois ans et bientôt grand-mère, pour peu que sa fille se fasse violer lors de la prochaine épuration ethnique. Par exemple après les élections présidentielles de juillet 2009. Elle a boudé dès qu'on a été dans la maison glaciale de ma mère froide sauf avec moi. J'ai pris mon cocktail préféré depuis l'âge de douze ans (guerre de 99) : chanvre et Ngok. Le jour où j'ai dit à ma mère que j'avais arrêté de fumer et qu'elle a cru que c'était du tabac. J'avais quinze ans (guerre de 2002). Je me suis remis au chanvre quand j'ai commencé à peindre, car j'aurais dû écrire.

Adrien a un visage attentif et bienveillant de frère alors qu'il est un père. Il a une femme et deux filles, selon Tessy que ça ne dérange pas dans ses plans avec lui parce qu'elle n'en a aucun. Une Bantou ne fait pas de plans. Elle bâtit tout de suite l'amour. S'il s'écroule, elle en construit un autre. Du reste, l'Europe se situe si loin de Brazza dans l'espace et dans le temps qu'un moundélé marié dans son pays semble aux filles d'ici le conjoint d'une Martienne. Libre de ses mouvements de cœur et de queue. Je regardais Adrien dans la maison de ma mère, s'accrochant aux livres et aux journaux français. Un Européen, en Afrique, a l'air d'un enfant. Comme s'il était confronté pour la première fois à la réalité. Une réalité noire comme la mort derrière les yeux fermés. L'Afrique préfigure le cercueil. Les filles ne regardaient pas Adrien. Il leur semblait trop vrai pour être beau. Il aurait fallu qu'il danse pour qu'elles le comprennent. Il ne bougeait que les yeux vers elles et la tête vers mes tableaux. « Celui qui parmi nous ne dansera pas, c'est que sa mère est une sorcière. » Proverbe bantou. Pourtant, je danse. Qui a inventé les proverbes ? Était-ce, autrefois, une profession, créateur de proverbes ? Il y avait des bons et des mauvais *proverbiers*, comme en art. Ou en médecine. Les proverbes qui apaisent : « Le feu ne détruit pas le feu. » Ceux qui tuent de rire : « L'argent ne fait pas le bonheur. » Dont la version sérieuse bantou est : « L'argent ne fait pas le malheur. » Ma devise, tirée du folklore bavard national : « Aucun fardeau n'est trop lourd au beau parleur. » Freud devancé en Afrique par un sage lari, vili ou mbochi. Mbochi, pas sûr. Ça sonne comme un proverbe du Sud, avec son ironie ambiguë et ensoleillée.

Embourbé dans la fumée du chanvre et les vapeurs de Ngok, j'adressai au moundélé de vagues saluts auxquels il me répondait d'un sourire lointain. Puis les choses ont basculé. C'est ce que j'aime dans la drogue et l'alcool : le basculement. Le moment où l'ennemi vous embrasse et où l'ami vous casse la gueule. La révolution mondiale avec pour unique conséquence le mal de crâne du lendemain. Ou la mort qui n'existe pas (Épicure) en cas de baston prolongée dans un nganda ou une parcelle de Poto-Poto ou de Talangaï. Juste le temps, avant de partir loin en arrière ou en avant, de voir ce raseur de Robert Odika entreprendre Adrien. Je plaignis le moundélé de subir les plaintes africanophobes de ce businessman noir sans business, avocat de formation et mélomaniaque. Les passionnés sont ennuyeux, y compris en amour. En politique, ils tuent. En art, ils critiquent. Les artistes n'ont aucune passion pour l'art qui les fait trop souffrir. Seuls les critiques l'aiment, qui jouissent de lui.

Je me souviens que Tessy a disparu et que le moundélé, sur mon conseil vaseux, est allé à sa recherche dans Moungali II. Sitôt parti, il m'a manqué. Je m'attache vite et ne me détache pas : du coup, ma vie déborde de sentiments. Je voudrais tout le temps avoir tout le monde autour de moi, car la moindre absence me fait souffrir. Je ne comprends pas pourquoi on se sépare quand on mange, travaille, dort : on devrait rester ensemble en permanence. Présents les uns aux autres sans interruption. J'ai tendance à suivre mes amis et mes petites amies chez eux et à attendre qu'ils ressortent. En bouquinant. Schopenhauer. Ma chance avec l'Afrique : tout se fait à pied. Le paradis des tendres et des bavards qui ont, en marchant, le loisir de s'épancher. Les Africains parlent longtemps car leurs trajets sont longs et ils écoutent longtemps pour la même raison.

Tessy est revenue seule avec des brochettes. J'ignore ce qu'elle a fait pendant que je somnolais dans ma chambre sous une fillette de bonne famille mbochi. Les manger, sans doute – mais lorsque je me suis réveillé et ai appelé ma mère, la Vili était à côté de moi. Quand

Elena m'annonça qu'elle était en train de dîner chez Mami Wata avec le moundélé, le glaive de la jalousie m'a transpercé la poitrine. En voulais-je plus à mon acheteur de me prendre ma mère ou plus à ma mère de me prendre mon acheteur ? Qu'ils fussent tous deux Blancs ajoutait-il à ma fureur ? Œdipe + Othello. On sauta dans un taxi, Tessy et moi, pour surprendre ces traîtres au riz.

Ils prirent en nous voyant un air fautif. Pourtant, ils ne faisaient rien de mal : quinqua perdue et quadra abandonné se tapant une bouteille de vin sudaf au bord du grand fleuve Congo qui ressemble à la mer, surtout la nuit. Il n'y a que les jeunes qui soient sur terre, les autres flottent dans le souvenir ou l'oubli. Je regardai l'homme qui avait passé la journée à essayer de me soulever mon ex et ma mère : il avait cet inusable visage rose des pédés à diplômes qui viennent d'Europe ou d'Amérique en *business class* pour sodomiser mon pays, mon continent. Pour ceux qui arrivent de Chine, remplacer rose par jaune. Adrien avait de surcroît ma meilleure toile dans le coffre de son 4 × 4. Acquise quelques heures plus tôt pour 500 euros, énorme somme de misère. Il devait même considérer qu'il m'avait fait une fleur. Aussitôt, Tessy bondit sur lui. Ça me fit de la peine de voir combien il lui avait manqué, mais il m'avait beaucoup manqué aussi. Il émane de lui quelque chose qui n'est pas que de la sécurité. Il a une gaieté calme, un tranquille amusement de tout dont on devient accro au bout de quelques minutes et qu'on passe le reste de sa vie à rechercher, pour peu qu'on ait le malheur de perdre un jour l'amitié de cet homme. Tessy voyait en lui un papa pour elle et un grand-père pour ses enfants, c'est-à-dire un mari. Pour moi, Adrien était le frère entier que je n'avais jamais eu, les miens étant tous des demi. Officiellement, car officieusement ils ne sont rien. Maman avait fait une entorse à son régime, vu ce qu'il y avait dans son verre et ce qu'il n'y avait plus dans son assiette. Toutes les mères sont au régime, la plupart d'entre elles ne le respectant pas. Pour avoir une maman mince, il aurait fallu que je l'envoie au nord de l'Équateur, dans une capitale diététique (Paris, Londres, Bruxelles, Stockholm, Berlin). J'y pensais. Adrien m'y aiderait peut-être.

Je les ai tous emmenés au Vice-Versa, la nouvelle boîte hip – maman dit « branchée » –, façon de parler puisque c'était Adrien qui avait la voiture et conduisait, mais Bernard a téléphoné et ma mère a demandé qu'on la dépose au Laico. Au regard qu'elle me lança, je compris qu'elle avait reçu une bonne nouvelle, et pour maman les seules bonnes nouvelles sont des rentrées d'argent. Bernard avait été payé, donc elle le serait aussi. Dans son impatience de se retrouver dans les bras maigres du Français chauve il y avait autre chose, une chose un peu moins importante pour elle que l'argent : l'amour. Le seul lien réel qu'elle ait avec les hommes de ce monde est celui qui la rattache à Lemaire, car moi je ne suis pas de ce monde, je suis de son ventre. Et ne suis pas un homme, mais un enfant jouant avec des pinceaux par trouille de se servir de phrases. Elena s'échappa de la voiture avec un enthousiasme de fiancée qui niait son gros popotin. Au Vice-Versa, je tombai sous le charme de la danse du moundélé. Il m'avait suivi sans barguigner sur la piste, au contraire de ces Européens qui ont toujours peur d'avoir l'air raide. Tessy resta à notre table, se demandant si elle coucherait avec Adrien dès cette nuit ou s'il lui fallait attendre. Les moundélés de cette catégorie supérieure ne s'attardent pas au Congo : ils font leur pognon en trois ou quatre jours et se précipitent à Maya-Maya où les formalités de police et de douane ne vont jamais assez vite pour eux. Pressés de retrouver la blancheur de leur femme et celle de leurs enfants devant laquelle ils déposeront en offrande leur butin d'or noir africain. Si Tessy tardait trop à s'approprier le Blanc, celui-ci rentrerait chez sa propriétaire française et les gosses de celle-ci : deux filles. Il ne nous avait pas dit leurs prénoms, ce qui était bizarre. Tout comme sa double identité.

La danse d'Adrien est nette, insouciante et carrée. Ni doute ni flou. Fascinante d'assurance. À Moungali II, j'avais cru sentir, trop soûl pour le comprendre, que le moundélé avait vampé certaines de mes copines par ses déhanchements réfléchis. Elles y avaient vu un avenir de confort et de tendresse, bientôt effacé par le départ inexpliqué du quidam. Au Vice-Versa, il fit un triomphe. Tessy verdissait de jalousie sur sa banquette et il s'empressa de la rejoindre, ne voulant pas la voir disparaître à nouveau. La dernière fois que j'ai tourné la tête vers eux, ils étaient en train de s'embrasser.

À mon réveil dans une case de Bacongo, sous une moustiquaire inconnue et à côté d'une fille trop connue (ma prof, en première année à Ngouabi, d'histoire de la philosophie), je me rendis compte que mon téléphone sonnait. Tessy. Je décrochai, il faudrait dire ouvrir, puisqu'un portable n'est accroché nulle part. « Je te réveille ? – Je ne sais pas. – Réponse de philosophe. – Non : d'alcoolique. Alors ? – Ça y est, je l'ai managé. – Le nombre de fois que tu m'as dit ça. – Je ne t'ai jamais dit ça. Christophe est le premier moundélé avec lequel c'est sérieux. – On ne connaît même pas son vrai prénom. – C'est Christophe : j'ai regardé ses papiers pendant qu'il dormait. Le nganga de la Bouenza me l'avait bien dit : Christophe, l'homme qui me sauvera. – Il est avocat ? – Ingénieur. – Pourquoi t'a-t-il menti aux Rapides ? – Tous les Blancs mentent à tous les Noirs qui les volent. »

Quand ils n'ont plus été au Vice-Versa, j'ai compris qu'ils étaient allés au Laico. À la porte de la chambre du moundélé, il y avait, me raconta Tessy, l'écriteau *Ne pas déranger*. Christophe prétendait ne pas comprendre pourquoi. Je dis qu'avant de rejoindre mon ex devant le mausolée de Savorgnan de Brazza, au milieu de l'après-midi, le Blanc avait tapé une ou deux femmes de chambre et oublié ensuite d'ôter l'écriteau. *Taper* est le verbe abidjanais pour coucher. Quand j'en ai assez du brazzavillois, je change de ville africaine. « Pas le genre », dit Tessy. Pourquoi ? Il a commencé, intimidé, par ne pas la toucher. Elle en a profité pour filer dans la salle de bains, son autre passion avec la clim. Après un long bain moussant dans lequel elle s'imagina en Beyoncé Knowles et en Alicia Keys avant de fixer sa rêverie narcissique sur une Blanche L'Oréal (Virginie Ledoyen), elle trouva Christophe endormi. Elle en profita pour jeter un coup d'œil sur les papiers du Blanc, et mettre la clim à 15°. Elle se coucha ensuite nue sur les draps et eut, bien qu'elle n'osât pas me le dire, un premier orgasme. Peut-être en regardant *Azzarb* qui trônait au milieu de la pièce comme mon malheur.

Christophe et elle ne s'emboîtèrent qu'au milieu de la nuit, elle rafraîchie et lui reposé. Le Blanc a éjaculé trois fois dans trois préservatifs avant qu'au petit matin Tessy et lui se rendorment dans les bras l'un de l'autre comme des enfants qui s'aiment. Elle en concluait qu'il n'avait pas fait l'amour depuis trois jours, donc depuis son arrivée à Brazza. J'évitai de la détromper, l'ayant trop trompée naguère. Elle fut surprise qu'il la conviât à prendre le petit déjeuner avec lui au bord de la piscine du Laico, ce qui revenait à officialiser leur liaison pour les services secrets français, congolais et israéliens. Tous ses amis et ses ennemis, s'il était un officier de renseignement. Peut-être était-il autre chose ? Il y avait chez lui une netteté de traits qu'on ne trouve pas chez les espions de ma connaissance, tous flous comme s'ils ne voulaient pas être pris par l'appareil photo de notre regard. Par exemple, Bernard. Depuis le temps qu'il fait le go-between entre l'Élysée et Mpila. Porteur de messages et de valises bourrées de pognon. Bernard que Christophe et Tessy trouvèrent dans le jardin de l'hôtel, en train de boire un café sans sucre, son unique nourriture du matin. Quand maman lui dit que c'est une mauvaise habitude alimentaire, il a beau jeu de lui rétorquer que dans leur inusable couple c'est elle la grosse et lui le mince, et qu'elle n'a qu'à la boucler, ce qu'elle fait comme toutes les grandes gueules russes qui se ferment dès qu'on leur tape sur l'orgueil. Il essaya d'entraîner le jeune couple à sa table. Tessy sentit que Christophe était tenté de s'asseoir avec le Français – « Les hommes ont tant de choses à se dire, le matin, quand la corvée de passer la nuit avec une femme est derrière eux » – mais elle n'avait nulle envie de partager cette matinée exceptionnelle avec un homme qui l'avait vue tant de fois dans mes bras et elle entraîna son moundélé à l'autre bout de la terrasse. Quand il lui eut glissé deux billets de 100 euros dans sa main tendue sous la table, la suppliant d'accepter cet argent qu'il ne serait pas venu à l'esprit de Tessy de refuser, la jeune philosophe n'eut plus qu'une envie : quitter l'hôtel et courir faire des achats au marché de Moukondo. Elle commençait à me dresser avec gourmandise la liste des biens de consommation qu'elle avait rapportés dans la parcelle des

Bwanza – unités Celtel, tissus pour pagnes et jupes, produits de beauté, etc. – quand je raccrochai, jugeant que j'avais accumulé assez d'humiliations pour un lendemain de cuite. Ce fut le moment que choisit mon ancienne prof pour entrer dans la chambre. Elle revenait, elle, du marché Total. Lui avais-je donné de l'argent au cours de la nuit ? Je n'arrivais pas à me souvenir si on avait fait l'amour. Question difficile à poser. Sylvie se déshabilla et se coucha nue sur moi, ce qui pouvait être l'indice que nous avions déjà fait quelque chose ensemble, ou celui du contraire.

Je quittai Bacongo vers deux heures de l'après-midi. J'aime marcher dans les rues quand le soleil tape fort : j'ai l'impression de me battre contre lui en gagnant à tous les coups car il se couchera avant moi. Ferais-je un détour pour passer devant l'ancienne parcelle de Sony Labou Tansi ? C'était un ami de Bernard, selon Bernard. Je dirais plutôt que c'était son ennemi, mais Sony aimait ses ennemis. La dernière pensée que j'eus sur Bernard vivant. Le taxi que j'avais pris devant le square de Gaulle approchait du restaurant chinois l'Hippocampe, non loin de l'ambassade de Chine, quand il se trouva immobilisé par un pick-up de la gendarmerie. Le chauffeur donna des coups de klaxon, ne réussissant qu'à s'attirer les regards furieux d'un flic. Je payai la course et sortis de voiture, passant d'une fournaise à l'autre sans une goutte de sueur. Le principal cadeau de Dieu aux Noirs, c'est l'absence de transpiration. Ce que Bernard a pu s'attirer de mes quolibets, avec sa chemise trempée après cent mètres faits à pied dans Brazza, de jour comme de nuit. C'est par peur du ridicule de leur sueur qu'en Afrique les Blancs ne marchent pas dans la rue. À l'Hippocampe, debout entre plusieurs policiers, je reconnus le moundélé de Tessy. Un ventilateur à larges pales soulevait des mèches de ses cheveux mouillés. Christophe regardait par terre où un homme était couché. Je pensai qu'un coopérant fragile, nouvellement arrivé au Congo, était tombé dans les pommes et que, n'ayant pas suivi de cours de secourisme, le Blanc déléguait aux policiers le soin de le réanimer. Je me souvins que Tessy avait laissé Christophe dans le jardin du Laico où se trouvait encore Bernard. Avaient-ils bavardé ? Décidé de poursuivre cette conversation autour d'un plat de pâtés impériaux, la spécialité de l'Hippocampe ? Oui : l'homme couché était Bernard. Je le reconnus à ses Berluti. Il était le seul Blanc de Brazza à porter les chaussures préférées d'Edgar et Willie Nguesso, les fils du Président. « Les godasses sur mesure, me disait-il quand j'étais petit (après il n'a plus osé), c'est la preuve que tu as réussi dans la vie. » Je vis que c'étaient les chaussures d'un mort. Elles n'avaient plus l'air d'appartenir à leur propriétaire. J'aperçus la flaque de sang qui faisait comme une nappe rouge sous la tête de celui qui n'était ni mon père, ni mon beau-père, mais qui avait toujours été là et ne le serait plus. Christophe me distingua dans l'attroupement qui s'était formé devant l'Hippocampe. Il me fit, de la main, le geste de déguerpir. Parce qu'il était l'assassin de Bernard ou parce que l'assassin de Bernard était sur ma piste ?

Il paraît qu'au moment de se noyer un homme revoit sa vie. Je dois être en train de me noyer. Deux fois *noyer* en deux phrases. Deux fois *deux* en une. Encore pardon, Alexandre Sergueiévitch. Je ne me souviens pas du jour où je me suis rendu compte que ma mère n'était pas noire. À la sortie de l'école, je n'avais pas à la chercher des yeux, reconnaissant tout de suite son visage blanc. Elle n'était pas seulement d'une autre couleur que les mamans des autres : elle semblait d'un autre monde. Trois fois *autre*. Elle était d'une beauté aiguë, presque méchante dans sa perfection inhumaine. J'apprenais à lire le français dans *Mamadou et Bineta*, méthode de A. Davesne – ces auteurs de méthodes pédagogiques dont on ne connaîtra jamais le prénom –, inspecteur d'académie. « *Je m'appelle Mamadou Camara. Je vais à l'école. Je suis un élève. Mon maître s'appelle Monsieur Diallo.* » Première chanson que j'aie apprise en classe : « *L'an passé, cela va sans dire,/J'étais petit ; mais, à présent/Que je sais compter, lire, écrire,/C'est bien certain que je suis grand.* » Avec Elena je parlais russe, puis me mis à le lire, ouvrant d'abord *Le Nègre de Pierre le Grand*, de mon homonyme. Récit inachevé. Pouchkine a appris aux Russes à ne pas finir ce qu'ils ont commencé, leur vie par exemple. C'est plus joli. Pourquoi ma mère ne m'avait-elle pas appelé Ibrahim, comme l'ancêtre éthiopien du poète ? « Tu n'auras qu'à le faire quand tu te convertiras à l'islam. – Pourquoi me convertirais-je à l'islam ? – Pour m'embêter. – Je ne souhaite pas t'embêter. – On ne le dirait pas, à voir ton carnet de notes et ta coiffure. » C'était l'époque où je ne fichais rien en classe et portais des dreads. Je prenais aussi pas mal de drogue, ce qu'Elena était trop soviétique pour imaginer. J'avais douze ans. Et une bonne excuse : on sortait, au Congo, de plusieurs guerres civiles.

J'ai eu deux pères : un Blanc et un Noir. Qui n'étaient le bon ni l'un ni l'autre, ce que je finirais par comprendre à la manière dont Elena les traitait et à celle dont elle m'en parlait quand ils avaient regagné leurs pénates respectives : le Français chez sa mère à Rueil-Malmaison, le Malien chez ses trois épouses à Bamako. Ils arrivaient à Brazza pleins d'espoir et d'argent liquide et en repartaient le cœur et les poches vides. Maman les passait à ce qu'elle appelait la *tondeuse*. Je comprends aujourd'hui que c'était son magnifique sexe blanc épilé avec un soin brejnévien. Puis, elle et moi nous restions plusieurs semaines en tête à tête, jouissant entre nous de la chemise que ces deux pigeons nous avaient laissée. Avait-elle une préférence pour l'un ou l'autre ? Elle avait des conversations plus longues avec le Français, plus animées avec le Malien. Elle raccompagnait Bernard Lemaire à l'aéroport alors que Sédou Gao allait seul à Maya-Maya dans une voiture de la présidence. Je me demande souvent ce qu'ils se racontaient dans l'avion, quand ils rentraient ensemble à Paris. Peut-être se moquaient-ils de nous comme nous nous moquions d'eux. Avec la satisfaction d'avoir payé, alors que nous avions l'aigreur d'avoir été achetés. Le Malien avait seize enfants et le Français était stérile : ça rendait ce dernier plus sentimental. Au moindre de mes bobos, il voulait m'envoyer à l'hôpital militaire alors que je suis antimilitariste. Qui a déjà vu un milicien congolais à l'œuvre n'a plus qu'un mot en tête : paix.

Après la chute de Sassou et l'élection de Lissouba, nous vîmes moins Bernard et plus du tout Sédou. En guise de compensation, ils nous envoyèrent davantage d'argent, ce qui nous permit de garder notre rang de Blancs aisés parmi la misère noire. Les écoles étaient ouvertes mais les profs, qui ne touchaient plus leur salaire, les fréquentaient moins que les élèves, habitués à bosser gratis. Dans la rue c'était l'anarchie, et dans les parcelles la faim. Elena disait que ça lui rappelait la révolution d'Octobre telle que celle-ci se présentait dans les livres d'histoire : lent et incompréhensible bordel accaparé par une bande inorganisée de bavards emmerdants. Persuadée depuis ma naissance que je suis un génie, ce qui est d'autant plus lourd à porter quand on s'appelle Pouchkine, maman se rendit à Libreville pour m'acheter le matériel introuvable dans le Brazza de Lissouba comme dans le Kinshasa de Mobutu : toiles, couleurs, térébenthine, pinceaux. Pendant les événements de 97, elle refusa de quitter le Congo mais accepta que nous nous éloignions de Brazza. Nous trouvâmes refuge au nord du pays, à quelques kilomètres du Cameroun. Si ça chauffait trop dans le département de la Sangha, on passerait chez Biya.

Je m'enfonçai pour la première fois, à neuf ans, dans l'Afrique non citadine, peu connue des Africains : la savane des chasseurs blancs qui y chassent, la forêt des forestiers blancs qui la déforestent. Je découvris les villages des contes africains que me débitait, naguère, ma nounou lari dans un français qui ressemblait à du munukutuba tant l'accent de Joséphine le rendait difficile à comprendre. Ces Congolais aux prénoms d'impératrices et de rois français (Louis, Louis-Philippe, Marie-Louise, Eugénie, Joséphine). Un Africain parle au minimum trois ou quatre langues : celle de l'ancien colon (français ou anglais), celle de son ethnie, celle de l'ethnie qu'il a combattue, celle de l'ethnie avec qui il a combattu. Les forestiers, au milieu desquels nous vécûmes jusqu'à notre retour à Brazza au début 98, sont des pétroliers qui coupent au lieu de creuser. Ils ont la dégaine des voleurs de grand chemin équatorial. Ils marchent comme des militaires qui se seraient échappés d'un défilé du 14-Juillet et se retrouveraient seuls au milieu de la jungle sans avoir perdu la cadence. Ils sont larges et hauts pour faire peur aux Pygmées. Il y en avait un qui venait parfois à la maison. Il me prenait sur ses genoux qui étaient durs comme un banc d'école. Maman et lui buvaient de la bière en commentant l'actualité. Ils se parlaient en français car le forestier était un Belge de Wallonie. En me bordant sous la moustiquaire, maman disait qu'elle aurait dû jeter son dévolu sur un Anglais, un Américain ou un Australien : ainsi je n'aurais rien compris à leur conversation. Elle avait ce genre de blague qui me faisait mal, et on me dit aujourd'hui que j'ai le même. Quand le Belge eut la tête tranchée par une tronçonneuse, rêve que j'avais fait l'avant-veille et que je m'étais gardé de raconter à ma mère superstitieuse, je compris que l'esprit de la forêt était entré en moi et m'avait donné ses pouvoirs, sans que je sache encore lesquels. Tous les Slaves sont magiques, tous les Noirs aussi. Étant la fusion des deux, ma puissance en serait-elle décuplée ? Je me demandais, non sans panique, si j'étais un féticheur, un guérisseur, un voyant ou un sorcier.

Il n'y a pas école pendant les guerres, c'est pourquoi elles plaisent aux enfants. Ils ont aussi l'impression que les adultes imitent leurs jeux de cour de récréation, ce qui leur donne de l'importance. Leurs parents sont trop désemparés pour leur crier dessus quand ils font des bêtises. Eux-mêmes font des bêtises plus grosses. La guerre : seul moment où les gosses ont la paix. Ils n'ont peur que parce qu'ils voient leur père et leur mère avoir peur, sinon ils rigoleraient sous les bombes car ils ne craignent pas la mort, ne la voyant pas venir dans leur miroir, chaque jour, comme les vieux.

À Ouesso je restais toute la journée à la maison avec ma mère qui me faisait lire du russe le matin et du français l'après-midi, parce que c'est moins difficile. Ou bien j'allais jouer dans la parcelle avec les petits garçons de la Sangha. L'un d'eux m'ayant traité de fils de pute, je me battis avec lui. Il eut l'avantage, mais le lendemain une violente crise de paludisme le cloua au lit. C'était un Bakouélé. Il eut la vie sauve grâce à la provision de quinine des forestiers blancs. Je ne savais si j'étais le ndoki qui l'avait condamné ou le nganga qui l'avait sauvé. Les deux, peut-être. Serais-je le premier mage africain à pouvoir dispenser le Bien et le Mal ? Ici on n'exorcise pas les serviteurs du Diable : on leur offre des cadeaux. Du coup, beaucoup de gens se sentent la vocation de faire le Mal. C'est une bonne façon de vivre sans travailler la terre. Le diabolique, ou ndoki, se couvre de feuilles puantes, danse le jerk importé en Afrique par les coopérants européens à la fin du siècle dernier, et jette des sorts aux gens qui l'embêtent ou qui embêtent des gens qui l'ont payé. Avant d'accomplir ces actes grotesques, il prend soin de se soûler ou de se droguer. Le Noir a une haute conscience du ridicule, son rire masquant la honte qu'il a de lui ou de nous. Le reste du temps, le ndoki digère sa bière et son manioc sous l'œil satisfait du Malin. Il envie en secret le nganga qui est aimé parce qu'il soulage, alors que lui est détesté parce qu'il accable. Il aurait préféré régner sur autrui par l'amour plutôt que par la haine, mais il n'avait pas assez d'amour pour le faire et il lui aurait du coup fallu renoncer à son règne, donc à son confort. Le confort des maudits est sacré.

Quand elle revit Brazza en février, Elena dit que la ville qu'elle avait aimée et où elle avait vécu pendant dix ans était morte. Il ne lui restait qu'à rentrer en Russie, mais qu'aurait fait un enfant métis, à part se geler les couilles café au lait, dans le pays glacial et raciste de M. Eltsine ? Elle insinua dans notre couple l'idée qu'elle demeurait au Congo à cause de moi, ce qui la dédouanait par avance du ratage de sa vie et de sa carrière, les perspectives de réussite humaine et professionnelle dans notre pays étant nulles. Le seul qui s'en soit sorti, c'est Sassou. Allitération en sept *s*, plus nabokovienne que pouchkinienne. L'unique personne à ne pas souffrir en pays africain, c'est le président. Le retour de Sassou au pouvoir sonna le rappel de ses anciens amis et collaborateurs étrangers, parmi lesquels Bernard et Sédou qui arrivèrent à Brazza par le même avion d'Air France parti de Paris. Je voyais l'avantage moral qu'Elena avait pris sur eux en ne quittant pas le Congo pendant les troubles. Elle avait passé son ultime examen d'africanisme. L'Afrique l'avait baptisée à l'eau de sa terreur pas orthodoxe. On ne peut prétendre connaître le continent sans y avoir une fois craint pour sa vie, comme tous les Africains. Bernard m'offrit un livre qui n'était plus de mon âge, mais il faut dire à la décharge du Français que depuis six ans il ne m'avait pas vu grandir. Le temps nous semble si intime, tels les battements nocturnes de notre cœur ou nos érections matinales, que nous ne comprenons pas qu'il passe aussi pour les autres humains. Bernard savait qu'il avait vieilli mais s'étonnait que j'eusse grandi. *Mangazou le petit Pygmée*. Tous les Pygmées sont petits, mais il faut entendre « petit » comme jeune. Mangazou a huit ans. J'ai gardé le livre. Le seul ouvrage de non-philosophie que je conserve dans ma bibliothèque. Dans celle de ma mère que le moundelé reluquait hier soir avec une attention qui n'était pas d'un avocat, mais d'un juge, il y a toutes les saloperies communistes et anticommunistes des années 70 et 80. Cette masse de mots perdus. Qui ont traversé l'esprit de millions de gens, y laissant un trou énorme dans lequel mon art nihiliste s'est engouffré, croyant y trouver refuge. Il n'y a pas de refuge. *Mangazou le petit Pygmée* est un album du père Castor. Première publication : 1952. Le Pygmée était encore français. Bernard : « C'est le premier livre que j'aie lu de ma vie. Je devais avoir cinq ou six ans. Il m'a donné l'idée d'une société collectiviste. Raison pour laquelle j'ai cru longtemps au marxisme africain ? J'ai retrouvé cet exemplaire sur les quais de la Seine et ai aussitôt pensé à toi. » J'en étais déjà, grâce à ma mère, aux nouvelles de Maupassant et de Tchekhov. En art, on avait dépassé Malévitch et on attaquait Pollock. Que me cherchait Bernard avec sa BD pour écolier de maternelle ? Je décidai de ne rien lui faire, car maman et moi avions besoin de son argent. Il me vint même à l'esprit de protéger le Français, de le prendre sous mon aile black. D'être son nganga perso. Son repousseur de mauvais sorts antisémites. Je m'assis et ouvris l'album. Les illustrations sont de Cana. La vie pygmée de rêve :

tout le monde est tout le temps ensemble dehors. Les hommes chassent avec leurs enfants et les femmes ne travaillent pas dans les champs, car il n'y en a pas. Une traque de l'éléphant conclut l'histoire. Pour des gens affamés, cette énorme masse de barbaque est fascinante. Combien de côtelettes rien que dans la trompe ? Le pari que c'est, quand on mesure 1,20 mètre, de s'attaquer à un animal haut de 3,50 mètres. Lors du partage, « *le père de Mangazou reçoit pour sa part une défense* ». J.-M. Guilcher, l'auteur du texte : l'anti-Romain Gary. Du reste, n'a pas obtenu le Goncourt. « *Les plus affamés mangent des morceaux de viande crue.* » Éléphant tartare, plat pygmée.

Sédou se présenta à Moungali II, dans notre maison que les obus français des Cobras avaient épargnée par miracle, avec une mauvaise nouvelle : Gertrude, son épouse lari, était morte pendant la guerre. Dans l'égoïsme forcené de mes dix ans, je me demandai aussitôt si nous allions devoir loger mes sept demi-frères et demi-sœurs officieux, la huitième étant décédée d'une crise de paludisme en 1995. J'avais assisté à son enterrement dans le quartier des enfants, au cimetière d'Itatolo. L'origine d'*Azzarb* (2007) ? Ni Bernard ni Sédou ne s'étaient déplacés. Un sur huit, ça leur paraissait un trop faible score ne justifiant pas le prix d'un billet d'avion puisque, sous Lissouba, ils étaient obligés de les payer, leurs billets d'avion. Je posai la question à maman et c'est la première fois, me semble-t-il, que je compris, à son regard plein d'une glace affectueuse, que les sept enfants de Gertrude et de Sédou n'étaient ni mes demi-frères ni mes demi-sœurs, et que mon père était un autre homme que le Malien. Un autre homme noir. Je gardai ce renseignement enfoncé dans ma conscience ou plutôt mon inconscient, ne le ressortant qu'à l'occasion de ma première lecture, à quatorze ans, de Freud.

Elena improvisa, ce soir de février 98, un dîner de deuil au cours duquel, son vin blanc sud-africain préféré aidant, les deux invités masculins s'épanchèrent sur Gertrude, souvenirs rauques auxquels ma mère mêla bientôt sa voix trébuchante. « Le quatuor de Brazzaville est devenu trio », dit Bernard. Sédou demanda : « Un trio infernal ? » Ils rirent gras, gris. Pourquoi ai-je retenu, à dix ans, cette réplique cinématographique ? Ne l'aurais-je pas inventée au cours de mon adolescence ? Toujours l'inconscient. L'arme atomique des psys : « Vous ne croyez pas à l'inconscient ? » Le film de Francis Girod date de 1974. Sédou avait dû le voir au quartier Latin pendant une tournée de conférences en Europe, Bernard chez sa mère à Rueil-Malmaison sur Canal +, mais Elena ? Peut-être n'avait-elle pas compris l'allusion du Malien à cette histoire presque bantou, dans son horreur physique, et avait-elle ri par paresse intellectuelle ? J'ai lu le roman éponyme de Solange Fasquelle dont le film est inspiré, car il se trouve au CCF. C'est là que j'ai rencontré Tessy qui, elle aussi, a lu tous les livres du CCF. Les deux plus gros lecteurs de Brazza devaient se retrouver dans le même lit. Du verbe lire ? Bien que j'eusse quinze ans et qu'elle en eût dix-huit. Cependant, nous n'étions vierges ni l'un ni l'autre. Tessy encore moins que moi.

Je regardais ces trois adultes brisés qui formaient toute ma famille, ma vie. Je me retirai dans ma chambre avec Mangazou. Page 30, il aide son père à soulever la défense de l'éléphant pour que le chef du village puisse juger de sa qualité et commence la palabre sous le fromager. Le papa de Mangazou, à peine plus grand que son fils et plus petit que le chef de village, propose également une peau de léopard, du cuir et des boules de caoutchouc. « *En échange, le chef lui donne des poteries, du sel, des sagaies et des étoffes.* » Sur la dernière image de l'album, Mangazou, installé sur un rocher qui domine des plantations trop bien organisées pour qu'un mouroupéen ne les ait pas conçues, tient un couteau à la main droite et une sagaie à la gauche, préfiguration de tous les enfants soldats qui naîtront en Afrique après les indépendances. Tous les enfants sont des soldats, tous les soldats sont des enfants. Les uns et les autres jouent à la guerre, les uns dans leurs rêves, les autres dans la réalité, mais c'est le même jeu. La guerre n'existe pas, c'est un fantasme. Qui fait parfois des morts. Moins qu'on ne pense. Moins que la vie.

Sédou entra dans ma chambre. Croyait-il qu'il était mon père, voulait-il le croire ou voulait-il que je le croie ? Il ne s'assit pas sur le rebord de mon lit. Au contraire de Bernard. Il respectait ma couche. Il se posa sur la chaise qui se trouvait devant mon bureau. Il ne m'appelait jamais « mon bonhomme ». Parce qu'il sentait que je n'étais pas bon ? Il ne me prenait pas non plus dans ses bras. Mais quand je lui parlais, je voyais dans ses yeux qu'il m'écoutait. Alors que dans la même situation le regard de Bernard voyageait loin de moi. « Il y a des villages de Pygmées à quelques kilomètres d'Ouesso », dit le Malien. Je ne les avais pas vus. Maman n'était pas excursions. Sédou poussa un soupir qui me parut lourd d'un jugement défavorable sur Elena. Il feuilletait l'album du père Castor. « L'Afrique vue par les Blancs, bien rangée, même la forêt vierge. » Je lui demandai si Bernard et lui allaient travailler de nouveau pour le président Sassou que mes potes et moi on n'appelle plus aujourd'hui que le président *Ses Sous*. « Le pays aura besoin de toutes les énergies pour se relever. » Il me répondait comme si j'étais un interviewer de la télé nationale ou un journaliste blanc, pas un écolier n'étant pas allé à l'école depuis longtemps. J'aimais son petit visage pointu dont les yeux tendres, au lieu de rester immobiles, semblaient faire le tour de tout en permanence, tant ils exprimaient d'attention et de compréhension envers les personnes présentes, même quand il n'y en avait qu'une. Après la mort de Gertrude, il a emmené leurs sept enfants à Bamako où ils sont élevés avec les neuf autres par ses trois épouses maliennes. Ainsi disparut de mon horizon la petite troupe de mes faux frères et de mes sœurs pas vraies.

Le Malien peinait à revenir en grâce auprès de Sassou. Avait-il fricoté, pendant la traversée du désert du Mbochi, avec Lissouba ? De moins en moins de missions lui furent confiées. On écoutait ses conseils d'une oreille inattentive et on ne les suivait guère. Du coup, on les payait peu et de moins en moins souvent. « Je ne rentre plus dans mes frais », se plaignait Sédou quand il déjeunait ou dînait à Moungali II en présence ou en l'absence de Bernard. À plusieurs reprises, pour économiser l'argent de l'hôtel, il dormit chez nous. Cela ne plaisait pas à maman qui, se sachant surveillée par la police, craignait que le président n'imaginât qu'elle avait remis le couvert avec le Malien, ce qui était loin d'être le cas. Bientôt Sédou – à cause de quelques nuits qu'il avait eu l'imprudence de passer chez nous ? – ne fut plus reçu à Mpila et cessa de venir à Brazza. Maman et lui se téléphonaient une ou deux fois par trimestre. Elle me passait l'appareil. J'étais en pleine crise d'adolescence sibéro-bantou et répondais par des hm hm, des ouais et des bof aux propos attentifs et affectueux de celui qui m'avait reconnu comme son fils et que je ne reconnaissais plus comme mon père.

J'ai revu Sédou une dernière fois lors de l'inauguration du monument à Savorgnan de Brazza. Tessy adore le visiter et y donne la plupart de ses rendez-vous, à cause de la clim. Mettre la climatisation pour un colon mort : folie congolaise à plein régime dictatorial. Maman et Bernard étaient installés avec moi, non loin du président, tandis que Sédou, encore puni pour une faute dont j'ignorais tout, se perdait dans la foule des invités de second ordre. Le lendemain midi, nous déjeunâmes tous les quatre au Jardin des saveurs, en face de l'hôtel Olympic. C'est l'ancienne demeure d'Henri Lopes dont j'ai étudié, au collège, les nouvelles *Tribaliques*. Bernard nous dévisagea comme s'il nous voyait pour la première fois et nous dit qu'en dehors d'une légère modification, moi remplaçant Gertrude, le « quatuor de Brazzaville » s'était reformé. Sédou dit avec mélancolie qu'il rentrait le lendemain au Mali et ne reviendrait plus à Brazza. Le peu d'égards que les autorités congolaises lui avaient manifesté pendant la cérémonie, comme au dîner qui avait suivi, l'avait, selon son expression et celle de son visage, « crucifié ». « Pourquoi Sassou t'en veut-il autant ? demanda le Français. – Parce que je lui ai rendu service. – Moi aussi, dit Bernard, je lui ai rendu service. – Toi, tu es blanc. – Sassou n'aime pas que les Noirs lui rendent service ? – Pas ce genre de service secret. – Il n'y a pas de secrets pour le nouveau quatuor de Brazzaville. – Si : il y en a un. » Cette conversation d'adultes compliqués et, selon mon opinion de l'époque, ratés ne m'intéressait guère. Je sentis néanmoins que j'en étais le centre. Les jeunes sont le centre des vieux. « On ira te voir à Bamako, dis-je à Sédou. Pour Nguesso, ne t'en fais pas : c'est un connard. » Le Malien me toucha la main avec timidité.

Maman dévorait le menu des yeux. Le menu des restos finira par être son unique lecture.

Bernard, d'une humeur radieuse sans doute due à une note d'honoraires enfin réglée par Sassou, entama une conversation en lingala avec la serveuse, une grande Lari *bien bustée*, comme écrivent les Camerounaises célibataires dans les petites annonces des journaux féminins africains. Elle portait une perruque châtain retenue par un nœud sur la nuque, qui ajoutait à l'étrange beauté de son visage à la fois fin et animal. Bernard semblait fasciné par sa haute taille, ses larges épaules, ses petites fesses et ses longues jambes. Andrée est la serveuse préférée des hommes d'affaires et des militaires français, les simples coopérants n'ayant pas les moyens de prendre leurs repas au Jardin des saveurs. Nous la connaissons depuis plusieurs années et maman et moi, on se demandait si Bernard avait eu ou avait encore une liaison avec elle. Elena pensait que oui, partant du principe soixante-huitard que tout le monde couche tout le temps avec tout le monde, alors que, connaissant les pratiques religieuses d'Andrée et son attachement à un journaliste australien sexagénaire qui venait la voir à Brazza une ou deux fois par an, je subodorais que non. Sans compter cette terreur du virus VIH qui, au contraire de ce que prétend la presse occidentale et américaine, obsède les femmes africaines, beaucoup d'entre elles ayant remplacé dans leur vie le sexe des hommes par celui de Jésus que proposent les églises du Réveil.

Maman et moi, on choisit du tiramisu d'avocat au surimi. « Dangereux, dit Bernard. – L'avocat ou le surimi ? demanda Elena. – Les deux. À votre place, je prendrais du chèvre chaud : au moins il est chaud. – Il fait déjà chaud », dis-je. Sédou prit lui aussi le tiramisu.

Bernard resterait seul avec son chèvre chaud. Il finissait toujours par rester seul avec la chose qu'il mangeait, disait, faisait. On avait l'impression qu'il ne pouvait partager que son argent. Nous fûmes trois capitaines grillés contre son émincé de bœuf. « Vous ne savez pas ce qu'a avalé votre capitaine dans le fleuve Congo, alors que je sais que mon bœuf n'a dévoré aucun Congolais, étant d'importation et, en outre, végétarien. » Sédou le traita de raciste et maman de con, ce qui n'altéra pas sa bonne humeur. Elena choisit le vin. Je ne sais plus ce que c'était. Les vins ne m'intéressent pas : ils puent l'Europe, même les crus sud-africains. Ils n'assomment pas comme le chanvre, ne désaltèrent pas comme la bière, ne font pas rêver comme le whisky. Le liquide tiède ne sert qu'à grossir. Je fais une exception pour le champagne, du moins comme le boivent les dirigeants africains, surnommés les *champagnards* : au petit déjeuner, dans un grand verre, pendant que leur femme de chambre ou leur épouse les suce avec solennité.

Je regardais maman regarder avec amour ces deux hommes qu'elle n'aimait plus et qui ne l'aimaient plus non plus, bien qu'ils multipliassent à son endroit attentions et paroles sucrées. J'étais écœuré par cette comédie de vieux. Il n'y a qu'un moyen de ne pas devenir vieux : mourir jeune. Les vieux ont essayé en vain tous les autres. Il fut question de l'Afrique, mot qu'on ne trouve dans aucune langue africaine, et pour cause : elle n'existe pas. Son vide a tenté depuis cinq siècles moult névrosés blancs qui y ont vu la réponse adéquate à leur néant questionneur. Ce n'est pas un continent, c'est un sac rempli d'êtres hétéroclites venus là du monde entier pour ne plus exister. Chacun parle de la sauver, mais il n'y a personne à sauver ici : nous devons continuer de marcher sans fin, vers l'eau ou le meurtre, comme une illustration hyperréaliste de la condition humaine. Ces jeunes Françaises blondes achetant de la bière à trois heures du matin dans une épicerie de Bacongo après un concert de R & B en plein air, gardées au corps par quelques Laris balèzes et timides : que sont-elles venues prendre chez nous, sinon un peu de mort pour faire peur aux hommes indifférents et aux femmes jalouses à leur retour en France ? Sédou était pessimiste sur l'avenir du Congo. Le gouvernement surfait sur le cours élevé du pétrole, mais celui-ci ne durerait pas : les grandes puissances ne pouvaient se permettre de payer trop cher une chose dont elles avaient tant besoin. Je dis que le monde était fait pour mourir, comme tout ce qui vit. Selon moi, il était illogique, d'un point de vue philosophique, et satanique, d'un point de vue religieux, de vouloir empêcher la disparition d'une entité vivante. Maman me reprocha Schopenhauer alors que ce n'est pas de lui, c'est de moi. Bernard dit que l'unique débouché à des études de philosophie était le contrôle des médias : il me voyait en futur dirigeant de la RTC (Radio-Télévision congolaise). Je leur confiai avec un rictus que l'ambition de Tessy était de devenir présidente du Congo, ce qui ferait de notre fils Patrice un haut personnage de l'État. « Ça fait longtemps qu'elle ne me l'a pas amené, se plaignit Elena. Elle pourrait le prendre avec elle quand elle vient dormir avec toi à la maison. Peut-être aime-t-il la clim, lui aussi ? – Justement : elle a peur qu'il attrape froid chez nous. – À Moukondo, il attrapera le palu. – Il l'a déjà. » Sédou laissait son regard mélancolique errer sur l'ancien jardin de Lopes. Le silence a une couleur : c'est le vert de l'herbe sous le soleil au milieu de l'après-midi, en été. Au Congo, c'est toujours l'été, même quand il pleut. La vie du Malien était passée, celle de maman était moche et celle de Bernard sur le point de finir : l'air était rempli de ces trois désastres au-dessus desquels je battais des pieds et des mains pour ne pas être englouti avec eux dans la mer de l'oubli.

Comme desserts, Andrée, après être venue vers nous de sa démarche voluptueuse qui ne pouvait pas ne pas être une offrande à l'un de nous – sans doute Bernard mais peut-être aussi Sédou –, nous proposa un café glacé, une banane flambée au rhum, une salade de fruits ou une déclinaison de glaces. Maman prit la salade de fruits sous prétexte que c'est diététique, alors qu'elle venait de s'enfiler cinq ou six morceaux de pain avec son capitaine. Elle commençait toujours son régime à la fin des repas. Bernard, lui, opta pour le café glacé. Sédou ne voulait pas de dessert et je ne pouvais pas en prendre un, Tessy venant de me convoquer par téléphone pour l'accompagner à Itatolo avec les enfants dans la voiture d'un moundélé, un des collaborateurs de Philippe Douste-Blazy ayant suivi ce dernier à Brazza pour l'inauguration du mausolée de Savorgnan.

Tout être humain est le résultat d'un amour, ce qui explique sa valeur inestimable. « *Le matériel le plus précieux* » (Staline). Maman serait furieuse que je cite un dirigeant soviétique comme modèle de philosophe. Mais elle ne lira pas ce livre de souvenirs : ma première œuvre sérieuse en prose. Les dissertes pour Ngouabi, c'était de la blague. Trop fastoche. Le rapport des peintres à l'écriture. Jean-Michel Basquiat (1960-1988) a commencé par être connu, sous le nom de Samo *(Same Old Shit)*, comme écrivain des murs de New York. Graffeur, du grec *graphos*. Jean-Michel, qu'on pardonne cette familiarité d'un nègre envers un autre, a inventé le haïku sans cou, rien que le aïe. La phrase brève comme une rupture d'anévrisme. L'artiste est un tueur. Il ne faut pas lui confier votre destin, il le jettera. Si on le laisse seul, se tuera par besoin de supprimer quelqu'un. Basquiat mort d'une overdose après une cure de désintoxication. Ratée. Arrêter un vice est plus dangereux que vivre avec, surtout pour les créateurs à qui tout est demandé en échange de presque rien. Comment se passe la vie des gens qui ne créent pas ? Lit de douceur ? Ça doit être une autre forme de brutalité. Sont-ils jaloux des artistes ou tristes pour eux ? Comment envisagent-ils la mort, n'ayant aucune chance d'y échapper grâce à leurs œuvres ? L'absence de création est-elle l'explication de leur attachement à leur famille, leur ville, leur pays, leur race et leur religion, choses sans importance pour moi ?

J'ai commencé à peindre après avoir lu, en français et en russe, des biographies de peintres impressionnistes, prises au CCF, apportées de la Hune par Bernard ou envoyées de Moscou par des connaissances d'Elena, anciens kgbistes devenus businessmen du pétrole ou profs d'aérobic. J'ai aimé leur vie, sans savoir que créer est le contraire de vivre. Même leurs tourments me paraissaient jouissifs. Leur frugalité me délivrait de la torture congolaise de ne pas tout posséder. Leurs histoires d'amour sans amour me paraissaient plus heureuses que les âneries sentimentales brésiliennes diffusées sur les chaînes kinoises et devant lesquelles Elena passait ses heures de *déstressage*, comme elle les appelait en français. Leur absence de succès me consolait d'avance de mon échec. Quand un génie souffre le martyre, les martyrs se sentent des génies, tous les gens qui n'ont pas de génie étant des martyrs.

La nature et la nature morte ne m'intéressaient pas : j'étais passionné, comme tout écrivain, par les gens. Trop humain pour me consacrer aux formes et couleurs de Dieu ? La vie intérieure, terrain de chasse des plus grands auteurs qui ne font pas de descriptions, est infâme en noir et blanc. C'est un marais où je ne voulais pas m'enfoncer, rapport à mon pesant prénom. Je me suis en quelque sorte agrippé aux portraits, la seule chose littéraire dans la peinture. Avec l'abstraction, mais celle-ci n'avait pas encore, avant l'an 2000, franchi le Sahara. J'ai peint ma mère, Bernard, Sédou et quelques copains et copines de classe. Je cherchais la ressemblance. Jusqu'au jour où mon pas-beau paspère m'a offert un appareil photographique en disant : « Puisque tu cherches la ressemblance. » J'avais le choix entre devenir photographe et changer de style de peinture, autrement dit en trouver un.

Je ne devrais pas raconter mon parcours esthétique, puisqu'il m'a mené à une impasse : la littérature. Ma découverte de Chéri Samba, artiste congolais né en 1956 comme Bernard Lemaire, mais lui toujours vivant à Kinshasa, me fit comprendre que la peinture, depuis sa destruction par Picasso, doit être drôle. Aux deux sens du terme : méprisable et comique. Sarcasme, caricature, ironie, quiproquo et astuce : l'équivalent du bleu, du rouge, du blanc, du jaune et du noir étalés sur les toiles de nos ancêtres les peintres du XXe siècle. Samba ne fait que des autoportraits en situation de crise de rire. Le peintre se retrouve dans la toile par lassitude d'être trop longtemps resté devant. C'est une façon de se faire connaître physiquement. Le triptyque de 1997 – *Quel avenir pour notre art ?* – est un chef-d'œuvre de narcissisme critique. Picasso en Dieu méchant comme Zeus, et voleur comme Hermès, à côté de l'Africain à lunettes pour avoir l'air intelligent, en blanc pour avoir l'air noir. Avec d'autres Africains cultivés devant Georges-Pompidou, temple de la respectabilité artistique que les personnages ne regardent pas, car ils n'y sont pas exposés. J'ai beaucoup aimé François Thango (1936-1981) et Zinsou (1958-2003). Un artiste mort est rassurant pour un artiste jeune qui peut l'aimer sans avoir peur d'être moins bien que lui, car personne n'est moins bien qu'un mort. Moins bien vivant. Thango et Zinsou ont fait des dessins d'enfants que les enfants ne font plus quand ils entrent dans l'âge adulte sans passer par l'adolescence qui n'existe pas en Afrique, on n'y vit pas assez pour cette flânerie. L'art est le refus de l'initiation. Toutes : religieuse, scolaire, physique. Même amoureuse. Artistique. Récuser les épreuves qui feront de vous un homme car vous ne voulez pas être un homme, c'est trop peu.

Francis Bacon, le peintre philosophe par ascendance et homonymie. L'homme est un lourd pour l'homme. Il m'a bien libéré, l'Anglais de Dublin. Impossible de faire ressemblant, car le corps ne ressemble à rien du point de vue de l'anus. Dans la nullité du monde, Bacon englobe l'homme. C'était, pour moi qui voulais sauver les visages du néant général de la planète, nouveau. Il me restait quoi ? La pensée. Donc les mots. Mais Basquiat les avait déjà tous mis sur ses tableaux : HEAVEN, URINE, ICE, SOAP, CUT OUT, CHEST, EROICA. Je cherchai mes pensées dans les couleurs. Je pensai que l'acrylique m'aiderait. Déception. Le bois ? Tribal. Je crus devenir fou. J'avais quinze ans. Elena se rendit compte que je n'allais pas bien, m'infligeant chaque soir, pendant les repas qu'elle aimait que nous prenions ensemble, sauf si elle avait un dîner d'affaires en ville de Brazza, un interrogatoire en bonne et due forme soviétique. Beaucoup de femmes russes sont restées soviétiques avec leurs enfants. Elle décida que nous passerions l'été en Europe (celle-ci incluant son pays natal) et aux États-Unis pour que je visite tous les grands musées dont sont privés les peintres subsahariens durant leur éducation picturale, sauf ceux dont le père est ambassadeur ou milliardaire en francs CFA. Je demandai à maman où elle trouverait l'argent. « À sa place habituelle : le compte en banque de Bernard. » Je devinais, à l'amélioration constante de notre train de vie brazzavillois, qu'elle avait déjà récupéré une grosse partie ou la totalité de la pension que, de son vivant, Gertrude recevait de Bernard. Le Français passerait une fois de plus à la caisse et maman à la casserole. Ça devait leur plaire, à tous deux, sinon ils ne seraient pas restés ensemble si longtemps.

C'était la première fois que je quittais le territoire congolais. Bernard avait accepté de payer les deux billets, mais pas la classe affaires. Maman l'avait engueulé au téléphone : « Tu les feras passer en note de frais. – À quel titre ? Regroupement familial ? Pouchkine n'est pas mon fils, tu n'es pas mon épouse. – Toi et moi, nous faisons du business. – Si j'offrais des billets affaires à tous les Africains avec qui je fais du business, il ne me resterait plus qu'à mettre la clé sous la porte. – Je ne suis pas africaine, je suis russe. – Encore pire. » Elena avait hésité à rajouter elle-même la différence, mais elle pensait que ces 5 000 ou 6 000 euros seraient mieux employés dans les magasins de l'avenue Montaigne ou chez Harrods, d'autant que ce n'était pas la saison des soldes, et nous voyageâmes pour finir en éco. Aux frais de Bernard, ce qui était une consolation.

Il nous attendait, sans doute pour se faire pardonner sa ladrerie, ou ce que maman considérait comme telle, à Roissy. Il avait du mérite car les avions de Brazza arrivent à l'aube en France. À mesure que les passagers de notre Boeing se dispersaient dans le hall avec leurs bagages, je me sentais de plus en plus noir. Je m'étais cru blanc, puisqu'à Brazza je n'étais pas noir : je me découvris noir, puisqu'ici je n'étais pas blanc. De Brazzavillois aisé de couleur indéfinie, je devins en cinq minutes Africain négroïde enragé. Ma mère elle-même paraissait différente. Au Congo elle était plus blanche qu'en France où elle était comme tout le monde. Qu'avais-je vu d'elle, dans mon enfance, à part sa couleur qui n'était pas celle des autres mamans ? Entourée de femmes blanches comme elle, elle se montrait enfin à moi dans le désordre de ses sourires, la panique de ses regards. Elle donnait l'impression d'être attaquée, envahie, presque abattue. Affolée de ne plus être avantagée par son armure blanche, chaque Français ou presque portant la même.

Bernard, lui, semblait plus à l'aise : il était chez soi. Mais moins à l'aise qu'en Afrique où il était chez nous. Il faisait plus de gestes, disait plus de mots. Il cherchait à nous convaincre de quelque chose, mais nous ne comprenions pas quoi. Qu'il était français ? Maman fut chagrinée qu'il nous entraînât vers la file d'attente des taxis. Pourquoi n'avait-il pas pris sa voiture ? « C'est la barbe pour se garer dans l'aéroport. » N'avait-il pas un chauffeur ? « Il ne se lève pas à cinq heures du matin. Quand vous prendrez votre vol pour Londres, il vous conduira à l'avion. » Elena n'osa pas faire une remarque désobligeante sur l'indulgence de Bernard envers son personnel, mais en imprima une sur son visage qui demeura renfrogné jusqu'à l'hôtel du 17e arrondissement où Bernard nous avait réservé une chambre. Elena aurait préféré un hôtel du 16e arrondissement, et deux chambres. « Insensible au fait que j'ai choisi un établissement qui s'appelle Neva ? » interrogea Bernard avec cette espièglerie lourde et sirupeuse des hommes qui essaient de se faire pardonner leur erreur ou leur faute sans vouloir pour autant admettre qu'ils l'ont commise. Maman ne se donna pas la peine de répondre, tournant la tête vers la multitude d'immeubles gris qui annoncent, au voyageur d'un autre continent, l'approche de Paris et de ses trésors. La tension entre Elena et Bernard ne me gênait pas, au contraire. Quand les adultes se disputent, ils n'ont pas le temps de crier sur les enfants.

Un vomi de voitures coulait, comme nous, vers ce mauvais roman de Victor Hugo : *Notre-Dame de Paris*.

Entrer dans Paris, c'est marcher dans tous les livres et tous les films sur Paris qu'on a lus et vus depuis sa naissance. Dans cette ville où je découvris que j'étais noir, je compris que j'étais chez moi, puisque j'étais dans mon imagination. À Brazza je vivais dans la réalité ; à Paris, dans Paris. Dans notre chambre de l'hôtel Neva, maman ne prit pas le temps d'ouvrir nos valises avant de m'emmener dans tous les musées par ordre alphabétique de *Pariscope* : Art moderne de la Ville de Paris, Arts décoratifs, Bourdelle, Carnavalet, Centre Pompidou, etc. D'où le nom que je donnai aussitôt à notre périple : le voyage inichiatique. Mes tableaux préférés étaient ceux, vivants, que je regardais dans les rues quand j'y déambulais seul pendant que maman faisait la sieste au Neva, avec ou sans Bernard. Elle avait pris peu à peu la mesure de la chance qui était la sienne de se prélasser à peu de frais au soleil de Paris tout en assurant l'éducation artistique de son fils. La réconciliation avec Bernard s'accéléra quand il mit sa grosse Mercedes noire à vitres fumées et son gros chauffeur blanc à lunettes noires à la disposition d'Elena pour qu'elle pût faire son shopping dans de bonnes conditions. J'étais surpris que ce Français ne nous eût pas menti : il était millionnaire. En euros, monnaie unique de l'Union européenne depuis le début de l'année. Un dîner en tête à tête au restaurant de la Tour Eiffel acheva de les rabibocher, tandis que je me gavais de frites au McDo de l'avenue de Wagram. Il n'y a pas de McDo en Afrique, d'où le faible nombre d'obèses chez nos jeunes. Néanmoins, quand nous quittâmes Paris pour Londres, je sentis, dans leurs adieux calmes et soulagés, que Bernard et maman considéraient ce séjour à Paris comme un ratage dans leurs relations. Ils n'avaient pas réussi à se rejoindre, à s'emboîter, à fusionner comme ils faisaient à Brazza. Ils étaient des amants africains, malgré leur couleur. En Europe, leur amour se sentait à l'étranger. Au point que lorsque nous regagnâmes Paris, un mois plus tard, Elena et Bernard évitèrent de se rencontrer dans la capitale française, se réservant pour la congolaise. Maman me raconta qu'à chaque fois qu'elle et lui s'étaient rencontrés à l'étranger ç'avait été le même échec. Ils étaient à jamais les amants de Brazzaville et c'est ainsi qu'ils sont morts : amants, à Brazzaville.

La rue Brey : ma première adresse parisienne. Chaque jour depuis l'été 2002, je l'ai revue dans mes rêves ou mes souvenirs. Elle se trouve à flanc de colline. Les immeubles sont raides comme des bourgeois blancs. Ils ont l'air d'avoir été dessinés par Bernard Buffet, surtout à la tombée de la nuit. Buffet, Basquiat, Pollock : tous ces génies qui n'ont pas fait d'études. Pourquoi est-ce que j'en fais ? Est-ce la place des Ternes qui donne un caractère terne au quartier ? Les Champs-Élysées se remontent, puis tout le monde descend. Je suis retourné rue Brey dimanche dernier, le lendemain de mon arrivée en France, comme si c'était le cimetière où ma mère était enterrée. Les morts hantent les endroits qu'ils ont aimés et où ils ont été aimés, c'est pourquoi il y a tant de fantômes à Paris. L'hôtel Neva a maintenant trois étoiles. Ç'aurait fait plaisir à Elena, furieuse de voir chaque jour sur le trottoir d'en face l'hôtel Tivoli avec son étoile de plus. Je me souviens que je glissais le matin vers le kiosquier de l'avenue Mac-Mahon pour acheter des journaux. J'étais fasciné par cette abondance de papier imprimé. Au Congo, il n'y a plus de parti unique, mais la presse n'est guère variée. Un homme avait tenté de tirer sur le président Chirac avec une carabine 22 long rifle pendant le défilé du 14-Juillet. Il avait été désarmé par un badaud dont tout le monde a oublié le nom, sauf moi : Jacques Weber. Les Israéliens reconstruisaient le mur de Berlin en Cisjordanie. Tout ce béton m'obsédait, nous qui manquions de ciment à Brazza. Je me baladais dans la ville avec mes canards sous le bras, qu'Elena me conseillait de jeter. Tant de poubelles dans les rues parisiennes. Regardant dedans, je revoyais Brazza. Cette haine des femmes pour la presse. Parce que les hommes l'ont trop lue devant elles pendant les repas, au lieu de les interroger sur leur journée ?

Londres : *eggs and Francis Bacon*. Le nombre de gens à qui j'ai envoyé cette blague par SMS au Congo. Il ne faut pas trop en demander à un garçon de quinze ans, même génial. Je rendais visite, après mon copieux breakfast, aux deux demeures posthumes de mon maître préféré, mort comme les autres, mais plus vieux (83 ans) : la Tate Gallery (*Trois études pour des figures à la base d'une crucifixion*, *Personnage dans un paysage*, *Portrait d'Isabel Rawsthorne*, *Triptyque-Août*, *Trois personnages et un portrait*), et The Art Council of Great Britain (*Tête VI*, *Étude pour un portrait de Van Gogh VI*). Comme elle n'avait plus de bienfaiteur à satisfaire ou dont se satisfaire dans notre chambre d'hôtel, maman m'accompagnait au musée, dans les rues, au McDo. J'avais l'air d'un ado ghanéen ou kenyan adopté à la naissance par une dame londonienne. Nos soirées en tête à tête au restaurant nous paraissaient longues. C'est l'inconvénient d'un voyage à deux : les repas. On devrait les supprimer, car le reste est bien. Quand nos voisins de table étaient anglais, nous parlions en russe. Quand ils étaient russes, en anglais. À côté des Français, on parlait français afin d'engager la conversation, parce qu'on avait la nostalgie de Paris.

Elena appréciait les familles pourvues d'une fille de mon âge. Son principal souci de l'époque était mon dépucelage : la seule cérémonie d'initation laissée à l'ado blanc. C'est pourquoi, lui expliquais-je, les parents ne doivent pas s'en mêler. Dans les restaurants africains de Soho ou de Notting Hill, nous nous exprimions en lingala pour être compris, mais il y a huit cents langues africaines et nous ne tombâmes jamais sur un Bantou. J'étais plus fort, dans ce domaine, qu'Elena. Ça la rajeunissait, de mal parler une langue. D'une quarantaine d'années. Elle devenait une élève d'école primaire dont je reprenais chaque phrase avec une gentillesse inflexible. « Elena, "Où allons-nous, toi et moi ?" se dit *Tokokende epai wapi yo na ngaï* et non *Tokokende nayo wapi epaï.* »

Londres luit comme la peau d'une jeune aristocrate sous les spots d'une soirée caritative. Tous les passants se sont pomponnés. À cause des caméras de surveillance ? La ville où on est le plus filmé au monde. Quand on marche dans les rues, on a l'impression de faire ses débuts au cinéma. Nous occupions la même chambre dans un hôtel de Pimlico, quartier populaire devenu quartier chic depuis la hausse des prix de l'immobilier. Dans ces rues où la pauvreté est passée, il y a encore dans l'air l'espoir et le désespoir, malgré les grosses voitures garées devant les petites maisons blanches à dix millions de livres. Les riches sont des enfants, les pauvres des vieillards : qui est adulte ? Mon rêve politique est une classe moyenne recouvrant la planète, habillée pareil – costume noir pour les hommes, minirobe blanche pour les femmes – et parlant la même langue : le lingala. Ainsi, ni jalousie ni frustration : nous aurions enfin la liberté de montrer en toute candeur nos indiscutables différences, au lieu de les exhiber ainsi qu'on fait aujourd'hui, comme si elles étaient le fruit de notre travail alors qu'elles sont celui du hasard.

La Tamise est un petit fleuve Congo avec plus de ponts, puisque sur le Congo il n'y en a aucun. Sur les quais londoniens, il n'y a que des voitures. Dans les villes européennes, il y a surtout des automobiles. On ne les voit pourtant pas sur les prospectus des agences de voyages. On s'attend à trouver des monuments et on reste bloqué dans des embouteillages. Je me satisfaisais des sept Bacon vus en Grande-Bretagne et, s'il n'avait tenu qu'à moi, serais parti à New York pour y regarder les Pollock et les Basquiat de mes rêves, mais maman en voulait pour son argent de Lemaire, et me traîna au British Museum, au Sir John Soane's Museum et en d'autres endroits solennels où les artistes du passé m'infligèrent une inutile leçon de classicisme. J'eus beau répéter à Elena la remarque de Buffet *(« Pourquoi les gens achètent-ils de la peinture figurative ? Ils n'ont qu'à la faire eux-mêmes »)*, elle demeurait inflexible. Elle me fit même visiter le National Army Museum, sur la Royal Hospital Road. Elle pleurnicha devant de vieux sabres et des casques coloniaux troués. « Tu ne peux pas comprendre, Pouchkine. Tu n'as pas eu un père dans l'armée. – Je n'ai pas eu de père. – Si, et je me trompe : il a été dans l'armée. Longtemps. » Je la laissai soliloquer dans son coin de musée. J'en avais assez de ces conversations où on me disait comment était mon père, et pas qui c'était.

New York depuis le 11 septembre 2001 : la ville n'a plus ses longues dents du devant. Première fois dans leur histoire que les Américains étaient bombardés sur leur sol après qu'ils eurent bombardé presque tous les pays de la planète. Ce jour-là, ils ont pris sur la tronche une infime partie des bombes qu'ils avaient balancées sur les non-Américains aux XXe et XXIe siècles. Elena voulut voir *Ground Zero* : le meilleur tableau de Pollock, peint quarante-six ans après sa mort. Nous logions dans l'hôtel new-yorkais préféré de Bernard : Inn At Irving Place. J'avais pris, à la bibliothèque du CCF, certains romans de John Irving et me demandais si l'établissement portait son nom parce que l'écrivain y était descendu ou si c'était parce que le propriétaire était un fan du *Monde selon Garp* et d'*Hôtel New Hampshire*, les meilleurs livres d'Irving. Celui-ci aurait dû s'arrêter là. Comme Françoise Sagan après *Bonjour tristesse*, Aragon après *La Défense de l'infini*, Carson McCullers après *Le cœur est un chasseur solitaire*, Edmond Rostand après *Cyrano de Bergerac*, Léon Tolstoï après *Les Cosaques*, Fedor Dostoïevski après *Crime et Châtiment*, Thomas Mann après *Les Buddenbrook*. Mon homonyme (Pouchkine) et mon idole (Labou Tansi) ont fait un maximum de choses en s'attardant sur terre un minimum d'années. Les meilleures œuvres sont des œuvres de jeunesse qu'ensuite l'auteur vieillissant gâche avec de mauvaises reproductions. Il s'applique, par des subterfuges de vieille mondaine, à retrouver la fraîcheur, la beauté et la force qui firent ses premiers succès. Il rentre son stylo, bombe son imagination, se teint l'esprit. Il fait illusion pendant quelques pages, mais, ne pouvant soutenir longtemps ces efforts, s'avachit et le livre part en morceaux. Est-ce par une prescience diabolique que Staline tuait les grands artistes dans leur jeunesse, de sorte que leur œuvre ne vieillissait pas (Essenine, Mandelstam, Babel, Boulgakov) ?

Avant ce voyage, Elena et moi n'avions jamais dormi dans la même chambre, à l'exception des deux ou trois nuits passées à Blanche-Gomez lors de ma naissance. Il nous avait fallu quitter l'Afrique pour nous retrouver dans des cases : celle de la rue de Brey, celle de Pimlico, celle d'Inn At Irving Place. Nous vivions enfin, après vingt ans de Congo, à l'africaine. Notre première visite fut pour le MOMA, angle 53e Rue-5e Avenue. Je vis les Pollock avant les Basquiat. La hiérarchie de l'âge, si importante pour nous. Qui respectons les vieux parce qu'en Afrique vieillir n'est pas facile. Il faut de l'intelligence pour dépasser quarante ans et du génie pour vivre après cinquante. Les sexagénaires sont des demi-dieux, les septuagénaires des dieux, les octogénaires des phénomènes surnaturels au même titre que les soucoupes volantes. La plupart des Africains vieux perdent la raison à force d'être stupéfaits de ne pas être morts. Ils pensent qu'ils sont décédés, mais qu'un maléfice empêche qu'on les enterre. À Okonda (district d'Owando), Bernard Yoka – Yoka Bernard, comme on dit chez nous où le nom est toujours placé devant le prénom, truc administratif lié au colonialisme où le Noir n'était qu'un nom sur une liste alphabétique d'esclaves –, soixante-quatre ans, tue sa sœur Pauline, soixante-deux ans, à coups de machette parce qu'ils n'étaient pas d'accord sur le partage de l'héritage laissé par leur père : une baraque en terre battue et coiffée de tôle. La baraque à l'état de ruine est détruite par Bernard qui conserve les tôles. Quand il décide de les vendre, sa sœur, avec qui il vit, ni l'un ni l'autre ne s'étant mariés ni n'ayant eu d'enfant, s'y oppose. Leur dispute aura duré deux jours. Bernard : « Elle s'est mise à m'insulter du matin au soir. J'ai supporté pendant deux jours toutes ses injures. Le jour suivant, je me suis énervé. Alors j'ai pris la machette, puis je l'ai frappée à la tête et à l'épaule. Ensuite je l'ai emmenée à l'hôpital où elle a trouvé la mort quelques jours après. » Même blessée, Pauline continuait d'engueuler son frère. Qui n'a pas pu assister aux obsèques de sa sœur, attendant, à la prison d'Owando, son transfert à la maison d'arrêt de Brazzaville. Dans *La Semaine africaine* où j'ai trouvé cette anecdote qui ferait un bon sujet de premier roman francophone, Yoka pose avec sa machette pour le photographe du journal. Avec sa maigreur de la faim, son visage de la douleur, ses pieds nus de la misère.

Atterrissage en Russie, la terre de mes ancêtres blancs. Maman n'avait plus de famille, hormis quelques tantes et cousines dispersées entre Moscou et Vladivostok. Nous errâmes main dans la main le long des rues de sa jeunesse, elle retenant ses sanglots, moi mes bâillements. Depuis la mort du communisme, tous ses souvenirs étaient des morts. Le ciel était blanc comme un linceul et il faisait une chaleur d'inondation. Elena disait que la ville était plus gaie à l'époque où elle était triste. Les filles avaient poussé comme des poireaux blonds. Leurs jambes nues sortaient en premier des limousines de leur micheton ou de leur maquereau. Les librairies pleines de romans américains encore plus moches que les romans soviétiques dont le communisme les garnissait. Je n'aimais pas la façon dont les garçons de mon âge regardaient ma moitié de négritude. Mélange de curiosité ironique et de dégoût irrationnel qui présageait l'insulte et le pétage de gueules. « De mon temps, dit maman, on n'aimait pas les Noirs, mais on ne leur tapait pas dessus, car on ne tapait sur personne : droit réservé au KGB. » Ça m'énervait quand elle attaquait le KGB auquel appartenait mon grand-père l'ambassadeur. Celui qui s'est pendu. Elena m'avait prévenu : « Ne dis pas que tu t'appelles Pouchkine. C'est l'idole nationale, même chez les skins. – Pourtant il était noir. – Moins que toi. Il était poète, aussi. – Je suis peintre. – Serais-tu en train de te comparer à Pouchkine ? – Pouchkine, c'est moi. »

L'incident se produisit dans un café design comme il n'en existait pas à Moscou sous Brejnev. Un homme s'approcha pour draguer maman. Il pensait que j'étais un enfant adopté en Afrique. Quand Elena dit qu'elle m'avait fait avec un Africain assez riche pour racheter le bar et tous les immeubles du quartier, phrase que je pris pour une fanfaronnade alors qu'elle me donnait un indice véritable sur l'identité de mon géniteur, l'homme se fâcha car il était le propriétaire du bar. Il dit à maman ce mot que les Français du sud de la France laissent échapper une centaine de fois par jour : « Putain ! » Est-ce le sang bantou ou celui de Rurik qui se mit à bouillonner en moi ? Je me levai et battis le type, puis me retrouvai sous trois ou quatre de ses gardes du corps qui me tabassèrent, ce qui ne m'empêcha pas de les traiter, en russe, d'enculés. La dernière pensée que j'eus avant de m'évanouir fut de dire à maman d'arrêter de crier, car ses cris me faisaient plus mal que les coups, mais aucun son ne sortit de ma bouche.

Je me réveillai dans ce que je crus être un hôpital et qui était une clinique privée. En Russie tout ce qui est bon est privé et tout ce qui est public est nul. À mon chevet, maman sanglotait. Je lui dis la bêtise que tout le monde dit dans ces cas-là : arrête de pleurer. Alors que c'est bon de pleurer. Aussi bon qu'éjaculer. C'est l'éjaculation des yeux. De l'âme, dirait un chrétien. De l'inconscient, dirait un freudien. « Je suis heureuse », dit Elena. La dernière phrase que j'attendais. Ma mère avait le don de me surprendre, c'est pourquoi je ne me suis jamais lassé d'elle. Comme tous les hommes qui l'ont connue. Dont mon père. Le Black assez riche pour acheter tout un pâté de maisons à Moscou. Stevie Wonder ? « Tu me trouves plus mignon avec la lèvre fendue et des yeux au beurre noir ? – J'ai réussi ton éducation. Je savais que ta tête était pleine, mais, pour les couilles, je n'étais pas sûre. »

Quelques jours plus tard, nous repassâmes devant le bar où j'avais reçu ma première correction blanche. Il n'était plus design, ou alors d'un design d'avant-garde russe : il avait été brûlé. Nous étions en taxi. « C'est toi ? demandai-je à maman. – Chut. » Persuadée que tous les chauffeurs de taxi étaient, comme sous Andropov, des agents des services secrets. Je passai au lingala, doutant que le nouveau patron du FSB ait eu l'idée d'enseigner les langues bantous aux chauffeurs de taxi moscovites. Qui avait fait ça ? « *Nayebi nangaï te.* » Elle ne savait pas. Je la crus. C'était moi qui, dans mon délire, avais détruit le lieu de mon humiliation, car mon délire était la réalité. La troisième preuve de ma nature anormale, inhumaine. Mi-ndoki, mi-nganga. Féticheur et sorcier. Guérisseur et assassin. « L'homme est mort ? demandai-je en français. – Oui. Comment le sais-tu ? – Il y avait beaucoup de clients dans le bar quand l'incendie s'est déclaré ? – Non. Le patron était seul. C'était la nuit. Il dormait dans son établissement, par mesure de sécurité. Sous le communisme, on savait une chose : la sécurité n'existe pas, il est par conséquent inutile de la rechercher. » Elle me prit la main et dit en français : « Puisque tu as choisi Moscou comme lieu de ton initiation, il te reste à la terminer en faisant l'amour avec une femme de la même race que ta mère. – J'ai quatorze ans et demi. – À ton âge, beaucoup de jeunes Bantous sont papas. » Elle ne croyait pas si bien dire. Elle devait être sorcière, elle aussi. Peut-être n'y a-t-il sur terre que des sorciers et des sorcières, les êtres humains étant ailleurs, comme la vraie vie de Rimbaud ? Quand Elena découvrirait, un an plus tard, que Tessy attendait un enfant de moi, elle semblerait avoir oublié ces considérations compréhensives faites à Moscou et m'engueulerait à mort avant d'être attendrie par les délicates rondeurs de la Vili. Pour l'heure, elle me conduisait dans un bordel tenu par un Français chauve en bluejean : Jean-Michel. La fille se mit dessus, rapport à mes contusions. J'ai joui à regret, ayant l'impression de perdre mon innocence dans un trou comme une gourmette.

En tête du troisième chapitre de mes souvenirs, extraites de mes carnets de Pouchkine, ces pensées noires : les vieux sont libres le soir et pris à midi ; les jeunes, l'inverse. Les salauds disent que les gens sont des salauds. Le prix des fringues est un encouragement à la prostitution féminine. Ce qui différencie l'homme de l'animal : le rire, la masturbation, la lecture, l'écriture, l'argent. Les morts n'avaient plus la force de vivre. Est-ce un homme ou une femme qui eut en premier l'idée de danser ? Toute une vie à faire semblant de vivre, c'est long. Maman et Bernard : après cinquante ans, contradictoires besoins de retraite et de vie mondaine, aussi tyranniques l'un que l'autre. On trouvera toujours des salopes pour aller en boîte avec des assassins. Les mauvais écrivains vivent vieux parce que personne n'a voulu les tuer. Les minibars des palaces devraient s'appeler des maxibars, vu le prix des consommations. Se faire gratter la tête avec un stylo Mont-Blanc : plaisir de chat d'écrivain. Pourquoi est-ce une si grande honte d'être un lâche ? Les riches croient en Dieu car ils sont au paradis. L'uranium de la première bombe atomique était congolais.

À Venise, nous nous installâmes dans une pension du Zattere. Nous attendions un Western Union de Bernard, ayant dépensé ce qui nous restait d'argent sale à Moscou où maman avait pris goût au nouveau Goum et moi aux putes blondes de Jean-Michel. Elena appelait Lemaire trois fois par heure, lui proposant avec perfidie de nous rejoindre afin de se rembourser sur la bête russe. Il préféra payer pour ne pas nous voir et nous envoya une dizaine de milliers d'euros qui nous permirent de déménager au Bauer, l'hôtel vénitien préféré de maman. Les couloirs et les chambres sont plus grands qu'au Danieli ou au Gritti, constructions anciennes faites pour les petits gabarits des siècles précédents. Le décor germanique du Bauer convenait à la fin de ce voyage complexe et solennel qui entretiendrait pendant plusieurs décennies notre légende congolaise. Aussi important dans l'histoire de la peinture que celui, dans l'histoire de la philosophie, du jeune Arthur Schopenhauer avec son père, ou que celui, dans l'histoire de la musique, du petit Wolfgang Amadeus avec son père aussi ? Elena avait eu en deux mois son content de musées et me laissa seul devant les Tintoret qui me parurent des tirages ratés de trop grandes photographies. Les Pollock de Venise sont plus beaux que ceux de New York, car ils sont regardés par des gens qui s'aiment, sinon ils seraient allés ailleurs en vacances. Venise : la ville où tout le monde baise, c'est la raison pour laquelle il n'y a ni cinémas, ni théâtres, ni boîtes de nuit. Après le dîner on se met au lit. Les vieux mariés pour lire, les jeunes pour délirer. Une description de Venise ? Y a-t-il un seul lecteur qui n'y soit jamais allé ? Je veux dire : un lecteur de littérature. Donc de Proust. « *Ma mère m'avait emmené passer quelques semaines à Venise...* » (*Albertine disparue*, chapitre III). Lu au CCF. Peu après notre retour d'Europe. *Du côté de chez Swann* étant indisponible, j'ai dû commencer la saga par *À l'ombre des jeunes filles en fleurs*. Quand j'ai rapporté mon gros Folio, Tessy Estio était en train de rendre au bibliothécaire le tome I d'*À la recherche* que je n'avais pas trouvé une semaine plus tôt. Nous échangeâmes nos Proust, puis nos impressions, puis nos numéros de téléphone. En Afrique, il y a des enfants soldats et des enfants lecteurs.

Tessy et moi, nous rêvions, avec d'autres, d'un Congo libre et démocratique où les nombreuses richesses du pays seraient partagées avec équité entre tous les Congolais, qu'ils soient du Nord ou du Sud. Tessy en serait la présidente et moi le Premier ministre non félon. Nous serions un exemple pour l'Afrique. Les nouveaux Mandela. On ne remplirait pas les poches de nos proches mais celles du peuple. On rétablirait l'eau courante et l'électricité dans les quartiers. Nous avions des rêves, mais aussi des chiffres. Que nous accumulions dans nos dossiers en prévision des émissions de télé auxquelles nous étions invités dans notre monde imaginaire. À Makélékélé, 24 % des familles disposent d'un robinet dans leur parcelle, et 59 % achètent l'eau chez les voisins. À la périphérie, on puise l'eau au puits ou à la rivière. L'électricité manque à la moitié des Brazzavillois. Les avenues sont défoncées et les rues sont en terre pendant la saison sèche, en boue pendant la saison des pluies. L'éducation ? Dans la parcelle de Tessy, à Moukondo, où je fus reçu avant qu'elle le soit dans notre villa de Moungali II en vertu du principe que c'est aux pauvres de manifester en premier leur sens de l'hospitalité envers les riches, ce qui leur donnera l'avantage moral nécessaire à compenser leur petite situation sociale, nous sortions ce gros dossier. En primaire, une moyenne de 100 élèves par classe. À

Talangaï : 136,32. Le 0,32, ce sont les gars et les filles qui sèchent les cours deux fois sur trois. Les écoles privées, du fait de l'incurie de l'école publique, pullulent, accentuant les inégalités entre les différentes classes sociales. Il y a dans Brazzaville 5 lycées pour 13 163 élèves. Peu d'établissements d'enseignement technique et professionnel, alors qu'on manque de techniciens et que seuls nos hommes politiques sont professionnels dans le sens où ils vivent de leur travail. Il n'y a pas assez d'ordinateurs. Même les livres manquent. Ces livres désormais dédaignés par les lycéens et étudiants européens surfeurs d'Internet. On demanderait à leurs profs et à leurs parents de nous envoyer les bouquins dont ils ne se servent plus.

Les services de santé ? Les voitures qu'on voit le plus devant le CHU ne sont pas des ambulances, mais des corbillards. Brazza, ville des enterrements. Quand les gens meurent jeunes, on a l'impression qu'ils sont plus nombreux à mourir. Je ne vois pas de différence, quand on tombe malade au-dessous de l'Équateur, entre se soigner et ne pas se soigner. Je suis paludéen comme tous mes compatriotes, mais ne suis pas séropositif, alors que j'ai couché pendant un an avec une fille qui l'était : Tessy. Je mettais tout le temps des capotes, sauf le jour où elle a voulu que je lui fasse un bébé. Patrice n'est pas un accident, mais un sorcier, comme son père, car il n'est pas séropositif, au contraire de sa mère. Tessy tenait à avoir au moins un enfant qui n'aurait pas le sida, car sa fille Scholastique est infectée, comme elle.

Les services d'enlèvement des ordures ménagères : notre priorité de 2002, à Tessy et à moi. Les Congolais naissent et vivent au milieu des poubelles, sauf les plus privilégiés d'entre eux : 1 % de la population, peut-être 2. Les moyens de collecte et d'évacuation des ordures ménagères sont dérisoires. À Moungali, Ouenzé ou Poto-Poto, les rues sont jonchées de détritus. Il y a quelque chose de lancinant dans ces poubelles remplies tous les jours et jamais vidées. Comme si, pour accueillir de nouveaux déchets, leur contenu se tassait sans fin jusqu'à devenir une masse compacte, aussi dure qu'une plaque de béton. Des montagnes d'immondices occupent les rues. Dans la Mfoa, squelettes de chiens et de chats. Les moustiques prolifèrent dans cette atmosphère fétide. Les rares ordures ménagères collectées ne sont pas traitées, mais déposées soit dans les décharges publiques, soit à l'intérieur des zones d'habitation. Tessy et moi avions planifié l'achat de cent bennes à ordures et de trois déchetteries : une pour Pointe-Noire, une pour Brazzaville et une pour Owando. Les gens de Dolisie râleraient, mais ils n'auraient qu'à envoyer leurs déchets à Pointe-Noire par le Congo-Océan transformé par nous en train à grande vitesse (TGV). Nous ferions des appels d'offres et ne choisirions pas le fournisseur qui proposerait le plus gros bakchich, mais les meilleurs produits, rompant ainsi avec les traditions commerciales subsahariennes.

L'argent français du pétrole ne servirait plus à acheter des armes aux Français. Quel ndoki avait empoisonné l'ancien patron d'Elf ? Il a payé de sa grande vie la mort de dix mille petits Congolais. Ne pas remuer les chairs bantous, sauf avec la langue pour les baisers ou la queue pour la plomberie sexuelle. Ne rien prendre, tout donner : seul moyen de remonter vivant du sud de l'Équateur. En 97, Sassou – Ses Sous – disposait d'avions gros porteurs, de munitions et d'armes de guerre de tous calibres, de carburant, de valises satellitaires, le tout mis à sa disposition par Elf pour renverser le raide et récalcitrant Lissouba. Avec l'argent de Total, Tessy et moi construirions des écoles et des hôpitaux. Un chapitre entier de notre programme était consacré à la réhabilitation de notre fac Marien-Ngouabi. Tessy voulait garder le rose des façades, mais j'étais pour le blanc. « Toi et ton blanc », disait la jeune femme. Je trouve que le blanc et le noir vont bien ensemble.

Nos idées et projets de réforme mis sur écran puis sur tirage papier, il nous restait à constituer un groupe qui s'organiserait en parti afin de se présenter aux prochaines élections législatives congolaises que Bernard Lemaire, de son côté, mettait en place pour qu'elles soient gagnées haut la main par Sassou. J'étais en faveur d'un collectif d'étudiants, avant-garde qui guiderait les masses vers le changement, puisque le mot révolution était banni du vocabulaire politique africain depuis la chute du mur de Berlin et la fin pitoyable du couple Ceausescu, à laquelle tous nos présidents et toutes nos premières dames s'étaient identifiés en les voyant assassinés sur l'écran de télévision. Le couple est un monstre : les Marcos, les Duvalier, les Mobutu (couple à trois têtes, le maréchal ayant épousé des jumelles), les Mugabe. Tessy prêchait pour un parti de masse ultraféminin. L'heure n'était plus, selon elle, aux minorités masculines agissantes. La politique est comme la mer où les courants seraient désormais dominés par les femmes. L'époque de la rudesse des hommes avait été discréditée par les massacres et génocides de la fin du XXe siècle : la voie était maintenant ouverte à la douceur féminine.

Tessy et moi avions commencé à faire l'amour une dizaine de jours après notre rencontre au CCF. L'avantage des coupures d'électricité, surtout en Afrique subsaharienne, est que la nuit noire comme de la réglisse propose en ville comme à la campagne de nombreux coins où s'accoupler avec discrétion. Tessy me dit qu'elle était séropositive, suite à son viol de 1998. Elle me raconta ce dernier en détail. Je me demandais si elle ne voudrait pas en faire un argument de campagne électorale : votez pour moi, j'ai été violée par treize Cobras. Les Congolaises dans le même cas voteraient pour elle, ce qui assurerait à notre parti plusieurs sièges au Parlement. Une bonne préparation en vue de l'élection présidentielle de 2009 à laquelle Tessy était persuadée de se présenter. Si elle ne mourait pas entre-temps du sida. De tuberculose. D'un accès de paludisme.

Le grand moment de notre relation amoureuse fut la première fois où j'emmenai la jeune fille chez ma mère, à Moungali II. Je profitai de ce qu'Elena passait la soirée et donc la nuit à Libreville pour son business. L'entrée de la Vili dans l'air climatisé. Elle se jeta à mon cou, me confondant avec le climatiseur. Je crois me souvenir qu'elle me dit alors pour la première fois qu'elle m'aimait. Elle s'agenouilla devant moi et prit mon sexe dans sa bouche, ce qui est l'un des deux moyens, avec la branlette, de baiser sans capote avec une séropositive. Puis la suceuse regarda mes tableaux sur les murs, Elena étant mon unique collectionneuse. Tessy dit que je devrais montrer mes œuvres à Maurice Bwanza, son oncle, chez qui elle habitait, à Moukondo. C'était un amateur d'art et il me donnerait des conseils. Je dis que je prenais mes conseils chez les maîtres, pas chez les amateurs. Elle dit que l'arrogance était un bon début, pour un artiste, mais une triste fin. Nous nous couchâmes dans le lit de maman, plus grand que le mien. Tessy sortit les préservatifs de son sac à main, car c'était son tour d'en acheter. Est-ce cette nuit-là qu'elle me parla de son désir d'avoir un second enfant, car la première allait mourir ? Le fait est que nous conçûmes Patrice quelques jours plus tard. Le risque que je fusse moi-même infecté par le virus VIH au cours de l'opération était minime, et je le pris de bon cœur, ne tenant pas outre mesure à une vie qu'on voit, dans mon pays, s'échapper à toute heure de personnes malheureuses.

Le premier regard de Bwanza sur ma courte silhouette de futur démiurge de la peinture africaine. J'avais l'impression qu'il examinait déjà un de mes tableaux, en cherchant les défauts de composition. Il me dit que les enfants prodiges existaient en musique et en littérature, guère en peinture. Je dis que je serais le premier, ce qui ne le fit pas rire. L'artiste se devait, pour Bwanza, d'être modeste. Je dis que la modestie était un défaut réservé aux non-créateurs. Il me lança un regard plein d'une multitude de reproches moroses, voyant en moi un des nombreux exemples des ravages exercés sur la nouvelle génération congolaise par ces « années blanches » où nous ne sommes pas allés à l'école et où nous avons perdu l'estime pour les anciens à force de les voir s'étriper.

Nous nous mîmes à table et j'éprouvai ce plaisir qu'ont les enfants uniques du divorce à chaque fois qu'ils déjeunent chez un de leurs camarades : avoir auprès de soi plusieurs personnes dont aucune n'est leur mère. Élisabeth Bwanza était une femme sombre et austère qui respectait en moi le bon élève d'une classe sociale supérieure. Elle n'avait pas pu avoir d'enfant et en souffrait d'autant plus que son mari avait pu en avoir un avec une autre femme. À ses yeux j'étais pour Tessy un fiancé pas trop catastrophique, ce qu'elle appréciait en bonne Africaine ayant vu trop de sœurs, de tantes, de cousines et de nièces quitter le domicile familial avec n'importe quel gnôleur. La différence d'âge entre Tessy et moi ne la dérangeait pas : en Afrique il n'y a pas d'âge, le temps existant peu.

Je pris l'habitude de me rendre plusieurs fois par semaine à Moukondo où il m'arrivait de dormir. Du coup, Elena autorisa Tessy à partager mon lit. Je préférais faire l'amour avec mon amie chez elle où il n'y avait pas ma mère. Tessy avait une préférence pour Moungali II et il me fallait argumenter pour que nous restions à Moukondo.

Après un premier contact frais, mes relations avec Maurice se réchauffèrent quand il vit mes toiles. Mon travail, disent les peintres. Il fut enthousiaste, comme René Ricard découvrant JMB. J'étais ce que les collectionneurs attendent parfois toute une vie : sa trouvaille. Les conversations sur la peinture sont sans fin et nous en avons eu, depuis cinq ans, un grand nombre au cours desquelles Bwanza a défini pour moi une stratégie. Il s'agissait d'accumuler du travail sans l'exposer afin d'arriver parfait devant le public, d'abord africain, puis européen, *via* la galerie Congo que Jean-Paul Pigasse, le patron des *Dépêches de Brazzaville*, le quotidien officiel du régime, surnommé par mes amis de l'Opposition et par moi *la Brazzda*, a ouverte dans le 7e arrondissement de Paris, rue Vaneau. Après Sédou et Bernard, Maurice a été en quelque sorte mon troisième beau-père, autrement dit mon troisième père. Sans que ce soit encore le bon.

Patrice nous sembla naître deux fois : quand il sortit du ventre de sa mère et quand Tessy et moi avons eu, quelques heures plus tard, les résultats de son test sanguin fait par les laboratoires de Blanche-Gomez. Il était bon. Le virus VIH n'avait pas atteint notre fils. Tessy pleura de joie, comme si elle-même était guérie. Je regardai Patrice – mon deuxième prénom, que je donnai à mon enfant pour la même raison que ma mère me l'avait donné en 1987 : Lumumba – et eus des sueurs froides à la soudaine pensée des risques que nous lui avions fait prendre, contre sa volonté puisqu'il n'en avait aucune, en le mettant au monde. Elena, qui était opposée à cette grossesse alors qu'elle n'en connaissait même pas les tenants et aboutissants, se présenta malgré tout à la clinique avec cet air épouvanté des gens qui marchent dans leurs souvenirs. Quinze ans plus tôt, elle était une jeune Soviétique venant d'accoucher d'un métis au Congo. Maintenant elle n'était plus sûre d'être une Russe et son fils congolais venait encore d'obscurcir sa lignée avec une Vili. Le personnel médical de Blanche-Gomez vit cette chose étrange : le père rentrer chez sa mère et la mère rentrer avec l'enfant chez son oncle et sa tante. On se téléphonerait pour mettre au point les modalités du baptême.

    La naissance de Patrice marqua-t-elle la véritable fin de notre histoire ? Notre drôle de couple souffrait, depuis un an, de notre différence d'âge : il y en avait une encore plus grande entre Patrice et nous. Nous étions comme trois îles reliées par des passerelles de plus en plus incertaines. Quand j'entrai en fac, rejoignant Tessy dans sa première année de philo qu'elle venait de redoubler, nos liens amoureux étaient distendus, bien que notre amitié fût intacte. Je m'enfonçais dans la peinture et dans Schopenhauer, tandis que Tessy se perdait dans l'amour et la fierté maternels. Ce fut aussi l'époque où, non contente d'avoir mis au monde un enfant sain, elle voulut lui donner un moundélé comme parrain, protecteur, tuteur et mécène. Ou père, tellement je manquais de conviction et d'épaisseur pour ce rôle qui n'était pas de mon âge. Je la soupçonnais, dans la fraîcheur de Moungali II où elle lovait son joli corps malade, de faire les yeux doux à Bernard qui n'était pas insensible au charme encore adolescent de cette jeune mère noire. Mais le terrain de chasse préféré de Tessy était les boîtes du centre-ville et les Rapides, à Bacongo. Elle eut des aventures avec divers coopérants, représentants du FMI et de la Banque mondiale, médecins et administrateurs de l'OMS, conseillers culturels. Pétroliers, comme Parmentier. C'étaient de grands types sensuels et intimidés dont on ne savait pas s'ils étaient célibataires ou avaient retiré leur alliance dans la *business class* d'Air France avant d'atterrir à Maya-Maya. Tessy se moquait qu'un moundélé eût déjà une femme du moment qu'il avait les moyens d'en entretenir une autre. Après quelques heures au lit – dans une chambre de l'Olympic, du Laico, du Marina, au pire de l'hôtel Léon –, utilisant un ou plusieurs préservatifs selon la vitalité de l'individu, Tessy lui faisait passer son test final : l'Itatolo. Le type revenait de là-haut bien refroidi et elle n'en entendait plus parler. Une exception : Christophe. Je reprochais à Tessy son obstination à placer ses moundélés devant la mort accomplie. Les Européens, disais-je, ne vont jamais au cimetière. C'est, du coup, l'endroit idéal pour assassiner quelqu'un. Ils n'ont pas le culte de leurs ancêtres, mais celui de leur descendance. Une fille qui se balade entre les tombes ne peut être pour eux qu'une névrosée. Les névrosées noires font davantage peur aux Européens que les névrosées blanches qu'ils ont épousées.

Au début du nouveau siècle, j'assistai à un spectacle aussi désolant que celui de Tessy tentant de fourguer notre fils non malade à un Européen de passage : le vieillissement de ma mère. Elena avait été une des plus belles blondes de Brazza. Elle avait écrasé, de sa bouleversante silhouette et de son visage subtil, les plus grandes réceptions de la ville, en tête desquelles celles organisées par notre cher – dans le sens où il dépense beaucoup l'argent du pétrole pour lui et sa famille – président. J'ai passé une bonne partie de mon enfance à la regarder se pomponner devant la glace de sa chambre avant de quitter la maison sur de hauts talons de soirée. Elle rentrait seule mais tard, souvent à l'heure du petit déjeuner. Elle s'asseyait en face de moi dans la cuisine et me demandait si j'avais bien dormi. « Pas fermé l'œil », grognais-je, même si j'avais pioncé comme un porc. Au début des années 2000, Elena était une belle femme mûre. Je la vis glisser sur la vieillesse comme sur une plaque de verglas. Elle s'entoura de graisse, trouvant le monde trop dur pour ses os âgés. Ses yeux magnifiques rentrèrent dans leurs orbites comme s'ils avaient été assez vus. Il se mit à y avoir quelque chose d'artificiel dans ses déclarations, choix, emballements. Comme si elle n'était plus vraie. Plus elle. Plus là. Vieillir, me disait-elle, c'est se forcer tous les jours à être vieux pour ne pas avoir l'air de faire semblant d'être le jeune qu'on est resté. Elle se bloqua sur trois centres d'intérêt régressifs : l'argent, la nourriture et moi. Elle eut pour Bernard un retour d'affection car il était la dernière personne à l'avoir connue jeune, et donc avec qui elle n'avait pas besoin de feindre de ne plus l'être. Car il la voyait toujours comme telle. J'oubliais mon vrai père. Ni celui qui m'avait reconnu, ni celui qui m'avait élevé, ni celui qui m'avait guidé dans l'art : celui qui m'avait donné son sang dans celui de maman. Le voyait-elle encore et lui faisait-elle les mêmes minauderies ? Évoquait-elle sans cesse, comme avec Bernard, les lieux où ils étaient allés ensemble, les gens qu'ils avaient connus et dont beaucoup étaient morts, ce qui l'attendrissait et la consolait, car mieux vaut être vieux que mort ? Elle devenait sentimentale comme une collégienne. Plus sentimentale que Tessy avec les moundélés, ou moi avec Tessy.

Le spécialiste de Kant, à Marien-Ngouabi, est un métis anglophone dont le français recèle le charme léger de celui des vieux aristocrates anglais francophones. Né à Kampala en 1972, un an après l'arrivée au pouvoir d'Idi Amin Dada. À la chute du dictateur (avril 1979), sa mère et lui ont émigré au Zaïre. Ils vécurent à Kinsangani, d'où ils descendirent par le fleuve, tels des personnages de Conrad inversés, à Kinshasa. Celui de Mobutu, où il y avait encore de l'ordre, de l'eau et de l'électricité. La mère de Julian, doctoresse irlandaise d'une quarantaine d'années, préféra néanmoins passer le bac pour goûter aux joies du socialisme de Sassou I. Elle trouva du travail dans une ONG. Les ONG ont été créées pour sauver de l'ennui et de la misère les Blancs qui n'ont pas envie de rentrer chez eux. On croit qu'elles s'occupent des peuples noirs sous-développés, alors qu'elles s'occupent des individus blancs hystériques. À Ngouabi, on appelait Julian « Idi » à cause de sa ressemblance avec Amin Dada. 1,97 mètre pour 120 kilos, comme l'ancien sergent-chef du King's African Rifles quand il était dans la force de la rage. Nous discutions souvent ensemble, Idi et moi. J'aime Kant, mais ne suis pas assez philosophe pour le préférer à Schopenhauer. Ou à Nietzsche qui s'est servi des mots pour faire une musique aussi bonne que celle de son père indigne, Wagner. Idi avait un faible pour Tessy et insistait pour qu'elle se joigne à nos conversations. Je voyais que cet ogre aurait voulu la manger. Ça ne me dérangeait pas. Dès que j'ai quelque chose, j'ai envie qu'on me le prenne. Pour avoir autre chose. Et puis, il était à moitié moundélé, ce qui se voyait plus chez lui que chez moi. Tessy était flattée de l'intérêt qu'il lui portait. Nous buvions des bières sur des terrasses sans électricité, comme un Subsaharien sur deux après dix-neuf heures. Idi et Tessy étaient à la Primus, moi à la Ngok qui soûle plus vite mais moins bien. Je préfère la vitesse au confort. Le philosophe – les professeurs de philosophie se considèrent comme des philosophes, pourtant les professeurs de littérature ne se disent pas écrivains – n'arrêtait pas de complimenter Tessy pour sa beauté et son intelligence, ce à quoi l'on reconnaissait un Nubien. Un Bantou aurait dit à ma fiancée, pour la séduire, qu'elle était moche et conne. Elle regardait avec une crainte amusée cette énorme masse d'os et de muscles gorgée de philosophie allemande. Idi lui adressait tant de grâces verbales et tant d'œillades aguicheuses qu'il lui faisait penser à un ours en tutu s'essayant à la danse classique, ainsi qu'elle me le confiait lors de nos débriefings, ponctués d'éclats de rire, dans l'amitié amoureuse de la climatisation, à Moungali II. Quelques heures après avoir appris que je passais en deuxième année de philo, fêtant l'événement sur l'avenue de l'OUA avec quelques copains, dont Idi, ce dernier se pencha vers moi et dit qu'il avait un secret à me confier. « Tu es le fils d'Idi Amin Dada, devançai-je. – Comment le sais-tu ? – Tu es son sosie. – Alors, tout le monde le sait ? – Mais personne ne te le dit, pour ne pas te vexer. – Pourquoi serait-ce vexant ? – Ton père est un assassin. – Toi, ton père est un quoi ? – Un salaud noir, parce qu'il a laissé tomber ma mère, ou un Black bien, parce qu'il continue de nous entretenir. » Tout ce que je savais, c'est que ce n'était pas Bernard.

Lequel ne laissait, étendu sur le sol en ciment de l'Hippocampe, ni veuve ni orphelin. Mon premier geste fut vers mon portable. Dans un accident ou un assassinat, il y a toujours quelqu'un à prévenir. Avant, on cherchait un téléphone. Maintenant, on l'a sur soi. J'appelai Elena, sans succès. Sur les téléphones africains, il n'y a pas de messagerie. J'éteignis l'appareil, saisi d'angoisse. Si Bernard avait été victime d'un règlement de comptes, pourquoi pas maman avec qui il avait des affaires en commun, dont certaines fort mauvaises ? Je décidai de me rendre à Moungali II, laissant Christophe s'expliquer avec la police. Je lui souhaitai *in petto* bonne chance, sachant comme il est difficile d'expliquer quelque chose à un policier congolais, trop occupé qu'est celui-ci à calculer mentalement la somme qu'il vous demandera pour vous laisser rentrer chez vous, ou, si vous êtes un moundélé, récupérer vos affaires à l'hôtel et quitter le pays.

J'hésitai entre prendre un taxi et aller à pied. Le taxi serait plus rapide, à condition de ne pas me retrouver dans un de ces embouteillages brazzavillois qui marqueront l'histoire mondiale des embouteillages, surtout depuis qu'il y a de plus en plus de voitures à Brazza et des chaussées de moins en moins bonnes. Je craignais, si c'était le cas, de bouillir de colère et de taper sur le chauffeur. Je me mis en route pédestrement, comme écrirait un écrivain francophone des années 50. René Maran, prix Goncourt 1921. Récompense littéraire blanche qui gâcha la vie de ce romancier guyanais. Persécuté par l'administration coloniale après les protestations des colons mis en cause dans sa préface à *Batouala*, et obligé par la suite de la quitter, Maran vivra mal de sa plume jusqu'à sa mort en 1960, accumulant chez Albin Michel, éditeur connu au Congo car il fut celui de

Tchicaya U'Tamsi, des livres oubliés aujourd'hui (*Bêtes de la brousse*, *M'Bala, l'éléphant*, *Brouza le cynocéphale*).

Je dépassai, à droite, l'Olympic et, à gauche, le Jardin des saveurs. Je me rendis compte que pour la première fois de ma vie je transpirais sous le soleil. Comme Bernard quand il vivait encore. La première tranche de mon héritage ? J'aperçus au loin le CHU désolé devant lequel les familles ne savaient plus ce qu'elles attendaient : la guérison d'un proche ou leur propre mort. Il me semblait que le ciel et la terre s'étaient rapprochés l'un de l'autre, m'aplatissant au passage. Du coup, j'avais l'impression de ramper. Je m'attendais à trouver ma mère étendue sans vie sur le sol de la maison, comme Bernard sur celui de l'Hippocampe. Je sentais, depuis mon enfance, que les destins de ce Français et de cette Russe étaient liés, parallèles, jumeaux. Je fus presque étonné de trouver maman dans la salle de bains, en slip et soutien-gorge. « Je prenais un bain », dit-elle. Un bain l'après-midi en semaine ? Je me demandai si Elena ne venait pas plutôt de baiser avec un amant inconnu de moi, qui avait quitté la chambre et filé par la parcelle d'à côté quand il m'avait entendu entrer dans la maison. Pas Bernard, donc. Ça me rappela que je devais annoncer à ma mère la nouvelle du meurtre de l'homme qui était son seul ami, à défaut d'être son unique partenaire sexuel. Lisant en moi comme dans un livre de Pouchkine ouvert, elle comprit que quelque chose n'allait pas. Son premier mouvement fut de m'imposer silence, désirant savourer ses dernières minutes d'insouciance terrestre. Elle passa un peignoir. « Qu'y a-t-il, Patrice ? » Elle avait désormais tendance à m'appeler par mon second prénom, le premier étant devenu, dans son esprit, mon nom véritable, comme si elle m'avait conçu, à la suite d'une opération compliquée de voyage dans le temps, avec le poète russe lui-même. Signerai-je ce texte Patrice Pouchkine ? « Bernard est mort. – Comment ? – Assassiné à l'Hippocampe. Il déjeunait avec le moundélé. » Entre nous, nous appelions Christophe le moundélé alors que maman et Bernard étaient blancs eux aussi, mais, appliqué à Christophe, le mot signifiait : le Blanc qui n'est pas d'ici. Pas de chez nous, au Congo. D'autre part, nous ignorions encore son véritable prénom. Était-ce Adrien ou Christophe ? Tessy m'avait assuré que c'était Christophe, mais elle pouvait avoir menti pour se mettre en valeur par la réalisation d'une vieille prophétie. Telle Joséphine, l'impératrice française qui a donné son prénom à tant de Congolaises.

Je trouvais maman blanche, même quand elle participait à une sauterie au milieu d'autres Blancs comme Bernard ou Jean-Paul Pigasse, mais, ce jour-là, elle battit tous ses records de pâleur. Elle voulut s'allonger. Je l'accompagnai jusque dans sa chambre. « Tu crois que c'est le moundélé ? – On ne tire pas dans la tête d'un type avec qui on déjeune, et on n'attend pas ensuite l'arrivée de la police. – Cet homme, c'est la mort. Je l'ai senti dès que je l'ai vu, au Laico. Dans l'avion, il était à côté de Bernard. Tu ne trouves pas étrange que le jour de sa mort il se soit retrouvé en face ? – Pourquoi as-tu dîné avec lui hier soir ? – Bernard venait de me décommander, à cause de Sassou. » Elle me prit la main. « J'ai beaucoup de choses à te dire, mais je ne sais pas par où commencer. Le plus important : l'argent. – L'argent n'est pas le plus important. – Dans le coffre, il y a 50 000 euros qui seront à toi s'il m'arrive quelque chose. – S'il doit t'arriver quelque chose, il faut se tirer d'ici. – On ne peut pas se tirer d'ici. Il n'y a pas de sortie. L'avion de Paris ne part que demain. Tu n'as aucune idée de ce que va être cette nuit. – Qu'est-ce que tu racontes, maman ? Si tu es menacée, fais-toi protéger. Appelle Sassou. » Elle m'effrayait avec son visage grimaçant de terreur, et en même temps m'amusait : j'avais l'impression de regarder un film hollywoodien sur les horreurs des régimes dictatoriaux africains. « Bernard n'a pas pu être abattu contre l'avis de Sassou. Rien ne se fait à Brazza sans son accord. Tu ne connais pas le président. Lui, crois-moi, te connaît. » Elle me donna le code du coffre, que je ne devais pas noter, mais apprendre par cœur : 8491. Le schisme yougoslave à l'envers. C'était aussi celui qu'Elena utilisait dans les palaces où elle séjournait, en Afrique comme en Europe, avec ou sans Bernard.

« Je ne te laisse pas que 50 000 euros. Il y a de l'argent ailleurs. En France et en Suisse. Pour la France, tu verras mon notaire. C'est celui de Bernard. » Elle me donna l'adresse du personnage, me demandant une fois encore de l'apprendre par cœur. « Maintenant, l'argent en Suisse. » Autre adresse à Neuchâtel, ainsi qu'un numéro de code que je donnerais au banquier. Ça me faisait deux codes et deux adresses à retenir. « Je peux les écrire ? – Tu n'écris rien. – Si je les oublie ? – Tu perdras 500 000 euros : toute ma fortune. – Je croyais que ce serait plus. – J'ai eu des frais : toi. Pour la Suisse, tu auras besoin d'une procuration. Je te la donne. » Elle se leva, prit dans son secrétaire un feuillet signé de sa main. Je me rendis compte qu'elle était en train de me dicter ses dernières volontés. Elle me parlait d'argent et non d'amour, parce que pour maman l'argent et l'amour étaient une seule et même chose. Elle disait que les pauvres se détestent parce qu'ils manquent d'argent, et que les riches s'aiment pour la raison inverse. Être pauvre, pour elle, signifiait être privé d'amour. C'était de cela que les pauvres mouraient. Personne ne les caressait, alors que les riches étaient sans cesse bisouillés, câlinés, pelotés, sucés, massés. Elle voulait ce destin-là pour son fils unique, et non une errance sans contact humain par les innombrables banlieues minables de la Terre.

L'expression de son visage changea. Maintenant qu'elle me croyait à l'abri du besoin, suite à ses instructions précises, elle pouvait s'abandonner au désespoir d'avoir perdu Bernard et à la peur d'être assassinée à son tour. Ses traits s'affaissèrent, son regard chavira. « Je savais que j'aimais Bernard, mais je ne me doutais pas qu'après tant d'années nous serions encore la même personne. J'ai l'impression d'avoir été tuée avec lui. Ou d'avoir été coupée en deux et de saigner. » Elle baissa la tête et plissa les yeux comme si elle cherchait à apercevoir, dessinée sur le sol, la silhouette désormais invisible du consultant. « Comment survivre à l'idée que la personne qu'on aimait ne vous prendra plus dans ses bras ? – Tu ne t'es pas fait lourder en Sibérie ? – Ta mère ne s'est jamais fait lourder. » Elle laissa ses larmes couler sans gémir ni même renifler. Je ne lui offris pas de mouchoir, de façon à ne pas transformer sa grande et belle douleur en un mouchage vulgaire. Je me demande si le mot mouchage existe en français. Dans l'hypothèse que non, ce serait le premier mot français de mon invention. Elena me raconta que le jour où elle avait rencontré Bernard Lemaire elle l'avait trouvé franchement laid. Comme Aurélien Leurtillois avec Bérénice Morel. En Sibérie, on lisait Aragon. C'était le matin de la séance inaugurale du Congrès des écrivains africains contre l'apartheid, au printemps 1987. « Bernard n'était ni écrivain ni africain, dis-je. – Il était venu en observateur avec une délégation du PCF. C'est moi qu'il a observée. Je sentais son regard dans mon cou pendant le discours de Sassou. Et la représentation théâtrale qui a suivi. J'avais un cou blanc et fin, si sensible que je devinais ce qui se passait dans mon dos.

J'avais l'habitude d'être désirée par tous les hommes, beaux ou laids. Quand une jolie femme te dit qu'elle est seule, c'est qu'elle vient de lourder un type et ne sait pas qui choisir entre deux ou trois autres. – Tu étais seule ? – Oui et non. J'étais avec ton père, de temps en temps. – Maintenant, tu peux me dire qui c'est. – On a passé un pacte, à l'époque. Il m'a promis de te dire qu'il était ton père, mais au moment de son choix. – Vingt ans ont passé. – Ce n'est pas quelqu'un avec qui on peut reprendre sa parole, même vingt ans après. » Elle se leva et prit une bouteille de vodka dans le réfrigérateur de la cuisine. Sa joie, le jour où elle m'annonça que la fabrication de la Stolitchnaïa avait repris après plusieurs années d'interruption. C'était l'alcool de sa trépidante jeunesse moscovite, quand le régime avançait à pas lourds vers la Perestroïka sur les jambes incertaines d'Andropov et de Tchernenko. « Le soir, j'ai été convoquée dans le bureau de l'attaché commercial qui était le résident du KGB pour le Congo. Il m'a dit qu'il était intéressé par la personnalité d'un intellectuel de la délégation française : Bernard Lemaire. Agrégé d'histoire, celui-ci avait écrit un livre contre les Nouveaux Philosophes et donnait des chroniques à *L'Humanité*. J'ai eu un dossier où il y avait le bouquin et les articles, ainsi que le résumé de plusieurs interventions de Bernard à la radio et à la télé. J'ai tout lu pendant la nuit et suis tombée amoureuse. J'ai pensé : pas de chance. Parce que Lemaire était moche et que j'étais déjà enceinte. Je me suis dit : je vais passer ma vie avec un type qui ne me plaît pas et il devra élever un enfant qui n'est pas de lui. – Ensuite ? – J'ai ri. – Qu'est-ce qui t'a plu dans ce dossier ? – Je sentais que Bernard était sincère et, en même temps, qu'il pouvait changer d'avis en une minute. Sur tout. Par ennui, caprice, intérêt. J'ai aimé cette incertitude entourée d'un joli style. Ça me détendait. On était tendus à l'époque, tu sais. Après la guerre froide, il y a eu la guerre des étoiles. Pas le film de George Lucas, celui de Ronald Reagan. – Tu as reçu de tes supérieurs l'ordre de coucher avec lui ? – Non. Ça ne se passait pas ainsi. On te disait : nous sommes intéressés par telle personne. Après, à toi de t'organiser. Comme les escorts. Elles dînent, et puis elles couchent si le type leur plaît. Ou ne les dégoûte pas trop. S'il propose beaucoup d'argent. S'il est sympa. Il y a une grande délicatesse dans le crime, comme dans l'art. Il faut sans arrêt exercer sa finesse. Les lourds meurent tout de suite, les moyennement lourds plus tard. Seuls les subtils restent vivants. – Tu as couché avec Bernard ? – Pas le premier soir. J'avais, à cause de toi, trop mal au cœur. J'ai vomi en sortant du restaurant. On ne s'est mis au lit que le surlendemain. Je louais un studio, au Plateau. – Ça a été comment ? – Moins bien qu'avec ton père. Nul, en fait. J'avais plein de trucs dans la tête. Je voyais encore trop le corps ridicule de Bernard. Sa tête d'oiseau. Ils ont mis des mois, peut-être des années, à disparaître au profit de son esprit. J'aime son esprit. J'aimais. » De nouveau des larmes. De solitude, d'oubli, de retraite. Maman se sentait enlevée de la vie comme un pion pris aux échecs et rangé dans la boîte avec les autres pièces mortes. Il faudrait que les gens s'habituent à vivre sans amour, mais personne n'y est jamais arrivé, pas même Hitler. Staline : mieux. « Le soir, en sortant du Laico, je me suis rendu compte qu'il avait aussi une histoire avec une Black : Gertrude, qui deviendrait la mère des enfants de Sédou. – Pourquoi Sédou m'a-t-il reconnu ? – C'est ton père qui le lui a demandé. – Tu as accepté ? – C'était mieux que rien. Et je ne pouvais pas te faire reconnaître par un Blanc. » La vodka commençait à faire son effet sur maman, ou peut-être était-ce sur moi. Elle mollissait sous mon regard de moins en moins dur. « Ça ne t'a pas déçue, de le voir avec une autre ? – Au contraire. J'ai pensé qu'il avait de gros besoins sentimentaux et sexuels, ce qui l'obligerait à gagner beaucoup d'argent afin de pouvoir les satisfaire. Et donc à quitter le PCF. Je préférais qu'il ne soit plus communiste. – Tu l'étais, pourtant. – Le dernier communiste russe est mort dans les années 30, au sous-sol de la Loubianka. Les autres, depuis, ont fait semblant. Pourquoi crois-tu que les putes russes sont les meilleures sur le marché, au point que la plupart d'entre elles finissent par épouser des milliardaires, des footballeurs, des acteurs ou de gros commerçants ? Elles savent faire semblant comme personne. » Elena avait dîné au Flamboyant avec Sédou : c'est le soir où ils décidèrent de mon prénom ridicule. Après être tombés par hasard sur Bernard et Gertrude, ils les entraînèrent au Ramdam. « Nous reçûmes, penauds, une leçon de danse. C'est sur la piste du Ramdam qu'est né ce soir-là ce que d'aucuns appelèrent, dans les années 90, le quatuor de Brazzaville, par référence au livre de Lawrence Durrell. – C'est pour ça que tu me l'as fait lire ? – Non. Je te l'ai fait lire parce que c'est un beau roman. – Un beau roman des années 50, avec trop de Sade et de Freud. Toute la quincaillerie de la libération sexuelle avec un zeste de tourisme colonial british. – Nous aussi, nous étions quatre : Sédou, Bernard, Gertrude et moi. Nous avons tous couché ensemble à un moment ou à un autre, comme les personnages du *Quatuor*. – Tu as couché avec Gertrude ? – Une fois. En 95. Elle venait de perdre un enfant. Elle n'était pas trop triste, elle en avait plein d'autres. Elle était quand même déprimée. Je l'ai prise dans mes bras. Et, de fil en aiguille. On était connus à Brazza. Une légende chez les expats. D'autant plus troublante que notre groupe était, d'un point de vue racial, homogène. Une Blanche, un Noir, une Noire, un Blanc. Ça affolait les mouroupéens. La plupart de leurs conversations, à un moment ou à un autre, tombaient sur nous. Quand on entrait dans un restaurant, surtout si on était tous les quatre, les gens se figeaient. Un silence brusque, entrecoupé de murmures où flotte ton nom : la marque de la célébrité. On a été les stars de la ville. Chez les Blancs. Les Noirs s'en foutaient. Ils avaient leurs stars à eux depuis 1979 : les Nguesso. » Maman vida son verre et s'en versa un autre, me demandant si j'en voulais un, moi aussi. Je déclinai l'offre. Rien ne vous dégoûte plus de l'alcool que de voir vos parents en boire. *Idem* pour la drogue. Conseil aux parents de junkies : roulez-vous un pétard devant votre gosse camé, il jettera aussitôt le sien. Elena plongeait dans la nostalgie qui est, avec le besoin d'embrasser tout le monde sur la bouche, l'un des deux effets principaux de la vodka. « Personne n'a encore décrit le sentiment exact que nous inspire le temps passé, même pas ton Proust. » Je l'avais bassinée pendant plusieurs mois, en 2002, avec « ma » *Recherche*, à laquelle elle était, comme beaucoup d'intellectuels de l'Est, hermétique : trop de bibelots, de mondanités, d'aigreur pour ces brutes sentimentales.

C'est le moment de raconter le dernier regard que je jetai sur ma mère. Je ne songeai pas à graver son visage dans ma mémoire, ignorant le sort qui serait le sien quelques heures plus tard. Je revois la bouteille de vodka à moitié vide. Je me souviens de m'être demandé si elle passerait la nuit ou atterrirait ce soir dans la poubelle peu vidée de la parcelle. L'image finale que je garderai d'Elena Petrova est celle d'une grosse femme décoiffée en peignoir de bain, un verre de vodka à la main. Tant d'efforts d'élégance, pendant toute une vie, pour finir moche et négligée dans la conscience accablée de son fils unique. Une punition de ses ancêtres sibériens pour avoir copulé avec un Noir ? Je hélai un taxi pour me faire conduire à Moukondo, chez les Bwanza. Le chauffeur refusa de me prendre. J'en conclus qu'il était lari. Pourtant, c'était le milieu de l'après-midi et dix ans après la guerre civile. Un Lari dont la famille avait dû morfler en 1997. Tous ces génocides dans les années 90 : pourquoi ? Finir le XXe siècle de Staline et d'Hitler en beauté macabre ? Je dus attendre la quatrième voiture pour être pris en charge, il faudrait écrire : en considération. Je cherchai à deviner le groupe ou sous-groupe ethnique du chauffeur : Foumbou ? Attio ? Yaka ? Bagangoulou, comme Maurice, ou M'bochi, comme Sassou ? Il avait une vingtaine d'années. Enfant soldat chez les Cobras en 97 ? Perruqué de rouge, un soutien-gorge Tati par-dessus sa veste de treillis prise à un barrage sur un Ninja ou un Cocoye mort de son âge ?

Chez les Bwanza il n'y avait personne, hormis la maîtresse de maison qui n'est jamais celle qu'on vient voir, sauf pour coucher avec. Maurice était au travail et Tessy en vadrouille. Je ne l'avais pas appelée, ne voulant pas lui annoncer une mort par téléphone. Mieux vaut ne jamais être porteur d'une mauvaise nouvelle. Ça se voit trop qu'elle nous fait plaisir, et celui à qui on l'apporte nous en voudra pour le restant de ses jours. J'ai eu plusieurs *ndumbas* – en lingala : femmes libres, c'est-à-dire salopes qui baisent avec des hommes plus jeunes qu'elles, ne pas confondre avec la salope qui baise avec des hommes plus vieux qu'elle et qui a pour nom *makangu* : elles aiment la peinture et la philosophie, ayant le temps de se cultiver et de réfléchir pendant que leurs amants sont à l'école ou chez leurs parents. Leur goût pour les jeunes pénis droits et durs est à la fois esthétique et métaphysique. Si elles n'avaient pas si peur d'être repoussées, elles qui ont repoussé plusieurs hommes par jour durant leur jeunesse en se jurant de ne jamais subir le même sort, tant il leur a paru humiliant et ridicule, la plupart des femmes de trente, quarante ou cinquante ans prendraient leur pied avec des types de vingt qui le prendraient eux aussi. Grimperais-je Mme Bwanza ? Au moins, j'étais sûr qu'elle ne me ferait pas d'enfant. « Élisabeth… » J'entrai dans l'une des deux pièces : sa chambre. L'autre était celle de Tessy. Il y avait aussi un débarras pour les tableaux. Élisabeth regardait un feuilleton brésilien sur une chaîne kinoise. Elle portait un pagne bleu de sa fabrication. « Tessy n'est pas là, dit-elle. – Je vois. – Si vous voulez embrasser votre fils, il est dans la pièce à côté. – Je sais. » Élisabeth m'avait toujours vouvoyé, peut-être en prévision de notre future liaison. Elle se tourna vers moi, percevant dans ma voix un timbre qu'elle ne reconnaissait pas, car ce n'était pas le mien. J'assenai alors mon coup bas : « Bernard Lemaire a été assassiné ce midi à l'Hippocampe. – L'associé de votre maman ? » Il me restait à attendre qu'elle me prenne dans ses bras, ce qu'elle fit. Je l'embrassai sur l'épaule, car elle est plus grande que moi. Puis lui touchai un sein. Elle sentit que je bandais contre sa cuisse. « Qu'est-ce qui t'arrive, Pouchkine ? » Il m'arrivait que je voulais coucher avec ma mère avant qu'elle ne meure. L'avantage d'avoir étudié Freud : on sait ce qu'on fait quand on fait l'amour. Élisabeth, après un soupir vili de complaisance mi-attristée, mi-amusée, me laissa ses lèvres que j'engloutis dans les miennes tout en me débraguettant.

« Il y a quelqu'un à qui ça ne va pas plaire, dit Élisabeth. – Votre mari ? Il ne dira rien : c'est mon marchand. – Non : Tessy. – Elle n'avait qu'à être là. » Ce que les femmes africaines ont de mieux, avec leur sainteté : leur rire. Sans lui, elles seraient mortes de chagrin depuis un siècle. Élisabeth prit mon sexe dans sa bouche. Elle me nourrissait depuis cinq ans. Maintenant c'était mon tour. Elle comprenait que notre feuilleton congolais était mieux que le feuilleton brésilien. Ce n'est pas difficile de réussir une bonne émission de télévision sans caméra : il suffit de coucher avec la personne qui se trouve dans la même pièce.

Bien sûr, Patrice nous interrompit au mauvais, c'est-à-dire au bon, moment. Élisabeth venait de jouir, mais moi pas encore. « Qu'est-ce que tu fais à grand-mère, papa ? » Je me retirai de ladite grand-mère le plus discrètement possible, eu égard à la rigidité de mon pénis non satisfait. Ça me rappela une scène du *Clan des Siciliens*, le film d'Henri Verneuil (1969). Ce n'était pas d'étudier Freud que mon fils aurait besoin dans quelques années, mais d'une bonne psy augmentée de quelques séances de cinéma. Élisabeth était la grand-tante de Patrice, mais, en Afrique on simplifie les liens familiaux, surtout les enfants. Je pris mon fils sain dans mes bras. Je me demandai quel enfant de Tessy je préférais : Patrice, parce qu'il n'était pas malade, ou Scholastique, parce qu'elle l'était. Elle aussi m'appelait papa.

Maurice Bwanza fit son apparition. Élisabeth et moi nous regardâmes. Patrice, en nous surprenant avant le Bangangoulou, venait de nous sauver. « Tu rentres tôt », dit Élisabeth à son mari. Celui-ci ne répondit pas. Il ne semblait pas remarquer que je bandais encore. Il avait la tête vague et bête du quinquagénaire qui s'est engueulé avec sa maîtresse et vient trouver refuge chez son épouse délaissée par lui mais pas par le voisinage. Je remerciai le Ciel que l'éducation africaine fût si stricte avec les enfants, même ceux en bas âge : jamais Patrice n'oserait parler à son grand-oncle, autrement dit son grand-père, sans y avoir été invité par celui-ci, et uniquement pour aborder un sujet défini par l'adulte. « Une Primus, Pouchkine ? » Je dis oui. Mon départ, tout de suite après son arrivée, eût été, du point de vue de la courtoisie bantou, impensable. Surtout après que Maurice m'eut offert une bière, boisson ici consacrée comme le vin de messe. Nous nous installâmes dans la cour où nous avions passé tant de soirées en tête à tête depuis cinq ans. « Je pense que la vente d'*Azzarb* au moundélé est un signe, dit Maurice. Il est temps que tu exposes. À Brazza ou à Paris, je n'ai pas encore choisi. Peut-être Paris. Frapper fort, comme Basquiat en 1982 à New York. Il avait déjà participé, il est vrai, à l'expo collective *Public Address* et, en 80, à celle de *Time Square Show*. – Il y a eu un drame, Maurice : Bernard est mort. Il a été assassiné aujourd'hui. » Lui aussi me prit dans ses bras. Ça me gênait, parce que j'avais encore mon érection. « Qui est l'assassin ? – Je ne sais pas, dis-je. La police enquête. – Quelle journée ! De plus, avec Marie-Louise, il y a de l'eau dans le gaz. Elle veut une voiture. Elle dit qu'elle ne supporte plus le fula-fula et qu'à chaque fois qu'elle prend un taxi elle se fait draguer par le chauffeur. C'est à Brazza que Delanoë aurait dû installer son tramway. On en avait plus besoin que les Parisiens. » De l'intérieur de la maison, Élisabeth nous demanda si nous voulions une tasse de thé. « On est à la bière », gronda Maurice. Il n'avait pas compris que la question s'adressait à moi et en cachait d'autres : comment me sentais-je ? Pensais-je à elle ? Recommencerions-nous ce que nous venions d'esquisser ? Son mari se doutait-il de quelque chose ? Je cherchai une formule pour qu'elle cesse de s'inquiéter. « Je prendrais volontiers du whisky, dis-je. – Bonne idée », dit Maurice. Élisabeth apparut avec une bouteille de Johnnie Walker label rouge à moitié vide. Maurice se tourna vers moi : « Un cadeau de Bernard, tu te souviens ? Il l'avait achetée en duty free dans l'avion, lors de son précédent voyage. C'est le signe qu'il est avec nous, qu'il n'est pas encore parti. Buvons à lui. Avec lui. » Nous bûmes chacun une gorgée de whisky à même la bouteille, puis une gorgée de bière, à même la bouteille aussi. Les Congolais sont à même la bouteille. Après une hésitation, Élisabeth but à son tour un whisky. Je regardai sa longue silhouette, son profil parfait. À l'âge de Tessy, elle devait être mieux que n'était sa nièce. Et moins obsédée par les moundélés et leurs infinis capitaux.

Mon portable sonna dans ma poche. Tessy. « Qu'est-ce que tu fous ? hurla-t-elle. – Et toi ? – Je t'attends à Bacongo. C'est le soir de notre réunion. » J'avais oublié notre rendez-vous hebdomadaire avec les autres membres de l'Opposition dans un nganda de l'avenue de l'OUA. Au début, j'avais été opposé à ce que nous installions notre mouvement en fief lari, voulant que l'Opposition revêtît un caractère non tribal, pluri-ethnique. Poto-Poto, le quartier le plus cosmopolite de Brazza, me paraissait davantage indiqué pour servir de matrice de notre grand mouvement libérateur du Congo. Mais il y avait beaucoup de Laris parmi nous, ainsi que plusieurs Kongos, Soundis, Bahangalas et bien sûr une Vili : Tessy. Gens du Sud qui nous auraient laissés tomber s'il leur avait fallu accomplir chaque semaine le trajet Bacongo-Poto-Poto. Nous étions, dans l'Opposition, contre tout : le président, ses enfants ministres ou maires de grandes villes, son beau-père Bongo Odimba, Total, les églises du Réveil, les investisseurs chinois, les promoteurs immobiliers français. Après mon arrivée en catastrophe, lors de laquelle j'annonçai à Tessy la nouvelle de la mort de Bernard, qui la laissa livide et muette pendant tout le reste de la réunion, nous évoquâmes les différents sujets d'actualité, le plus important étant la grève des étudiants déclenchée par l'ULEECO (Union libre des élèves et étudiants du Congo) à la faculté des lettres et sciences humaines. Les grévistes, parmi lesquels se trouvaient des membres de l'Opposition, avaient empêché le déroulement des premières épreuves de la deuxième session d'examens. Une unité de police anti-émeute avait été dépêchée sur les lieux, mais il n'y avait eu aucun débordement. Ce mini-Mai 68 avait coïncidé avec le retour de Ses Sous à Brazza après trois semaines de vacances en Espagne et, du 9 au 13 septembre, à Rabat. Il avait ensuite résidé quelques jours à Paris, au Meurice. J'étais passé devant avec ma mère à l'été 2002, lors de mon voyage inichiatique. Notre deux étoiles de la rue de Brey n'avait pas tant d'allure. Le président ne resterait que six jours au Congo, repartant pour New York à l'occasion de l'assemblée générale des Nations unies. « Cela nous laisse un peu moins d'une semaine pour l'assassiner », dis-je.

Ce fut comme si un dôme d'acier était tombé sur mes camarades et moi. Leur silence me parut celui d'un enterrement : le mien. J'admets que ma blague n'était pas du meilleur cru, mais ce n'était pas une raison pour faire des têtes pareilles. Je me rattraperais dans quelques minutes avec une de ces saillies désopilantes dont j'étais coutumier et pour lesquelles tous m'appréciaient, en dehors de mes qualités de chef que je n'avais pas loisir de pousser à leur meilleur, notre vrai chef étant Tessy. Quelque chose me tomba alors sur les épaules et le dos, si lourdement que je crus que c'était le mur de la terrasse du nganda. Je tournai la tête. Il y avait une dizaine de policiers, dont les deux qui avaient posé les mains sur moi. Je compris que j'étais mort, surtout après ce que je venais de dire, et la chose que je tins à faire avant de passer dans l'autre monde fut de sourire à Tessy, mon seul amour non incestueux, encore qu'elle m'eût paru souvent être ma sœur aînée, compréhensive et dévergondée, comme celle de l'empereur romain Octave. Je m'attendais à être embarqué dans un véhicule militaire blindé quand l'officier de police me fit monter à l'arrière de la Jaguar de Sassou. Il s'assit lui-même à côté du chauffeur, laissant libre la place à côté de moi, comme si j'étais un haut dignitaire du régime ou un invité étranger du président. Pourquoi le président montrait-il tant d'égards pour moi, l'un de ses plus féroces opposants ? Voulait-il me discréditer auprès des miens en m'offrant sous leurs yeux l'hospitalité de sa prestigieuse mécanique ? La méthode Sarko d'origine africaine : au lieu de briser ses ennemis, les acheter. Au vu et au su de tous. Surtout de tous leurs amis.

Ma ville, ma Brazzaville, vue des banquettes en cuir blanc du pouvoir. Jeunes gens errants qui me regardaient avec une haine qui ressemblait à de l'amour, et vice versa. Aurais-je le même destin que Bernard Lemaire, mon mentor, mon menteur : vampé par les riches puissances du Mal ? Dans un véhicule pareil, il était évident qu'on me conduisait au palais, et non en prison, et je ne fus pas surpris quand les nombreux barrages protégeant Mpila s'ouvrirent devant moi comme par enchantement présidentiel. Après m'avoir fouillé et demandé des papiers que je n'avais pas sur moi, on me fit entrer dans le jardin. Je n'avais pas d'arme, mais j'avais lu, dans la biographie de Sassou par Bernard, que le dictateur gardait de nombreuses armes blanches – lances, sagaies, épées, poignards – dans son bureau. Au cas où j'aurais l'autorisation d'y pénétrer, il me suffirait d'en plonger une dans le cœur de Sassou pour débarrasser le Congo du vampire mbochi. Était-ce le jour où je tuerais quelqu'un ? Où j'entrerais dans l'Histoire par la petite porte à guillotine des tyrannicides ? Où je quitterais, comme Bernard quelques heures plus tôt, notre planète, aussitôt exécuté par la garde personnelle du dictateur ? Je me demandai si je retrouverais le Français quelque part, et donc s'il y avait un quelque part. Un peu de philosophie religieuse avant un assassinat n'a jamais fait de mal à un terroriste athée.

Le président apparut à la porte de son bureau, en abacost. C'est une chemise qui n'en est plus une, et une veste qui n'en est pas encore une. Ça sentait le retour de vacances. Sassou marcha vers moi. Je me levai et eus honte de le faire. J'étais sur le point de me rasseoir quand il me dit : « Assieds-toi. » J'eus envie de rester debout, mais, quand il enleva ses lunettes noires et me montra ses yeux qui reflétaient encore les abominables mystères de son initiation à dix ans dans un petit village de la Cuvette, je me sentis obligé de lui obéir. Il s'assit à côté de moi sur le banc de pierre, comme un prof bienveillant venu expliquer quelque chose à un bon élève inhabituellement inattentif. « Tu aimes les fleurs, Pouchkine ? – Non, président. – Pas la peine de m'appeler président. – Denis ? » Si on restait là, au jardin, je ne pourrais pas le tuer. Je me dis que ce serait mieux. J'avais déjà eu un mort aujourd'hui. « Ça marche bien, l'Opposition ? – Ça marcherait mieux si vous nous laissiez passer à la télé, Denis. – Non. Vous seriez discrédités. Tout le monde sait que c'est *ma* télé. » Je souris. Il avait le même humour que maman : sibérien. Les Africains ont en commun avec les Russes de rester souvent enfermés chez eux à cause de conditions climatiques extrêmes, bien qu'inverses. Du coup, ils affûtent leur esprit, celui-ci étant l'une de leurs rares distractions. « Je vais te montrer quelque chose. » Il se leva et me prit la main. C'est l'un des grands trucs de Sassou : vous prendre la main. Nostalgie de la cour de récréation de l'école maternelle d'Édou ? Déviance maçonnique ? Il me guida jusqu'à son bureau. Je repérai l'emplacement des armes. J'avais encore une main libre. Je pouvais saisir une épée et trancher le cou de Ses Sous, on récupérerait les nôtres. Je me rendis compte qu'on ne peut pas tuer quelqu'un qui vous tient par la main, ça rappelle trop d'amours et d'amitiés.

Sur le mur blanc, derrière le bureau présidentiel, je vis un tableau qui me rappela un des miens – *Azzarb*, que j'avais vendu la veille au moundélé –, jusqu'à ce que je comprenne, au bout d'une seconde ou deux, que c'était le mien. « Il plaît beaucoup à Claudia », dit le président. Claudia, un de ses nombreux enfants devenus adultes, est sa Claude Chirac à lui. S'occupe de ses relations publiques avec les journalistes congolais qui ne sont ni en exil à l'étranger, ni en prison à Brazza, ni en décomposition dans le fleuve Congo. « J'ai vendu *Azzarb* hier, dis-je. – Claudia l'a acheté aujourd'hui. – Combien ? – 1 000 euros. » Le moundélé m'avait niqué de 500 euros. 300 000 francs CFA. « C'est pour ça que vous m'avez fait venir ? – Non, Pouchkine. Tu permets que je t'appelle Patrice ? Ta mère regrette de t'avoir donné comme prénom le nom du poète russe.

Elle dit que c'est trop lourd à porter pour quelqu'un qui veut écrire. – Je suis peintre. – Tu vois bien que tu n'es pas peintre. » Cela dit en montrant du doigt ma croûte, ce qui n'est guère poli en présence de l'artiste sans talent. « Pourquoi l'avez-vous mis dans cette pièce, alors ? – Pour t'aider. – Vous avez surtout aidé le Blanc qui me l'a pris pour 500 euros. » Il sourit. « Pour t'aider à arrêter la peinture. Je sais que tu es meilleur en philo. J'ai vu toutes tes notes aux examens. Ton mémoire sur Schopenhauer avance ? » Pas pour rien qu'il avait dirigé les services secrets sous Ngouabi. « Non. » Je réfléchis et demandai d'une voix que j'entendis trembler : « Vous parlez souvent à ma mère ? – Une ou deux fois par semaine, que je me trouve à Brazza ou à l'étranger. – Pourquoi ? » Autre sourire. J'en avais marre des gens qui sourient. Je répétai : « Pourquoi ? » Il cessa de sourire, ce qui ne me parut pas bon signe. Il posa une main sur mon épaule. Je transpirais comme Bernard quand il craignait de rater une affaire. « Parce que je suis ton père. »

Parce qu'il était mon père. Parce qu'il est mon père. Papa. Après *Le Clan des Siciliens*, *L'Empire contre-attaque* (1980). C'était mon après-midi de cinéphile. « Tu ne peux pas imaginer la beauté qu'était ta mère quand elle est arrivée à Brazza en 1986. – Si : j'ai vu des photos. – Tu ne l'as pas vue bouger. Tout le monde est tombé amoureux d'elle. J'étais déjà président de la République. – Je sais. – Cette fille ne pouvait pas être avec quelqu'un d'autre que le président du pays où elle habitait. – Vous êtes restés ensemble longtemps ? – Toute la vie. – Qui est au courant ? – Nous trois maintenant. – Bernard ne se doutait de rien ? – Si, mais il est mort, comme tu sais. » L'avait-il tué ? Je le regardai avec attention, mais il avait l'habitude d'être regardé avec attention : il n'y avait jamais rien sur son visage. « Sédou m'a pourtant reconnu sur votre ordre. – Je lui ai ordonné de le faire, mais ne lui ai pas dit pourquoi. – Il a dû s'en douter. – Il y a une différence entre se douter de quelque chose et savoir : le doute. – C'est vous qui auriez dû faire de la philosophie. – Je n'ai pas eu de papa président de la République, bien que le mien, ton grand-père, ait été un des chefs du village d'Édou. – J'ai un papa président de la République depuis une minute. »

Il était peut-être temps qu'on s'embrasse pour la première fois de notre vie, dit-il. Tout à l'heure, il m'avait déjà pris la main, comme si j'étais un écolier conduit à l'école par son père. Il me serra contre lui. J'avais l'impression d'être un de ses électeurs, ou un de ses contribuables. J'avais peur pour moi, la révélation d'une énigme précédant souvent la malédiction et la mort. Voir Œdipe. La joue collée contre celle de mon père, je me demandai si je continuerais de m'opposer à lui sur le plan politique, comme le tsarévitch Alexis avec Pierre le Grand. Me traiterait-il, si c'était le cas, de la façon dont le tsar progressiste avait traité son fils réac : prison, torture et strangulation ? « Je te reconnaîtrai officiellement dans quelques jours », dit le président. Je lui dis que ce n'était pas pressé. D'un ton froid qui fit passer une lame de couteau dans le dos, il me demanda pourquoi. Je dis que je voulais réfléchir à la façon dont moi-même j'annoncerais la nouvelle à mon entourage, notamment aux membres de l'Opposition. Il fit oui de la tête en souriant. Père Sourire. Chacun a horreur qu'on s'oppose à lui, pourquoi pas les chefs d'État ? Ce ne sont pas des saints. « Le décret est parti. Ton nouveau nom est Patrice Sassou Nguesso. »

Je me disais que c'était un mauvais rêve et que j'allais me réveiller quand le téléphone sonna, mais je ne me suis pas réveillé. « J'avais dit qu'on ne me dérange sous aucun prétexte, fit mon père. – La Troisième Guerre mondiale vient peut-être de commencer. – Non : je l'aurais su avant. – Vous savez toujours tout avant ? – Ç'a été longtemps mon métier. » Je me rappelai ce que m'avait dit maman après avoir appris l'assassinat de Bernard : le président ne pouvait pas ne pas avoir eu connaissance de cette action avant qu'elle n'ait eu lieu et, au mieux, ne l'avait pas empêchée. Il décrocha le téléphone posé sur son bureau. Au bout de quelques secondes, il éprouva le besoin de s'asseoir. Il me jeta quelques regards effarés tout en répondant par « oui » ou « non » à son interlocuteur. Il raccrocha, baissa la tête et pleura en silence. Je compris le drame qui venait de se produire aux deux mots que Sassou prononça d'une voix étouffée : « Ta mère… », puis je me précipitai hors de la pièce comme si je venais bel et bien d'assassiner le président de la République.

Christophe Parmentier retourna à la piscine du Laico où il fit une trentaine de longueurs. La natation empêche de réfléchir. C'est le contraire de la marche ou de la course. Parce qu'il faut faire attention à l'eau. Et qu'on bouge sans arrêt la tête. Impossible de penser quand notre cerveau ne reste pas immobile. Raison pour laquelle les oiseaux n'écrivent pas. Et nous chient dessus sans qu'on leur ait rien fait, se dit Christophe, une fois allongé sur un transat. Le ciel était uniformément bleu, comme grec. La saison des pluies tardait à tomber. À midi trente, le Français regagna sa chambre où il prit une douche et se changea. À la sortie du Laico, il remarqua une grosse dame sur une mobylette. Elle portait un casque intégral orange. Le Français se dirigea vers l'Hippocampe d'un pas tranquille. Ça l'amusait de terminer son séjour à Brazza en étant suivi par l'ex-espionne, alors qu'il l'avait commencé en la suivant. Il se demandait si, à Caen, Blandine avait autrefois eu le cours « filature à vélomoteur d'un piéton dans une ville africaine ». Il entendait, parmi les bruits de la rue, gronder le deux-roues de la Française. Celle-ci était obligée, pour ne pas dépasser Christophe, de s'arrêter tous les dix mètres. Quand il arriva devant le restaurant chinois, il se retourna et ne vit pas Kergalec. Il en conclut que, malgré vingt ans passés dans les bureaux de l'armée, elle avait conservé quelques-uns de ses vieux réflexes de terrain. Pas facile de dissimuler, à Brazza, 80 kilos de chair molle blanche et un casque intégral orange. Christophe était incapable de déterminer le moment où l'espionne avait disparu. Elle n'était plus ex-espionne, puisqu'elle l'espionnait. Peut-être avait-elle abandonné la filature au profit d'une autre de ses lubies, comme de dissimuler un revolver dans les WC de sa chambre d'hôtel ?

Bernard Lemaire n'était pas encore là. Christophe s'installa à une table sous un ventilateur et commanda une Primus. La bière coula dans sa gorge, mélange d'eau pure froide, d'amertume nordique et de mousse frétillante. Un taxi stoppa devant la terrasse. Bernard en sortit, pâle et fripé, chargé d'on ne savait quelles récentes mauvaises nouvelles. Il leva les yeux vers Christophe et son visage se recomposa, devint net. C'était comme si Lemaire en avait chassé toutes les pensées. Sa silhouette juvénile, presque enfantine, traversa la terrasse. Christophe demanda s'il y avait du nouveau sur Blandine de Kergalec. L'espace d'un instant, le consultant eut la mine chagrine. Il n'était pas habitué, avec sa longue culture africaine, à entrer tout de suite dans le vif du sujet. Il aurait préféré que le pétrolier commence par une remarque sur ce restaurant sans prétention mais où, aurait rétorqué Bernard, on mangeait les meilleurs pâtés impériaux de la région. « Attention à la Primus, dit-il. Elle semble légère jusqu'au moment où on se rend compte qu'elle pèse lourd sur la tête et l'estomac. Ce sera un thé pour moi. » Christophe fit un signe au serveur africain. À l'Hippocampe, les Chinois sont à la caisse et les Congolais au service. « Vous venez souvent ici ? demanda Bernard.

– À chacun de mes voyages. – Moi aussi. C'est bizarre qu'on ne se soit jamais rencontrés. Ni ici ni ailleurs dans Brazza. » Christophe sentit le picotement habituel derrière la nuque qui lui signalait un danger, celui d'écoper d'une contravention quand il dépassait la vitesse autorisée en automobile ou de se casser quelque chose quand il descendait trop vite une piste noire à Tignes. « Il est rare que je reste en ville plusieurs jours. D'habitude, je file à Pointe-Noire et rentre en France aussitôt après. » Bernard n'avait pas l'air convaincu. Il se servit une tasse de thé. « Qu'est-ce que vous me demandiez ? Ah oui : Kergalec. Rien. Est-elle entrée en contact avec vous ? – Non. – Je ne comprends pas. Au Congo, il est impossible de disparaître, surtout une Blanche. Elle n'a tout de même pas trouvé refuge chez les Pygmées, au milieu de la forêt. – Si elle me fait signe ou si je découvre quelque chose, je vous préviendrai. – Je l'espère, Christophe. Je ne sais pas ce qui se passe. Si c'est remonté jusqu'à la présidence, ce doit être grave. – La présidence française ? – Les deux, française et congolaise. »

Ils commandèrent des pâtés impériaux. Ensuite Christophe opta pour un poulet aux champignons noirs et Bernard pour un bœuf aux oignons. « Au-dessous de l'Équateur, je reste fidèle au bœuf. » Regardant Christophe au fond des yeux comme les gens qui s'apprêtent à vous mentir ou à vous voler : « À mon tour de vous poser une question : qu'y a-t-il entre Tessy et vous ? Vous savez que c'est l'ex de Pouchkine, le fils de Mme Petrova. Et quand je dis ex, c'est à l'africaine. – C'est quoi, une ex à l'africaine ? – Une fille avec qui on n'est plus, mais avec qui on couche quand on la rencontre par hasard dans la ville, surtout passé une certaine heure. » Les pâtés impériaux arrivèrent dans un plat ovale, avec des feuilles de salade et de menthe. « Laissez tomber la salade et la menthe, dit Bernard, à moins que vous ne teniez à passer le vol Brazza-Paris dans les WC de la *business class* d'Air France qui, vu le prix du billet, sont scandaleusement inconfortables. » Christophe hocha la tête et enveloppa un pâté de menthe et de salade, se retenant de dire au consultant qu'il adorait chier, surtout en avion. « J'ai couché avec Tessy cette nuit. – J'espère que vous avez pris vos précautions : elle est séropositive. Le nombre de séropositifs, en Afrique ou ailleurs. On devrait créer des clubs de rencontre rien que pour eux. Ils seraient les seuls à pouvoir baiser sans capote. » Bernard mordit dans un pâté. « Ils sont bons, non ? On ne sait pas ce qu'il y a dedans, ça vaut mieux. Vous avez l'intention de continuer avec Tessy ? – Ça dépendra d'elle. – Pas de vous ? – Je ne suis qu'un moundélé de passage, comme je l'ai dit hier à sa tante Élisabeth Bwanza, à Moukondo. – La femme du collectionneur. Un numéro, celui-là. Elena m'a raconté que vous lui avez acheté un tableau de Pouchkine. – Oui : *Azzarb*. – Combien ? – 300 000 CFA. – Je me doutais que ce n'était pas 300 000 euros. Ça reste cher, pour ce que c'est. » Un autre pâté disparut entre les lèvres minces du consultant, qui s'humectèrent d'huile. Il les essuya aussitôt avec une serviette en tissu. « Je connais cette situation de moundélé de passage. Confortable et inconfortable. – Vous avez l'air de passer souvent. – Oui, mais je ne reste pas. – Elena vous en veut ? – Elle m'en voudrait du contraire. » Il termina ses pâtés en silence, l'esprit plein de quelque chose qui parut à Christophe être sa compagne russe. Ce qui lui fut confirmé par la phrase suivante de Bernard : « J'aurai passé ma vie avec une femme qui n'est pas la mienne dans un pays qui n'est pas le mien non plus. » Ajouta : « Très juif. Juif ancienne manière. Maintenant que nous avons les meilleurs agriculteurs et les meilleurs soldats du monde en Israël, nous n'avons plus un seul névrosé : ils se trouvent désormais chez les *goyim*. Même Philip Roth a guéri du complexe de Portnoy. »

Il s'étira, comme s'il venait de se réveiller. « Avez-vous été satisfait de votre séjour, Christophe ? – J'aurais préféré ne pas être mêlé à des histoires auxquelles je ne comprends rien. – On a quoi ? Deux Congolais assassinés, un Rwandais et son neveu enlevés, une ancienne espionne française dans la nature. À mon avis, on ne retrouvera pas les Rwandais : c'est un coup des services de Kagamé, et l'animal s'y connaît en disparitions. Kergalec doit être déjà au Cameroun ou en RDC sous une ixième identité. Les Congolais seront enterrés sans tambour ni trompette : une chance sur deux pour que ce soient des chégués venus foutre la merde à Brazza, et ça m'étonnerait que leurs familles kinoises réclament les corps. Demain nous serons dans notre avion et nous oublierons cette histoire. – Sassou ne vous a pas chargé d'enquêter ? – Enquêter sur quoi ? Je ne suis pas Mike Hammer. » Le serveur apporta le poulet aux champignons noirs, le bœuf aux oignons et du riz cantonnais. Christophe demanda une autre bière et Bernard un autre thé. « Le thé, dit-il au pétrolier, c'est la force. » Il prenait de petites quantités de nourriture qu'il mâchait longuement. Il posa ses baguettes et regarda autour de lui. Il n'avait pas l'air de guetter quelque chose ou quelqu'un, plutôt celui de se chercher lui-même dans la rue déserte écrasée de soleil où maraudaient de rares taxis et des piétons mélancoliques. « J'aurai eu cette vie-là, dit-il. Parce qu'un jour de 1987 je suis monté dans l'avion Paris-Brazza sans me douter qu'il deviendrait mon train de banlieue. – Vous avez été heureux ? – Je me suis amusé. Heureux ? Je n'aurais pas voulu vivre sans rester avec Elena d'une manière ou d'une autre. – Pourquoi ne pas l'avoir épousée ? – Le père de Pouchkine ne voulait pas. – Qui est-ce ? – Vous le saurez bientôt. Il a décidé de reconnaître son fils. Je me demande si ce n'est pas son enfant préféré, et il en a un certain nombre. »

Il y eut un bruit de moteur tout proche, puis Christophe vit son assiette aspergée de sang, et quand il leva la tête, il constata que son convive était tombé de sa chaise. Une mobylette surmontée d'un casque orange filait dans la rue avec un vrombissement exagéré. Christophe se demanda d'où Blandine de Kergalec avait tiré. De l'hôtel voisin ? Il aurait fallu qu'elle entre dans l'établissement sans se faire remarquer et trouve une chambre vide avec vue sur la terrasse de l'Hippocampe. Ce n'était pas impossible à une fille comme elle. Comme elle en 1985. Mais on était en 2007. Christophe se leva, contourna la table et se pencha sur le corps de Lemaire. Il remarqua pour la première fois qu'il portait des chaussures Berluti. Son visage était une bouillie rouge. Vivre et mourir à Brazzaville. C'était bizarre que Lemaire eût fait le point sur sa vie avant de la perdre, comme s'il se doutait de ce qui allait lui arriver. Il était mort en mangeant son plat favori.

Quand des Chinois s'affolent, on se retrouve dans une volière, leurs cris précipités et à demi étouffés ressemblant à des chants d'oiseaux. Les propriétaires de l'Hippocampe s'agitaient autour de la caisse. Craignaient-ils que le meurtre de Lemaire ne précédât un hold-up ? Les autres clients du restaurant, une Blanche seule, d'une trentaine d'années, et trois Noirs, dont un pasteur d'une église du Réveil, semblaient hésiter entre quitter la terrasse, par crainte d'un nouveau coup de feu, et attendre l'arrivée de la police. Ils cherchaient sans doute quoi faire dans leurs nombreux souvenirs de séries télé américaines qui passent en boucle sur toutes les chaînes d'Afrique. Christophe sortit de sa poche son portable congolais et composa un numéro, puis raccrocha. En cette circonstance, il devait agir seul. Tout le monde lui en saurait gré. La police fut sur les lieux en moins de dix minutes. Un inspecteur et une demi-douzaine de gendarmes. La nouvelle unité mobile créée par Sassou. Son GIGN. Ils sillonnent la ville sur des pick-up, leurs kalachnikov pointées vers le ciel. L'inspecteur, un homme maigre d'une quarantaine d'années au regard trouble derrière des lunettes à monture d'écaille, demanda à Christophe ce qui s'était passé. « On était en train de déjeuner avec M. Lemaire, le biographe du président Sassou, quand il a reçu une balle dans la tête. » L'association des mots « balle », « tête » et « Sassou » provoqua un électrochoc chez le policier qui parut devenir blanc, ce qui était une illusion d'optique car les Noirs ne pâlissent pas, même avant leur exécution capitale. « C'est politique », dit l'inspecteur. Christophe dit qu'il ne croyait pas. Le policier dit qu'il se fichait de ce qu'il croyait. Il s'intéressait davantage à ce qu'il savait. Avait-il vu l'assassin ? Non, dit Christophe. D'où était parti le coup de feu ? « Je n'en ai aucune idée, mais l'autopsie vous l'indiquera. » Parmi la foule des passants qui commençaient à s'agglutiner devant le restaurant, Christophe reconnut le visage fin et pointu de Pouchkine. Le peintre-philosophe ouvrait de grands yeux devant le cadavre de Lemaire. Christophe lui fit signe de s'éloigner. Il ne voulait pas l'avoir dans les pattes tandis qu'il répondrait aux questions de l'inspecteur. « Vous étiez un ami de M. Lemaître ?

– Lemaire. » Le lapsus du flic frappa le Français. Un maire et un Blanc ne pouvaient être, dans l'imaginaire bantou, qu'un maître. « Non : une connaissance. Je l'ai rencontré lundi dernier dans l'avion d'Air France. On se croisait au Laico. Ce matin, à la piscine, on a décidé de déjeuner ensemble, sans raison précise. Il est dans le conseil, je suis dans le pétrole : nous travaillons tous deux pour le Congo. Nous pensions que nous avions des choses à nous dire, mais nous n'avons pas eu le temps de nous en dire beaucoup. – Dans ce que vous vous êtes dit, quelque chose pourrait vous faire penser qu'il était menacé par quelqu'un ? Des opposants au président ? Un groupe terroriste étranger ? – Non. Notre conversation a surtout porté sur les pâtés impériaux. » Le policier hocha plusieurs fois la tête. « Je vais être obligé de prolonger cette conversation avec vous au commissariat. Vous êtes notre principal témoin. Vous étiez assis en face de la victime quand elle a été tuée. – Me permettez-vous de prévenir la présidence ? J'avais rendez-vous à Mpila avec Claudia Sassou Nguesso pour lui apporter un tableau qui l'intéresse. C'est l'œuvre d'un jeune peintre métis : Nganga. » Le Congolais eut une bouffée de chaleur qui lui embua les lunettes. Il les enleva et les essuya à l'aide d'un mouchoir qui lui servit aussi à s'éponger le front. Christophe obtint le secrétariat de Claudia et décrivit la situation. Puis il raccrocha, s'attendant à ce qu'on le rappelle. On ne le rappela pas.

Il dut monter dans une voiture qui le conduisit au commissariat central où l'inspecteur l'installa avec cérémonie dans son bureau. Christophe dut faire le récit des quatre jours qu'il venait de passer au Congo. Il donna les détails que l'inspecteur lui demanda, mais garda pour lui ceux que le policier ne lui demanda pas, les uns et les autres étant pour la plupart imaginaires. À intervalles réguliers, le Congolais répétait : « C'est politique. » Quand il en arriva au récit de sa première et pour l'instant unique nuit d'amour avec Tessy Estio, étudiante en philosophie de troisième année à l'université Marien-Ngouabi, Christophe dit qu'il jugeait préférable de jeter un voile sur le comportement nocturne de la jeune fille afin de préserver la pudeur et la bonne renommée de Mlle Estio. Le policier approuva de la tête. « Vous n'êtes pas sans savoir, monsieur Parmentier, que Tessy Estio, surnommée la Pasionaria dans le milieu estudiantin brazzavillois, est le chef de file d'un mouvement qui fait parler de lui : l'Opposition. – Elle m'a dit qu'elle voulait devenir, par la voie démocratique, présidente du Congo. – Une Vili. Présidente du Congo. Par la voie démocratique. J'aurai tout entendu. – Je lui ai fait part de mes doutes sur la viabilité de son projet. – Même avec l'aide de votre entreprise, elle n'y arriverait pas. – Elf a remis Sassou au pouvoir en 97. Je n'y suis pour rien : je suis entré dans la boîte en 2002 et elle avait changé de nom. » Il avait choisi l'année au petit bonheur : c'était celle de la naissance de son second enfant, le 1er mai 2002. « Avez-vous encore besoin de moi, monsieur l'inspecteur ? – Non. Combien de temps resterez-vous à Brazza ? – Je suis censé rentrer demain à Paris. » Le vol Air France du vendredi soir. Les Européens se jettent dessus ou plutôt dedans, comme si c'était leur dernière chance d'échapper au naufrage congolais. Le salon d'honneur de Maya-Maya ressemble au pont supérieur du *Titanic* dans le film de James Cameron (1998), sauf qu'on ne vous joue pas de l'Offenbach, mais de la rumba. « Bonne chance, monsieur Parmentier. Avez-vous un portable congolais ? Au cas où j'aurais besoin de vous joindre aujourd'hui ou demain ? » Christophe lui donna son numéro. L'inspecteur dit qu'il était libre, et le Français que personne ne l'était.

Il rentra au Laico à pied. Il aimait la sensation qu'on a, bientôt augmentée par les flots de sueur qui vous coulent sur le torse et sous les aisselles, de prendre un bain trop chaud quand on se promène dans Brazza. La ville est liquide. C'était ce que le défunt Bernard Lemaire devait aimer en elle. Le Français s'attendait à tout moment à ce que surgissent près de lui la mobylette et le casque intégral orange de Blandine de Kergalec. Au fur et à mesure que passaient les journées, le mystère Kergalec s'épaississait. Le personnage se modifiait de minute en minute dans l'esprit de Christophe. Quand il arriva en vue du Laico, il appela Tessy qui décrocha aussitôt. Elle lui demanda s'il avait pu changer la date de son vol pour Paris. Elle n'avait pas arrêté de lui casser les pieds avec ça, ce matin au petit déjeuner. Elle voulait qu'il reste au moins une ou deux semaines de plus à Brazza pour avoir le temps de se rendre compte qu'elle et lui, c'était pour la vie. « Senghor a épousé une Blanche, j'épouserai un Blanc », martelait-elle en tartinant son pain de confiture. Christophe avait réussi à la calmer avec deux billets de 100 euros.

« Tu peux être à l'hôtel dans combien de temps ? » La question moundélé type. Tessy dit qu'elle n'était pas prête. Sans doute n'avait-elle pas mis ses cheveux. La chevelure est la tragédie des Africaines. La nuit, elles rêvent qu'elles ont les longues mèches lisses des stars américaines et européennes, chacun de leurs réveils redevenant une déception crépue. Avec la circulation, Tessy ne serait pas là avant une demi-heure. Christophe pensa : une heure. Ce fut une heure et demie.

Mlle Estio gratta à la porte et, dès qu'il fut devant elle, détourna la tête. L'abandon dans le refus et le refus dans l'abandon : ainsi aurait-il pu définir la conduite amoureuse des femmes noires. Autant elles sont dures et rapides quand elles sont debout, autant elles se montrent molles et lentes une fois couchées. Avant de commencer de faire l'amour avec elles, il aurait fallu leur parler pendant un siècle, ç'aurait éteint la méfiance qu'il y a dans leurs regards, leur voix, leurs gestes quand on les déshabille. Christophe se demanda si la philosophe était au courant pour Bernard Lemaire. Rien dans son comportement ne lui donnant à penser que oui, et rien que non, il oublia la question. Il hésita entre la célèbre trilogie *SAS* – fellation, levrette, sodomie – et quelque chose de plus doux qui correspondait mieux à sa nature romantique et pensive. La nuit précédente, ils avaient fait les deux, et Christophe n'avait pas réussi à décider ce que Tessy aimait le plus ou ce qu'elle détestait le moins : elle avait crié de plaisir de la même façon. Christophe eut une hésitation au moment de mettre un préservatif. Avec la vie qu'il avait choisie, il avait des chances de décéder de mort violente avant d'être atteint du sida que lui communiquerait la Congolaise. Il se protégea malgré tout, avec une pensée émue et citoyenne pour sa femme, ses enfants et ses futures maîtresses, blanches et noires.

La chambre, scène de sexe comme on dit scène de crime. Les objets se recroquevillent sur leur néant intérieur. La télé se voile l'écran. Les murs s'effacent devant les parois du vagin. Les miroirs, au contraire, se réveillent, se redressent, comprenant enfin leur utilité. Christophe se regardait avec Tessy sur lui, sous lui, à côté de lui. Il savait qu'il ne l'emmènerait pas à Paris et peut-être même ne la rappellerait pas quand il serait en

France. Il voulait fixer dans son esprit la plus grosse quantité possible d'images d'elle. Au bout d'une heure, il se leva et se fit couler un bain. Tessy alluma la télévision. Elle cherchait les chaînes françaises. Elle tomba sur un aréopage de critiques cinématographiques. Elle demanda à Christophe s'il avait vu les films dont les gens parlaient, et il dit que non. Il pria Tessy de lui indiquer l'endroit où elle aimerait dîner pour leur dernière soirée à Brazza, et elle annonça qu'elle ne pourrait rester avec lui : elle avait une réunion politique en vue de sa prochaine élection à la présidence de la République du Congo. Il sourit au moment où elle fit irruption dans la salle de bains, voulant peut-être se baigner avec lui. Mais la baignoire du Laico était exiguë. Tant mieux. Ça ne plaisait pas trop à Christophe, de prendre un bain avec une séropositive. « Tu ne crois pas qu'un jour je dirigerai ce pays, peut-être même dès 2009 ? – Mon métier, c'est le droit, pas la politique. – Beaucoup d'avocats font de la politique. – Pas moi. – Tu devrais. Tu as un bon physique et tu parles bien. » Pourquoi disait-elle ça ? Il avait l'impression de rester silencieux la plupart du temps, surtout quand il se trouvait avec elle. « Je serais présidente du Congo et toi président de la France. On aurait chacun notre avion. On se retrouverait le week-end, en Inde ou à Las Vegas. À Rome. Ou à Paris, ainsi tu n'aurais même pas à te déplacer. On aurait notre photo dans les journaux people. » Il sortit du bain. Elle lui tendit une serviette. « Tu as encore du temps ? demanda-t-il. – Tu as encore des préservatifs ? – Oui : j'en ai acheté avant le déjeuner. – Tu as déjeuné avec qui ? – Tout seul. » S'il disait qu'il avait déjeuné avec Bernard Lemaire, il lui faudrait apprendre à Tessy le meurtre de celui-ci, ce qui casserait l'ambiance sexuelle de l'après-midi. Ce n'était pas honnête mais ça ne le dérangeait pas, car il n'était pas honnête.

Cette fois-ci, il plongea en Tessy comme s'il voulait pénétrer en entier dans son corps, l'habiter. Y trouver refuge. Il ne la regardait plus, il l'avalait. Il se demandait si toutes les jolies femmes ont l'impression d'être des gâteaux dotés de jambes afin de pouvoir rentrer chez elles après avoir été mangées. Le soir n'était pas encore tombé, mais on le sentait avancer dans le grognement froid de la climatisation. « Tu as toujours ton 4 × 4 ? – Jusqu'à demain midi. – Tu me conduis à ma réunion ? – Je serais ravi d'y assister. – Non : c'est secret. – Rien n'est secret pour Sassou. – Tu n'es pas Sassou. » Ils se rhabillèrent. Quand ils se retrouvèrent dans le couloir, Tessy demanda à Christophe pourquoi il ne lui avait pas donné d'argent. « Je ne suis pas le FMI et tu n'es pas encore président du Congo. Je te rappelle que tu as eu 200 euros au petit déjeuner. – Je les ai dépensés. – Même moi, je ne dépense pas 200 euros en une matinée. – Je te les rendrai quand je serai au pouvoir. Tu seras mon avocat pour l'Europe. Tu rentreras dans ton pays avec des valises pleines d'argent liquide, comme Bernard. » Cette allusion au consultant rappela à Christophe qu'il n'avait encore rien dit à Tessy sur l'assassinat de celui-ci. Tout à l'heure, c'était trop tôt. Maintenant, trop tard. « Tessy, c'est non. – On ne dit pas non à une Vili : ça porte malheur. » Cette bande d'infatigables jeteurs de sorts. Qu'est-ce qui leur donne ce pouvoir de nuire ? La misère ? Christophe et Tessy montèrent à bord du véhicule. Avant de mettre le contact, le Français tendit deux billets de 50 euros à la jeune femme. « C'est moins que ce matin », dit-elle. Il était sur le point de se mettre en colère quand elle rit et se pendit à son cou. « Je plaisantais, moundélé. C'est gentil. » Ils s'affrontèrent de nouveau sur le thème de la climatisation. « Tessy, à 15°, le conducteur d'un 4 × 4 a froid, ce qui dérègle son système nerveux et peut paralyser ses réflexes. Je n'ai aucune envie d'avoir un accident à Brazzaville : j'ai l'impression qu'il me faudrait plusieurs années pour remplir un constat et trouver la personne à qui l'envoyer. – Chouette, tu resterais avec moi. » Ils se mirent d'accord sur 17°. Christophe déposa Tessy sur l'avenue de l'OUA. « Où avez-vous rendez-vous ? – Dans un nganda. – Il n'y en a pas. – C'est un petit établissement discret, à l'intérieur des parcelles. » Elle posa un baiser léger sur les lèvres du conducteur et lui promit de passer toute la journée du lendemain en sa compagnie, mais il avait déjà décidé de ne plus la revoir. Elle coûtait trop cher à l'État français et il pensait qu'il aurait beaucoup de choses à faire, ce vendredi, avant de monter dans l'avion, vu la tournure des événements.

Il fit demi-tour et se dirigea vers Mpila où il déposa *Azzarb*, l'œuvre de Pouchkine, à l'intention de Claudia Sassou Nguesso. Il décida de dîner dehors. Ça lui laissait une petite chance de repérer Blandine de Kergalec au cas où elle aurait sorti le nez hors de sa planque. Quelle planque ? Pas le Laico. Ni l'Olympic. Un appartement du quartier européen ? À moins qu'elle ne se fût envolée pour Pointe-Noire. De là elle pourrait sans mal gagner le Gabon ou l'Angola. Sauf si elle avait encore quelque chose à faire dans la capitale du Congo. Tuer quelqu'un d'autre. Lui ? Il avait envie de manger chinois, mais jugeait inconvenant de retourner à l'Hippocampe si peu de temps après l'assassinat de Lemaire. Peut-être lui aurait-on donné la même table qu'à midi. Se serait-il assis sur sa chaise ou sur celle qu'occupait Bernard ? Après ces quatre journées bousculées, Christophe se rendait compte qu'il désirait du calme, de la gastronomie, de la fraîcheur. Il opta pour le Missala, le restaurant de l'hôtel Olympic. Il pensa que c'était dommage que Tessy ne fût pas avec lui, elle aurait adoré la température polaire et le décor soigné de l'établissement. On l'installa à une table près de la vitre. Au bord de la piscine avait lieu un cocktail de l'OMS. L'Organisation avait l'air de fêter quelque chose d'important, car les invités s'étaient mis sur leur trente et un. 31 : le nombre préféré des sapeurs congolais. Quelques petits Blancs perdus au milieu de grands Noirs et de leurs épouses épaisses. Les bureaux devaient être plus minces, mais ils ne les exhibaient pas aux sauteries officielles. Une jeune Asiatique pénétra dans le restaurant. Christophe avait l'impression de l'avoir déjà vue quelque part. Il n'oubliait jamais un visage, une silhouette. La femme portait un ravissant tailleur en satin blanc. Elle était de taille moyenne et d'une extrême minceur. Elle avait peu de fesses et aucune poitrine. Il émanait pourtant d'elle un érotisme torride qui balaya la salle réfrigérée d'une brûlure sexuelle. Ou bien cette fille n'avait jamais fait l'amour, ou bien elle ne faisait que ça, mais c'était l'évidence qu'elle y pensait tout le temps. Elle tendit une feuille de papier au maître d'hôtel noir qui hocha la tête. Puis elle disparut d'une démarche légère. Aux pieds, elle avait des chaussures blanches à hauts talons. Christophe regardait toujours les chaussures des gens. C'est le moment de corrompre quelqu'un, se dit-il. Il se rendit aux toilettes. En ressortant, il croisa le maître d'hôtel à qui il demanda le numéro de chambre de la personne qui venait de lui parler. Il glissa un billet de 10 000 francs dans la paume de l'homme. « C'est la chambre 110, mais je vous préviens : elle a commandé deux repas. Vu son gabarit, elle ne les mangera pas seule. – Pourquoi n'a-t-elle pas utilisé le téléphone ? – Je ne parle pas anglais. – Le papier qu'elle vous a donné est en français ? – Oui. J'imagine qu'elle dîne dans sa chambre avec un Français qui ne tient pas à se faire connaître. – Je peux voir ? – Sans problème. » Christophe reconnut aussitôt l'écriture de Blandine de Kergalec. En 1985, elle n'aurait pas laissé une trace écrite censée l'identifier. On se rend compte qu'on vieillit à toute une série de petites fautes qui nous conduisent à la mort. « Vous avez raison : ne créons pas d'incident diplomatique avec un compatriote », dit Christophe au Congolais. Il retourna à sa place et prit connaissance de la carte. Kergalec dînerait avec l'Asiatique et passerait sans doute la nuit planquée dans la chambre de celle-ci. Depuis combien de temps ces deux-là étaient-elles coéquipières ? On pouvait même dire complices, puisqu'il y avait déjà trois morts. Et deux enlèvements. Trois morts et deux enlèvements : on aurait dit le titre d'une comédie policière anglaise.

Quand Pouchkine lui téléphona et lui annonça la mort d'Elena Petrova, Christophe déposa la carte sur son assiette, se leva et dit au maître d'hôtel qu'il ne dînerait pas au Missala ce soir. Il sortit de l'hôtel et monta dans le 4 × 4. Le domicile de la Russe ne se trouvait qu'à quelques centaines de mètres de l'Olympic, mais le Français se dit qu'il aurait sans doute besoin d'un véhicule au cours de la nuit.

Pouchkine restait prostré au fond de la pièce, surmonté d'un large dais de solitude. Christophe avait senti qu'Elena Petrova était le centre de la vie du peintre et pensait que sans elle il ne pourrait plus peindre et peut-être même ne plus vivre. À chaque fois que quelqu'un s'approchait du jeune homme, celui-ci éclatait en sanglots. Du coup, on se tenait à distance. Tessy et sa tante Élisabeth s'étaient attribué les rôles de sous-maîtresse et de maîtresse de maison. Elles allaient d'un invité à l'autre avec des plats de *mikatés*, beignets salés que les Congolais servent au cours des veillées funèbres, et de brochettes. Les femmes étaient au thé et les hommes à la Primus. Pouchkine n'avait pas voulu qu'on sorte la vodka : elle lui rappelait trop sa mère. Quand Robert Odika, l'avocat DJ que Christophe avait rencontré au même endroit vingt-quatre heures plus tôt, apostropha Pouchkine en lui demandant s'il avait pensé à faire venir un groupe de musique traditionnelle pour donner à cette veillée un caractère à la fois plus solennel et plus religieux, l'autre déclara à la cantonade qu'il ne voulait plus qu'on l'appelle Pouchkine, prénom qui resterait à jamais lié pour lui à sa défunte mère. Il annonça que, pour tous, il se prénommait à présent Patrice, comme son fils. Il dit à Robert qu'il pouvait s'occuper de la musique, lui-même n'en avait pas la force, avec son air d'être tombé dans un puits. Robert ouvrit son téléphone portable et passa une demi-douzaine de coups de fil dans un lingala bruyant émaillé de bribes de français chanté. Quand il dit, avec satisfaction, que c'était réglé, chacun, qu'il le voulût ou non, se mit à attendre l'orchestre.

Depuis son entrée au domicile de la défunte, Christophe sentait peser sur lui un puissant reproche. N'était-il pas le moundélé – l'unique moundélé de l'entourage de Patrice, les deux autres ayant été assassinés ce jour-là à quelques heures d'intervalle – après l'arrivée duquel le malheur et la mort avaient accablé ce groupe ? Il ne se sentait ni rejeté, ni menacé, mais mis à part, isolé, éloigné. Comme si chaque Congolais présent tenait à se protéger de son pouvoir de destruction. On lui apportait à boire et à manger avec prudence. Même Tessy, avec qui il venait de passer une partie de l'après-midi à faire l'amour, ne laissait pas son regard se poser sur lui. Sans doute lui en voulait-elle, par surcroît, de lui avoir caché la mort de Bernard afin, devait-elle penser, de la sauter plus tranquillement. Cynique – comme tous les ndokis. Comment convaincre ces gens qu'il n'était pour rien dans les meurtres de Bernard Lemaire et d'Elena Petrova ? Lui-même n'était pas sûr que c'était vrai. Il savait qu'il ne les avait ni exécutés ni commandités. En était-il pour autant innocent ? Il connaissait le nom d'un assassin et l'emplacement de sa planque, tout en ignorant ses mobiles. Qu'est-ce qui avait poussé Blandine de Kergalec à éliminer le Français ? L'avait-elle fait de sa propre initiative et pour son compte, ou avait-elle obéi à quelque commanditaire ou à un supérieur hiérarchique ? Un commanditaire de quel État ? Un supérieur de quelle hiérarchie ? Avec elle, on pouvait s'attendre à tout.

Tessy, qui avait posé les plats vides dans la cuisine où sa tante Élisabeth s'appliquait à les remplir, revint au salon et se dirigea avec une fascinante lenteur vers Patrice. Après une courte hésitation, elle s'assit sur les genoux du jeune homme. Les filles pas lourdes ont l'habitude de s'asseoir sur les genoux des garçons avec qui elles couchent, ont ou vont coucher. Pour Tessy, pensa Christophe, Patrice appartenait à ces trois catégories. Leur couple apparaissait, dans cette ambiance morbide, comme une évidence agressive, pleine de vie et d'énergie sexuelle. Christophe eut l'impression qu'il se constituait ou plutôt se reconstituait contre lui, à la fois pour affirmer la prééminence de Patrice dans le cœur de Tessy et pour former un écran protecteur contre les maléfices du moundélé. S'il n'avait écouté que son cœur, il aurait quitté les lieux et serait retourné au Laico pour y passer une nuit de sommeil apaisé, dans l'attente d'autres folies et catastrophes, mais ça faisait longtemps qu'il n'écoutait plus son cœur. Il se disait parfois qu'il n'en avait plus. Il comprenait qu'en quelques heures Patrice, pour Tessy, était passé du statut d'ex-sale gosse à celui de bon parti libéré des obligations filiales, avec qui elle avait en plus déjà un enfant. L'assemblée avait peu à peu laissé tomber le français pour le lingala et le munukutuba, ce qui faisait que Christophe n'avait même plus accès aux conversations qui se déroulaient sans lui. Il aurait voulu connaître des détails sur la façon dont s'était déroulé l'assassinat d'Elena Petrova afin de vérifier, comme il le pensait, que c'était l'œuvre démente de Kergalec. Pas moyen de poser des questions à Patrice, dans l'état où il était. Maurice Bwanza ne savait rien, l'avocat non plus.

Les hommes se trouvaient d'un côté du salon, les femmes et les enfants de l'autre. Parmi les hommes, il y avait le comptable d'Elena, quelques-uns de ses fournisseurs et clients. Ils avaient commencé par se parler d'une voix assourdie. Peu à peu, le ton était monté. Sans doute causaient-ils business. Les veillées funèbres servent aussi à régler les problèmes qui se posent entre partenaires commerciaux. Du côté des femmes, il y avait moins de bruit. Christophe reconnut deux ou trois filles qu'il avait vues la veille et les trouva moins sexy. Elles étaient installées à même le sol, sur des nattes. L'une d'elles s'était allongée et dormait, tenant Scholastique, elle aussi assoupie, dans ses bras. Les autres poursuivaient un bavardage rapide et anodin qui semblait couler d'elles comme de l'eau sans avoir dû transiter par le cerveau. Arriva une pleureuse proche des Bwanza. Ce rôle est réservé d'habitude aux parents du mort ou de la morte, mais ni Bernard ni Elena n'avaient de parents au Congo. La pleureuse s'employa à conjurer le mauvais sort de telle façon que les défunts ne viennent pas hanter les vivants, briser leurs amours, brûler leur maison, tuer leurs enfants. Les morts encore plus méchants que les vieux. La pleureuse mangea des mikatés et des brochettes, but du thé et prit place sur les nattes des femmes avant de s'endormir à son tour. Enfin se présentèrent les musiciens qui réveillèrent tout le monde.

Christophe attendit la fin du premier morceau pour prendre congé. Il alla saluer Patrice sur les genoux de qui Tessy s'installait désormais à intervalles réguliers comme sur une chaise parmi d'autres. Elle se leva à l'approche du Français, l'air de vouloir lui céder la place. « Tu peux rester », dit Christophe. Elle sourit et fit non de la tête, retournant à la cuisine. Il l'entendait encore le supplier, quelques heures plus tôt, de demeurer une ou deux semaines de plus à Brazza pour qu'elle puisse lui montrer à quel point ils étaient faits l'un pour l'autre. « Je pars demain soir et ne crois pas qu'on se reverra, dit-il à Patrice. – Moi aussi, je pars demain soir. Il faut que je règle les affaires de maman, en France et en Suisse. Je le lui ai promis. – Tu n'assisteras pas à son enterrement ? – Il aura lieu mardi. D'ici là, je serai rentré. – Dans ce cas, à demain soir. Je me réjouis de voyager avec toi. Si tu as un billet éco, je peux te faire surclasser, avec mes *miles* : ainsi nous serons côte à côte et bavarderons. – Ma mère m'a laissé de quoi voyager en *business*. On s'arrangera pour être voisins et tu me diras pourquoi tu as vendu mon tableau à Sassou. – Je ne l'ai pas vendu à Sassou, mais à Claudia. Elle voulait en faire cadeau à son père. Je ne sais pas pourquoi. – Moi je sais : parce que c'est mon père aussi. » Christophe pensa que le jeune homme, suite aux deux drames vécus dans la même journée, avait perdu la tête. Mais il y avait dans ses yeux une fermeté, une rigueur et une ironie cassées, malgré le chagrin, qui étaient à l'opposé de la folie et que Christophe avait déjà vues. Dans les yeux de Sassou.

Le visage de Patrice, prison noire où brillaient sans espoir d'évasion les yeux bleu ciel d'Elena Petrova, s'éclaira. Christophe se retourna et vit entrer le général Idi Amin Dada, décédé en Arabie saoudite quatre ans plus tôt. Il ne portait pas d'uniforme, mais un costume et une cravate, tous deux d'un noir profond comme sa large figure aux traits brutaux. Patrice entretint l'illusion dont était victime le Français en s'écriant : « Idi ! » Les deux jeunes hommes s'étreignirent comme des frères et Christophe sentit passer entre eux ce courant de sympathie qu'il y a parfois entre enfants de présidents, comme naguère entre Jean-Christophe Mitterrand et le fils du général Habyarimana, chef de l'État rwandais. Il en conclut que le nouveau venu était un enfant naturel du général Amin, comme Patrice en était un du président congolais. « Julian, voici un Français dont je ne sais pas s'il s'appelle Adrien ou Christophe, s'il est avocat ou cadre sup chez Total, que Bernard aimait bien avant d'être tué à sa table de l'Hippocampe, qui a couché avec Tessy bien qu'elle soit séropositive et qui a dîné hier soir chez Mami Wata avec ma mère, aujourd'hui décédée. » Patrice n'avait pas lésiné sur la carte de visite de Christophe qui dit avec un sourire affligé : « Exact. » Il vit les soupçons naître et proliférer dans le regard épais de celui que Patrice lui présenta comme le spécialiste subsaharien francophone d'Emmanuel Kant. Il enseignait à Marien-Ngouabi en attendant qu'un poste se libère à la Sorbonne. Christophe sentait sur lui le poids de son intelligence furieuse. Il imaginait les mêmes yeux ronds et gras, injectés de sang, posés sur Kay Adroa, le jour de juillet 1974 où le général-président avait décidé de la faire assassiner parce qu'elle l'avait trompé avec un gynécologue alors même qu'Idi Amin Dada et elle étaient divorcés depuis six mois. Le gynécologue, Peter Mukasa, s'était suicidé avec sa femme et deux de ses enfants afin d'échapper aux tortures qui l'attendaient dans les sous-sols de la police secrète d'Amin.

« Julian, j'ai quelque chose à te dire. – Je vous laisse », dit Christophe. Il éprouvait un bizarre sentiment d'insécurité. Plus fort que tout à l'heure au restaurant chinois, après le meurtre de Bernard Lemaire. Il y avait de plus en plus de Noirs chez Patrice, surtout depuis l'arrivée des musiciens traditionnels, et toujours un seul Blanc : lui. Il se demandait s'il n'était pas en train d'assister à une de ces cérémonies secrètes africaines au cours desquelles on sacrifie un animal. Peut-être avait-on décidé aujourd'hui que ce serait un humain blanc : lui. La suspicion dont il était l'objet depuis son arrivée à Moungali II semblait grandir, voler de bouche en bouche. Peut-être Christophe finirait-il par être en butte à la colère africaine, cauchemar de tous les Blancs depuis la révolte des Mau-Mau (1952) qui fit une trentaine de victimes parmi les Européens, et 13 000 parmi les Noirs, insurgés et forces de l'ordre confondus ? Celui que Patrice avait appelé Idi paraissait au Français un leader-né, le catalyseur idéal pour transformer les invités en horde sauvage et lui en martyr de la Françafrique. Patrice le retint : « Tu peux rester, puisque tu le sais déjà. Idi, le président m'a fait venir à Mpila tout à l'heure et m'a dit que j'étais son fils. – Tu ne t'en doutais pas ? – Non. – Pourquoi crois-tu qu'une femme comme ta mère serait restée dans un trou comme Brazzaville ? – Elle aurait élevé tout aussi bien le fils du président à Paris 16e. Elle aimait Brazza, le Congo et les Congolais. – Je sais. – D'où le sais-tu ? Tu ne l'as jamais rencontrée. – Je l'ai rencontrée un dimanche midi au Nénuphar. Je déjeunais avec ma mère. – Hier, au milieu de l'après-midi, où étais-tu ? – Tu crois que je l'ai tuée ? – Non, mais je me demande si tu n'étais pas en train de la sauter, quand je suis arrivé. – C'est vrai ce qu'on raconte à Marien-Ngouabi et en ville : tu es un nganga. – Tu couchais avec ma mère ? – C'est de ta faute, tu n'avais qu'à me laisser Tessy. – Ça me fait plaisir qu'avant de mourir Elena se soit envoyée en l'air avec un spécialiste de Kant qui aurait pu être son fils, c'est-à-dire moi. – Kant, c'est mieux que Freud. – Pas au lit. » Christophe avait conscience d'assister à la naissance d'une indéfectible amitié africaine. Un jour, Patrice serait peut-être président et Idi Premier ministre, puis ils se livreraient une guerre civile et ce serait la situation inverse. « Je crois qu'elle avait un truc avec les présidents africains, dit Patrice à Julian. En se mettant au lit avec toi, elle avait l'impression d'inscrire un second chef d'État noir à son tableau de chasse. » Tessy réapparut avec un nouveau plateau de beignets dans lequel l'Ougandais kantien piocha avec avidité. Il lui fallait remplir de calories l'énorme carcasse de son père. Patrice entraîna le colosse dans le coin des hommes pour le présenter aux autres veilleurs. Certains esquissaient des pas de danse sur la musique traditionnelle. La mort est gaie, car c'est la fin des préoccupations qui dérangent et des plaisirs qui ennuient, pensa Christophe dans un accès de neurasthénie dû au fait qu'il ne se sentait aimé de personne dans une assemblée si nombreuse. C'était maintenant à Tessy de le regarder avec un air de reproche. « Pourquoi ne m'as-tu pas dit, au Laico, que Bernard avait été assassiné pendant votre déjeuner à l'Hippocampe ? – Après, tu n'aurais plus voulu qu'on couche ensemble. – Toi, ça ne t'a pas gêné. – Je connaissais à peine Lemaire. – Pour Elena, tu savais aussi ? – Non. Pouchkine – Patrice, pardon – m'a prévenu par téléphone. J'étais en train de dîner à l'Olympic. – Tu aurais pu être déjà au courant. – Comment ? – Par tes relations haut placées. – Patrice t'a raconté, pour le tableau de Sassou ? C'était un hasard. J'avais entendu dire à Pointe-Noire que Claudia cherchait un Nganga pour son père. *Azzarb* m'a plu, je l'ai acheté. – Tu ne savais pas de qui était le tableau ? – Qu'est-ce que tu sais de ce que je sais et de ce que je ne sais pas, Tessy ? » Il se reprocha d'avoir employé ce ton-là. Il restait vingt-quatre heures avant son départ pour Paris. Ça ne servait à rien d'effrayer ou de mécontenter des gens qui pouvaient lui être encore utiles. La jeune femme secoua la tête au-dessus de ses mikatés refroidis. « Tout est trop bizarre, dit-elle. Moi, je ne peux pas m'engager avec quelqu'un d'aussi bizarre. – Qui, à part toi, parlait de s'engager ? – Je te quitte. – Tu n'as pas besoin : je rentre demain soir à Paris. Comme ton fiancé. Pourquoi ne t'emmène-t-il pas avec lui ? – Je dois rester ici pour m'occuper des funérailles d'Elena et de Bernard. – Le consultant sera enterré à Brazza ? – Ce sont ses dernières volontés. – Vous les avez trouvées sur Internet ? – Non. On a appelé sa mère, à Rueil-Malmaison. Elle arrive à Brazza lundi. Je suis désolée, Christophe. Tu m'as déçue. Il n'y a pas que le sexe dans la vie. » Quand il vit Tessy se diriger vers Pouchkine avec ses beignets dans un sautillement à la gaieté presque conjugale, il comprit que sa collaboration avec la jeune femme, commencée le lundi précédent aux Rapides, avait pris fin. La perspective de passer une nuit en tête à tête avec le fils d'Elena dans le vol d'Air France dissipa en lui le sentiment de gêne et de honte qu'on a en quittant un endroit où on a été mal reçu. Sur le pas de la porte, Christophe se trouva nez à nez avec l'inspecteur Dieudonné Elenga – Elenga Dieudonné –, qui, au début de l'après-midi, l'avait interrogé sur le meurtre de Lemaire. « Encore vous, monsieur Parmentier ? – Vous enquêtez aussi sur l'assassinat de Mme Petrova ? – Comment savez-vous que c'est un assassinat ? – Son fils m'a dit qu'elle avait reçu deux balles dans la tête. – Trois. Cette génération ne sait pas compter. L'école primaire, sous Lissouba, c'était quelque chose. Oui, monsieur Parmentier, trois balles. Du gros calibre. La victime n'a plus de visage. – La même arme que celle utilisée contre Lemaire ? – Oui. Dommage que vous n'ayez pas vu l'assassin du biographe du président : c'est sans doute la personne qui a liquidé Mme Petrova. » Le Congolais disait « liquider » pour « tuer » : vestige d'une éducation socialiste. Christophe lui fit un petit signe de tête en guise d'au revoir et ouvrit la porte d'une étuve : Brazzaville. « Vous ne restez pas ? demanda l'inspecteur. – Non. Il est déjà tard et je dois faire mes valises : je retourne en France demain, à moins que vous n'ayez encore besoin de moi à Brazza. – Puisque vous n'avez rien vu à l'Hippocampe, vous ne m'êtes d'aucune utilité. – Je suis désolé. – Moins que moi. – Nous aurons peut-être l'occasion de nous revoir, car mon métier m'oblige à venir souvent au Congo », mentit le Français. C'était un mensonge inutile, sa catégorie préférée de mensonges. Il passait des journées entières, pendant ses congés, à mentir aux gens qu'il rencontrait dans les rues ou les cafés. Il disait à sa femme que c'était un entraînement. Sa culture physique mentale.

Il hésita entre passer à l'Olympic et rentrer au Laico. Pour surveiller Kergalec et surtout l'empêcher de nuire, il lui aurait fallu l'aide d'une ou deux personnes bien entraînées. L'espionne obéissait depuis une douzaine d'heures à des motifs obscurs qu'il n'avait ni le temps ni les moyens d'élucider. Tout ce qu'il pouvait faire, c'était prier qu'elle arrête le massacre, mais il ne savait pas à quel dieu s'adresser. Celui des armes : Mars ? Il se rendit au Laico. Après une douche rapide, il se coucha et s'endormit aussitôt. Il se réveilla à huit heures et descendit prendre son petit déjeuner au bord de la piscine. Il fit ensuite une cinquantaine de longueurs dans le bassin, bientôt rejoint par des Français. Aux propos qu'ils échangèrent, il comprit qu'il s'agissait d'un steward et de deux hôtesses d'Air France qu'il retrouverait le soir même sur le vol pour Paris. Il sortait de l'eau toutes les dix minutes pour vérifier qu'on ne l'avait pas appelé sur son portable afin de lui annoncer la découverte d'un ou plusieurs macchabées, se disant à chaque fois : quand inventera-t-on des portables étanches comme les montres ? On pourrait se baigner avec.

À onze heures, il remonta dans sa chambre, fit sa toilette, s'habilla et se rendit à Maya-Maya pour enregistrer son billet. Dans l'aéroport, il ne vit ni Patrice, ni Tessy, ni Blandine de Kergalec, ni l'Asiatique du Missala. Il redescendit dans le centre-ville où il restitua le 4 × 4 de location à Europcar, puis alla déjeuner sur la terrasse du buffet de l'hôtel de ville. Son téléphone restait muet, ce qui lui donnait toujours à penser que quelque chose se tramait contre lui. Son assassinat ? Il guettait toutes les mobylettes circulant entre le monument de Pierre Savorgnan de Brazza et le quartier général des forces armées congolaises avec une grosse Européenne ou une mince Asiatique dessus. Il n'y en eut aucune. À trois heures et quart, il rentra au Laico en taxi et passa le reste de l'après-midi à regarder la télévision. Il appela sa femme à son travail et ses filles à la maison, et leur dit à toutes trois qu'il les aimait. C'était l'une des premières phrases vraies qu'il prononçait depuis cinq jours et elle lui fit l'effet d'une gorgée d'alcool. Du coup, il ouvrit son minibar. Il y avait les deux whiskies préférés des chefs d'État africains : Chivas et Johnnie Walker étiquette rouge. À huit heures, le factotum de Total se fit annoncer à la réception. Christophe régla sa note et monta dans l'automobile de la compagnie. Brazza avait déployé une dernière fois, pour la nuit, son désordre de passants et de braseros.

Aux virages, les phares balayaient les trottoirs où jouaient des enfants, bavardaient des femmes, lisaient des ados, buvaient des hommes. Les abords de l'aéroport ressemblaient à ceux d'un stade le soir d'un match de championnat. Une foule surexcitée, dont une infime partie s'envolerait pour l'Europe, se pressait aux portes du bâtiment. L'entrée du salon d'honneur se trouvait derrière une grille gardée par deux agents de sécurité en civil. L'employé de la compagnie pétrolière la fit ouvrir pour Christophe. Diplomates et businessmen blancs et noirs attendaient l'embarquement, assis à côté de leurs bagages à main de luxe. De longues Africaines couvertes de bijoux regardaient, avec une stupeur lente, à l'intérieur de leur triomphe social. Christophe remplit sa fiche de police. Quand il vit Patrice, une timidité sauvage et lumineuse inscrite sur la figure, dans le salon d'honneur, il sut que c'était le fils du président. Pour quelle autre raison aurait-il eu droit à une enceinte réservée aux porteurs de passeports diplomatiques et aux VIP locaux ou européens ? Patrice lui fit un sourire qui aurait pu être large si son auteur n'avait été en deuil. Christophe sentit le Congolais heureux de voir une tête connue, sinon amie. Patrice s'assit à côté du Français qui lui demanda s'il y avait du nouveau dans l'enquête. L'autre dit que l'inspecteur Elenga ne l'avait pas appelé, et qu'il préférait ça : aucune envie qu'on lui annonce un nouveau décès dans son entourage. Le vol pour Paris avait du retard, car on attendait l'avion de la Première Dame, qui rentrait de Rabat. « Belle-maman », sourit l'étudiant. Christophe lui demanda s'il allait rester dans l'Opposition qui s'opposait à son père. « Vous savez ça aussi ? – Tessy ne m'a pas caché ses ambitions présidentielles. L'aiderez-vous ? – Je crois que je vais me dégager de la politique africaine et me consacrer à la littérature. – Ce n'est plus la peinture votre vocation ? – Quand je m'appelais Pouchkine. J'étais complexé par mon prénom. »

Au contraire de ce qu'avait espéré Christophe, ils ne furent pas placés côte à côte, car ils n'avaient pas enregistré leurs billets en même temps. Le Français se trouvait dans la travée centrale, à côté d'un autre moundélé, tandis que Patrice, une rangée devant lui, avait hérité d'une place près du hublot. Autre piston présidentiel ? Dans la cabine apparurent Blandine de Kergalec et la jeune Asiatique du Missala. Malgré l'inquiétude provoquée par la présence de cette bombe humaine que la Française semblait être devenue après sa mise à la retraite de l'armée, Christophe admira Kergalec d'avoir échappé aux mailles du filet congolais et réussi à monter dans l'avion. Les deux femmes non plus n'étaient pas assises l'une à côté de l'autre. Kergalec commença par installer ses petites affaires, le même sac de sport désolé que le lundi précédent, à côté de Patrice, puis elle eut une rapide discussion avec l'Asiatique et reprit son barda, se dirigeant vers un autre siège, celui initialement destiné à sa compagne. Ce petit micmac créa un embouteillage dont les principales victimes furent des passagers en éco, dont certains, dans une tradition congolaise autant que française, commencèrent à rouspéter contre les richards de la classe affaires qui se croyaient tout permis parce qu'ils avaient plus d'argent que les autres. Christophe songea qu'ils se plaignaient là d'une des plus dangereuses criminelles à avoir jamais décollé de Brazzaville. L'Asiatique, elle, s'installa auprès de Patrice avec un soupir d'aise si expressif que le Français, de sa place, en perçut l'écho. Il essayait de se persuader que rien ne pourrait arriver pendant le vol, mais commençait à comprendre qu'il ne fermerait pas l'œil de la nuit, trop occupé par la présence à bord de la meurtrière de Bernard Lemaire et d'Elena Petrova. Patrice et l'Asiatique engagèrent la conversation sitôt après le décollage et la continuèrent pendant le dîner. Quand les lumières s'éteignirent et que les fauteuils se transformèrent en couchettes, Christophe comprit que l'ancien peintre futur écrivain et la mystérieuse étrangère se livraient à une joute amoureuse sous leurs couvertures mêlées, même s'il leur était impossible de copuler à proprement parler. Encore que. Le Français finit par verser dans le sommeil, car non seulement il ne ressentait plus la présence du danger, mais il éprouvait au contraire un sentiment de sécurité comme il n'en avait pas connu depuis son arrivée au Congo. Il se réveilla juste avant la descente sur Charles-de-Gaulle, dispos comme il l'avait été peu de fois dans sa vie après cinq heures de sommeil. Il se rendit aux toilettes, jetant en passant un coup d'œil sur les deux sièges où Patrice et sa voisine dormaient dans les bras l'un de l'autre.

Il pensait profiter du trajet en taxi pour mettre en garde le Congolais contre sa conquête de la nuit au cas où Patrice aurait pris le numéro de portable de celle-ci et comptait la revoir à Paris, mais un employé de l'ambassade du Congo attendait le plus récent des fils Nguesso à la sortie de la douane. Patrice arborait un air nouveau de fils de famille politique. Il disparut dans une BMW noire. Christophe pensa qu'il ne le reverrait jamais plus. Il alla chercher sa voiture au parking et rentra à Colombes. Il y a trois Colombes : La Garenne, Bois et Colombes. Christophe occupait un appartement de cinq pièces dans cette dernière municipalité, entre le stade Yves-du-Manoir et la nouvelle station d'épuration, non loin de la Seine. Il trouva sa femme dans la salle de bains et ses filles au lit. Vanessa lui demanda s'il était rentré. Il dit : « Peut-être. » Il se déshabilla et Vanessa crut que c'était pour faire l'amour avec elle, mais c'était pour prendre une douche. Quand il pénétra dans la cuisine, lavé et habillé de frais, comme s'il devait repartir d'un moment à l'autre, ses filles, cinq et sept ans, somnolaient devant un bol de corn flakes sans lait. Les deux sont allergiques au lait et à ses dérivés, ce qui leur évitera toute la vie, avait commenté le pédiatre, d'avoir un taux trop élevé de cholestérol. Elles lui demandèrent s'il leur avait rapporté des cadeaux et, comme d'habitude, il dit que non, pensant que le cadeau qu'il leur avait rapporté était leur père vivant. Vanessa allait et venait dans l'appartement avec son habituelle magie. On ne peut être heureux en ménage qu'avec une sainte doublée d'une déesse et d'un génie, se dit Christophe. C'était ce qu'il avait trouvé à sa sortie de Saint-Cyr. Pourquoi lui ? Pour souffrir plus tard, quand elle le quitterait ou mourrait ? Toute cette douleur qui attendait tout le monde. *« L'existence est une sale bête : elle finit toujours par mordre. »* C'est une phrase de Sony Labou Tansi. Il ne se rappelait plus qui, à Brazza, la lui avait citée : Bernard ou Patrice ? Peut-être Elena, lors de leur dîner chez Mami Wata. Il était sûr que ce n'était pas Kergalec, car ils ne s'étaient jamais adressé la parole, même quand ils s'étaient retrouvés nez à nez dans un couloir du Laico. Aujourd'hui ou demain, ils se parleraient. Peut-être.

À neuf heures, il reçut un coup de téléphone. Vanessa avait déjà conduit les filles à l'école Jean-Moulin, rue Estienne-d'Orves. En France, ou bien il y a une école Jean-Moulin dans une rue Estienne-d'Orves, ou bien une école Estienne-d'Orves dans une rue Jean-Moulin. Christophe prit sa voiture au parking de l'immeuble. Il rentra à Colombes le même soir à vingt-trois heures trente. Les filles étaient couchées. Vanessa lisait les journaux dans le salon. Elle lisait tous les journaux et se souvenait de tous les articles qu'elle avait lus, du coup elle paraissait mieux renseignée que son mari sur le monde où ils vivaient, alors que le Renseignement était son métier à lui. « Maintenant, tu es rentré ? » demanda-t-elle, levant le nez du magazine. Il s'assit en face d'elle et dit que oui. « Tu auras un congé pour la Toussaint ? fit encore Vanessa. – Pourquoi ? – On pourrait emmener les filles quelques jours à Londres ou à Venise. – Venise à la Toussaint, ça n'est pas gai. – Ce n'est pas cher. – Ceci expliquant cela. – Londres, alors ? – Va pour Londres. » Il se leva et dit qu'il allait se coucher. Quand elle le rejoignit dans le lit, il dormait. Il se réveilla et posa une main sur le ventre nu de sa femme. Elle lui demanda s'il avait été obligé de tuer quelqu'un au cours de sa dernière mission. Il dit que non. C'était la seule question qu'elle posait à chacun de ses retours. Quand il répondait oui, elle restait plusieurs jours sans lui adresser la parole, acceptant néanmoins qu'ils fassent l'amour ensemble.

La mort de Blandine de Kergalec, premier officier féminin à avoir appartenu au service Action de la DGSE, fut annoncée à la radio le lendemain à dix-neuf heures trente. L'ancienne militaire avait été retrouvée morte à son domicile parisien. Auprès d'elle, il y avait un second cadavre : celui d'une jeune Japonaise. Selon les rapports de la police, les deux femmes avaient été torturées avant d'être assassinées.

L'information fut reprise au cours de la soirée par de nombreuses chaînes de télévision. À vingt heures quarante-cinq, Christophe reçut un coup de fil de Patrice sur son portable. Il ne décrocha pas. Le Congolais ne laissa pas de message.

J'ai fait du chocolat. Joshua m'a demandé ce que je faisais. « Du chocolat. » J'ai ajouté que c'est un antidépresseur. « Êtes-vous déprimée ? » Non. Derrière la porte de la cave, on entendait les hurlements du bébé Rwabango. « On devrait aller voir, dis-je. – Et votre chocolat ? » Il s'assit. Je surveillais, debout, le lait. « Lors de ma dernière mission pour le service Action, en Suisse, j'ai été arrêtée avant d'avoir bu mon chocolat du matin, et depuis ce jour-là je souffre d'un manque de sucre. » Joshua contemplait son arme qu'il avait placée devant lui, sur la table. Je remplis le bol et tournai la cuiller pour mélanger le lait avec la poudre. Monta en moi la peur bizarre, absurde, que Joshua ne vînt à tirer une balle de revolver dans mon chocolat, du coup je me hâtai de le boire. « Vous allez vous brûler, Blandine. – Ne le suis-je pas déjà ? – Que voulez-vous dire ? – Cette mission n'est-elle pas destinée à me planter, et, à travers moi, l'armée française ? – Pourquoi voulez-vous qu'on plante l'armée française ? C'est déjà fait. Elle portera le fardeau du Rwanda pour des siècles. L'Histoire est la science de l'exagération et de la simplification. Ne resteront, dans les livres des écoliers du monde entier, que les 800 000 cadavres tutsis. Qu'on mettra sur le dos de Mitterrand, de ses ministres et de ses généraux de l'époque, puisque la France était l'alliée politique et militaire du pouvoir hutu d'Habyarimana. Bousquet, Pétain, c'est de la gnognote, à côté de la tache que fera, dans la biographie de votre président socialiste, le génocide rwandais dont il portera le chapeau pour l'éternité. Lui qui ne sortait pas sans. » Il montra le chocolat : « C'est bon ? – Je ne vous ai pas demandé si vous aviez envie de quelque chose. – Oui : de finir mon travail et de rentrer chez moi à Kigali. J'en ai assez, de Brazza. C'est une ville sale et sans ordre. Il faudrait que nous, les Tutsis, nous prenions les choses en main, ici comme ailleurs. Nettoyer, ranger : la civilisation. Les femmes de ménage sont des déesses et nous devrions les honorer comme autrefois les Grecs avec Hestia. – Hestia est la déesse de la maison et de la famille, pas du balai et de la serpillière. Elle n'était guère célébrée par les anciens Grecs, qui n'étaient jamais chez eux. Voir *L'Odyssée*. Et puis, il y a un Tutsi au pouvoir à Kinshasa, la ville n'est pas plus propre ni plus ordonnée pour autant. Sans parler du reste du pays. – Un Tutsi au pouvoir à Kinshasa ? – Le fils Kabila. – Sa mère. Chez nous, ça ne compte pas. C'est le contraire des juifs. » Cris et sanglots montant du sous-sol se faisaient plus menaçants et désespérés. Je dis à Joshua que j'allais voir ce qui se passait. J'avais fini mon chocolat. Le Rwandais me dit de faire attention. Les Hutus étaient rusés. Moins que les Tutsis, mais plus que les Français. J'ai traversé le rez-de-chaussée de la villa jusqu'à la porte de la cave. J'ai regardé par l'œilleton. Le prêtre, la tête enfoncée entre les genoux, se bouchait les oreilles. Près de lui, agitant bras et jambes, le bébé beuglait comme un cochonnet qu'on n'égorge pas encore mais qui sent que ça se prépare. L'autre tendit vers lui une main tremblante dans un but d'apaisement. L'enfant y vit sans doute un encouragement, car il cria et pleura de plus belle. Je retournai à la cuisine. « Où en sont-ils, le curé et son neveu ? – Le vieux est sur le point de craquer, dis-je. Vous pouvez commencer l'interrogatoire. – On a le temps. – Il faudrait donner à boire au bébé et changer ses couches. – Surtout pas. – Je ne comprends pas cette partie de l'opération. – Vous la comprendrez à la fin. Elle est horrible. J'aime garder l'horrible pour la fin. » L'effet rassurant du chocolat avait disparu et une lourde frayeur s'empara de moi. J'aurais voulu revenir en arrière, n'avoir jamais pris cet avion pour Brazza, me retrouver rue Blomet avec Lionel, mais la paroi du temps est lisse, on ne peut s'agripper à rien pour la remonter.

« Les Tutsis sont des gens secrets qui ne se livrent pas à n'importe qui, mais vous n'êtes pas n'importe qui, Blandine, et cette nuit j'ai envie de me confier à vous, de vous raconter mon histoire. » Je dis qu'avant d'entendre son récit je préférais qu'on en termine avec Rwabango : j'ignorais ce que Joshua avait l'intention de lui demander, mais l'autre semblait à présent disposé à le lui dire. « Ne croyez pas ça : il est coriace. – Si vous commenciez par lui poser votre question. – Je lui poserai ma question quand ce sera le moment de le faire. Je dois d'abord vous parler de ma naissance à Gisenyi, Rwanda, le 19 mai 1957. Je ne suis pas mal pour un homme de cinquante ans, non ? – Pour moi, tous les hommes de cinquante ans se ressemblent. » J'avais dit cette phrase pour être désagréable et je me suis rendu compte en la disant qu'elle était vraie. « Vous ne voyez pas la différence entre ce gros patapouf châtré de Rwabango et moi ? – Non, à part que l'un va tuer l'autre. – Personne ne tuera personne. Nous allons faire les choses proprement, atteindre tous nos objectifs et décrocher. Méthode tutsi. » Il m'a demandé de lui préparer du thé, et ça m'arrangeait parce que j'avais ainsi quelque chose à faire qui me permettrait, par surcroît, de lui tourner le dos. « Je viens d'une famille d'enseignants. Mon père, Christian Unuzara, découpé par les milices Interahamwe le 21 avril 1994, était professeur d'histoire à Kigali. Ma mère, Félicité Unuzara, découpée elle aussi par les milices Interahamwe le 21 avril 1994 avec mes deux frères et deux de mes sœurs, était proviseur de lycée. Je les ai quittés à seize ans, après les événements de 1973. – Quels événements ? – L'épuration des Tutsis dans les écoles, les administrations et le secteur privé. Je n'ai pas supporté que, pour conserver leur emploi, mes parents soient obligés de faire allégeance à la dictature hutu du président Grégoire Kayibanda. » Je servis le thé. Joshua regarda sa tasse pleine avec indifférence, comme il regardait tout et tout le monde, et ne dit pas merci. J'étais à présent obligée de m'asseoir en face de lui. J'avais l'impression de m'installer sur une chaise électrique. « En Ouganda, j'étais en contact avec la communauté tutsi : les Himas. Beaucoup de nos jeunes hommes entraient dans l'armée d'Idi Amin Dada. J'ai fait pareil, mais je n'aimais pas le personnage. Trop grossier et trop assassin : entre 80 000 et 90 000 Ougandais ont été exécutés pendant les trois premières années de sa présidence. J'ai rejoint Yoweri Museveni en Tanzanie et, après la chute d'Amin et l'élection de Milton Obote à la présidence de l'Ouganda, l'ai suivi dans le maquis avec la NRA (National Resistance Army). C'est là que j'ai rencontré l'actuel président rwandais, Paul Kagamé. J'ai une passion pour cet homme qui, dans ses activités préférées, place la lecture avant le sport et la visite aux amis. Nous étions tous deux conscients que seule la force des armes nous ramènerait au pays. Je me souviens de l'attaque de l'académie de police de Kabamba, le 6 février 1981. Que faisiez-vous le 6 février 1981, Blandine ? – Je ne sais pas. Coller des affiches pour Giscard ? – Notre affaire a échoué, mais ça ne nous a pas empêchés, les semaines suivantes, d'accumuler des armes, d'absorber des centaines de nouvelles recrues et de constituer un bureau de collaborateurs clandestins. La guérilla anti-Obote avait ses quartiers au centre du pays, endroit connu sous le nom de Triangle Luvero : cinq mille hectares de savane et de forêt tropicale. La vie était dure. Nous n'avions pas tous les jours à manger, mais ça ne gênait pas Paul qui déteste manger tous les jours. Il trouve ça vulgaire, animal. Il aime choisir le moment où il ouvrira la bouche pour avaler quelque chose, manger étant un grand mot pour qualifier ses pratiques alimentaires. Kagamé avait choisi, comme spécialité militaire, le renseignement : aussi était-il souvent absent du camp, parcourant des centaines de kilomètres à pied en Ouganda, mais aussi au Rwanda. En 1983, il faillit mourir du paludisme. Nous avons pris Kampala en 1986 avec quatorze mille hommes. Alors la vie a été plus facile. Mais Kagamé nous a tout de suite avertis : après Kampala, il nous fallait avoir Kigali. Et ne plus la lâcher. Ce qui signifiait : fin des élections libres, les Hutus étant majoritaires au Rwanda. Nous avons donc cherché un moyen de faire en sorte qu'il n'y ait plus d'élections libres au Rwanda, une fois que nous l'aurions reconquis. – Et vous l'avez trouvé ? – Les Hutus l'ont trouvé. » Joshua trempa les lèvres dans son thé froid comme son regard et sa voix. On n'entendait plus le bébé crier. Peut-être s'était-il rendormi. Ou bien il était mort. Son silence n'inquiétait pas le Rwandais. Il reposa la tasse. « On a créé le FPR un an plus tard, en décembre 1987. La plupart des membres du Front appartenaient à l'armée ougandaise, tels le chef de l'entraînement militaire, le commandant de la police militaire, le chef du service médical de l'armée et plusieurs commandants de brigades et de bataillons clés. Paul Kagamé était lui-même le patron du renseignement militaire ougandais. En 1989 – j'avais trente-deux ans, comme Kagamé, puisque nous sommes nés la même année –, je décidai de me marier. Je m'étais rendu compte que j'étais désormais l'unique célibataire de mon entourage. Je croyais que pour faire la guerre c'est mieux d'être seul, mais Paul m'a expliqué que c'est mieux d'être deux. Il m'avait engagé dans les services ougandais, dont 50 % de l'activité consistaient à fournir des renseignements au FPR, et, lors d'une de mes missions au Kenya, je rencontrai une Tutsi née au Burundi où ses parents avaient fui dès 1960, après le triomphe des Hutus aux élections communales de juillet. Annette et moi nous sommes mariés au début 1990 à Kampala – voyage de noces à Ishasha Plains, au bord du lac Edward, pour voir les célèbres lions grimper aux arbres – et avons eu, depuis, deux garçons et deux filles. Voulez-vous, Blandine, que je vous raconte maintenant comment Paul Kagamé et moi avons pris le Rwanda, notre pays ? – Je préférerais que nous allions voir notre prisonnier. – Il doit dormir. Rêver, peut-être. *"Oui, là est l'embarras"*, comme écrit Shakespeare. J'aimerais encore du thé. Que ça ne vous empêche pas de vous confectionner une nouvelle tasse de ce chocolat dont vous semblez raffoler. » Il montrait une amabilité bizarre, une gaieté inhabituelle. Il était insouciant et excité comme quelqu'un qui vient de terminer un travail, sauf que notre travail n'était pas terminé. Je me dis que c'était de moi qu'il se félicitait d'être bientôt débarrassé. Que j'avais accompli la tâche pour laquelle on m'avait engagée, non celle pour laquelle on m'avait dit qu'on m'engageait, et que cette tâche consistait à me trouver dans une villa de Brazza en compagnie d'un prêtre génocidaire hutu.

« Le 1er octobre 1990 au matin, des milliers d'Inkotany (APR, branche armée du FPR), accompagnés de huit cents civils tutsis, entrèrent dans Kakitumba, la première ville rwandaise après la frontière. Ils s'emparèrent du poste de garde en quelques minutes. Je me souviens que nous fêtâmes la prise de Gabiro, la capitale régionale, en organisant une surprise-partie où nous bûmes du champagne rosé trouvé sur place. Sauf Paul, abonné au thé depuis et pour toujours. Le 4, Nyagatare tombe. À Kigali, le pouvoir affolé se déchaîne contre la population tutsi : 10 000 arrestations. On parque les suspects dans le stade de Nyamirambo avant de les envoyer en prison. Où ils sont battus et privés de nourriture. À la demande d'Habyarimana, la France envoie plusieurs centaines d'hommes pour protéger ses ressortissants et sécuriser les voies d'accès à Kigali, ainsi que l'aéroport de Kanombe. À la fin du mois, Kagamé, après la mort du général major Fred Gisa Rwigyema et des majors Peter Bayingana et Chris Bunyenyezi, est placé à la direction de l'APR. Les soldats n'avaient pas confiance en lui, parce que les soldats sont des cons. Je savais, moi, qu'il nous conduirait à la victoire militaire totale, dont il ferait un triomphe politique absolu. Il me faisait penser au conseil de Nkrumah à Lumumba, au plus fort de l'accession bordélique du Congo belge à l'indépendance, à l'été 1960 : *"Frère, reste froid comme un concombre."* C'était notre concombre. Notre concombre magique, tout Tutsi étant magique. En novembre, les Belges comprennent qu'il ne s'agit pas d'un conflit Rwanda/Ouganda, comme le prétendait Habyarimana pour les attendrir, et comme l'affirment encore aujourd'hui certains commentateurs européens pro-Hutus que nous avons à l'œil et qui paieront cher un jour leur hostilité à notre peuple sacré, mais d'une guerre civile. Bruxelles retire ses troupes (535 hommes). Du coup, Habyarimana se tourne davantage vers les Français. Le piège se referme sur Mitterrand. Commence la ronde des tables rondes. Et des cessez-le-feu violés. Ces cessez-le-feu sans arrêt violés, ils doivent en avoir marre, à force. Pendant que Paul réorganise l'APR d'une façon splendide qui fera date dans l'histoire des guerres africaines, des Hutus se mettent à penser que la seule solution au problème tutsi est l'extermination. Des visionnaires à qui manquait, hélas, un œil pour voir ce qui leur tomberait dessus après : dix mille tenues rose bonbon de prisonniers affectés aux tâches sales et humiliantes réservées aux gonzesses dont ils ont la couleur. Dans le journal *Kangoura* paraît un texte intitulé "Les dix commandements des Bahutus". Il y est ordonné aux Hutus de se séparer des Tutsis : ne plus faire d'affaires avec eux, ne plus épouser leurs filles, ne plus manger dans leurs restaurants, ne plus se faire soigner par leurs médecins, ne plus se faire défendre par leurs avocats. Dommage pour eux, parce que nos businessmen sont efficaces, nos filles jolies, nos restaurants bons, nos médecins excellents et nos avocats les meilleurs du monde, ainsi qu'ils le prouvent depuis quinze ans dans toutes les cours européennes et américaines. Cours au sens où votre duc de Saint-Simon employait le mot. La France avait dépêché une unité d'élite, le DAMI (Détachement d'assistance militaire et d'instruction), pour former les FAR. Certains éléments du DAMI participèrent à des combats contre l'APR, manipulant des armes lourdes et conduisant des blindés. Le génocide de 94 aurait-il eu lieu si la France, par son aide au régime d'Habyarimana, n'avait pas prolongé cette guérilla au cours de laquelle les atrocités se multiplièrent, attisant la haine entre Hutus et Tutsis ? Il est permis de penser que non. La France avait choisi son camp, de concentration, où la ruse de Kagamé l'a enfermée pour longtemps. » Il but une gorgée de thé. « Vous ne savez pas faire du thé chaud, Blandine ? – Il était chaud quand je vous l'ai servi, mais vous avez beaucoup parlé. – C'est une nuit à beaucoup parler. » Il reposa sa tasse. « Selon vous, Blandine, qui a abattu l'avion de Juvénal Habyarimana ? – Je ne sais pas. – À votre DGSE on dit que ce sont les Tutsis. À la CIA, que c'est la CIA. À Kigali, que ce sont les Français. Au Canada, que ce sont les Hutus. À Bruxelles, on ne dit rien. On ne saura jamais qui a commis cet attentat. Il n'a pas été revendiqué et personne ne dispose de preuves susceptibles d'infirmer ou confirmer l'une ou l'autre hypothèse. En revanche, on sait qui a perpétré le génocide : les Hutus. Avec le soutien militaire, politique et financier des Français qui leur ont ensuite permis de s'exfiltrer en RDC, alors Zaïre. L'opération Turquoise. L'homme que nous retenons dans cette maison, un ecclésiastique, connaît un numéro de code qui ouvre le coffre d'une banque suisse dont il connaît aussi le nom et l'adresse. Coffre où nous trouverons un document qui nous permettra de confondre la France, de la mettre à genoux. Maintenant, il va nous donner ce nom, cette adresse et ce code. – Pourquoi maintenant ? – Parce qu'il vient de tuer son neveu qui était devenu son fils après la mort de son frère. Il ne tient plus à rien.

– Vous êtes fou. – Non, lui est fou. Moi, je sers mon pays. Comme vous l'avez fait pendant si longtemps. Maintenant, vous le desservez. Pour 150 000 euros. Je ne vous félicite pas. À vrai dire, vous me décevez. Paul n'hésiterait pas une seconde à vous faire passer par les armes. De dégoût. » Il ne faisait plus aucun doute que le Rwandais avait décidé de m'éliminer. Quand ? Je ne cessais de me poser cette question. Avant ou après l'aveu du prêtre ? Sa mort ? Je ne me voyais pas sortir vivante de cette mission. Je me disais que j'aurais eu droit à un dernier chocolat. Songeai à Mariko seule – seule ? – dans sa chambre d'hôtel de Pointe-Noire. Oui, seule. Sans moi elle était seule. « En Belgique, Rwabango était intouchable. Comme en France. Il fallait le faire venir en Afrique. J'aurais préféré la RDC, mais Charles avait choisi, après ses exploits dans le Kivu (près de 600 morts de sa main, selon les témoignages recueillis à Arusha), de s'installer à Brazza. Choisi, c'est un grand mot. On ne voulait de lui dans aucun autre pays, et même Sassou le trouvait encombrant. Alors j'ai organisé l'accident de voiture où il est mort. Organiser un accident de voiture à Brazza est simple : il suffit de deux voitures en mauvais état, de deux conducteurs ayant besoin d'argent et de quelques caisses de bière. Ces cons de gnôleurs. Kagamé n'a pas bu une goutte d'alcool de sa vie. Admirez le résultat : un calme et une sauvagerie aussi purs l'un que l'autre. Jean-Pierre Rwabango ne pouvait pas ne pas venir aux funérailles de son frère Charles. Ç'aurait été pour lui pire que mourir, ce qui va lui arriver dans quelques minutes. » Il se leva. Je l'imitai. J'ouvris la porte de la cave, car c'était moi qui avais la clé. Joshua sortit son arme, moi la mienne. Le prêtre gisait inconscient sur le sol, le cadavre de son neveu sur les genoux. J'avais vu beaucoup d'adultes morts, dont ma fille Cordélia, le mercredi 13 juillet 2007, à l'hôpital de la Pitié-Salpêtrière, mais encore nul bébé sans vie. Je fus reprise de colère contre moi à la pensée que j'aurais pu être à Paris en train de contempler mon petit-fils vivant, alors que je contemplais à Brazzaville un enfant mort. Je fus surprise par la douceur, la compréhension, presque l'amitié avec lesquelles le Tutsi tapota l'épaule de Jean-Pierre Rwabango. Sans résultat. Alors il lui fila une grande baffe dans la gueule en criant quelque chose en kinyarwanda. Le court dialogue entre Joshua et le prêtre se déroula en langue rwandaise, il m'est par conséquent impossible de vous le retranscrire. Rwabango ouvrit les yeux, qu'il baissa aussitôt pour découvrir le corps de son neveu. Il cria et repoussa le nourrisson qui tomba, inerte, à côté de lui. Il pleura. Joshua lui parla à l'oreille. Le prêtre hochait la tête. Le Tutsi sortit un carnet et un stylo de la poche de sa chemise kaki et nota quelques mots. Il fit ensuite signer un papier au Hutu, sans doute une procuration bancaire qu'il rangea dans la même poche, puis il me dit, me montrant Rwabango : « Descendez-le, c'est fini. – Vous n'avez qu'à le faire vous-même. – Je ne tire pas sur les prêtres, même les infanticides. Dieu n'est-il pas un infanticide, car nous sommes tous Ses enfants et nous mourrons tous ? – Moi non plus, je ne tue pas les prêtres. – Vous êtes mon employée. Exécrable, mais employée quand même. Butez-le, vous ne voyez pas que vous lui rendez service ? » Rwabango me regardait avec l'hébétude de l'homme arrivé mourant au fond de sa corruption et suppliant qu'on l'en délivre en lui ôtant la vie, car il n'y a plus d'autre moyen. « Dépêchez-vous, Blandine. On a du *boulot*, comme disaient les Hutus en 94. Un avion pour Genève part de Kinshasa à dix heures. D'ici là, il faut que la villa soit *clean*. » Est-ce la perspective de faire du ménage – ménage, dans notre jargon, signifie se débarrasser des corps – ou la peur de me retrouver avec une balle dans la nuque, dès que j'aurais remonté l'escalier de la cave, qui me poussa à diriger mon arme vers Joshua et à appuyer sur la détente en visant la tête ? Toujours la tête, c'est plus sûr. Le Tutsi s'écroula, tué sur le coup. Je connaissais mon affaire. Je n'étais pas rouillée. Je m'approchai et me penchai pour prendre le carnet et la procuration dans la poche de sa chemise. Je sentis un meuble me tomber sur le dos, pensai qu'il n'y avait aucun meuble dans cette cave et compris, à la chaleur et à l'odeur, que c'était un être humain, et qu'il essayait de m'étrangler. Je donnai un coup de coude dans le foie de Jean-Pierre Rwabango, le plaquai à terre et l'abattis d'une seule balle, comme l'autre. Il m'avait rendu service : je ne l'aurais pas tué de sang-froid, mais ne pouvais le laisser vivant, car il aurait aussitôt averti les siens de la nouvelle situation. Je me retrouvais dans une cave avec trois macchabées. Première chose à faire : en sortir. Je fermai la porte à clé derrière moi et me sentis soudain légère, comme si tous mes problèmes dans la vie étaient restés au sous-sol avec ces morts.

Retour à la cuisine, nouveau chocolat. Je m'étonnai de garder si bien la tête froide. Étais-je en train de redevenir une vraie professionnelle de l'espionnage ? C'était fou de le penser, mais c'était bon. J'avais l'impression d'être une *tenniswoman* hors d'âge ayant passé plusieurs tours aux Internationaux de France de Roland-Garros et se demandant si elle serait écrasée en demi-finale ou en finale. Je suis contente que ce soit en finale. L'équipe de Joshua se présenterait-elle au Plateau et à quelle heure ? À mon avis, ils avaient tous déjà quitté le territoire congolais ou étaient en train de le faire. Dans une opération de ce genre, chaque équipier dégage une fois sa mission spécifique accomplie et rentre chez soi souvent par ses propres moyens. Peut-être y avait-il une équipe n° 2 destinée à récupérer nos restes, à Rwabango, à son neveu et à moi ? Telle que je voyais la situation, Joshua se serait contenté, après avoir quitté le territoire congolais, d'avertir la police locale de la présence de trois cadavres dans une propriété de la Plaine louée par une Française. J'avais donc plusieurs heures de battement. Tout en savourant mon chocolat, je tentai d'établir un emploi du temps et une stratégie qui me permettraient de rentrer en Europe saine et sauve avec la Japonaise bleue. Je disposais d'un numéro de secours que Joshua m'avait donné aux Rapides, le lundi précédent : je ne devais l'utiliser qu'en cas de grave complication, par exemple sa mort. Était-il judicieux de le faire ou de m'en abstenir ? Je décidai d'attendre d'avoir quitté la maison pour répondre à cette question qui pouvait se révéler mortelle pour moi. Se posait le problème du logement. Il me faudrait un point de chute à Brazza, même si je n'y restais que quelques heures. J'appelai Mariko. Je lui avais ordonné, à Pointe-Noire, de ne jamais mettre son mobile en mode silencieux : je pouvais avoir besoin d'elle à tout moment. Elle décrocha. Est-ce que je la réveillais ? Elle dit qu'à cette heure-là j'aurais réveillé tout le monde, sauf les insomniaques et les veilleurs de nuit. Je lui donnai mes instructions : réserver dès l'aube une chambre à l'Olympic, prendre le premier avion pour Brazzaville et s'installer à l'hôtel pour m'y attendre. Elle devait me rappeler trois fois : quand elle aurait réservé la chambre, quand elle serait montée dans l'avion, et à son entrée dans l'hôtel. Avait-elle encore de l'argent ? « Oui, je n'ai presque rien dépensé. En plus, maintenant, je me fais payer. Ça augmente ma jouissance. » Je raccrochai, me disant que j'étais timbrée d'envisager, à Paris, la cohabitation avec une pareille nympho. Je me rendis dans la salle de bains, pris une douche et mis des vêtements propres. Avant d'abandonner la villa à son destin macabre de cimetière rwandais, je descendis à la cave pour fouiller les corps de Rwabango et d'Unuzara. Ne trouvai rien sur le Hutu, mais, dans les poches du Tutsi, il y avait une grosse liasse de billets de 100 et 50 dollars, et un téléphone. Je me demandai quel code PIN avait choisi Joshua. J'essayai d'abord 1994. Non. Trop mauvais souvenir. 1990 ? Non plus. Date à oublier car expliquant le génocide que Paul Kagamé souhaite le plus inexplicable possible. Il me restait un essai avant le blocage de l'appareil : la date de naissance de Joshua ou celle de son départ du Rwanda (1973) ? Je choisis 73. Bingo. Quitter ses parents reste le moment le plus important dans la vie d'un homme. Plus important que sa naissance à laquelle il n'a pas assisté. Dans la messagerie vocale, le même numéro à trois reprises. Qui me rappelait quelque chose. J'ai gardé la mémoire des numéros, et celle des visages me revenait peu à peu. Premier message, mercredi à vingt-trois heures quarante-cinq : « Blandine vous a menti : le Français est vivant. Elena vient de me dire qu'elle a dîné avec lui chez Mami Wata. » Deuxième message, jeudi à une heure quarante-cinq : « L'ordre est de vous débarrasser de la Française une fois l'objectif atteint. » Troisième et dernier message, jeudi à quatre heures vingt : « Joshua, je n'ai aucune nouvelle. Rappelez-moi. » Joshua Unuzara était mort à quatre heures douze. Je le savais, parce que j'avais regardé ma montre. Réflexe professionnel. Je réécoutai les messages jusqu'à reconnaître la voix. Ça m'a donné du mal, parce que l'homme s'exprimait en anglais, alors que le mardi soir, au Flamboyant, il m'avait parlé en français. Je vérifiai que son numéro était le même que mon numéro de secours, comme je l'avais deviné dès que je l'avais vu affiché sur l'écran du portable de Joshua. Mon numéro de secours, censé m'expédier à la mort. Je remontai dans la cuisine où je m'assis pour réfléchir. Un troisième chocolat ? Non : ça m'aurait barbouillée. Je n'avais plus besoin de sucre, car j'étais devenue le sel de la Terre. Le bras armé de Dieu. Une cavalière de l'Apocalypse, héroïne d'une série d'horreur télé pour ados. *Sixty years old killer*. « Et j'ai vu le huitième ange/une puissante femme sortant de terre/avec une voix de sang/les ténèbres entourant sa tête/son visage était gris/et ses jambes de granit. » Je me sentais forte de ma cruauté, de mon amoralité. J'étais une autre femme, ou plutôt redevenue la femme que j'étais avant de devenir une autre. Mes crimes anciens remontaient à la surface de ma mémoire comme des bouées auxquelles m'accrocher. Le mur du temps ne s'escalade pas, mais se défonce à coups de feu. Seuls les assassins vivent dans le présent où je revenais enfin, armée jusqu'à mes dents de nouveau blanches. Je m'allongeai sur le canapé rouge du salon. Il me sembla qu'il ne s'enfonçait pas, au contraire du mien, rue Blomet (Paris 15e), mais me portait comme la mer. J'avais mon arme contre moi. Mon amour. Je m'endormis et fis un rêve si incohérent qu'à mon réveil il fut impossible de me le raconter. Le jour était levé et j'étais encore vivante. Le jour était vivant et j'étais déjà levée. Appel de Mariko : elle avait réservé la chambre à l'Olympic. Je pouvais remettre en route la machine de mort qui nous sauverait la vie, à la Japonaise bleue et à moi.

J'achetai une mobylette. Je préférais acheter que louer, parce que, pour acheter, je n'avais pas à montrer mon second jeu de faux papiers. J'hésitai sur la couleur du casque intégral. Noir, ç'aurait été trop ange de la mort. Blanc, trop blanc. Orange, j'aimais bien. Ça faisait jeune et téléphone. Voyant ? Tout se voit. Et, en même temps, rien. Personne ne regarde ce que tout le monde voit. On peut tuer sans risque presque qui on veut. Je me rendis à l'Olympic où je laissai mon sac à la réception : Mme Mariko Akashi l'avait oublié à l'aéroport, la veille, et le récupérerait en arrivant à l'hôtel. La réceptionniste dit qu'il n'y avait pas de problème. Les pays où il y a le plus de problèmes sont ceux où on dit tout le temps qu'il n'y en a pas. J'imagine que c'est pour compenser. Je voulais trouver un endroit tranquille dans la ville, depuis lequel appeler Lemaire. Je remontai sur la mobylette. J'ai eu une mobylette à Rennes, de dix-huit à vingt-deux ans, puis j'ai acheté une Fiat Panda. L'Afrique, c'est l'enfance : on roule dans les voitures de nos parents et on paie en anciens francs. Le vent sur le visage est une caresse juvénile, raison pour laquelle tant de retraités se déplacent sur deux roues. Dans les pays d'Asie ou d'Afrique où le port du casque est inimaginable. Comme ne pas fumer au restau. Je m'installai dans un nganda de Poto-Poto. J'enlevai mon casque et composai le numéro de secours sur le portable de Joshua. « Joshua ? – Non : Blandine. – Pourquoi m'appelez-vous sur l'appareil de votre supérieur ? – Je pense qu'il est plus sûr que le mien, et Joshua n'est pas mon supérieur, surtout en ce moment. – Il lui est arrivé quelque chose ? – Il est mort. La DGSE nous est tombée dessus, à la Plaine. – Comment savez-vous que c'était la DGSE ? Ils ont montré leurs papiers ? – J'ai reconnu l'un d'eux, le jeune pétrolier du Laico. Ne vous inquiétez pas : j'ai pu m'enfuir avec le numéro de code et la procuration. – Rwabango ? Son neveu ? – Décédés. Ça faisait partie de votre plan, non ? – Avez-vous fait le ménage dans la villa ? – Je ne suis pas femme de ménage. – Je déjeune tout à l'heure avec le Français à l'Hippocampe : c'est là que vous l'éliminerez, comme vous auriez dû le faire hier soir. – Je dis depuis le début que c'est une mauvaise idée. – Je vous retrouverai dans l'après-midi, vous saurez où plus tard. Vous me donnerez le code et la procuration. En échange, vous aurez le solde de vos 150 000 euros, soit 100 000 euros. – Je veux 50 000 de plus pour le Français. – Non. Le Rwanda n'est pas riche. Déjà, 150 000, c'était trop. » Il ne m'avait pas demandé où j'étais, sachant que je ne le lui dirais pas. L'Hippocampe était peut-être un piège, c'est pourquoi je décidai d'y aller en suivant Christophe Parmentier afin d'être certaine que c'était là qu'il avait rendez-vous avec Lemaire, si toutefois il avait rendez-vous avec lui. Mariko m'appela sur mon portable : elle était à Maya-Maya. Je lui dis que j'avais déposé mes affaires à l'Olympic en prétendant que c'étaient les siennes. Elle devait les donner à la blanchisserie de l'hôtel. Je voulais être propre pour ma dernière soirée à Brazza. Je ne savais pas encore comment Mariko et moi quitterions le Congo. J'avais un billet d'avion pour le lendemain soir, mais c'était risqué de me présenter à l'aéroport où tout le monde m'attendrait : les Rwandais, la DGSE, la police de Sassou. On pouvait aussi filer par le fleuve vers la RDC, mais j'avais déjà fait le voyage une fois et n'avais aucune envie de recommencer. Libreville par Pointe-Noire ? Le Cameroun par Ouesso ? La

Centrafrique par l'Oubangui ? Toutes les options étaient mauvaises, ça s'appelle être sur le terrain.

Je remontai sur mon cheval à moteur, coiffai mon heaume orange. J'étais de nouveau Blandine, la chevalière bretonne, héroïne d'un conte colonial africain. Il me semblait que sur cette selle dure je fondais comme un esquimau, retrouvais la silhouette athlétique de mes trente ans. De mes quinze ans. Les muscles de mes cuisses se réveillaient de part et d'autre du moteur ronflant. Au moment où j'allais mettre le contact, Mariko me donna le troisième coup de fil prévu : elle était à l'hôtel où elle avait la chambre 110. Elle avait fait vite. J'aimais cette Japonaise bleue qui faisait tout vite : l'amour, boire, les déplacements. Cordélia était lente. Je dis à Mariko de ne pas quitter sa chambre avant mon prochain coup de fil. Ma fille aurait exigé une explication alors que Mariko répondit d'une voix d'enfant qu'elle était à mes ordres.

Il était face à moi. La distance : entre dix et quinze mètres. J'aurais préféré avoir une carabine 22 long rifle, mais j'étais assez bonne tireuse pour atteindre la cible avec un revolver. Quand j'avais vu Christophe monter les marches de la terrasse de l'Hippocampe, je m'étais arrêtée sur le parking de l'hôtel voisin. Je me demandais de combien de temps je disposerais pour choisir ma position de tir. Bernard Lemaire était du genre à faire attendre tout le monde un bon quart d'heure, c'était inscrit sur la maigreur vague et satisfaite de son visage. Tout le monde, sauf les présidents africains. Je descendis de la mobylette. J'hésitai à mettre l'antivol. Ça me prendrait moins de temps de l'enlever que de rentrer à pied, alors je le mis. Je fis le tour de l'hôtel. Au rez-de-chaussée, une fenêtre était ouverte. J'appelai. Pas de réponse. Je grimpai sur le balcon, me glissai dans la pièce. Elle était vide, sans affaires personnelles. Les chambres du rez-de-chaussée sont louées en dernier par les hôteliers, surtout en Afrique. Je sortis dans le couloir et montai un étage. Je frappai à la dernière porte sur la gauche : ça me paraissait être la chambre la plus proche de l'Hippocampe. Pas de réponse. Je fracturai la serrure et entrai. Le ménage n'avait pas été fait, mais je ne vis aucune trace d'occupation : les clients étaient partis dans la matinée. Les employées du nettoyage ne travaillent pas pendant l'heure du déjeuner. J'estimai disposer du temps nécessaire pour accomplir ma mission. Qui était ? J'avais le choix entre tuer Christophe Parmentier pour me rendre crédible aux yeux des Rwandais et tuer Bernard Lemaire pour me rendre utile aux Français. J'entrouvris la fenêtre, plaçai une chaise devant, m'assis. Christophe avait pris place sous un grand ventilateur que le serveur congolais mit en marche. À force d'observer ses manières calmes, la paix de sa silhouette claire, l'élégance de ses gestes simples, je me dis que je ne pourrais pas lui tirer dessus, parce que j'étais amoureuse de lui. Il était mon idéal masculin que j'avais déjà rencontré dans la vie, dont j'avais usé à diverses reprises et qui continuait son chemin sur la Terre sans plus passer par moi. Les progrès de l'ophtalmologie et de la lunetterie me permettaient d'apercevoir la lueur verte du regard de Christophe sous ses mèches blondes cachant un front pensif et calculateur. L'immobilité de sa bouche d'enfant. J'aurais voulu glisser la main sur sa poitrine dure. Mon désir, devenu inaudible à toute l'humanité masculine, criait en moi comme chez toutes les femmes âgées de la Terre.

Le serveur apporta une bière au Français. Christophe en but la moitié. Le mouvement érotique de sa pomme d'Adam sur son long cou musclé. Je me suis demandé si j'allais me masturber en imaginant des choses avec l'officier français. En contemplant avec avidité cette grande bouteille de bière pour une personne, je me rendis compte que j'avais surtout soif. Impossible d'appeler le room-service au cas improbable où il y en aurait eu un. J'avais le choix entre accomplir mon travail la bouche sèche et boire au robinet. Qu'avais-je à faire, dans ma situation désespérée, de quelques amibes ? Je me précipitai dans la salle de bains et me désaltérai d'eau non potable avec un sentiment de plénitude. La chose que jamais de ma vie je ne pensais faire un jour. Plus scandaleux que de tuer quelqu'un. J'étais donc de retour dans l'autre côté de la vie : le bon. Le réel. J'avais quitté le monde de l'eau en bouteille et de l'attente du cancer ou de sa rémission. Je vivais les minutes les unes après les autres, comme si elles étaient éternelles. Quand je revins à mon poste d'observation, un homme avait pris place à la table de Christophe. Il me tournait le dos. Ça paraissait être Bernard Lemaire, mais ça pouvait être quelqu'un d'autre ayant la même corpulence. Je l'identifiai à ses chaussures Berluti. Il les portait mardi soir, au Laico. On notait une impatience dans le mouvement de son crâne chauve et de ses maigres épaules. Il était impatient que je tue Christophe. Il pivota sur sa chaise et regarda du côté de l'hôtel. M'a-t-il vue et s'est-il senti, de ce fait, réconforté ? J'étais sur le point de lui tirer dessus quand le serveur arriva à la table avec un plat de pâtés impériaux. C'est mon hors-d'œuvre chinois préféré et je n'eus pas le cœur d'en priver un homme qui vit ses derniers instants. Lemaire n'enroulait les pâtés ni de menthe ni de salade, sachant comment celles-ci sont, en Afrique, cultivées, transportées et conservées. Christophe, lui, engloutissait salade et menthe comme si on était à Saint-Germain-des-Prés. J'eus la curiosité de savoir ce que les deux hommes mangeraient ensuite. J'avais faim, moi aussi. J'ai haï Christophe quand il s'est fait servir une autre bière, alors que je n'avais nulle envie de retourner boire dans la salle de bains, bien que j'eusse à nouveau soif. Le liquide doré dans le grand verre de mon amour me paraissait la chose la plus précieuse du monde. Il y eut bientôt devant les deux hommes des viandes baignant dans une sauce noirâtre et un grand plat de riz cantonnais. Je me décidai à agir par envie d'aller déjeuner à mon tour. Je me demandais s'il y avait des plats chinois sur la carte du room-service de l'Olympic. Je mangerais tout à l'heure dans la chambre. Moins on me verrait à Brazza aujourd'hui et demain, mieux ça vaudrait pour moi. Je visai le crâne de Lemaire avec soin et l'atteignis du premier coup. La meilleure tueuse des services époque Marenches. Mes instructeurs de Caen auraient été fiers de moi, mes anciens camarades du service Action aussi. J'hésitai, en passant à toute vitesse sur mon vélomoteur devant l'Hippocampe, à faire un petit signe amical de la main à Christophe. Je préférai passer dans ma raideur d'Erinye, implacable agent orange du destin. J'étais une grosse dame de soixante ans qui s'amusait à supprimer tous les hommes qui l'emmerdaient : le rêve de toutes les grosses dames de soixante ans qui s'emmerdent.

À l'Olympic, je garai la mobylette devant le marchand de journaux et m'engouffrai dans l'ascenseur, à droite de l'entrée, après avoir grimpé les marches de l'escalier de marbre blanc. Je gardai mon casque jusqu'à ce que Mariko ouvre la porte de la chambre. En quittant Pointe-Noire, la veille dans l'après-midi, je pensais ne jamais revoir la Japonaise bleue et je la serrai contre moi comme si elle était ma fille ou ma mère. Elle dit qu'on devrait faire l'amour ensemble pour fêter nos retrouvailles. Argumenta : je n'étais pas gay, elle non plus, mais ça n'avait pas d'importance, on était sous l'Équateur, donc la tête en bas. Je dis que j'étais tombée amoureuse d'un homme. Il était blond, il était beau, il sentait bon le sang chaud de son ennemi abattu par moi. « Je suis heureuse pour toi », dit Mariko qui n'avait pas compris ma dernière phrase. Je dis que je n'avais aucune chance avec lui, et que ce n'était par conséquent pas la peine de faire un régime : où était la carte du room-service ? Je fis mon choix et, voulant donner le moins d'indices possible de ma présence à l'hôtel, demandai à Mariko de passer la commande par téléphone. Ça me prit moins de temps d'avaler un hamburger-frites et un Coca-Cola que ça n'en avait pris à la jeune femme de prononcer les huit syllabes françaises de ce menu américain. Je me dis que, pour le dîner, j'écrirais la commande sur une feuille de papier que Mariko apporterait au maître d'hôtel du Missala. « Comme tu refuses de coucher avec moi, dit la Japonaise, je descends me baigner. Tu devrais venir : ça te ferait du bien de nager et de prendre le soleil comme à Pointe-Noire. – Mariko, je ne suis pas censée être ici. Fais comme si tu étais seule. Ne parle de moi à personne. – Dommage. J'aime quand on est dans l'eau toutes les deux. » Elle partit et j'eus l'impression qu'elle restait : ça doit être ça, être ensemble. Je n'avais jamais été avec personne, sauf ma fille. Un enfant, c'est quelqu'un pour qui on a peur. Je n'avais pas peur pour Mariko : au contraire, elle me rassurait. Je m'allongeai et m'endormis. Quand je me réveillai, je me dirigeai vers la baie vitrée et vis la jeune femme au bord de la piscine. Seule, contre toute attente. Le soleil avait beaucoup baissé dans le ciel par crainte de la nuit qui approchait avec ses grandes dents empoisonnées. J'étais en train de me demander si la femme russe que j'avais vue avec Bernard Lemaire au Flamboyant, puis, le lendemain, en compagnie de Christophe dans le parking du Laico, était au courant des activités de son compagnon. Sans doute oui, sinon elle ne se serait pas amusée à approcher un agent de la DGSE. Elle saurait par qui son mec avait été tué et chercherait à se venger : je devais l'éliminer avant. J'appelai Mariko et lui dis de remonter dans la chambre. Elle ramassa ses affaires avec son habituelle méticulosité, donna un billet au garçon de bain qui était peut-être déjà son amant, et rentra dans l'hôtel. Dans la chambre, je lui dis de s'habiller avec élégance et, pendant qu'elle choisissait un tailleur et des chaussures à talons, lui expliquai ce qu'elle avait à faire : se rendre au Laico, demander au réceptionniste s'il connaissait une dame russe, dire qu'elle voulait la voir pour lui acheter quelque chose. Ce dernier point était le plus important. En Afrique, tout le monde a quelque chose à vendre, car tout le monde a besoin d'argent. Surtout les femmes. Russes. De cinquante ans. Mariko devait obtenir soit l'adresse de la femme, soit un rendez-vous avec elle. Je dis à Mariko qu'elle aurait peut-être la chance de devoir offrir son corps en échange de ces renseignements, et elle sourit avec malice avant de tortiller son petit derrière de satin blanc en quittant la pièce. Une demi-heure plus tard, elle m'appela pour me donner le nom et l'adresse de la Russe. Que devait-elle faire à présent ? Sortir du Laico, marcher sur cent ou deux cents mètres, prendre un taxi pour le centre-ville, boire un thé ou une orangeade à la Mandarine, monter dans un taxi et rentrer à l'Olympic où nous dînerions ensemble. Je quittai l'hôtel, enfourchai ma mobylette et pris la direction de Moungali II sous les yeux d'une demi-douzaine d'agents amorphes de Sassou, dispersés entre le bar, le parking et le poste de garde.

Entrer dans une maison sans y avoir été invitée, marcher sans produire un bruit, chercher une présence humaine et la rayer du monde : autant de choses que j'avais appris à faire, que je pensais avoir oubliées et qui me revenaient d'un coup, comme tous ses souvenirs à un accidenté de la route qu'on a cru amnésique. Elena Petrova n'avait aucune chance avec moi. J'étais au sommet de ma forme. Jusqu'à ce que je comprisse que je ne pouvais tirer sur une femme qui ne m'avait pas tiré dessus. Je dis à la Russe de s'asseoir et m'installai en face d'elle. « Donnez-moi une bonne raison de ne pas vous tuer, Elena. – Donnez-moi une bonne raison de me tuer. » C'était une phrase à double sens, mais la Russe ne s'en était peut-être pas rendu compte. Il y a un moment où on cesse de progresser dans une langue étrangère, même quand on la parle tous les jours. « Vous venez de la part de Sassou ? » Elle parlait d'une voix rauque, avec lenteur. Elle avait dû abuser de la vodka cet après-midi. C'est plus facile d'abattre les gens qui se sont enivrés, surtout à la vodka. Ils ne sentent rien et, du coup, nous non plus. « Non. Vous savez que votre ami Bernard Lemaire travaillait pour les Tutsis contre les Français ? – Lui, il disait les Rwandais. Et n'avait rien contre les Français, juste quelque chose contre ceux qu'il jugeait complices du génocide de 94 : Mitterrand, Védrine, Balladur, Quilès, Villepin... Il en avait marre des magouilles, des lâchetés, des mensonges. Il voulait faire quelque chose de bien. En hommage aux victimes de 1994. Il disait que c'était sa façon de se racheter. La preuve qu'il n'avait pas renoncé à tout idéalisme. Cet engagement, pour lui, c'était ce qui le sauvait à ses yeux et, il l'espérait, le sauverait aux yeux du monde. C'est vous qui l'avez tué ? – Oui. Il était laid. Comment avez-vous pu vous mettre au lit avec un homme aussi vilain ? L'homme que j'aime est beau, lui. » Elle devait me prendre pour une folle. J'aime que les gens me prennent pour une folle. Ça me laisse le temps de réfléchir à la façon dont je vais les punir. De m'avoir prise pour une folle. Les fous. Il y avait beaucoup de tableaux aux murs. « Qui a peint ça ? – Mon fils. Vous l'avez tué aussi ? – Non. Pourquoi tuerais-je votre fils ? Il peint mal, mais ce n'est pas une raison, même pour une ancienne espionne ménopausée comme moi, de le tuer. » Elena Petrova aurait dû protester que je n'étais pas si ancienne, ni si ménopausée. C'est ce que font d'habitude les gens qu'on tient au bout d'un revolver : nous cirer les pompes. Elle ne disait rien, ne bougeait pas. Elle en avait marre de quelque chose. De moi ? Je crois que je lui ai tiré dessus par pitié. Mourir était le seul moyen qu'elle avait de rentrer chez elle, si son âme savait encore où c'était. Sans mon aide, elle ne serait pas arrivée à quitter Brazzaville. « Pourquoi êtes-vous venue ici ? demandai-je. – Pourquoi ai-je eu cette vie, et pas une autre ? Y a-t-il une différence entre avoir une vie et une autre ? Entre avoir une vie et ne pas en avoir une, puisqu'on va oublier, quand on sera mort, qu'on a eu une vie ? Tout à l'heure, quand vous m'aurez supprimée, je ne saurai plus que j'ai un fils que j'adore. Alors, pourquoi l'avoir eu ? » Ça me rappelait les années où on débriefait les transfuges du KGB à la DGSE. Cette philosophie de bazar soviétique où il y avait tout et rien mais jamais le truc dont on avait besoin. « Posez votre arme et buvons un verre, dit-elle. – Vous avez assez bu et je ne bois pas pendant le service. – Le service de qui ? » Je ne répondis pas. *Keep your secret secret.* Il y a aussi que je ne savais plus trop au service de qui j'étais. « En tout cas, reprit la Russe, vous avez intérêt à vous enfuir loin, et à bien vous cacher. Je connais les Tutsis pour qui Bernard travaillait. Ils ne se contenteront pas de vous tuer. Ils vous feront beaucoup de choses avant. » L'impudence russe : menacer avec des mots quelqu'un qui vous menace avec une arme. J'appuyai trois fois sur la détente. Elena Petrova tomba sur le sol. J'étais vengée, mais je ne savais plus de quoi. Je me disais obscurément que j'aurais mieux fait de ne pas venir dans cette maison.

Sur la mobylette, un rapide calcul mental faillit me faire lâcher le guidon : j'avais commis six meurtres en une nuit et une journée. Mon record. Même pendant la guerre froide, je n'avais pas fait mieux. Pire. Je me dis qu'à un moment ou à un autre de ma mission à Brazza j'avais perdu contact avec la réalité. Et m'étais faufilée par inadvertance dans une fiction dont l'auteur était le Diable. Ou un de ses ndokis, serviteur noir peinturluré. Christophe lui-même ? Je pouvais dater ce glissement, cet égarement du soir où je n'avais pas trouvé mon revolver dans la boîte à chaussures que Mariko avait laissée, à mon intention, au concierge du Laico. Était-ce la réception ? La différence entre le concierge et la réception : casse-tête pour les dyslexiques de la vie, ce que chacun de nous devient à un certain âge. Je me souvenais maintenant qu'il y était et que je l'avais caché quelque part dans ma chambre avant de redescendre pour dîner au Flamboyant. Avec la boîte vide. Pour avoir de la compagnie, comme l'avait souligné Bernard Lemaire à qui il restait trente-six heures à vivre ? La perm de trente-six heures : ma préférée, quand j'étais dans l'armée. Il y a une vie dans trente-six heures. Nous ne vivons pas une vie, mais plusieurs milliers de trente-six heures, du coup notre mort est énorme. L'arme doit être encore au Laico car je sais cacher les choses. Un jour, quelqu'un la trouvera et se suicidera avec, surtout si c'est un Blanc déprimé par la quinine. Ou assassinera six personnes pour suivre mon exemple maudit. À mesure que je descendais vers le fleuve, laissant sur ma gauche l'Olympic où m'attendaient mes crimes sous la forme d'une Japonaise qui n'était plus bleue mais noire comme l'Afrique et blanche comme le deuil de nos reines, mon corps devenait de plus en plus lourd, de plus en plus douloureux. Il n'y avait plus de gaieté dans l'air remué par la vitesse. Les lumières s'accumulaient sur l'avenue. Tout pesait sur mes épaules, mon cou, ma poitrine. L'angoisse était devenue une chose qui m'étouffait. Quand je sentis que j'étais sur le point de tomber, j'arrêtai mon deux-roues et coupai le contact. La mort des autres remontait dans ma gorge comme une aigreur d'estomac. L'espace de cinq secondes, j'en oubliai mon prénom. Il me fallut plusieurs minutes pour retrouver le nom de famille de Mariko. Quand je compris que je ne savais plus où j'habitais, je fus couverte de sueur. Un couple de jeunes Congolais marchait vers moi. Je leur demandai quels étaient les noms des grands hôtels de Brazza. Ils en citèrent deux ou trois, dont l'Olympic que je reconnus comme le mien. Je donnai les clés de la mobylette à la fille, lui expliquant que je n'en avais plus besoin, et, sans lui laisser le temps de dire non ou merci, sautai dans un taxi vert. Tels furent mes adieux aux deux-roues. Notre existence : suite d'adieux se multipliant au fur et à mesure que les années trépassent. Mon principal effort consista, pendant le court trajet car j'étais allée moins loin que je ne le pensais, à me souvenir du numéro de la chambre occupée par Mariko. 110 : ça me revint à la hauteur de l'hôtel Léon. C'était comme si je ressortais d'un cercueil où les Tutsis m'eussent enfermée vivante. La Japonaise portait toujours son tailleur quand elle m'ouvrit. Elle avait arrêté la clim et ouvert la porte-fenêtre : elle dit qu'on dînerait sur le balcon, dans la chaleur et les moustiques. On aurait ensuite toute la nuit pour se gratter mutuellement. Je ris, retrouvant une parcelle de raison. Les événements commençaient à recouvrer une logique vague. Je demandai à Mariko de me faire couler un bain. Je me rendais compte qu'on a tendance à considérer et à traiter les Japonaises comme des geishas. Dans l'eau, j'eus peur de perdre à nouveau l'esprit, ne sachant plus où était prévu le dîner. Puis Mariko m'apporta la carte du Missala et mes lunettes, et je me souviens que, par mesure de précaution, j'avais prévu que nous mangerions dans la chambre. Je me rappelai alors que Mariko venait de me proposer de dresser la table sur le balcon, ce qui ferait beaucoup rire le serveur du room-service. Je lus la carte avec attention, ce qui est plus facile à faire dans une baignoire que dans un restaurant. Je composai un menu on ne peut plus français. J'étais désireuse de me croire dans mon pays où je n'avais tué personne depuis vingt ans. Je lavai et séchai mes cheveux, mis des affaires propres et m'assis à la table ronde qui faisait le coin avec la baie vitrée. Je recopiai le nom des plats que j'avais prévu de faire goûter à Mariko. Elle regardait Skynews avec une tristesse qui n'avait rien à voir, me semblait-il, avec les nouvelles annoncées : trois islamistes (un Turc et deux Allemands), soupçonnés d'avoir préparé des attentats à la voiture piégée contre des cibles américaines, arrêtés en Rhénanie ; coup d'envoi des travaux d'agrandissement du canal de Panama ; dissolution, par les députés polonais, de la Diète, provoquant des législatives anticipées. Je lui demandai si elle s'ennuyait. Elle dit qu'elle était heureuse. Je dis que le bonheur est ennuyeux. Elle dit que oui. Voulait-elle coucher avec un Africain avant le dîner ? Non. Elle s'en était farcie un en mon absence et ça n'avait pas été terrible. Peut-être parce qu'elle avait craint d'être dérangée par mon retour. Elle se demandait si elle n'était pas arrivée au bout de son obsession et redoutait, n'étant plus obsédée, de n'être plus personne. Crainte qui serait balayée, la nuit suivante, par son accouplement extatique avec un jeune passager black du vol Air France à destination de Paris. Tandis que je resterais tout le trajet réveillée derrière l'être que j'aimais en vain, et qui se trouvait lui aussi dans l'avion, me penchant parfois pour mieux l'entendre ronfler comme font les agents hommes en mission afin de cacher leur peur dans le sommeil. « Tu as fini ? » Je lui tendis la feuille. J'avais oublié de contrefaire mon écriture. Qui la reconnaîtrait à Brazza ? J'avais rajouté à ma commande, vu l'état mental déplorable de Mariko, une bouteille de Cristal Roederer, offerte comme le reste par Paul Kagamé. Les Japonais soignent leurs états d'âme au champagne, les Japonaises aussi. Quand il est gratuit, ils guérissent plus vite.

Nous dînâmes, comme Mariko l'avait souhaité, sur le balcon et passâmes, comme elle l'avait prévu, une grande partie de notre dernière nuit subtropicale à nous gratter mutuellement. Rien n'est plus agréable que de se faire gratter une piqûre de moustique par quelqu'un d'autre : c'est un micro-orgasme qui peut durer un quart d'heure, une demi-heure ou même une heure selon la motivation et la résistance du gratteur. Mariko se réveilla vers midi, son adorable corps jaune diapré de gros boutons, surtout les jambes. J'avais préparé la somme nécessaire à l'achat d'un billet en *business* pour Paris, qu'elle ferait enregistrer avec le mien. Elle s'acquitta de ces trois tâches avec son efficacité habituelle et nous attendîmes dans la chambre l'heure de quitter l'hôtel. La Japonaise avait reçu un SMS de son fiancé. Il lui pardonnait ses incartades et lui proposait de la rejoindre à Libreville. On pardonne plus facilement depuis l'invention du téléphone portable : il n'y a plus à rédiger de lettre ni à la poster. Elle lui avait répondu qu'outre la négrophilie elle était devenue lesbienne. Son humour japonais devenait congolais. Je partis pour Maya-Maya avec une partie des bagages de Mariko, laissant à la Japonaise le soin de régler la note de l'Olympic et de me retrouver dans la salle d'embarquement de l'aéroport où nous nous étions parlé pour la première fois le lundi précédent. Je m'attendais en permanence à ce qu'une main noire se posât sur mon épaule, et à m'entendre dire par un responsable de la sécurité civile congolaise de le suivre dans une petite pièce dont je ne ressortirais que longtemps après le départ de l'avion pour me rendre sous bonne garde dans une pièce encore plus petite. Je me préparais mentalement à cet abandon, ce naufrage. C'était une couche sale et ignominieuse sur laquelle je voulais bien me laisser tomber pour ne plus me relever. Pourtant je parvins sans anicroche sur ce morceau délicat de France qu'est le vol Brazza-Paris. Mariko marchait à une dizaine de mètres devant moi. Dans le bus menant à l'appareil, nous fîmes mine de ne pas nous connaître. La première personne que je vis dans l'Airbus A-320 fut Christophe Parmentier. Il ne me regarda pas, moi non plus, mais nous savions que nous allions passer la nuit à penser l'un à l'autre. J'avais un siège à côté d'un joli Congolais, et Mariko voulut aussitôt échanger ma place contre la sienne qui se trouvait derrière le Français. Ainsi tomba la fiction que nous ne nous connaissions pas. Cela ne m'affola pas, car dès mon entrée dans l'avion je m'étais sentie en France, protégée du mal étranger par les Pyrénées, les Alpes, les Vosges et les Ardennes. On ne décolle pas de Brazza, on s'en évade. L'avion ne vole pas, il court. Chaque passager était conscient de la chance qu'il avait de pouvoir échapper, pour quelques jours ou toute une vie, au malheur africain. Cela lui donnait un air de gaieté reposée. L'Afrique est une fatigue. Le dîner du vol Brazza-Paris a la solennité et l'importance d'une Cène qui ne précéderait pas l'arrestation et la crucifixion de Jésus, mais suivrait sa résurrection. Chacun se sent sauvé *in extremis*. Parmi les deux plats de résistance proposés, Christophe préféra le bœuf au poisson. Il s'endormit tout de suite après, sans prendre le temps d'abaisser son siège, ce que je signalai à l'hôtesse. Elle le fit pour lui, sans le réveiller, et je montai ensuite la garde sur son sommeil jusqu'à l'aube. Au débarquement à Charles-de-Gaulle, je pensais que le Français et moi ne nous reverrions jamais, et j'étais prête à le ranger dans mon vieux placard des regrets éternels : ceux de n'avoir pas appris à jouer du violon, de ne pas avoir lu les Mémoires du cardinal de Retz, de n'être allée ni à Vancouver ni à Valparaiso, et de ne pas être morte avant ma fille Cordélia. Je me trompais : je reverrais Christophe Parmentier. Une fois. Pour ma perte. Et la vôtre.

La Japonaise ébouriffée, molle comme un vieux nounours tripoté treize ans durant par des triplés trisomiques, écoutait mes recommandations. Je lui donnai les clés de l'appartement. Elle apprit l'adresse par cœur. J'aurais pu l'accompagner rue Blomet, mais j'ignorais à quelle heure partait le premier avion pour Genève, et ne voulais pas le rater. Je savais que les hommes d'affaires se lèvent tôt pour aller forniquer avec leur argent et lui faire des petits. Si je me trouvais bloquée dans le lounge pour une heure ou deux, je guiderais Mariko par téléphone. Ce fut, au fil de cette mission aberrante, mon erreur la plus lourde. J'aurais dû envoyer Mariko dans un grand hôtel parisien où elle aurait attendu que je revienne de Suisse avec votre argent. Qui n'est pas le vôtre. Puis nous nous serions envolées quelque part dans le monde où aucun service secret ne nous aurait retrouvées. Un bourg de Norvège, une grande ville d'Amérique latine. Au lieu de quoi, j'ai envoyé Mariko à la mort où je vais la rejoindre grâce à Dieu et à vous. Un tueur est Dieu, je ne le sais que trop. Nous avions trop fantasmé, mercredi dernier, à Pointe-Noire, sur les bières que nous boirions aux terrasses des Abbesses et des Champs-Élysées. Plutôt des Abbesses, car il n'y a presque plus de terrasses sur les Champs-Élysées. Nous nous embrassâmes, puis Mariko partit courageusement avec son chariot à bagages vers la station de taxis. Il me restait à trouver, pour la Suisse, le bon avion et le juste terminal.

Genève fait penser à Istanbul : sa corne d'or qui est la pointe occidentale du lac. De Cointrin je pris un taxi pour la banque que Jean-Pierre Rwabango, dont le cadavre sera retrouvé à La Plaine dans un jour ou deux avec ceux de son neveu Innocent et de Joshua Unuzara, avait indiquée. Elle se trouvait dans une petite rue de la Vieille Ville, à l'écart des grands établissements bancaires qui regardent le lac avec sévérité. Me revenaient, par chaudes bouffées qui eussent été plus appropriées à Brazza, des souvenirs de ma mission de 85. Catastrophique, elle aussi. Le rôle du militaire consiste à sortir vivant des catastrophes dans lesquelles on le projette, ou de celles, plus nombreuses, qu'il provoque. Samantha Guimard : ses grandes lunettes de soleil pour cacher son regard idiot et vicieux. Elle s'était fait sauter dans tous les palaces de la ville et gaver dans tous les restaurants gastronomiques des environs (Glogny, Vandœuvres, Collonges, Chêne-Bourg, Conches). Elle était pourtant maigre comme le clou qu'elle avait fiché à la place du cœur. On faisait du shopping quai des Bergues, quai du Mont-Blanc. Je la regardais acheter ce que le budget de l'État français ne pouvait pas faire semblant de m'offrir. Elle me demandait pourquoi je ne touchais pas à mon porte-monnaie et je disais que c'est la façon belge de faire du shopping : courir d'une boutique à l'autre sans rien prendre. En revanche, pendant leur jogging, les Belges achètent plein de trucs. Elle riait. On croit que les Africaines sont drôles parce qu'elles rient mais elles rient parce qu'elles sont tristes. La Vieille Ville : je retrouvais les rues où j'avais mes boîtes à lettres mortes. La cathédrale où je prenais mes instructions. Vingt-deux ans n'étaient pas passés : ils étaient tombés dans le même trou où je basculerai dans quelques minutes. Notre passé est enterré avant nous, c'est le matelas sur lequel nous serons couchés pour l'éternité. « Le cœur d'un vieil homme est un cimetière », dit le proverbe bantou. Pardonnez ces remarques morbides, elles viennent toutes seules quand on a le canon d'un revolver posé sur la tempe. La banque choisie par les Hutus se trouvait entre la plaine de Plainpalais et l'église du Sacré-Cœur. Je me présentai avec la procuration à un de mes trois faux noms, avec un de mes trois faux passeports. Je donnai ensuite le code et on me laissa seule dans une salle des coffres à peine plus grande que la chambre de Mariko à l'Olympic. J'ouvris le mien et y trouvai une sacoche en cuir marron dans laquelle il y avait une forte somme d'argent en liquide et trois feuilles de papier tapées à la machine. Je ne comptai pas l'argent et ne lus pas le document. Je me dépêchai de sortir de la banque. J'aurais pu dire avec certitude que je n'étais pas suivie, et pourtant je l'étais. Pas par vous : par des gens plus forts que vous. Dommage pour vous. Et pour moi. Mais, à ce moment, Mariko était déjà morte, vu l'état présent de son corps. Morte comme Cordélia. J'avais tué ma fille une seconde fois. Sans moi, Cordélia ne serait pas morte, car pas née. J'hésitai entre prendre un nouveau taxi et marcher jusqu'à la place de Cornavin où se trouve la gare. J'aurais mieux fait de me rendre compte que j'étais suivie, semer mes poursuivants et me planquer en ville, le temps de décourager tous les services à mes trousses. Dans la sacoche, j'avais de quoi vivre jusqu'à l'an 2020. Je décidai de marcher, car aucun chauffeur de taxi ne m'inspirait confiance. Ils avaient des têtes d'agents tutsis, surtout les Blancs. Je descendis le boulevard Georges-Favon en balançant ma sacoche d'avant en arrière, comme une écolière ou une prof se souvenant de l'époque où elle était écolière. Le soleil d'automne dorait la ville d'Albert Cohen. Paul Morand lui-même se qualifiait, dans la préface d'un album de 1968, de « *vieux Suisse* ». La ville où juifs et antisémites trouvent le même refuge calme et doré. Je traversai le Rhône. En longeant les quais, j'avais le soleil dans les yeux et ne voyais pas les visages des gens qui venaient vers moi, ce qui leur donnait la possibilité de me tuer ou de me voler sans risque. Je bifurquai dans la rue Rousseau et, ayant dépassé l'église Notre-Dame, arrivai à la place Cornavin où j'achetai un billet pour une place en première classe dans le prochain TGV Genève-Paris. Il me restait quarante-cinq minutes avant le départ. J'entrai dans l'hôtel Warwick. Au bar, je commandai un chocolat chaud et ouvris la sacoche. Je regardai l'argent sans toucher au document. Quand je relevai la tête, Christophe Parmentier était assis en face de moi. Il avait pris le temps, à Paris, de se laver et de se changer, et je regrettais de ne pas avoir fait comme lui. J'étais moite et chiffonnée dans mes habits qui sentaient l'avion et le Congo. Je lui tendis les feuillets qu'il plia sans les lire et glissa dans la poche intérieure de son veston. « Je peux garder l'argent ? demandai-je. – Oui. » Il sourit. Il commanda un Perrier. Je me sentais enveloppée par sa beauté comme un bonbon dans du papier alu. Un bonbon au chocolat. « Christophe... Je peux vous appeler Christophe ? – Donnez-moi plutôt mon vrai prénom : Adrien. – Adrien ?.... Comme l'agent Adrien ? C'est vous l'agent Adrien ? » Pourquoi me faisait-il le cadeau inouï de sa véritable identité alors que je n'appartenais plus au service ? Cela signifiait que la DGSE allait soit me réintégrer, soit m'éliminer.

C'était mon fils blond et mon père sévère, mon amant musclé et mon mari tranquille, mon compatriote impeccable et mon adversaire parfait. Il avait tous les visages imaginaires aimés de ma vie finissante. Ses lèvres confiture de framboise. Il fallait que je lui demande de m'embrasser sur la bouche. Que j'aie ma tartine. L'agent Adrien : la légende de la DGSE. Notre 007. Proche-Orient, Irak, Darfour : on l'envoyait partout où il y avait une chose difficile à faire. Cette fois-ci, la chose difficile à faire, c'était moi. « On a été avertis que les services de Kagamé cherchaient à engager, pour une opération spéciale à Brazzaville, un ancien militaire français, si possible venant du Renseignement à haut niveau : service Action, COS, DAMI, etc. Vous n'ignorez pas que, depuis mars 2004, Kagamé accuse la France d'avoir été informée de la préparation du massacre dont les Tutsis ont été victimes, d'avoir fourni des armes aux assassins et de mener, je le cite, *"une vendetta contre le gouvernement du Rwanda"*. Ces accusations font suite à la publication, le 10 mars de la même année, du rapport du juge français Jean-Louis Bruguière, selon lequel les deux missiles SA-16 qui ont abattu le Falcon 50 de Juvénal Habyarimana ont été tirés par les rebelles du FPR agissant sur ordre de leur chef, Paul Kagamé. Depuis, c'est la guerre froide entre les deux pays et la guerre chaude entre la DGSE française et le DMI rwandais. Autant dire que mes supérieurs ne voyaient pas d'un bon œil le recrutement, même provisoire, d'un officier français, même à la retraite, par l'armée rwandaise. J'ai été chargé de me rendre à Brazza et d'enquêter sur cette affaire. Quand je vous ai vue dans l'avion, j'ai compris que mon enquête était terminée. Je me suis demandé pourquoi les Rwandais vous avaient choisie. Que pouvaient-ils attendre de quelqu'un qui n'avait plus été sur le terrain depuis une vingtaine d'années ? Je vous ai suivie dans Brazza. Vous faisiez un tas d'erreurs. Vous étiez étourdie. J'ai même eu l'impression, par moments, que vous perdiez la mémoire. Vous avez eu un AVC récemment ? – Hier après-midi, quand j'ai liquidé Elena Petrova, la compagne de Bernard Lemaire que j'ai liquidé lui aussi un peu plus tôt dans la journée. Vous étiez là, non ? – Toutes ces liquidations. Vous vous prenez pour un tribunal de commerce ? – Ça devrait vous arranger : les deux bossaient pour les Tutsis. – Première nouvelle. Bravo, agent Kergalec. – J'ai quitté l'armée avec le grade de lieutenant-colonel et j'entends le faire respecter. Vous n'êtes que commandant, je crois. – Oui, mon colonel. Un autre chocolat ? – Non. » Qu'avaient-ils tous à me proposer un autre chocolat ? Avant-hier Joshua, aujourd'hui Adrien. Un seul chocolat, quand il est bien préparé, se suffit à lui-même. Celui du Warwick était excellent. « Quand j'ai appris que le génocidaire Charles Rwabango avait été victime d'un accident de la circulation à Talangaï et que son frère se déplacerait au Congo pour célébrer l'enterrement, j'ai compris que vous alliez participer à quelque chose qui pouvait être soit dangereux pour la France, soit profitable pour elle. Je suis allé à Pointe-Noire pour consulter ma hiérarchie et elle m'a donné le feu vert. – Je vous ai vu à Agostinho-Neto. – Moi aussi. Le document détenu par Rwabango depuis 1994 et avec lequel il nous faisait chanter depuis la même date, vous allez le récupérer pour le Rwanda et nous allions vous le subtiliser pour la France. Ce que je viens de faire. – Qu'y a-t-il dedans ? – Une preuve. Si nous n'étions pas gentils avec le prêtre, il le remettait aux Tutsis. Si les Tutsis n'étaient pas gentils avec lui, il le donnait aux Français. Du coup, tout le monde était gentil avec lui, malgré les cent ou deux cents bébés qu'il a égorgés au printemps 94, et quelques-uns après. Parmi lesquels il faut sans doute compter son neveu Innocent, que vous avez enlevé en même temps que lui dans la nuit de mercredi à jeudi. – Je n'ai pas participé à l'enlèvement et n'avais pas été prévenue qu'il y aurait un bébé, sinon je n'aurais pas accepté la mission. – Ce petit chantage a assuré au prêtre génocidaire quinze ans de vie tranquille. Comment a été sa mort ? – Rapide. – Et la mort du Rwandais ? – Rapide aussi. Pourquoi faire traîner ? » J'eus l'impression que, pour la première fois qu'on s'était vus dans l'avion Paris-Brazza, le commandant Adrien me regardait comme si j'étais une femme, et non plus une vieille femme. « Ça m'aurait plu de travailler avec vous à l'époque, dit-il. D'autant que ça devait être marrant, la chute du communisme. » Je pouvais considérer ces deux courtes phrases narquoises et chaudes comme une déclaration d'amour. « La preuve est celle de l'implication de la France dans le génocide ou celle de son innocence ? » demandai-je. Il but son Perrier. Tiens, je pouvais le déstabiliser, malgré son âge et le mien ? « Ça, mon colonel, je ne peux pas vous le dire. » Je me levai : « Mon train. » Il dit : « On prend le même. » Et se leva aussi. « Vous n'avez pas peur que je récupère le document ? – Je ne l'ai plus. » Le serveur qui lui avait apporté son eau. Et qui avait disparu. « Vous n'avez pas peur que je vous vole l'argent ? demanda Adrien à son tour. – C'est celui de la France ? – Vous ne me feriez pas dire une chose pareille. – Le vôtre ? – Non : celui de la tragédie d'un peuple. Vous ne l'entendez pas crier ? – Je suis sourde aux tragédies des peuples, comme tous les vieux : la mienne fait trop de bruit. » Son sourire. Il faudrait à tout prix que je l'embrasse sur la bouche à un moment ou à un autre du voyage. Il paya le chocolat et le Perrier. Enfin quelqu'un qui payait pour moi. La vieillesse, c'est se retrouver en tête à tête avec une addition. Les Africains ont raison : c'est agréable, quelqu'un qui paie pour vous. Pas seulement parce qu'on boit, mange et dort gratis. Ça nous évite le mouvement grossier de sortir un billet d'une poche, celui d'ouvrir un portefeuille étant encore pire.

Marcher dans une rue à côté de quelqu'un qui n'a ni votre sexe ni votre âge. Deux mondes chaloupent en essayant de ne pas se percuter. Pour qui nous prenaient les passants suisses ? Une mère et son fils ? Un patron et sa secrétaire ? Une maîtresse riche mal fagotée et son minet bien baraqué ? Appeler une femme avec qui on couche sa maîtresse : comme si on appelait un homme avec qui on couche son maître. Ça montre qui domine dans le sexe : celui qui est pris. Puisque c'est celui qu'on désire. Donc qu'on achète. Qu'on vole. Qu'on tue. Je me souvins que j'avais failli, sur l'ordre de Joshua, assassiner Adrien. Le liquider, comme il me reprochait de dire. Lemaire me l'avait demandé aussi. Je l'avais épargné deux fois, il pouvait bien se laisser embrasser. Il avait, dans le TGV, une place à côté de la mienne. « Comment avez-vous fait ? – Ce n'est pas à vous,

Blandine, que j'apprendrai la manière de convaincre de n'importe quoi un employé des chemins de fer. » À quoi faisait-il allusion ? À une de mes anciennes missions dans une gare ? Un train ? J'avais appartenu au service Action de 1978 à 1985, sept années pendant lesquelles j'étais entrée dans beaucoup de gares, de jour comme de nuit, et avais pris un nombre considérable de trains, le plus souvent sous une autre identité que la mienne. Je me rendis compte que je n'avais pas appelé Mariko de la matinée. Ça devait être parce que je ne l'aimais plus. Je ne l'aimais plus parce que j'aimais quelqu'un d'autre. Après la Japonaise bleue, le Français bleu-blanc-rouge. La sexagénaire est volage. L'âge du sexe, comme son nom l'indique. Je composai le numéro de Mariko. Messagerie. Celui de mon domicile. Répondeur. Elle avait dû remettre ça avec un Black de rencontre. Trouvé dans la file d'attente de taxis à Charles-de-Gaulle ? Elle était bel et bien en compagnie d'un Africain : vous. Sauf que ce n'était pas pour son plaisir mais pour sa douleur. Et sa mort. Peut-être n'est-elle pas morte de vos tortures, mais de la fin de mon amour pour elle ? Vous êtes un personnage trop ignoble pour avoir accès à la réalité. Vous êtes un cauchemar qui produit du mal dont l'essence vient d'ailleurs, et cet ailleurs, ce sont les sentiments de chacun, ceux par lesquels l'humanité respire et se reproduit. Vous êtes une erreur du système solaire, un accident malheureux de la réalité, sans nom ni destin, auteur de blessures qui ne sont même pas de lui.

Avant le TGV, les trains s'ébranlaient. Maintenant, ils glissent. On dirait des patineurs. « Je vous ramène à la maison, dit Adrien. – Quelle maison ? – La France. » Peut-être avions-nous l'air d'un frère et d'une sœur, car tous les militaires finissent par se ressembler, surtout ceux du Renseignement. Le mélange de peur et de menace dans le regard trop clair. Ils ne voient pas les mêmes choses que les autres gens, et certaines d'entre elles n'ont jamais existé. Les joues épuisées de qui vit dans le mensonge 95 % de son temps. Le sérieux des enfants qui jouent. Un corps qui passe partout alors que celui des civils gêne, bouscule, embouteille, râpe. « J'ai débuté comme officier traitant à Belgrade lors de la Conférence des pays non alignés, dis-je. L'organisation a disparu, car aujourd'hui tous les pays sont alignés. C'était la fin juillet ou le début août 1978. Il faisait une chaleur qui n'était pas due aux relations entre délégués : ils se tiraient la gueule. Je profitai de l'afflux de journalistes du monde entier pour me glisser parmi eux. Ma légende était reporter radio. Mon vrai travail consistait à contacter des sources et à en trouver d'autres. Nous savions que Tito était malade et nous voulions savoir par qui il serait remplacé après sa mort. Le pays retournerait-il dans le giron soviétique ? chinois ? Basculerait-il dans le camp capitaliste ? Plusieurs noms circulaient dans les couloirs de la DGSE, mais pas le bon. – Qui était ? – La merde. » Je sentis le moment où nous entrâmes dans le pays pour lequel Adrien et moi avions failli mourir plusieurs fois depuis notre incorporation dans l'armée : il y eut dans l'air climatisé un chant national léger, perceptible aux seules oreilles des braves. La France : rêve rieur et aérien posé sur l'horreur du monde tel un pansement. « Je me revois allant d'un quartier à l'autre de la capitale yougoslave, monter des étages aux marches incertaines, promettre des devises et des passeports pour toute une famille. La source a l'air de tout sauf de celle de Bergman. Vous êtes cinéphile ? – Cinéphile et danseur. Dans notre profession, c'est conseillé. Le cinéma pour tuer le temps, la danse pour le ressusciter. – La source : personnage blafard, déséquilibré, ennuyeux, avide et menteur. C'est pourquoi on le sacrifie sans remords, le jour où on est obligé de le faire. La leçon qu'on retient de ces rencontres sinistres est qu'il ne faut pas devenir une source. La trahison pue. Elle est le contraire de la bonne odeur de la fidélité. – Pourtant, vous étiez en train de trahir quand je vous ai rencontrée. – Je me suis rattrapée. – Plus que rattrapée. Vous avez sauvé la France. – Non. Vous, vous avez sauvé la France. Moi, j'ai sauvé ma peau. » Il me regarda avec une perplexité que je comprends maintenant. Dans le TGV Genève-Paris, il y a de la restauration à la place, car les hommes et femmes d'affaires suisses et français aiment être restaurés à leur place. Je vais vous décrire mon dernier repas de la condamnée, quoique vous soyez sans doute, si j'en crois votre morphologie, un adepte du régime Kagamé, un bol de riz et une tasse de thé par repas : foie gras et steak dans le filet, le tout arrosé de bordeaux – ces petites bouteilles de 25 cl qu'on vous sert aussi dans les avions et dont je ne comprends pas pourquoi elles ne sont pas commercialisées dans les supermarchés ou chez Nicolas, tout un chacun les achèterait en souvenir de ses voyages – et conclu par du brie. Je racontai ensuite à mon compagnon, attentif comme une intervieweuse du matin à la télé devant une ancienne star de cinoche, les tracas que nous avait faits, en septembre de la même année, la visite de Bokassa Ier à l'Élysée. Je n'étais, hélas, pas encore à la DGSE, en décembre 1977, quand Jean-Bedel fut couronné empereur de Centrafrique. Peut-être m'aurait-on envoyée à la cérémonie pour trouver quelques sources amateurs – dans le Renseignement, source est au masculin – de chair fraîche blanche, ce qui était à l'époque le cas de la mienne. 1979 fut une année importante dans l'histoire mondiale des services : on découvrit que Sir Anthony Blunt, conseiller artistique de la reine d'Angleterre, était un espion soviétique. J'avais moi-même une passion pour Kim Philby. Je connais encore certaines de ses phrases par cœur. Ses Mémoires, parus en mai 1968 comme *Belle du Seigneur*, les deux seules choses qui resteront de cette année ridicule, sont dédiés aux « *compagnons qui m'ont enseigné à servir* ». À servir l'ennemi. Lors de l'arrestation de Blunt, Kim – le prénom du premier enfant espion inventé par Rudyard Kipling en 1901 – vivait encore à Moscou où il est mort le 11 mai 1988. Quelques mois avant la chute du mur de Berlin. *Good timing*. J'ai vu la tombe de Philby lors d'un voyage d'agrément en Russie avec Cordélia à la fin des années 90. Sa figure gonflée de whisky et de mélancolie, comme celle d'un vieux critique littéraire du *Times*. Chez nous, qui étaient les taupes ? L'Union de la gauche s'approchait à grands pas du pouvoir et nous soupçonnions chaque dirigeant du PCF d'appartenir au KGB, alors que les Soviétiques, comme nous le découvririons au fil des années, étaient allés pêcher leurs agents à droite et à l'extrême droite où les gens ont moins de convictions et de plus gros besoins.

On approchait de Bourg-en-Bresse. C'est le centre de la Bresse. Où on fabrique des meubles et où on élève des poulets. « En 1980, dit Adrien, John Lennon fut assassiné à New York. Ce n'était pas vous ? – Vous savez bien qu'on a retrouvé le coupable. Les grandes affaires, en 80, furent l'Afghanistan et le Liban. Comme aujourd'hui. Depuis trente ans, les points chauds du globe sont les mêmes : Kaboul, Beyrouth. Auxquels il faut ajouter Israël et l'Irak. Un peu d'Irlande du Nord et de Pays basque espagnol. On lit les journaux de la fin

du XXe siècle et ceux d'aujourd'hui : ce sont les mêmes. Seules les signatures ont changé, car les journalistes sont morts ou à la retraite. J'allais oublier l'Iran. Quatre cent quarante-quatre jours de détention pour les otages de l'ambassade américaine. Je me demande quels souvenirs ils ont gardés de leur détention. S'ils en ont conservé des séquelles. Lesquelles. » Adrien me demanda si un cognac me ferait plaisir avec mon café. Je voulus savoir s'il en prendrait un aussi. Il dit que oui. Nous sirotâmes nos alcools ambrés devant les paysages du Beaujolais qui défilaient à très grande vitesse. J'avais l'impression de vivre ma première journée normale depuis mon départ de Brazza. Depuis plus longtemps que ça. La mort de Cordélia ? Ma mise à la retraite de l'armée ? Mon arrestation de 85 ? J'étais un peu soûle dans un train rapide avec un homme plus jeune que moi qui n'était pas mon fils. Qui aurait pu l'être, car j'avais avorté trois fois au milieu des années 70. Le préservatif n'était pas encore obligatoire et certaines pilules déconnaient. « Je me souviens aussi de l'attentat en gare de Bologne à l'été 80, dis-je. 84 morts. Les services italiens avaient autant peur d'Action directe que nous craignions les Brigades rouges. On a découvert par la suite que Bologne, c'était l'extrême droite. Si l'extrême droite se mêlait de poser des bombes. Comme si on n'avait pas assez de l'extrême gauche sur ce créneau. Les gens faisaient sauter plein de trucs dans les années 80. On se demande pourquoi. Il y avait de la croissance. On pouvait fumer dans les bars. La vitesse au volant n'était pas limitée.
– La nature destructrice de l'homme. – Ne me dites pas que vous avez donné vous aussi dans le panneau de cette idiotie tant prisée des historiens et des philosophes de l'omniprésence du mal, qui en profitent pour faire

croire aux masses qu'ils sont les tenants du bien. L'homme construit plus qu'il ne détruit, raison pour laquelle nous ne vivons pas au milieu des ruines. – Ce n'est pas l'impression que ça m'a fait au Congo. – Le Congo restera pour moi le pays où je vous ai rencontré. » J'avais envie d'un autre cognac, mais ne savais comment le demander. Je réfléchis, puis dis : « J'ai envie d'un autre cognac. » Dire ce qu'on pense comme on le pense : j'aurai passé ma vie à faire le contraire. « J'ai lu dans votre dossier que vous étiez portée sur la bouteille, dit Adrien après avoir fait un signe à la serveuse. – Pas n'importe quelle bouteille. » Il dit qu'à Caen, pendant son stage, il avait étudié une de mes missions les plus célèbres : l'aide financière, politique et technique apportée à Lech Walesa et à Solidarnosć lors des événements de Pologne. On la présentait, à l'EIPMF, comme un exemple de rigueur stratégique et de finesse tactique. C'est la même année que deux camions-suicide bourrés d'explosifs s'étaient écrasés contre deux immeubles de Beyrouth où logeaient des soldats français et américains. 58 morts côté français, 221 côté américain. Je connais toujours le nombre des morts, même quand ce n'est pas moi qui les fais. Tout le monde, à la DGSE, avait dérouillé. Les socialos ne décoléraient pas. Mauvaise année 83 où Hernu avait été obligé de reconnaître que la France avait livré des Super-Étendard à l'Irak. D'où la colère des Iraniens. Toujours les Iraniens.

Après le Beaujolais, la Bourgogne. Nous remontions les vins avec le temps. J'avais l'impression que les vignobles aperçus par la vitre m'enivraient alors que c'était l'œuvre du cognac de la SNCF. Je m'endormis pendant une minute ou deux. Me réveillant en sursaut, je me demandai si j'avais ronflé. Il me semblait que oui et que c'était ce qui m'avait réveillée. « J'ai ronflé ? – Beaucoup. – Je suis désolée. – Pourquoi ? Moi aussi, cette nuit, j'ai ronflé. – Oui. » Atteindrait-on de nouveau, avant la gare de Lyon, un tel sommet d'émotion dans le dialogue intime et amoureux ? Notre guerre, en 84, contre le GAL. Les Espagnols venaient tuer des Basques chez nous, ça énervait notre président. À la DGSE, nous aurions préféré les tuer nous-mêmes. Les routiers espagnols bloquaient nos camions à la frontière, les pêcheurs espagnols manifestaient contre nos gros poissons. Je fus envoyée d'un côté et de l'autre des Pyrénées pour identifier les leaders, recruter des indicateurs, empêcher des coups fourrés afin d'en faire de mieux fourrés. Après six ans de service Action, je commençais à en avoir plein le dos. Je voulais un enfant qui, à la question de la profession de la mère, pourrait répondre : sans. Pas sang. Adrien m'interrogea sur les épisodes corse et suisse, mais je n'avais plus envie de parler de moi. Si on parlait de ses missions à lui, plutôt ? « Je n'ai pas le droit, vous le savez bien. » Sa vie privée, alors ? « Je n'ai pas envie. » Le second cognac suffisait à combler ma curiosité en me présentant le wagon où nous étions assis et les paysages que nous traversions comme une inépuisable mine de couleurs chantantes et d'adorables espaces. Je ne savais pas que c'était la dernière journée de ma vie, mais je pensais que c'était la plus belle. Et le pense toujours, bien que la fin soit horrible. Toutes les fins des plus belles journées d'une vie sont horribles, en ce qu'elles ont lieu. « Vous n'avez même pas eu l'occasion de compter votre argent, dit Adrien. – Je le dépenserai sans compter. – Avec votre amie japonaise ? – Et vous, si vous voulez. » Il me tapota la main. Je n'avais pas encore mon baiser, mais j'avais eu une sorte de caresse. On finit par entrer dans le Gâtinais. Le soleil apparaissait et disparaissait selon mon humeur. Il y a trois couleurs en Île-de-France : le gris, le vert et le bleu. N'y ai jamais vu de rouge, aucun Francilien n'ayant jamais saigné devant moi. Ni de noir, aucun Africain n'ayant découvert la région. Tous barrés en Normandie, derrière Senghor. « Je parlerai de vous à mes supérieurs, dit Adrien. On pourra peut-être vous trouver quelque chose. – Un poste de gardienne de nuit à la caserne des Tourelles ? – Mieux que ça. – Embrassez-moi, Adrien. – Non. Je n'embrasse que ma femme et mes enfants. » Voilà quelle fut la fin horrible de cette plus belle journée de ma vie : un râteau.

Nous ne nous dîmes pas adieu car nous ne pensions pas nous revoir. Pendant combien de temps encore y aura-t-il un tel espace entre les convives du Train bleu, ce qui en fait le restaurant préféré des conspirateurs, des terroristes et des agents de renseignement ? J'attends le nouveau proprio et son décorateur catalan qui multiplieront le nombre de couverts en découpant et rapprochant les tables. Adrien me demanda s'il pouvait me raccompagner quelque part. Je me méfiais trop de lui pour monter dans une voiture du service. Il avait gagné ma confiance : c'était le moment de la lui retirer. Je savais qu'il faisait semblant d'être attendri par le penchant que j'avais pour lui, afin de m'attendrir. Je le laissai derrière moi avec cette rapidité qu'ont les vieilles pour tourner le dos aux jeunes en y pensant avant que les jeunes ne leur rendent la pareille sans y penser. L'endroit le plus sûr pour moi était le métro ou le bus. On ne sait jamais qui conduit un taxi. C'est la planque rêvée pour n'importe qui, et une bonne retraite pour les anciens truands. Je pouvais aussi marcher. Les deux premières choses qu'on apprend à l'armée : marcher et nager. Tirer vient après. Je m'engageai avec ma petite fortune dans le boulevard Diderot. Au kiosque à journaux, les époux McCann faisaient les gros titres. La police portugaise les soupçonnait d'avoir maquillé en enlèvement la mort accidentelle de leur fille Maddie dans la station balnéaire de Praia da Luz. Je me demandai jusqu'où j'irais à pied. La rue Blomet ? Issy-les-Moulineaux ? Chaville ? La DGSE ne me suivait pas et je ne me rendais pas compte à quel point c'était dommage pour moi. La France avait sa preuve et ne voulait pas de l'argent hutu qui était pourtant le sien. Et désormais le mien. À présent le vôtre. J'étais libre. Il me semblait pourtant à chaque pas que la sacoche, en s'alourdissant, m'enfonçait dans le sol, m'emprisonnant dans mon passé. Au coin du quai de la Rapée, Paris me présenta ses hommages. Au loin, Notre-Dame me tournait la croupe. J'ai toujours une pensée, dans ce quartier, pour la morgue. C'est à force de travailler avec la mort. Je traversai le pont d'Austerlitz et eus envie de prendre un autre train, dans une autre gare. En avais-je encore la force ? Non. L'envie sans la force : l'autre nom du malheur. J'hésitai entre remonter le boulevard de l'Hôpital et le quai Saint-Bernard de Gustave Flaubert : « *Le 15 septembre 1840, vers six heures du matin, le* Ville-de-Montereau, *près de partir, fumait à gros bouillons devant le quai Saint-Bernard.* » L'Hôpital est moche, mais Saint-Bernard aussi. Je fus malgré tout attirée par le soleil qui miroitait sur la Seine et me dirigeai vers l'ouest, mot pour lequel je m'étais si longtemps battue. Défendre l'Ouest. Ses valeurs : Sécurité, Inégalité, Prospérité. Il me fallait encore, à la retraite, marcher vers lui. Les voitures me criaient aux oreilles, mais je ne voulais pas descendre sur le pont Saint-Bernard d'où n'appareille plus le *Ville-de-Montereau*.

Descendre les marches des quais de la Seine m'a toujours donné l'impression d'être poussée dans un cercueil. J'atteignis l'Institut du monde arabe sur lequel l'été se reflétait. Je croyais que la ville me disait bonjour alors que c'était adieu. J'avais le soleil dans les yeux comme à Genève mais il n'aveuglait pas, empreint de politesse française. Je ne serais pas prise au dépourvu par un éventuel agresseur. Ces préoccupations et précautions finirent par me mener à vous. Le quai de la Tournelle va jusqu'au pont de l'Archevêché. Je ne m'attardai devant aucun bouquiniste. Le livre est triste et j'ai lu toutes les chairs. J'appelai de nouveau Mariko. Messagerie. Avait-elle fui avec l'argent des Tutsis, sans pouvoir imaginer que, chienne impeccable de chasse au pognon, je rapporterais celui des Hutus, auquel cas elle m'aurait peut-être attendue pour le prendre aussi ? J'avais eu, en cinq jours, dix preuves de sa fidélité et ne pouvais l'imaginer que me trompant, alors qu'elle était en train de souffrir et de mourir pour moi comme le Christ pour Dieu. C'est, parmi tous mes péchés de cette semaine, le plus insupportable à mes yeux, et il est juste que vous m'en punissiez par un traitement semblable à celui que vous avez fait subir à ma Japonaise bleue.

Je me retrouvai, place Saint-Michel, comme une créature anodine portant une sacoche dans laquelle, pour tous les gens qui me croisaient sans me voir, il n'y avait rien. Je passai parmi eux comme un spectre. Aussi transparente qu'une vitre. Je continuai de marcher vers le soleil. Vers vous qui êtes la seule personne sur terre pour qui j'existe, je compte encore. Vous allez même vous donner la peine de me torturer pour vérifier que je vous ai dit la vérité sur le document pris dans le coffre de Rwabango, à Genève. Ils l'ont. La France l'a. Vous êtes baisé. Même quand vous m'enfoncerez un couteau dans le cul, ce sera vous le baisé. Vous ne récupérerez pas la preuve que vous étiez venu chercher à Brazzaville. Comptez sur nos services pour la faire disparaître à jamais. Elle ne traînera pas dans les archives de l'État. Elle est déjà oubliée. À moins que ce ne soit une preuve contre vous. Dans ce cas, votre président ne tardera pas à en recevoir une copie, après quoi il fermera sa gueule sur le génocide et on en restera là avec le Rwanda. Nous verrons ça dans quelques jours. Vous verrez dans quelques jours. Moi, je n'aurai plus d'yeux. N'aurai plus rien. Je serai morte, comme Mozart et Napoléon.

Après la place Saint-Michel, la Seine se calme et les quais s'élargissent. Le ciel bleuit. Les façades, de guingois dans le 5e arrondissement, se redressent en prévision de l'arrivée vers le Louvre des rois d'autrefois et les ministères des princes d'aujourd'hui. Le pont des Arts devant le palais de l'Institut. À l'intérieur les chauves, à l'extérieur les chevelus. Tous sous drogues achetées en pharmacie par les chauves et dans la rue par les chevelus. Il y a eu un Kergalec à l'Académie, je ne sais plus à quel siècle. Ni ce qu'il avait fait pour ça. La guerre, sans doute. Tradition familiale. Vieille noblesse bretonne d'épée, vieille épée bretonne de noblesse. Après l'École nationale supérieure des beaux-arts, je quittai la Seine. M'engageai dans le couloir de la mort des Saints-Pères. Maintenant c'était tout droit jusqu'à mon appartement, à une demi-heure environ, en marchant bien. Je marche bien. Je n'avais plus à penser qu'à moi, c'est-à-dire à revivre mon passé.

Cette idée de faire écrire un mot à Mariko, quelques minutes avant de la tuer, et de le scotcher sur la porte de la chambre : *« Don't wake me up, I'm sleeping. »* Elle était endormie depuis un bon moment et pour l'éternité, sans gêner personne par ses ronflements, contrairement à Adrien et à moi. Elle n'avait pas parlé, elle non plus, et pour la même raison que moi : elle ne pouvait pas vous dire ce que vous aviez envie d'entendre, parce qu'elle ne le savait pas. Ce mot m'a rassurée. Au fond de moi avait bourdonné, pendant tout mon exercice de marche à pied en ville hostile mais pas inconnue, la crainte que la Japonaise eût disparu. La crainte ou l'envie ? Qu'allais-je faire d'elle à présent ? Assister à ses ébats avec la communauté congolaise de Paris ? Quand, dans la cuisine où je préparais du thé, vous m'êtes tombé dessus avec votre odeur musquée et vos muscles de fer, j'ai compris que Mariko était morte et que j'allais mourir, moi aussi. Et que la DGSE le savait. À la gare de Lyon, Adrien connaissait ma condamnation. Il m'avait laissé l'argent, mais pas la vie pour le dépenser. Les services français avaient-ils déjà, à Brazzaville ou à Paris, passé un accord avec le DMI ? Ma peau et l'argent étaient-ils la contrepartie pour le document et la mort de Joshua Unuzara ? Les deux organisations en resteraient là, par crainte des dégâts plus grands qu'elles étaient capables de se faire. Si Adrien ne m'avait pas embrassée, c'était parce qu'il ne voulait pas me donner le baiser de la mort. Savait-il que lui et les siens nous avaient déjà vendues au Rwanda, la Japonaise bleue et moi ? Je ne lis rien dans votre regard. Les Tutsis n'ont pas d'yeux, ils ont des volets. Presque toujours fermés.

La rue Blomet est une échappée provinciale sur la gauche de la rue Lecourbe, quand on marche vers la porte de Versailles, ce qui était mon cas. Artère calme et droite où naguère seul le Bal nègre, avec Jean Cocteau et Raymond Radiguet à l'intérieur, faisait du bruit. Pas la peine de vous y précipiter en sortant d'ici pour le cas où vous auriez envie de vous détendre après vos deux femmicides : il est fermé depuis une cinquantaine d'années. Si vous voulez faire la fête avec des Africains, il faut aller au Titan Club, avenue de Clichy. J'ai trouvé ce prospectus dans ma boîte à lettres. L'Arc de Triomphe et un visage de femme noire séparés par ces mots : *La grande soirée africaine*. C'était mon seul courrier.

DU MÊME AUTEUR

AUX ÉDITIONS FAYARD

Un état d'esprit

Didier dénonce

La Cause du people

Défiscalisées

Romans *
(*Dara, La Paresseuse, La Statue du commandeur,
Julius et Isaac, Lui*)

Romans **
(*L'École des absents, La Maison du jeune homme seul,
Lettre à un ami perdu, Les Braban,
Accessible à certaine mélancolie*)

Saint-Sépulcre !

La vie quotidienne de Patrick Besson sous le règne
de François Mitterrand

Nostalgie de la princesse

Belle-sœur

Le Corps d'Agnès Le Roux

Romans ***
(*Les Petits Maux d'amour, Je sais des histoires, Vous n'auriez
pas vu ma chaîne en or ?, Les voyageurs du Trocadéro,
Ah ! Berlin, Haldred, Le Dîner de filles*)

1974

Mais le fleuve tuera l'homme blanc

Le Plateau télé

Aux éditions Mille et Une Nuits

Le Sexe fiable

Solderie

Encore que

La Femme riche

Zodiaque amoureux

L'Orgie échevelée

Marilyn Monroe n'est pas morte

La Titanic

Et la nuit seule entendit leurs paroles

Les Années Isabelle

Aux éditions Grasset

La Science du baiser

Les Frères de la consolation

Le Deuxième Couteau

COMPOSITION : NORD COMPO MULTIMÉDIA
7 RUE DE FIVES - 59650 VILLENEUVE-D'ASCQ

Cet ouvrage a été imprimé en France par
CPI Bussière
à Saint-Amand-Montrond (Cher)
en mars 2015.
N° d'édition : 102142-5. - N° d'impression : 2015090.
Dépôt légal : août 2010.